혜환 이용휴 산문전집

The Complete Prose of Hyehwan

옮긴이 **조남권**(趙南權, Cho Nam Kwon)은 1928년 충남 부여 출생으로 1989년 온지서당(溫知書堂)을 개설, 후학들에게 한적(漢籍) 강독을 실시하면서 한적의 국역 사업을 지속해 오고 있다. 1995년 3월 이래 한서대학교 부설 동양고전연구소 소장으로 재직중이며, 2005년 7월 이래 사단법인 온지학회 이사장으로 있다. 저서로는 『조용문선생집(趙龍門先生集)』, 『양심당집(養心堂集)』, 『역주악기(樂記)』(공역), 『한국 고전 비평론 자료집』 1~3권(공역), 『김택영의 조선시대사 韓史綮』(공역), 『혜환 이용휴 시전집』(공역), 『송구봉시전집』(공역), 『오언당음(五言唐音)』(공역), 『칠언당음(七言唐音)』(공역), 『중국화론(中國畵論)』 1~3권(공역) 등이 있다.

옮긴이 **박동욱**(朴東昱, Pak Dong Wuk)은 1970년 서울 출생으로 한양대 국문과를 졸업하고 성균관대에서 박사학위를 받았다. 현재 한서대 부설 동양고전연구소 연구원으로 있다. 2001년 『라쁠륨』 가을호에 현대시로 등단하였다. 저서로는 『혜환 이용휴 시전집』(공역), 『살아있는 한자교과서』(공저), 『19세기 조선 지식인의 생각 창고』(공역) 등이 있다.

한서대학교 부설 동양고전연구소 국역총서 20

혜환 이용휴 산문 전집(上)

1판 1쇄 인쇄 2007년 10월 01일
1판 1쇄 발행 2007년 10월 10일

지은이 / 신지연
펴낸이 / 박성모
펴낸곳 / 소명출판
출판고문 / 김호영
등록 / 제13-522호
주소 / 137-878 서울시 서초구 서초동 1621-18 (란빌딩 1층)
대표전화 / (02) 585-7840
팩시밀리 / (02) 585-7848
somyong@korea.com / www.somyong.co.kr

ⓒ 2007, 조남권, 박동욱

값 20,000원

ISBN 978-89-5626-258-1 04810
ISBN 978-89-5626-257-4 (전2권)

THE COMPLETE PROSE OF HYEHWAN

혜환 이용휴 산문 전집

이용휴 지음 | 조남권 · 박동욱 옮김

◆ **일러두기** ▨▨▨

1. 필자가 편의상, 본편 1, 본편 2, 부록 1, 부록 2, 부록 3, 부록 4로 나누었다.

2. 본편 1−『惠寰雜著』6, 7, 8권을 번역하였다.

3. 본편 2−『惠寰雜著』9, 10, 11, 12권을 번역하였다.

4. 본편 1, 2는 모두 『탄만집(歎熳集)』에 소재한 글과 교감하였다.

5. 부록 1−『惠寰雜著』이외에 소재한 작품들을 모아 번역하였다.

6. 부록 2−『惠寰公札』에 실려 있는 10통의 편지를 번역하였다.

7. 부록 3−혜환 주변 문인들이 남긴 詩文 중에 혜환과 관련된 글들을 모아 번역하였다.

8. 부록 4−후대인들이 남긴 혜환의 평가 부분들을 수록하였다.

9. 서명은 『 』, 편명·작품명은 「 」, 인용문은 “ ”, 강조는 ‘ ’, 한글 표기와 한자 표기 병행 시 음가가 다른 경우는 [ ]를 약물로 표시했다.

10. 번역은 직역을 원칙으로 하되, 의미가 분명히 드러나지 않을 경우에는 주석을 달고 의역하 였다.

11. 번역문의 중요한 한자는 한글과 병기하여 표기하였다.

12. 동일한 인명(人名)이나 내용이 반복해서 나올 경우, 처음 한 번만 각주로 달았다.

13. 인명과 서명등 주요 항목을 쉽게 검색할 수 있도록 색인을 부록으로 붙였다.

14. ‘[缺]’은 원본의 두식(蠹蝕)으로 인하여 판독 불가한 글자를 뜻한다.

우리나라 한문학계 선대(先代)의 문인(文人) 중에서 가장 기발(奇拔)하고 난해(難解)한 글을 쓴 작가는 아마 '혜환(惠寰) 이용휴(李用休)이다'라고 해도 틀린 말은 아닐 것 같다. 선인들의 글에 공의 글을 연암(燕巖) 박지원(朴趾源)과 병칭한 것이 전혀 지나치지 않다고 느껴진다. 그러나 문장이 기발한 면에 있어서는 공이 연암보다 더하지 않은가 하는 생각이 들기도 한다. 공의 정신세계는 물론 유가정신(儒家精神)이 주를 이루고 있다. 그리고 유가는 글을 쓸 적에도 '언사(言辭)는 의사(意思)를 전달할 따름'이라는 가르침을 본령(本領)으로 삼는 것이 통례(通例)이다. 그런데 공에 있어서는 사뭇 달랐다. 그의 문장은 난해한 기문(奇文)으로 유명한 장자(莊子) 못지 않은 필치를 거침없이 구사하고 있다고 느껴졌다. 그는 거침없이 썼지마는 후세에 보는 사람은 난해하기만 하다.

공이 보여주는 교유의 폭은 넓고도 다채롭다. 때로는 사단(詞壇)의 중진이나 신예를 막론하고 교유하였으며, 사대부에서부터 중인층에 이르기까지 폭넓게 교유하였다. 어떤 이는 문인이었고 또 다른 이들은 예술가나 여행가, 의원에 이르기까지 다양했다. 그가 가진 사고의 유연성은 이러한 넓고 깊은 교유의 폭을 가지게 했다. 나이와 지위 또는 직업에 구애받지 않고 망년(忘年)·망형(忘形)의 다양한 교유를 통하여 그 자신도 종합석인 발전을 이루었으며, 교유했던 인물들에게도 많은 영향을 끼쳤다. 공은 학문에 있어서도 유학(儒學)뿐 아니라 불교(佛敎)와 도교(道敎)까지도 무관하지 않아 널리 섭렵하고 이해한 흔적이 보인다.

지난번에 필자는 박군과 함께 『혜환 이용휴 시전집』을 국역하여 펴낸 바 있다. 그 서문에서 필자는 '박군은 진일보하여 공의 산문유고(散文遺稿)인 『탄만집(敷敷集)』 국역에 착수하여 매진하고 있는 중이니 오래지 않아 또 완역의 개가를 올리게 될 것'이라 소개한 적이 있었다. 그 날이 바로 4년이 지난 오늘이 되었으니, 서창(書窓)의 세월은 4년이 4일이다.

여기서 먼저 말하고 싶은 것은 박군의 이에 대한 열정(熱情)이다. 혜환의 글은 종합하여 정리된 것이 하나도 없었다. 책 이름도 혜환집(惠寰集) 또는 탄만집(敷敷集) 등 다른 이름으로 흩어져 있을 뿐 아니라, 그에 대한 여러 인사들의 논평은 더욱이 그의 교유 관계를 일일이 추적하여 찾아내야만 했다. 그런데 박군은 자신이 하는 과업(課業)에도 없는 짬을 내어 여러 곳을 뒤져서 빠뜨림 없이 이를 찾아내어 정리하였으니, 박군이 아니라면, 또 그가 혜환의 문학에 심취(心醉)한 학도가 아니라면 생각조차 할 수 없는 일이다.

그 다음으로는 국역(國譯) 과정(過程)인데, 그의 시를 번역할 때에도 겪은 고생이었지만 이번에는 그 고생이 더 많았다고 할 수 있다. 옛 이야기에 '육경(六經)에는 떡고자[餻字]가 없기 때문에 고자운(餻字韻)의 시를 짓지 못했다'는 것은 혜환에게는 통하지 않는 말만 같았다. 어디에서 끌어 쓴 단어인지 아무리 찾아도 출처를 알 수 없는 단어들이 항다반사(恒茶飯事)로 많이 나왔는데, 달리 생각하면 혜환이 쓴 것이 근거가 없는 것이 아니라, 우리가 그것을 알지 못하는 것인지도 모를 일이다. 여하튼 이렇게 난삽(難澁)한 단어들을 그래도 많이 찾아낼 수 있었던 것 또한 박군의 컴퓨터 실력에 의존함이 많았다는 것을 밝힌다. 필자야 박군과 매주 한 시간씩 하는 강독에 참여했고 한 차례의 교정을 보기는 했으나 그밖에는 이따금 그의 질문에만 응했을 뿐이었는데 이제 이만한 성과를 보이게 되었으니 다시 박군의 정열과 노고에 칭찬을 아끼지 않는 바이다.

이번 작업에도 많은 분들의 도움이 적지 않았다. 먼저 여러 면에서 자문에 응해 주고 도움을 주신 한양대학교 덕산(德山) 정민(鄭珉) 교수에게 감사를 드린다. 그리고 지금도 우리 연구소의 고전 강독에 참여하고 있는 박은정(朴恩正) 박사가 마치 자신의 원고처럼 꼼꼼히 여러 번의 교정을 도와주었음에 감사하며, 출판계의 사정이 여러모로 어려운 이때인데, 지난번의 시집에 이어 이번에도 출간을 흔쾌히 수락한 소명출판의 박성모 사장과 그 직원 모두에게 감사함을 전한다.

끝으로 박군은 혜환의 학맥을 찾아 그의 제자인 이우상(李虞裳)의 시고(詩稿)를 연찬(研鑽)했고 지금은 그 아들인 금대(錦帶) 이가환(李家煥)의 유고(遺稿)를 읽고 있으니 오래지 않아 속속 발간될 것임을 기다리면서 이 글을 맺는다.

2007년 7월

한서대학교 부설 동양고전연구소

소장 趙南權

첨신(尖新)과 각오(覺悟)의 산문 미학

1.

혜환(惠寶) 이용휴(李用休, 1708~1782)는 18세기 문단의 문제적 인물이다. 18세기 문단은 무엇보다도 변화를 갈망하였다. 익숙함과 전범(典範)을 벗어나려는 다양한 실험이 시도되었다. 최신의 중국 서적들이 수입되었고, 많은 명말청초(明末淸初)의 사조들이 유행하였다. 또, 주목할 문인(文人)이 등장했고 문학적 실험도 빈번했다.

혜환 이용휴는 이러한 변화의 중심에 있었다. 그는 당대 문단의 핵심 인물이었다. 그의 제자들로는 뛰어난 중인(中人)들이 포진해 있었고, 그가 교유하던 문인들 역시 남인문단(南人文壇)의 중요 인물이었다. 그의 작품들은 내밀하게 그들에게 영향을 주면서 당대 문단의 향방을 주도해 나갔다. 그가 가진 폭발력이 바로 여기에 있었다.

당대인의 혜환에 대한 기록을 통해서도 그의 위상(位相)은 쉽게 짐작할 수 있다. 그에 대한 기록은 주로 만시(挽詩)와 시화(詩話)에 많이 남아 있다. 먼저 정약용(丁若鏞)의 『여유당전서(與猶堂全書)』에 있는 혜환의 아들 이가환(李家煥)의 묘지명인 「정헌묘지명(貞軒墓誌銘)」을 살펴보자.

> 이분[李沉]이 휘(諱) 용휴(用休)를 낳았는데 이미 진사(進士)가 되고는 다시는 과거 시험장에 출입하지 않았다. 온전히 문사(文詞)에만 열중하여 우리나라의 속됨을 씻어내고 힘써 중국을 좇으니 그의 글은 기굴(奇崛)하고 신교(新巧)하여 요컨대 전겸익과 원굉도의 아래에 있지 않았다. 자호(自號)하기를 혜환거사(惠寰居士)라 했으니 원릉(元陵) 말년(末年)에 명성이 당대에 으뜸이었다. 무릇 연마하여 스스로 새롭게 하려는 사람들은 모두 문장을 배우려고 찾아왔다. 몸은 포의(布衣)의 반열에 있으면서도 손으로 문원의 저울대[權]를 잡은 것이 30여 년이었으니 예로부터 있지 않았던 일이다. 그러나 우리나라 선배들의 글에 있는 흠을 도려냄이 매우 심해서 이 때문에 속류(俗流)들이 그를 원망했다.[1]

이 글은 혜환에 대한 평가로 가장 잘 알려져 있는 글 중의 하나인데, 그에 대해 간략하지만 흥미로운 몇 가지 사실을 제시해 준다. 첫째, 그가 중국문학에 경도되었다는 사실이다. 둘째, 그의 글이 기굴(奇崛)하고 신교(新巧)하다는 점이다. 셋째, 남인, 소북 문인들과 교유하며 문단의 항배를 주도해 갔다는 것이다. 그리고 끝으로는 지나친 문학적 실험으로 비난의 중심에 있었던 점을 들 수 있다. 이런 몇 개의 키워드를 통해 그의 당대 문학적 위치를 추적해 본다.

첫째, 그가 중국문학에 경도되었다는 사실에 대해 살펴보자. 여기서 문면 그대로 우리 것을 배척하고 중국의 것만을 일방적으로 수용한 것

---

1) 是生諱用休, 旣爲進士, 不復入科場. 專心攻文詞, 淘洗東俚, 力追華夏, 其爲文奇崛新巧, 要不在錢虞山袁石公之下. 自號曰惠寰居士, 當元陵末年, 名冠一代. 凡欲琢磨以自新者, 咸就斧正. 身居布衣之列, 手操文苑之權者三十餘年, 自古以來未之有也. 然抉剔邦人先輩文字之瑕太甚, 以故俗流怨之.

으로 판단해서는 곤란하다. 그는 중국의 최신 서적을 탐독하고 자신의 문학 작품에 반영 또는 발전적 변용을 꾀했다. 혜환의 문학적 궤적을 탐색하는데 중국문학의 독서나 수용 관계를 살피는 것은 유의미한 작업이다.

둘째는 기굴(奇崛)하고 신교(新巧)하다는 평이다. 대가(大家)의 평이 아니더라도 그의 문학이 기이하고 독특함은 충분히 알 수 있다. 시는 산문처럼 쓰고 산문은 시처럼 썼으며, 형식에 내용이 압도당하지 않았다. 어떤 작품들은 지금의 관점에서도 매우 파격적이다. 보통 혜환은 가장 진보적인 문인 군(群)에 자리 매김 된다. 그에 대한 기이하고 참신하다는 평가는 양면성이 있다. 이러한 평가는 그에게 비난과 명예를 함께 가져다주었다. 그를 반대하는 문인들에게는 비난의 공적(公敵)이 되었고, 그를 따르는 문인에게는 진보의 선성(先聲)이 되었다. 유만주(兪晩柱)는 『흠영(欽英)』에서 이 기이함의 실체에 대해서 이렇게 말하고 있다.

혜환의 시 백여 편은 시축으로 만들어 봄이 마땅하다. 이 사람의 문장은 매우 괴이해서 문장에서는 지(之)나 이(而)와 같은 글자를 구사하지 않으나, 시에서는 지(之)나 이(而)와 같은 글자를 전혀 피하지 않으니 결단코 다른 사람들하고는 다를 것을 요구하고 있다. 이것은 진실로 하나의 병통이기는 하나, 또하나의 기이한 점이기도 했다. 혜환의 장서는 매우 많아서 소유한 것이 모두 기이한 문장과 특이한 서책으로 평범한 것은 한 질도 없었으니, 대개 그의 기이함은 참으로 천성에서 나온 것이었다.[2]

유만주 또한 혜환의 독특한 일면을 지적한 셈이다. 내용은 언급하지 않았지만 일단 형식만으로도 대단히 파격적이란 평가를 내리고 있다. 그 파격의 근저에는 색다른 독서 이력(履歷)이 있었음도 지적했다. 그의

---

2) 제17책, 甲辰(1784)年 正月 十三日條 : 惠寰詩百餘篇, 當以軸覽. 此人文章極怪, 於文則全不使之而字, 而於詩則全不避之而字, 決要殊異於衆, 此固一病而亦一奇也. 惠寰藏書頗富, 而所有皆奇文異冊, 無平常者一秩, 盖其奇實天性也.

문학적 도정(道程)을 추적하기 위해서는 그의 독서 이력에 대해서 면밀한 검토가 필요하다. 그의 독서의 파격성은 사유의 파격성과 연결되어 있기 때문이다.

셋째, 남인, 소북 문인들과 교유하며 문단의 향배를 주도해 나갔다는 점이다. 이 점은 이언진(李彦瑱)을 위시하여 한 일군의 중인 문인들에게 많은 영향을 끼쳤다.3) 그리고 직간접적으로 남인, 소북 문인들과 교유하며 문단의 향배를 주도해 나갔다. 또, 조선 제일의 천재로 꼽히는 아들 이가환(李家煥)과 여주 이씨(驪州李氏) 문인에 대한 영향력을 들지 않을 수 없다. 혜환은 이들과 6언시를 실험했으며,4) 생지명(生誌銘)5)을 통해 서로의 존재를 확인했다. 그의 학문이나 문학이 뚜렷한 학맥(學脈)과 시맥(詩脈)으로 전달되지는 않지만, 그의 영향력이 여타 메이저급 작가에 전혀 뒤지지 않음은 쉽게 알 수 있다.

넷째, 과도한 문학적 실험으로 비난에 있었던 점이다. 그는 당대의 문인은 물론 후대 문인들에게 적지 않은 충격을 주었다. 거기에는 긍정적인 평가도 있지만 부정적인 평가도 적지 않았다. 그러한 부정적 평가의 이면에는 정치적인 고려도 있었던 것으로 보인다. 색목(色目)을 달리한 심노숭(沈魯崇, 1762~1837)의 평가를 보면 이러한 측면이 잘 드러난다.

서류(庶類)인 이덕무(李德懋)와 박제가(朴齊家)는 당대에 명성이 있었다. 선군[沈樂洙]께서는 그들이 지은 작품을 보시고 탄식하며 말하시길 "영조 말년

---

3) 유경종(柳慶種), 『해암별고(海巖別稿)』 「유감(有感)」. '기혜환(寄惠寰)'에 "명성이 아래로 여항까지 미쳐서, 이서(吏胥)의 무리들 열너덧 따랐네. 사람마다 범속함을 벗어났고, 각자마다 의취를 품고 있었네[下逮閭巷間 吏胥十四五 種種脫凡陋 色色有意趣]"라고 했다.

4) 그의 6언시 창작과 관련된 흥미로운 기록이 있다. 유만주, 갑신(甲辰, 1784)년 5월 24일조. 237면에 "손님 중에 육언시를 잘 짓는 사람이 있어서 그 두세 편을 들어보니 이들도 혜환 이용휴와 송목관 이언진의 유파였다[客有善六言詩者, 聽其二三, 是亦惠寰 松穆二李之流派也]"라고 나와 있다.

5) 정민, 「18세기 우정론의 맥락에서 본 이용휴의 생지명고(生誌銘攷)」, 『한국학논집』 34집, 한양대 한국학연구소, 2000.

에 이런 일종의 사음(邪淫)한 이용휴(李用休) 이봉환(李鳳煥) 같은 무리가 있었다. 이 무리들이(이덕무·박제가) 그들을 본받아 마침내 여기에 이르렀으니 그 풍기(風氣)를 볼 수 있다. 이 무리들은 말할 것도 없고 사대부의 자제들도 본받고 있으니 세도(世道)에 작은 걱정거리가 아니다.[6]

그가 문단에서 갖는 파급력에 주목했으며, 부정적인 감염력에 대해 우려했다. 위의 심노숭의 평가에서 언급된 인물 중 혜환은 가장 앞선 시기에 자리한다. 이덕무나 박제가는 모두 혜환과 연관이 있었다. 그렇다면 그가 18세기 문단 변화의 가장 핵심적이며 가장 선도적 위치를 점했다는 사실을 예측하기 어렵지 않다.

혜환의 산문은 편폭이 매우 짧다. 그렇지만 그 안에 담겨 있는 발상과 서사는 조선 후기 어떤 문인들과 비교해 보아도 손색이 없을 것이다. 편편마다 담겨 있는 전고(典故)나 높은 학적(學的) 수준은 그의 저술을 온전히 읽어 내는 것을 어렵게 한다. 그러나 지금의 독자들이 그의 산문을 몇 편만 읽어보더라도 시대를 뛰어넘는 독특한 문학적 성취를 느끼기에 부족함이 없으리라 생각된다.

2.

나를 어떻게 보는가의 문제는 대단히 중요하다. 실제로 이 문제는 타자(他者)와 세계를 어떻게 인식하고 있는가의 문제와 맞닿기 때문이다.

---

6) 『적선세가(積善世家)』「선부군언행기(先府君言行記)」: 庶類李德懋·朴齊家有時名, 先君見其所爲, 歎曰: "英廟末有爲此一種邪淫, 如李用休·李鳳煥之徒. 此輩祖之, 遂至於此, 可以見風氣. 此輩無足言, 士大夫子弟款之, 非世道小憂也."

혜환의 시문에는 나에 대한 문제가 자주 등장한다. 이것을 통해서도 그가 세계를 온전히 이해하기 위해 얼마나 각고의 노력을 기울였던가를 알 수 있다.

　　"겨우 나의 한 쪽을 떠난다면 비록 옥황상제(玉皇上帝)의 쪽으로 향해 달려 간다 하더라도 또한 옳지는 않다"고 한 것이 참으로 격언(格言)이다. 내가 능히 나를 지킨다면 사물도 능히 나를 옮길 수 없는 것이다. 그러므로 말하기를 "하늘이 정해준 운수가 있으니 사람이 하늘과 더불어 다툴 수가 없고, 사람에게는 정해진 이치가 있으니 하늘 또한 사람과 더불어 다툴 수가 없다"라고 하였다. 조화가 나를 재정(裁定)하는 데에 맡기니 나는 스스로 입명(立命)할 따름이다. 내가 유여(幼輿)의 최근 언동을 보니 자못 가학(家學)의 규모(規模)가 있어 매우 기쁘기에 이 글을 써서 주노라. 비록 그렇기는 하나 네가 이미 방향을 안다 이르지 말고 더욱더 면려할 지어다. 실을 삶아 물들이는 것[練絲之涅]과 그윽한 집이 밝게 되는 것[幽室之亮]은 단지 한 번 물들이고 한 번 비추는 데에 있는 것이다.7)

　　혜환은 집요하게 나에 대한 문제를 천착한다. 모든 문제의 핵심은 나이다. 처음에 인용된 격언은 출처를 알 수 없지만 매우 의미심장하다. 나를 버린다면 제 아무리 좋은 것이라도 의미가 없다는 뜻이다. 내가 변하면 모든 것을 바꿀 수 있다는 평범한 진리를 역설하고 있다. 그렇다면 가장 중요한 것은 나이다. 또, 하늘과 사람은 하나가 다른 하나를 구속할 수 없다는 말도 매우 상징적인 의미를 함의하고 있다. 여기에서는 절대성이나 전범(典範)에 대한 강한 부정을 엿볼 수 있다.

　　혜환은 끊임없이 참된 나를 찾기 위해 노력했으며, 절대성이나 전범

---

7) 『혜환잡저』「서증종손유여진사(書贈從孫幼輿進士)」: "纔離我一邊, 雖走向玉皇上帝邊去, 亦不是者." 眞格言也. 我能守我, 物不能移. 故曰 : "天有定數, 人不得與天爭, 人有定理, 天亦不得與人爭." 任造化裁我, 我惟自立命耳. 余觀幼輿近日言動, 頗有家學規模, 甚喜, 書此以贈. 雖然, 勿謂我已知方, 益加勉焉. 練絲之涅, 幽室之亮, 只在一染一照.

에 대해서도 단호히 거부했다. 그것은 비단 삶의 자세 뿐 아니라, 문학에 대한 지향과도 관계가 있다. 끊임없이 참 문학을 실천하고 모색한 것은 이러한 참 자아 찾기와 연관되어 있다. 그렇다면 자아를 보는 새로운 시각이 그의 문학의 중요한 바탕이 되었음은 당연한 것이다.

혜환의 참 문학을 찾기 위한 노정(路程)은 자아 찾기와 매우 닮아 있다. 혜환 문학론의 중요한 특질은 크게 '전범의 부정'과 '자기 목소리 내기'라는 두 가지로 정리할 수 있다. 그는 전범에 대해서 익숙해지기를 거부한다. 「이화국유초서(李華國遺草序)」에서는 당시(唐詩)만을 도습하는 문단에 대해 비판했고, 「제송원시초(題宋元詩鈔)」에서는 당송시(唐宋詩)만을 높이는 풍조에 반하여, 원시(元詩)의 가치를 재고(再考)하였다. 또 「제족손광국시권(題族孫光國詩卷)」에서는 "옛날에는 옛것에 합치되는 것을 취해 묘(妙)하다고 하였으나, 이제는 옛것을 벗어나는 것을 취하여 신묘하게 여기는 것이다[昔取合古爲妙, 今取離古爲神]"라고 말했다. 정민 교수는 「18세기 지식인의 자의식 변모와 그 방향성」[8]이란 글에서 18세기 지식인들에게 보이는 새로운 가치관의 변화로 '옛날'과 '저기'에서 '지금'과 '여기'에 대한 관심으로의 전환을 들고 있다. 혜환은 이러한 변화의 최전선에 위치한다. 그는 같아지려는 사고에서 달라지려는 사고로 전환했을 뿐만 아니라 중국문학에 대한 흉내가 아닌 바로 우리의 문학을 하려고 애썼다.

그는 이러한 전범의 부정을 통해 자기의 목소리를 내고자 한 것이다. 「송목관집서(松穆館集序)」에서는 "從己起見"을, 「괴곡유고서(槐谷遺稿序)」에서는 "信己師心"을 강조했다. 여기에서도 가장 중요한 가치는 역시 바로 자신[己]이다. 혜환은 "모의해서 지은 시가 어찌 시인가[模擬爲詩豈是詩]?"[9]라는 극단적인 표현도 서슴지 않는다. 내 목소리를 내지 않고

---

8) 이 논문은 2005.4.14.~16, 미국 컬럼비아 대학에서 개최된 조선 후기 문화 이미지를 주제로 한 컨퍼런스에서 "Representation of the Self in Paratextual Space : New discourses of 'Self' among Korean literati in the Eighteenth century"란 제목으로 발표한 영문 원고이다.

남을 흉내 낸 시는 시가 아니라는 말이다.

　　나와 남을 마주 놓고 보면, 나는 친하고 남은 소원하다. 나와 사물을 마주 놓고 보면 나는 귀하고 사물은 천하다. 그런데도 세상에서는 도리어 친한 것이 소원한 것의 명령을 듣고, 귀한 것이 천한 것에게 부림을 당하는 것은 어째서인가? 욕망이 그 밝은 것을 가리고, 습관이 참됨을 어지럽히기 때문이다. 이에 좋아하고 미워하며 기뻐하고 성냄과 행하고 멈추며 굽어보고 우러러봄이 모두 남을 따라서만 하고 스스로 주체적으로 하지 못하는 바가 있기 때문이다. 심한 경우에는 말하고 웃는 것이나 얼굴 표정까지도 저들의 노리갯감으로 바치며, 정신(精神)과 의사(意思)와 땀구멍과 뼈마디 하나도 나에게 속한 것이 없게 되니, 부끄러운 일이다. (…중략…)

　　처사(處士)가 또 동산에서 목재를 가져다 작은 암자 한 채를 짓고 편액을 달기를 아암(我菴 : 나의 집)이라고 했으니, 사람이 날마다 하는 행위가 모두 나에게 연유한다는 것을 보인 것이다. 저 일체의 영화(榮華)·세리(勢利)·부귀(富貴)·공명(功名)은 나의 천륜(天倫)을 단란하게 즐김과 본업(本業)에 갖은 힘을 다 쓰는 것과 견주어 외적인 것으로 여겼다. 단지 외적인 것으로 여길 뿐만이 아니었으니, 처사는 선택할 바를 안 것이다. 훗날 내가 처사(處士)를 찾아가 함께 암자 앞 늙은 나무 밑에 앉게 되면 마땅히 다시 "남과 나는 평등하며 만물은 일체이다"라는 뜻을 이야기 나눌 것이다.[10]

　　혜환의 대표적인 글로 익히 알려져 있는 이 글은 짧지만 도발적이기까지 하다. 이건 단지 흔한 기문(記文)에 불과한가? 그렇지 않다. 여기에는 혜환의 의식이 지향하는 바는 물론이거니와 문학이 지향하는 바도

---

　9)『혜환거사시집』「聞德順 與幼選 談詩 老人 動觀獵之喜 作近體詩 寄德順 兼示幼選」.

10)『혜환잡저』「아암기(我菴記)」: 我對人, 我親而人疎, 我對物, 我貴而物賤. 世反以親者聽於疎者, 貴者役於賤者何? 欲蔽其明, 習汨其眞也. 於是有好惡喜怒, 行止俯仰, 皆有所隨而不能自主者. 甚或言笑面貌, 以供彼之玩戱, 而精神意思, 毛孔骨節, 無一屬我者, 可恥也已. (…중략…) 處士又取材於園, 結一小菴顔之曰我, 示人之日用事爲皆由己也. 彼一切榮華勢利富貴功名, 以較我之天倫團歡·戮力本業外之. 不啻外也, 處士知所擇矣. 他日我訪處士, 共坐菴前老樹之下, 當更講人我平等, 萬物一體之旨矣.

담보하고 있다. 아(我)와 타(他), 주(主)와 객(客)에 관한 문제는 인식론에서 매우 중요한 문제이다. 혜환이 강조하는 것은 물론 아(我)와 주(主)이다. 사람들은 끊임없이 자신을 찾는다고 하면서도, 그 답을 외부에서만 찾는다. 결과적으로 참 나와의 거리는 점점 멀어지게 된다. 그렇다면 나란 있는가? 남에게 보이기 위한 나, 남과 같아지기 위한 나만 존재할 뿐이니 결국 나라고 믿는 것은 남처럼 낯설게 된다. 나를 찾는 또 다른 시도들도 존재한다. 무작정 남과 달라지려고만 노력하는 것이 그것이다. 그러나 이러한 시도는 남과 달라질지는 모르겠으나 참된 나와도 역시 멀어지게 된다. 혜환은 삶에서 참 주인이 되기를 역설한다. 남의 집이 아닌 자신의 집을 짓기를 꿈꾼다. 이 글에서 말하는 아암(我菴)이란 남의 집에 세 들어 살고 있으면서도, 자신의 집을 가꾼 듯이 착각한 사람들에 대한 통렬한 조소이다. 자신의 집을 짓고 자신의 집에서 살기 위해서는 무엇보다 자아에 대한 각성이 필요하다. 내가 나이기 위해서는 참된 나를 인식하고 각성해야 한다. 자아의 각성은 세계에 대한 도전이다. 이러한 자아의 각성을 통해야 비로소 개성적인 시각이 생겨날 수 있다.

혜환의 독특한 문학 세계는 모든 전범을 부정하고, 끊임없이 자신의 집을 짓고자 한 시도였다. 참된 자아를 찾기 위한 이러한 흔적들은 문집 여기저기에서 많이 볼 수 있다. 이러한 관점과 무관하지 않은 글 한편을 더 살펴보자.

옛날 나의 초심(初心)은	昔我之初,
천리(天理)가 순수했도다.	純然天理.
지각이 생겨나면서	逮其有知,
(천리를) 해치는 것 어지럽게 일어났도다.	害者紛起.
식견이 해가 되었고,	見識爲害,
재능도 해가 되어서	才能爲害.
습관으로 된 맘과 익혀진 일이	習心習事,

얽혀서는 풀 길이 없게 되었네.　　輾轉難解.
또 다른 사람 받들기를　　復奉別人,
아무 어른, 아무 공하며,　　某氏某公.
무겁게 높여 대면서　　援引藉重,
멍청이들 혼을 쏙 뺐지.　　以驚群蒙.
옛날 나를 이미 잃어버리자　　故我既失,
참된 나도 다시금 숨어버렸네.　　眞我又隱.
일 꾸미기 좋아하는 자들　　有用事者,
내가 돌아오지 못한 틈을 탔다네.　　乘我未返.
오래 떠나서 가고픈 맘 생기니　　久離思歸,
꿈 깨자 해 떠 있는 것 같도다.　　夢覺日出.
훌쩍 몸을 돌이켜 보니,　　飜然轉身,
이미 집에 돌아와 있도다.　　已還于室.
광경은 다를 것 없다지만,　　光景依舊,
몸 기운은 맑고도 화평했도다.　　體氣清平.
차꼬와 형틀에서 벗어나니　　發錮脫機,
오늘은 살아난 것 같구나.　　今日如生.
눈은 더 밝아지지 않았고,　　目不加明,
귀도 더 밝아지지 않아　　耳不加聰.
하늘이 준 눈, 귀의 밝음이　　天明天聰,
옛날과 같아졌을 뿐이라네.　　只與故同.
많은 성인 그림자처럼 지났으니,　　千聖過影,
나는 나로 돌아감만 구하리.　　我求還我.
어린애나 어른이나　　赤子大人,
그 마음은 한결같은 것이니　　其心一也.
도리어 신기한 것 없으면　　還無新奇,
딴 생각으로 달리기 쉽네.　　別念易馳.
만약에 다시 그 자리를 떠나면　　若復離次,
영원토록 돌아올 기약 없으리라.　　永無還期.
향 사르고 머리 조아리며　　焚香稽首,

신과 하늘에게 맹서 하노니,　　　　盟神誓天.
"이 한 몸 다 마치도록　　　　　　庶幾終身,
나와 더불어 주선하리라."11)　　　　與我周旋.

이 글은 신득령(申得寧)에게 써 준 글이다. 그는 신의측(申矣測)으로 추정된다. 그는 자가 하사(何思)이고, 또 다른 자는 환아(還我)이다. 이용휴의 아들인 이가환은 그를 위해 「환아소전(還我小傳)」, 「신의측국화연명(申矣測菊花硯銘)」 등을 지어 주었다. 제목이 "나로 돌아가는 잠언"이다. 제목부터 예사롭지 않다. 이탁오의 「동심설(童心說)」과 매우 유사하다. 「환아잠(還我箴)」에서 말하는 천리(天理), 진아(眞我)가 「동심설(童心說)」에서는 동심(童心), 진심(眞心)과 동일한 개념으로 사용되고 있다. 그뿐 아니라 「환아잠(還我箴)」에서 견식(見識)이나 재능(才能)이 진아(眞我)에 해가 된다는 언급과, 「동심설(童心說)」에서 견문(見聞)과 도리(道理)가 동심을 잃게 된다고 보는 견해가 너무도 흡사함을 확인할 수 있다.

나를 찾아가는 길은 무엇인가? 애초에 없었던 나를 찾아가는 길이 아니라, 원래 있던 나에게로 돌아가는 길이다. 그러니까, 나를 나이게 하지 못하는 일체의 것들과의 단절을 의미한다. 여기에는 견식(見識), 재능(才能), 타성에 젖은 일체의 것들, 대가(大家)들의 명성(名聲)에 기대어 호가호위(狐假虎威)하는 일 등이 포함된다. 끊임없이 남들을 추수(追隨)해 보지만 공허하기만 하다. 그것들과 같아지려는 노력은 결국 그것들의 아류가 되려는 노력에 다름 아니다. 결국 답은 나에게 있는 법이다. 성인들도 결국 죽었으니 모든 전범(典範) 역시 무의미하다. 전범을 무작정 답습해 본다고 성인이 될 수 있는 것은 아니지 않는가. 그렇다면 먼 길을 나서서 답을 찾을 필요가 없다. 나에게 돌아가야 한다. 나에게로 돌아가야 나도 성인이 될 수 있다. 그렇다면 나를 찾는 방법에는 무엇이 있을까? 다음 글에서 그러한 방법에 대한 약간의 답을 얻을 수 있다.

---

11) 『혜환잡저』 「환아잠(還我箴)」.

바람이 동쪽으로 불면 함께 동쪽으로 가고 바람이 서쪽으로 불면 함께 서쪽으로 가서 세상이 쏠리듯이 한다. 싫어하여 피하려고 할진대 거닐면 그림자가 따르고 부르짖으면 메아리가 따르니 이것은 또 나에게 있는 것으로 어떻게 피할 수가 있겠는가? 그럼 장차 묵묵히 앉아서 자신의 한 평생을 마칠 것인가? 이런 이치는 없다. 또 어찌 상고 시대(上古時代)의 의관을 갖추어 입고 중화의 언어를 아니하는가? 당시의 제도를 따르고 나라의 풍속을 따라서이다. 이는 뭇 별이 하늘을 따르고 모든 하천이 땅을 따르는 뜻이다. 비록 그러나 또한 조화를 따르지 아니하고 스스로 성명을 세우는 자가 있다. 천하 사람들이 주나라를 높이는데도 백이, 숙제는 부끄럽게 여겼고, 온갖 풀이 가을이면 시들어 떨어지는데도 송백은 푸른 것이 이것이다. 아! 우는 하상(下裳)을 풀었고, 공자는 엽각[獵較]을 따르셨으니 대동(大同)한 것은 어길 수가 없었던 것이다. 그렇다면 오직 대중을 따라야 할 것인가? 아니다. 이치를 따라야 한다. 이치는 어디에 있는가? 마음에 있다. 모든 일은 반드시 마음에 물어야 한다. 마음이 편안하면 이치가 허락하는 것이니 그것을 행하고, 불안하면 허락하지 않는 것이니 그것을 그만두어야 한다. 이와 같이 하면 따르는 것이 바르게 되어, 스스로 하늘의 법칙에 합치 될 것이니 한결같이 마음을 따르면 기수(氣數)와 귀신(鬼神)이 모두 따르게 될 것이다.12)

이 글은 시속에 대응하는 혜환의 유연한 사고를 잘 보여주고 있다. 시속(時俗)을 무작정 배척해서도, 또 무작정 수용해서도 안 된다. 그러니 시속이란 상황에 따라 결정할 문제이지 그것이 하나의 도그마(Dogma)가 되어서는 곤란하다. 문학도 마찬가지이다. 무조건 당대의 조류에 따르거나 무조건 옛것만을 따르는 것은 곤란하다. 그가 보여주는 문학의 노정(路程)도 이것과 궤를 같이한다. 혜환은 일방적으로 복고(復古)나 전위

---

12) 『혜환잡저』「수려기(隨廬記)」: 風東與東, 風西與西, 世靡然矣, 惡而欲避之? 行而影隨, 呼而響隨, 是又在我, 何以得避? 其將默坐以終己耶? 无是理焉, 且何不上古衣冠中華言語? 隨時制也, 隨國俗也. 此衆星隨天, 萬川隨地之義. 雖然, 亦有个隨造化, 自立性命者, 天下宗周而夷齊恥, 百卉零秋而松栢靑是也. 噫! 禹解下裳, 孔從獵較, 大同處, 不可違也. 然則惟從衆歟否. 當從理. 理何在? 在心. 凡事必問之心, 心安則理所許也爲之, 不安則所不許也已之. 如是則所隨者正, 而自合天則, 壹隨心而氣數鬼神, 皆隨之矣.

해제-첨신(尖新)과 각오(覺悟)의 산문 미학　17

(前衛)를 주장하지는 않았다. 논자들 중에 단순히 그의 어떤 일면에만 집중하여 공안파의 영향에 대해 말하기도 하지만, 혜환은 복고와 전위의 미묘한 지점에 위치해 있다. 여기에 왕세정의 영향이 있지 않았을까 조심스레 짐작해 본다. 명말 청초의 일련의 문학 운동을 '진보' 대(對) '퇴보' 내지는 '복고' 대(對) '반복고'의 대립으로 보기도 한다. 그러나 최근에는 두 유파 사이의 동근성(同根性)에 대해서도 주목하고 있다.[13] 지금처럼 복고(復古)를 첨신(尖新)의 대척점(對蹠點)에 놓고 이해한다면 해명되지 않을 영역이 존재하며, 그러한 부분의 해명이 혜환 문학의 이해에 중요한 키워드가 될 것이다. 그래서 그의 글들은 혼란스럽다. 무조건 기(奇)하다고 생각하고 읽어가다 보면, 어느 글은 그저 평담(平淡)하기도 하다. 또 변격(變格)이라 생각할 만하면 느닷없이 정격(正格)으로 당황스럽게 만든다. 그 편폭이 너무 커서 혼란스럽다.

3.

주체가 확립되면 구진(求眞)을 지향하게 된다. 구진(求眞)이란 말 그대로 참됨을 추구한다는 말이다. 무엇이 참된 것인가? 지금 참되다고 믿는 것은 과연 그러한가? 구진(求眞)에서는 이러한 일련의 물음들이 매우 의미 있다. 또, 구진(求眞)을 추구하기 위해서는 개방적이고 다양한 시각이 필요하며, 타자나 가치에 대한 열린 사고가 요구됨은 물론이다.

혜환의 글에는 변증(辨證)·고증(考證)하는 글들이 적지 않다. 그는 어

---

13) 이기면, 「전후칠자(前後七子)와 공안파(公安派)의 동근성(同根性)연구」, 『중국어문논총(中國語文論叢)』 제9호, 중국어문연구회, 1995.

떤 사실이나 현상에 대해서 끊임없이 회의하고 재고(再考)한다. 그래서 그의 글들에는 다양한 가치가 공존하고 있다. 그는 열린 사고방식의 소유자로, 단단하고 견고한 가치에 대해서도 전복을 시도했다. 그래서 그의 글에는 세상의 비의(秘意)를 깨달은 자의 인식이 드러난다.

> 무술년(戊戌年) 봄, 두미호(斗尾湖)에 용이 있어 때때로 출현한다고 전하는 사람이 있으므로 서울 사람 중에는 역시 소문을 듣고 가본 사람도 있었다. 뒤에 두미호에 거주하는 사람에게 물어보니 거짓말이었다. 그 해 겨울에는 얼음이 얼지 않았으니, 어떤 사람은 지난 무술년 겨울에도 그러하였다고 하고, 다른 사람은 그렇지 않았다고도 했다. (거리상으로) 가깝기로는 50리요, (시간상으로) 멀기로는 겨우 60년밖에 안 되는데도 (이처럼) 믿기 어려운데 하물며 외국과 전 세대에 있었던 일이랴? 그러므로 (맹자에서) "서경을 다 믿는다면 서경이 없는 것만도 못하다"라고 말씀 하신 것이다.14)

세상에 기이하다고 알려진 것은 무수히 많다. 그러나 그 기이한 것들 중에 진짜로 기이한 것은 얼마나 될까? 실제는 없으나, 소문과 추측이 또 다른 실제를 만든다. 사람들은 그 부풀려진 이야기들을 별 저항 없이 받아들인다. 혜환은 두미호에 출몰한 용 이야기를 통해 무엇을 말하려는 건가? 옛날은 그랬다더라 하는 것 중에 옛날과 같은 것은 얼마나 될 것이며, 옛날에 살 수 없는 우리가 확인할 수 있는 것은 얼마나 될 것인가? 사람들은 평범하고 일상적인 것에는 관심이 없다. 그런 일상에 대한 나른함과 권태로움이 신화(神話)와 우상(偶像)을 만든다. 그것이 진실을 호도하고 억압의 기제로 작용하기도 한다. 그렇다면 옛날의 것이라고 무조건 따르기만 해서는 곤란할 것이다. 철저히 따져 보고 검증해야 한다. 이런 맥락에 있는 또 다른 글 한 편을 더 살펴보자.

---

14) 『혜환잡저』「우기(偶記)」: 戊戌春, 有傳斗尾湖有龍, 時時出見. 京中人, 亦有聞而往者. 後問于湖人, 則訛言也. 其 冬无氷, 或言, 往戊戌冬, 亦然, 或言, 不然. 近爲五十里, 而遠纔六十年者, 亦難憑信, 矧事在外國前代者乎? 故曰: "盡信書, 不如無書."

예로부터 "대유령(大庾嶺) 위의 매화는 남쪽 가지가 지면 북쪽 가지가 곧 핀다"라고 했다. 나는 오령(五嶺)이 모두 남방에 있는데 유독 유령(庾嶺)만이 그러한가라고 의심하였다. 후에 『지지(地志)』를 보니 "매현(梅鋗)이 정수(湞水)가에서 살았는데 오예(吳芮)를 종군해서 공이 있었으니 매령(梅嶺)은 곧 그의 봉지였다. 후에 현(鋗)의 장수 유승(庾勝) 형제를 거느리고 가 군수로 있어서 또 대유령이라 이름을 한 것이지, 고개 위에 매화가 있는 것을 이르는 것은 아니었다"[15]라고 하였다. 비로소 세간(世間)의 전설(傳說)이 잘못된 것이 이와 같은 것이 많았으니 오직 소고(小姑)와 팽랑(彭郎)뿐만이 아니라는 것을 깨닫게 되었다. (…하략…)[16]

대유령(大庾嶺)은 중국 5령의 하나로 강서성 대유현과 광동성 남웅현 경계에 위치한다. 주봉은 1,428m에 달한다. 대유령의 매화는 고개의 남쪽 가지에 꽃이 지면 북쪽 가지에 꽃이 피는 것으로 알려져 있었고, 사람들은 그러한 사실을 아무런 저항 없이 모두 믿어 왔다. 혜환은 도종의(陶宗儀)가 편찬한 『설부(說郛)』라는 총서에 수록된 추굉보(鄒閎甫)의 『광주선현전(廣州先賢傳)』「매현(梅鋗)」이라는 글을 통해 사실상 매화와 관련이 없다는 사실을 변증했다. 그는 우리가 익숙히 알고 있던 사실에 대해 꼼꼼히 확인하고 검증해서 이미 세상에 널리 용인된 관습과 형식을 해체한다. 또, 회의와 반성을 통해서 기존의 가치를 부정하고 재창조한다.

호랑이는 깊은 산중에 살아서 사람들이 드물게 보는 것이다. 옛날 책 중에서 대개는 말하기를 "호랑이의 씩씩하고 괴이함이 귀려(鬼厲)와 같다"라고 했는데, 모든 화가(畵家)들이 그린 것을 보게 되면 호랑이의 건장하고 걸출하며 억세고 날쌘 모습만을 부각시킨다. 내가 생각하기를 "세상에 어떻게 이와 같이

---

15) 글자가 조금 출입이 있다. 이 글은 도종의(陶宗儀)가 편찬한 『설부(說郛)』라는 총서에 수록된 추굉보(鄒閎甫)가 지은 『광주선현전(廣州先賢傳)』「매현(梅鋗)」에 나온다.
16) 「혜환잡저」, 「잡지(雜志)」: 自古, 言大庾嶺上梅, 南枝已落, 北枝方開. 余疑五嶺, 皆在南方而獨庾嶺爲然也. 後見地志云: "梅鋗, 家湞水上, 從吳芮有功, 梅嶺, 卽其封地, 後鋗將庾勝兄弟, 居守, 又名大庾嶺, 非謂嶺上有梅也." 始覺世間傳說之訛謬多類此, 不惟小姑彭郎而已矣. (…하략…)

울부짖는 기이한 동물이 있을 수 있는가?"라고 생각하였다. 신유년(辛酉年, 혜환 34세 때) 광주(廣州)에서는 호랑이의 난폭함을 근심하여 관에서 호랑이를 잡을 수 있는 사람을 모집하여 상을 주었다. 사냥꾼 아무개가 연거푸 호랑이 여러 마리를 죽였다. 가형(家兄)인 이광휴(李廣休)가 듣고는 그것을 후한 값을 주고 황화방(皇華坊)의 집으로 가져오게 하였다. (그런데) 범이 몇 리를 오지 못했을 적에 거리가 막히고 티끌이 하늘에 드날리므로, 앉아 있던 손님이 모두 모골이 송연하여 얼굴빛이 변하였다. 이에 뜰에 죽은 범을 진열하여 마음껏 보게 되었다. 큰 이빨과 갈고리 같은 발톱은 대개 맹금(猛禽)과 같았으나, 전에 그림이나 책에서 보고 들은 것에는 미치지 못하였다. 이것은 서적에 있는 어질고 뛰어난 인물을 눈으로 직접 보지 못했으니 이 범과 같은 것이 많다는 것을 알 수 있다. 일찍이 듣건대 어떤 재상의 집에서 범의 새끼 그림 한 장을[一乳虎圖] 가지고 있었는데 진(晉)나라와 당(唐)나라 사이의 물건으로 전한다. 그 그림이 자못 괴이한 것은 용맹하고 사나워 보이기는 지금 세속에서 그리는 것에 미치지 못하는 것 같았지만 개들이 그것을 보면 으레 놀라고 두려워해서 도망가 숨었으나, 다른 그림으로 시험해보면 그렇지 않았다고 한다. 저 가축이란 미물도 또한 속일 수 없는 것인데 사람은 도리어 진짜와 가짜에 현혹이 되어 한갓 떠들기만 하는 것은 어째서인가?[17]

혜환은 이러한 주체적 인식을 통해서 익숙한 가치를 향해 반기를 든다. 진(眞)과 안(贋), 진(眞)과 환(幻), 졸(拙)과 교(巧)에 대한 문제는 그래서 흥미롭다. 세상에서 진짜와 가짜를 어떻게 구별할까? 악화(惡貨)는 양화(良貨)를 구축한다. 불의(不義)가 정의(正義)를 누르기도 하고 소인(小人)이 군자(君子)를 핍박하기도 한다. 그렇다면 참된 것은 있기나 한 것이며,

---

17) 『혜환잡저』「호설(虎說)」: 虎宅深山, 人罕覷也. 古書中多言, 其雄詭如鬼魖, 及看 諸丹青家所畵者, 極其健特虎鷙之狀. 余意世安有如是, 虓然異物也. 歲辛酉, 廣州患 虎暴, 官募能抱者賞. 有獵戶某, 連斃數虎. 家兄竹坡公, 聞厚遺焉, 使致之皇華坊第. 虎未至數里, 巷術已塞, 塵颺天也, 乃門坐客, 皆竦然色動. 乃尸於庭, 縱觀焉. 鉅齒鉤 爪, 盖 猛禽也, 然不至如前所見聞於畵若書者也. 是知有載籍來賢豪人物, 未經目見, 類是虎者多矣. 曾聞某宰家蓄一乳虎圖, 傳爲晉唐間物. 其殊怪猛惡, 若弗及今俗所 描者, 而諸犬見之, 輒駭怖, 走竄. 試以它圖, 則不然云. 彼畜物亦不可欺, 人反有眩眞 贋, 而徒呶呶者, 何哉.

객관적인 진실이란 존재하는가? 이러한 끊임없는 회의와 부정은 구진(求眞)의 한 도정(道程)이라 할 수 있겠다.

이 글은 호랑이에 대한 이야기다. 예나 지금이나 호랑이를 실제로 곁에서 보는 경우는 드물었던 모양이다. 말이나 글로만 들었던 호랑이를 식섭 목도한 소회(所懷)를 적었다. 그런 뒤에 직접 본 호랑이에 대한 감상을 서적에서만 볼 수 있었던 뛰어난 인물들과 병치시킨다. 죽은 이의 이야기는 산 사람들에게 전설이나 신화가 된다. 산 사람들은 죽은 이의 가장 빛나는 부면(部面)만을 기억하고자 한다. 남겨진 이들에게는 추상(追想)할 의무만 있기 때문이다. 그래서 오히려 죽은 이의 전설이나 신화가 산 사람을 억압하고 규제한다. 글의 말미에는 세속에서 그리던 호랑이의 그림보다는 사실적인 범의 새끼 그림에 오히려 개들이 두려워 도망간 일화를 제시하였다. 그렇다면 진실은 비근(卑近)한 데 있는 법이다. 삶의 진정성이란 꾸며지고 가공된 이야기가 아니라, 비리(鄙俚)한 삶의 모습을 재연하는 데 있음을 말한 셈이다.

심리적 또는 실제적 거리가 멀수록 그 대상은 신비화된다. 실제는 엄연히 존재하는데도 사람들은 책이나 그림을 통해 그려진 것만을 믿게 된다. 이 글은 다만 호랑이에 대한 일화를 소개한 글이 아니다. 도그마에 대한 이야기이다. 어떤 일이 교조적(敎條的) 가치를 가지면 사실과 관련 없이 확대, 재생산된다. 그래서 진실은 은폐되기도 하며, 진짜와 가짜는 전도되기도 한다.

저승과 이승은 한 가지 이치이다. 고금에 전하는 모든 놀랍고 괴상하고 환상적이고 괴이한 일들이 비록 감히 다 있었다고 말할 수는 없으나 또한 다 없다고 말할 수도 없는 것이다. 대저 풀이 썩으면 반디가 생겨나고 애벌레가 허물을 벗으면 매미가 되는 것은 사람들이 항상 보는 것이다. 그러나 수련을 쌓아서 신선이 되고, 본성을 다스려 부처가 되는 것에 이르러서는 오직 믿지 않을 뿐 아니라 무리지어 떠들면서 비난하고 배척하니, 얼마나 잘못인가! 비록 그러나 또한 한마디 말로 깨우쳐서 이해할 수 있는 것이 있으니, 지금 만일 하루살이가 거북이나 학처럼 영구히 산다고 말한다거나 개미가 낙타나 코끼리처럼 크다고 하면 저들은 반드시 해괴하게 여겨서 서로 돌아보며 말하기를 "(하루살이는) 아침에 태어나 저녁에 죽고, (개미는) 한 줌의 흙덩이를 나라로 삼는 것이 떳떳한 일이니 이것을 벗어난 것은 모두 허망한 것이다"라고 할 것이다. 이것은 다른 것이 아니라 의사(意思)와 국량(局量)이 미치지 못한 것으로써 지레 생각하기 때문이다. 아! 사람의 정념은 혹은 선으로 향하고 혹은 악으로 가서 왕래가 일정하지 않으니, 이것은 곧 윤회의 종자(種子)이고, 신식(神識)이 잠깐 사이에 일어났다가 잠깐 사이에 그쳐서, 일어남과 소멸함이 일정하지 않으니, 이것은 생사의 근본 원인으로서 진실로 현재의 일이다. 유추(類推)해보면 유(幽)는 통하지 않음이 없는 것이다. 『유이록(幽異錄)』에 실린 것은 법으로 묶고 들은 바를 국한시켜 한결같이 하루(何樓)로 여겨서는 안 된다. 그러므로 발문을 지어서 해석을 한다. 때는 바야흐로 여름 더위라 홀연 구름이 일어나 세찬 바람과 소낙비를 지으면 날짐승들이 두려워해서 대나무로 도망하여 부르짖고 우는 것이니, 어찌 입을 열고 붓을 놀려서 현묘한 것을 말하고 괴이한 것을 적어서 조화의 비밀을 드러내어 그런 것인가? 인해서 아울러 기록한다.[18]

이 글은 이승과 저승을 보는 논리와 시각의 새로움이 돋보이는 글이다. 그것은 삶과 죽음도 결국 한가지라는 사유와도 통한다. 또, 이 글에는 불교적 발상과 도교적 사유를 다 담고 있어 인식의 개방성을 보여준다. 왕래불상(往來不常)·기멸무정(起滅無定) 등은 모두 전문적인 불교 용

---

18) 『혜환잡저』「제유이록후(題幽異錄後)」: 幽明一理也. 古今所傳, 諸驚怪幻詭之事, 雖不敢謂之盡有, 亦不得謂之盡無. 夫草腐而螢, 蜎蛻則蟬, 人所恒覩. 而至於鍊形得仙, 繕性成佛, 則非唯不信, 又從而群噪非排之, 何其謬哉! 雖然亦有一言而可以喩解者, 今若語蜉蝣以龜鶴之永, 告螻蟻以駝象之巨, 則彼必駭然相顧曰: "朝生而暮死, 國于一抔之壤常, 外此則皆妄也." 是亡它, 以其意量之所不及, 而徑臆之也. 噫! 人之情念, 或之善, 或之惡, 往來不常, 便是輪廻種子. 神識倏而作, 倏而息, 起滅無定, 此爲生死根因, 而固晃見在事也. 類而推之, 亡幽弗通矣. 然則是錄所載, 不可縛法局聞, 而壹以何樓之也, 故爲作跋語以釋之. 時方夏炎赫, 忽雲作峻風急雨, 禽鳥怖竄, 竹木叫鳴, 豈爲□□開口弄筆, 談玄志怪, 發造化之秘而然耶? 因幷記之. * □ 판독이 불가한 글자.

어이다.

보이는 것은 진실인가? 우리가 믿고 가치를 두는 것이 반드시 타당한가? 우리의 인식 수준이 완벽한 것은 아니다. 그러나 그것을 객관적이라 착각하기도 한다. 객관적이라 착각하는 것 중에 실제로 객관적인 것은 존재하지도 않는다. 다만 상대와 놓여 있는 거리의 정도에 따라 주관이 객관화될 뿐이다. 그렇다면 유(幽)는 허위이고, 명(明)은 실재라는 구분도 절대적일 수는 없다. 실재(實在)와 허환(虛幻)에 대한 색다른 인식을 보여주고 있다.[19] 그는 끊임없이 회의하고 의심하며, 고정되고 확정된 인식을 거부한다. 그러한 인식의 폭력성이 갖는 사유에 대한 간섭을 부정하였다.

앞서서 본 것처럼 혜환은 끊임없이 참 자아를 찾기 위해 시도했다. 이를 통해 그는 개방적으로 타자를 인식하고 상대적인 가치에 대해서도 인정하고 있다. 「행교유거기(杏嶠幽居記)」에 "이 하나의 방에서 몸을 돌려 앉으면 방위(方位)가 바뀌고 명암(明暗)이 달라지네. 구도(求道)란 다만 생각을 바꾸는 데에 있으니 생각이 바뀌면 그 뒤를 따르지 않을 것이 없는 것이네. 자네가 나를 믿는다면 자네를 위해 창문을 열어줄 텐데, 그러면 한 번 웃는 사이에 이미 밝고 드넓은 공간에 오르게 될 것이네"[20]라고 했다. 이 글에서도 그의 이러한 인식들이 잘 드러나 있다. 확정적인 것은 없다. 내가 바뀌면 세상이 변한다. 그러니 나의 인식이 변화하면 세상은 또 다른 모습으로 모습을 바꾼다. 확정하고 고정한다는 것은 내가 바뀌지 않기 때문이다. 이처럼 혜환의 자아에 대한 인식과 타자에 대한 개방적인 인식은 서로 꼬리가 맞물려 있으며, 그것이 그가 추구하는 구진(求眞)의 문제와도 밀접한 연관을 가지고 있음을 볼

---

19) 조선 후기 실재(實在)와 허환(虛幻)의 문제를 다룬 것으로는 다음 논문이 주목을 요한다. 심경호, 「조선 후기 한문산문에 나타난 허구와 실재의 문제」, 『한국한문학연구(韓國漢文學硏究)』 Vol. 24, 한국한문학회, 1999.
20) 『혜환잡저』 「행교유거기(杏嶠幽居記)」 : "此一室中轉身而坐, 方位易焉, 明暗異焉. 求道, 只在轉念, 念轉而無不隨者. 君能信我, 爲君推窓, 一笑已登昭曠之域矣."

수 있다.

이제야 혜환의 모든 글을 한자리에 모았다. 시, 산문은 물론이거니와 그와 관련된 만시(輓詩)와 시평(詩評), 편지글까지 망라했다. 매주 화요일 아침이면 하루도 거르지 않고 명동에서 일평(一平) 선생님을 모시고 문집을 읽고 번역했다. 혹시라도 나올 오류가 있다면 그것은 선생님의 뜻을 바르게 전달하지 못한 용렬한 제자가 책임져야 할 몫이다. 끝으로 혜환을 시작으로 해서 속속 그와 관련된 인물들의 문집들이 출간될 것임을 약속드린다.

역자 서문 __ *3*

해제 — 첨신(尖新)과 각오(覺悟)의 산문 미학 __ *6*

본편 1

혜 환 잡 저 6

01 꽃과 나비를 기록하다 ··· 記花蝶 ··· *37*

02 자초紫草를 기록하다 ··· 記紫草 ··· *38*

03 효부 허씨許氏 찬 ··· 孝婦許氏贊 ··· *38*

04 삼이재기 ··· 參以齋記 ··· *40*

05 세 가지 일 ··· 三事 ··· *41*

06 조운거趙雲擧 군에게 주다 ··· 贈趙君雲擧 ··· *43*

07 삼가 지중추부사 이공李公이 인주仁州로 돌아가는 것을 전송하는 서문

··· 奉送知中樞李公歸仁州序 ··· *45*

08	아암기	我菴記	47
09	성명	星命	49
10	외사촌 조처사趙處士 춘경春卿 제문	祭表從趙處士春卿文	50
11	낙소와기	樂蘇窩記	52
12	경상좌절도사 이공李公 묘갈명墓碣銘	慶尙左節度使李公墓碣銘	54
13	박사중전	朴師仲傳	59
14	구호처사鷗湖處士 주갑周甲 수서壽序	鷗湖處士周甲壽序	63
15	차거기	此居記	65
16	학생 한군韓君과 부인 홍유인의 합장合葬 지명誌銘	學生韓君暨配洪孺人合葬誌銘	66
17	화은華隱 한군韓君 소전小傳	華隱韓君小傳	68
18	정공인鄭恭人의 행록行錄 발문	鄭恭人行錄跋	71
19	현령縣令 한공韓公 찬	縣令韓公贊	72
20	『정숙인행록』 뒤에 쓰다	題鄭淑人行錄後	73
21	『사세오행록』에 쓰다	書四世五行錄	74
22	임노인任老人의 『주갑경수시첩』에 쓰다	題任老人周甲慶壽詩帖	75
23	완월대사 찬	翫月大師眞贊	77
24	간소재명	簡素齋銘	78
25	백형伯氏인 죽파공竹坡公의 유사遺事 5가지	伯氏竹坡公遺事五則	80
26	삼가 기로회첩에 쓰다	敬題耆老會帖	83
27	의송암 중수기	依松菴重修記	86
28	화교 유처사 제문[자는 굉중이다]	祭花郊柳處士文[字宏仲]	87
29	백인당기	百忍堂記	89
30	후송정기	後松亭記	91
31	과필헌기	果必軒記	93
32	이화국李華國 유초遺草 서문	李華國遺草序	95
33	『근재고』 서문	謹齋稿序	97

34 삼가 평양 조공平壤趙公의 회방첩回榜帖에 쓰다 ·········· 敬題平壤趙公回榜帖 ····· 99

35 도산도맥陶山道脈 발문 ·································· 陶山道脈跋 ····· 101

36 유인孺人 권씨權氏 찬 ·································· 孺人權氏贊 ····· 102

37 유연당悠然堂 중수기 ·································· 重修悠然堂記 ····· 103

38 율옹栗翁 제문 ·· 祭栗翁文 ····· 105

39 이재심李在深의 자字 선시善始에 대한 설 ············ 李在深字善始說 ····· 106

40 박씨朴氏의 어머니 이씨李氏 찬 ···················· 朴母李氏贊 ····· 107

41 우부설 ·· 愚夫說 ····· 108

42 『괴곡유고』 서문 ···································· 槐谷遺稿序 ····· 109

43 외손자 이치훈李致薰의 관례일冠禮日에 글을 써서 주다
                                        外孫李致薰冠禮日書贈 ····· 110

44 『감람권』에 쓰다 ···································· 題橄欖卷 ····· 112

45 『송원시초』에 쓰다 ·································· 題宋元詩鈔 ····· 112

46 채사도蔡司徒가 관서의 관찰사로 나가는 것을 전송하는 서문
                                        送蔡司徒出按關西序 ····· 113

47 통훈대부 사헌부감찰 권공權公 행장 ········ 通訓大夫司憲府監察權公行狀 ····· 115

48 『무하집』 서문 ······································ 無何集序 ····· 120

49 구곡유거기 ·· 九曲幽居記 ····· 121

50 통훈대부 사헌부감찰 권공權公 묘지명 ···· 通訓大夫司憲府監察權公墓誌銘 ····· 123

51 학생 고공高公 묘갈명 ································ 學生高公墓碣銘 ····· 126

52 이학사李學士가 연경燕京에 가는 것을 전송하는 서문 ··· 送李學士赴燕序 ····· 129

53 어초자漁樵子의 그림에 쓰다 ························ 題漁樵子畵 ····· 130

54 행교유거기 ·· 杏嶠幽居記 ····· 130

55 동천옹桐泉翁의 임모첩臨摹帖에 쓰다 ········ 題桐泉翁臨摹帖[五則] ····· 131

56 『갑계첩』 발문 ······································ 甲契帖跋 ····· 135

57 삼가 『양호당유록』에 쓰다 ················ 敬題養浩堂遺錄[三則] ····· 137

58 증정부인贈貞夫人 파평 윤씨坡平尹氏 묘지명 ···· 贈貞夫人坡平尹氏墓誌銘 ····· 139

59 정석치의 여기 저기 그린 그림에 쓰다 ········· 題鄭石癡散畫[三則] ···· 142

60 『반풍록』에 쓰다 ········· 題半楓錄 ···· 144

61 정자 황맹년의 애사권哀辭卷의 뒤에 쓰다[이름은 석범(錫範)]
········· 題黃正字孟年哀辭卷後[名錫範] ···· 145

62 『경원록』 서문 ········· 景遠錄序 ···· 146

63 『동사회강보』 발문 ········· 東史會綱補跋 ···· 148

64 경졸당기 ········· 景拙堂記 ···· 150

65 조성능이 계능으로 자를 바꾼 일에 대한 설 ········· 趙聖能改字季能說 ···· 152

66 조이수 생전 ········· 趙頤叟生傳 ···· 153

67 조이수상찬 ········· 趙頤叟像贊 ···· 155

68 『음양기상』에 쓰다 ········· 題陰陽奇賞 ···· 156

69 『구암유고』 서문 ········· 龜巖遺稿序 ···· 156

70 정석치의 「이조도」에 쓰다 ········· 題鄭石癡異鳥圖 ···· 158

71 강姜씨의 어머니 이태부인李太夫人 수서壽序 ········· 姜母李太夫人壽序 ···· 158

72 이영규李永逵의 자字 신유愼由에 대한 설 ········· 李永逵字愼由說 ···· 160

73 사헌부 장령掌令인 이군李君 묘지명 ········· 司憲府掌令李君墓誌銘 ···· 161

74 전목재錢牧齋의 일 6가지를 기록하다 ········· 記錢牧齋事六則 ···· 164

혜 환 잡 저 7

01 방산方山 홍처사洪處士 팔십八十 수서壽序 ········· 方山洪處士八十壽序 ···· 173

02 이유문이 도강道康의 임지로 가는 것을 전송하는 서문 送李幼文之任道康序 ···· 175

03 이우경이 예주부사로 나가는 것을 전송하는 서문 送李虞卿出守禮州序 ···· 177

04 『주일편』 발문 ········· 跋主一編 ···· 179

05 아우 정산처사貞山處士 제문 ········· 祭舍弟貞山處士文 ···· 180

06 뇌뢰정기 ······················· 磊磊亭記 ···· 182

07 아우에 대한 두 번째 제문 ······················· 再祭舍弟文 ···· 183

08 『녹문선생집』 서문 ······················· 鹿門先生集序 ···· 185

09 관수헌기 ······················· 觀水軒記 ···· 188

10 안백순이 목천 현감縣監으로 나가는 것을 전송하는 서문
     ······················· 送安百順出宰木川序 ···· 189

11 오학사吳學士가 연경으로 가는 것을 전송하는 서문 ······· 送吳學士赴燕序 ···· 192

12 허성보許成甫를 전송하는 서문 ······················· 送許成甫序 ···· 194

13 정재중鄭在中에게 주다 ······················· 贈鄭在中 ···· 195

14 『구사당행록』 발문 ······················· 九思堂行錄跋 ···· 197

15 통덕랑通德郎 안동권공安東權公 찬 ······················· 通德郎安東權公贊 ···· 198

16 권공부인權公夫人 전주최씨全州崔氏 찬 ······················· 權公夫人全州崔氏贊 ···· 199

17 학생 단양우공丹陽禹公 묘지명 ······················· 學生丹陽禹公墓誌銘 ···· 200

18 수분옹守分翁의 문권에 쓰다 ······················· 題守分翁卷 ···· 203

19 여강에 있는 세려世廬를 중수重修한 사적에 대한 발문 ··· 驪江世廬重修事蹟跋 ···· 204

20 『양천허씨세고』 발문 ······················· 陽川許氏世稿跋 ···· 206

21 『양천허씨세고』 뒤에 쓰다 ······················· 題陽川許氏世稿後 ···· 207

22 『난고유고』 서문 ······················· 蘭皐遺稿序 ···· 208

23 정사군丁使君이 오성烏城의 임지로 가는 것을 전송하는 서문
     ······················· 送丁使君之任烏城序 ···· 211

24 『우정고』 서문 ······················· 雨庭稿序 ···· 212

25 성호선생星湖先生의 서척書尺 발문 ······················· 星湖先生書尺跋 ···· 214

26 의암 조중보 제문 ······················· 祭蟻庵趙友文 ···· 215

27 옥동선생玉洞先生의 서첩書帖 발문 ······················· 敬跋玉洞先生書帖 ···· 217

28 헌납獻納 홍문백洪文伯 수서壽序 ······················· 洪獻納文伯壽序 ···· 218

29 소옹선생 휴치休致 때의 증행시첩 발문 ······················· 梳翁先生休致時贈行詩帖跋 ···· 220

30 허성보許成甫『동유록』에 쓰다 ······················· 題許成甫東遊錄 ···· 221

31 번암樊巖 채상서가 연경에 가는 것을 전송하는 서문 ···· 送樊巖蔡尙書赴燕序 ··· 222

32 둔옹遯翁의 절보첩絶寶帖 발문 ······················· 遯翁絶寶帖跋 ··· 224

33 신선용이 고흥高興의 임지로 가는 것을 전송하는 서문
送申使君善用之任高興序 ··· 225

34 대우암기 ··· 對右菴記 ··· 227

35 대우암對右菴 김군金君 화상찬畫像贊 ·············· 對右菴金君像贊 ··· 230

36 환아잠[신득령申得寧을 위해 짓다] ········· 還我箴[爲申生得寧作] ··· 231

37 대우암명 ··· 對右菴銘 ··· 233

38 촉아재명 ··· 燭雅齋銘 ··· 233

39 포의布衣 정군鄭君 묘지명 ····················· 布衣鄭君墓誌銘 ··· 235

40 정일사鄭逸士의 「산행도」에 쓰다 ··············· 題鄭逸士山行圖 ··· 237

41 풍악도楓嶽圖[금강산도金剛山圖]에 쓰다 ············ 題楓嶽圖 ··· 240

42 권사군權使君이 옥산玉山의 임지로 가는 것을 전송하는 서문
送權使君之任玉山序 ··· 241

43 강학사姜學士가 태주泰州로 나아가는 것을 전송하는 서문
送姜學士出守泰州序 ··· 243

44 벼루명[강정진姜廷進의 연석硯石이니, 무늬가 고사리와 대잎을 이루고 있다]
硯銘[姜廷進硯石 文成薇與竹葉] ··· 246

45 『명사총강』 뒤에 쓰다 ····························· 題明史總綱後 ··· 247

46 갑인년甲寅年 『조객록』 발문 ···················· 跋甲寅弔客錄 ··· 249

47 주태사시권 발문 ································ 跋朱太史詩卷 ··· 250

48 남창서법 발문 ····································· 跋南窓書法 ··· 251

49 만채재기 ·· 晚菜齋記 ··· 252

50 삼가 신부인이 쓴 열녀전에 쓰다 ······ 敬題申夫人所書烈女傳 ··· 255

51 신문초申文初가 금강산을 유람하는 것을 전송하는 서문
送申文初遊金剛山序 ··· 257

52 『동소고』 뒤에 쓰다 ····························· 題桐巢稿後 ··· 258

53 치헌기 ··· 恥軒記 ··· 259

54 이경와기 ·· 二耕窩記 ···· 260

55 유지당기 ·· 遺志堂記 ···· 262

56 『사과록』에 쓰다 ······························· 題四科錄 ···· 263

57 포경재기 ·· 抱經齋記 ···· 265

58 『평와집』 서문 ·································· 萍窩集序 ···· 267

59 포경설 ·· 抱經說 ···· 269

60 「사가첩」 발문 ·································· 四家帖跋 ···· 270

61 남헌명 군이 동협東峽에 들어가는 것을 전송하는 서문 送南君憲明入東峽序 ···· 272

62 표제表弟인 조사고趙士固가 고창高敞의 임지로 가는 것을 전송하는 서문
　　　　　　　　　　　　　　　　　　　　　　　　送表弟趙士固之任高敞序 ···· 273

63 조씨형제 명자설 ······························· 趙氏兄弟名字說 ···· 275

64 칠옹漆翁이 남쪽으로 모양牟陽을 유람하는 것을 전송하는 서문
　　　　　　　　　　　　　　　　　　　　　　　　送漆翁南遊牟陽序 ···· 276

65 호문설 ·· 好問說 ···· 278

66 허사문許士文 애만哀輓 발문 ················· 許士文哀輓跋 ···· 279

67 족손族孫 광국光國의 시권詩卷에 쓰다 ········ 題族孫光國詩卷 ···· 281

68 우연히 기록하다 ······························· 偶記 ···· 282

혜 환 잡 저 8

01 심沈씨 어머니 이태부인 육십六十 수서壽序 ····· 沈母李太夫人六十壽序 ···· 283

02 최씨崔氏 『수반시첩』 발문 ················· 崔氏晬盤詩帖跋 ···· 285

03 『우모통편』 발문 ··························· 寓慕通編跋 ···· 286

04 『관풍록』에 쓰다[일명 무이록無貳錄이다] ····· 題觀楓錄[一名無貳錄] ···· 288

05 외손자 허질許瓆이 『고시선』을 베낀 것 뒤에 쓰다 題外孫許瓆所寫古詩選後 ···· 289

06 용회당기 ··· 用晦堂記 ···· 289

07 연명[정덕승鄭德承을 위해 짓대 ··························· 硯銘[爲鄭德承作] ···· 291

08 시북市北 남상국유고南相國遺稿 발문 ···················· 市北南相國遺稿跋 ···· 292

09 가선대부 동지돈령부사 이공李公 묘갈명 ···· 嘉善大夫同知敦寧府事李公墓碣銘 ···· 294

10 금명 ·· 琴銘 ···· 300

11 『학주시집』 발문 ·· 鶴洲詩集跋 ···· 301

12 승암勝庵 허군許君 생지명生誌銘 ·························· 勝庵許君生誌銘 ···· 302

13 김명로金溟老 군이 소장한 화당畫幀에 쓰다 ·········· 題金君溟老所藏畫幀 ···· 305

14 취령산 문수사 남성암 중수기 ·············· 鷲嶺山文殊寺南聖菴重修記 ···· 306

15 시습당권時習堂卷 뒤에 쓰다 ·························· 題時習堂卷後 ···· 308

16 열녀 이씨 행장 뒤에 쓰다 ···························· 題烈女李氏行狀後 ···· 309

17 한산 조군 묘지명 ··· 韓山趙君墓誌銘 ···· 310

18 김명로 제문 ·· 祭金君溟老文 ···· 313

19 남돈암이 회소의 「자서첩」을 임서한 글씨의 발문
   ··· 南遯菴臨懷素自叙帖跋[六則] ···· 315

20 범애당기 ··· 汎愛堂記 ···· 317

21 계부 성호선생상星湖先生像 찬소서小序를 아울러 적는대
   ··································· 季父星湖先生像贊[并小序] ···· 319

22 청해靑海로 가는 이사군李使君에게 주는 서문 ··········· 贈靑海李使君序 ···· 320

23 이대부李大夫가 척주陟州의 임지로 가는 것을 전송하는 서문
   ··· 送李大夫之任陟州序 ···· 321

24 『충신록』 발문 ··· 忠信錄跋 ···· 322

25 묵옹 이공과 윤유인尹孺人을 합장한 지명誌銘 ···· 默翁李公曁配尹孺人合葬誌銘 ···· 323

26 『규장각시첩』 서문 ··· 奎章閣詩帖序 ···· 328

27 합안재기 ··· 盍安齋記 ···· 329

28 시안헌기 ··· 是岸軒記 ···· 330

29 동명설 ··· 東明說 ···· 331

30 복암기 ··· 茯庵記 ···· 333

31 오과정기 ……………………………………………………… 悟過亭記 … 335

32 『심계첩』서문 ……………………………………………… 心契帖序 … 337

33 정일사鄭逸士가 동북의 명산으로 유람함을 전송하는 서문
送鄭逸士遊東北名山序 … 338

34 만어정기 ………………………………………………………… 晚漁亭記 … 339

35 가소재기 ………………………………………………………… 稼蘇齋記 … 341

36 강산승람도江山勝覽圖에 쓰다 ………………………… 題江山勝覽圖 … 343

37 열선도列仙圖에 쓰다 …………………………………………… 題列仙圖 … 344

38 연명 ………………………………………………………………………… 硯銘 … 344

39 『남강고』에 쓰다 …………………………………………………… 題南强稿 … 345

40 수려기 ……………………………………………………………… 隨廬記 … 346

41 돈목재敦睦齋 김공金公 양세兩世의 행록 서문 … 敦睦齋金公兩世行錄序 … 347

42 족손族孫 진민振民이 금강산으로 들어가는 것을 전송하는 서문
送族孫振民入楓嶽序 … 349

43 자헌대부 공조판서 정공鄭公 묘갈명并序 …… 資憲大夫工曹判書鄭公墓碣銘[并序] … 350

44 허씨許氏 『훈지고』서문 …………………………………… 許氏壎箎稿序 … 358

45 완의설[외손 허숙許璹을 위해 짓는다. 숙이 자호를 완의료浣意寮라고 했다]
浣意說[爲外孫許璹作 璹自號浣意寮] … 359

46 잡지 ………………………………………………………………………… 雜志 … 361

찾아보기(상권) __ 363

찾아보기(하권) __ 377

혜환 이용휴 산문 전집

본편
1

혜환잡저 6

1. 꽃과 나비를 기록하다 記花蝶

[국역 옮김] 뜰 앞에 원추리[萱草]1) · 패랭이2) · 접시꽃이 한꺼번에 꽃을 피 웠다. 원추리에는 노랑나비, 푸른 나비, 호랑나비가 날아들고, 패랭이꽃에는 흰나비가 날아드는데, 접시꽃은 나비가 모두 지나치고 돌 아보지 않는다. 대개 꽃의 향기가 같지 않고, 나비의 성질이 각각 들어 맞는 것이 있기 때문이다. 대충 나비가 꽃을 그리워한다고 말하는 것은

---

1) 훤초(萱草) : 보통 원추리라 한다. 망우초(忘憂草) · 의남초(宜男草) 등으로 쓰기도 한 다. 보통 주부(主婦)의 방에 심는 풀이었다. 북당(北堂)은 주부(主婦)들이 거처하는 방 이었으므로 어머니가 거처하는 방을 훤당(萱堂) 또는 북당(北堂)이라 하여, 남의 어머 니를 가리키는 말로 쓰이기도 한다.

2) 석죽(石竹) : 패랭이꽃은 석죽과 여러해살이풀로 구맥(瞿麥) · 석죽(石竹) · 산죽(山竹) 이라고도 부른다. 한문을 풀이하면 '돌 틈에서 싹을 틔우는 대나무'란 뜻으로 생명력 이 강한 식물이다. 꽃은 6~8월에 피고 가지 끝에 한 개씩 달린다.

꼼꼼하지 못한 말이다.

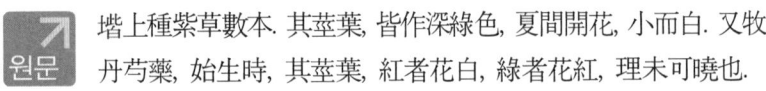
庭前萱草石竹蜀葵, 一時開花. 萱草來蝶之翅黃金碧者, 及作虎
紋斑者. 石竹來蝶之粉白色者, 蜀葵則蝶皆過而不顧. 盖花之香
不同, 而蝶之性, 各有所宜也. 泛言蝶戀花者, 未審之辭也.

2. 자초(紫草3))를 기록하다 記紫草

섬돌 위에 자초(紫草) 몇 뿌리를 심었다. 그 줄기와 잎이 모두
짙은 녹색이었는데 여름에 핀 꽃은 작고 하얀 색이었다. 모란
[牧丹]과 작약(芍藥)도 처음 생길 적에는 그 줄기와 잎이 붉은 것은 꽃이
희고, 푸른 것은 꽃이 붉으니 이치를 알 수는 없다.

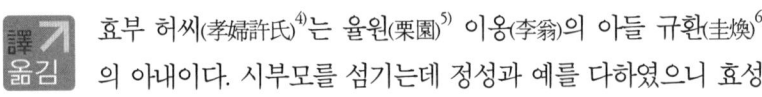
墻上種紫草數本. 其莖葉, 皆作深綠色, 夏間開花, 小而白. 又牧
丹芍藥, 始生時, 其莖葉, 紅者花白, 綠者花紅, 理未可曉也.

3. 효부 허씨(許氏) 찬 孝婦許氏贊

효부 허씨(孝婦許氏)[4]는 율원(栗園)[5] 이옹(李翁)의 아들 규환(圭煥)[6]
의 아내이다. 시부모를 섬기는데 정성과 예를 다하였으니 효성

---

3) 자초(紫草): 지치. 뿌리는 염색 재료로 쓰인다.

스럽다 이를 만하였다. 찬(贊)에 이른다. "입을 삐죽이고 다투는 것[7]을 세상에서 혹 듣게 되면 나는 귀를 막았으니, 나의 귀가 더럽혀질까 두려웠기 때문이었도다. 시서(詩書)를 배우지 않았고, 명예(名譽)를 탐내지 않았으나, 허씨(許氏) 집 딸은 시부모 잘 섬겼도다. 가려우면 긁어 드렸고,[8] 요강도 깨끗이 씻어 드렸으며, 맛있는 음식으로 봉양하였고[9] 잿물로 빨아 바늘로 꿰매었도다.[10] 평생토록 고통으로 여기지 않고 달게 여겼으니, 이것은 한결같이 힘을 다하고 뜻을 기른 것으로 아녀자 중에 증삼(曾參)이라 할 수도 있다. 비녀를 꽂은 여자로서 이와 같이 할 수 있었으니 갓을 쓰고 수염이 난 자들을 일깨울 만하도다."

원문

孝婦許氏栗園李翁于圭煥之妻也. 事舅姑, 盡誠禮, 可謂孝矣. 贊曰: "反脣勃磎, 世或有聞, 我則掩耳, 恐我耳溷. 不染詩書, 不規名譽, 有許氏女, 善事舅姑. 苛癢抑搔, 厠牏浣滌, 免薨瀡滫, 和灰紉箴. 終身不爲苦而爲甘, 是一竭力養志, 婦中之參. 笄能如此, 可以警冠而髯者."

---

4) 효부 허씨(孝婦許氏, 1726~?) : 족보에 생년월일만이 적혀 있다.
5) 율원(栗園) : 이함휴(李咸休, 1698~1770)의 호. 그에 대한 글로는 이서(李漵, 1662~ 1723)의 『홍도선생유고(弘道先生遺稿)』에 「율원만흥(栗園晩興)」이 있다. 이정환(李晶煥)의 『청계유고(淸谿遺稿)』에 「모방율원(暮訪栗園)」·「율원모우래숙이시증지(栗園冒雨來宿以詩贈之)」가 있다. 이가환의 『시문초(詩文艸)』에 「율옹묘지명(栗翁墓地銘)」이 있다. 이병휴의 『정산잡저(貞山雜著)』에 「제율옹문(祭栗翁文)」 등이 있다.
6) 규환(圭煥, 1676~1742) : 자는 여옥(汝玉). 자세한 행적은 알 수 없다.
7) 발계(勃磎) : 다투다. 『장자(莊子)』「외물(外物)」에 "室無空虛, 則婦姑勃磎"라고 했다.
8) 가양억소(苛癢抑搔) : 『예기(禮記)』「내칙(內則)」에 "疾痛苛癢而敬抑搔之"라고 했다.
9) 수수(瀡滫) : 뜨물. 뜨물로 국 같은 것을 끓이면 부드럽고 맛이 좋으므로, 전하여 부모에게 맛있는 음식을 만들어 봉양하는 일을 뜻함. 『예기(禮記)』「내칙(內則)」에 "菫, 荁, 枌楡, 免薨瀡滫以滑之, 脂膏以膏之"라고 했다.
10) 인잠(紉箴) : 바늘로 실을 꿰는 것을 말함. 『예기(禮記)』「내칙(內則)」에 "和灰請澣, 衣裳綻裂, 紉箴請補綴"이라고 했다.

4. 삼이재기 參以齋記

역 기
옮김 삼이(參以)는 삼이(三以)이다. 어찌하여 삼이(三以)인가? 취한 뜻이 세 가지여서이다. 세 가지는 무엇인가? 성묘(省墓)하기 편리한 곳, 독서(讀書)하기 마땅한 곳, 농사일을 구경할 수 있는 곳이다. 주인은 묘전(墓田)의 옆에다 땅을 얻어 병사(丙舍)[11]를 지었다. 아침저녁으로 배알(拜謁)하니, 어렴풋이 뵙는 듯하고, 탄식함이 들리는 듯했다. 한가하게 거처하며 일이 적을 적에는 밝은 창 아래에서 책을 꺼내어 옛날에 의심쩍은 것을 연구하고, 새롭게 얻은 것을 기록해 둔다. 사립문 밖에는 벼가 논에 가득하고 차조가 이삭을 드리워서 사람이 빈교(豳郊)[12]에 있다는 생각이 들게 한다. 대저 사람이란 것은 반드시 근본으로 돌아가는 것이니 무덤이란 것은 죽은 후에 의지하는 곳이다. 여러 성현(聖賢)들의 글이 비록 많으나 그 요체는 모두 사람에게 효도하기를 권하는 것이니 읽는다는 것은 이것을 알려고 하는 것이다. 논밭에서 나는 곡식이 이미 여물면 오직 처자(妻子)를 배불리 먹이거나, 손님과 친구에게 잔치를 베푸는 것뿐 아니라, 장차 자성(粢盛)[13]에 이바지해야 한다. 그렇다면 그 뜻은 비록 셋이지만 그 돌아가는 곳은 하나이다. 어찌하여 기(記)를 짓는가? 그 일을 기록하려는 것이다. 어찌하여 기를 지어 그 일을 기록하면서 그 경영하는 위치는 기록하지 않는가? 주인의 뜻이다.

---

11) 병사(丙舍) : 묘지(墓地)에 있는 방옥(房屋). 곧 재실(齋室) 또는 묘막(墓幕) 등으로 불리우는 선영(先塋)을 수호하기 위한 건물을 가리키는 예스러운 말이다.

12) 빈교에 있다는 생각이 들게 한다[有邪郊想] : 평화로운 농촌에 있다는 생각이 들게 한다는 뜻.『시경(詩經)』「빈풍(豳風)」, '칠월편(七月篇)'은 농사짓는 일을 주로 읊은 시였던 데에서 기인한 말이다. 빈(邪)과 빈(豳)은 뜻이 같아 혼용하는 글자이다.

13) 자성(粢盛) : 제품(祭品) 또는 제수(祭需). 제수로 올리는 서직(黍稷)을 자(粢)라 하고 그릇에 담는 것은 성(盛)이라 했다.

參以, 三以也. 曷爲三以? 所取之義以三也. 三者, 何? 便省墓也, 宜讀書也, 可觀稼也. 主人, 得地於墓田之旁, 營丙舍焉. 晨夕展拜, 僾然如見, 愾然如聞. 閑居少事, 明窓對卷, 繹舊疑, 而箚新得. 柴門之外, 罷亞盈疇, 薲芑垂穎, 令人有豳郊想. 夫人必歸本, 丘墓, 是畢命之依也. 羣聖賢之書, 雖多, 其要, 率皆勸人爲孝, 讀之欲知此也. 田稼旣登, 不惟飽妻子而燕賓友, 將以供粢盛也. 然則其義雖三, 其歸一也. 曷爲記? 記其事也. 曷爲記記其事而不記其經營位置? 主人之意也.

5. 세 가지 일 ^{三事}

한 친구가 안경·편자·담배에 대해 "이 세 가지 물건은 언제 처음 시작되었고, 어느 책에 보이는가?"라고 물었다. 내가 대답하기를 "옛날에 정주(汀洲) 장령(張寧)[14]이 '안경을 지휘(指揮) 호룡(胡鑷)의 집에서 보았으니, 대개 선조[宣廟 : 宣祖]께서 하사한 물건이다'[15]라고 했네. 애체(僾逮)는 곧 애체(靉靆)이니 지금 이른바 안경(眼鏡)이란 것이 이 것이네. 또 일찍이 한 권의 소설을 보니 이르기를 '애체경(靉靆鏡)은 서양(西洋)으로부터 나왔는데, 그 처음에는 안경 값이 말 한 마리 값과 맞먹었으나, 후에는 점차 값이 떨어져 은(銀) 한두 전(錢)에 이르렀다'[16]라고 했네. 그리고 『서문장집(徐文長集)』[17]에 이르기를 '양광(兩廣 : 광동·광

---

14) 장령(張寧) : 명(明)나라 해염(海鹽) 사람. 자는 정지(靖之)이고 호는 방주(方洲)이다. 관직은 급사중(給事中)에 이르렀으며, 사적(事蹟)이 『명사(明史)』의 본전(本傳)에 갖추어져 있다. 저서로는 『방주집(方洲集)』이 있다.

15) 장령(張寧), 『방주집(方洲集)』 「잡언(雜言)」에 "向在京時, 嘗於指揮胡鑷寓家所見, 其父宗伯公所得, 宣廟賜物"이라고 했다.

16) 청(淸) 손승택(孫承澤)의 『연산재잡기(硯山齋雜記)』에 보인다.

서)은 산이 높아서 말이 다니기에 불편하므로, 상인(商人)들이 말의 발에
철초혜(鐵草鞋)를 채웠다'라고 했으니, 편자는 대개 여기에서 비롯된 것
이네. 그러나 오직 담배는 단지 전설(傳說)에만 있어 끝내 증명할 수 없
었네. 최근에 청(淸)나라 사람 가서(稼書) 육롱기(陸隴其)18)의 「증숙조(曾叔
祖) 호암옹(蒿菴翁)에게 드린 편지」라는 글을 보니 '담배라는 물건이 옛
날에는 없는 것이었는데, 명나라 말기에 처음 있게 되었습니다. 오매촌
(吳梅村)19)은 그것을 요사스럽게 여겼음이 『수구기략(綏寇紀略)』중에 보
입니다'라고 했다네.20) 『속본초(續本草)』에 이르기를 '담배와 술은 유래
를 알 수 없는데, 혹은 백 가지 질병을 고친다고도 하였고, 혹은 창자를
마르게 하고, 병에 물들게 할 수 있다'21)고도 하였으니 이것이 그 증거
이네. 송나라 섭수심(葉水心)22)이 「조기원(曹器遠)을 전송하며」라는 시에

---

17) 서문장집(徐文長集): 서위(徐渭, 1521~1593)의 문집 이름. 서위는 중국 명나라의 문
  인으로 초자(初字)를 문청(文淸)이라 했다가, 문장(文長)으로 고쳤다. 호(號)는 천지산
  인(天池山人), 청등거사(靑藤居士). 시·서·화에 각각 일가를 이룬 천재적인 문인이
  다. 명나라 초기에 풍미했던 의고파(擬古派)의 모방을 조소하였다.

18) 육롱기(陸隴其, 1630~1692): 원명(原名)은 용기(龍其)인데 후에 경사(京師)로 들어가
  서 관직(官職)에 보임되었으므로, 휘자를 피하여 이름을 농(隴)이라 했다. 자는 가서(稼
  書)이니 절강성(浙江省) 평호(平湖) 사람이다. 배우는 사람들이 많이 일컫기를 '당호
  (當湖)' 혹은 '당호선생(當湖先生)'이라 하였다. 농기(隴其)가 어릴 때부터 널리 배우고
  애써 읽어서 성인의 학문을 스스로 기약하여 스스로 일컫기를 "과거에 뜻을 뺏기지
  않겠다[不爲科擧奪志]"라고 하였다. 농기(隴其)는 죽을 때까지 주자(朱子)를 존중하고
  왕양명을 폄하하였다. 저서로는 『곤면록(困勉錄)』·『삼어당집(三魚堂集)』·『독주수필
  (讀朱隨筆)』등이 있다.

19) 오위업(吳偉業, 1609~1671): 중국 명나라 때의 시인·화가. 자는 준공(駿公)이고 호
  는 매촌(梅村). 그의 시는 초기 풍격이 기려(綺麗)하지만 생활을 반영한 것은 깊이가
  없으며, 후기에는 어려운 일을 많이 당해 당시의 사회 현실을 반영한 작품들이 많다.
  청초(淸初)의 시인인 전겸익(錢謙益)과 함께 대표적으로 손꼽히는 작가이다. 저서로는
  『매촌가장고(梅村家藏稿)』·『통천대(通天臺)』·『임춘각(臨春閣)』등이 있다.

20) 육롱기(陸隴其), 『삼어당문집(三魚堂文集)』「여증숙조호암공(與曾叔祖蒿菴翁)」에 나
  온다.

21) 혜환의 글에는 『속본초』이라고 되어 있으나, 『이폭당집(怡曝堂集)』에 "烟酒不知所
  自, 或曰仙草療百疾, 或曰能枯腸染疫, 然鶩之于市, 傾刻不去手; 閨閣佳麗, 亦以此
  爲餐. 香如柏, 功能于茶, 味逾于酒, 未有知其故者"라고 나온다.

22) 섭수심(葉水心, 1150~1223): 이름은 섭적(葉適). 자는 정칙(正則) 또는 온주(溫州).

'마원동(麻源洞) 속의 경엽(瓊葉)에 비 내리니, 남초시(南草市)에 있는 갈꽃 가을이네'[23]라고 한 것과 같은 것은 또 무슨 물건을 가리키는지 알지 못하겠네"라고 하자, 친구가 말하기를 "어찌 기록하여 뒷날에 상고하는 데에 대비하지 않는가?"라고 하기에, 내가 드디어 그것을 기록한다.

 一友問眼鏡馬鐵南草, "此三者, 始於何時, 見於何書?" 余答曰 : "'昔張汀洲寧, 見優逮於指揮胡籠家, 盖宣廟賜物也.' 優逮卽靉 靆, 今所謂眼鏡者是已. 又曾見一小說云 : '靉靆鏡, 出自西洋, 其始鏡直 一馬, 後遞減, 至銀一二錢云.' 『徐文長集』云 : '兩廣山峻, 馬不便行, 商 人, 加鐵草鞋於馬足.' 馬鐵, 盖昉於此 惟南草, 只有傳說, 終無明證. 近見 淸人陸稼書隴其, 「與其曾叔祖蒿菴翁書」云 : '煙之爲物, 終[24]古所無, 明 季, 始有之. 吳梅村以爲妖, 見於『綏寇紀略』中.' 「續本草」云 : '烟酒不知 所自, 或曰療百疾, 或曰能枯腸染疾', 此其證也. 若宋葉水心適, 「送曹器 遠」詩云 : '麻源洞裡瓊葉雨, 南草市上蘆花秋者', 又未知指何物也." 友 曰 : "盍錄之以備後考?", 余遂錄之.

6. 조운거趙雲擧 군에게 주다 贈趙君雲擧

부채를 흔들어 바람을 일으키고[25] 물을 뿜어 무지개를 만든 다.[26] 잿가루로 달무리를 이지러뜨리고[27] 끓는 물로는 여름 얼

학자들은 보통 수심선생(水心先生)이라 불렀다. 섭적은 영가학파(永嘉學派)의 대표로 서, 영가학파의 진보적인 사상 전통을 계승하고 발전시켰으며, 도(道)는 물(物) 가운데 있다고 하는 유물론적 관점을 견지하였다. 문집으로는 『수심집(水心集)』이 있다.
23) 『수심집(水心集)』과 오지진의 『송시초(宋詩抄)』에 보인다.
24) 원문에는 종(從)으로 되어 있다. 혜환의 착오로 보인다.

음을 만든다. 나무소를 갈 수 있게 하고[28] 구리종을 스스로 울게 한다.[29] 소리로는 귀신을 부르고[30] 기(氣)로는 뱀과 범을 오지 못하게 한다.[31] 서쪽 끝에서 동쪽 바다까지 잠깐 사이에 생각이 두루 미치고, 하늘 위와 땅 아래도 순식간에 생각이 이른다. 백 세 이전으로 거슬러 올라가 기록하고, 천 세 이후도 미루어 헤아린다. 비록 시나간 옛날의 여러 철인(哲人)들도 오히려 역량(力量)을 다하지 못한 바가 있다. 이렇게 큰 지혜와 큰 재능을 가지고도 7척 몸뚱이에 부림을 당하여 술과 여자와 재리(財利), 혈기(血氣)[32] 속에 빠져 있으니 어찌 크게 애석하지 않겠는가!

---

25) 부채를 흔들어 바람을 일으키고[搖扇生風]: 『서유기』 제59회 「唐三藏路阻火燄山 孫行者一調芭蕉扇」에 "鐵扇仙有柄芭蕉扇. 求得來, 一扇息火, 二扇生風. 三扇下雨, 我們就種種, 及時收割, 故得五穀養生. 不然, 誠寸草不能生也"라고 했다.

26) 육전(陸佃), 『비아(埤雅)』에 "舊云雞羽焚而淸飆起, 蘆灰缺而月暈移. 說者以爲 : 取蘆草灰, 隨晌下月光中, 令圓畫缺其一面, 則月暈亦缺於上也"라고 했다.

27) 나무소를 갈 수 있게 하고[使木牛能行]: 『삼국연의(三國演義)』 제102회 「司馬懿占北原渭橋 諸葛亮造木牛流馬」에 "(建興)九年(231), 亮夏出祁山, 以木牛運, 粮盡退軍 …… 十二年春, 亮悉大衆由斜谷出, 以流馬運, 据武功五丈原, 与司馬宣王對于渭南"이라고 했다.

28) 구리종을 스스로 울게 한다[令銅鐘自鳴]: 지광(智光), 『속고승전(續高僧傳)』 26권에 "釋智光 江州人 尼論師之學士也 少听攝論大成其器 言論淸華聲勢明穆 志度輕健鮮忤言諍 謙牧推下爲時所重 開皇十年 敕召尼公 相從入京住大興善寺 仁壽創塔 召送循州 途經許部 行出城南 人衆同送舍利于興慶放光明 高出丈余 傾衆榮慶北至番州 寄停寺內 其夜銅鐘洪洪自鳴 連宵至旦 惊駭人畜 及至食時其聲乃止 旣達循州道場塔寺 当下舍利天降甘露塔邊樹上 色類凝蘇 光白曜日 光還京室以法自娛 頻開攝論 有名秦壤 晩厭談說歸靜林泉 尋還廬阜屛絶人事 安禪自節卒于山舍"라고 했다.

29) 소리로는 귀신을 부르고[聲召鬼神]: 「과남본열반경서(科南本涅槃經序)」에 "聲召有六 一聲時表法 二聲時臨机 三聲之本末 四聲之橫竪 五聲有感應 六聲中嘆告 初二月下 聲時表法者 …… 次十恒鬼神王衆 文爲二 所召有數類名 此應是同名 後列者是 正四王仁等速詣是順召 供具如文(云云) 次二十恒鳥"라고 했다.

30) 조선료(趙善璙)의 『자경편(自警編)』과 사마광(司馬光)의 『속수기문(涑水記聞)』에 "崔公孺, 諫議大夫立之子, 韓魏公夫人之弟也. 性亮直, 喜面折人. 魏公執政, 用監司有非其人者. 公孺曰 : 公居陶鎔之地, 宜法造化爲心, 造化以蛇虎者, 害人之物, 故置蛇于藪澤, 置虎于山林. 公今乃置之通衢, 使сим民害可乎! 魏公甚嚴憚"라고 했다.

31) 주색재기(酒色財氣): 기주(嗜酒), 호색(好色), 탐재(貪財), 영기(逞氣). 예전에는 이 네 가지를 가장 쉽게 사람을 해친다고 보았기 때문에 매번 함께 일컫는다.

원문 搖扇生風, 噴水成虹. 灰缺月暈, 湯造夏氷. 使木牛能行, 令銅鐘自鳴. 聲召鬼神, 氣禁蛇虎. 西極東海, 頃刻思周, 天上地下, 瞬息念到. 百世以前, 遡而記之, 千歲以後, 推以測之. 雖往古群哲, 猶有未盡分量者矣. 有此大靈慧·大才能, 而爲七尺血肉之軀所役, 淹沒於酒色財氣中, 豈不大可惜哉!

7. 삼가 지중추부사 이공(李公)[32]이 인주(仁州)[33]로 돌아가는 것을 전송하는 서문 奉送知中樞李公歸仁州序

옮김 활기 넘치는 서울 경내에서 성문을 지나는 수많은 발걸음 중에 오는 사람은 있어도, 가는 사람은 없다. 혹시라도 가는 사람이 있다면 좌천당하거나 쫓겨나는 사람뿐이다. 이런 경우가 아니라 벼슬을 버리고 돌아가는 사람이라면 그칠 줄을 알아 물러나는 것을 좋아하는 군자이니, 어찌 쉽게 얻을 수 있겠는가? 평창 이공(平昌李公)은 젊어서 조정에서 벼슬을 하여 위계(位階)를 쌓아 정헌(正憲)에 이르렀고, 여러 벼슬을 역임하다 지중추부사(知中樞府事)에 이르렀는데 지금 늙은 것을 고하고 소성(邵城)[34]의 옛집으로 돌아간다.

---

32) 이공(李公) : 이광부(李光溥, 1694~1773)이다. 자는 자연(子淵)이다. 이광직과 이광익의 육촌 형제이다. 이광부의 손자인 이응훈과 이용휴의 딸이 결혼했다. 1773년 이광부가 세상을 떠나자 이용휴는 「이지사광부만(李知事光溥挽)」(5언절구 3수)을 지어 주었다.
33) 인주(仁州) : 인천이다. 고구려 시대에 매소홀이라 불리다가 신라 경덕왕 때에는 소성(邵城)이라 개칭하고, 고려 숙종(肅宗) 때에 경원군(慶源郡)으로 승격되었으며, 조선 태조(太祖) 때에 인주(仁州)로 고쳤다.
34) 소성(邵城) : 지금 인천시에 속한 지역으로, 남쪽의 안산과 인접한 지역이었다. 이곳은 평창 이씨들이 세거하였던 곳으로, 그들의 누대에 걸친 장원과 묘가 모여 있었다.

대개 벼슬살이 하는 중에 슬프고 기쁘며 달콤하고 쓰디쓴 것들이 때때로 마음에 걸리고, 시비(是非)와 향배(向背)가 날마다 앞에서 변하였으나 공은 이러한 것을 편안히 여겼으니 마치 근원이 되는 샘은 가뭄이나 장마에도 늘거나 줄어듦이 없고, 진금(眞金)은 두드리거나 달군다 해서 모양이 달라지지 않는 것과 같았다. 그리고 그가 일찍이 바람이 몰아치고 눈 내리는 날에도 역로(驛路)에서 말을 몰고, 새벽 북이 울리고부터 밤에 촛불을 켤 때까지 소장(訴狀)을 살폈던 것은, 다시 견고(堅固)한 자질을 늘리기에 충분하였다.

또 지금 성인(聖人)이 보위(寶位)에 오르셨는데, 성상의 연세가 많으시며 그리고 또 성상의 탄생하신 해가 갑술년(甲戌年)35)인데, 신하 중에 이 해에 태어난 사람은 귀현(貴顯)하고 장수(長壽)한 사람이 많았으니, 공도 그중에 한 분이다. 비유하자면 해가 동쪽에서 뜰 때 해에 가까운 구름과 노을은 모두 기색(氣色)이 있는 것과 같으니 어찌 성대하지 않은가!

대저 시속(時俗)에 휩쓸리는 자들은 세상의 사물에 얽매인 바가 되지 않으면, 조물주에게 휘둘림을 당한다. 오직 얽매이지 않고 휘둘리지 않으면서 스스로 주인이 되어 스스로 운행을 하는 자는 바로 정심(定心)과 정력(定力)이 있어서이니, 공이 바로 그런 분이다. 공이 이미 물러나 자취가 관부(官府)에 이르지 않고 편지가 벼슬아치에 통하지 않게 되면 날마다 일민(逸民)이나 유노(遺老)와 산속의 숲속 길 사이에서 소요할 것이다. 요천(瑤泉)에서 양치질하고 송화(松花)를 먹으면 몸은 더욱 강령해지고 기는 더욱 왕성해질 것이니 또 장차 재상인데다가 신선이 될 것이다.

> **원문**
> 長安境熱, 城門萬屬, 有來者, 無去者. 一或有去, 非貶則黜. 非是而奉身以歸者, 乃知止嗜退之君子, 豈易得哉? 平昌李公, 少仕於朝, 積階至正憲, 歷官至知中樞, 今告老, 還邵城舊居.

---

35) 갑술년(甲戌年) : 서기 1694년으로 영조가 태어난 해.

盖中間之悲歡甘苦, 時觸於中, 是非向背, 日變於前, 而公惟安之, 猶原泉不以旱澇有增減, 眞金不以鎚鍊有變改. 而其嘗風韉雪鐙, 驅馳驛路, 晨鼓宵燭, 審閱牒訴者, 復足爲增益堅固之資矣.

且當今聖人臨御, 寶算靈長, 而聖誕, 乃在甲戌. 臣下之以是歲生者, 多貴顯壽考, 公卽其一也. 譬如日出東方, 雲霞之近日者, 皆有氣色, 豈不盛哉!

夫靡靡者, 不爲世物所靡, 則爲造物所轉. 惟不靡不轉, 自主自運者, 乃是定心定力也, 公其人哉! 公旣退, 跡不及官府, 牘不通簪紱, 日與逸民遺老, 逍遙於山術林蹊之間. 漱瑤泉, 餐松花, 體益康, 氣益茂, 又將宰相而神仙矣.

8. 아암기 我菴記

나와 남을 마주 놓고 보면, 나는 친하고 남은 소원하다. 나와 사물을 마주 놓고 보면 나는 귀하고 사물은 천하다. 그런데도 세상에서는 도리어 친한 것이 소원한 것의 명령을 듣고, 귀한 것이 천한 것에게 부림을 당하는 것은 어째서인가? 욕망이 그 밝은 것을 가리고, 습관이 참됨을 어지럽히기 때문이다. 이에 좋아하고 미워하며 기뻐하고 성냄과 행하고 멈추며 굽어보고 우러러봄이 모두 남을 따라만 하고 스스로 주체적으로 하지 못하는 바가 있다. 심한 경우에는 말하고 웃는 것이나 얼굴 표정까지도 저들의 노리갯감으로 바치며, 정신(精神)과 의사(意思)와 땀구멍과 뼈마디 하나도 나에게 속한 것이 없게 되니, 부끄러운 일이다.

나의 벗 이처사(李處士)는 예스러운 모습과 예스러운 마음을 가졌으며 남과 담을 쌓는 마음을 베풀지 않고36) 겉치레를 꾸미지도 않는다.37) 하지만 마음에는 지키는 것이 있어서 평생 남에게 구해본 적도 없고 좋아하는 사물도 없었다. 오직 부자(父子)가 서로를 지기(知己)로 삼아 위로하고 격려하며 부지런히 일하여 스스로 힘써서 먹고 살 따름이었다. 처사는 손수 심은 나무가 수백에서 천 그루에 이르는데, 그 뿌리·줄기·가지·잎은 한 치 한 자를 모두 아침저녁으로 물 주고 북돋아서 기른 것이다. 나무가 다 자라서 봄이면 꽃을 얻고 여름이면 그늘을 얻으며 가을이면 열매를 얻게 되니, 처사의 즐거움을 알 만하다.

처사(處士)가 또 동산에서 목재를 가져다 작은 암자 한 채를 짓고 편액을 달기를 아암(我菴: 나의 집)이라고 했으니, 사람이 날마다 하는 행위가 모두 나에게 연유한다는 것을 보인 것이다. 저 일체의 영화(榮華)·세리(勢利)·부귀(富貴)·공명(功名)은 나의 천륜(天倫)을 단란하게 즐김과 본업(本業)에 갖은 힘을 다 쓰는 것과 견주어 외적인 것으로 여겼다. 단지 외적인 것으로 여길 뿐만이 아니었으니, 처사는 선택할 바를 안 것이다. 훗날 내가 처사(處士)를 찾아가 함께 암자 앞 늙은 나무 밑에 앉게 되면 마땅히 다시 "남과 나는 평등하며 만물은 일체이다"라는 뜻을 이야기 나눌 것이다.

원문 我對人, 我親而人疎. 我對物, 我貴而物賤. 世反以親者聽於疎者, 貴者役於賤者何? 欲蔽其明, 習汨其眞也. 於是有好惡喜怒, 行止俯仰, 皆有所隨而不能自主者. 甚或言笑面貌, 以供彼之玩戲, 而精神意思, 毛孔骨節, 無一屬我者, 可恥也已.

吾友李處士, 古貌古心, 不設畦畛, 不修邊幅. 而中有守, 平生未嘗干

---

36) 휴진(畦畛): 남과 자기와의 경계를 말한다.
37) 불수변폭(不修邊幅): 불찬변폭(不襸邊幅)이라고도 한다. 겉치레란 의미이다. 『후한서(後漢書)』 「마원전(馬援傳)」에 "公孫不吐哺走迎國士, 與圖成敗, 反修飾邊幅, 如偶人形. 此子何足久稽天下士乎?"라 했다. 이현(李賢)의 주(注)에 "言若布帛襸整其邊幅也"라고 했다. 후에 복식(服飾), 의표(儀表)를 강구하지 않는 것을 형용해서 불수변폭(不修邊幅)이라 한다.

人, 於物亦無所好. 惟父子相爲知己, 慰勉勤勞, 自食其力而已. 處士手所
種樹, 數百千株, 其根幹枝葉, 寸寸尺尺, 皆朝朝暮暮, 灌培長養者也. 樹
成, 春得其花, 夏得其陰, 秋得其實, 而處士樂可知也.

處士又取材於園, 結一小菴顏之曰我, 示人之日用事爲皆由己也. 彼
一切榮華勢利富貴功名, 以較我之天倫團歡·戮力本業外之. 不啻外也,
處士知所擇矣. 他日我訪處士, 共坐菴前老樹之下, 當更講人我平等, 萬
物一體之旨矣.

9. 성명[38] 星命

점쟁이의 말에 "신유생(辛酉生)은 현달(顯達)한 사람이 전혀 없
다"고들 한다. 그러나 한(漢)나라의 제갈무후(諸葛武侯, 181~234)와
송(宋)나라의 윤화정(尹和靖, 1071~1142)[39]과 우리나라 퇴계선생(退溪先生:
이황, 1501~1570)과 남명선생(南冥先生: 조식, 1501~1572)과 한음상국(漢陰相國
: 이덕형, 1561~1613)과 우리 집안의 작은 아버지이신 성호선생(星湖先生:
이익, 1681~1763)[40]은 모두 신유생(辛酉生)으로 세운(世運)에 관계되고 도맥
(道脉)을 전했으니, 현달하지 않았다 하겠는가? 또 삼대 이후에 첫째가는

---

38) 성명(星命): 사람의 생년월일과 태어난 시간으로 운명을 추산하여 길흉을 판단하는
   것을 말함.
39) 윤화정(尹和靖): 송대(宋代)의 학자인 윤돈(尹焞)을 가리킨다. 자는 언명(彦明), 덕충
   (德充). 정강(靖康) 연간에 황제가 그에게 '화정처사(和靖處士)'라는 아호를 내렸다. 정
   이(程頤)에게 배웠고 평생 과거에 응시하지 않았다. 저서에『화정집(和靖集)』이 있다.
40) 이익(李瀷, 1681~1763): 조선 숙종 때의 학자. 자는 자신(子新), 호는 성호(星湖). 형
   이잠(李潛)이 당쟁으로 희생되자 벼슬에 뜻을 버리고 학문에만 몰두하였다. 유형원(柳
   馨遠)의 학풍을 이어 실학의 대가가 되었다.『성호사설(星湖僿說)』과『성호문집』외에
   방대한 저서를 남겼다.

인물들이 이 해에 태어났으니, 이 해는 우주(宇宙)가 개벽하는 기회로, 성명가(星命家)의 말이 이에 징험되지 않았다. 혹은 말하기를 "공자(孔子)는 주(周)나라 영왕(靈王) 21년에 태어나 경왕(敬王) 41년에 돌아가셨으니 춘추 73세이셨고, 맹자(孟子)는 열왕(烈王) 4년에 태어나 난왕(赧王) 26년에 돌아가셨으니 춘추 84세이셨다"라고 한다. 그렇다면 대성(大聖)과 아성(亞聖)이 모두 기유생(己酉生)이니 더욱 기이한 일이다.

원문

星命家言, "辛酉生顯達者, 絶無." 然漢諸葛武侯, 及宋尹和靖, 及我國退溪先生, 及南冥先生, 及漢陰相國, 及家季父星湖先生, 皆辛酉生, 關世運, 傳道脉, 爲不顯不達耶? 且三代後, 第一人以是年生, 則是年, 卽宇宙開泰之會, 星命家言, 於是乎不驗矣. 或云 : "孔子生於周靈王二十一年, 卒於敬王四十一年, 年七十三, 孟子生於烈王四年, 卒於赧王二十六年, 年八十四." 然則大聖亞聖, 皆以己酉生, 尤可異也.

10. 외사촌 조처사(趙處士) 춘경(春卿)41) 제문 ^{祭表從趙處士春卿文}

譯 옮김 아! 처사(處士)가 돌아갔으니 세상은 말세가 되었고 풍속은 경박한 풍속42)이 되었으니 어째서인가? 옛날의 질박한 사람이 없기 때문이다. 처사(處士)는 태어나 60여 년이었는데, 일찍이 하루도 진기한 음식을 먹지 않았고, 화려한 옷을 입지 않았다. 밭은 반 무[畝]도 없었으며 재산도 얼마 안 되었으니, 곤궁함이 매우 심하였다. 그러나 비록 교묘하게 감찰하는 자라도 능히 그 청탁하는 것을 추적하지 못하였고, 취지를 달리하는 자43)라도 감히 점잖은 체하며 아첨한다고 무함하지 못

했으니, 여기서 처사(處士)를 볼 수 있다. 황강(荒江)의 굽이에 옹유(甕牖)와 토상(土床)[44]이 있어 풀이 지붕 위에 솟아 있지만 아버지는 자애롭고 아들은 효성스러웠으며 남자는 책을 읽고 여자는 길쌈을 했다. 소위(素位)[45]를 행하여 본분을 지켰으니 저 부귀는 했으되 마음에 부끄러워 이마에 땀이 나는 자[46]와 견준다면 어떻겠는가? 처사의 묘소는 그 집과 밥 짓는 연기가 통하고 닭과 개 짖는 소리가 들리니, 이는 당(堂)으로부터 방으로 가는 거리이다. 풍수가의 말에 빠져서 빈산이나 황량한 들판 사이에 비바람이 진동하고 여우와 살쾡이가 울부짖는 데에 묘를 쓰는 것보다는 훨씬 더 낫다. 아! 흰 망아지가 지나가고,[47] 메조가 익었으니[48] 처사(處士)는 그 행장을 꾸려서 떠날지어다.

원문 嗚呼! 處士沒, 而世爲季世, 俗爲澆俗. 何以故, 無古樸人也. 處士生, 六十有餘年, 未嘗一日食珍腴衣華采. 田無半畝, 産不數金, 窮至甚也. 然雖巧伺者, 不能跡其干囑, 異趣者, 不敢諉其柔佞, 是可以見處士矣. 荒江之曲, 甕牖土床, 草生屋上, 而父慈子孝, 男讀女績. 行

---

41) 춘경(春卿) : 조원상(趙元相, 1709~1771)의 자. 이용휴는 외사촌형제인 조원상(趙元相), 조형상(趙亨相), 조정상(趙貞相) 3형제와 교분이 두터웠다.

42) 요속(澆俗) : 요풍(澆風)과 같다. 부박(浮薄)한 사회 분위기를 말함.

43) 취지를 달리하는 자[異趣者] : 당파를 달리한 사람을 이른다.

44) 옹유(甕牖)와 토상(土床) : 깨진 옹이 조각으로 만든 창문틀과 흙을 쌓아 만든 침상으로 가난한 집의 형용이다. 『예기(禮記)』「유행(儒行)」에 '蓬戶甕牖'라 했다.

45) 소위(素位) : 분수를 지키는 것을 말한다. 『예기(禮記)』에 '군자(君子)는 그 위(位)에 쇼(素)하여 그 외(外)를 넘보지 않는다'라고 했다.

46) 자액(泚額) : 이마 위에 땀이 난다는 말. 대개는 수치스럽거나 부끄러운 것을 표시하는 의미로 쓰인다.

47) 백구과(白駒過) : 『장자(莊子)』「지북유(知北遊)」에 '사람이 천지 사이에 살고 있는 시간은 흰 말이 틈을 지나가듯 순식간이다[人生一世間, 若白駒過隙, 忽然而已]'라 했다.

48) 황량(黃粱) : 황량몽(黃粱夢)과 같다. 허환(虛幻)한 일이나, 현실에서 이루어질 수 없는 욕망을 가리키는 말로 쓰인다. 당(唐)나라 때 심기제(沈旣濟)의 『침중기(枕中記)』에 '盧生在邯鄲客店遇道士呂翁, 生自嘆窮困, 翁探囊中枕授之曰 : 枕此當令子榮適如意. 時主人正蒸黃粱, 生夢入枕中, 享盡富貴榮華. 及醒, 黃粱尙未熟, 怪曰 : '豈其夢寐耶?' 翁笑曰 : '人世之事亦猶是矣''라 했다.

素位, 守本分, 視彼富貴, 而愧于心泚于顙者, 何如也? 處士之藏, 與其家,
烟火光通, 鷄狗聲聞, 是猶自堂而適室. 勝溺形家言, 墓於空山荒野之間,
風雨震, 而狐狸嘷者遠也. 嗚呼! 白駒過矣, 黃梁熟矣, 處士, 其理裝行矣.

11. 낙소와기 ^{樂蘇窩記}

형강(荊江)[49]의 승경은 초삽(苕霅)[50]과 견주어 다툴 만하며, 땅이
또 걸어서 수목(壽木)[51]과 미전(美箭)[52]이 많이 난다. 나무꾼이 사
는 집, 농사꾼이 사는 집, 고기 잡는 시렁[漁棚], 해가(蟹椵)[53]가 보일 듯 말
듯 흩어져 있는데 그중에 넓은 곳에 나의 친구 권처사(權處士)가 살고 있
다. 늙은 몸을 편히 하고 몸을 쉬는 장소라고 하여 편액을 낙소(樂蘇)라고
하였다. 무릇 세상의 일체 화려한 볼거리를 처사는 모두 물리쳐서 다스리
지 않았으니, 평소에 뜻을 둔 곳이 딴 곳에 있었던 것이다. 대개 사는 데
제일 급한 것은 생활이 풍족하게 되는 것이다. 그러므로 『논어』에 이르기
를 "밥은 곱게 찧을수록 싫어하지 않았고, 회(鱠)는 가늘게 썬 것을 싫어

---

49) 형강(荊江): 문헌 기록에 의하면 용호(광원 대청댐 전망대 아래) 아래로는 신탄진부
　　터 위로는 금강(錦江)까지의 지역을 형강(荊江)이라 부른다.
50) 초삽(苕霅): 절강(浙江) 지방에 있는 초계(苕溪)와 삽계(霅溪)를 가리킴.
51) 수목(壽木): 전설에 나오는 선목(仙木).『여씨춘추(呂氏春秋)』「본미(本味)」에 "菜之
　　美者, 崑崙之蘋, 壽木之華"라고 했다. 또, 고유(高誘)의 주(注)에 따르면 "수목(壽木)은
　　곤륜산(崑崙山) 위에 있는 나무인데, 그 열매를 먹으면 죽지 않으므로 수목(壽木)이라
　　한다"라고 했다.
52) 미전(美箭): 질이 좋은 화살, 아름다운 대나무를 이른다.
53) 해가(蟹椵): 시골 사람들이 대나무로 만든 게 잡는 어구(漁具)를 이른다. 육유(陸游)의
　　「동청한보동촌유고당환사(冬晴閑步東村由故塘還舍)」에 "紅藤拄杖獨相羊, 路遶東村
　　小嶺傍. 水落枯萍黏蟹椵, 雲開寒日上魚梁. 洛陽二頃言良是, 光範三書計本狂. 歷盡
　　危機識天道, 要今閑健返耕桑"이라 하고, 원주에 "鄕人植竹以取蟹謂之蟹椵"라 했다.

하지 않았으며 잘못 요리된 것은 잡수시지 않았다"[54]라고 하였다. 무릇 밥은 반드시 벼로 지어야 하고, 회는 반드시 물고기로 떠야 하며, 익히는 데는 땔감이 필요하다. 이런 것들은 모두 날마다 쓰는 물품인데도 사람들은 살피지 않는다. 그러므로 처사가 이를 들어서 편액에 썼으니, 육서(六書)[55]의 회의(會意)와 같아서, 보는 자로 하여금 스스로 그 거친 것은 몸을 기를 수 있고, 그 정미한 것은 본성을 기를 수 있다는 것을 알게 하였다. 처사가 즐거워하는 바는 비록 하찮은 것 같으나 실제는 그 무엇과도 바꿀 수가 없는 것이니, 그렇다면 처사는 도(道)에 가까운 사람이다.

원문

荊江之勝, 可與茗雪爭覇, 地又饒, 壽木美箭. 樵舍佃戶, 漁棚蟹椵, 隱映點綴, 而中寬衍, 吾友權處士居焉. 以爲佚老息躬之所, 顔曰, 樂蘇. 凡世一切浮艶之觀, 處士, 皆却而不御, 素托有在. 盖有生之所急者, 爲厚生. 故魯論曰 : "食不厭精, 鱠不厭細, 失飪不食." 夫食必以禾, 鱠必以魚, 飪則須薪. 是皆日用之常, 而人不察焉. 故處士擧而題之, 若六書之會意, 使見者, 自解爲其粗可以養體, 而其精微可以養性. 處士所樂者, 雖似淺近, 而實無以易之者, 然則處士, 其幾於道矣.

---

54) 밥은~않았다.『논어(論語)』「향당(鄕黨)」에 "齊必變食, 居必遷坐. 食不厭精, 膾不厭細, 食饐而餲, 魚餒而肉敗不食, 色惡不食, 臭惡不食, 失飪不食, 不時不食"이라고 했다.

55) 육서(六書) : 한자를 이루는 여섯 가지 방법인 지사(指事) · 상형(象形) · 회의(會意) · 전주(轉注) · 가차(假借)를 말함.

12. 경상좌절도사 이공李公 묘갈명墓碣銘 慶尙左節度使李公墓碣銘

여주 이씨(驪州李氏)는 문학(文學)으로 유명한 집안이고 또 지조의 뛰어남이 있어 붓이 남에게 부림당함을 좋아하지 않는 것이 마치 반씨 중의 정원후(定遠侯)[56]나 충씨 중의 환주(環州)[57]와 같았으니, 곧 고인인 영남(嶺南) 좌절도사(左節度使) 공(公)이 이와 같은 분이셨다. 공은 휘(諱)가 복휴(復休, 1661~1733)이고 자(字)는 인숙(仁叔)이다. 좌찬성(左贊成)으로 영의정(領議政)을 추증받은 익헌공(翼獻公) 휘(諱) 아무[某: 李尙毅][58]의 현손(玄孫)이고, 우참찬(右參贊)으로 영의정(領議政)을 추증받은 정간공(貞簡公) 휘(諱) 아무[某: 李志完, 1575~1617][59]의 증손(曾孫)이며, 감사(監司)인 휘(諱) 아무[某: 李元鎭][60]의 손자이고, 참판(參判)을 추증받은

---

56) 반씨 중의 정원후[班之定遠] : 후한(後漢)의 반초(班超)를 말함. 그는 명제(明帝)·장제(章帝) 양대 기간 중에 서역(西域)을 정벌, 군사마(軍司馬)·장군장사(將軍長史)·서역도호(西域都護)의 관직을 역임하면서 50여 국을 안집(安集)시키고 정원후(定遠侯)에 봉해졌다.

57) 충씨 중의 환주[种之環州] : 후한 때 충고(种暠)를 가리킨 말로 보인다. 그는 내정(內政)이나 외임(外任)에서 모두 강경하고 정직하여 임금의 신임을 받고 백성의 환영을 받았다. 그러나 그가 양주자사(凉州刺史) 등 많은 외직(外職)을 역임 하였으나 환주(環州)는 보이는 곳이 없으니 알 수 없다. 반초(班超)나 충고(种暠)는 모두 강직하다는 뜻을 취한 것이다.

58) 이상의(李尙毅, 1560~1624) : 조선 중기의 문신. 본관은 여주(驪州). 자는 이원(而遠)이고 호는 소릉(少陵)·오호(五湖)·서산(西山)·파릉(巴陵)이다. 1586년 문과에 급제. 글씨를 잘 썼으며 저서로는 『소릉집(少陵集)』이 있다. 뒤에 선조(宣祖)의 호성원종공신(扈聖原從功臣)으로 대광보국숭록대부(大匡輔國崇祿大夫) 영의정에 추증되었다. 시호는 익헌(翼獻)이다.

59) 이지완(李志完, 1575~1617) : 조선 중기의 문신. 본관은 여주(驪州). 자는 양오(養吾)이고 호는 두봉(斗峯). 세자시강원 필선으로 왕세자에게 경사(經史)를 강의하였다. 그 뒤 춘추관 편수관이 되어 역대실록의 중간에 참여하였다. 1608년 문과에 급제하여 사가독서를 하였고, 광해군 초기에 승지·대사간을 지냈다. 시문에 능하여 1606년 중국 사신 주지번(朱之蕃)이 왔을 때 이호민(李好閔)·허균(許筠) 등과 접반하였고, 광해군 때에는 인정전 정시 등에 대독관(對讀官)으로 자주 배석하였다. 여성군(驪城君)에 봉하여졌으며, 시호는 정간(貞簡)이다.

휘(諱) 아무[某 : 李薄]의 아들이셨다.

참판공(參判公)은 청송심씨(靑松沈氏) 평시령(平市令) 서(諝)의 딸에게 장가들었으나 자식은 없었고, 기계유씨(杞溪兪氏) 식(植)의 딸을 계취하여 숭릉(崇陵)[61) 신축년(辛丑年)에 공을 낳았다. 공이 어려서부터 과거 공부에 힘써 급제하여[62) 준걸스러움을 드리우고 격식을 회복시켜서 후에 무과(武科)를 경인(庚寅, 1710)년 과거에 급제하였다. 선전관(宣傳官)을 거쳤고 여러 벼슬을 거쳐 훈련원(訓鍊院) 부정(副正)에 이르렀으며 절충(折衝)[63)의 위계에 올라서 금려(禁旅)[64)를 맡았었다. 이때로부터 네 차례에 걸쳐 도호부사(都護府使)가 되었고, 한 번 방어사(防禦使)가 되었으며, 갑신(甲辰, 1724)년에 충청수군절도사(忠淸水軍節度使)에 임명되었다가, 병오(丙午, 1726)년에 임기를 마치고 돌아왔다.

정미(丁未, 1727)년에 경관(京官)[65)으로 사건에 연좌되어 유배당했다가 선적첨사(善積僉使)[66)에 선정(選定)되었는데 거사비(去思碑)[67)가 있었다. 신해(辛亥, 1731)년 겨울에 경상좌병마절도사(慶尙左兵馬節度使)에 임명이 되었다가, 계축(癸丑, 1733)년에 지방관에서 돌아오는 길에 병이 들어 3월 6

---

60) 이원진(李元鎭, 1594~1665) : 조선 중기의 문신. 본관은 여주(驪州). 자는 승경(昇卿)이고 호는 태호(太湖). 1615년 생원으로서 대북의 폐모론에 반대하여 영의정 이원익(李元翼) 등과 함께 귀양 갔다가 인조반정 후에 풀려났다. 효종 때 동래부사·제주목사 등을 역임하였다. 제주목사로 있을 때에는 하멜 등 30여 명이 제주에 표류해 오자 이들을 서울로 압송하였다. 저서로는 『탐라지(耽羅志)』가 있다.
61) 숭릉(崇陵) : 조선 제18대 왕 현종과 그의 비 명성왕후(明聖王后) 김씨(金氏)의 능.
62) 등현서(登賢書) : 향시(鄕試)에서 법식에 맞는 것을 등현서(登賢書)라고 한다.
63) 절충(折衝) : 조선 시대 서반(西班) 정3품 당상관의 품계명.
64) 금려(禁旅) : 고려·조선 시대 궁중을 수비하고 임금을 호위하던 군사. 금군(禁軍)이라고도 했다.
65) 경관(京官) : 중앙의 관아에 소속된 관직 또는 중앙관청. 주로 지방관에 대하여 구별하여 이렇게 불렀다.
66) 선적첨사(善積僉使) : 선적(善積)은 어떤 지명으로 보이나 알 수 없으며, 첨사(僉使)는 각 목(牧)·부(府)·군(郡)에 두어 그 고을 원에게 겸임시키거나 전임(專任)시켰던 종사품(從四品)의 동첨절제사(同僉節制使) 또는 첨절제사(僉節制使 : 종삼품)의 약칭.
67) 거사비(去思碑) : 떠난 뒤에 생각하는 비라는 말. 불망비(不忘碑)라고도 함. 수령이 선정을 하면 그의 업적을 기리기 위하여 세운 비를 말함.

일에 경주부(慶州府)에서 죽었으니 나이 73세였다. 부음이 보고되자 예에 따라 제사를 지내 주고, 광주(廣州) 구산(龜山)의 곤좌원(坤座原)에 장사를 지냈다.

공은 체구가 작았으나, 기품은 크고 넓었다. 사람을 대할 적에는 반드시 마음을 툭 트고 가슴속을 내보이니 사람들 또한 그와 사귀는 것을 즐겁게 여겼다. 어려서 아버지를 여위었는데, 어머니 유씨 부인은 성품이 엄격하여 사랑함으로 가르침을 그만두지 않으셨으니 공도 공손하게 받들어 어김이 없었다. 그가 관에 있을 적에는 부서(部署)의 아전들이 강어(彊禦)68)에게 인장을 찍어 주었으나 구차하게 가혹한 거론을 하지 않고 오직 조용히 다스렸다. 느슨하게 띠를 매고 우아한 노래를 불렀으니 옛날 유장(儒將)69)의 풍도가 있었다. 구성(龜城)을 다스릴 적에는 큰 흉년이 들어서 창고를 열었으나 구휼하기에 부족하자 사재를 털어 계속하였는데, 어사가 보고하니 임금께서 너그러운 뜻으로70) 포양(襃揚)해 주었다. 일찍이 참핵사(參覈使)71)를 따라서 봉황성(鳳凰城)에 원[宰]으로 갔을 때 어떤 한 되놈이 오만하여 예의가 없었으므로 공이 등에 매질을 하여 꾸짖으니 오랑캐들이 두려워 복종하였다. 아주 친한 친구가 병조 좌랑에 있었는데 공이 연락을 끊고서 왕래하지 않았다가 그 사람이 그 자리를 그만두니 처음같이 다시 지냈으므로 듣는 자들이 감탄해서 무겁게 여겼다. 젊어서 술을 좋아하였는데, 취해서 예의를 잃자 평생토록 술을 마시지 않았으니 굳세고 과감하여 지키는 바가 있는 것이 이 같은

---

68) 강어(彊禦) : 강력하게 선(善)을 배척하는 것. 또는 그런 사람.
69) 유장(儒將) : 무재(武才)나 병략(兵略)에 뛰어나 무장으로 삼거나 그 역할을 겸하게 했던 문신(文臣)을 이르던 말.
70) 우지(優旨) : 우대(優待)하는 명령. 또한 우대하는 명령을 반포(頒布)함을 이른다.
71) 참핵사(參覈使) : 조선 시대 중국에 보내던 특별 사행의 하나. 중국에서 일어난 조선인 범죄에 대한 심사 등 양국 관원이 공동으로 처리해야 할 특별한 사건이 발생했을 때에 중국에서 지정한 장소로 보내던 임시 사절(使節)로 정3품 당상관 이상의 관원 중에서 임명되어 파견되었다. 조선 후기에는 조선인들이 청나라의 국경을 넘어가 물의를 일으키는 일이 잦아 참핵사가 파견되는 일이 많았다.

것이 많았다.

　배위는 정부인(貞夫人) 해주 정씨(海州鄭氏) 진사(進士) 우익(友益)의 따님이었다. 정숙함으로 이름이 났고 조상을 받듦에는 효성스러웠으며, 지아비를 섬김에는 정중했고, 주이(簉貳)[72]를 대우함에는 은혜가 있었다. 공보다 열여섯 해 먼저 세상을 떴는데 공의 묘에 합부되었다. 아들이 셋으로 세환(世煥)은 군수(郡守)이고 조환(朝煥)은 종형(從兄)의 후사로 출계하였으며, 언환(彦煥)은 선전관(宣傳官)이었다. 세환(世煥)은 무송 윤씨(茂松尹氏) 소(熽)의 따님에게 장가갔으며, 계자(系子)는 재대(載大)이다. 딸은 다섯이었는데, 부사(府使) 정운철(鄭運喆)과 병사(兵使) 안윤복(安允福)과 사인(士人) 황수덕(黃壽德)과 한택(韓澤)과 이제옥(李齊玉) 등이 그 사위였다. 조환(朝煥)은 무안 박씨(務安朴氏) 참봉(參奉) 호(浩)의 따님에게 장가들어 아들 재화(載華)를 낳았다. 언환(彦煥)은 전주 최씨(全州崔氏) 수사(水使) 완(烷)의 따님에게 장가들었으며 계자(系子)는 재원(載遠)이다. 재대(載大)의 아들들은 시현(是鉉)과 시빈(是鑌)이고, 재화(載華)의 아들은 시건(是鍵)이며, 재원(載遠)의 아들은 시집(是鏶)이다.

　명(銘)에 이른다. "종박(鐘鎛)[73]과 구유(瞿劉)[74]는 본래 한 대장장이에게서 나왔지만, 하나는 궁궐(宮闕)에 바쳐져서 소리가 아악에 화합하고, 하나는 주려(周廬)[75]를 지켜 적을 막는도다. 그 쓰임은 비록 다르나 세상에 중시되는 것은 같도다. 구산의 언덕에 봉한 것이 도끼와 같도다.[76] 문을 막은 것은 깃발과 북이었고, 수도(隧道)에 나열된 것은 양호(羊虎)[77]

---

72) 주이(簉貳) : 여기서는 부실(副室 : 小室)이란 뜻으로 쓴 것.
73) 종박(鐘鎛) : 고대 악기 이름. 큰 종과 작은 종을 이른다.
74) 구유(瞿劉) : 어떤 무기(武器)의 이름 같으나, 보이는 곳이 없다.
75) 주려(周廬) : 고대 황궁 주위에 설치한 경위(警衛)를 하는 막사.
76) 도끼와 같도다[若斧] : 옛날 분묘의 모양을 형용하는 말. 『예기(禮記)』「단궁상(檀弓上)」에 나온다.
77) 양호(羊虎) : 묘소 앞에 염소와 범 모양의 석상(石像)을 말함. 『설부(說郛)』「묘전양호(墓前羊虎)」에 "秦漢已來 帝王陵前 有石麟石象 辟邪石馬之屬 人臣墓前 石虎石羊 石人石柱之類 皆以飾壟 如生前之儀衛"라 했다.

이로다. 비문을 태사에게 구하지 않고 야사(野史)에게 구한 것은 그 말이
질박하여 후세의 군자에게 믿어질 수 있기 때문이리라."

원문

驪州李氏, 文學大家, 而亦有風槩俊爽, 不肯受制毛錐, 如班之
定遠, 种之環州者, 卽故嶺南左節度公是已. 公, 諱復休, 字仁叔.
左贊成贈領議政, 翼獻公, 諱某之玄孫, 右參贊贈領議政, 貞簡公, 諱某之
曾孫, 監司, 諱某之孫, 贈參判, 諱某之子.

參判公, 娶靑松沈氏平市令諿之女, 無育, 繼娶杞溪兪氏植之女, 以崇
陵辛丑生公. 公少治程藝, 登賢書, 垂雋復格, 後從武擧, 庚寅登第. 繇宣
傳官, 累遷, 至訓鍊副正, 陞折衝階, 典禁旅. 自此, 四爲都護府使, 一爲防
禦使, 甲辰, 拜忠淸水軍節度使, 丙午, 秩滿還.

丁未, 以京官坐事謫, 調善積僉使, 有去思碑. 辛亥冬, 拜慶尙左兵馬節
度使, 癸丑, 報政還道病, 三月六日卒於慶州府, 壽七十三. 訃聞, 予祭如
例, 葬於廣州龜山負坤之原.

公, 體貌短小, 氣度弘豁. 待人, 必披心見臆, 人亦樂與之交. 幼孤, 母兪
夫人, 性嚴, 不以慈故廢敎, 公共承無違. 其在官, 部署吏隷, 鈐印彊禦,
不苟爲苛擧, 惟靜而鎭之. 緩帶雅歌, 有古儒將風. 宰龜城時, 歲大侵, 發
廩, 賑不足, 以家財繼之, 繡衣使者以聞, 優旨褒予. 嘗隨參覈使, 赴鳳凰
城, 有一虜, 傲無禮, 公鞭其背而責之, 虜皆慴伏. 有密友佐西銓, 公絶不
通, 其人去職, 則復如初, 聞者嘆重之. 少嗜酒, 因醉失儀, 遂終身不復酒,
其彊果有守, 多如此.

配貞夫人海州鄭氏進士友益之女. 以淑若稱, 奉先孝, 事夫莊, 待箠貳,
有恩. 先公十六年而卒, 祔于公墓. 子三, 世煥, 郡守, 朝煥, 出嗣從兄後,
彦煥, 宣傳官. 世煥, 娶茂松尹氏爐女, 系子載大. 女五, 府使鄭運喆, 兵使
安允福, 士人黃壽德, 韓澤李齊玉, 其婿也. 朝煥, 娶務安朴氏參奉浩女,
生一子載華. 彦煥, 娶全州崔氏水使烷女, 系子載遠. 載大之子曰, 是鉉,
是鏶, 載華之子曰, 是鍵, 載遠之子曰, 是鏶.

銘曰 : "鐘鎛瞿劉, 本出一冶, 一薦公宮, 聲叶于雅, 一衛周廬, 爲禦侮者. 其用雖殊, 其爲世所重則同也. 維龜之原, 有封若斧. 捍門旗鼓, 列隧羊虎. 不謁文于太史而于野史, 爲其言之質, 可取信於後之君子."

13. 박사중전 ^{朴師仲傳}

박사중[78]은 자가 여집(汝執)으로 반남(潘南) 사람이다. 그의 부친 필윤(弼潤)이 이웃 사람에게 살인을 했다는 모함을 받아 옥에 갇힌 지 오래 되었는데, 말이 여러 차례 바뀌어 일이 장차 예측할 수 없게 되었다. 박사중(朴師仲)이 혈서를 써서 원통한 사정을 아뢰고자 하여 두루 왼쪽 다섯 손가락을 깨물었지만 피가 나지 않았다. 가슴을 두드리고 크게 통곡을 하며 하늘을 향해 네 번 절하고 다시 두루 오른쪽 다섯 손가락을 깨물었더니 다섯 손가락 모두에서 피가 나왔다. 손가락으로 글자를 썼지만 잘 되지 아니 하자 곧 붓을 찾아 피에 적셔서 글을 썼다. 수십 수백 자를 썼는데 한 글자마다 피눈물이었다. 박사중이 글을 끌어안고 형부에 들어가 통곡하면서 절을 하니, 옥사(獄事)를 다스리는 자들도 그 때문에 얼굴빛을 고치게 되었다. 뒤에 모든 조정 대신들이 입대(入對)했을 때 병조판서(兵曹判書) 정휘량(鄭翬良)[79]이 먼저 박사중의 일을 거론하여

---

78) 박사중(朴師仲) :『반남박씨세보(潘南朴氏世譜)』에 의하면, 자(字)가 익경(益卿)인 박필윤(朴弼潤, 1707~1777)은 3남 1녀를 두었는데, 박사중(朴師仲, 1742~1810)은 큰아들로 기록되어 있다.

79) 정휘량(鄭翬良, 1706~1762) : 조선 후기의 대신. 본관은 연일(延日). 자는 사서(士瑞), 호는 남애(南崖), 시호는 문헌(文憲). 우의정 우량(羽良)의 아우. 1735년 문과에 급제, 벼슬은 호·공·이·병조판서를 거쳐 우의정이 되고 좌의정까지 지냈다. 그는 정치달(鄭致達)의 숙부로서 질부(姪婦)인 화완옹주(和緩翁主)의 뒷받침이 컸으며, 문명(文名)

아뢰자 여러 신하들도 모두 한결같은 말로 이었다. 상감이 서글프게 여겨 눈물을 흘리며 명령을 해서 사중에게 필윤(弼潤)의 일을 감형시킨다는 뜻으로 하유(下諭)하고, 또한 혈서를 쓴 아이의 나이가 몇 살인지를 물었다. 신하들이 대략 십 세 남짓이라고 대답하니, 임금이 오래도록 찬탄하고, 유배를 멀리 보내지 않아 부자로 하여금 서로 만나보게 하였다.

필윤이 이로써 평택(平澤)으로 유배가게 되었다. 떠날 때 관리80)가 박사중을 당(堂)에 맞이해서 앉으니 사양하며 말하기를, "아버지가 죄인의 명부에 있으니 자식이 감히 관리와 자리를 함께 할 수는 없습니다. 또 아버지가 뜰에 있고 자식이 당에 있으면 마음이 어찌 편안하겠습니까?"라고 하니, 그 자리에 있던 사람들이 서로 돌아보며 놀라 탄복하였다. 이미 평택에 이르게 되자 어떤 사람이 박사중에게 술을 대접하였는데, 사중이 말하기를 "임금께서 지금 술을 금하고 계시니 의리상 마실 수 없습니다"라고 하니, 대접하는 자가 부끄러워 사죄하였다. 지낸 지 얼마 안 되어 사면을 받아 돌아왔다.

바야흐로 필윤(弼潤)이 옥중에 있을 때는 박사중은 어린 나이로 몹시 더운 여름에 낮에는 궐문에 엎드리고 밤에는 옥문에서 기다렸다. 머리를 풀어헤친 채 맨발로 거리를 돌아다니니, 현달한 사람들도 박사중을 만나면 간혹 수레를 멈추고 위로하는 일까지 있었으며, 길 가는 사람들이 빙 둘러 구경하며 지목(指目)하기를 박효자(朴孝子)라 하였다. 하루는 어머니를 뵙기 위해 집으로 돌아가다가 아버지 필윤이 심어 놓았던 율무81)가 사람 키만큼이나 자란 것을 보고는 어루만지면서 탄식하기를, "율무가 무성해 가는데 아버지께서는 곤란을 겪고 계시는구나"라고 하면서 울음과 눈물이 함께 쏟아지니, 보는 사람도 콧등이 시큰해졌다. 박사중이 어릴 때 그 모친의 병이 위독하자 울부짖으며 하늘에 호소했더

도 높아 대제학(大提學)이 되었다.
80) 이관(理官) : 재판관을 이른다.
81) 억이(薏苡) : '의이'라고 발음하기도 한다. 율무를 이른다.

니 이내 병이 나았다. 아버지 필윤(弼潤)이 오래 이질을 앓았는데 누가 말의 간이 이질을 멈춘다고 말해 주자, 박사중이 동서의 방향도 정하지 않고 성문을 나서 수십 리를 달려가다 마침 말을 도살하는 사람을 만나 간을 취하여 올려 낫게 되니, 사람들이 효성의 감응이라고 하였다.

외사씨는 말한다. "옛날 방희직(方希直)[82] 선생은 글을 올려 아비의 원통함을 아뢰어 감형을 받았고, 효의(孝義) 곽량(郭亮)[83]은 신령께 자기 몸으로 어머니를 대신하기를 호소하여 병이 낫게 되었다고 하는데, 지금 박사중의 행실도 이와 비슷하다. 그러나 박사중의 나이가 어렸으니 일찍이 옛날에 이런 일이 있었다는 것을 몰랐을 것이다. 만약 흉내 내어 계획했다면 이는 이름을 파는 짓이니, 어찌 박사중이 될 수 있겠는가? 무릇 충신과 효자가 차마 군주나 부형을 좌시할 수 없었던 것은 마음속에 뜨거운 피가 있었기 때문이다. 만약 피는 뜨겁지 않고 차가운 마음[84]만을 가졌다면 부모가 아프든지 낫든지를 상관하지 않고 막연하게 자신과는 관계없는 것[85]으로 여겨 내버려 둘 것이니, 이렇게 되어 버린다면 집안이나 나라가 무엇에 의지하겠는가? 내가 박사중전을 지은 것은 대개 세도(世道)를 위한 것이다."

---

82) 방효유(方孝孺, 1357~1402) : 명나라 때의 사람. 자는 희직(希直)·희고(希古), 호는 손지(遜志). 유불(儒佛)을 연구한 문호 송렴(宋濂)의 가르침을 받아 학식이 깊었다. 영락제(永樂帝)가 즉위하여 즉위의 조서를 쓸 것을 명하자 죽음으로써 거절하여 처형되었다. 대의명분을 발휘한 정의로운 사람으로서, 당쟁·탄압이 격심했던 명나라 말기에 특히 동림파(東林派)로 높이 평가되었다. 저서에 『손지재집(遜志齋集)』 등이 있다.

83) 곽효의량(郭孝義亮) : 후한(後漢) 때 곽량(郭亮). 효의(孝義)는 행실이 효(孝)와 의(義)를 겸하여 훌륭했기 때문에 생긴 호칭으로 보인다. 효에 관해서는 아는 바 없고 의(義)는 그의 스승 이고(李固)가 발호장군(跋扈將軍, 梁冀)에 의해 처형되었는데 처음에는 수시(收屍)를 못하게 하는 엄명이 내렸으나 곽량이 갓 성동(成童)한 나이로서 죽는 한이 있더라도 수시는 하겠다고 하니 상감과 태후가 이에 감동하여 마침내 허가하였다.

84) 냉장(冷腸) : 마음이 냉담한 것을 말함. 『안씨가훈(顏氏家訓)』 「성사(省事)」에 "墨翟之徒, 世謂熱腹; 楊朱之侶, 世謂冷腸"이라 했다.

85) 막외(膜外) : 신외(身外)와 같은 말. 자신과는 관계없다는 뜻.

朴師仲, 字汝執, 潘南人也. 其父弼潤, 爲隣人所陷誣以殺人, 獄久, 辭屢變, 事將不測. 師仲, 欲爲血書, 白冤狀, 遍嚙左手, 五指不血. 叩心大哭, 向天四拜, 更遍嚙右手, 五指皆血. 以指寫字, 不成, 乃索筆, 濡血爲書. 書數十百字, 一字一淚. 師仲抱書, 入刑部, 且哭且拜, 按獄者, 爲之改容. 後諸宰臣, 入對時, 兵判鄭翬良, 先擧師仲事以達, 諸臣一辭繼之. 上, 悽然而淚, 命諭師仲以原弼潤之意, 又問血書兒年幾何. 諸臣對約十歲餘矣, 上, 嗟嘆久之. 令勿遠配, 使父子相見.

弼潤以是, 得配平澤. 臨出, 理官延坐師仲於堂, 辭曰: "父在編籍, 子不敢與理官同席. 且父庭子堂, 心豈安也?" 一坐相顧驚歎. 旣到平澤, 人有餉酒者, 師仲曰: "上方禁酒, 義不可飮." 餉者愧謝. 居頃之, 値赦歸.

方弼潤之在繫也, 師仲以弱齡, 當奇暑, 晝伏闕門, 夜候牢戶. 髮鬅鬙, 跣走街上, 顯者遇之, 或駐車勞問, 路人環觀, 指爲朴孝子. 一日爲省母歸家, 見弼潤所種薏苡, 長齊人, 撫而嘆曰: "物向茂矣, 父逢罹矣." 聲淚俱迸, 見者酸鼻. 師仲幼時, 其母疾篤, 號泣籲天, 疾尋瘳. 弼潤嘗病久痢, 有言馬肝已痢者, 師仲不定東西, 出門, 走數十里, 適逢屠馬者, 取肝以進, 得良愈, 人歸之孝感.

外史氏曰: "昔方希直先生, 上書白父冤, 得減律, 郭孝義亮, 籲神乞以身代, 母病得瘳, 今師仲行類是. 然師仲年幼, 未嘗知古有此事. 若知而摹畫之, 是市名也, 豈得爲師仲哉? 凡忠臣孝子之所以不忍坐視君父者, 爲有一腔熱血. 若無熱血而有冷腸, 痛癢不相關, 漠然置之膜外, 則家國何賴焉? 余之傳師仲, 盖爲世道也."

14. 구호처사鷗湖處士 주갑周甲 수서壽序 鷗湖處士周甲壽序

사람이 나이를 먹는 것은 배가 가는 것과 같아, 바람이 이로우면 빠르고, 바람이 이롭지 못하면 더디다. 그 중간에 막혀서 머무는 것이 길고 짧은 것은 모두 바람의 정도로써 척도(尺度)를 삼는다. 구호처사(鷗湖處士) 조사통(趙士通)86) 군은 그 머무름이 오래된 사람이다. 군(君)은 어려서 살림을 맡았는데 소출은 적고 가족은 많았다. 시집가는 자에게는 혼수를 장만해주고 장가드는 자에게는 폐백을 장만해주며, 굶주리는 자에게는 음식을 먹여주고 병든 자에게는 약을 주며, 궁하여 돌아갈 곳 없는 자에게는 관비(館費)를 주었으니, 모두 군에게서 나왔다. 군은 몸에 항상 성한 옷이 없었고, 먹는 것은 혹 소반에 갖추지 못했으니, 대개 천하에서 수고만 하는 사람이다. 그러나 그의 나이는 이내 예순을87) 넘어 일흔으로88) 들어서니, 예전에 군과 세상에 같이 태어나서, 때를 만났던 사람 중에는 이제 거의 살아남은 자가 없다. 또 군이 마음을 쓰고 일을 하는 것은 다른 사람이 구차스럽게 한 때에 취급하는 것이 아니라, 반드시 구원(久遠)한 계획에 의해서 그랬다. 옛날에 운방자(雲

---

86) 조사통(趙士通) : 조형상(趙亨相, 1712~1782)의 자이다. 호는 칠옹(漆翁)이다. 본관은 한양(漢陽). 조래한(趙來漢)의 세 아들 중 둘째로, 백부(伯父)인 조래하(趙來河)의 뒤를 이었다. 이용휴는 시로는 「送趙漆翁亨相南遊牟陽」(5언절구 1수), 「用前韻 示柒翁 無求 鷗洲 諸君求和」(7언율시 1수), 「贈柒翁」(7언절구 1수), 「戲贈士通漆翁之字」(5언율시 1수), 「贈漆翁」(5언고시), 「走筆次士通韻 士通卽趙亨相」(7언절구 12수), 「復疊前韻 示柒翁求和」(7언율시 4수) 등과 산문으로는 「送漆翁南遊牟陽序」, 「鷗湖處士周甲壽序」를 남기고 있다. 또, 그의 아내인 안동 권씨(安東權氏)를 위해 「孺人權氏贊」을 지어 주기도 하였다.

87) 기(耆) : 『예기(禮記)』 「곡례상(曲禮上)」에 "육십 세를 기라 한다[六十曰耆]"라고 했다.

88) 질(耋) : 『예기(禮記)』 「곡례상(曲禮上)」에는 "팔십 세를 질이라 한다[八十曰耋]"라고 하였으나 『춘추좌전(春秋左傳)』의 희공(僖公) 9년에 있는 질로(耋老)의 두예(杜預) 주에는 '칠십 세를 질이라 한다[七十曰耋]'라고 하였으므로 여기서는 두예의 해석에 따른 것이다.

房子)89)가 여순양(呂純陽)90)을 보고 돈을 빌려서 가난을 구제하는 것을 원하지 아니 하면서 이르기를 "마음이 500년은 지나야 도가 이루어진 다"91)라고 하였으니, 그렇다면 군의 나이는 또 헤아릴 수 없을 것이다. 군이 거처하는 집 언덕에 맑은 못이 있으니, 내가 군과 함께 물고기를 구경하는 곳이다. 못 한복판의 물이 여러 차례 변하였고, 요즘은 또 모래가 드러났으니 또한 마고가 왕방평(王方平)에게 말한 것92)과 같은 것이다. 군의 생일이 되자, 옷은 아내가 친히 베를 짜서 지어 준 것이고, 술자리는 여러 아들과 며느리들이 진심으로 챙겨서 손수 장만한 것이며, 수를 위한 글은 또 혜환 노인(惠寰老人)에게서 나왔으니, 군이 받아 쓴 것이 비록 화려한 볼거리는 없으나 또한 두텁지 않다고 이를 수는 없을 것이다.

人之行年, 如行舟, 然風利則速, 風不利則遲. 其中間之留滯久 暫, 皆以風候爲度. 若鷗湖處士趙君士通, 其留之久者也. 君少秉家務, 産薄而族衆. 嫁者奩, 娶者幣, 飢者餼, 病者藥, 窮無歸者館費,

---

89) 운방자(雲房子) : 운방(雲房)은 종리권(鍾離權)의 호이다. 전설적인 팔선(八仙)의 한
사람. 성은 종리(鍾離), 이름은 권(權). 여동빈(呂洞賓)과 같은 시대 사람이라고도 하나
확실하지 않다.

90) 여동빈(呂純陽) : 순양자(純陽子)는 여암(呂嵒)의 호이다. 또 다른 호는 회도인(回道
人)이고 자는 동빈(洞賓)이며, 이름은 암(嵒)이다. 그는 두 차례나 진사 시험에 낙방했
는데 그때 이미 64세였다. 실의한 그는 강호를 유랑하다 종리권을 만나 연명지술(延命
之術)을 전수받았다. 뒤에 선화(仙化)하여 중국 8선 중의 한 사람이 되었으며, 여조(呂
祖)라고 불리게 되었다.

91) 마음이 500년은 지나야 도가 이루어진다[心過五百年道成矣] : 마음을 선도(仙道)에
따라 수양한 지 500년은 지나야 선도가 완성된다는 뜻. 출처는 알 수 없다.

92) 갈홍(葛洪), 『신선전(神仙傳)』에 "마고(麻姑)가 왕방평(王方平)에게 일러 말하기를
'접대하고부터 이래로 동해가 세 번 뽕나무 밭으로 변하는 것을 보았는데 지난번에 봉
래에 이르니 물이 곧 갈 때보다 얕아져 대략 절반쯤이었습니다. 어쩌면 다시 언덕이
되려는 것입니까?' 왕방평이 말하기를 '동해가 다시 흙 먼지를 일으킬 뿐이다'라 하였
다[麻姑, 謂王平曰 : "自接待以來, 見東海三變爲桑田, 向到蓬萊, 水乃淺於往者略
半也. 豈復爲陵乎?" 王方平 : "東海, 行復揚塵耳"]"라 했다.

率從君出. 而君則體常無完衣, 食或不具案, 盖天下之勞人也. 而其壽, 乃踰者入耋, 向之與君, 並生于世, 得遇于時者, 今無幾存焉. 且君之用心作事, 非如人之苟然取給一時, 必爲久遠計. 昔雲房子見呂純陽, 不願假金濟貧, 謂"心過五百年道成矣." 然則君之壽, 又未可量也. 君所居宅畔, 有澄潭, 吾與君, 所觀魚處也. 中潭水屢變, 近且露沙, 亦類麻姑之所語王方平者矣. 君懸弧之辰, 衣是孺人之所親織也, 盂盤諸子諸婦之所心營而手治者, 爲壽之文, 又出惠實老人, 君之受用, 雖無華艶之觀, 亦不可謂不厚矣.

15. 차거기 ^{此居記}

이 거처는 이 사람이 사는 이곳이다. 이곳은 바로 이 나라 이 고을 이 마을이고, 이 사람은 나이가 젊으나 식견이 높으며 고문(古文)을 좋아하는 기이한 선비이다. 만약 그를 찾고 싶으면 마땅히 이 기문(記文) 안에서 찾아야 할 것이니, 그렇지 않으면 비록 무쇠 신발이 다 닳도록 대지를 두루 다니더라도 마침내는 찾지 못할 것이다.

此居, 此人居此所也. 此所卽此國此州此里, 此人年少識高, 耆古文, 奇士也. 如欲求之, 當於此記, 不然, 雖穿盡鐵鞋, 踏遍大地, 終亦不得也.

譯 옮김 군(君)은 성(姓)이 한(韓)이요, 휘(諱)는 용규(用逵)이고 자(字)는 사의(士儀)이다. 본관이 청주(淸州)에 있었고 남양(南陽)[93]에 살았다. 어려서 엄중하여 자제(子弟)로서의 과실이 없었다. 점차 자라자 학문을 좋아하고 과문(科文)을 잘하여 시험을 보면 으레 또래를 압도했다. 형 우규(羽逵)와 함께 이름을 나란히 하여 난형난제의 지목[94]이 있었다. 그의 대부(大父) 졸와옹(拙窩翁)이 연로하자, 군이 날마다 좌우에서 모시되 기(氣)를 살피고 음성을 들으니 공이 매우 그것을 편안히 여기며 말하기를 "옛날에 사랑하는 손자[95]라 일컬었는데, 거의 이에 가깝다"라고 하였다.

성품이 공손하고 삼가 나이 많은 사람들에 대해서는 반드시 말하기를 "아무 성씨 몇째 어른"이라 하고 감히 자(字)를 부르지 않았으며, 비록 친구라 하더라도 또한 오만한 얼굴빛이나 희롱하는 말이 없었다. 아이 때에 금주령(禁酒令)을 듣고는 집안을 뒤져 술 빚는 재료가 있으면 물이나 불에 던지며 말하기를 "나라에서 크게 금하는 것이니 범할 수 없다"라고 하였다. 그의 병이 심해지자, 어떤 이가 기도(祈禱)하기를 권하니, 문득 정색(正色)하고 말하기를 "죽고 사는 것은 운명이 있으니, 비는 것은 무익한 것입니다"라고 하였다. 부모가 억지로 따르게 하였으나, 또한 간청하여 중지시켰다.

---

93) 남양(南陽) : 경기도 화성군(華城郡) 남양면(南陽面) 지역을 이른다.

94) 이난(二難) : '난형난제(難兄難弟)'의 의미. 곧 우열을 가리기 힘든 뛰어난 형제를 가리킴.

95) 자손(慈孫) : 옛날에 널리 효순(孝順)한 자손(子孫)을 가리키는 말로 쓰였다. 『맹자』「이루(離婁)」에 나온다. "백성을 포악히 함이 심하면 몸이 시해를 당하고 나라가 망하며, 심하지 않으면 몸이 위태롭고 국토가 줄어든다. 그리하여 유(幽), 려(厲)라 이름하면, 비록 효자(孝子), 자손(慈孫)이 있더라도 백세토록 고칠 수 없다[暴其民甚, 則身弑國亡; 不甚, 則身危國削. 名之曰 幽厲, 雖孝子慈孫, 百世不能改也]."

군(君)이 오래 병이 낫지 않을 때[96]부터, 군(君)의 아내 홍유인(洪孺人)은 이미 식사를 끊고 은밀히 독약(毒藥)을 구하여 사 두었다가 속광(屬纊)[97]하던 날에 곧 먹으니 독이 퍼져서 죽었다. 유인(孺人)은 어릴 적에 어머니의 상을 당하자 애훼(哀毁)함이 예제(禮制)에 넘었으므로 여자들 중의 고시(高柴)[98]라 일컬어졌다. 시집와서는 시부모 섬기기를 효성으로 하고, 남편이 죽자 따라 죽었으니 효(孝)와 열(烈)이 있다 이를 만하다. 군(君)의 아버지의 휘(諱)는 응구(應九)이고, 어머니는 원주 김씨(原州金氏)이며, 생가(生家)의 아버지는 응일(應一)이고 어머니는 전주 이씨(全州李氏)였다. 홍유인(洪孺人)은 아버지가 기한(起翰)이었다. 군은 계유년(癸酉年)[99] 6월 6일에 태어나 신묘년(辛卯年)[100] 4월 10일에 죽었다. 홍유인(洪孺人)은 무진년(戊辰年)[101]에 태어나 군이 죽은 이튿날에 죽었다. 남양(南陽) 송산(松山) 관종리(冠宗里)에 합장하였다.

명에 이른다. "남양산(南陽山)은 아름다운 옥이 생기는 곳이도다. 나는 군과 유인의 행실을 글로 엮어 여기 새겨서 뭇사람에게 질정(質正)하노라. 오래 살고서도 명성이 없는 것과 짧게 살아도 전할 수 있는 것은 어느 쪽이 나은가? 죽지 못하고 구차히 연명하는 것과 목숨을 버려서 열녀가 되는 것은 무엇이 현명한가? 반드시 말하기를 '그렇다! 전하는 쪽이 낫고, 열녀가 되는 것이 현명하다'라고 할 것이다."

---

96) 미유(彌留) : 오래 병이 낫지 않는 것을 이름. 『서경(書經)』「고명(顧命)」에 "病日臻, 旣彌留, 恐不獲誓言嗣"라고 했다.

97) 속광(屬纊) : 임종(臨終) 때의 한 절차. 광(纊)은 햇솜으로서, 이것을 입과 코에 대어 숨이 끊어졌는지의 여부를 알아보는 일. 인신하여 운명(殞命)이라는 뜻이다.

98) 고시(高柴) : 춘추(春秋) 시대 위(衛)나라 사람. 혹은 제(齊)나라 사람이라고도 함. 자(字)는 자고(子羔)로서 공자(孔子)의 제자임. 효성이 지극하여 부모의 그림자를 밟지 않았으며, 부모의 상을 당하였을 때 3년 동안을 슬프게 울며, 웃지 않았다고 함.

99) 계유년(癸酉年) : 영조 29년(1753)

100) 신묘년(辛卯年) : 영조 47년(1771)

101) 무진년(戊辰年) : 영조 24년(1748)

君, 姓韓, 諱用逮, 字士儀. 望在淸州, 而家於南陽. 幼端凝, 無子弟過. 稍長嗜學, 工程藝, 試輒傾其曹偶. 與兄羽逮, 齊名, 有二難之目. 其大父拙窩翁, 年老, 君日侍左右, 視氣聽聲, 翁甚安之曰: "古稱慈孫, 是殆近之."

性恭謹, 於年長者, 必曰: "某姓幾丈." 不敢字也, 雖在朋友, 亦無傲色戱言. 童子時, 聞禁酒, 搜家中, 有酒材, 投之水火曰: "國之大禁, 不可犯也." 其疾劇也, 或勸以祈禱, 輒正色曰: "死生有命, 禱無益也." 父母欲强從之, 亦諫而止.

自君之彌留, 君妻洪孺人, 已絶食, 密求購毒藥, 屬纊之日, 卽服之, 毒發而絶. 孺人爲女時, 喪母, 哀毁踰制, 稱女中高柴. 及嫁, 事舅姑孝, 君歿而殉焉, 可謂孝且烈矣. 君考諱應九, 妣原州金氏, 本生父應一, 母全州李氏. 洪孺人, 父起翰. 君以癸酉六月六日生, 卒於辛卯四月十日. 洪孺人, 戊辰生, 以君卒之翌日終. 合葬於南陽松山冠宗里.

銘曰: "南陽之山, 美玉産焉. 吾次君與孺人之行, 而鑴之以質於衆. 壽而無聞, 短而可傳, 孰愈? 未亡而苟延, 損生而爲烈, 孰賢? 其必曰: '然傳爲愈, 烈爲賢.'"

17. 화은華隱 한군韓君 소전小傳 華隱韓君小傳

화은한군(華隱韓君)은 이름이 응구(應九)이고 자(字)는 군석(君錫)이니, 그 선대는 청주(淸州) 사람이었다. 군은 살진 턱에 높이 솟은 광대뼈로 지기(志氣)가 호협하고 쾌활하였다. 일곱 살 때에 손에 100전(錢)을 쥐고 큰길에 서서 아이들을 불러 모아 그 부서(部署)를 정하고는 스스로 대장이 되어 그 돈을 나누어 주니, 보는 사람들이 기이하게 여겼다. 점점 자라자 스승을 따라 글을 배움에, 정신을 오로지 하여 뜻을 도탑게 했으며 매번 밤이 깊어 등불이 꺼지도록 오히려 글을 소리 내어 외웠다.[102] 드러내 문사(文辭)를 이루니 기운차고[103] 법도가 있어 크게 한 시대의 여러 어른들의 기리는 바가 되었으며, 군 또한 스스로 재능을 자부하여 공명으로 나타내고자 하였다. 나이 스물에 병에 걸려 드디어 과거 공부를 그만두고 한가히 거처하며 공부하였는데, 널리 성명가(星命家)의 말까지 미쳐서 때때로 기이하게 적중시켰다. 스스로 웃으며 말하기를 "선비가 어찌 술수로써 이름을 드날리겠는가?" 하고서는 드디어 그것을 버렸다. 평소에 가장 좋아한 것은 『춘추좌씨전(春秋左氏傳)』이었고, 또한 『육도(六韜)』와 『손자병법』 등 여러 책들을 좋아해서 스스로 주해를 만들어 숨겨진 뜻을 밝혀내었다. 군은 단우(壇宇)[104]가 매우 높았다. 공평하지 못한 것을 보게 되면 반드시 면전에서 꺾었으나 다시 남겨 두지는 않았으니, 다른 사람들 또한 이 때문에 원망하지는 않았다. 남양(南陽)[105]의 소화산(少華山) 아래 집을 짓고 자호(自號)하기를 화은(華隱)이라 하였다. 혼정신성(昏定晨省)하는 여가에 날마다 『주역』 몇 효씩을 읽고 간간이 그 형과 더불어 문을 논하고 시를 지음으로써 자적하였다. 얼마 안 되어 죽었으니 나이가 서른 세 살이었다. 군의 아내 김씨(金氏)는 군이 죽었다는 소식을 듣자 독을 마시고 목숨을 끊었다. 담당한 관리가 그것을 상감에게 보고하여 어지를 얻어서 정문을 세웠다. 김씨가 죽은 지 이십 년이 지난 후에 그 며느리 홍씨가 또한 지아비를 따라 순사하였다고 한다.

외사씨는 말한다. "전(傳)이라는 것은 전하는 것이다. 『박물지(博物志)』[106]

---

102) 이오낙송(伊吾洛誦): 이오(伊吾)는 글 읽는 소리이고, 낙송(洛誦)은 글을 반복하여 외우는 것을 이른다.
103) 아건(雅健): 필력(筆力)이 고상하고 기운찬 것을 이른다.
104) 단우(壇宇): 높게 여기는[尊高] 범위를 말한다. 『순자(荀子)』「유효(儒效)」에 나오는 말.
105) 남양(南陽): 경기도 화성군(華城郡) 남양면(南陽面) 지역을 이른다.

에 이르기를 '어진 사람의 행실을 드러내는 것을 전(傳)이라 한다'라고 했으니, 드러나서 위에 보고가 되면 국사에 기록되고 숨겨져 알려지지 않으면 야사에 기록된다. 한군(韓君) 같은 이는 숨겨져서 드러나지 못한 자이다. 내가 매양 군의 형과 이야기하다가 군에 대해 말이 미치면 문득 그 때문에 서글퍼했으니, 이로써 군이 형제간에 돈독했음을 알 수 있다. 부인 김씨도 높은 돈대에 작설(綽楔 : 紅箭門)을 세웠으니 이미 정문의 은전을 받은 것이니, 국사에 마땅히 기록되어야 할 것이다. 그러므로 전의 끝에 간략하게 첨부한다."

華隱韓君, 名應九, 字君錫, 其先淸州人. 君爲人, 豐頤高顴, 志氣豪上. 七歲時, 手百錢, 立大街, 招集群童, 聽其部署, 自爲大帥, 而分其錢與之, 見者異焉. 稍長, 從師受書, 專精篤志. 每更深燈滅, 猶伊吾洛誦. 發爲文辭, 雅健有法, 大爲一時諸公所賞, 君亦自雄其才, 欲以功名見. 弱冠嬰疾, 遂謝公車, 閑居講業, 旁及星命家言, 往往奇中已. 自笑曰 : "士豈以術名?" 遂棄之. 平生最愛左氏春秋, 又好六韜孫武諸書, 自爲註解, 以發其秘. 君壇宇峻整. 見有不平, 必面折之, 不復留焉, 人亦以是不怨. 家於南陽之少華山下, 自號華隱. 定省之暇, 日讀易數爻, 間與其兄, 論文賦詩以自適焉. 未幾卒, 年三十三. 君妻金氏, 聞君喪, 服毒而絶. 所司以聞, 得旨, 表其門. 蓋金氏死之二十年, 而其子婦洪氏, 又殉其夫云.

外史氏曰 : "傳者, 傳也. 『博物志』云 : '賢者著行曰傳' 顯而升聞, 則國史書之, 隱而未曜, 則野史記之. 若韓君者, 隱而未曜者也. 余每與君之兄, 語及君, 輒爲之愀然, 以是知君之篤於兄弟也. 金氏, 則崇臺綽楔, 已膺旌典. 國史當書之, 故略附傳末."

---

106) 박물지(博物志) : 책 이름. 진(晋)나라 장화(張華)의 편찬이라 한다. 그 책에 이르기를 "현자의 행실을 나타내는 것을 전이라 한다[賢者著行曰傳]"라고 했다.

18. 정공인^{鄭恭人}의 행록^{行錄} 발문 ^{鄭恭人行錄跋}

공인(恭人)[107]은 어머니를 섬김에는 효녀(孝女)였고, 시어머니를
섬김에는 현부(賢婦)였으며, 지아비를 섬김에는 어진 벗이었고,
자식을 가르침에는 모의(母儀)[108]가 되고, 몸을 보존함에는 내칙(內則)이
되었다. 환권(還券)[109]은 재물을 무른 복식(卜式)[110]과 닮았고 비상(庀喪)[111]
을 함에는 병을 두려워하지 않은 유곤(庾袞)[112]과 닮았다. 그러나 무격(巫
覡)을 언의(言議)에서 단절한 것은 또 완연한 『안씨가훈(顔氏家訓)』이었으
니[113] 덕행(德行)이 순비(醇備)[114]하였다고 할 만하다. 아! 나라에 중신(重
臣)이 있으면 국시(國是)가 바르게 되고, 집안에 중부(重婦 : 長婦)가 있으면
가도(家道)가 융성해지는 것이니, 대개 내가 정공인(鄭恭人)의 이 행록(行
錄)에 발(跋)을 쓰게 되는 데에는 깊은 느낌이 있다.

恭人, 事母爲孝女, 事姑爲賢婦, 事夫爲良友, 敎子爲母儀, 持
身爲內則. 還券, 類推財之卜式, 庀喪, 類不畏病之庾袞. 而巫

---

107) 공인(恭人) : 조선 시대 외명부(外命婦)의 정・종5품 문무관의 처에게 붙인 작호(爵號).
108) 모의(母儀) : 남편과 자식을 잘 보필한 여성.
109) 환권(還券) : 빚 문서를 돌려주었다는 뜻.
110) 재물을 무른 복식(卜式) : 한(漢)나라 하남(河南) 사람. 양을 쳐서 부를 축적하였다.
　　무제 때에 흉노가 침입할 걱정이 있게 되자, 상소하여 자기 재산의 절반을 내놓아 변
　　방의 방위를 돕겠다고 청원하였으므로 중랑(中郞)에 임명되었다.
111) 비상(庀喪) : 비(庀)는 비(庇)와 뜻이 같은 글자로서 상사를 같이한다는 뜻.
112) 유곤(庾袞) : 『소학(小學)』「선행(善行)」에 나온다. 진(晋)나라에 역질이 크게 돌아 유
　　곤(庾袞)의 두 형이 죽고, 또 한 형이 위태로운 상황이어서 부모와 여러 형제들이 집
　　밖에서 거처하였다. 곤은 여러 부형들의 권유를 마다하고 홀로 남아 간호하였다. 그
　　후에 역질의 기세가 꺾이어 집사람들이 돌아와 보니 위태했던 형의 병에 차도가 있었
　　으며 곤 또한 아무 일도 없었다.
113) 『안씨가훈(顔氏家訓)』「치가(治家)」에 "吾家巫覡禱請, 絶于言議; 符書章醮亦无祈
　　焉, 并汝曹所見也. 勿爲妖妄之費"라고 했다.
114) 순비(醇備) : 순후(淳厚)하고 아름다워서 잘못이 없는 것.

覡, 絶於言議, 則又宛然是顔氏家訓, 可謂德行醇備矣. 嗟乎! 國有重臣, 而國是正, 家有重婦, 而家道隆, 盖余跋是錄, 而有深感焉.

19. 현령(縣令) 한공(韓公) 찬 ^{縣令韓公贊}

縣令韓公贊

효를 온전히 하느라 손가락이 온전하지 못하였고 글을 기이하게 하느라 운수(運數) 또한 기박하였다. 이는 유항(柳巷)[115]과 죽소(竹所)[116]의 소문난 손자인데[117] 남파(南坡)[118]를 스승으로 삼은 사람을 스승으로 삼았으니 도산(道山)[119]과 목천(木天)[120] 가운데에 놓아야 마땅하다. 그러나 자격(資格)이 곤궁하여 가까스로 하읍(下邑)의 민사(民

---

115) 유항(柳巷) : 한수(韓脩, 1333~1384)의 호 본관은 청주(淸州), 자는 맹운(孟雲). 시호는 문경(文敬). 이색과 교유함. 초(草)·예서(隷書)에 뛰어났다. 청성군(淸城君)에 봉해지고 판후덕부사(判厚德府事)에 이름. 저서로『유항시집(柳巷詩集)』이 있다.

116) 죽소(竹所) : 한상질(韓尙質, ?~1400)의 호. 본관 청주(淸州). 자는 중질(仲質). 시호 문렬(文烈). 1380년(우왕 6) 문과에 급제. 1392년 조선이 건국되자 예문관학사(藝文館學士)로서 주문사(奏聞使)가 되어 명나라에 가서 국호를 조선으로 결정받고 이듬해 돌아왔다. 양광도관찰출척사(楊廣道觀察黜陟使)가 되었다가, 1397년 경상도관찰사를 거쳐 예문관대학사(藝文館大學士)를 지냈다. 중앙과 지방의 관직을 역임하면서 치적을 쌓았다.

117) 문손(聞孫) : 명성과 명예가 있는 자손(子孫).

118) 남파(南坡) : 조선 후기 문신인 홍우원(洪宇遠, 1605~1687)의 호. 본관은 남양(南陽). 자는 군징(君徵). 1645년 문과에 급제. 1680년 경신대출척(庚申大黜陟)으로 남인이 몰락하자 허적(許積)의 역모 사건에 연루되어 명천으로 유배되었다가 나이가 많다고 하여 문천(文川)으로 이배, 현지에서 죽었다. 학문이 고명(高明)하고 성품이 직절(直節)하다 하여 파직되었을 때마다 조정에서는 서용할 것을 국왕에게 진언하였다. 저서로는『남파집』13권이 있다. 시호는 문간(文簡)이다.

119) 도산(道山) : 문인들이 모이는 곳이란 뜻. 『후한서(後漢書)』「두장전(竇章傳)」에 "是時學者稱東觀爲老氏臧室, 道家蓬萊山"이라고 했다.

120) 목천(木天) : 한림원(翰林院)을 가리킨다.

社)를 지켰다. 그러나 수염을 그슬린 것[燎鬚]121)을 비교한 것은 인당(姻黨)122)의 말이었고, 만나 보자 마음을 굽혔던 것은 선달(先達)123) 중에 교만한 자였다. 아! [缺]은 없을 수 없는 것이고 운사(雲士)는 이름이 없을 수 없는 것이니, 시호를 "문효선생(文孝先生)"이라 할 것을 청원하는 바이다.

全孝而不全指, 文奇而數亦奇. 是柳巷竹所之聞孫, 而以師南坡者爲師, 宜置之道山木天之中. 而困於資格, 僅守下邑之民社. 然而比之燎鬚姻黨言也, 見而降心, 先達傲者. 噫! [缺]也. 不可以無, 雲士也, 不可以無名. 請謚之曰 : "文孝先生"

20. 『정숙인행록』 뒤에 쓰다 題鄭淑人行錄後

자식이 부모의 병환이 위독할 적에 의원을 찾아가 약을 먹게 하였어도 효험이 없고, 하늘에 호소하고 신에게 빌었지만 반응이 없어서, 회복시킬 계책이 없게 되면 허벅지를 가르고 손가락을 잘라서 만에 하나의 요행을 바라는 것은 비록 경전에는 그런 글이 없으나, 또한 경전이 허락한 바이다. 무엇으로 아는가? 말하자면 "노력을 다하기를 죽음에 이르기까지 한다"124)고 하였고, "생에 보답하기를 죽음으로

---

121) 수염을 그슬린 것[燎鬚] : 당나라 이적(李勣)이 그 누님을 위하여 죽을 끓이다가 수염을 그슬렸던 고사에 의하여 동기간의 우애를 말한다.
122) 인당(姻黨) : 인친(姻親) 관계의 각 가족(家族) 혹은 그 구성원을 가리킴.
123) 선달(先達) : 학문과 덕행이 훌륭한 선배.
124) 노력을 다하기를 죽음에 이르기까지 한다[服勤至死] : 『예기(禮記)』「단궁(檀弓)」에 보인다.

한다"125)고 하였으니 이것으로써 알게 된다. 또 『예기』에 이르기를 "며느리가 시부모를 섬길 적에는 자신의 부모를 섬기는 것과 같이 한다"126)라고 하였다. 현령공이 단지를 하자 정숙인(鄭淑人) 또한 손가락을 잘랐으니 부모를 섬기는 것과 같이 한다는 뜻에 맞아 떨어지게 된 것이다. 내가 장차 『여효경(女孝經)』을 속찬한다면 숙인(淑人)을 맨 머리에 놓을 것이다. 반드시 정문을 세워 마을에 표창할 것은 아니니 필묵 또한 세교에 공이 있는 것이다.

人子於父母疾革之時, 拜醫嘗藥而不效, 顧天禱神而不應, 計無復之, 僥倖萬一於刲股斷指者, 雖經無其文, 亦經之所許也. 何以知之? 曰"服勤至死" 曰"報生以死" 以斯知之也. 又禮曰 : "婦事舅姑, 如事父母." 當縣令公之斷指也, 鄭淑人亦斷指, 是合如事之義也. 余將續女孝經, 而首淑人焉. 非必建坊表里, 筆墨亦功于世敎耳.

21. 『사세오행록』에 쓰다 書四世五行錄

사람의 효열(孝烈)은 드물게 있으면서 흩어져 있기가 형산(荊山)127)의 옥(玉)이나 벽사(甓社)128)의 구슬이나, 광릉(廣陵)의 경

---

125) 생에 보답하기를 죽음으로 한다[報生以死] : 『소학(小學)』 「명륜(明倫)」에 보인다.
126) 며느리가 시부모를 섬길 적에는 자신의 부모를 섬기는 것과 같이 한다[婦事舅姑, 如事父母] : 『소학(小學)』 「명륜(明倫)」에 보인다.
127) 형산(荊山) : 옛날 중국 춘추전국 시대, 초나라의 변화(卞和)라는 사람이 형산(荊山)에서 옥돌 하나를 주웠다. 이 돌이 바로 화씨지벽(和氏之璧)이다. 형산은 바로 화씨지벽을 얻은 장소를 말한다.
128) 벽사(甓社) : 벽사주(甓社珠)를 가리킨다. 송(宋)나라 손각(孫覺)이 벽사호(甓社湖)가

화(瓊花)129)나 대식(大食)130)의 미로(薇露)131)와 같은 것이다. 그런데 지금 한 집안에 모여 있으니 기이하다. 김씨(金氏)와 홍씨(洪氏)는 지아비를 따라 죽은 열녀로서, 또 하나의 저울로 단 것과 같았고, 한 틀에 찍은 도자기와 같으니 더욱 기이하다.

人之孝烈, 希有而散在, 如荊山之玉, 隨杜之珠, 廣陵瓊花, 大食薇露. 乃今萃于一家, 可異也. 而金氏洪氏殉夫之烈, 又如一秤而量, 一型而陶, 尤可異也.

22. 임노인任老人의 『주갑경수시첩』에 쓰다 題任老人周甲慶壽詩帖

[1]

사대주(四大州)132)에는 사람이 셀 수 없이 많으나, 수명은 일정하지 못하다. 어떤 이는 요절하여 수를 누리지 못하고, 또 어떤

에서 밤에 앉았노라니 갑자기 창이 대낮과 같이 밝았다. 호수로 따라가서 그것을 구해 보니 하나의 큰 주옥을 보게 되었는데 그 빛이 하늘을 비추었었는데 그 해에 손각이 과거에 급제했다 한다.

129) 경화(瓊花) : 일종의 진귀한 꽃. 잎은 부드럽고 광택이 나며 꽃빛은 약간 누르고 향기가 있다고 한다.

130) 대식(大食) : 대식국(大食國)을 말한다. 한때 중동 지방에서 유럽까지 세력을 뻗쳤던 사라센 제국(帝國)을 말한다. 대식의 중국어 음역 'Tashi'가 아랍어나 페르시아어로 무역상의 뜻을 가진 'Taijr'에서 유래했다는 설과 650년 이후 아라비아군이 중국의 서부 변방에서 급속하게 영토 확장을 해 나가자 중국인들이 아라비아를 '영토의 탐욕자'라는 모멸감 섞인 말인 대식으로 불렸다는 설 등이 있다.

131) 장미로(薔薇露) : 장미수(薔薇水)라는 뜻.

132) 사대주(四大州) : 온누리란 뜻으로 쓴 것 같다.

이는 수를 누리나 건강하지 못하며, 어떤 이는 건강은 하여도 자식이 없고, 어떤 이는 자식은 있으나 불초하다. 이제 노인은 육십을 넘기고 칠십 줄에 들어섰는데도 발걸음이 민첩하며, 여러 아들들은 현명하고도 효성스럽다. 노인(老人)이 환갑[133]이 되자, (음식을) 갖추어서 손님과 친구를 부르고 번갈아 앞으로 나와서 상수(上壽)를 하니 경사라 이를 만하다. 다만 시절이 태평한 때가 아니라면 또한 어찌 이 같음을 얻겠는가? 그렇다면 단지 노인 한 집안만의 경사일 따름만은 아닌 것이다.

四大州, 無量數人, 命不齊焉. 或夭而不壽, 或壽而不康寧, 或康寧而無子, 或有子而不肖. 今老人, 踰耆入耋, 敏步履, 諸子賢而孝. 老人懸弧之辰, 爲具召賓友, 更前上壽, 可謂慶矣. 第時非升平, 亦安得有此? 然則不但爲老人一家之慶而已也.

[2]

사람이 하나의 재주를 갖는 것도 어려운데, 노인은 재주가 많다. 그러나 재주가 있는 사람은 행실이 부족한 경우가 있다. 내가 노인이 지은 집안 제사 의식을 보니, 정의(情義)로 인연해서 시작한 것이 많았다. 그리하여 보본추원(報本追遠)[134]하는 생각이 있었으니 그 복을 받음이 마땅하다.

---

133) 현호(懸弧) : 아들의 출생. 옛날에 아들을 낳으면 호(弧), 곧 뽕나무 활을 문의 왼쪽에 걸어 활을 잘 쏘기를 바란 데서 유래함.
134) 추원보본(追遠報本) : 조상의 덕을 추모하여 제사를 지내고, 자기의 태어난 근본을 잊지 않고 은혜를 갚음

原文

人有一藝亦難, 老人則多藝. 然藝者, 或遺於行. 吾觀老人所作
家祭式, 多緣情義起者. 而有報本追遠之思, 其受福祉也, 宜矣.

23. 완월대사[135] 찬 翫月大師眞贊

[1]

옮김

대사는 지금 수미산(須彌山)에서 달을 구경하고 있으니, 이는
또 어떤 사람이 스님과 더불어 방불하겠는가? 게송에 이른다.
"조수는 돌아가며 소리를 거두고, 달은 떨어져도 빛은 남는다. 이와 같
이 살펴보고서, 크게 절하고[136] 향을 사르노라."

原文

師, 今在須彌山翫月, 此又何人, 與師髣髴? 偈曰 : "潮歸收音, 月
墮留光. 作如是觀, 頂禮拈香."

---

135) 궤홍(軌泓, 1714~1770) : 조선 후기의 고승. 청주 한씨(淸州韓氏). 호는 완월(翫月).
　　 궤홍은 법명이다. 12세 때 평강(平康) 보월사(寶月寺)로 출가하였고, 해원(海源)에게
　　 불법을 배운 뒤 법맥을 이었으며, 항상 스승을 따라 수도하였다. 만년에는 석왕사(釋
　　 王寺)에 머물면서 후학들을 지도하다가 입적하였다. 제자 각웅(覺雄) 등이 다비한 뒤
　　 사리를 얻어서 부도를 세웠으며, 비문은 대제학 황경원(黃景源)이 지었다. 또, 이복원
　　 (李福源), 『쌍계유고(雙溪遺稿)』 「완월사궤홍진찬(翫月師軌泓眞贊)」이 남아 있다.
136) 정례(頂禮) : 머리를 바닥에 닿게 하는 절을 이른다. 그리고 정례로 삼배를 올린다 하
　　 여 삼정례(三頂禮)라고 한다. 인도에서는 접족례(接足禮)라고 하여, 자신의 이마를 존
　　 경하는 스승의 발등에 닿게 하는 예법도 있다.

[2]

 해사(海師)[137]의 연법(演法)[138]은 바다가 사물을 포용(包容)하는 것
과 같고, 월사(月師)의 사법(嗣法)[139]은 달이 해를 받는 것과 같으
니, 어째서인가? 이 법은 곧 문수보살이 유마힐에게서 듣지 못한 것이
니 내가 감히 말을 못하겠다.

 海師之演法, 如海之涵物, 月師之嗣法, 如月之承日, 如何是法,
卽文殊之所未得聞於維摩者, 我不敢說.

24. 간소재명[140) 簡素齋銘

 건(乾)의 책(策)은 216이요, 곤(坤)의 책(策)은 144인데도[141] 이간(易
簡)[142]이라고 하였고, 예의(禮儀)는 300이요 위의(威儀)[143]는 3,000

---

137) 해사(海師) : 해사는 함월종사(涵月宗師, 1691~1770)를 가리키는 듯하다. 스님의 법
  명은 해원(海源), 자는 천경(天鏡), 법호는 함월이다. 성씨는 이씨이며 함경남도 함흥
  사람이다. 서산의 5대손으로 알려져 있다. 열네 살 되던 해, 도창사로 출가하여 스님이
  된 이래 두루 전국의 선지식을 찾아다니며 자신을 탁마 하였다. 뒷날 환성 스님을 섬
  기게 되었는데 입실 10년 만에 종문의 묘전을 모두 배웠다. 스님은 80세를 일기로 생
  애를 마칠 때까지 쇠잔한 진리의 등불을 지키며 교화를 폈던 환성지안(喚醒志安)의
  의발을 이어받아 전한 당대의 선지식이다. 문인은 24명인데 완월(翫月), 영파(影波) 스
  님이 유명하다. 문집으로『천경집(天鏡集)』이 있다. 김상복(金相福, 1714~1782)이 비
  문을 짓고, 남유용(南有容, 1698~1773)과 황경원(黃景源, 1709~1787)이 진찰(眞贊)을
  지었으며 함월문집의 서문을 홍경모(洪敬謨, 1774~1851)가 썼다.
138) 연법(演法) : 교의(敎義)를 선강(宣講)하는 것.
139) 사법(嗣法) : 법사(法嗣)라고도 함. 선사(先師)가 죽거나, 은퇴함에 의하여 그 법계(法
  系)를 받아 잇는 이, 곧 법제자를 이른다.
140) 간소재(簡素齋) : 이헌경(李獻慶),『간옹집(艮翁集)』의「차이상사재관간소재운(次李上
  舍載寬簡素齋韻)」과「간소재기(簡素齋記)」라는 글이 있다.

인데 거간(居簡)[144]이라고 한 것은 무엇인가? 짐짓 이치가 순하기 때문이다. 이치가 순하면 비록 태소(太素)[145]와 합치가 되더라도 또한 마땅하나, 그렇지 않으면 선(禪)을 하여도 속박하게 되고 좌망(坐忘)을 해도 실제로는 달리게 되니 어찌 기봉(奇峯)을 하운(夏雲)[146]에서 기다릴 것인가? 다만 물결이 일지 않는 고정(古井)만이 요구된다.[147] 혜환거사(惠寰居士)는 대략 뜻을 보이니, 간소재(簡素齋) 주인(主人)이 말을 하자 받아들였다.

> **원문** 乾之策, 二百一十有六, 坤之策, 百四十有四, 而曰易簡, 禮儀三百, 威儀三千, 而曰居簡何? 以故理順也. 理順, 則雖謂與太素合, 亦宜, 不然, 禪亦縛, 忘實馳, 何須奇峯夏雲? 只要不波古井. 惠寰居士, 略示意, 簡素主人, 言卜頷.

---

141) 건(乾)의 책(策)은 216이요, 곤(坤)의 책(策)은 144이다[乾之策, 二百一十有六, 坤之策, 百四十有四] : 여기서 책(策)이란 주역점(周易占)을 칠 때 쓰는 산가지[저(箸)]를 가리킨다. 이 책수(策數)는 사상(四象)에서 나온 것인데 상세한 설명은 『주역(周易)』 「계사상(繫辭上)」의 "주자 본의주(朱子本義註)"와 『대산주역강해(大山周易講解)』에 있다.

142) 이간(易簡) : 평이(平易)하고 간단하다는 뜻. 『역경(易經)』 「계사전상(系辭傳上)」에 "易則易知, 簡則易從, 易知則有親, …… 易簡, 而天下之理得矣"라 했다.

143) 예의(禮儀)와 위의(威儀) : 예의(禮儀)는 경상적(經常的)인 예법, 곧 예의의 중요한 한 조목(條目)이고, 위의(威儀)는 예의의 상세한 법칙, 곧 곡례(曲禮)이다. 『중용(中庸)』에 "예의는 삼백 가지이고 위의는 삼천 가지이다"라고 했다.

144) 거간(居簡) : 몸가짐을 너그럽고 간략하게 함을 이른다. 『논어(論語)』 「옹야(雍也)」에 "居敬而行簡, 以臨其民, 不亦可乎? 居簡而行簡, 無乃大簡乎?"라 했으며, 『예기(禮記)』 「악기(樂記)」에 "大樂必易, 大禮必簡"이라 했다.

145) 태소(太素) : 고대의 가장 원시적인 물질. 인신하여 천지(天地)란 뜻으로 쓴다.

146) 기봉하운(奇峯夏雲) : 기이한 산봉우리와 같은 여름철의 구름. 『도연명집(陶淵明集)』 「사시(四時)」에 "春水滿四澤, 夏雲多奇峯. 秋月揚明暉, 冬嶺秀孤松"이라 했다.

147) 불파고정(不波古井) : 백거이의 「증원진(贈元稹)」이란 시에 "無波古井水, 有節秋竹竿"이라 했다.

25. 백형(伯氏)인 죽파공(竹坡公148)의 유사(遺事) 5가지 伯氏竹坡公遺事五則

[1]

[옮김] 공의 사람됨은 단우(壇宇 : 範圍)가 매우 높으나, 마음속은 간이하고 올곧았다. 사람과 사귐에 과시하지¹⁴⁹⁾ 않아 마음속에 자질¹⁵⁰⁾을 다 드러내지 않았다. 사람들 중에 장점이 많은 이가 있으면 장려하여 함께 이루었고, 어려움이 있으면 반드시 도와주었다. 간혹 공을 저버리는 사람이 있어도 공은 후회하지 않았으며 그 사람이 후에 곤궁하게 되어 돌아오면 맨 처음과 같이 대우해 주었다.

[원문] 公爲人, 壇宇甚峻, 而中易直. 與人交, 不爲表襮, 披竭底蘊. 人有長多, 獎與成之, 有難, 必佽助濟之. 或有負公者, 公不爲悔, 其人, 後以窮歸, 待之如初.

---

148) 죽파공(竹坡公) : 이광휴(李廣休, 1693~1761)의 호. 자는 경미(景微)이다. 혜환의 맏형이다. 실학에 조예가 깊었다 한다. 저술로는 『죽파시집(竹坡詩集)』 필사본 1권이 있다하나, 확인할 수는 없다. 혜환이 지은 그의 묘지명인 「죽파처사묘지명(竹坡處士墓誌銘)」(1761년 무렵 작, 국립민속박물관 소장)이 남아 있다. 『혜환잡저』에는 「호설(虎說)」과 「해서개자(海西丐者)」 등에 그에 대한 간략한 언급이 약간 남아 있으며, 이병휴의 『정산시고(貞山詩稿)』에는 「경수가형죽파선생(敬壽家兄竹坡先生)」이 있고, 『육회당유고(六悔堂遺稿)』에 「빙조죽파이령공천장애사(聘祖竹坡李令公遷葬哀辭)」가 있다. 또, 『여강세승(驪江世乘)』과 『성호선생문집(星湖先生文集)』에도 그에 대한 기록이 보인다.

149) 표폭(表襮) : 표폭(表暴)이라고도 함. 스스로를 과시하는 것.

150) 저온(底蘊) : 마음속에 간직된 재지(才智) 또는 견식(見識)을 가리킴.

[2]

 공(公)의 별장 한 채가 충청도 당진(唐津)에 있었는데, 외가(外家)에서 물려받은 것이다. 누이동생이 가난해지자 곧장 그녀에게 떼어 주었다. 여러 친척(親戚)과 시골 이웃들이 급한 일에 공의 도움을 많이 받았고, 큰일이 있으면 공을 맞아 좨주(祭酒)로 삼아서 일을 처리했다.

公有一莊, 在湖西之唐津, 外家所遺也. 女弟貧, 卽割而屬之. 諸親戚鄕鄰, 緩急多資公, 有大事則肅公爲祭酒以聽焉.

[3]

공(公)은 살이 많이 쪄서 과업(課業)에만 힘쓰기에 불편하였다. 그러나 여러 역사책을 보기 좋아하였고, 널리 패관(稗官)과 설가(說家)[151]에까지 미쳐서 고금을 꿰뚫었고 크고 작은 것을 함께 포괄하여 부지런히 힘써 그치지 않았으니, 세상에서 박식하다고 이름난 자라도 혹 손색이 있을 것이다. 시를 지은 것 중에는 아름다운 말이 많았으며, 산문(散文) 중에 「맥장수전(麥長鬚傳)」은 비록 옛사람의 문집에 놓더라도 분별해 내기 어려울 것이다.

公肌體豊肥, 不便功苦課業. 而好觀諸史, 旁及稗官說家, 貫穿古今, 該括巨細, 纜纜不窮, 世之以博名者, 或遜焉. 所爲詩多佳語, 文之麥長鬚傳, 則雖置古人集中, 亦難辨焉.

---

151) 설가(說家) : 주석(注釋)을 하는 사람이나 혹은 평론하는 사람.

[4]

공(公)은 작은 일에 집착하여152) 작은 것에 삼가는 것을 좋아하지 않았다. 그러나 거상(居喪)하는 3년 동안에는 내실에 들지 않았고 평소에는 휘장에 겉치레하는 빛이 없었다. 또 집에 장기와 바둑을 두지 않았고, 술, 담배를 입에 대지 않았다. 그중에서 무당을 가장 싫어하여, 만나면 반드시 꺼려서 쫓아냈으며 음양(陰陽)상 피하는 것을 이따금 일부러 범함으로써 무혹(誣惑)을 깨뜨렸다.

公不喜拘儒曲謹. 然居喪三年, 不入內, 平生帷無外色. 且家不蓄博奕之具, 口不近烟酒. 最惡巫覡, 遇必禁逐, 陰陽避忌, 時故犯之, 以破誣惑.

[5]

공(公)이 이미 불우하여 훌륭한 큰 뜻을 펼칠 수가 없게 되었다. 만년에 연못을 파서 연꽃을 심었으며, 뜰에는 매화를 심고 울타리에는 국화를 심어, 각각 제자리에 두었다. 매번 좋은 계절에는 친구들 몇 명을 불러 밭에 있는 채소를 따고 과수원에 있는 과일을 깎아 내어 술안주로 삼았다. 마음을 터놓고 담소를 나누었으며, 혹은 간간히 격조 높은 농담을 섞음으로써 즐거워하였다. 다만 조정(朝政)과 시국(時局)에 대해서는 일절 말하지 않았다.

---

152) 구유(拘儒) : 비유소구(鄙儒小拘)의 준말. 작은 일에 집착하는 지식인. 『사기(史記)』「맹자순경열전(孟子荀卿列傳)」에 나온다.

公旣不遇, 無以消耗其壯心. 晚歲, 鑿池種蓮, 庭梅籬菊, 各得位置. 每於良辰佳節, 召賓友數人, 摘畦蔬, 剝園果, 以佐壺觴. 開懷縱談, 或間以雅謔爲樂. 惟語不及朝政時局.

26. 삼가 기로회첩에 쓰다 敬題耆老會帖

하늘은 장구하므로 하늘에 걸려 있는 해와 달 또한 장구하게 되었고, 대지는 장구하므로 땅에 자리잡은 산천 또한 장구하게 되었다. 임금이 장수하면 임금에게 통솔되는 신하들 또한 수를 누리는 사람이 많으니 이치가 그러한 것이다. 대저 기로회(耆老會)가 회창(會昌)[153] 시대에서 보였고 원풍(元豐)[154] 시대에 성대하였으나, 실은 상고(上古) 시대부터 비롯된 것이다. 백익(伯益)[155]·전갱(錢鏗)[156]·대임(大臨)[157]·정견(庭堅)[158]과 같은 무리들은 당우(唐虞)의 조정에 모였고, 이윤(伊尹)[159]·

---

153) 회창(會昌): 당나라 19대 황제 무종(武宗)의 연호. 서기 841~846.
154) 원풍(元豐): 송(宋)나라 신종(神宗)의 연호. 서기 1078~1085.
155) 백익(伯益): 우(禹)임금의 신하. 소호(少昊)의 후손. 우의 치수(治水)를 도왔다.
156) 전갱(錢鏗): 중국 상고 시대 전욱(顓頊)의 현손(玄孫)으로 성은 전(錢), 이름은 갱(鏗). 도인행기술(導引行氣術)을 잘했다. 요(堯)임금 때 대팽(大彭)에 봉해졌으며 은(殷)나라 말기에 이미 767세였으나 노쇠하지 않았다. 이밖에도 여러 가지 설이 있으며 오래 사는 사람의 대명사로 쓰인다.
157) 대림(大臨): 대림은 옛날 고양씨(高陽氏)의 여덟 사람의 재능과 덕이 있는 사람 중에 한 사람 『좌전(左傳)』 「문공십팔년(文公十八年)」 참조.
158) 정견(庭堅): 정견은 옛날 고양씨(高陽氏)의 여덟 사람의 재능과 덕이 있는 사람 중에 한 사람 『좌전(左傳)』 「문공십팔년(文公十八年)」 참조.
159) 이윤(伊尹): 탕(湯)왕을 도와 천하에 왕노릇 하게 하였다. 처음 탕왕(湯王)이 이윤(伊尹)을 초빙할 때에 폐백을 가지고 세 번이나 사람을 보냈었다. 또 탕왕(湯王)이 세상을 뜬 후 태갑(太甲)이 탕왕(湯王)의 법도를 전복시키므로 이윤이 그를 동(桐) 땅에 3년간 유폐시켜 과오를 뉘우치게 하였다.

중훼(仲虺)[160]·여구(女鳩)·여방(女房) 같은 벗들은 은탕(殷湯)의 시대에 모였으며, 상보(尙父)[161]·군석(君奭)·백이(伯夷)·육웅(鬻熊)과 같은 무리들은 주나라 문왕 시대에 모였다. 비록 그 나이가 역사에 기록된 경우도 있고 빠진 경우도 있지만 대개 모두 구조(耈造)[162]인 것이다. 무엇으로 그것을 아는가?『예기』에 이르기를 "쉰 살에 임명을 받아 대부(大夫)가 된다"[163]라고 하였으며 또 말하기를 "일흔 살에 덕이 있으면 임금이 치사(致仕)를 허가하지 않는다"[164]라고 하였다. 옛날에는 젊은 사람이 관직에 들어가는 일이 없었으며, 또 덕이 있으면 치사(致仕)를 허가하지 않았으니 이것으로써 알게 된다. 그렇다면 은주(殷周) 이전에는 그런 사실이 있었어도 그 이름을 빠뜨린 것이고, 회창(會昌)과 원풍(元豊) 때에는 아울러 그 이름이 나타났던 것이다. 지금 여러 공들이 많은 나이와 큰 덕으로써 사람을 진작시켜 부석(敷錫)[165]하는 성대함을 만났다. 이 모임을 만든 것이 거의 당우(唐虞) 은주(殷周)에 아름다움을 아우르게 되었으니 당송(唐宋)을 어찌 논할 것이 있는가? 우리 동방의 기융(朞隆)[166]한 운을 알고자 하는 이는 반드시 경운(卿雲)[167]·경성(景星)[168]·명조(鳴鳥)[169]·기거(器車)[170]

---

160) 중훼(仲虺) : 탕(湯)의 현신(賢臣)으로 전해 온다.

161) 상보(尙父) : 또한 상보(尙甫)라고도 한다. 주(周)나라 여망(呂望)을 가리킨 말이니 아버지 또래로 존경할 만한 사람이라는 뜻이다.『시경』「대아(大雅)」'대명(大明)'에 "維師尙父, 時維鷹揚"이라 했다.

162) 구조(耈造) :『서경(書經)』「군석(君奭)」에 "耈造德不降, 我則鳴鳥不聞"이라 했다. 후에 '구조(耈造)'는 노성(老成)이나 노성(老成)한 사람을 가리키는 말로 쓰인다.

163) 쉰 살에 임명을 받아 대부가 된다[五十命爲大夫] :『예기』「내칙(內則)」에 "四十强而仕五十命爲大夫"라 했다.

164) 일흔 살에 덕이 있으면 임금이 치사(致仕)를 허가하지 않는다[七十有德, 君不許致仕] :『예기(禮記)』「내칙(內則)」에 "九年, 教之數日. 十年, 出就外傅, 居宿於外, 學書記. 衣不帛襦袴. 禮帥初, 朝夕學幼儀, 請肆簡諒. 十有三年, 學樂, 誦詩, 舞勺. 成童, 舞象, 學射御. 二十而冠, 始學禮, 可以衣裘帛, 舞大夏, 惇行孝弟, 博學不教, 內而不出. 三十而有室, 始理男事, 博學無方, 孫友視志. 四十始仕, 方物出謀發慮, 道合則服從, 不可則去, 五十命爲大夫, 服官政. 七十致事"라고 했다.

165) 부석(敷錫) : 시사(施賜)와 같은 말로 베풀어 준다는 뜻.『서경(書經)』「홍범(洪範)」에 "斂時五福, 用敷錫厥庶民"이라 했다.

166) 기융(朞隆) : 기융(基隆)의 오자인 듯함.

에게 할 것이 없고, 이 첩에 하는 것이 옳을 것이다.

天久, 故繫於天者, 日月亦久, 地久, 故附於地者, 山川亦久. 君壽而統於君者, 臣下亦多壽, 理然也. 夫耆老之會, 見於會昌, 盛於元豐, 而實昉於上古. 伯益籛鏗大臨庭堅之倫, 會於唐虞之朝, 伊尹仲虺女鳩女房之朋, 會於殷湯之時, 尙父君奭伯夷鬻熊之儔, 會於周文之世. 雖其年壽, 史或擧或失, 盖皆耆造也. 何以知之? 禮曰 : "五十命爲大夫." 又曰 : "七十有德, 君不許致仕." 古無年少入官者, 此又有德, 不宜許致仕者, 以是知之. 然則殷周以前, 有其實而泯其名者, 會昌元豐, 倂著其名也. 今諸公以高年碩德, 値作人敷錫之盛. 爲此會也, 庶幾並美於唐虞殷周, 唐宋奚論哉? 欲知我東藝隆之運者, 不必于卿雲景星鳴鳥器車而于此帖, 可矣.

---

167) 경운(卿雲) : 노래 이름이다. 순임금이 우(禹)에게 선위할 때 모든 관리들이 불렀다는 노래. "경운의 아름다움이여, 예가 융성하도다. 일월의 밝음이여, 아침이요 다시 아침이로다[卿雲爛兮, 禮漫漫兮. 日月光華, 旦復旦兮]"라는 내용의 가사로 되어 있다.

168) 경성(景星) : 큰 별. 덕성(德星) 또는 서성(瑞星)을 가리킨다. 옛날에 도가 있는 나라에 나타난다고 했다.

169) 명조(鳴鳥) : 봉황을 가리킨다. 『서경(書經)』 「군석(君奭)」에 "耆造德不降. 我則鳴鳥不聞"이라 했다.

170) 기거(器車) : 그릇과 수레를 이른다. 그릇은 은옹(銀甕)과 단증(丹甑)의 종류를 이르고, 수레는 산거(山車)와 수구(垂鉤)의 종류를 이른다. 고대(古代)에는 성세(盛世)에 출현(出現)하는 상서로운 물건으로 인식된다. 『예기(禮記)』 「예운(禮運)」에 "天降膏露, 地出醴泉, 山出器車"라 했다.

27. 의송암 중수기 依松菴重修記

![옮김] 풍수설이 행해지면서 사람의 효성이 비로소 쇠미해져 그 장사에 부장하지 않고 (복을) 바라는 것이 있다. 그러므로 몇 세대 후에는 비록 융숭한 장례[171]에 무덤 쓸 땅을 하사(下賜)하더라도 혹은 노루, 날다람쥐, 쑥대, 명아주의 땅이 되는 것을 면치 못할 것이니 형세가 그러한 것이다. 오직 나와 친한 전주이씨(全州李氏)는 그러하지 않아서, 양산(楊山)[172]의 기슭에 7대의 묘가 모두 같은 곳에 있다. 이씨(李氏)는 원로의 덕이 있어, 근검(勤儉)으로 집안을 일으킨 사람이다. 의식(衣食)을 줄이고 오로지 선조의 덕업을 받드는데 힘을 다하여, 모든 묘에 빗돌을 세우고, 나무를 대대적으로 심었으며 몇 칸 안 되는 집을 짓고 의송암(依松菴)이라 현판을 달았다. 집과 행랑, 부엌, 국그릇, 제기, 국자, 장막이 모두 갖추어졌다. 때때로 몸소 무덤을 돌면서 풀을 깎고 나뭇잎을 쓸어 담고 나서는, 이 재암(齋菴)에서 쉬었으니, 거의 기거(起居)하면서 혼정신성(昏定晨省)하는 것처럼 했다. 그가 세상을 떠나자 그 아들 윤보(潤甫)가 드디어 받들어 선영에 장사 지내고 낡은 이 집을 수리해서 더욱 넓혔으니 이것은 이른바 아버지의 도를 고치지 않는 효에 도타운 자라 할 수 있다. 아! 태에 있을 적에는 그 호흡에 의지하고, 어려서는 그 젖 먹이는 데에 의지하고, 살아 있을 적에는 그 그늘에 의지하고, 죽어서는 송장에 의지하는 것은 오직 자식이 어버이에 대해서만이 그러하니 진실로 능히 생각한다면 비록 떨어지고 어긋나서 멀게 하려고 하더라도 될 수가 없는 것이다. 말이 절실하지 않으면 살피는 것도 깊지 못하게 되는 것이니, 이 글을 써서 윤보(潤甫)에게 보이고 이것으로써 남

---

171) 대장(大葬): 옛날에 봉건제도(封建制度)에서 거행되었던 융숭한 장례(葬禮)를 이른다. 『논어(論語)』「자한(子罕)」에 "且予縱不得大葬, 予死於道路乎?"라고 했다.
172) 양산(楊山): 경상북도 경주시의 남산.

의 자식 된 자들에게 고하는 바이다.

自堪輿之說行, 而人之孝始衰, 其葬也, 不祔而有所覬焉. 故數世之後, 雖大葬賜塋, 或不免爲麜鼯蓬藋之鄕, 勢然也. 惟余所善全州李氏, 則不然, 楊山之麓, 七世之墓, 皆同域. 而李氏有耆德, 以勤儉起家者. 縮節衣食, 專致力於奉先, 盡碑諸墓, 大樹以木, 置屋若干楹, 顔曰 : '依松菴' 齋廡庖廚, 鉶邊勺冪, 具焉. 時躬巡丘壟, 薙草畚葉, 因息於菴, 庶幾如起居定省也. 旣沒, 其子潤甫, 遂奉以祔於先兆, 重修舊菴而益廣之, 是可謂無改道而篤於孝者也. 噫! 胎而依其呼吸, 幼而依其乳哺, 生而依其庇蔭, 死而依其體魄者, 惟子之於親爲然, 苟能思之, 雖欲分離違遠, 不可得矣. 語不切則省不深, 書此以示潤甫, 且以告諸爲人子者.

28. 화교 유처사 제문 [자는 굉중이다] 祭花郊柳處士文 [字宏仲]

오호! 들은 적도 없고 본 적도 없고 알지도 못하던 일이 생기면 사람들은 반드시 그 때문에 깜짝 놀라 부르짖는다. 태어난 사람은 반드시 죽는다는 사실은 익히 듣고 보아서 아는 일이라, 이렇지 않을 것 같다. 그러나 사람의 수명을 백 년으로 기한을 삼으니, 사랑하는 자는 진실로 그것을 믿으며 혹은 그보다 더 살기를 바라기도 한다. 그러다 갑자기 어긋나게 되면 어찌 슬퍼서 실성함이 없을 수가 있겠는가?

일찍이 들건대 조물주(造物主)는 큰 총명(聰明)과 큰 역량(力量)이 있어서 사물의 생성(生成)에 대하여 각기 이치에 합당하게 조치한다고 하였다. 공과 같은 재능과 현명함으로는 마땅히 옥을 차며 붓을 끼고,[173] 봉

지(蓬池)[174]나 도산(道山) 위에서 노닐어야 할 것인데, 이에 상호(桑戶)[175]
와 가장(葭墻)[176] 안에서 거처하면서 울다가 곡함으로 그 마음을 괴롭히
고 때 묻은 옷과 거친 밥으로 그 몸을 못살게 하다가 생을 마쳤으니, 어
쩌면 조물주가 이 사람에 대해서 우연히 실수가 있어서였던가?

아! 공과 교유한 지 대개 오십 년이 되었다. 중간에 친구들 중에는 벼
슬길을 따라 날고 드날리는 사람이 있었으나, 나는 공과 같은 포의(布衣)
였으므로 사귐이 한결같았다. 사방으로 흩어진 자가 있었으나 나는 공
과 거처가 서로 가까웠으므로 교유가 더욱 친밀하였다. 요절해서 수를
못 누린 자가 있었으나 나는 공과 함께 오래 살았으므로 사귀기를 가장
오랫동안 하였다. (그런데) 공이 또 나를 버리고 갔다. 내가 눈물을 흘림
이 철면어사(鐵面御使) 조변(趙抃)[177]과 같아서 가벼이 남을 위해서 눈물
을 흘리지 않았지만 공을 위해서 눈물을 흘리는 것은 이 때문이다. 아!
하나의 기(氣)를 받지 못하면 칠 척의 몸은 모두 헛된 것이 된다. 사람들
은 모두 고향으로 돌아가는 것이니, 공은 이 세상에 우거하는 것을 연연
하지 말지어다.

원문

嗚呼! 凡事, 出於所未嘗聞, 未嘗見, 未嘗知, 則人必爲之錯愕驚
呼. 若有生之必有死, 則是所習聞習見習知者, 似無是也. 然人
壽, 以百年爲期, 則愛之者, 固信焉, 或冀其過之. 卒然有違, 則惡得無怛
然失聲也?

嘗聞造物主大聰明‧大力量, 於物生成, 措置各當理. 以公之才且賢,

---

173) 잠필(簪筆) : 붓을 머리에 끼움. 하찮은 벼슬을 함을 비유하기도 한다.
174) 봉지(蓬池) : 봉래(蓬萊)의 못(池)을 말함.
175) 상호(桑戶) : 뽕나무로 만든 문이란 뜻으로 가난한 집을 일컬음.
176) 가장(葭牆) : 갈대풀로 엮어 만든 울타리. 유향(劉向)의 『열녀전(烈女傳)』「초로래처
(楚老萊妻)」에 "萊子逃世, 耕於蒙山之陽. 葭牆蓬室, 木床蓍席"이라고 했다.
177) 철면변(鐵面抃) : 철면(鐵面) 같이 강직하여 사심이 없었던 송(宋)나라 조변(趙抃)은
철면어사(鐵面御使)라는 말을 들었는데 크게 쓰여 참지정사(參知政事)와 태자소보(太
子少保)가 되었다. 『송사(宋史)』「조변열전(趙抃列傳)」 참조.

宜佩玉簪筆, 遊於蓬池道山之上, 而乃處以桑戶蓂墻之中, 乾啼濕哭, 惱其心, 垢衣疏食, 苦其身, 以畢生焉, 豈造物主, 於此偶有失與?

噫! 我與公交, 盖五十年矣. 中間朋友, 有從雲路飛颺去者, 而我與公, 俱是布褐, 故交如一. 有散落四方者, 而我與公, 居相近, 故交愈密. 有短折無年者, 而我與公, 俱是耆艾, 故交最久. 今公又舍我去, 我有淚如鐵抒, 不輕爲人落, 而爲公落者以此也. 嗚呼! 一氣不承, 七尺皆虛. 人盡歸鄉, 公無戀寓.

29. 백인당기 百忍堂記

나의 벗 신처사(申處士)가 그가 사는 집에 편액 달기를 백인당 (百忍堂)이라 하고, 나에게 기(記)를 지어 주기를 구하였다. 나는 이른다. 인(忍)이라는 글자는 인(刃)을 따르고 심(心)을 따른 것이다. 칼날이 가슴을 찌르면 참기가 어렵다. 인(刃)은 금(金)이고 심(心)은 화(火)이다. 금(金)이 화(火)를 만나면 참기는 더욱 어렵다. 또 천지(天地)는 겨울로 인(忍)을 삼고, 강해(江海)는 내려가는 것으로 인(忍)을 삼으니, 사람이 참지 않을 수 있겠는가? 자신에게 잘못을 범해도 따지지 않고,[178] 도전하여도 응전하지 않은 연후에야 이에 성취함이 있게 되는 것이다. 그렇지 않다면 이른바 하마선(蝦蟆禪)[179]을 하다가 한 번 뛰면 곧 넘어진다는 것이다. 그러므로 보위(步衛)의 인품은 창문 밖의 음식에서 정해졌고,[180]

---

178) 잘못을 범해도 따지지 않고[犯而不較]: 『논어(論語)』 「태백(泰伯)」에 나온다.
179) 하마선(蝦蟆禪): 두꺼비는 한갓 뛰는 것만을 알고 다른 활발한 활동을 알지 못하는 것이므로, 선(禪)하는 사람이 한편에만 고집하고 자유로운 살림살이가 없는 이를 꾸짖는 말. 또 나무 잎에 앉아 있는 두꺼비 모양이 좌선하는 것과 비슷하므로 좌선이라 이름을 붙임.

장진(張陳)의 국면은 뽕나무 아래의 꾸짖음에서 결정되었으며,181) 공손
화(孫公和)가 혜숙아(嵇叔夜)를 경계했다182) 하는 것은 뜻이 더욱 깊다.
아! 인간 세상에 살 적에 뜻대로 되지 않은 일이 많아서 장단(長短)·득
실(得失)·산함(酸鹹)·한열(寒熱)이 일제히 이르러,183) 일거에 변하는 것
이 학질이 걸린 자와 같다. 그러나 능히 이때에 기를 내리고 마음을 안
정시키면 자기 본분을 돌아보게 한다.184) 오늘 억지로 참고 다음 날 또
참아, 오래되면 자연히 있던 일이 변화해서 일 없는 것이 되고, 어려운
곳이 변하여 선처(善處)가 되고 불평(不平)한 것이 변하여 태평(太平)하게
된다. 이 처사(處士)가 친히 겪어서 몸소 경험한 것이니, 대개 고진인(古
眞人)의 일자경(一字經)에서 얻은 것으로써 산곡(山谷)185)이 사인(四印)186)

---

180) 보위의 인품은 창 밖의 음식에서 정해지다[步衛之品, 定於牖外之食] : 알 수 없다.
181) 장진의 국면은 뽕나무 아래의 꾸짖음에서 결정되었다[張陳之局, 決於桑下之責] : 장
(張)은 진(秦)나라 말기의 대량(大梁, 魏의 首都) 사람인 장이(張耳), 진(陳)은 같은 시대
같은 곳에 살았던 진여(陳餘)를 가리킨다. 진여는 장이보다 나이가 어렸으므로 장이를
아비처럼 섬기면서 문경지교(刎頸之交)를 맺었으나 나중에는 사이가 틀어져 장이는
진여를 죽이게 되는데 그 국면의 동기는 뽕나무 아래의 꾸짖음에서 결정이 되었다는
뜻이다. 그 꾸짖음이란 두 사람은 진(秦)나라의 구구(購求 : 체포를 위한 현상 공모)를
피하여 성명을 바꾸고 이문감(里門監)으로 있었는데 그 마을의 관리가 일찍이 진여에
게 지나친 태형(笞刑)을 가함에 진여가 맞대항하여 일어나려 하자 장이는 그의 발등을
밟아 참도록 했으며, 그 관리가 자리를 뜨자 장이는 진여를 뽕나무 밑으로 끌고 가서
"사소한 굴욕을 참지 못하고 죽을 짓을 하느냐"고 나무랐던 일을 가리킨다. 『사기(史
記)』 「장이진여열전(張耳陳餘列傳)」 참조.
182) 손공화가 혜숙야를 경계한 것[孫公和之戒嵇叔夜] : 손공화(孫公和)의 공화(公和)는
진(晋)나라 때 은자(隱者)인 손등(孫登)의 자이고 혜숙아(嵇叔夜)의 숙아(叔夜)는 같은
시대 혜강(嵇康)의 자이다. 혜강이 손등을 따라 놀았는데, 손등은 침묵을 스스로 지키
며 말을 하지 않고 있다가 혜강이 떠날 즈음에 말하기를 "그대는 성질이 있는 데다 재
능이 뛰어나니 면할 수 있겠는가?"라는 경고를 했다. 혜강은 과연 40세에 어떤 일로
인하여 종회(鍾會)의 미움을 사서 참소로 죽임을 당했다
183) 분지(坌至) : 일제히 이른다는 말.
184) 회광반조(回光反照) : 여러 가지 의미를 지닌 말이다. 불가(佛家)에서는 자기의 본분
(本分)을 돌아보는 수양(修養)의 뜻으로 쓴다. 또, 사람이 죽기 전에 잠시 제정신을 차
리고 또렷한 의식을 찾는 현상을 말하기도 한다.
185) 황정견(黃庭堅, 1045~1105) : 송나라 때 시인. 자는 노직(魯直). 호는 산곡(山谷). 강서
시파(江西詩派)의 창시자로 생전에는 소식(蘇軾)과 거의 같은 명성을 누렸고, 죽어서는
두보의 계승자로 추앙 받았다. 서가(書家)로서도 송대 4대가의 한 사람으로 꼽힌다.

을 양생한 것이다. 대역(大易)의 겸(謙)괘와 간(艮)괘, 노씨(老氏)의 유약(柔弱), 도검가(韜鈐家)[187]의 견루(堅壘),[188] 팽련가(烹煉家)의 폐정(閉鼎)과 같은 것은 모두 이 뜻이다. 그러므로 취하여 여기에 보충한다.

원문 余友申處士, 顔其所居之室曰: '百忍', 求余爲記. 余謂忍之爲字, 從刃從心. 刃觸心, 忍難矣. 刃金也, 心火也. 金遇火, 忍愈難矣. 且天地以冬爲忍, 江海以下爲忍, 人其可不忍乎? 犯而不較, 挑而不應, 然後, 乃有濟也. 不然, 所謂蝦蟆禪一跳卽倒. 故步衛之品, 定於牖外之食, 張陳之局, 決於桑下之責, 而孫公和之戒嵆叔夜者, 旨尤深矣. 噫! 人生世間, 不如意事多, 長短得失酸鹹寒熱, 坌至颷變, 如病瘧者. 然能於此時, 降氣定心, 回光反照. 今日强忍, 明日又忍, 久則自然有事, 化爲無事, 難處化爲善處, 不平化爲太平矣. 此處士所親歷而躬驗者, 盖得之于古眞人一字經, 山谷養生四印矣. 若大易之謙艮, 老氏之柔弱, 韜鈐家之堅壘, 烹煉家之閉鼎, 皆此義也. 故取以補焉.

30. 후송정기 ^{後松亭記}

옮김 국성(國城)의 서쪽 땅 이름을 후송(後松)이라 하니, 봉조하(奉朝賀) 평원 이공(平原李公)의 집이 여기에 있다. 공이 늙어서 퇴직

---

186) 사인(四印) : 불교에서 쓰는 말로서 사지인(四智印)이라고도 함. 옛날 네 가지의 심신(心神)을 수양하는 도(道)를 가리킴.

187) 도검가(韜鈐家) : 도검은 고대 병서 『육도(六韜)』와 『옥검(玉鈐)』의 병칭. 후에 병서(兵書)를 가리키는 말로 쓰인다. 그러므로 도검가는 병법가(兵法家)를 지칭한다.

188) 견루(堅壘) : 견고(堅固)한 보루(堡壘).

을 청하자 임금께서 포상을 준 것이 하나만이 아니었으나 그중에서도 큰 것은 "송백(松柏)이 나중에 시든다"라는 문구(文句)였다. 공이 드디어 이 말로 사는 집의 이름으로 삼았으니 대개 그 일이 기다림이 있는 것 같았다. 대저 나무는 소나무보다 좋은 것이 없다. 비록 남(楠)나무로 만 든 술통과 비사(棐子)나무로 만든 책상의 아름다움이라도 한때의 완상 거리가 되는 것에 불과하다. 동량(棟梁)과 배의 노와 같은 것은 반드시 소나무가 필요하다. 봄과 여름 시절에 만록(萬綠)이 무성함을 다투나 차 가운 바람이 한 번 스치면 떨어져 버려 다 없어지지만, 홀로 소나무에 게는 이런 것이 있으니 또한 사람이 곧고 안정되어서 그 지조를 굳게 하고, 그 덕을 떳떳하게 하는 자와 같다. 대저 아침에 꽃을 피우는 무궁 화와 여름에 마르는 냉이와 보리가 있기는 하나, 서리와 눈을 겪더라도 가지와 잎을 바꾸지 않는 소나무가 없을 수는 없다.[189] 바람이 동으로 불면 동으로 가고, 서로 불면 또 서로 가게 되는 속습(俗習)과 냉난(冷煖 : 염량세태)과 향배(向背)가 아침저녁으로 변화하는 인정(人情)이 있으나 80 년을 하루와 같이 지킴이 있고 떳떳함이 있는 이공이 없을 수 없으니 이 또한 하늘의 뜻이다. 내 듣건대 공(公)은 옛날의 은덕(隱德)인 만취당 (晚翠堂)의 현손(玄孫)이고 만향당(晚香堂)의 증손(曾孫)이라 한다. 그렇다면 홀로 세상의 대로(大老)가 될 뿐만 아니라 실로 가문의 착한 자손이 되 는 것이다.

원문 國城之西地, 名後松, 奉朝賀平原李公之第在焉. 公之請老, 上 褒予之非一, 而其大者曰:"松柏後凋" 公遂取而名所居之室, 蓋其事, 若有待焉. 夫木莫良於松. 雖楠尊棐几之美, 不過爲一時之玩 若 棟梁舟楫, 則必須松矣. 春夏之時, 萬綠爭榮, 寒風一拂, 零落盡矣, 獨松 在焉, 亦猶人之貞固凝定, 堅其操而恒其德者也. 夫有朝華之木槿, 夏枯

---

189) 가지와 잎을 바꾸지 않는다[改柯易葉]:『예기(禮記)』「예기(禮器)」에 있는 말로서 사람의 지조가 단단함을 비유하는 말.

之薺麥, 不可無歷霜雪, 不改柯易葉之松. 有風東亦東, 風西亦西之俗習,
冷煖向背, 朝暮變移之人情, 不可無八十年如一日, 有守有常之李公, 此
亦天之意也. 余聞公卽古隱德晚翠堂之玄孫, 晚香堂之曾孫. 然則公非
獨爲世之大老, 而實家之肖孫矣.

31. 과필헌기 ^{果必軒記}

인과응보(因果應報)에 관한 일은 유자(儒者)가 말하지 않는다. 그
러나 상서가 내리면 반드시 경사가 있다는 것은 또 무슨 말인
가? 또 난을 심어 향을 얻는 것은 이치가 반드시 그러함이 있는 것이니,
이는 신중회(申仲會) 씨(氏)가 집 이름을 짓는 까닭이 된다. 대저 음덕(陰
德)은 이명(耳鳴)과 같다고 하는 것은 다만 그 스스로 겸손해하는 말이다.
우공(于公)이 문을 높인 것190)과 왕씨(王氏)가 반드시 봉해질 것191)이라
고 한 것은 어찌 뚜렷이 부절을 잡고 징험함이 아니겠는가? 대개 아득
한 옛날에는 백성과 하늘이 가까웠으므로 말은 반드시 하늘을 칭하였

---

190) 우공(于公)이 문을 높인 것[于公高門]: 한(漢)나라 우정국(于定國)의 아버지 우공(于
公)이 현(縣)의 옥리(獄吏)가 되어 옥사(獄事)를 공평하게 다스리고 스스로 "음덕(陰德)
이 있었으니 자손 중에 반드시 잘되는 자가 있을 것"이라 하여 문려(門閭)를 사마(駟
馬)가 통과할 수 있도록 크게 고쳤다는 일. 후에 이로 인하여 관리 노릇을 잘했기 때문
에 자손이 잘된다는 뜻으로 쓴다. 『한서(漢書)』 「우정국전(于定國傳)」에 보인다.
191) 삼괴(三槐): 세 그루의 느티나무. 주(周)나라 때에 궁정(宮廷) 밖에 세 그루의 느티나
무를 심고 삼공(三公: 太師, 太傅, 太保)이 천자(天子)에게 조알(朝謁)할 때는 느티
나무를 향하여 섰다는 고사에 따라 삼괴(三槐)로써 삼공(三公)에 비유함. 송(宋)나라
왕우(王祐)가 일찍이 그의 정원에 세 그루의 느티나무를 심으면서 "내 자손 중에 반드
시 삼공(三公)이 되는 자가 있을 것"이라 했었는데 후에 그의 아들 왕단(王旦)이 과연
입상(入相)했다 한다.

고, 일은 반드시 하늘을 근본으로 하였다. 후세(後世)에는 비록 이와 같이 할 수는 없었으나, 그 감응(感應)과 보시(報施)는 자연히 북채로 치면 북소리가 나고[192] 물방울이 떨어지면 처마 밑이 패이는 것과 같은 것이니 사전(史傳)에 기록한 것을 속일 수가 없는 것이다. 아! 사람들이 지위가 현달하게 되고, 자손이 번성하게 되는 것을 보면 반드시 말하기를 "이것은 선대가 덕을 쌓아서 준 것이다"라고 한다. 그렇다면 신씨(申氏)가 수백 년 동안 벌열(閥閱)로 일컬어지고 명덕(名德)이 간간이 나오게 된 것은 반드시 유래한 바가 있는 것이다. 만일 기름을 더하고 뿌리를 북돋아서 불이 더욱 밝아지고, 나무가 더욱 무성하게 하는 것과 같은 것은 그 중회씨(仲會氏)에 달려 있는 것이다. 나의 여식이 신씨(申氏, 申憙淵)에게 시집을 갔으니 이 때문에 신씨(申氏) 집안을 매우 자세히 안다. 그 존심(存心)과 처사(處事)에 옛날의 장자다운 풍모가 있어 구차하게 복을 구하지 않더라도 복을 받는 경우가 많았다. 여러 아들들이 진사(進士)에 천거된 자도 있었으며 또 현서(賢書)에 오른 자도 있었으니 과연 선한 사람의 식보(食報)[193]인 것이다. 비록 그러나 뒤가 있다고 하는 것이 어찌 한갓 녹위(祿位)뿐이겠는가? 반드시 문학과 덕행이 있는 사람이 대대로 집에 나오는 것을 중회씨(仲會氏)는 마땅히 염두에 두어야 한다.

가원문 果報之事, 儒者不道. 然降祥必慶, 又何說也? 且種蘭得香, 理必然者, 此申仲會氏, 所以名軒之意也. 夫陰德如耳鳴者, 特其自謙之辭. 若于公之高門, 王氏之必封, 豈不顯然執符以驗邪? 盖古初, 民與天近, 故言必稱天, 事必本天. 後世, 雖不能如是, 其感應報施, 則自然如桴鼓滴溜, 史傳所錄, 不可誣也. 嗟! 人見有位顯族繁者, 必曰 : "此其先積累所遺也" 然則申氏之歷數百年稱閥閱, 名德間出者, 必有自矣. 若添

---

192) 부고(桴鼓) : 북채와 북. 서로 호응이 신속함에 비유하는 말.
193) 식보(食報) : 보답을 받는다. 곧 선을 행한 사람은 그 보답으로 자손, 혹은 그 자손이 복을 받는다는 말.

膏培根, 使火益明, 而樹益茂者, 其在仲會氏乎. 余女婦申氏, 以是知申氏家甚詳. 盖其存心處事, 有古長者風. 不苟爲求福, 而造福者多矣. 其諸子有擧進士者, 有登賢書者, 果然爲善之必食報也. 雖然, 有後云者, 豈徒祿位也哉? 必文行世其家者, 此又仲會氏之所當念也.

32. 이화국(李華國[194]) 유초(遺草) 서문 ^{李華國遺草序}

시를 논할 때 당시(唐詩)만을 본받으려 하는 것이 요즘의 폐습이다. 그 체(體)만을 본받고 그 말만을 배우는 것은 하나의 피리만을 부는 것에 가까우니, 이것은 때까치[195]가 종일토록 앵앵거려도 자기 소리가 없는 것과 같아서 내가 그것을 몹시 싫어한다. 이제 이화국(李華國) 군의 유초(遺草)를 보니 겨우 한 권이지만, 호담(瓠膽)과 탕필(宕筆)[196]은 남의 자취를 도습하지 않았고 남의 목소리를 빌리지 않아 스스로 으뜸이 되고자 하는 자였으니, 어찌 세상에서 몽당붓[197]이 날의 이가 다 빠진 칼을 차고서 사람에게 자랑하는 자와 더불어 견주겠는가? 또한 그 사

---

194) 화국(華國): 이응훈(李應薰, 1749~1770)의 자. 이동운의 아들이었으나, 이동우가 후사가 없어 출계하였다. 이학규의 아버지이며, 혜환의 사위이다. 혜환은 그의 문집에 「이화국유초서(李華國遺草序)」라는 서문을 써 주었다. 목만중의 『여와문집(餘窩文集)』에 그에 대한 제문인 「제이생응훈(祭李生應薰)」이 남아 있다.

195) 백설(百舌): 때까치라는 새 이름. 『예기』 「월령(月令)」에 "小暑至 螳螂生 鵙始鳴 反舌無聲"이라는 말이 보이는데 주에, '반설은 백설조이다[反舌百舌鳥]' 했다.

196) 호담탕필(瓠膽宕筆): 박통만큼 큰 담력과 자유분방한 필치. 탕필(宕筆)은 왕세정의 『엄주사부고(弇州四部稿)』「장자여(張子子)」에 용례가 보인다. 위의 글은 전반적으로 왕세정의 문집에 보이는 단어들이 많이 보인다. 혜환과 왕세정과의 영향을 유추할 수 있는 글이다.

197) 퇴봉(退鋒): 몽당붓[禿筆]을 가리킴. 왕세정의 『엄주사부고(弇州四部稿)』「완위여편(宛委餘編)」에도 보인다.

이에 정(情)이 경(境)과 모이고 신(神)이 기(機)에 닿은 것이 종종 물이 계곡을 울리고 바람이 나무를 휘감아 부는 듯하여, 유준(幽雋)[198]함이 넉넉하다. 남에게 읽게 한다면 열 걸음에 아홉은 되돌아오고 싶은 생각이 있게 할 것이다. 만약 그 재주와 학문을 다하여 깊숙한 안의 기운을 기르고[199] 정맥(靖貊)[200]의 동산에서 노닐게 하였다면 그 향기와 맑은 물이 장차 날로 성령[201]에게 바쳐졌을 것이다. 하늘이 나이를 빌려 주지 않아서 여기에 그쳤으니 애석하구나! 군(君)은 기다란 눈에 오똑한 코였고 맑은 음성에 장대한 기골로서 막힘없고 탁월하였으니, 그 사람됨이 그 시와 같았다. 군(君)의 아들이 후일 군(君)을 그리워하여 보고자 한다면 굳이 그 어머니에게 물을 필요 없이 직접 이 시권(詩卷)에서 찾으면 될 것이다.

원문 詩無不唐詩者, 近日之弊也. 效其體, 學其語, 幾乎一管之吹, 是猶百舌終日嚶嚶無自之聲, 余甚厭之. 今觀李君華國遺草, 財一卷, 而瓠膽宕筆, 不襲迹, 不借喉, 欲自覇者也, 豈與世之佩退鋒之熟劍, 以耀人者比哉? 且其間, 情與境會, 神與機觸者, 往往如水之鳴硐, 風之縈木, 幽雋賅焉. 使人讀之, 有十步九廻之思. 若竟其才學, 養窈邃之氣, 遊靖貊之圃, 則其馨香明水, 將日薦聖靈. 天不假年而止於斯, 惜也! 君長目高準, 朗音嶷骨, 灑灑落落, 人如其詩. 君之遺孤, 他日思欲見君, 不必問其母, 直尋于此卷, 可矣.

---

198) 유준(幽雋): 깨끗하고 의미심장한 것. 왕세정의 『엄주사부고(弇州四部稿)』「유중위(兪仲蔚)」에도 보인다.
199) 요수지기(窈邃之氣): 깊이가 있는 기개(氣槪). 『저광희시집(儲光羲詩集)』「저광희시집원서(儲光羲詩集原序)」에 용례가 보인다.
200) 정맥(靖貊): 어떤 포지(圃地)의 이름으로 보임. 『황보소원집(皇甫少元集)』26권에 보이기는 하나, 구체적인 뜻을 상고할 수 없다.
201) 성령(聖靈): 신령(神靈)과 같다.

33. 『근재고』 서문 ^{謹齋稿序}

[옮김] 글은 글자에서 나오고 글자의 조상은 전서(篆書)이다. 그러므로 문사(文辭)에 힘쓰는 사람은 반드시 문자학을 통달해야 하고, 문자학을 다스리려는 사람은 반드시 전문(篆文)과 주문(籀文)을 우선해야 한다. 그렇지 않으면 점획(點畫)과 음운(音韻)의 잘못이 문장을 짓는 데 누가 된다. 또한 그림은 사황(史皇)[202]에서 일어났는데 사황(史皇)과 창힐(倉頡)은 같은 시대 인물이고 육법(六法)[203]은 또한 육서(六書)와 함께 쓰이고 있다. 그러므로 옛사람들은 반드시 좌도우서(左圖右書)[204]라 하였고 문장가 또한 법서(法書)[205]와 명화(名畫)를 숭상한 사람이 많았으니 비단 완상하기 위함이 아니라 도움을 받기 위해서이다. 진실로 이것이 없다면 문장을 짓는 일이 마치 완산(頑山)[206]·사수(死水)[207]·고목(枯木)·난죽(亂竹)과 같아 볼 만한 것이 없을 것이다.

나의 족형(族兄)인 근재공(謹齋公)[208]은 성품에 좋아하는 것이 없었으

---

202) 사황(史皇) : 창힐(蒼頡)을 가리킴. 전설로는 최초로 문자를 발명한 사람으로 알려져 있다. 이 글에서 사황(史皇)과 창힐(蒼頡)을 같은 시대 사람이라 하여 두 사람으로 보았으나 여러 사전(辭典)에는 같은 사람으로 되어 있음을 밝힌다.

203) 육법(六法) : 여섯 가지 그림 그리는 법칙으로, 즉 ①기운생동(氣韻生動), ②골법용필(骨法用筆), ③응물사형(應物寫形), ④수류부채(隨類傅彩), ⑤경영위치(經營位置), ⑥전모이사(傳模移寫) 등이다.

204) 좌도우사(左圖右史) : 좌우측에 도서(圖書)와 사적(史籍)을 비치함. 서적을 좋아한다는 뜻임.

205) 법서(法書) : 여기서는 본보기가 될 만큼 잘 쓴 글씨라는 뜻.

206) 완산(頑山) : 아직 개발되지 않은 보잘것없는 산.

207) 사수(死水) : 죽은 물. 적체(滯積)되어 흐르지 않는 물.

208) 근재(謹齋) : 이관휴(李觀休, 1692~?)의 호. 자는 연빈(延賓). 어려서부터 공부를 좋아해 경사자집(經史子集)에 두루 통달하였고, 재종숙(再從叔)인 이익(李瀷)과 교류하면서 학문을 연마하였다. 족보 등에 졸년이 기록되어 있지 않으나, 수직(壽職)한 시기를 보면 1772년까지는 생존했던 것으로 보인다. 이헌환은 『섬와잡저』에서 「근재문집서(謹齋文集序)」·「근재전(謹齋傳)」·「근재서(謹齋序)」·「근재설(謹齋說)」·「상근재논문서(上謹齋論文序)」·「근재서화(謹齋書畵)」 등의 글을 통해서 다루고 있다. 서회수

혜환잡저 6 97

나 오직 글씨와 그림을 좋아하였고, 글씨에 대해서는 더욱 전서(篆書)를 좋아하였다. 그저 좋아할 뿐 아니라 또 거기에 능하여서, 그 필법(筆法)이 이따금 고인(古人)에 가까웠다. 나이가 대질(大耋)²⁰⁹을 넘었는데도, 좋아함이 더욱 독실하였고, 조예가 더욱 깊어졌다. 또 시문(詩文)에 대해서도 그 좋아함이 글씨와 그림에 견주어 더욱 부지런히 하였고 더욱 풍부하게 하였다. 그렇기 때문에 나는 여기에서 공의 작품은 반드시 전칙(典則)과 기색(氣色)이 있어서 세상에 조소(粗疎)하고 용부(冗腐)하여 구차하게 두찬(杜撰)하는 사람과 같은 게 아닌 것을 알게 되었다. 뒤에 상론(尙論)하는 자는 반드시 내 말을 믿게 될 것이다.

文出於字, 字之祖曰篆. 故工文辭者, 必通字學. 治字學者, 必先篆籀. 不然, 點畫音韻之紏繆, 爲結撰, 累矣. 且畫起於史皇, 史皇與倉頡同時, 而六法又與六書互爲用. 故古之人, 必左圖右書, 而文章家, 亦多尙法書名畫者, 非直爲玩, 所以資之. 苟無是也, 其所爲文, 譬如頑山死水, 枯木亂竹, 無足觀矣.

余族兄謹齋公, 性無所好, 惟好書與畫, 而於書尤好篆. 不徒好之, 又能之, 其筆法往往, 逼古人. 齒踰大耋而好愈篤, 造愈深. 又於詩文, 其好則視書畫, 而益勤益富. 余於是, 知其所作之必有典則氣色, 非如世之粗疎冗腐, 苟然杜撰者也. 後之尙論者, 其必以余言爲信也.

집에도 일가견이 있었던 것으로 보인다.
209) 대질(大耋): 고령(高齡)이란 뜻. 옛날에 70세 또는 80세를 질(耋)이라 했다.

34. 삼가 평양 조공(平壤趙公)[210]의 회방첩(回榜帖)에 쓰다 敬題平壤趙公回榜帖

역내(域內)에 공과 함께 기사(己巳, 1689)년에 태어난 사람이 대개 몇 명이나 되는지 알지 못하나, 지금 살아 있는 사람은 몇 명 되지 않고, 공과 함께 계사년의 과거에 합격한 사람이 200명이었으나 지금 남아 있는 사람은 단지 두 사람뿐이다. 기사년(己巳年)과 지금의 거리가 85년이 되고, 계사년(癸巳年)과는 61년이 된다. 해마다 더욱 줄어 여기에 이르렀으니, 어찌 드물고도 귀하지 않은가?

국초(國初)의 계유(癸酉, 1393)년으로부터 명릉(明陵)[211] 계사(癸巳, 1678)년에 이르기까지 매번 사마시에서 방명된 사람이 169명이었으니, 이제까지 뽑힌 사람이 26,800명이 되는데, 그중에 고제(高第)[212]에 뽑혀 좋은 벼슬에 오른 자가 몇 천 명이나 된다. 그러나 회방(回榜)[213]의 해를 본 사람은 거의 없다가 간혹 있으니 그렇기 때문에 사람들이 소중하게 생각하는 것이다.

아! 사람이 태어나 글을 배워 능히 이름을 이룬 자는 드물고, 다행히 이름을 이루더라도 오로(五勞)[214]·칠상(七傷)[215]·백독(百毒)[216]·중험(衆險)에 무너진 바가 되니 도도(滔滔)한 것이 이것이다. 혹은 이미 이름을

---

210) 평양 조공(平壤趙公) : 조육(趙錥, 1689~?)을 가리킴. 본관은 평양(平壤). 자는 기보(器甫). 숙종(肅宗) 39년(1713) 증광시(增廣試)에 합격. 부친은 조세명(趙世鳴)이다.

211) 명릉(明陵) : 숙종(肅宗)의 능. 이런 경우는 숙종이라는 뜻.

212) 고제(高第) : 우수한 성적이란 말.

213) 회방(回榜) : 과거에 급제한 사람이 60년 만에 급제한 해가 다시 돌아오는 것.

214) 오로(五勞) : 한의학에서 구시(久視)·구와(久臥)·구좌(久坐)·구립(久立)·구행(久行) 등 5종류의 과로를 말하는데, 이것은 병에 이르는 원인이 된다. 또 다른 것으로는 지로(志勞)·사로(思勞)·심로(心勞)·우로(憂勞)와 피로(疲勞)를 가리키기도 한다.

215) 칠상(七傷) : 여러 질병의 근원이 되는 징후를 말함. 일례를 들면, 『제병원후론(諸病源候論)』에 "七傷者, 一曰陰寒, 二曰陰萎, 三曰里急, 四曰精連連, 五曰精少陰下濕, 六曰精淸, 七曰小便苦數, 臨事不濟" 등이다.

216) 백독(百毒) : 각종의 약물(藥物)을 가리킴.

이루고 수를 누리더라도, 이름을 이루는 것이 만일 늦게 되면 또한 이 것을 바랄 수는 없는 것이다. 오직 공(公)은 젊은 나이에 시험에 합격하고 또 대질(大耋)을 넘게 살았으므로 얻게 된 것이니, 어려운 중에 어려운 일이라 이를 만하다. 공(公)과 같은 문행(文行)으로 높은 벼슬217)에 이르지 못한 것을 한으로 여기는 사람도 있다. 그러나 거의 없다가 어쩌다 있는 것을 저 어지러운 수천 명씩이나 되는 것에 비교한다면 취하고 버리는 것이 결정될 것이다.

원문

域內並公己巳降者, 蓋不知其幾. 而今存者, 乃無幾. 同公癸巳擧者, 實二百人, 而今餘者, 只二人. 己巳距今, 爲八十五年, 而癸巳則六十一年矣. 年年遞減, 而至於是, 豈不希且貴哉?

自國初癸酉, 至明陵癸巳, 放司馬榜者, 百六十九, 而所取士爲二萬六千八百人, 其中擢高第, 登臙仕者, 累數千人. 而其見回榜之歲者, 則絶無而僅有, 此其爲人所重也.

嗟! 人生而受書, 能成名者, 鮮矣, 幸成名矣, 而爲五勞七傷百毒衆險之所壞者, 滔滔是矣. 或旣成名, 又享壽, 而成名若晚, 則亦無望此矣. 惟公早年中選, 且踰大耋, 故得之, 可謂難之難矣. 有以公之文行, 不得顯於位著爲恨者. 然以絶無而僅有者, 較彼紛然累數千之多, 則取舍決矣.

---

217) 위저(位著): 위녕(位寧)이라고도 하며 조정(朝廷)에서 관직에 있다는 말임. 옛날 궁정에서 마당의 좌우를 위(位)라 부르고 문과 뜰 사이를 저(著) 혹은 녕(寧)이라 부른 데에서 유래함.

35. 도산도맥^{陶山道脈} 발문²¹⁸⁾ 陶山道脈跋

『이락연원록(伊洛淵源錄)』²¹⁹⁾은 이락(伊洛)²²⁰⁾ 도술(道術)의 기원이
같다는 것을 서술한 것이고, 『명유학안(明儒學案)』²²¹⁾은 명(明)나
라 유학 학맥 각자의 학안을 나열한 것이다. 『연원록(淵源錄)』은 바르기는
하나 남이 지은 것이고 『학안(學案)』은 상세하나 문로(門路)가 혹 갈라진
것이니, 이 첩 중의 제현(諸賢)들은 함께 도산선생(陶山先生)의 문하에서 나
왔고 또 손수 쓴 자취인 것만 같지 못하다. 아! 도산(陶山)은 이미 고정(考
亭 : 주자)의 문지(聞知)이고,²²²⁾ 우리 집안의 성호선생(星湖先生)은 실로 도
산의 문지이니, 선생의 글을 이 첩에 붙인 것은 의미가 있는 것이다.

『伊洛淵源錄』者, 叙伊洛道術之同源也, 『明儒學案』者, 列明儒
學脉之各案也. 『淵源錄』, 正矣, 然他人所譔也, 『學案』, 詳矣, 然

---

218) 「도산도맥첩(陶山道脉帖)」은 퇴계 이황 및 그의 문인인 조목(趙穆, 1524~1605) · 유
　　성룡(柳成龍, 1542~1607) · 정구(鄭逑, 1543~1620) · 정경세(鄭經世, 1563~1633) 등의
　　서간을 모아 만든 것이다. 이 첩은 이현환(李玄煥)이 소장했던 것으로 보인다. 이익(李
　　瀷)도 『성호전집(星湖全集)』 「도산도맥첩발(陶山道脉帖跋)」을 남기고 있고, 이현환도
　　『섬와잡저(蟾窩雜著)』 「도산도맥첩발(陶山道脉帖跋)」을 남기고 있다.
219) 이락연원록(伊洛淵源錄) : 송나라 주희(朱熹)가 찬했다. 모두 14권으로 구성되어 있
　　다. 주돈이(周敦頤) 이하 정명도(程明道)와 정이천(程伊川)에게 교유한 문제자(門弟子)
　　의 46인의 언행을 기록한 책이다.
220) 이락(伊洛) : 이락(伊洛)은 정호(程顥) · 정이천(程伊川)의 학문을 가리킨다. 형제가 낙
　　양 사람으로 이수(伊水)와 낙수(洛水) 사이에서 강학했던 까닭이다. 넓게 성리학을 일
　　컬을 것으로 보면 된다.
221) 명유학안(明儒學案) : 중국 명(明)나라 말 청(淸)나라 초의 학자 황종희(黃宗羲)의 찬
　　(撰). 1676년 이후 완성. 주여등(周汝登)의 『성학종전(聖學宗傳)』, 손기봉(孫奇逢)의 『이
　　학종전(理學宗傳)』에 만족하지 않고 명대(明代)의 학자를 총괄하여 그 학파와 계통을
　　밝혔으며, 그들의 문집(文集) · 어록(語錄)에서 요점을 채록(採錄)한 책으로, 중국에서
　　나온 최초의 체계적인 학술사이다.
222) 문지(聞知) : 같은 시대 사람이 아니기 때문에 직접 배우지 못하고 들어서 아는 것.
　　사숙(私淑)과 같은 뜻이다.

門路或岐也, 未若此帖中諸賢同出於陶山先生之門, 而又其親手蹟也. 噫! 陶山旣爲考亭之聞知, 吾家星湖先生, 又實爲陶山之聞知, 而以先生之 文, 係于帖者, 意盖有在云.

36. 유인孺人 권씨權氏 찬 孺人權氏贊

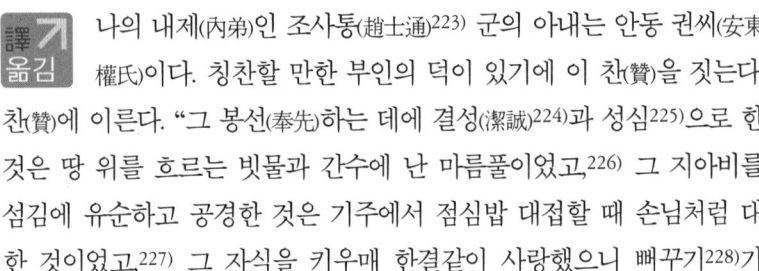 나의 내제(內弟)인 조사통(趙士通)[223] 군의 아내는 안동 권씨(安東 權氏)이다. 칭찬할 만한 부인의 덕이 있기에 이 찬(贊)을 짓는다. 찬(贊)에 이른다. "그 봉선(奉先)하는 데에 결성(潔誠)[224]과 성심[225]으로 한 것은 땅 위를 흐르는 빗물과 간수에 난 마름풀이었고,[226] 그 지아비를 섬김에 유순하고 공경한 것은 기주에서 점심밥 대접할 때 손님처럼 대 한 것이었고,[227] 그 자식을 키우매 한결같이 사랑했으니 뻐꾸기[228]가

---

223) 조형상(趙亨相): 자는 사통(士通)이고 호는 칠옹(漆翁)이다. 조래한(趙來漢)의 세 아
들 중 둘째로, 백부(伯父)인 조래하(趙來河)의 뒤를 이었다. 어머니 한양 조씨 부인(漢
陽趙氏夫人)은 소옹(梳翁) 조공근(趙公瑾)의 후손으로, 조석제(趙錫梯)의 3남 6녀 중
둘째였다. 이용휴는 외가의 사촌들인 조형상(趙亨相), 조정상(趙貞相) 형제와 교분을
나누었다. 특히 칠옹(漆翁) 조형상(趙亨相)과는 각별한 형제의 정을 나누었다. 조형상
은 평생을 은일로 보냈고, 아우인 조정상은 관로에 나아갔다. 이용휴는 시로는 「用前
韻 示柒翁 無求 鷗洲 諸君求和」・「贈柒翁」・「贈漆翁」・「復疊前韻示柒翁求和」 등
과 산문으로는 「送漆翁南遊车陽序」를 남기고 있다.

224) 결성(潔誠): 태도가 참되고 정성된 것.

225) 정의(精意): 정성된 마음. 성의(誠意)와 같음.

226) 웅덩이의 장마물이나 간수의 마름풀[潢之潦, 澗之蘋]: 웅덩이나 간수에서 채취한
마름으로 제물을 장만했다는 뜻. 『시경(詩經)』 「소남(召南)」 '채빈(采蘋)'에 "于以采蘋
南澗之濱 于以采藻 于彼行潦"라 한 문구를 응용한 말이나 웅덩이의 장마물이라 한
것은 잘못된 표현 같다.

227) 기주에서 점심밥 대접할 때 손님처럼 대한 것이었다[冀餾之賓也]: 중국 춘추 시대
진(晉)나라 극결(郤缺) 부부의 고사에서 취한 것이다. 기읍(冀邑)의 극결(郤缺)이 김을
매고 있는데, 그 아내가 들밥을 먹이되 서로 공경하기를 손님 대하듯이 정중하게 수작

골고루 먹이는 것이었다. 그리하여 친척(親戚)들은 인척(姻戚)이 화목한 공을 부인에게 돌렸고, 비복(婢僕)들은 그 자인(慈仁)을 느껴서 추대하였으니, 이러한 것들이 유인(孺人) 권씨(權氏)의 행실로써, 근세(近世)의 현부인(賢婦人)이 되는 것이다."

余內弟趙君士通之配曰, 安東權氏. 有梱德可稱, 故爲之贊. 贊曰 : 其奉先則潔誠精意, 潢之潦澗之蘋也, 其事夫則旣順且敬, 冀餘之賓也, 其養子則一視同愛, 鳲鳩之均也. 而親戚歸其睦婣, 婢僕戴其慈仁, 是孺人權氏之行, 而爲近世賢婦人者.

37. 유연당(悠然堂229) 중수기 重修悠然堂記

중수(重修)라는 것은 무엇으로 창건과 구별되는가? 어떻게 다른가? 다시 수리하여서 그 옛날의 것으로 복구하려는 것이다. 무슨 연유로 이렇게 하는가? 선대가 지었기 때문이다. 누가 선대가 되는가? 오직 시전(是銓)230)의 고대고(高大考) 참군공(參軍公)이 설치한 것인데

하므로 길을 가다가 그것을 본 진(晉)나라 사자(使者) 구계(臼季)는 그 군주 문공(文公)에게 본대로 아뢰고 극결(郤缺)을 등용할 것을 추천하니 문공(文公)은 극결(郤缺)을 하군대부(下軍大夫)로 삼았다. 『소학(小學)』「명륜(明倫)」에 나온다.

228) 시구(鳲鳩) : 뻐꾸기. 『시경(詩經)』「조풍(曹風)」 '시구(鳲鳩)'에 "뻐꾸기가 뽕나무에 있으니 그 새끼가 일곱 마리이다[鳲鳩在桑 其子七兮]"라고 하였으며 그 주에 "뻐꾸기가 새끼에게 먹이를 먹일 제 아침에는 위에서 아래로 먹이고 저녁에는 아래에서 위로 먹이니 고른 것이 한결 같다[飼子朝從下上暮從下上 平均如一也]"라고 했다.

229) 유연당(悠然堂) : 이해(李瀣, 1647~1673)의 『정신록(精神錄)』「유연당동주인형[자명씨]부(悠然堂同主人兄[子明氏]賦)」가 있다.

230) 이시전(李是銓, 1741~?) : 본관은 여주(驪州). 자는 성현(誠懸). 영조(英祖) 47년(1771)에 진사(進士). 부친은 이재항(李載恒). 그에 대한 글로는 이병휴의 『정산잡저(貞山雜

중간에 허물어졌다. 100여 년 사이에 사물이 바뀌어서 부서진 것이 많아졌다. 또 시전(是銓)은 10대 이상을 남원(南原)에 살았고, 시조는 여주(驪州)에서 살았으니 모두 복구할 수 있겠는가? 남원과 여주는 멀어서 기억할 수가 없으나, 시전(是銓)은 실로 참군공(參軍公)을 받아서 거듭 묘사(廟祀)를 받들게 된 것이니, 시전(是銓)의 마음은 곧 참군공(參軍公)의 마음이다. 참군공(參軍公)이 이 당(堂)을 설치한 것은 대대로 전하려 하는 것이니, 시전(是銓)이 감히 계승하지 않을 수 있겠는가? 아! 물려준 것이 많더라도 반드시 잘 지키지는 못하는 것이다. 그러므로 몇 대가 지난 뒤에 녹야당(綠野堂)231)이 배씨(裴氏)의 것이 되지 못했고, 평천장(平泉莊)232)이 이씨의 것이 되지 못했다. 그렇다면 시전(是銓)은 현명한 것이다. 당(堂)을 어찌 유연(悠然)이라 했는가? 도연명의 시에서 취한 것이다. 도연명의 어느 시에서 취한 것인가? 「음주(飮酒)」233)라는 시에 있는 말에서 취한 것이다.

重修者, 何以別刱也? 焉別之? 復理以復其故也. 何故爾? 先故也. 誰爲先? 維是是銓, 高大考參軍公之所置而中廢也. 百有餘年之間, 事變物換, 廢者多. 且是銓十世而上居南原, 始祖居驪州, 可盡復之與? 維原與驪遠, 不能記, 是銓實受參軍公, 重奉廟祀焉, 是銓之心卽參軍公之心也. 參軍公之置是堂, 欲世之也, 是銓其敢不承? 噫! 厚遺, 未必善守. 故數代之後, 綠野不裴, 平泉不李. 然則是銓賢乎哉. 堂曷爲悠然? 名取陶詩也. 取陶何詩? 取飮酒詩語也.

著)』에 「족증손시전자백칭설(族曾孫是銓字伯稱說)」·「답성현족증손시전갑신(答誠縣族曾孫是銓甲申)」·「답성현족증손시전(答誠縣族曾孫是銓)」이 있다. 『가장(家藏)』에는 이병휴가 죽은 뒤에 족증손 이시전(李是銓)이 쓴 축문이 실려 있다.

231) 녹야당(綠野堂) : 당(唐)나라 재상(宰相) 배도(裴度)가 은퇴하여 낙양(洛陽)의 오교(午橋)에 지은 별장 이름.

232) 평천장(平泉莊) : 당(唐)나라 이덕유(李德裕)의 별장 이름. 하북성(河北省)의 찬황현(贊皇縣)과 하남성(河南省)의 낙양현(洛陽縣) 두 곳에 있었다.

233) 음주(飮酒) : 도연명(陶淵明)의 「음주(飮酒)」라는 시에 '동쪽 울밑에서 국화꽃을 따다가 우두커니 남산을 바라 보았네[採菊東籬下, 悠然見南山]'이라 했다.

38. 율옹^{栗翁} 제문^{祭栗翁文}

 옹(翁)의 인품은 개략적인 것을 형상할 수가 없다. 비록 커다란 명성(名聲)이 있는 사람이라도 뜻에 맞지 않으면 조금도 용서치 않았고, 크게 부귀(富貴)한 자라도 도로써 하지 않으면 기꺼이 낮추지 아니 하였으니, 뻣뻣하여 함께 처할 수 없는 것 같았으나, 낙이(樂易)²³⁴⁾하고 통활(通豁)²³⁵⁾하여 어진 점이 지나치고 의심함이 적었다. 다른 사람의 근심을 근심하고, 다른 사람의 급함을 급히 여겨 의리가 얼굴색에 나타나서 강하다 하여 피하는 것이²³⁶⁾ 없었다. 또, 제사(祭祀)를 공경히 하고 친척(親戚)에게 돈독히 하여, 친척(親戚)이 전염병에 걸리게 되면 몸소 스스로 약을 먹인 것이 여러 차례였으니 이것이 어찌 구구하게 겉치레를 닦고 작은 예(禮)나 삼가는 사람이 가능한 것이겠는가? 아! 죽음은 옹이 싫어한 바가 아니었고, 또 늙어서 수를 누리고 죽는 것은 이치의 정상(正常)이다. 다만 옹이 죽은 뒤로는 귀에 거슬리는 말과 세속을 일깨우는 논의를 듣지 못하게 되고 세상에서 자만²³⁷⁾하며 스스로 기뻐하는 자들이 다시 감히 옹을 의논하니 이것이 슬프구나. 오호! 옹(翁)은 일찍이 술을 좋아해 마시기만 하면 곧 만취하였다. 오늘 이 술을 다시 마실 수 있겠는가?

 翁之品, 不可以象揆. 雖大聲名, 不合意, 不少借焉, 大富貴, 不以道, 不肯下焉, 似若剛硬, 不可與處者, 然樂易通豁, 過仁少疑. 憂

---

234) 낙이(樂易) : 화락(和樂)하고 평이(平易)한 것.『순자(荀子)』「영욕(榮辱)」에 "安利者常樂易, 危害者常憂險, 樂易者常壽長, 憂險者常夭折"이라 했다.

235) 통활(通豁) : 개통(開通)하고 활달(豁達)한 것.

236) 경피(鯁避) : 상대가 강하다 하여 회피하는 것.『국어(國語)』「진어육(晋語六)」에 "除鯁而避彊, 不可謂刑"이라 했다.

237) 난주(暖姝) : 자득(自得), 자만(自滿)하는 모양.『장자(莊子)』「서무귀(徐无鬼)」에 "有暖姝者 …… 所謂暖姝者, 學一先生之言, 則暖暖姝姝而私自說也, 自以爲足矣"라 했다.

人之憂, 急人之急, 義形于色, 無所鯁避. 又敬祭祀, 敦親戚, 親戚, 病犯癘
氣, 躬自藥餌者屢, 此豈區區修邊幅謹小禮者, 所可能哉? 噫! 死非翁所惡,
且老壽死, 理之常也. 但翁沒而不聞逆耳之言, 驚俗之論, 世之暖姝自喜
者, 復敢議翁, 是可悲也. 嗚呼! 翁嘗好酒, 遇輒盡醉. 今日此酒, 能復飮否?

39. 이재심李在深238)의 자字 선시善始에 대한 설 李在深字善始說

사람이 하늘의 껍질239)을 벗게 되면 곧 이른바 이름이 있게 되
어 호적에 기록되게 된다. 다시 이른바 자(字)란 것으로 이름에
짝을 삼는다. 대저 33,179개의 글자240)로 천하 사물의 이름을 삼았으니,
사람 또한 사물의 하나이다. 사물은 단지 이름만 있는데, 사람은 또 자
가 있으니 그것으로써 구별하기 위한 것이다. 이씨(李氏)의 아들 재심(在
深)의 자(字)를 선시(善始)라 한 것은 어째서인가? 이씨에 거심(居深)으로
서 이름이 방(昉)이란 자가 있었으니,241) 그 임금이 지목하기를 선인(善
人)이라 했다. 방(昉)이란 것은 시작이란 것이니, 뜻을 대개 여기에서 취

---

238) 이재심(李在深, 1759~?) : 본관은 전주(全州). 아버지는 이명준(李命俊)이다. 형은 이
    재관(李在寬)이고 동생은 이재주(李在周)이다. 사마방목과 국조방목에는 이재기(李在
    璣)라 기록되어 있다.
239) 천각(天殼) : 하늘의 껍질. 주자(朱子)는 말하기를 "옛날 사람들은 대개 하늘의 형상
    은 알[卵]과 같다 하였으니 알과 같다면 싼 것이 있을 것이고 싼 것이 있으면 껍질이
    있을 것이라고 생각하는 것은 당연하다. (…중략…) (그러나) 이러한 일들은 모두 성인
    (聖人)들이 간직하고 있기는 하나 논(論)하지는 않았으니 이른바 성인도 모르는 것이
    있는 것이다"라고 했다. 여기서는 병아리가 알을 깨고 나오듯이 사람이 이 세상에 태
    어나는 것을 이렇게 말한 것이다.
240) 삼만삼천일백칠십구자(三萬三千一百七十九字) : 명(明)나라 매응조(梅膺祚)의 『자회
    (字匯)』에 단어 33,179개가 실려 있기 때문에 이르는 말이다.
241) 이씨에 거심으로써 이름이 방이란 자가 있었다[李有居深而名昉者] : 보이는 곳이 없다.

한 것이다. 그리고 또, 시작을 잘하면 잘되지 않는 것이 없게 된다. 그러므로 말하기를 "일을 함에는 시작을 꾀한다"[242]라고 하는 것이다.

원문 人脫天殼來, 便有所謂名者, 以注人之籍焉. 復有所謂字者, 以配之. 夫以三萬三千一百七十九字, 名天下之物, 人亦物之一也. 而物只有名, 人則又有字焉, 所以別之也. 李氏子, 在深, 字善始者何? 李有居深而名昉者, 其君目爲善人. 而昉者始也, 義盖取此也. 且善其始則無不善矣. 故曰 : "作事謀始."

40. 박씨[朴氏]의 어머니 이씨[李氏] 찬[朴母李氏贊]

옮김 여사(女師)[243]의 모의(母儀)는 옛날에도 오히려 드물었으나 부드럽고 순한 이씨는 여기에 그 선발될 만하도다. 『내칙(內則)』에 실려 있는 것을 몸소 실천하기를 생각하였도다. 밖에 나아가서는 솔초(帥初)[244]를 하라 하여, 과정을 세워서 면려 하였도다. 사랑해도 가르침을 그만두지 않았으니, 기약함이 얕지 않았도다. 장성해서 훌륭한 소문이 있게 되었으니, 문회(文會)[245]에서 문변(問辨)[246]을 하였도다. 베를 짜서 음식을 이바지하고서,[247] 말하기를 "변변치 못하다"고 했도다. 아들

---

242) 일을 시작함에는 시작을 꾀한다[作事謀始] : 일을 할 때는 계획부터 잘 해야 한다는 뜻. 『주역(周易)』「송괘(訟卦)」 '대상(大象)' 참조

243) 여사(女師) : 옛날 귀족의 딸들을 맡아 가르치던 여자 선생.

244) 솔초(帥初) : 예솔초(禮帥初)를 말함. 행예(行禮)하는 동작을 처음에 가르침을 받았던 방법대로 따른다는 것을 이른다. 『예기(禮記)』「내칙(內則)」 참조.

245) 문회(文會) : 문사(文士)들이 술을 마시며 시를 짓거나 학문을 연마하기 위한 모임.

246) 문변(問辨) : 물어서 분변하는 것.

은 어머니 때문에 성공하였고, 어머니는 아들 때문에 유명해 지는 것이다. 외사(外史)가 직분을 닦을 적에는 하나의 선도 잊을까 두려워하여, 글로 저술을 해서 아름다운 것이 있으면 반드시 천양하는 것이다.

원문 女師母儀, 在古猶鮮, 婉婉李氏, 曰此其選. 內則所載, 思以身踐. 就外帥初, 立程以勉. 愛不廢敎, 期之不淺. 長有令聞, 文會問辨. 紡績供饌, 辭曰不腆. 子以母成, 母以子顯. 外史修職, 懼遺一善. 著之于簡, 有徽必闡.

41. 우부설 愚夫說

옮김 오회(午會)[248]에 들어와서 구멍이 다 뚫렸다. 국호를 대명(大明)이라 하면 문(文)이 지극한 것이니 어찌 다시 알지 못하고 분별하지 못하는 것이 있겠는가? 이여강(李汝剛)[249] 군은 사람됨이 청아(淸雅)하고 소민(韶敏)[250]한데도 스스로 우부(愚夫)라 호를 지은 것은 걸맞지 않는 듯하다. 오직 세상의 추이를 따라가지 않고, 때때로 나를 따라 노니는 것은 또한 어리석은 것이다. 비록 그러나 세상에서 이른바 지혜롭다 하는 자는 이로움을 도모하고 시세에 편승하는 것에는 공교하고, 이

---

247) 베를 짜서 음식을 이바지하다[紡績供饌] : 어머니가 아들의 문회(文會)를 위하여 베를 짜서 음식을 공급한다는 뜻.

248) 오회(午會) : 주역에 나온다고 하나 찾을 수 없음.

249) 이응정(李應鼎, 1753~?) : 본관은 전주(全州). 자는 여강(汝剛). 영조(英祖) 50년(1774) 진사(進士). 아버지는 이창욱(李昌郁). 『사마방목』 참조. 이 사람인지는 정확히 단언할 수 없다.

250) 소민(韶敏) : 미려(美麗)하고 기민(機敏)한 것.

름을 세우고 행실을 단속하는 것에는 소홀하며, 부앙(俯仰)과 향배(向背)에는 밝고 소식(消息)과 영허(盈虛)에는 어둡다. 군(君)은 그것을 모두 반대로 행동을 하고 있으니 그렇다면 어리석음도 있을 곳이 있고, 슬기로움도 돌아갈 곳이 있을 것이다.

入午會而籔盡鑿. 國號大明而文至矣, 豈復有不識不知者哉? 李君汝剛爲人, 淸雅韶敏, 而自號愚夫者, 似不稱也. 惟其不隨世趨, 而時從吾遊, 則亦愚矣. 雖然世所謂智者, 巧於圖利乘便, 而踈於立名行己, 明於俯仰向背, 而昧於消息盈虛. 君皆反之, 然則愚有在而智有歸矣.

42.『괴곡유고』서문 槐谷遺稿序

기름진 음식을 먹은 후 야채를 먹거나, 음악을 들은 후 계곡 물소리를 들으면 입과 귀가 한결 새로워진다. 내가 여러 문집을 본 짬짬이 이군의 시를 읽으니 또한 이와 같았다. 다만 처지가 치우치고 원용하는 것이 적어서 아직 세상에 알려지지 않았으나, 군은 자신을 믿고 마음을 스승 삼은 자이다. 그러므로 그 좋은 구를 연마하는 공교함[鍊句之工]과 소재를 취하는 해박함[取材之博]은 진실로 전문 대가와 겨루지는 못한다. 그러나 그 백의(白意)[251]와 묘오(妙悟)는 가끔 세속에서 생각하는 밖에 있으니, 도리어 저들보다 나은 것이 있다는 것을 아는 사람은 안다. 군(君)은 효성이 있고 의리가 있는 사람으로 그 시는 섬쇄

---

251) 백의(白意): 심흉(心胸)이 탄탕(坦蕩)함을 이른다. 『한비자(韓非子)』「설의(說疑)」에 "此十五人者爲其臣也, 皆夙興夜寐, 卑身賤體, 竦心白意; 明刑辟·治官職以事其君" 이라 했다.

(纖碎)하거나 부야(浮冶)한 말을 짓지 않았으니 『문중자(文中子)』[252]에 일컬은 바 "왕검(王儉)과 임방(任昉)은 군자이다"[253]라고 한 것이 거의 이에 가깝다. 군(君)의 이름은 인대(仁大)이니 일찍이 무과와 진사에 합격해서 영평(永平) 현감이 되었는데 유애비(遺愛碑)가 있다고 한다.

膏膩後, 食野蔌, 箏簶後, 聽澗溜, 口耳爲之一新. 余閱諸行卷, 餘讀李君詩, 亦若是也. 第其處偏援寡, 未有聞於世也, 君是信己師心者. 故其鍊句之工, 取材之博, 固不能與專門大家爭也. 然其白意玄悟, 往往在世想之外, 則反有賢於彼者, 知者知之矣. 君孝義人也, 其詩不作纖碎浮冶之語, 『文中子』所稱"王儉任昉爲君子者." 殆近之矣. 君名仁大, 嘗擧武進士, 監稅于永平, 有遺愛碑云.

43. 외손자 이치훈李致薰[254]의 관례일冠禮日에 글을 써서 주다 外孫李致薰冠禮日書贈

예빈(禮賓)[255]이 관(冠)을 쓰는 사람에 하는 축사(祝辭)에 이르기를 "너의 어릴 때 뜻을 버리고, 너의 성덕(成德)을 따르라"[256]라

---

252) 문중자(文中子) : 수나라 사람인 왕통(王通)이 지은 저서. 왕통은 문제(文帝) 때 「태평십이책(太平十二策)」을 올렸으며, 방현령(方玄齡)·위징(魏徵) 등을 길렀다.

253) 『문중자』「사군(事君)」에 "공자(孔子)께서 안연지(顏延之)에게 이르기를 '왕검(王儉)과 임방(任昉)은 군자의 마음을 가지고 있으니 그 문은 집약되어 법이 있다[子謂顏延之王儉任昉有君子之心焉 其文約以則]'"라고 했다.

254) 이치훈(1765~1822) : 자가 자화(子和)이다. 이동욱의 차남이다. 형인 이승훈에게 수차례 배교(背敎)를 권유하였으며 신유박해(辛酉迫害) 때 마지막 형장에서 형의 배교를 권유하였으나 형인 승훈은 듣지 않고 순교하였다. 그 후로 충청도로 낙향하여 은거하다 삶을 마쳤다. 『혜환잡저』에 이치훈이 관례를 치를 때 준 「외손이치훈관예일서증(外孫李致薰冠禮日書贈)」이라는 글이 남아 있다. 그는 죽란시사(竹欄詩社)의 일원으로 활동하기도 했다. 『사마방목』에는 자가 자화(子龢)로 되어 있다.

고 한다. 그 버릴 것은 어린아이가 유희(遊戱)하는 일이고, 곧 그 따를 것은 지학(志學)에서 명덕(明德)에 이르기까지이다. 그러나 그 병이(秉彛)하고 효제(孝悌)하는 마음은 어릴 적부터 늙을 때에 이르기까지 항상 그 마음속에 주로 삼아야 한다. 너는 그것을 생각하라. "손님을 한 길의 복숭아꽃 속에서 맞이하니, 봄이 삼가(三加)하는 술잔 속에 있도다"[257]라고 한 것은 옛날 현인의 시교(詩敎)[258] 중에 있는 말이다. 한두 번 읊으면 삼대(三代) 예악(禮樂)의 뜻이 있음을 깨닫게 되니, 네가 마땅히 알아야 할 바이다.

禮賓祝冠者之辭曰 : "棄爾幼志, 順爾成德." 其所棄者, 是童穉遊戱之事, 其所順者, 卽從志學至明德也. 然其秉彛孝悌之心, 則自幼至老, 而常在其中爲主也. 爾其念之. 若"賓迎一徑桃花裡, 春在三加酒琖中者." 昔賢詩敎中語也. 一再諷詠, 覺有三代禮樂之意, 爾所宜知也.

---

255) 예빈(禮賓) : 여기서는 옛날 관례(冠禮)를 행할 때 그 예(禮)를 주관하는 자를 가리킨다. 곧 주례자인데, 학덕이 있고 나이 많은 어른을 맞이하므로 빈(賓)이라 한다.

256) 너의 어릴 때 뜻을 버리고, 너의 성덕(成德)을 따르라[棄爾幼志, 順爾成德] : 『의례(儀禮)』 「사관례(士冠禮)」에 "始加, 祝曰, '令月吉日, 始加元服. 棄爾幼志, 順爾成德. 壽考惟祺, 介爾景福'"이라 했다.

257) 진헌장(陳獻章), 『백사자(白沙子)』 「하관자(賀冠者)」에 "賓迎一徑桃花裡, 春在三加酒琖中"이라 했다.

258) 시교(詩敎) : 시의 교화. 원망하되 노하지 아니 하여 온유(溫柔)하고 돈후(敦厚)한 교육작용(敎育作用)을 말한다.

44. 『감람권』에 쓰다 題橄欖卷

옮김 모든 과일은 한 번 맛을 보면 그 맛을 다 알 수가 있으나, 오직 감람만은 처음 먹으면 매우 떫은데 씹기를 오래 하면 뒷맛이 저절로 달게 된다. 무릇 학문과 문장도 모두 이러한 경지가 있다는 것을 자신이 직접 겪어본 사람은 알 것이다.

원문 諸果一嘗, 可盡其味, 惟橄欖, 始食甚澁, 咀嚼久之, 回味自甘. 凡學問文章, 皆有此境, 身親歷者知之.

45. 『송원시초』에 쓰다 題宋元詩鈔

옮김 당송시(唐宋詩)는 비유하자면 하나의 별이 아침에 나타나는 것을 계명성(啓明星)259)이라 하고, 저녁에 나타나는 것을 장경성(長庚星)260)이라 하는 것과 같다. 원시(元詩)와 같은 것은 별이 흘러서 빛나는 것이다. 그런데 세상 사람들은 알지 못하고 망령되이 분별하는 마음을 내서 펴기도 하고 누르기도 함을 보태고 있으니 가소롭다.

---

259) 계명성(啓明星) : 샛별. 새벽에 동쪽 하늘에서 반짝이는 금성(金星)을 이르는 말.
260) 장경성(長庚星) : 저녁 때 서쪽 하늘에 보이는 '금성(金星)'. 태백성(太白星). 또 개가 배가 고파서 저녁밥을 바랄 무렵에 서쪽 하늘에 뜬다 하여 생긴 이름의 개밥바라기.

원문

唐宋詩, 譬如一星, 朝見曰啓明, 夕見曰長庚. 若元詩, 則星之流灼者. 世人不知, 妄生分別, 加伸抑焉, 可笑.

46. 채사도^{蔡司徒}가 관서의 관찰사로 나가는 것을 전송하는 서문[261] 送蔡司徒出按關西序

옮김

당(唐)의 서쪽 변방에서는 오직 서천(西川)이 최고로 중하였다. 그러므로 말하기를 "서천(西川)은 재상(宰相)이 높이 날 수 있는 곳"[262]이라 했으니, 대개 서천(西川)을 거쳐서 정배(正拜)된 사람이 많기 때문이다. 우리나라의 여러 도에서는 오직 관서(關西)가 또한 그러하니 자력(資歷 : 자격과 경력)과 품망(品望)이 있는 사람이 아니라면 가볍게 그 직책을 주지 않는다. 영조 50년 갑오(甲午, 1774)에 평안감사가 결원이 되자, 조정(朝廷)에서 전(前) 대사도(大司徒, 호조판서)인 평강(平康) 채공(蔡公)[263]을 천거하여 그를 제수하였다. 공은 문학(文學)을 하는 중신(重臣)으로 재부(財賦)[264]를 조사하고 병권(兵權)을 맡아 보기에는 마땅치 않을 것 같다. 그러나 문학(文學)과 정사(政事)는 두 가지 일이 아니다. 대저 문장이란 것은 곧 해와 달이 하늘에 환히 붙어 있고 초목(草木)이 땅에 붙어 있는 것과 같다.[265] 사람이 위로는 해와 달의 빛을 받고, 아래로는 초목

---

261) 『병세집(幷世集)』에는 제목이 「송채관서서(送蔡關西序)」라 되어 있다.

262) 서천(西川)은 재상(宰相)으로 높이 날 수 있는 곳[西川, 宰相翱翔之地] : 명(明)나라 왕세정(王世貞)의 『엄주사부고속고(弇州四部稿續稿)』에 "서천은 재상이 날아오르는 곳[西川, 宰相廻翔之地]"이라 했다.

263) 채제공의 나이 55세 때의 일이다.

264) 재부(財賦) : 재화(財貨)와 부세(賦稅).

265) 『주역(周易)』 「리괘(離卦)」에 "彖曰, 離, 麗也. 日月麗乎天, 百穀草木麗乎土. 重明以麗乎正, 乃化成天下, 柔麗乎中正, 故亨, 是以畜牝牛吉也"라고 했다.

의 기운을 먹는다. 그 뒤에 토하여 문장을 지으면, 그 쓰임이 나라를 빛내고 정치를 빛낼 수 있는 것이다. 임금을 높이고 백성을 보호함에 이와 같이 하지 않으면 바로 황량한 연기요 시든 꽃일 것이니, 어찌 문장이라 일컫기에 충분하겠는가?

　방백(方伯)이란 지극히 존귀한 지위이고, 관서(關西)는 평소 번화(繁華)하기로 이름 있는 곳이다. 존귀한 몸으로 번화(繁華)한 데에 처하게 되면 경지(境地)가 순탄하여 뜻[志]이 옮겨지기 쉽다. 그러므로 비록 선비들로서 스스로를 좋아하는 자라 하더라도 또 더러는 이런 경우를 면하지 못한다. 공은 여기에서 이미 장풍(長風)으로써 씻었다. 그러나 친구된 마음은 서로 기대함이 고원(高遠)한 것이다. 그러므로 이 말을 해서 고하는 것이니, 말에 이르기를 "있으면서도 없는 듯이 하는 것은 도와 합치된다"라고 한 것이다.

원문

唐之西藩, 惟西川最重. 故曰 : "西川, 宰相翱翔之地." 盖由西川正拜者多也. 我國諸路, 惟關西亦然, 非有資歷品望者, 不輕畀焉. 五十年甲午, 關西伯缺, 朝廷舉前大司徒平康蔡公授之. 公文學重臣, 似不宜句稽財賦, 鈐轄兵馬. 然文學政事非二物也. 夫文者, 卽日月之麗天, 草木之麗土者也. 人上受日月之光, 下食草木之氣. 吐以爲文, 其用, 可以華國而煥猷. 尊主而庇民, 不如是, 乃荒烟萎花, 豈足以称文哉?

　且方伯至貴倨, 關西素號繁華. 以貴倨處繁華, 境順而志易移. 故雖士之自好者, 或不能免焉. 公於此, 已長風以洗之矣. 然朋友之心, 相期高遠. 故舉以告焉, 語曰 : "有而弗有, 乃與道寓."

공(公)은 휘(諱)가 리중(履中)[267]이고 자(字)는 자정(子正)이며 초휘(初諱)는 유중(有中)으로 안동(安東)의 대성(大姓)인 태사(太師) 휘(諱) 행(幸)의 후손이며, 문정공(文正公) 휘(諱) 부(溥)의 10세손(世孫)이다. 증조(曾祖)는 휘(諱) 진(振)이니 전생서(典牲署)[268]의 참봉(參奉)으로 증호조참판(贈戶曹參判)이다. 할아버지는 휘(諱) 상(常)[269]이니 동지중추부사(同知中樞府事)로 증영의정(贈領議政) 동흥부원군(東興府院君)이니 순효(純孝)로써 일컬어져, 일이 『삼강행실도(三綱行實圖)』에 기재되어 있다. 아버지는 휘(諱) 황(愰)이니 지중추부사(知中樞府事)였는데 증좌찬성(贈左贊成)이었다. 어머니는 증정경부인(贈貞敬夫人) 이씨(李氏)이니 종실(宗室)인 복령감(福寧監) 천린(天獜)의 따님이다. 공(公)은 만력(萬曆) 신사년(辛巳年) 12월 3일에 태어나, 무오(戊午)에 괴과(魁科)에 올랐다.

이때 광해(光海)의 정사가 문란하여 새로 합격한 사람에게[269] 돈을 갖다 바치게 했다. 공은 예가 아니라고 하여 응하지 않았고, 또 방(榜)이

---

266) 권리중(權履中, 1581~1660) : 조선 중기의 문신. 본관은 안동. 초명은 유중(有中), 자는 자정(子正), 호는 남애(南厓). 아버지는 동지중추부사 황(愰)이다. 1618년에 문과에 장원으로 급제하였으나, 당시 과거제도의 문란으로 합격 증서를 교부받지 못하자 시국을 개탄한 나머지 고향인 황산(黃山)으로 내려가 두문불출하며 독서로 소일하였다. 1623년 인조반정 후에 여러 곳의 찰방과 종묘서직장·장원서별제 등에 임명되었으나 사퇴하거나 잠시 부임하였다가 사임하였고, 뒤에는 감찰을 역임하였다.

267) 전생서(典牲署) : 조선 시대 국가의 제사에 쓰일 희생의 사육을 관장하던 관청.

268) 권상(權常, 1508~1589) : 조선 중기의 문신. 본관은 안동(安東). 자는 길재(吉載). 7세에 아버지를 잃었는데 호곡(號哭)함이 마치 어른과 같았으며, 효가 지극하였다는 사신(史臣)의 평이 있다. 1528년에 생원시에 합격하였다. 같은 해 노비인 석비(石非)를 때려 골절치사(骨折致死)하게 하였다는 죄목으로 사헌부의 조사를 받은 바 있다. 이어 문소전참봉(文昭殿參奉)에 제배되고, 1573년에 용강현령을 지냈다. 1583년 선공감정(繕工監正)에 이르렀으며, 이해에 효행으로 천거되어 통정(通政)의 계급에 올랐다. 1587년 가선(嘉善)의 위계를 받고 지중추부사가 되었다.

269) 신방(新榜) : 과거에 새로 급제한 사람의 성명을 써서 게시하는 방목.

공평치 못하다고 비난하는 의론이 있게 되자 인하여 방방(放榜)하지[270] 않았다. 공이 세도(世道)가 흐린 것을 보고 드디어 호남(湖南)으로 내려가 금구(金溝)[271]의 황산(黃山)에 집을 짓고 스스로 남애(南厓)라 호를 지었다. 꽃을 심고 대나무를 심으며 스스로 자적하였다. 계해년(癸亥年)에 정권이 바뀐 후에[272] 조정에서 장차 무오년(戊午年)에 방방하지 못했던 여러 사람에게 재시험[改試][273]을 의론하였으나 공은 또 기꺼이 응시하지 않았다. 그에게 권하는 자가 있자, 공은 말하기를 "과거(科擧)는 선비가 몸을 세우는 첫 길인데 어찌 구차하게 할 수 있으리오"라고 하고는 마침내 흔들리지 않으니 듣는 사람이 장하게 여겼다. 인재를 선발하는 부서에서 공의를 채택하여 관직을 주어 찰방이 된 것이 세 번이었고 직장이 된 것이 한 번이었으며 별제가 된 것이 한 번이었다. 혹은 한 번은 사은숙배하고는 곧바로 사직하고, 더러는 잠시 나갔다가 이내 체직하기도 하였다. 사헌부(司憲府) 감찰(監察)에 임명되었을 때에는 주원(廚院)[274]이 매일 올리는 공물을 감독하였다. 경기 감영에서 진상하는 것에 규정을 어긴 것이 있자 그것을 없애라 명령 하자 아전의 말이 공손하지 못하였다. 공이 노하여 곤장을 치니, 감사가 앙심을 품고 비난하였다. 공이 탄식하기를 "조정에서 벼슬함은 그 뜻을 행하기를 구하는 것인데 이제 아전 한 명의 연고 때문에 이와 같이 하니 이 어찌 더불어 같은 조

---

270) 방방(放榜) : 조선 시대 과거(科擧) 급제자 발표와 그 의식(儀式). 문과·무과, 소과(小科)인 생원·진사(進士)에 급제한 자를 발표한 뒤 일관(日官)이 택한 길일(吉日)에 궁중에서 창방의(唱榜儀), 또는 방방의(放榜儀)라는 의식이 거행되었다. 이것은 동·서반(東西班)과 시신(侍臣)들이 시립하고, 새롭게 급제한 사람들의 부모 형제들이 참관한 가운데 거행되었다.

271) 금구(金溝) : 전라북도 김제군 금구면.

272) 개옥(改玉) : 개보개옥(改步改玉) 또는 개옥개보(改玉改步)와 같은 말. 옛날의 제도에는 임금이 차는 옥과 걷는 방법이 신하와 달랐던 데에서 정권(政權)이 바뀌는 것을 개옥이라 했다. 여기서는 조선 광해군(光海君) 15년(1624)의 인조반정(仁祖反正)을 가리킨다.

273) 재시험[改試] : 이미 치른 시험을 취소하고 다시 시험을 보게 하는 것.

274) 주원(廚院) : 조선 시대 사옹원(司饔院)을 달리 이르는 말.

정에서 벼슬살이 할 수 있겠는가?"라고 하면서 그날로 관직을 그만두고 통진(通津)의 분암(墳菴)으로 돌아가서 노년을 보냈는데, 사방의 벽에는 쓸쓸하게 도서(圖書)가 있을 따름이었다.

공(公)은 단우(壇宇)가 매우 높았고, 청검(淸儉)을 스스로 지키니 사람들이 감히 바르지 못한 일로 만나지 못하였다. 그가 황산(黃山)에 있을 때에 몸은 은거하였어도 이름은 더욱 높아서 사람들이 그 소문을 듣고서는 흠읍(欽挹)하여275) 모든 남쪽 지역에 벼슬살이를 하는 사람들이 문전에 기다렸다가 알현하지 않는 사람이 없었으므로 거마(車馬)가 서로 이어져서 송(宋)나라를 지나는 사람이면 반드시 유원성(劉元城)276)을 만나보는 것과 같았다. 이로써 사람을 보내어 음식을 장만하여277) 대접하므로 그 마을 이름을 공수(公須)278)라고 해서 지금까지 일컬어지고 있다. 일찍이 집을 짓는데 나무에 곧지 못한 것이 있으면 즉시 바꾸었으니 그 성품이 정직한 것을 좋아함이 이와 같았다. 공은 사람됨이 효도와 우애가 훌륭하여 가정에서는 이간질하는 말이 없었다. 조상 받듦에는 정성껏 하고 친척을 대우함에는 은혜가 있었다. 또 영리에는 담박하여서 사환을 즐거워하지 않았다. 간혹 부득이해서 억지로 나가게 되면 곧 반드시 바름을 지키고 봉공함을 일삼아 조금도 구부러짐이 없었다. 그러므로 세상에 꺼림을 받아 그 쓰임을 궁구하지 못하였으므로 군자가 매우 개탄하였다.

---

275) 흠읍(欽挹) : 공경하고 추숭(推崇)한다는 말.

276) 유원성(劉元城) : 원성(元城)은 유안세(劉安世, 1048~1125)의 호이다. 중국 북송(北宋)의 관료. 자는 기지(器之). 원성선생(元城先生)이라고도 일컬어졌다. 하북성(河北省) 대명(大名) 출신. 1068년 진사가 되었다. 사마광(司馬光)으로부터 학문을 배웠고, 그의 천거로 비서성정자(秘書省正字)가 되었다. 뒤에 좌간의대부(左諫議大夫)에 임명되었는데, 그의 간언(諫言)의 엄격성은 '전중지호(殿中之虎)'라고 할 정도여서 왕의 미움을 받고 좌천되었다. 1124년 대제중서사인(待制中書舍人)이 되었다. 시호는 충정(忠定). 저서로는 『원성어록(元城語錄)』을 남겼다. 『송사』 참조.

277) 옹희(饔餼) : 옛날 제후(諸侯)가 사절로 왔을 때 손님으로 접대하는 성대한 예우. 선물로 주는 것이 많았다 한다. 넓은 의미로 외국 손님에 대한 성대한 접대를 말한다.

278) 공수(公須) : 공적(公的)인 쓰임. 관(官)의 비용.

공이 경자년(庚子年) 6월 28일에 별세했으니 향년(享年) 여든이었다. 통진부(通津府) 북쪽의 유규동(柳規洞) 건좌원(乾坐原)에 장사 지냈다. 부인(夫人)은 남양 홍씨(南陽洪氏)이니 생원(生員) 우경(宇慶)의 따님으로 공의 묘 좌측에 합부하였다. 공은 1남 2녀를 두었으니 아들은 대영(大榮)이고 두 딸은 군수(郡守)인 조송년(趙松年)과 김만형(金萬亨)에게 시집을 갔다. 대영(大榮)은 4남 3녀이니 아들 덕창(德昌)은 현감(縣監)이고 덕임(德任)은 생원(生員)이며 다음은 덕함(德咸)이고, 다음은 덕응(德應)이다. 딸들은 윤중주(尹重周), 윤우징(尹遇徵), 한진(韓振)에게 시집갔다. 조송년(趙松年)은 3남 3녀이니 한수(漢叟)는 군수(郡守)이고 위수(渭叟)는 부사(府使)이고 기수(沂叟)는 현감(縣監)이며 딸은 부사(府使)인 홍수량(洪受湸)과 이경현(李景賢), 판부사(判府事)인 유명천(柳命天)[279]에게 시집갔다. 만형(萬亨)은 2남 1녀를 두었으니 아들 일진(一振)과 일명(一鳴)이 무과(武科)에 급제하였고, 딸은 신윤(申潤)에게 시집갔다.

원문
公, 諱履中, 字子正, 初諱有中, 安東大姓, 太師, 諱幸之後, 文正公, 諱溥十世孫也. 曾祖諱振, 典牲署參奉, 贈戶曹參判. 祖諱常, 同知中樞府事, 贈領議政, 東興府院君, 以純孝稱, 事在三綱行實. 考諱悗, 知中樞府事, 贈左贊成. 妣贈貞敬夫人李氏, 宗室福寧監, 天獜之女也. 公以萬曆辛巳十二月三日生, 戊午登魁科.

時光海政亂, 使新榜輸錢. 公以爲非禮不應, 又以榜不公有譏議, 仍未放榜. 公見世道混淆, 遂下湖南, 家于金溝之黃山, 自號南厓. 蒔花種竹, 以自適焉. 癸亥改玉後, 朝議將改試戊午未放榜諸人, 而公又不肯赴. 人

---

279) 유명천(柳命天, 1633~1705): 자는 사원(士元)이고 호(號)는 청헌(菁軒) 또는 퇴당(退堂). 임기중(林基中)에 의해 『연행별곡』의 저자로 증명되기도 한 사람이다. 그의 삶은 숙종대 환국의 정치적 부침과 맞대응되는데, 1694년 갑술옥사(甲戌獄事) 당시에 흑산도(黑山島)에 위리안치(圍籬安置)되었고, 1701년에는 장희빈의 오빠 장희재와 역모를 꾸몄다고 하여 나주의 지도(智島)에 위리안치(圍籬安置)되었다. 1704년 괴산 퇴당에 돌아와 익년(1705) 가을에 유명을 달리했다. 저서로는 『퇴당집(退堂集)』이 있다.

有勸之者, 公曰 : "科擧, 士子立身初程, 豈可苟也." 終不撓焉, 聞者韙之. 選部採公議授職, 爲察訪者三, 直長者一, 別提者一. 或一肅卽辭, 或暫起旋遆. 及拜司憲府監察, 監廚院日供. 畿營所進有違式者, 命去之, 吏語不恭. 公怒與杖, 監司啣而傾詆. 公歎曰 : "仕於朝, 求行其志, 今以一吏故若是, 是豈可與同朝哉" 卽日棄官, 歸于通津墦菴老焉, 四壁蕭然圖書而已.

公壇宇峻整, 淸儉自持, 人不敢以不正見焉. 其在黃山也, 身隱而名益高, 人聞風欽挹, 凡官于南土者, 無不造門候謁, 車騎相屬, 如過宋者之必見劉元城. 以是遺人, 治饔餼以待, 因名其村曰 : "公須." 至今稱焉. 嘗治屋而木有不直者, 亟易之, 其性好正直如此 公爲人, 孝友, 庭無間言. 奉先以誠, 待宗族有恩. 又澹於營利, 不樂仕宦. 或不得已强出, 則必以守正奉公爲事, 而無少委曲. 故見憚於世, 未究其用, 君子有深嘅焉.

公卒於庚子六月二十八日, 享年八十. 葬于通津府北柳規洞, 負乾之原. 夫人南陽洪氏, 生員宇慶之女也, 墓祔公左. 公有一子二女, 子大榮, 女趙松年郡守金萬亨. 大榮, 四子三女, 子德昌縣監, 德任生員, 德咸德應. 女尹重周尹遇徵韓振. 松年三子三女, 漢叟郡守, 渭叟府使, 沂叟縣監, 女洪受涗府使, 李景賢柳命天判府事. 萬亨二子一女, 子一振一鳴武科, 女申潤.

48. 『무하집』서문 ^{無何集序}

녹문(鹿門) 홍선생(洪先生)[280]의 손자인 무하자(無何子)는 기위(奇偉)하고 굉박(閎博)하여 어려서부터 명성이 높았다. 매번 빈우(賓友)들이 모여서 일에 대책을 세우고 예술을 논할 때에 좌우(左右)에서 이리저리 어려운 문제를 해결하고[281] 반복(反復)을 종횡(縱橫)으로 하여[282] 응대함에 막힘이 없어 반드시 남보다 뛰어났다[奪席].[283] 일찍이 스스로 그 재주를 뛰어나게 여겨 한 번에 급제하는 것을 보기를 문서 안의 물건으로 여겼다.[284] 그러나 자주 예조의 문을 밟았으나 떨어졌다. 이에 시를 빌어 그 허전한 생각을 부쳐서, 그 답답하게 막힌 가슴속을 울어 댔다. 매번 술이 거나하게 취하면 그가 새로 지은 작품을 노래하며 손으로 궤안(几案)을 두드려 박자를 맞추면 소리가 쟁쟁하여 금석(金石)을 연주하는 것 같았으니 자기가 스스로를 비웃는 것이었다. 거처하는 곳에 물은 굽어 도는 곳이 없고, 산은 모두 높게 빼어났다. 그러므로 사람 또한 마음 내키는 대로 외로운 길을 행하였으므로 세상과 맞지 않아 불우한 상태로 죽었으니 사람들이 다만 공(公)의 기도(氣度)[285]가 상매(爽邁)한 것만

---

280) 홍경신(洪慶臣, 1557~1623) : 조선 중기의 문신. 본관은 남양(南陽). 자는 덕공(德公), 호는 녹문(鹿門). 1605년에는 병조참의가 되었으며, 이듬해 천추사(千秋使)로 명나라에 다녀왔다. 1607년 좌부승지가 되었는데 훈련도감 인근의 민가에 화재를 발견, 이를 즉시 진화하여 훈련도감과 화약고에 인화되는 것을 방지하였다. 1623년 다시 부제학이 되었으나 그 첩에게 독살당하였다.

281) 계의송난(稽疑送難) : 의심스러운 것을 고찰하며 어려운 점을 배제함.

282) 횡수(橫豎) : 종횡으로 교착(交錯)시키는 것. 또는 거침없이 말하는 것.

283) 탈석(奪席) : 방석을 빼앗다. 어떤 일이나 지식에 다른 사람보다 뛰어났다는 뜻. 『후한서(後漢書)』「대빙전(戴憑傳)」에 "설날의 조하(朝賀) 때 황제가 군신들로 하여금 경서(經書)의 뜻을 서로 논난(論難)케 하여 지는 자의 방석을 빼앗아 이긴 자에게 주었는데 대빙은 50개의 방석을 포개 놓고 그 위에 앉았었다는 고사에 의한 것임.

284) 급제하는 것을~여겼다 : 따논 당상이란 뜻.

285) 기도(氣度) : 기백(氣魄)과 풍도(風度).

을 알고 그가 전광(前光)286)을 배태(胚胎)하고 정훈(庭訓 : 아버지의 교훈)에 무젖었고, 내행(內行)이 순비(醇備)한 것을 알지 못했으며 다만 공의 풍류(風流)가 홍장(弘長)한 것만 알고 그 종핵(綜核)287)이 정밀(情密)하여 실로 경제(經濟)가 풍족하였음을 알지 못했으니 매우 한탄스러운 일이다. 그의 시는 긴 가지에 있는 큰 잎에 뚜렷하게 기가 생겨 구차하게 신기(新奇)하고 교묘(巧妙)함을 짓지 않았으나, 절대로 한 점의 물러 터져서 멍청한 기가 없었으니 여기에서 또한 공을 볼 수 있는 것이었다.

鹿門洪先生之孫, 無何子, 奇偉閎博, 少著華聞. 每賓友聚集, 策事談藝, 左右送難, 而反復橫竪, 應之不窮, 必奪席也. 嘗自雄其才, 視一第, 爲券內物. 數踏省門不遇. 乃借詩, 以寄其寥廓之思, 鳴其抑塞之胸. 每酒酣, 歌其新作, 以手擊几案爲節, 聲鏗鏘, 如奏金石, 己自笑也. 所居, 水無紆回, 山皆峭拔. 故人亦任心孤行, 與世寡合, 轗軻以終, 人但知公氣度爽邁, 而不知其胚胎前光, 濡染庭訓, 內行醇備, 但知公風流弘長, 而不知其綜核情密, 實饒經濟, 可嘅也已. 其詩長枝大葉, 奕奕生氣, 不苟爲新巧, 然絶無一點墊潘㦬氣, 此亦可以見公矣.

49. 구곡유거기 ^{九曲幽居記}

나는 일찍이 하나의 상상을 해봤다. 반드시 깊은 산속이나 인적 끊긴 계곡이 아니더라노, 노성 안에 하나의 외시고 조용한

---

286) 전광(前光) : 조상(祖上)의 공덕.
287) 종핵(綜核) : 종합하여 고찰함.

한 곳을 골라 몇 칸 집을 짓는다. 방안에 거문고와 서책, 술동이와 바둑판을 놓는다. 석벽(石壁)을 이용하여 담을 만들고, 약간의 땅을 개간, 아름다운 나무를 심어 좋은 새를 오게 한다. 그 나머지에는 남새밭을 만들어 채소를 심고 그것을 캐서 술안주를 삼는다. 또 콩 시렁과 포도나무 시렁을 만들어 서늘한 바람을 쏘인다. 처마 앞에는 꽃과 돌을 펼쳐놓되 꽃은 얻기 어려운 것을 구하지 않고 사시사철 묵은 것과 새 것이 서로 이어 피는 것을 구하며, 돌은 가져오기 어려운 것을 취하지 않고 작지만 야위어 뼈가 드러나고 괴기한 것을 취했다. 뜻이 맞는 한 사람과 이웃하였는데 집을 짓고 집안을 꾸미는 것을 대략 비슷하게 하였다. 대나무를 엮어 사립문을 만들어 그리로 오가되 난간가에 서서 서로 부르면 소리가 미처 끝나기도 전에 그의 발이 벌써 토방에 올라와 있게 하며, 심한 비바람에도 그치지 않는다. 이렇게 하여 넉넉하게 노닐며 늙어 가리라. 이제 우연히 구곡동(九曲洞)에 들어가서 서씨(徐氏)와 염씨(廉氏)가 사는 데를 보니 완연히 내 마음속에 그려보았던 곳이다. 드디어 그것을 글로 써서 기문(記文)을 삼는다.

余嘗起一想. 不必深山絶峽, 都城中選一僻靜處, 構屋數楹. 中置琴書樽奕. 因石壁爲垣, 闢地若干, 赤植嘉木, 以來好鳥. 餘爲圃種蔬, 摘以佐酒. 又爲荳棚葡萄架以納涼. 簷前列花石, 花不求難得者, 求四時陳新相繼, 石不取難致者, 取小而瘦露怪奇者. 與同志一人爲鄰, 而其所經營位置, 略相當. 縛竹爲門, 以通往來, 立欄邊相呼, 聲未竟, 屨已及堦, 雖甚風雨, 無間. 如是優遊以老. 今偶入九曲洞, 見徐氏廉氏所居, 宛然是余意中想也. 遂寫以爲記.

공(公)은 휘(諱)가 이중(履中)이고 자(字)는 자정(子正)으로 본관은 안동(安東)이다. 태사(太師)인 휘(諱) 행(幸)의 후손이며, 문정공(文正公)인 휘(諱) 보(溥)의 10세손(世孫)이다. 증조(曾祖)는 휘(諱) 진(振)이니 참봉(參奉)에 증참판(贈參判)이었다. 할아버지는 휘(諱) 상(常)이니 동지중추(同知中樞)에 증영의정(贈領議政) 동흥부원군(東興府院君)이었는데 순효(純孝)로써 칭찬을 받았으니, 사적(事蹟)이 『삼강행실록(三綱行實錄)』에 실려 있다. 아버지는 휘(諱) 황(愰)이니 지중추(知中樞)에 증좌찬성(贈左贊成)이었다. 어머니는 증정경부인(贈貞敬夫人)인 이씨(李氏)이니, 종실복령감(宗室福寧監) 천린(天麟)의 따님이었다. 공(公)은 만력(萬曆) 신사년(辛巳年) 12월 3일 생으로 무오년(戊午年) 문과(文科)에 일등으로 급제하였다.

이때 광해군(光海君)의 정치가 혼란하여 신방(新榜)으로 하여금 돈을 바치게 하였는데, 공은 응하지 않았고 다른 일로 합격이 취소됐다. 공은 세도(世道)가 흐린 것을 보고 드디어 호남(湖南)에 내려와 금구(金溝)의 황산(黃山)에 집을 짓고는 스스로 남애(南厓)라 불렀다. 꽃을 심고 대나무를 기르며 스스로 자적하였다. 계해년(癸亥年) 인조반정 후에 조정에서 의논하여 장차 무오년(戊午年)에 합격한 여러 사람들에게 다시 시험을 보게 하였으나, 공은 또 기꺼이 응시하려고 하지 않으면서 말하기를 "과거(科擧)는 선비가 몸을 세우는 시작인데 어찌 구차히 할 수 있으리오"라고 하니, 듣는 자들이 그것을 옳게 여겼다. 이조에서 공을 천거하여 찰방(察訪)에 제수한 것이 세 번이었고 직장에 제수한 것이 한 번이었으며 별제에 제수한 것이 한 번이있는데 혹은 사양하고 디리는 니기기도 했으나, 나가도 또한 이내 사임하였다. 감찰(監察)에 임명되었을 때에는 법 집행을 고집하다가 당시 재상의 비위에 거슬리게 되었다. 그날로 즉시 관직을 버리고 통진(通津)의 분암(墳菴)으로 돌아가서 늙었는데 사방의 벽이 썰렁하게 책들뿐이었다.

공이 황산(黃山)에 있을 때에 몸은 은거하였어도 이름은 더욱 높아서 남쪽으로 벼슬살이하러 가는 사람들은 모두 집으로 찾아뵙지 않은 사람이 없었으므로 거마(車馬)가 서로 이어졌다. 사람을 시켜 음식을 장만하여 대접하였으므로 그 마을 이름을 짓기를 "공수(公須)"라고 해서 지금까지 일컬어지고 있다. 공(公)은 사람됨이 단우(壇宇)가 준정(峻整)하여 사람들이 감히 예가 아닌 것으로써 뵙지 못하였고, 또 영리에 담박하여 사환을 즐거워하지 않았다. 그러므로 비록 억지로 일어나서 관직에 이바지하였으나 반드시 정도를 지켜서 공사를 받들고 조금도 위곡(委曲)[288]하는 일이 없었다. 이 때문에 세상 사람들에게 꺼려져서 그 능력에 걸맞게 쓰이지 못하였으니 군자들이 깊이 개탄하였다.

공은 경자년(庚子年) 28일[289]에 별세했으니 향년(享年) 여든이었다. 통진부(通津府) 북쪽의 유규동(柳規洞) 건좌원(乾座原)에 장례를 모셨다. 배위는 남양 홍씨(南陽洪氏)이니 생원(生員) 우경(宇慶)의 따님이다. 묘소는 공의 묘소 좌측에 합부하였다. 공은 1남 2녀를 두었으니 아들은 대영(大榮)이고 딸에 맏이는 조송년(趙松年)에게 출가했으니 군수(郡守)였고, 다음은 김만형(金萬亨)에게 출가하였다. 대영(大榮)은 4남 3녀이니 아들 중에 맏이인 덕창(德昌)은 현감(縣監)이고 다음은 덕임(德任)으로 생원(生員)이요 다음은 덕함(德咸)이요, 다음은 덕응(德應)이다. 딸 중에 맏이는 윤중주(尹重周)에게 출가하고 다음은 윤우징(尹遇徵)에게 출가하고 다음은 한진(韓振)에게 출가하였다. 조송년(趙松年)은 3남 3녀인데 아들 중 맏이인 한수(漢叟)는 군수(郡守)이고 다음인 위수(渭叟)는 부사(府使)이고 기수(沂叟)는 현감(縣監)이며 딸들 중에 맏이는 홍수량(洪受湸)에게 출가했으니 부사(府使)이고 다음은 이경현(李景賢)에게 출가하고 다음은 유명천(柳命天)에게

---

288) 위곡(委曲) : 이리저리 구부리는 것.
289) 행장에는 6월 28일로 기록되어 있다.

출가했으니 판부사(判府事)이다. 김만형(金萬亨)은 2남 1녀이니 아들 중 맏이는 일진(一振)이고, 다음인 일명(一鳴)은 문과(武科)이고, 딸은 신윤(申潤)에게 출가하였다.

명에 이른다. "가령 공이 급제하여 벼슬을 두루 역임했다 하더라도 장원한 재상에 그쳤을 뿐이다. 예로부터 이러한 것을 얻은 사람을 어떻게 한정할 수 있겠는가? 더러는 그 이름도 거론할 수 없게 되나니, 무엇이 사람은 가고 세대가 멀어진 뒤에도 손가락으로 가리키면서 그가 살던 마을을 일컫는 것만 하리오? 아! 한 번 소맷자락을 허공에 뿌리치고 몸을 연하 밖에 놓아서 쇄락하게 삶으로써 속세의 색깔을 모두 물리쳤으니, 이것이 사람들로 하여금 그 풍도를 희원(希願)하여 절을 드리게 하는 것이다."

기 원문 公諱履中, 字子正, 安東人. 太師諱幸之後, 文正公, 諱溥, 十世孫也. 曾祖諱振, 參奉, 贈參判. 祖諱常, 同知中樞, 贈領議政, 東興府院君, 以純孝稱, 事在『三綱行實』. 考諱愰, 知中樞贈左贊成. 妣贈貞敬夫人李氏, 宗室福寧監天麟女. 公以萬曆辛巳十二月三日生, 戊午中文科第一名.

時光海政亂, 使新榜入錢, 公不應榜, 亦以他事罷. 公見世道混淆, 遂下湖南, 家于金溝之黃山, 自號南厓. 藝花養竹, 以自適焉. 癸亥後, 朝議將改試戊午榜諸人, 公又不肯赴曰: "科擧, 士子立身之始, 豈可苟也." 聞者韙之. 選部擧公, 授察訪者三, 直長者一, 別提者一, 或辭或出, 出亦旋辭. 及拜監察, 以執法固, 忤時宰. 卽日棄官, 歸通津墳菴老焉, 四壁蕭然, 圖書而已.

其在黃山也, 身隱而名益高, 凡官于南土者, 無不造門候謁, 車騎相屬. 遣人治饔餼以待, 因名其村曰: "公須." 至今稱焉. 公爲人, 壇宇峻整, 人不敢以非禮見, 又澹於榮利, 不樂仕宦. 故雖强起供職, 必守正奉公, 無少委曲. 以是爲世所憚, 未究其用, 君子有深慨焉.

公卒於庚子二十八日, 享年八十. 葬于通津府北柳規洞, 負乾之原. 公配南陽洪氏, 生員宇慶之女. 墓祔公左. 公有一男二女, 男大榮, 女長適趙松年郡守, 次適金萬亨. 大榮, 四男三女, 男長德昌縣監, 次德任生員. 次德咸, 次德應. 女長適尹重周, 次適尹遇徵, 次適韓振. 趙松年, 三男三女, 男長漢叟郡守, 次渭叟府使, 次沂叟縣監, 女長適洪受滰府使, 次適李景賢, 次適柳㘿天, 判府事. 金萬亨, 二男一女, 男長一振, 次一鳴武科, 女適申潤.

銘曰 : "使公登第而歷仕, 不過壯元宰相而止. 古來得此者, 何限? 或不能擧其名氏, 孰如人去世遠之後, 猶指而稱其所居之里也. 噫! 一袖拂空, 置身霞外, 灑灑落落, 世色盡汰, 此其令人希風而獻拜者."

51. 학생 고공高公 묘갈명 ^{學生高公墓碣銘}

學生高公墓碣銘

공(公)은 휘(諱)가 장복(長福)이고 자(字)는 아무이며 성(姓)은 고씨(高氏)이다. 그의 선대는 제주(濟州) 사람이다. 고씨(高氏)는 몇 개의 망족(望族)[290]이 있는데 제주(濟州)를 본관으로 하는 사람들은 신명(神明)의 후예이며, 대대로 유명한 사람이 나왔다. 본조에 들어와서 휘(諱)가 거정(居正)이란 분이 있었으니 관직이 개성(開城)의 유수(留守)였다. 그 후에 자손(子孫)들이 그곳에 살았는데, 수백 년이 지나도 오히려 마을을 같이하고 소목(昭穆)을 차례대로 하였다. 또 풍수가의 말에 빠지지 않아서 분묘가 모두 부내에 있어 옛날 가문 무덤의 의미가 있었으니 모두

---

290) 망족(望族) : 인망이 높은 가문(家門).

본받을 만한 것이었다.

공의 증조(曾祖)는 휘(諱)가 준홍(儁弘)이었고, 할아버지는 휘가 용우(龍雨)이었으며, 아버지는 휘가 유실(有實)이었고, 어머니는 청주 한씨(淸州韓氏)인 휘(諱) 계수(繼壽)의 따님이었다. 영릉(寧陵) 신묘년(辛卯年) 10월 5일에 태어났다. 어려서 고아가 되었는데 점차 장성하자 제부(諸父)를 섬기기에 예를 다하였고, 더욱 봉선(奉先)에 효성을 다하였다. 기우(氣宇)가 홍의(弘毅)하여 다른 사람의 선함을 보면 좋아하기를 입 밖에 낼 뿐만이 아니었으며 선하지 못한 것을 보면 반드시 면전에서 꾸짖었으나 마음속에 두지는 않았으므로 사람들 또한 사랑하고 공경하였다. 신축년(辛丑年) 10월 25일 죽었으니 향년(享年) 71세였다. 배위는 개성 김씨(開城金氏) 국건(國建)의 따님이었는데 공보다 26년 먼저 죽었고, 계배(繼配)는 연안 차씨(延安車氏)인 옥로(玉輅)의 따님이었는데 내칙(內則)을 익혀 여사(女師)라 일컬어졌다. 공보다 20년 후에 죽었다. 공의 장지는 그의 선대 묘 뒤에 을좌원(乙坐原)에 있었고 그 부장을 할 적에 김씨(金氏)는 앞에 있고, 차씨(車氏)는 좌측에 있었으니 지세(地勢) 때문이었다.

공은 4남 3녀를 낳았다. 아들은 봉원(鳳原)·봉진(鳳瑧)·봉찬(鳳燦)·봉령(鳳齡)이었고 딸 중에 맏이는 진원흥(秦元興)에게 출가하고 둘째는 임진호(林震壕)에게 출가했으며, 막내는 최태징(崔台澄)에게 출가하였다. 봉원(鳳原)의 계자는 창한(昌漢)이고, 딸 중에 맏이는 황완구(黃完耈)에게 출가하고 둘째는 김중찬(金重燦)에게 출가하였다. 봉진(鳳瑧)은 4남을 두었으니 창겸(昌謙)과 무과인 대겸(大謙)과, 익겸(益謙)과 신겸(愼謙)이고, 딸은 최창두(崔昌斗)에게 출가하였다. 봉찬(鳳燦)은 1녀를 두었는데, 박광윤(朴光潤)에게 출가하였다. 봉령(鳳齡)은 1남을 두었는데 창한(昌漢)이니 출계하였고, 딸 중에 맏이는 김유채(金有采)에게 출가하고, 둘째는 우홍삼(禹弘三)에게 출가하고, 막내는 김봉휴(金鳳休)에게 출가하였다. 진원흥(秦元興)은 1남을 두었으니 인징(仁徵)이고, 최태징(崔台澄)은 2남을 두었으니 창륜(昌崙)과 공륜(拱崙)이다.

명(銘)에 이른다. "소위(素位)에서 행함 또한 정사이거늘, 어찌 그 빛나고 드러나는, 관패(冠佩)와 고명(誥命)이 있어야 하리오? 아름다운 배우자가 덕을 짝했으니, 정순하고 자혜(慈惠)하였도다. 아무리 은미한 것이라도 살피지 않음이 없는 것은 신이 있고 상제가 있음이로다. 바야흐로 채읍(采邑)을 받을 보답은 마치 계약서를 가지고 확인하는 것과 같을 것이니, 누가 증명을 할 것인가? 외사(外史)의 필적이로다."

公諱長福, 字某, 姓高氏. 其先濟州人. 高氏有數望而望濟州者, 爲神明之後, 世有聞人. 入本朝, 有諱居正, 官開城留. 後子孫因家焉, 歷數百年, 猶同里閈, 序昭穆. 且不溺形家言, 墳塋率在府內, 有古族冢之意, 皆可以爲法也.

公曾祖諱儁弘, 祖諱龍雨, 考諱有實, 妣淸州韓氏, 諱繼壽女. 以寧陵辛卯十月五日生. 幼孤, 稍長, 事諸父盡禮, 尤致孝於奉先. 氣宇弘毅, 見人之善, 好之, 不嘗口出, 不善必面折之, 然過而不留, 故人亦愛而敬焉. 以辛丑十月二十五日卒, 享年七十一. 配開城金氏國建女, 先公二十六年卒, 繼配延安車氏玉輅女, 閑內則, 稱女師. 後公二十年卒. 公之藏, 在其先墓後, 負乙之原, 其祔也, 金氏前, 車氏左, 因地勢也.

公生四男三女. 男鳳原, 鳳臻, 鳳燦, 鳳齡, 女長適秦元興, 次適林震壕, 次適崔台澄. 鳳原, 繼子昌漢, 女長適黃完耉, 次適金重燦. 鳳臻四男, 昌謙大謙武科, 益謙, 愼謙, 女適崔昌斗. 鳳燦一女, 適朴光潤. 鳳齡一男, 昌漢出繼, 女長適金有采, 次適禹弘三, 次適金鳳休. 秦元興一男仁徵, 崔台澄二男拱崙拱崙.

銘曰: "行乎素位, 是亦爲政, 奚其華顯, 冠佩誥命? 嘉耦配德, 貞順慈惠. 無幽不察. 有神有帝. 方采之報, 持契取必, 疇爲之證? 外史之筆."

52. 이학사李學士가 연경燕京에 가는 것을 전송하는 서문 送李學士赴燕序

[옮김] 일은 무엇이 중요한가? 사신이 중요하다. 대저 책은 경전보다 엄격한 것이 없고, 경전은 『춘추(春秋)』보다 엄격한 것이 없다. 242년간에 주(周)나라의 천왕(天王)으로부터 열국(列國)의 임금에 이르기까지 그 정사(政事)가 많았건만 오직 사명(使命)은 반드시 기록하였다. 한(漢)나라 무제(武帝)는 영특한 군주인데, 주군(州郡)에 명령을 내려 장상(將相)으로 삼을 만하거나 먼 나라에 사신으로 갈 만한 훌륭하고 출중한 인재를 살펴보게 하였다. 그렇다면 먼 나라에 사신 가는 것의 중함이 장상과 더불어 같다. 지금 나의 친구 이공(李公) 성보(聖保)291)는 여러 학사(學士) 중에서 선발되어 상국(上國)에 사신으로 가게 되었으니 그 품망(品望)을 알 수 있는 것이다. 아! 사람이 처세(處世)하는 것은 벌레가 과일씨에서 노니는 것과 같기는 하나 공은 능히 국경 밖으로 나가 수천 리를 지나서 옛날 탁록(涿鹿)의 터를 유람하게 되었으니 장엄하도다! 지(志)에 이르기를 "동악(東嶽)은 천제(天帝)의 종백(宗伯)292)이다"라고 했다. 공의 여행은 마땅히 악묘(嶽廟)293)에 들러서 예를 다할 것이니, 그 사행의 중요함은 또 장유(壯遊)에 그칠 따름은 아니다.

[원문] 事孰重? 使爲重. 夫書莫嚴於經, 經又莫嚴於春秋. 二百四十二年之間, 自周天王, 以及列國之君, 其政不爲不多, 而惟使命必書之策. 漢孝武英主也, 詔州郡, 察茂材異等, 可爲將相及使絶國者. 然則使絶國之重, 又與將相並矣. 今余友李公聖保, 於諸學士之中, 選使

---

291) 이성보(李聖保): 누구인지 상고할 수 없다. 정범조의 『해좌집』「寄贈李學士聖輔世
　　爽燕行」이라는 시가 있는데, 동일인 여부는 알 수 없다.
292) 종백(宗伯): 예부(禮部)의 장관.
293) 악묘(嶽廟): 오악(五嶽)의 사묘(祠廟)

上國, 其品望, 可知也. 嗟! 人之處世, 如虫遊果核, 而公能出疆, 歷數千里, 遊古涿鹿之墟, 壯哉! 志曰 : "東嶽, 帝之宗伯." 公之行, 當過嶽廟而致禮焉, 其行之重, 又不止壯遊而已也.

53. 어초자^{漁樵子}의 그림에 쓰다 ^{題漁樵子畫}

 그림은 시(詩)와 같은데 시파는 강서시파(江西詩派)[294]를 적자로 삼고, 그림은 선(禪)과 같은 것인데 선종(禪宗)은 임제종(臨濟宗)을 정통으로 삼는다. 이 그림을 그린 사람은 현재(玄齋) 심사정(沈師正)의 뛰어난 제자이니 그렇다면 그 품격이 저절로 다른 화가들과는 다르다.

 畫如詩, 詩派江西者, 爲嫡, 畫如禪, 禪宗臨濟者, 爲正. 寫此者, 爲玄齋之高足, 則其品, 自與衆史別矣.

54. 행교유거기 ^{杏嶠幽居記}

 오래 묵은 살구나무 아래에 작은 집 한 채가 있다. 방에는 횃대며 시렁과 안석이며 책상 등속이 3분의 1을 차지한다. 손님

---

294) 강서시파(江西詩派) : 송(宋)나라 때 시파(詩派)의 하나. 황정견(黃庭堅)으로부터 진사도(陳師道)·반대림(潘大臨) 등 25인을 망라하여 한 시파를 이루었음. 사조(詞藻)를 추구하고 전고(典故)를 군더더기로 쓰는 서곤체(西崑體)를 반대하고 수경(瘦硬)한 풍격을 숭상하였다.

몇 사람이 이르기라도 하면 무릎을 맞대고 앉아야 하는 너무도 협소하고 누추한 집이다. 허나 주인은 아주 편안히 여기며 독서(讀書)하고 구도(求道)할 뿐이다. 나는 그에게 말했다. "이 하나의 방에서 몸을 돌려 앉으면 방위(方位)가 바뀌고 명암(明暗)이 달라지네. 구도(求道)란 다만 생각을 돌리는 데에 있지 생각을 돌리면 따르지 않는 것이 없다네. 자네가 나를 믿는다면 자네를 위해 창문을 열어 주겠네. 그러면 한 번 웃는 사이에 이미 밝고 드넓은 공간에 오르게 될 것이네."

원문 古杏樹下有小屋. 榒架几案之屬, 幾據三之一. 客至數人, 則膝相磋, 至狹陋也. 主人安之, 惟讀書求道. 余謂"此一室中轉身而坐, 方位易焉, 明暗異焉. 求道, 只在轉念, 念轉而無不隨者. 君能信我, 爲君推窓. 一笑已登昭曠之域矣."

55. 동천옹桐泉翁의 임모첩臨摹帖에 쓰다 題桐泉翁臨摹帖[五則]

[1]

옮김 임모(臨摹)는 대개 창힐(蒼頡)에게서 처음 시작되었으니 산자(山字)와 인자(人字) 같은 종류는, 천지간에 나타나 이루어진 글자로 창힐이 그것을 모사했으니 이른바 상형(象形)인 것이다. 그 자획(字畫)의 공들인 것을 숭상하게 된 것은 후세에 시작된 것이다.

臨摹, 盖昉于蒼頡, 若山字人字之類, 是天地間見成之字, 而頡摹焉, 所謂象形是已. 其以字畫之工爲尚, 則始于後世耳.

[2]

동천옹(桐泉翁)의 글씨는 봉래(蓬萊)[295]를 임서하면 봉래(蓬萊)의 글씨이고 고산(孤山)[296]을 임서하면 고산(孤山)의 글씨이고 옥봉(玉峯)[297]을 임서하면 옥봉(玉峯)의 글씨이고, 석봉(石峯)을 임서하면 석봉(石峯)의 글씨가 되어서 강문통(江文通)[298]의 시는 중산(中散)[299]을 모의하

---

295) 봉래(蓬萊) : 양사언(楊士彦, 1517~1584)의 호. 본관은 청주(淸州). 자는 응빙(應聘). 또 다른 호는 완구(完邱)·창해(滄海)·해객(海客) 등이 있다. 1546년 문과에 급제. 안변(安邊)군수로 재임 중 지릉(智陵)의 화재 사건에 책임을 지고 귀양 갔다가, 2년 뒤 풀려나오는 길에 병사하였다. 시(詩)와 글씨에 모두 능하였는데, 특히 초서(草書)와 큰 글자를 잘 썼다. 안평대군(安平大君)·김구(金絿)·한호(韓濩) 등과 함께 조선 전기의 4대 서예가로 불렸다. 저서에『봉래시집(蓬萊詩集)』이 있다.

296) 고산(孤山) : 황기로(黃耆老, ?~?)의 호. 조선 중기 명필가. 본관은 덕산(德山). 자는 태수(鮐叟), 호는 매학정(梅鶴亭). 1534년 진사시에 급제하여 별좌(別坐)를 지냈다. 초서(草書)에 능하여 초성(草聖)이라 불렸다. 조선 시대 서예사(書藝史)에서 김구(金絿)·양사언(楊士彦)과 함께 제1인자라는 평을 받았으며, 후대에 큰 영향을 미쳐 비슷한 풍이 유행하기도 하였다. 저서에『고산집(孤山集)』이 있다.

297) 옥봉(玉峯) : 백광훈(白光勳, 1573~1582)의 호. 조선 중기의 시인. 본관은 해미(海美), 자는 창경(彰卿). 최경창·이달과 함께 삼당시인(三唐詩人)으로 불렸다. 풍류성색(風流聲色)을 중시하였으며 낭만적 시풍을 지녔다. 이정귀(李廷龜)는 그의 시가 천기(天機)로 이루어진 것이라 평하며, 당나라 천재 시인 이하(李賀)에 견주었다. 조선 중기 명문 장가로 유명했던 유근(1549~1627)은 백광훈에 대해 "그가 시뿐만 아니라 필치에도 뛰어나 필법이 준경(遒勁)하여 종왕(鍾王)의 법에 핍진(逼眞)하다"고 하여 이절(二絶)이라 칭찬했다.

298) 강문통(江文通) : 문통(文通)은 강엄(江淹, 444~505)의 자. 문학을 즐기고 유(儒)·불(佛)·도(道)에 통달하였다. 대표작에는 한(漢)나라에서 송(宋)나라에 이르는 시인 30명의 작품을 모방한 잡체시(雜體詩) 30수가 있다. 부(賦)에는 한부(恨賦)·별부(別賦) 2편이 있는데, 문사(文辭)가 화려하다.

299) 중산(中散) : 혜강(嵇康, 224~263)을 가리킴. 자는 숙야(叔夜). 삼국 위(魏)나라의 문학가·사상가·음악가. 죽림칠현(竹林七賢)의 한 사람으로 완적(阮籍)과 더불어 유명하였다. 벼슬은 중산대부(中散大夫)를 역임하여, 세상에서는 혜중산(嵇中散)이라고 불렀

면 중산(中散)이 되고 보병(步兵)300)을 모의하면 보병(步兵)이 되고 징군(徵君)301)을 모의하면 징군(徵君)이 되고 임천(臨川)302)을 모의하면 임천(臨川)이 된 것과 같았으니 붓에 화공이 있다고 이를 수가 있는 것이다.

[원문] 桐泉翁書, 臨蓬萊卽蓬萊, 臨孤山卽孤山, 臨玉峯卽玉峯, 臨石峯卽石峯, 如江文通之詩, 擬中散是中散, 擬步兵是步兵, 擬徵君是徵君, 擬臨川是臨川, 可謂筆有化工者也.

[3]

[옮김] 동천(桐泉)303)의 필체는 서가(書家)의 모범이 되기에 충분하나 스스로 그 장점을 드러내지 않는다. 이에 고인의 유적(遺迹)을 임서할 적에는 그 뜻을 씀이 매우 후하니 사람으로 하여금 공경하게 한다.

다. 일에 연루되어 종회(鍾會)의 미움으로 참살(讒殺)되었다. 노장(老莊) 사상을 숭상하여 양생(養生)·복식(服食)의 방법을 실천하였고 저서는 『혜중산집(嵇中散集)』이 있다.
300) 보병(步兵): 완적(阮籍, 210~263)의 별칭. 중국 위(魏)나라 때 문인. 자는 사종(嗣宗). 죽림칠현(竹林七賢)의 영수로서 유명하다. 술과 기행(奇行)으로 일관한 완적의 행적 밑바탕에는 강한 개성과 자아 및 노장사상이 깔려 있었다.
301) 황숙도(黃叔度): 숙도(叔度)는 황헌(黃憲)의 자. 후한 신양(愼陽) 사람. 효렴(孝廉)에 천거되고, 또 공부(公府)에서 불렀으나, 잠시 갔다가 돌아와 끝내 나가지 않았다. 천하에서 징군(徵君)이라고 불렀다고 한다.
302) 임천(臨川): 왕안석(王安石, 1021~1086)의 관향(貫鄕). 북송(北宋)의 정치가·학자. 강서성(江西省) 임천(臨川) 사람. 자는 개보(介甫), 호는 반산(半山). 당송팔대가의 한 사람. 정치적으로 혁신파의 영도자(領導者)로서 인종(仁宗) 때에 만언서(萬言書)를 올려 변법(變法)을 주장하고 신종(神宗) 때에 신법(新法)을 시행하여 광범위한 개혁을 시도하였다. 저서에 『주관신의(周官新議)』·『임천집(臨川集)』 등이 있다.
303) 동천(桐泉): 그에 대한 글로는 이익(李瀷), 『성호전집(星湖全集)』의 「사동천자혜석(謝桐泉子惠錫)」과 「동천(桐泉)」 등이 남아 있다.

原文 桐泉之筆, 足爲書家模楷, 而不自露其長. 乃臨古人遺迹, 其用意甚厚, 令人欽挹.

[4]

譯 옮김 대무(大巫)304)의 단장(壇場)305)은 신기(神氣)가 쉽게 없어지고 고선(古仙)의 동부(洞府)306)는 안목(眼目)이 문득 아찔해지니 이것이 임서(臨書)의 어려움이다. 비록 그러나 또한 팽려(彭蠡),307) 용군(龍君)이 지나가는 바에 황록(黃綠)이 색을 따르고 변화를 따라서 신통함이 있으니 이첩이 이것이다.

原문 大巫壇場, 神氣易殫, 古仙洞府, 眼目輒眩, 此臨書之難也. 雖然, 亦有彭蠡龍君所過, 黃綠, 隨色隨化之神通, 此帖是已.

[5]

譯 옮김 임모(臨摹)하는 방법이 어찌 오직 필가(筆家)에만 있겠는가? 우리 학문에도 그것이 있으니 "요임금의 옷을 입고 요임금의 행동을 행한다"308)라고 하였고 또 말하기를 "부자(夫子)가 걸으면 걷고, 종

---

304) 대무(大巫) : 우두머리가 되거나 혹은 법술(法術)이 고명(高明)한 무사(巫師). 자신이 경복(敬服)하는 사람을 비유하는 말임.
305) 단장(壇場) : 옛날에 설단(設壇)하여 제사(祭祀), 지위계승(地位繼承), 맹회(盟會), 장수임명(將帥任命) 등의 행사를 거행하는 장소
306) 동부(洞府) : 도교(道敎)에서 신선이 거주하는 곳을 말함.
307) 팽택(彭澤) : 못 이름. 곧 현재의 파양호(鄱陽湖)이니 강서성(江西省)의 북부에 있다. 또 팽호(彭湖), 팽려(彭蠡)라고도 한다.

종종걸음하면 종종걸음한다"309)라고 하였다. 동천옹(桐泉翁)은 학문을 좋아하여 문예에 노니는 자이다. 그러므로 이 말을 일러 준다.

臨摹之法, 豈惟筆家? 吾學亦有之曰: "服堯之服, 行堯之行." 曰: "夫子, 步亦步, 趨亦趨." 桐泉翁是好學而游於藝者. 故告之.

56. 『갑계첩』 발문 甲契帖跋

사람이 인년(寅年)에310) 태어난 이후로 매년 약간의 사람들이 태어난다. 비록 그러나 같은 해에 태어났다 하더라도 나라가 같지 않으면 막히고, 태어난 해를 같이 하고 나라를 같이 하여도 도가 같지 않으면 갈라지게 된다. 이 첩 안의 여러 인사(人士)들은 세 가지가 모두 같다. 그러므로 "계(契)"라 이르는 것이니, 계(契)라는 것은 합한다는 것이다. 또 등과(登科)한 사람은 반드시 기록이 있다. 같은 해에 벼슬하는 사람의 명부에 올라간 것도 기록이 있는데, 같은 해에 사람의 명부에 들어갔으니 기록이 없을 수가 있겠는가? 지(志)에 있기를 "해가 풍

---

308) 요임금의 옷을 입고 요임금의 행동을 행한다[服堯之服, 行堯之行]: 『맹자(孟子)』「고자장구하(告子章句下)」에 "子服堯之服, 誦堯之言, 行堯之行, 是堯而已矣; 子服桀之服, 誦桀之言, 行桀之行, 是桀而已矣"라 했다.

309) 부자가 걸으면 걷고 추창하면 추창한다[夫子步亦步, 趨亦趨]: 『장자(莊子)』에 "顔淵問於仲尼曰: 夫子步亦步, 夫子趨亦趨, 夫子馳亦馳, 夫子奔逸絶塵, 而回瞠若乎後矣!"라 했다.

310) 사람은 인에서 태어난다[人生於寅]: 하(夏)나라의 정삭(正朔)을 말한 것이다. 원(元)나라 호일계(胡一桂)의 『주역본의계몽익전(周易本義啓蒙翼傳)』「중편(中篇)」에 "夏正建寅, 爲人統, 故首艮艮寅位也. 人生於寅, 商正建丑, 爲地統, 故首坤坤地也. 地闢於丑, 周正建子, 爲天統, 故首乾, 乾天也. 天開於子"라 했다.

년이 되려면 감초가 나고, 해가 흉년이 되려면 고초(苦草)가 난다"[311]라고 했다. 그렇다면 이 『갑계첩』에 실린 여러 공들은 밝은 조정에 태어났으니, 그 사람을 알 수가 있는 것이다. 아! 오늘날 사람의 집에서 생신날 어버이에게 헌수할 적에 손님과 친구들이 자리에 가득하나 이튿날에 손님들이 흩어졌을 때 그 성명을 물으면 혹 기억을 못하기도 한다. 그렇다면 동천옹(桐泉翁)이 유첩을 보배로 여기고 완상하는 것은 수백 년 뒤에도 잊지 않을 것이니 다른 사람들보다 훨씬 현명하다 하겠다.

人生於寅, 自是以後, 每歲生若干人. 雖然同歲而不同國則阻, 同歲同國而不同道則岐. 此帖中諸公, 則三者皆同. 故曰契, 契者合也. 且登科者, 必有錄. 同歲而注仕之籍者, 有錄焉, 則同歲而注人之籍者, 可無錄邪? 志有之曰 : "歲欲甘, 甘草生, 歲欲苦, 苦草生." 然則諸公生于熙朝, 其人可知也. 噫! 今人家, 生辰壽親, 賓友滿坐, 明日客散, 問其姓名, 或不能記. 則桐泉翁之寶玩遺帖, 不忘於數百年之後者, 其賢於人遠矣.

---

311) 해가 풍년이 되려면 감초가 나고, 해가 흉년이 되려면 고초가 난다[歲欲甘, 甘草生, 歲欲苦, 苦草生] : 『제민요술(齊民要術)』 「잡설(雜說)」에 보인다.

57. 삼가 『양호당유록』³¹²⁾에 쓰다 敬題養浩堂遺錄[三則]

[1]

역/옮김 당시(當時)에 여러 공들 중에 선생을 아는 이들이 적지 않았다. 그러나 깊이 아는 사람은 정도전(鄭道傳)만한 이가 없었다. 대개 정도전은 선생이 사직신(社稷臣)이니 선생을 없애지 않으면 왕씨가 망하지 않는다는 것을 알았다. 그러므로 반드시 그를 없애려 함이 마치 여울물이 지주(砥柱)를 깎아 내는 것과 같이 해서 그의 마음에 일찍이 조금도 잊는 적이 없었으니, 아! 어찌 그렇게 심했던가? 비록 그러니 마침내 선생은 선생이고, 도전은 도전이었으니 또한 무슨 보탬이 되겠는가?

원문 當時, 諸公之知先生者, 不爲不多. 然其知之深者, 則無如鄭道傳. 盖道傳明知先生爲社稷臣, 不去先生, 王氏不亡. 故必欲去之, 如湍流之鐫砥柱, 其心, 未嘗少忘也, 噫! 何其甚也? 雖然畢竟先生爲先生, 道傳爲道傳, 則亦何益哉?

[2]

역/옮김 문희공(文僖公)³¹³⁾의 학문은 역에 있었으니 역의 도는 회통(會通)³¹⁴⁾을 관찰하여 전예(典禮)³¹⁵⁾를 행하는 것이다. 그러므로 일찍이 고예(古禮)를 회복하여 국속(國俗)을 바로잡으려고 했던 것이다. 그

---

312) 양호당유록(養浩堂遺錄) : 상세히 알 수는 없다. 우현보(禹玄寶; 1333~1400)의 실기인 『양호당선생실기(養浩堂先生實紀)』는 남아 있다. 또, 우하철(禹夏轍)의 『단양우씨 삼세문헌록(丹陽禹氏三世文獻錄)』 등이 남아 있다.

런데 충정공(忠靖公, 우현보)³¹⁶⁾이 진실로 그를 이어받아서 뜻을 같이하는 대현들과 거행하였으니 이른바 학맥의 전하는 것이 순전한 비단을 짤 적에 북질할 때마다 정접(頂接)해서 그 완전한 것을 이루는 것과 같은 것이다.

文僖公之學, 在易, 易之道, 觀會通, 行典禮. 故嘗欲復古禮正國俗. 而忠靖公, 實承之, 與同志大賢, 擧而行之, 所謂學脉之傳, 如織純錦, 梭梭頂接, 以成其全也.

[3]

오호! 선생(先生)의 순절(殉節)은 마음으로 했고 몸으로 한 것은 아니었으니, 선생의 마음은 이미 문충공(文忠公 : 정몽주)이 해를 당한 날에 죽었다. 비유하건대 두 그루 나무가 정원에서 함께 살다가, 한 그루가 도끼에 찍히면 나머지 한 그루는 말라 시드는 것과 같으니,

---

313) 우탁(禹倬, 1263~1342) : 본관은 단양(丹陽). 자는 천장(天章) · 탁보(卓甫). 호는 백운 (白雲) · 단암(丹巖). 시호는 문희(文僖). '역동선생(易東先生)'이라 불렸다. 고려 1308년 감찰규정(監察糾正) 때 충선왕이 숙창원비(淑昌院妃)와 밀통한 것을 알고 이를 극간 한 뒤 벼슬을 내놓았다. 충숙왕이 그 충의를 가상히 여기고 누차 불렀으나, 사퇴하고 학문에 정진하였다. 당시 원나라를 통해 들어온 정주학(程朱學) 서적을 처음으로 해득, 이를 후진에게 가르쳤다. 경사(經史)와 역학(易學)에 통달하였다.
314) 회통(會通) : 모아져서 변통되는 것. 『주역(周易)』 「계사상(繫辭上)」에 "聖人有以見 天下之動, 而觀其會通, 以行其典禮"라고 했다.
315) 전예(典禮) : 제도(制度)와 예의(禮儀).
316) 우현보(禹玄寶, 1333~1400) : 자는 석규(錫圭), 호는 양호(養浩). 길생(吉生)의 아들이 다. 1355년 문과에 급제. 요동 정벌 때는 경성유수(京城留守)로 남아 있었고, 이성계 (李成桂)가 위화도 회군에서 회군한 뒤 좌시중(左侍中)으로 있다가 곧 파직, 뒤에 단양 부원군(丹陽府院君)으로 봉해졌다. 1400년 제2차 왕자의 난 때 문인 이래(李來)로부터 반란의 소식을 듣고 이를 방원(芳遠)에게 알린 공으로 난이 평정된 뒤 추충보조공신 (椎忠輔祚功臣)이 되었다. 시호는 충정(忠靖)이다.

그 번성하지 못한 것은 같다. 또 선생은 여러 사람의 녹양(祿養)을 받지 않았으니 죽어서 후인의 제사를 받아먹는 것이 마땅하다. 그러나 그 스스로 독(獨)이라 자호하여 부장을 허락하지 아니 한 것은 그 뜻이 은미한 것이다.

원문

嗚呼! 先生之殉節, 以心不以身, 先生之心, 則已死於文忠遇害之日矣. 譬猶兩樹共生于庭, 一被斧斤, 一自枯萎, 其不榮則同也. 且先生之不受諸子之祿養, 則沒宜享後人之俎豆. 而其自號爲獨, 不許祔葬者, 其志微矣.

58. 증정부인贈貞夫人 파평 윤씨坡平尹氏 묘지명 贈貞夫人坡平尹氏墓誌銘

옮김

내언(內言)은 문지방을 벗어나지 않는다. 그러므로 규방의 아름다운 일들이 국풍에서도 겨우 한두 가지만 볼 수 있을 뿐이다. 역사가 경서를 계승해서 지어졌으나, 그 기재한 것은 또한 많지 않다. 후세에 문이 승(勝)하게 되자 비로소 비지(碑誌)가 있게 되었으니 비지(碑誌)라고 하는 것은 실로 역사의 종류이다. 이에 내행(內行)과 내덕(內德)이 천양되지 않는 것이 없었으니, 그리하여 효자(孝子)와 자손(慈孫)의 마음이 또한 유쾌할 수가 있게 되었다. 그러나 그 이른바 행(行)과 덕(德)이란 것은 반드시 현격하게 뛰어나거나 놀랄 만큼 폭발적인 일만이 아니라 오직 일용(日用)하는 떳떳한 일에 백성의 떳떳함과 하늘의 법칙이 실로 그 가운데에 있는 것이다. 최근에 참판(參判)인 임천(林川) 조공(趙公) 휘(諱) 명택(明澤)317)의 부인으로 증정부인(贈貞夫人) 윤씨(尹氏) 같은 분은 그중의 한 분이다. 윤씨(尹氏)는 파평(坡平)의 이름난 성씨로서 삼한공신 (三韓功臣) 휘(諱) 신달(莘達)318)의 후손이다. 증조(曾祖)는 휘(諱) 효술(孝述) 이니 참봉(參奉)이요, 조부(祖父)는 휘(諱) 형(珩)이니 목사(牧使)요, 아버지 는 휘(諱) 홍리(弘离)이니 참의(參議)요, 어머니는 남양 홍씨(南陽洪氏)이니 영의정(領議政) 휘(諱) 섬(暹)의 현손(玄孫)이며, 통덕랑(通德郎) 휘(諱) 성희 (聖希)의 따님이다.

부인(夫人)은 명릉(明陵 : 肅宗) 경오(庚午, 1690)년 1월 10일에 태어났다. 태어나면서부터 남다른 자질이 있어 어릴 때에도 장난을 좋아하지 않 았다. 성품이 효성스러워 기를 낮추고 얼굴을 순하게 해서 좌우로 나아 가 봉양을 하였으며 부모에게 병이 있게 되면 얼굴에 걱정하는 빛을 띠 고 수발을 게을리 하지 않았다. 널리 여훈(女訓)과 여홍(女紅)를 익혔는데 일찍부터 지혜가 있는 것 같았다. 이미 비녀를 꽂은 다음에 군자(君子)에 게 시집을 왔는데, 부부(夫婦)가 서로 공경하기를 손님과 같이 하였으며 그 어버이 섬기는 바를 옮겨서 시어머니 민부인(閔夫人)을 섬기되, 뜻에 앞서서 기를 엿보아 지시하여 시키는 일에 메아리 같이 하니 민부인(閔 夫人)이 편안히 여기며 말하기를 "나의 며느리지만 나의 딸이다"라고 했 다. 민부인(閔夫人)은 나이가 많아 여러 자녀들이 때때로 음식을 갖추어 부인에게 헌수하였는데, 부인이 이바지하는 것을 반드시 달게 들면서 말하기를 "나는 그 정성을 아름답게 여긴다"라고 했다.

부인(夫人)은 기해년(己亥年) 9월 13일에 죽으니, 향년 겨우 서른이었 다. 이 해 12월 12일 연천군의 남쪽 임좌원(壬坐原)에 장사 지냈다. 27년 후 기축년(乙丑年)에 참판공(參判公)이 돌아가시자 다시 무덤 자리를 그 곁의 미향(未向)의 언덕에 자리를 잡고 드디어 천장하여 합부하였다. 부 인(夫人)은 지조(志操)가 단결(端潔)하고 행동거지가 예에 합치되었으며

---

317) 조명택(趙明澤, 1690~?) : 본관(本貫)은 임천(林川). 자(字)는 숙함(叔涵). 경종(景宗) 1년(1721), 증광시(增廣試)에 급제.

318) 윤신달(尹莘達) : 파평 윤씨의 시조이다.

또 동서들과 우애하고 종당(宗黨)에 후덕하였다. 순을 짜서[319] 부지런함을 가르쳤고, 형포(荊布)[320]로 검소함을 가르쳤으니 모두 내칙(內則)과 부의(婦儀)가 될 만 것이었다. 뒤에 정부인(貞夫人)에 추증되었으니 남편의 관작을 따른 것이다. 아들 둘이 있었는데 장자는 덕신(德新)이고 둘째는 일찍 죽었다. 덕신(德新)은 승지(承旨) 정택하(鄭宅河)의 딸에게 장가들어 2남 1녀를 낳았으니 아들 중에 맏이는 학온(學溫)이니 교리(校理) 이명환(李明煥)의 딸에게 장가들었다. 둘째는 학량(學良)이니 좌랑(佐郎) 이명익(李明翼)의 딸에게 장가들었으며 딸은 이유형(李惟馨)에게 시집갔다. 학온(學溫)은 아들이 하나 있었으니 재희(在禧)이다.

명(銘)에 이른다. "산이 둘러싸인 것이 담장과 같은데, 물은 향기롭고 흙은 비옥하도다. 지관들이 말하기를 '길지'라 하고, 일관들이 말하기를 '좋다'라 하였다. 야사씨는 '여기는 군자와 숙인(淑人)을 묻은 곳이니 뒷날의 녹이 양양하리로다'라고 쓰노라."

內言不出梱. 故閨閣之懿, 僅一二見於國風. 史繼經作, 而其所記載, 亦不多焉. 後世文勝, 始有碑誌, 碑誌者, 實史之類也. 於是, 內行內德, 無不闡焉, 而孝子慈孫之心, 亦得以恔矣. 然其所謂行與德者, 非必卓絶驚爆之事, 惟是日用之常, 而民彛天則, 實在其中. 若近時參判林川趙公諱明澤之配, 贈貞夫人尹氏, 卽其一也. 尹氏坡平著姓, 三韓功臣, 諱莘達之後. 曾祖諱孝述, 參奉, 祖諱珩, 牧使, 考諱弘离, 參議, 妣南陽洪氏, 領議政, 諱遑之玄孫, 通德郎, 諱聖希之女.

夫人以明陵庚午正月十日生. 生有異質, 弱不好弄. 性孝下氣婉容, 左

---

319) 순을 짜다[組紃]: 『예기(禮記)』「내칙(內則)에 "여자가 열 살이 되면 밖에 나가지 않는다. 여사(女師)가 부드럽게 청종(聽從)하기를 가르친다. 삼과 모시를 짜고 누에고치 실을 썰며 베를 짜는 등 여자의 일을 배워서 의복을 공급한다[女子十年不出. 姆教婉娩聽從. 執麻枲, 治絲繭, 織紝組紃, 學女事, 以共衣服]"라고 했다.
320) 형포(荊布): 형차포군(荊釵布裙)의 준말. 여자가 나뭇가지로 비녀를 꽂고 무명치마를 입는 검소한 몸치장을 형용한다.

右就養, 父母有疾, 色憂不惰. 旁習女訓女紅, 似有夙彗. 旣笄, 歸于君子,
夫婦相莊如賓, 而移所以事其親者, 以事君姑閔夫人, 先意伺氣, 響言指
使, 閔夫人安之曰: "是吾婦而吾女也." 閔夫人年高, 諸子女, 時時爲具
以壽, 夫人所供者必甘之曰: "吾嘉其誠也."

夫人卒於己亥九月十三日, 享年僅三十. 以是年十二月十二日, 葬于
漣川縣南, 負壬之原. 後二十七年乙丑, 參判公卒, 更卜兆於其旁未向之
原, 遂遷而祔焉. 夫人, 志操端潔, 動止合禮. 又善於妯娌, 厚於宗黨. 組紃
以教勤, 荊布以教儉, 皆可以爲內則婦儀也. 後贈貞夫人從夫爵也. 二子
長德新次夭. 德新娶承旨鄭宅河女, 生二男一女, 男長學溫娶校理李明
煥女. 次學良娶佐郎李明翼女, 女適李惟馨. 學溫一男在禧.

銘曰: "山回若垣墻, 水香而土肪. 形家曰: '吉' 日者曰: '臧' 野史題之
曰: '是惟君子淑人之藏, 後祿穰穰'."

59. 정석치³²¹⁾의 여기 저기 그린 그림에 쓰다 ^{題鄭石癡散畵[三則]}

[1]

**譯
옮김** 천지간에 이런 산과 이런 물이 반드시 있고 없는 것을 근거 없
이 단정할 수는 없으나 만약 그것이 없다면 보충하는 솜씨가
되는 것도 해롭지는 않을 것이다.³²²⁾

---

321) 석치(石痴) : 정철조(鄭喆祚, 1730~1796)의 호. 본관은 해주, 자는 성백(誠伯). 1774년
　　문과에 급제한 후 정언 등을 지냈다. 그는 문학뿐 아니라 서화·천문·지리·기계 제
　　작 등 다방면에 빼어난 재주를 보였다. 정철조(鄭喆祚)는 혜환(惠寰)의 며느리 사돈,
　　곧 이가환(李家煥)의 장인인 정운유(鄭運維)의 아들이다.
322) 보결하는 솜씨[補缺手] : 빠진 것을 보충하는 솜씨.

天地間, 此山此水之必有必無, 未可懸斷, 如其無也, 不害爲補缺手.

[2]

 꿈에서 본 것은 꿈을 깨고 나면 헛것이 되고, 때를 만나 피는 것은 때가 지나면 멈추지만 이 경치는 항상 있고 항상 새로우니 보배스러운 것이다.

 因夢而見者, 夢覺則空, 遇時而發者, 時過則歇, 此景常在而常新, 可寶也.

[3]

 간략하게 몇 번의 붓칠 한 것이지만 마주하고 보면 원대한 생각이 나고 깊은 근심이 해소되니 비로소 그림은 유익하다는 것을 알게 된다.

 略略數筆, 對之, 生遠思而解幽憂, 始知畵有益耳.

60. 『반풍록』에 쓰다 ^{題半楓錄}

옮김
옛날 어떤 사람이 꿈에서 너무나도 고운 한 미인을 보았는데, 얼굴을 반쪽만 드러내어 그 전체를 볼 수가 없었으니 반쪽에 대한 그리움이 맺혀서 병이 되었다. 누군가가 그에게 "보지 못한 반쪽은 이미 본 반쪽과 똑같다"고 깨우쳐 주니, 그 사람은 바로 맺힌 생각이 풀렸다 한다. 무릇 산수를 보는 것이 모두 이와 같다.

또 풍악산(楓嶽山)은 비로봉(毘盧峰)으로 으뜸을 삼고, 물은 만폭동(萬瀑洞)으로 최고를 삼는다. 그러나 지금 모두 보았으니 반만 보았다고 할 수는 없다. 음악을 구경하는 자에 비유하자면 순임금의 음악[招箾]323)으로 그치고 다른 음악은 보지 않는 것과 같다.

원문
昔有人夢見一姝艷甚, 而只露半面, 以未見其全, 念結爲病. 人曉之曰: "未見之半, 如已見之半." 其人卽念解. 凡看山水皆如此
且楓嶽山以毘盧爲冠, 水以萬瀑爲最. 而今皆觀焉, 則未可謂之半也. 辟觀樂者, 招箾而止, 不觀他樂也.

---

323) 초소(招箾): 대소(大韶)와 같음. 순(舜)임금의 악무(樂舞) 이름이라 한다.

61. 정자 황맹년의 애사권哀辭卷의 뒤에 쓰다[이름은 석범錫範324]] 題黃正字孟年哀辭卷後[名錫範]

모든 사물은 출생은 때로써 하고, 멈추는 것은 한정으로써 한다. 누에는 봄에 늙고, 보리는 여름에 죽는다. 누에는 잠을 자서325) 실이 되고, 보리는 이삭이 빼어나서326) 열매가 되면 그 일은 이미 완성된 것이다. 사람도 또한 그러하다. 힘을 다해 어버이를 섬기고, 과거에 올라서 조정에 서면, 사람의 일은 대략 이미 다한 것이다. 그렇다면 황맹년(黃孟年) 군의 죽음은 요절이 아니라, 대개 그 직분을 다하고 떠난 것이다. 비록 그러나 28년 사이에 스스로 친척(親戚)과 붕우(朋友)들 중에 허여하는 사람들이 있어 그가 영영 떠나가 돌아올 수 없는 것을 생각한다. 들어가 영결을 하여 곡하고 또 그 소리를 써서 애사(哀辭)를 지었다. 책을 펴서 한 번 읽어 보면 마치 가을 산에 들어갔을 적에 잎이 울고 샘물이 목 메이는 것과 같아 무한한 처량함을 이루게 되니 슬프도다!

凡物, 出以時, 止以限. 蠶老於春, 麥死於夏者. 以蠶眠而絲, 麥秀而實, 其事已完耳. 惟人亦然. 竭力以事親, 出身以立朝, 人之職, 略已盡矣. 然則黃君孟年之歿, 非夭也, 盖盡其職而去矣. 雖然二十八年之間, 自有親戚朋友之相與者, 念其行之無返. 入訣而哭, 又寫其聲爲辭. 展卷一讀, 若入秋山, 葉鳴泉咽, 成無限凄凉, 悲哉!

---

324) 황석범(黃錫範, 1747~1775): 황사영(黃嗣永, 1775~1801)의 아버지이다.

325) 잠면(蠶眠): 누에 잠. 누에가 알에서 나와 뽕잎을 먹고 자라다가 고치를 짓기까지는 약 한 달 가량이 걸리는데 그동안 4차례의 허물을 벗는 바 허물을 벗으려면 뽕잎을 먹지 않고 움직이지도 않는 것을 말한다.

326) 맥수(麥秀): 보리의 모개미가 빼어나기만 하고 아직 여물지 않은 상태.

62. 『경원록』[327) 서문 景遠錄序

보첩(譜帖)이란 씨족의 본지[328)와 소목(昭穆),[329) 명자(名字), 혼인
관계에 상세하고, 비지란 공훈과 덕행, 문장과 행실, 경력, 생
졸년, 묘소에 상세하다. 보첩과 비지 두 가지는 각각 치우친 것이 있으
니 둘을 합친 다음에야 비로소 완전한 모습을 이룰 수가 있다. 이 『경원
록(景遠錄)』은 대체로 그런 뜻을 얻은 것이다. 간간히 사전(史傳)에 빠진
일을 보충하는 방법을 사용하여 전해들은 자질구레한 말들을 반드시
채택해서 기재하였으니, 작자의 뜻이 근실하다.

　아! 한 가문의 누적(累積)된 것이 천하이다. 진실로 집안이 모두 종당
(宗黨)을 연합해서 제사[330)를 경건히 지내고 문헌을 징험이 되게 하며
훈계를 지켜 가면 천하가 스스로 평화롭게 되는 것이니, 그 관계되는
바가 어찌 크지 않은가? 내가 이것을 보고 느끼는 바가 있는 것은 대명
(大明)의 종정(宗正)으로서 호가 서정(西亭)인 목설(睦樨)[331)이란 자는 유소
(儒素)[332)를 복장으로 입고 경술(經術)에 담정(覃精)[333)하며 석훈(碩燻)[334)

---

327) 목만중, 『여와문고』(권1)에는 「경원록서(景遠錄序)」가 있으며, 분사 이성구의 문집에
　　대한 서문인 「분사이상국유고서(分沙李相國遺稿序)」도 있다. 또 이헌경(李獻慶), 『간
　　옹집(艮翁集)』에는 「이씨경원록서(李氏景遠錄序)」가 있다.

328) 본지(本支) : 여기서는 종손과 지손이란 말.

329) 소목(昭穆) : 사당에 신주를 모시는 차례. 신분에 따라 모시는 신주의 숫자가 같지 않
　　으며, 소는 좌측을 말하고 목은 우측이다.

330) 증상(烝嘗) : 옛날 가을에 종묘에 지내는 제사를 상(嘗)이라 하고 겨울에 지내는 제사
　　를 증(烝)이라 했음. 넓은 의미로는 제사라는 뜻. 『시경(詩經)』 「소아(小雅)」 '천보(天
　　保)'에, "봄 제사, 여름 제사, 가을 제사, 겨울 제사를 선공과 선왕에게 올리다[禴祠烝
　　嘗 于公于先]"라 하였다.

331) 목설(睦樨) : 명나라 때 사람. 자세한 것은 알 수 없다.

332) 유소(儒素) : 유학자의 소행(素行). 유가 사상에 적합한 고상한 품격과 덕행을 갖춘
　　것을 말한다.

333) 담정(覃精) : 여기서는 연구가 깊고 정하다는 말.

334) 석훈(碩燻) : 석훈(碩勳)의 잘못인 듯하다. 석훈은 큰 공훈(功勳).

이 공염(孔炎)[335]하고, 재능이 많았으나 숨기고 어리석은 체하고,[336] 모
휘(謀楟)[337] 울의(鬱儀)[338]하여 여러 사람이 모두 문학으로 나타났고 또
모두가 융경(隆慶)[339]·만력(萬曆)[340]·천계(天啓)[341]·숭정(崇禎)[342] 간의
사람들이었다. 그리고 지봉(芝峯)[343]·분사(分沙)[344]·동주(東州)[345]·혼
천(混泉)[346] 같은 여러분과 때를 함께 했으니 대개 우리나라의 문치의

---

335) 공염(孔炎) : 매우 덥다. 벼슬이 높아 더운 바람이 나는 것을 형용한 말.

336) 다규용회(多烜用晦) : 재능이 많았으나 숨기고 어리석은 체 함. 용회(用晦)는 『주역』
에 보인다.

337) 모휘(謀楟) : 위(楟)는 나무 이름인데 휘어서 그릇을 만들 수 있다 했으니, 괴모가 융
통성이 있다는 뜻으로 쓴 것 같다.

338) 울의(鬱儀) : 전설에 옛날 태양신(太陽神)이라 함.

339) 융경(隆慶) : 명(明)나라 목종(穆宗)의 연호.

340) 만력(萬曆) : 명나라 신종(神宗)의 연호.

341) 천계(天啓) : 명나라 희종(熹宗)의 연호.

342) 숭정(崇禎) : 명나라 마지막 황제인 의종(毅宗) 장렬제(莊烈帝) 때의 연호.

343) 이수광(李睟光, 1563~1628) : 조선 중기의 문인. 자는 윤경(潤卿), 호는 지봉(芝峯),
시호는 문간(文簡). 1592년에 문과에 급제하였고, 주청사(奏請使)로 중국을 다녀왔다.
광해군 때 폐모(廢母) 사건으로 두문불출하다가 인조반정 이후 다시 등용되어 도승지
와 대사간을 역임하고 이조판서에 이르렀으며, 영의정에 추증되었다. 저서에 『지봉집
(芝峯集)』과 『지봉유설(芝峯類說)』이 있다.

344) 이성구(李聖求, 1584~1644) : 조선 중기의 문신. 본관은 전주(全州). 자는 자이(子異),
호는 분사(分沙)·동사(東沙). 시호는 정숙(貞肅). 1608년 문과에 급제. 1634년 병자호란
이 일어나자 왕을 남한산성에 호종하였고, 1637년 왕세자가 볼모로 잡혀갈 때 수행하
였다. 1641년 영의정에 올랐으나 승지 홍무적(洪茂績)의 무고로 사직, 곧 다시 영중추
부사가 되었는데 이때 이계의 청(淸)나라에 대한 기밀 누설 사건을 논하다가 파면 당하
였다. 그 뒤 영중추부사에 임명되었으나 나아가지 않았다. 저서로 『분사집』이 있다.

345) 이민구(李敏求, 1589~1670) : 조선 중기 문신. 본관은 전주(全州). 자는 자시(子時),
호는 동주(東洲)·관해(觀海). 1612년 문과에 급제하였다. 24년 이괄(李适)의 난 때 도
원수 장만(張晩)의 종사관으로 난을 평정하는 데 공을 세웠다. 26년 대사간을 거쳐 정
묘호란 때 병조참판으로 세자를 호종했다. 병자호란 때 강도검찰부사(江都檢察副使)
로서 왕을 강화에 모시지 못하여 아산(牙山)에 유배되기도 했다. 저서로는 『동주집』·
『독사수필(讀史隨筆)』·『간언귀감(諫言龜鑑)』 등이 있다. 일설에는 인조반정(仁祖反
正)을 전후하여 지봉(芝峯)과 성구(聖求)·민구(敏求)의 삼부자(三父子)가 삼사(三司)
에 있었다고 해서 '일문삼사(一門三司)'로 부른다고도 한다.

346) 혼천(混泉) : 이동규(李同揆, 1623~1677)의 호. 윤휴와는 도의교(道義交)를 맺은 사이
로, 현종조에 윤휴의 천거로 산림에서 등용되었으며 윤휴의 문집에 이동규에게 주는
시들이 여러 편 보인다. 한 해 동안에 관직이 승지(承旨)까지 이르렀으나, 등용된 지 2

성대함이 명(明)나라와 방불하여, 천황(天潢)347)과 선파(璿派)348)가 둘이 서로 비추고 있으니 아 아름답도다!

譜帖者, 詳於氏族本支昭穆名字嫁娶, 碑誌者, 詳於勳德文行歷
履生卒丘墓. 兩者各有所偏, 合之而後, 始可成其全. 此錄, 盖得
其意者也. 間有用史傳補遺法, 傳聞瑣語 必採而載焉, 作者之志, 勤矣.
噫! 一家之積天下也. 苟家皆聯宗黨, 虔烝嘗, 徵文獻, 守訓戒, 天下自
平, 其所關係, 豈不大與? 余覽此而有所感者, 大明宗正睦㮨, 號西亭者,
被服儒素, 覃精經術, 碩燻孔炎, 多煃用晦, 謀棹鬱儀, 諸人, 皆以文學著,
又皆隆萬啓禎間人. 而與芝峯分沙東州混泉諸公同時, 盖我國文治之盛,
彷彿皇朝, 而天潢璿派, 兩相輝映, 於戲休哉!

63. 『동사회강보』 발문 _{東史會綱補跋}

우리나라 역사에 다시 무엇을 일삼을 만한 것이 있는가? 『통감
(通鑑)349)이 있고, 『제강(提綱)』350)이 있고, 『회강(會綱)』351)이 있

년 만에 죽었다. 그의 사위 중에 이옥과 윤두서가 있다.

347) 천황(天潢) : 여기서는 임금의 후예라는 뜻.

348) 선파(璿派) : 왕실에서 갈려 나온 각 지파(支派). 천황과 선파는 거의 같은 뜻이니 이 문장에 열거된 사람 중에 왕실의 후예가 되는 두 사람을 가리킨 것일 것이다.

349) 통감(通鑑) : 서거정(徐居正) 등이 신라에서 고려 때까지의 역사 사실을 모아 편찬한 책이다. 편년체(編年體)로 되어 있다.

350) 제강(提綱) : 유계(兪棨, 1607~1664)가 편찬하였다.

351) 회강(會綱) : 임상덕(林象德, 1683~1719)이 저술한 우리나라 삼국(三國)의 건국(建國)부터 고려(高麗) 공민왕대(恭愍王代)까지의 편년 사서(編年史書). 뒤에 이루어진 『동사강목(東史綱目)』이 이 책을 많이 인용하고 있는 것으로 보아, 안정복(安鼎福)의 역

으니, 거의 구비되어 있는 셈이다. 지금 조씨(趙氏)가 붓을 댄 것은 보충한 것일 따름이다. 그러나 조화(造化)도 오히려 보충해야 완성되는 것이니, 하물며 그 나머지 것임에랴. 아! 뜰에 연못을 파면 물고기와 새우가 여기에 생기는 것이니, 천지(天地)의 사이에 어찌 오랫동안 인류(人類)가 없겠는가? 개벽(開闢)으로부터 무진(戊辰)352)년에 이르기까지 반드시 군장(君長)과 백성이 있었을 것이다. 그 황당하고 괴이한 설(說)과 같은 것은 고묘(古廟)에서 신선을 만났다는 것353)과 촌 무당이 난리를 내리게 했다는 것들이다. 그러므로 산삭하여 간략하게 남김으로써 옛날 사람들이 의심스러운 것을 전하는 뜻을 부쳤다. 중간에 여탈(與奪)하고 포폄(褒貶)한 것은 법은 엄하나 뜻은 혼후했으니 보는 자들은 마땅히 스스로 알아야 할 것이다.

復何事於東史哉? 有通鑑焉, 提綱焉, 會綱焉, 幾乎備矣. 今趙氏所筆者, 補而已. 然造化猶須補成, 矧其餘哉. 噫! 鑿池於庭, 魚蝦生焉. 天地之間, 豈久無人類也? 自開闢至戊辰, 必有君長人民也. 若其荒怪之說, 則猶古廟之會眞, 村巫之降亂. 故刪而略存之, 以附古人傳疑之旨. 而中間與奪褒貶, 法嚴而意厚, 覽者, 當自知之.

사서술에 많은 영향을 끼친 것을 알 수 있다.

352) 무진(戊辰): 요임금이 왕위에 올랐을 때를 이른다.

353) 회진(會眞): 신선을 만나다. '진(眞)'은 진인(眞人), 즉 신선을 말함.

64. 경졸당기[354] 景拙堂記

처신함에는 약삭빠르고, 벗을 사귐에는 얼굴로 사귀고, 말은 밀랍과 같으며, 시문(詩文)은 남의 것을 흉내 내기만 하지만, 기용(器用)과 복식(服食)에 이르러서는 신이(新異)하고 기묘(奇妙)하여 무엇이라 이름 붙여 형상할 수 없을 정도이다. 심한 자는 천지조화가 혹 공교로움을 다하지 못했다고 못마땅하게 여겨 조화옹과 공교로움을 다투려고 하는 것이 극에 이른다. (이렇게 되면) 그 형세는 졸(拙)로써 받지 않을 수 없게 되는 것이니 한 번 졸(拙)하게 되면 백 가지 공교함이 쉬게 되어, 마음이 편하고 몸이 태연하게 된다. 나의 친구 신처사(申處士)는 이 때문에 겸(謙)괘로 자목하여[355] 손(巽)괘로 들어가고[356] 간(艮)괘로 멈춰서[357] 둔(遯)괘로 숨은 자이니[358] 실로 처사(處士)가 입명(立命)하는 부절이다.

아! 빠른 것은 해로움을 사게 되고, 지혜는 걱정을 사게 된다. 그러므로 산 원숭이는 화살을 맞고 앵무새는 갇히게 된다. 또, 까치의 둥지에 비둘기가 살고[359] 벌꿀을 사람들이 달게 여기니[360] 마땅히 선택하는

---

354) 이헌경(李獻慶)의 『간옹집(艮翁集)』에는 같은 제목의 글이 남아 있다. 혜환이 밝힌 신처사(申處士)는 이헌경의 글에 따르면 서원(西原) 신혜길(申惠吉)인데 구체적으로 상고할 수는 없다.

355) 겸(謙)괘로 자목하다[謙牧] : 자신의 처신을 겸손으로 한다는 뜻이다. 『주역』「겸괘(謙卦)」 '초육상(初六象)'에 "겸손하는 군자는 낮춤으로써 스스로를 처신한다[謙謙君子 卑以自牧也]"라 했다.

356) 손(巽)괘로 들어간다[巽入] : 겸손해야만 받아들여진다는 뜻이다. 『주역』「손괘(巽卦)」 '정전(程傳)'에 여행할 때의 예를 들어 "겸손해야만 받아들여진다"라고 했다.

357) 간(艮)괘로 멈춘다[艮止] : 멈출 때가 되면 멈춰야 한다는 뜻이다. 『주역』「간괘(艮卦)」 '단사(彖辭)'에 "간은 멈춘다는 뜻이니 멈춰야 할 때는 멈춰야 하고 가야 할 때는 가야 한다[艮止也 時止則止 時行則行]"라고 했다.

358) 둔(遯)괘로 숨는다[遯藏] : 물러나서 숨어야 할 때는 숨어 살아야 한다는 뜻이다. 『주역』「둔괘(遯卦)」 '정전(程傳)'에 "둔이라는 것은 물러난다는 것[遯者退也]"이라 했으니 여기서의 장(藏)은 퇴(退)와 같은 뜻이다.

359) 작소구거(鵲巢鳩居) : 『시경』「소남(召南)」 '작소(鵲巢)'에 "까치가 둥지를 틀었는데,

바를 알아야 할 것이다. 내가 들으니 졸재선생(拙齋先生)361)은 곧 신씨(申氏)의 태산(泰山)으로 마땅히 우러러야 할 사람이다. 처사는 거처가 그 조두(俎豆)하는 장소에 가깝기 때문에 경졸당(景拙堂)이라 이름 지어서 그 서로 부합되는 것을 구하였다. 여러 군자들이 만약에 준재(駿才)와 기변(琦辯)362)을 자부하여 박소(朴素)하고 정묵(靜默)한 것을 불안하게 여기는 사람은 청컨대 이 당 앞을 지나지 말지어다.

行己則輗, 交友則面, 言辭則蠟, 詩文則贋, 以至於器用服食, 新異奇妙, 不可名狀. 甚者, 病天地造化之或未盡工, 欲與之爭巧, 極矣. 其勢不得不受之以拙, 一拙而百巧息, 心逸而身泰. 吾友申處士, 以之謙牧而巽入, 艮止而遯藏者, 實處士, 立命符也.

噫! 捷賈害彗賈憂. 故山狙射隴鳥鎮. 且鵲巢鳩居, 蜂蜜人甘, 宜知所擇矣. 吾聞之, 拙齋先生, 卽申氏之泰山, 所當仰止者. 而處士之居, 近其俎豆之所, 故名堂曰 : "景拙." 以求其相契. 諸君子, 如有負駿才琦辯, 不安於朴素靜默者, 請無過此堂.

뻐꾸기가 사는 도다[維鵲有巢]"라 했다.
360) 벌꿀을 사람이 달게 여긴다[蜂蜜人甘] : 지혜는 걱정을 산다[彗賈憂]는 말을 예증(例證)한 것.
361) 신식(申湜, 1551~1623) : 조선의 문신. 본관은 고령(高靈). 자는 숙지(叔止), 호는 용졸재(用拙齋)·임곡(臨谷). 성운(成運)·이황(李滉)의 문인. 1590년 집의(執義)로 있을 때 정여립(鄭汝立)의 일파라는 탄핵을 받고 곤양(昆陽)에 유배되었다 1592년 혐의가 풀려 다시 집의가 되었다. 학식이 높고 특히 예악(禮樂)에 밝았다. 만년에는 고향에서 학문 연구와 저술에 정진하였다. 저서에 『가례언해(家禮諺解)』·『의례고증(疑禮攷證)』 등이 있다.
362) 기변(琦辯) : 기사(琦辭)와 같다. 기이(奇異)한 말. 기(琦)는 기(奇)와 통용한다.

65. 조성능이 계능으로 자를 바꾼 일에 대한 설 ^{趙聖能改字季能說}

[譯 옮김] 그대의 자(字)는 성능(聖能)으로 자신이 이렇게 일컬었고 다른 사람도 이렇게 부른 지가 오래되었다. (그런데) 지금 갑자기 자를 계능(季能)으로 바꾸면서 "성(聖)은 공자께서도 자처하지 않으셨거늘 내가 어찌 감히 자처할 수 있는가?"라고 했다. 아! 이것이 바로 양지(良知)와 양능(良能)이 겸해져 있는 것이니, 성인의 경지에 들어가는 동기라 하겠다. 편안하면 행하고 불안하면 버리는 것이 광명직절(光明直截)[363]한 것이니, 어찌 헤아려 생각하고 따져서[364] 제2념(第二念)을 따라 출발하는 것을 용납하겠는가? 사람이 비록 기물(器物)을 감상하는 작은 일에 있어서도 오래되면 버리기 어려운데, 하물며 좋은 달 길한 날에 영원히 보존하기를 밝게 고하였음이랴![365] 큰 용기가 아니라면 할 수 없는 일이다. 나는 이것으로 그대가 마음에 흡족하게 여기지 않는 것은 모두 서슴치 않고 없앤다는 것을 알았으니, 이와 같다면 신령스러운 구멍이 노출되고 원체(原體)가 회복되어 스스로 능하기를 구하지 않아도 능하게 될 것이다. 말에 이르기를 "봉래산 가는 길은 많이 없고, 단지 짚은 지팡이 앞에 있다"[366]고 하였다.

[원문] 子之字聖能, 己以是稱之, 人以是呼之, 久矣. 今忽改以季能曰: "聖孔子不居, 吾敢居之?" 噫! 此卽良知而良能該焉, 入聖之機也. 安則行之, 不安則去之, 光明直截, 豈容商度較量, 從第二念發邪? 人雖於器玩之微, 久則難舍, 矧令月吉日, 昭告永保者哉. 非大勇, 不能也. 吾以

---

363) 광명직절(光明直截) : 환하게 밝으며 간단하고 명백하다.
364) 교량(較量) : (힘·기량 따위를) 겨루다. 대결하다. 경쟁하다는 등의 뜻이 있다.
365) 자(字)를 고친 것을 좋은 달, 좋은 날을 잡아 가묘(家廟)에 고유(告由)했다는 뜻이다.
366) 담초(譚峭), 「대언시(大言詩)」에 "線作長江扇作天, 靸鞋抛向海東邊. 蓬萊信道无多路, 只在譚生拄杖前"이라고 했다. 우리가 가야 할 길은 먼 데에 있지 않고 가까운 데에 있다는 비유일 것이다.

此知子之凡不慊於心者, 盡決去不疑, 如是則靈竅露, 原體復, 自不蘄能而能矣. 語曰: "蓬萊無多路, 只在拄杖前."

66. 조이수 생전 趙頤叟生傳

조이수(趙頤叟)는 이름이 학량(學良)이요 자는 계능(季能)이요 따로 태화료(太和寮)라고 자호하였다. 가림(嘉林)[367] 사람이다. 기이한 꿈에 감응하여 태어났는데, 태어나니 오른 팔뚝에 무늬가 있었다. 성품은 도타우면서도 민첩하였다. 어려서 소학을 배우고 이미 사문(斯文)이 있음을 알았다. 점점 자라서는 스승을 좇아 도를 배우니, 혹 비바람이 길에 가득하고 서리 달이 나무에 걸렸어도 왕래하며 강론하기를 그치지 않았으므로 스승이 몹시 중히 여겼다. 힘써 최상의 제1등이 되기를 힘썼다. 재상이 이를 불러 경사(經史)의 뜻을 변석케 하자 당시 학문하는 선비가 많이 그를 추대하였다.

사이 사이에 박사가(博士家)의 말을 다스려서 여러 번 과거에 급제하여 거의 준걸스럽게 되었다가 다시 막히자, 탄식하며 말하였다. "한 번 급제한 것이야 남한테 양보하더라도, 어찌 천추를 남에게 양보 하리오?"라고 하였으며, 또 말하기를 "지극히 크고 지극히 공변된 것은 리(理)이다. 리(理)가 사람의 몸에 떨어지면 성(性)이 된다. 만약 작아서 치우치면 이는 사람됨을 저버리는 것이다. 처음에 내가 보니 성인은 너무 높아서 좇고자 해도 길이 끊겼었는데, 이제야 그 배울 수 있음을 깨달

---

367) 가림(嘉林): 조선 시대 임천군(林川郡)의 옛 이름. 현재 충청남도 부여군의 임천면, 장암(場岩)면, 세도(世道)면, 양화(良化)면, 충화(忠化)면, 남면(南面)을 포함한 지역임.

왔다. 어이 일곱 자의 몸뚱이를 가지고 과거 시험에 얽매여서 풀더미의 개미로 썩겠는가?"라고 했다. 일찍이 보니 그 선함을 좋아하고 이룸을 즐거워하였으며, 사사로움이 없고 욕망을 부리지 않았으니 한갓 말뿐이 아니라는 것을 보게 되었다. 스승께서 돌아가시자 대공복(大功服)368)을 입었고, 벗이 죽자 마복(麻服)을 걸쳤으니 사람들이 그 의를 높이 평가하였다. 내행이 더욱 독실하여 어버이를 섬김에는 애경(愛敬)이 다함께 지극했으며 집을 다스림에는 절제가 있었고, 의복과 음식은 검약함에 힘썼다. 저서에 『독역차의(讀易箚疑)』와 『동사회강보(東史會綱補)』 및 시문 약간 권이 있었으니, 그 학업은 뒤에 헤아릴 수가 없을 것이다. 그를 이수(頤叟)라고 일컬음은 또한 스승이 지어 준 것이라 한다.

야사씨(野史氏)는 말한다. "사람이 되어 사람을 알지 못하면 사람이 아니다. 사람을 알지 못하면 자기 보기를 길 가는 사람과 같이 하는 것이다. 이는 생각건대 경양(涇陽) 고헌성(顧憲成)369) 선생(先生)이 「식인설(識人說)」을 지어서 이를 깨우치신 까닭이다. 조이수 같은 이는 사람을 알려고 하는 자이다. 공자께서 '인(仁)이란 인(人)이다'370)라 하셨으니, 인(仁)을 안다함은 곧 사람을 아는 것과 같으니, 일찍이 손가락 하나만큼

---

368) 대공복(大功服) : 친족의 상복(喪服)인 오복(五服)의 복제(服制) 가운데 세 번째. 대공이란, 종형제(從兄弟), 자매(姉妹), 중자부(衆子婦), 중손(衆孫), 중손녀(衆孫女), 질부(姪婦)와 남편의 조부모(祖父母), 남편의 백숙부모(伯叔父母), 남편의 질부(姪婦)의 장례 때에 삶아 익힌 올이 굵은 베로 상복을 만들어 아홉 달 동안 입는 복제.

369) 고헌성(顧憲成, 1550~1612) : 중국 명나라 말의 학자. 호는 경양(涇陽)이다. 장거정(張居正)에게 반대한 정의파 관료에 속하였으며, 셋째 황자(皇子)를 편애하여 장자 상락(常洛 : 光宗)의 태자(太子) 책봉을 연기하려는 신종(神宗)의 처사에 반대하다가 면직, 고향으로 내려갔다. 무석(無錫)에 동림서원(東林書院)을 설립하고, 초야의 동지들과 강학 활동(講學活動)에 전념하였으며, 강한 실천적 의욕으로 정치 문제를 논하여 조야(朝野)에 큰 영향을 주었다. 이때 성립된 것이 동림당(東林黨)으로 그 지도자가 되었으며 이것은 명나라 멸망의 한 원인이 된다. 주자학으로써 양명학(陽明學) 말류(末流)의 폐단을 바로잡으려 하였다.

370) 인자함이란 사람 노릇을 하는 것이다[仁者人也] : 『중용(中庸)』「주자장구(朱子章句)」에 "仁者人也, 親親爲大, 義者宜也, 尊賢爲大, 親親之殺, 尊賢之等, 禮所生也"라고 했다.

의 간격도 없는 것이다.”

원문

趙頤曳名學良, 字季能, 別自號太和寮. 嘉林人. 感異夢而生, 生而右臂有文. 性惇敏. 幼受小學, 已知有此事. 稍長, 從師學道, 或風雨載塗, 霜月在樹, 往來講論不輟, 師甚重之. 勉以最上第一等. 大相有邀之, 辨析經史旨義, 一時學問之士, 多推焉.

間治博士家言, 累登賢書, 幾雋復格, 歎曰: “縱一第讓人, 豈千秋讓人?” 又曰: “至大而至公者, 理也. 理落人身爲性. 若小而偏之, 是負爲人也. 始吾觀聖人太高, 以爲欲從路絶, 今覺其可學也. 奈何以七尺, 帖括錮而卉蟻朽哉?” 嘗見其好善而樂成, 無私而不欲, 盖不徒言也. 師喪大功, 友歿加麻, 人高其義. 內行尤篤, 事親愛敬俱至, 理家有制, 衣服飲食, 務從儉約. 所著有『讀易箚疑』・『東史會綱補』及他詩文若干卷, 其業後未可量也. 其稱頤曳, 亦師之所命云.

野史氏曰: “爲人而不識人, 非人也. 不識人, 視己與路人同. 此顧涇陽先生所以作「識人說」以曉之者也. 若趙頤曳, 是求識人者. 孔子曰: ‘仁者人也’, 識仁卽識人, 曾無一指隔也.”

67. 조이수상찬 趙頤曳像贊

번역/옮김

내가 날마다 자네를 마주해도 자네의 모습은 살피지 않고서 던지 마음으로 비추이 보았을 뿐이니 또 어찌 이 초상화가 그대 모습과 서로 닮은 줄을 알겠는가? 호생(好生)을 일러 인(仁)이라 하고, 미요(未澆)371)를 두고 박(朴)이라 하니 이것이 그대의 본래 면목이로다.

吾日對君, 不省君貌, 只以心照, 又何知此像之與君相肯? 好生曰仁, 未澆曰朴, 是乃君之本來面目

68. 『음양기상』[372]에 쓰다 題陰陽奇賞

 음양(陰陽)의 범위 내에 있는 것은 모두 거둔다. 그러나 다시 음양(陰陽)에서 벗어나는 것은 아마 수록을 청종(聽從)하지 않을 것이다.

 陰陽所圍者, 率皆收之. 然復有出陰陽者, 恐不聽收也.

69. 『구암유고』서문 龜巖遺稿序

 집이 남향을 하고 있는데 문을 설치하지 않았으니 공은 곤궁한 분이다. 벼루가 뚫어지려 할 때까지 빈용(賓龍)이 뛰지 않았으니[373] 공은 끝장이 난 것이다. 이제 남긴 것은 이 한 권인데 이 한 권

---

371) 미요(未澆): 경박(輕薄)하지 않은 것.
372) 음양기상(陰陽奇賞): 어떤 사람의 작품이름일 것인데 음양의 이치에 관한 기이한 감상(感賞) 또는 감상(鑑賞)이란 뜻으로 붙인 이름으로 보인다.
373) 빈용이 뛰지 않았다[賓龍不躍]: 이 문구는 『주례(周禮)』의 "향삼물(鄕三物: 六德 ·

은 긴긴 밤중에 짧은 등불 밑에서 심혈(心血)과 안광(眼光)을 다하여 이루어진 것이 아니라, 관로(關路)와 수정(水程)[374]에서 풍혼(風魂)과 월수(月髓)를 말발굽과 돛의 그림자 사이에 당겨서 취한 것이다. 그중에 성사능(成士能)[375]에 대해 만시를 지은 것은 곧 자만시(自挽詩)였고, 양공추(梁公樞)[376]에 대해 제문을 지은 것은 곧 자제문(自祭文)이었으니 이른바 자신을 남에게 투사(投射)시킨 것이다. 공이 태어나면서부터 일찍이 지혜로워서 문기(文氣)가 가슴과 손가락에 깃들었다. 재능은 충분히 몇 사람이 나누어 쓸 수 있을 정도였으나, 자기 한 몸도 가리지 못하였으니 매우 서글프다. 천거할 만한 행적이 있는데도 천거하지 않는다면 곧 당시의 유사(有司)의 과실이고, 또 알릴 만한 것이 있는데도 알려지지 않게 한다면 또한 후인의 책임이다. 그러므로 이 서문을 짓는다.

方有南而無所置門, 公其窮矣. 硯欲穿而賓龍不躍, 公其已矣. 今所遺此一卷, 而一卷者, 非長夜短檠心血眼光之所成, 卽關路水程, 攬取風魂月髓於馬蹄帆影之間者也. 其中挽成士能, 卽自挽詩, 祭梁公樞卽自祭文, 所謂通人於己者也. 公生而夙蒘, 文氣棲其胸指. 才足分數人, 而不能蔭一身, 可悲也已. 夫有可擧者, 而不能擧, 卽當時有司之過也, 有可聞者, 而不使聞, 亦後人之責也. 故爲之序.

六行·六藝로 만민을 가르쳐서 빈으로 일으킨다(以鄕三物 敎萬民而賓興之)"라고 한 문구의 빈(賓)과 『주역(周易)』 「건괘(乾卦)」 '초구(初九)'의 잠룡(潛龍)의 용(龍)과 동 '구사(九四)'의 혹약재전(或躍在田)의 약(躍)을 불약(不躍)으로 고쳐서 복합(複合)한 말로서 "손님으로 일으킨 용이 뛰지 못했다"는 말이니 과거(科擧)에 급제(及第)하지 못했다는 뜻으로 쓴 것이다.

374) 관로(關路)와 수정(水程) : 관로(關路)는 육로(陸路)이며 수정(水程)은 뱃길이다.
375) 성사능(成士能) : 미상.
376) 양공추(梁公樞) : 미상.

70. 정석치의 「이조도」에 쓰다 ^{題鄭石癡異鳥圖}

 몇 해 전에 길에서 본 것을 그렸는데 털이 그다지 산뜻하지 않다. 이는 분명 만물을 머금어 간직함을 맡은 자가 기록함이 있을 것이다.

 幾年前, 於路見者寫之, 不爽毫毛. 是定有記含藏物之司者也.

71. 강^姜씨의 어머니 이태부인^{李太夫人} 수서^{壽序} ^{姜母李太夫人壽序}

영조 52년 병신(丙申, 1776)은 용안(龍安)³⁷⁷⁾ 현령 강세동(姜世東)³⁷⁸⁾ 성표(聖表) 군의 어머니 이태부인(李太夫人)께서 91살이 되는 때이다. 그런데 군은 아우 세남(世南)³⁷⁹⁾ 성초(聖初)와 나이로 모두 기로에 올랐으니 성대한 일이다. 처음 태부인(太夫人)이 강씨(姜氏)의 며느리가 되었을 적에 현숙하고 효성스럽다고 일컬어졌으며 남편을 도와서 진사에 급제하게 하였다. 중년에 남편의 상사를 당하였는데 자식은 어리고 집은 또 가난하여 강씨(姜氏) 가문의 시서(詩書)의 업(業)이 거의

---

377) 용안(龍安) : 옛 전라도(全羅道)의 현명(縣名). 현 전북 익산군(益山郡)의 용안면(龍安面)에 해당함.
378) 강세동(姜世東, 1714~?, 진사) : 자는 성표(聖表). 부친은 강필문(姜必文).
379) 강세남(姜世南, 1717~?, 진사) : 자는 성초(聖初), 생부는 강필문(姜必文), 부친은 강필명(姜必命).

쇠퇴하게 되었다. 그러자 대부인(大夫人)은 여러 고아들을 데리고 비 내리는 새벽이나 등불 켜 논 밤에도 공부를 차근차근 하도록 권하였으며, 또 스스로는 베 짜기를 부지런히 하여, 주예(酒醴)를 정성스럽게 장만하여 빈객을 접대하고 제사를 정성스럽게 모셨다. 그 마음은 항상 조용하고 느긋하였으며 넉넉하고도 여유가 있었다. 몇 번의 곡절을 겪고 몇 년의 세월이 지나, 성표(聖表) 형제(兄弟)는 배움이 넉넉하여 벼슬에 올랐다. 태부인(太夫人)은 황구(黃耉)380)를 넘어 백수(白壽)에 들게 되어서 맛있고 부드러운 봉양과 향지(鄕趾)381)의 예(禮)를 갖추어 받았으니 이것은 하늘의 뜻이었고, 또한 사람이 할 일인 것이다. 비록 그러나 또 필요한 것이 있다. 성표(聖表)가 임하는 고을에는 백성이 있었으니, 성표(聖表)가 진실로 어머니는 자식을 키우려고 하고 성공한 자식은 어머니를 편안히 모시려고 하는 것을 알아서 방해하지 않는다면 그가 받을 송축과 길한 경사는 끝이 없을 것이니, 지금의 90살은 충분히 태부인의 장수라고 할 것이 없는 것이다.

上之五十二年, 丙申, 龍安令姜君世東聖表之母, 李太夫人, 壽九十有一. 而君與弟世南聖初, 年皆登耆, 盛矣. 始太夫人, 婦於姜, 以賢孝稱, 佐夫成名進士. 中遭夫諱, 子幼, 家又貧, 姜氏詩書之業幾墜. 大夫人挈諸孤, 晨雨宵燈, 勸課有程, 而又自勤機杼, 潔酒醴以供賓祭. 其心常靜而遲, 裕而有餘. 歷幾平陂幾寒暑, 而聖表兄弟, 學優而仕. 太夫人踰黃耉, 入期頤, 備受甘毳之養, 鄕趾之禮, 此天也, 亦人也. 雖然且有需者. 聖表所莅之邑, 有民人焉. 聖表誠能知, 母皆欲成子, 成子皆欲安母, 而勿擾之, 則其所來頌祝, 而延吉慶者, 將無涯矣, 今之九十, 又不

---

380) 황구(黃耉): 사람의 나이가 많아지면 머리털이 누르스름하게 변하는 데에서 생긴 말이다.

381) 향지(鄕趾): 향하(鄕下)라는 말로 쓴 것 같다. 향하는 도시(都市) 밖의 지역이란 뜻이니, 시골 또 고장이란 말이다. 이부인은 가정의 봉양뿐 아니라 그 고장의 경로잔치도 받은 것일 것이다.

足爲太夫人壽也.

72. 이영규^{李永達}의 자^字 신유^{慎由}에 대한 설 ^{李永達字慎由說}

[옮김] 이씨(李氏)의 아들 영규(永達)의 자(字)가 신유(慎由)인 것은 어째 서인가? 규(達)는 대로(大路)이다. 추나라의 맹씨(孟氏)가 이른바 "도는 마치 큰길과 같다"382)라 한 것은 이로 말미암아 곧바로 성역으로 통달할 수 있기 때문이다. 그러나 이미 큰길이 있으면 다시 곁으로 통하는 갈래길이 있는 것이다. 만약에 한 번 잘못 가서 굽은 소로나 도는 지름길로 들어가게 되면 나오기를 구해도 될 수가 없는 것이니 발을 들어 첫걸음을 떼는 것을 삼가지 않을 수 없는 것이다. 군이 길에 오르려 한다면 마땅히 가는 노정이 있어야 할 것인데 달력에 그 말미암고 거처할 바를 기록 하여야 할 것이니 증자의 『대학』의 일부가 이것이다.

[원문] 李氏子永達, 字慎由者何? 達大路也. 鄒孟氏所謂道若大路然者, 由此, 可以直達聖域. 然旣有大路, 復有旁通之歧. 若一誤走, 轉入曲蹊回徑, 求出不得, 擧足第一步, 不可不慎也. 君欲登途, 當有行程, 曆以記其所由所經, 曾郮公『大學』一部是已.

---

382) 도는 마치 큰길과 같다[道若大路]:『맹자』「고자하(告子下)」에 "무릇 도는 큰길과 같으니 어찌 알기 어려운 것인가[夫道若大路然, 豈難知哉]"라고 했다.

73. 사헌부 장령(掌令)인 이군(李君) 묘지명 司憲府掌令李君墓誌銘

장령(掌令)인 전주 이군(全州李君)은 휘(諱)가 형준(亨俊)[383]이고 사회(士會)는 그의 자이다. 영릉(英陵, 영조)의 별자(別子)인 광평대군(廣平大君) 휘(諱) 여(璵)의 후손이다. 증조(曾祖)는 휘(諱)가 유흠(有欽)이고 조부(祖父)는 휘(諱)가 성전(性全)인데 생원(生員)이었다. 아버지는 휘(諱)가 세충(世忠)으로 의를 중히 여기고 베풀기를 기쁘게 여겼다. 어머니는 한양 조씨(漢陽趙氏)이니 첨지(僉知)인 휘(諱) 석제(錫悌)의 따님으로 내덕(內德)[384]이 있었다. 명릉(明陵) 갑오(甲午, 1714)년에 군(君)을 낳았는데, 어려서 혜탈(慧脫)하다고 지목받았다. 계축(癸丑, 1733)년에 집이 학질(虐疾)로 망할 지경이 되어 학문을 부지런히 하는 것이 아니라면 문호를 세울 수 없다고 생각하였다. 드디어 호분(呼憤)하고 독서(讀書)하니 깊은 밤 짧은 등불아래에서 그의 소리가 귀뚜라미와 함께 슬펐다. 몇 년이 지나 학업이 이루어지자 갑자(甲子, 1744)년에 문과(文科)에 올랐다. 분관(分館)하여 승문원에 예속되었다.

정묘(丁卯, 1747)년에 전적(典籍)에 오르고 호조·예조·병조 삼조(三曹)의 낭관을 거쳐서 병자(丙子, 1756)년에 마전군(麻田郡)에 수령으로 나가 정사(政事)를 다스림이 공평하였다. 계미(癸未, 1763)년에 대간으로 들어와 지평(持平)에 임명되고 갑신(甲申, 1764)년에 장령(掌令)으로 승진되었으며 병술(丙戌, 1766)년에 개성부(開城府) 경력으로 제수되었다. 개성은 재물이 모여드는 곳인데 뇌물[385]이 통하지 아니 하였으므로 사람들이 그를 칭

---

383) 이형준(李亨俊, 1714~1768): 자가 사회(士會)이다. 혜환과 이종간이다. 『정산시고』에 「贈士會先達」, 「訪士會於穆陵齋所適巡山未返獨坐口占」, 「歸路得一絶寄士會」, 「士會員外買宅城南頗有幽趣邀余共飮楓樹下盡驩而罷因次席上韻」과 『정산잡저』에 「送姨弟士會序」, 「祭李士會文」이 있다.

384) 내덕(內德): 마음속에 갖추어진 덕 또는 안 사람, 곧 아내의 덕이란 뜻이다.

385) 관절(關節): 여기서는 뇌물(賂物)이란 뜻이다.

찬하였다. 무자(戊子, 1768)년 정월 26일에 병으로 관사에서 죽어 부(府)의
남쪽인 증산리(甑山里) 모좌원에 장사를 지냈으니 치명(治命)을 따른 것이
다.

배(配)는 박씨(朴氏)이니 밀양 대성(密陽大姓)이요 동지(同知) 당(瑭)의 따
님이다. 아들은 없고 딸 한 명만 있어서 아우인 승지(承旨) 명준(命俊)386)
의 아들 재관(在寬)을 취해서 후사를 삼았으며 딸은 안동(安東) 권제언(權
濟彦)에게 출가하였다. 재관(在寬)은 참판(參判) 정언유(鄭彦儒)387)의 딸에게
장가들었다. 처음 군이 곤궁하게 지낼 때에 어떤 사람은 더러 비웃으면
서 "글은 읽어 뭐 하느냐? 춥고 굶주림뿐이다"라고 했었다. 그런데 군의
형제가 연거푸 진사에 급제해서 추어(騶御)388)가 마을에 들어서 날 듯이
달려서는 모두 떠들썩하게 되자, 지난날 비웃었던 자가 도리어 후회하
면서 말하기를 "사람은 글을 읽지 않으면 안 된다"라고 하였다.

군은 사람됨이 외모가 청상(淸爽)하였고, 수염이 길어서 옷깃에 떨치
었으며, 돌아보면 빛이 났다. 스스로 그 재주가 많다 하여 세상에 드러
냄이 있게 하려고 하였으나 병들어 중년의 몸으로 죽었으니 군자가 이
것을 애석히 여겼다. 군이 일찍이 나에게 말하기를 "형의 붓은 사람을
죽지 않게 할 수 있다"라고 하였으므로 이제 슬픔을 참으면서 군을 기록
하는 것이니 또한 군의 뜻이기도 한 것인가?

명에 이른다. "관직에 있은 지 20년이 되어도, 그 전답을 늘리지 않았

---

386) 이명준(李命俊, 1721~?)은 자가 우경(虞卿)이다. 이성전(李性全)의 아들이다. 혜환은
   그에 관한 글로 「送李虞卿出守禮州序」, 「李廷俊字虞卿說」, 「贈姨弟李虞卿序」 등을
   남기고 있다. 이병휴도 『정산시고』에 「送虞卿之迷湖」, 「贈虞卿」, 「夜枕得三絶句寄士
   通虞卿士固諸員」 등과 『정산잡저』에도 「贈姨弟李虞卿序」 등을 남기고 있다.
387) 정언유(鄭彦儒, 1687~1764) : 조선 후기의 문신. 본관은 동래(東萊). 자는 임종(林宗),
   호는 우헌(迂軒). 1721년 문과에 급제. 1748년에 경상도의 영해부사로 발탁되어 지방행
   정의 모순을 시정한 결과 왕으로부터 포상 받았으며, 1758년 왕으로부터 '정직하고 청
   렴하여 보배로운 인재'라는 칭찬을 받았다. 그의 성격은 꾸밈을 싫어하고 구차하게 화
   합하지 않고 소신대로 추진하였으며, 직언을 잘 하였다.
388) 추어(騶御) : 거마(車馬)를 모는 사람. 거마 또는 수행하는 사람을 가리키는 말이기도 함.

고, 집을 넓히지 않았도다. 그러나 사당에는 신주를 모시는 감실을 수리하고 무덤에는 묘를 표시하는 돌을 세웠도다. 선대의 전적에 있기를 신종추원(愼終追遠)이라 하고 봉선사고(奉先思考)라 했으니 이 두 가지 말은 마치 군을 위해서 이른 말 같도다."

掌令, 全州李君, 諱亨俊, 士會其字. 英陵別子廣平大君諱璵之後. 曾祖諱有欽, 祖諱性全, 生員. 考諱世忠, 重義喜施. 妣漢陽趙氏, 僉知諱錫悌之女, 有內德. 以明陵甲午生君, 幼受彗脫之目. 癸丑, 家毀於瘧疾, 君念非勤學, 無以立門戶. 遂呼愼讀書, 深宵短檠, 其聲與寒蟲共悲. 數年而業成, 甲子登文科. 分隷槐院.

丁卯陞典籍, 歷戶禮兵三曹郎, 丙子出守麻田郡, 爲政簡平. 癸未入臺拜持平, 甲申陞掌令, 丙戌除開城府經歷. 松京, 是貨賄所萃, 而關節不到, 人稱之. 戊子正月二十六日, 病卒於官, 葬于府南甑山里負□之原, 從治命也.

配朴氏密陽大姓同知瑭女. 無子有一女, 取弟承旨命俊子在寬爲嗣, 女適安東權濟彦. 在寬娶參判鄭彦儒女. 始君厄窮時, 人或姍笑, "讀書何爲? 祇寒餓耳." 迨君兄弟, 連第進士, 驕御入里, 飛走俱喧, 前日之姍笑者, 乃反自悔曰 : "人不可以不讀書."

君爲人, 骨貌淸爽, 鬒長拂襟, 顧眄燁如. 自多其才, 欲有見於世, 奪於病, 中身而沒, 君子惜焉. 君嘗謂余"兄之筆, 可以不死人." 今忍悲而志君, 亦君之意邪?

銘曰 : "爲官二十年, 畝不增屋不益. 而廟修奉主之龕, 塋立表墓之石. 先典有之, 愼終追遠, 奉先思考, 斯二言者, 若爲君道."

74. 전목재錢牧齋의 일 6가지를 기록하다 記錢牧齋事六則

[1]

전목재(錢牧齋)389)의 문장(文章)은 기개와 의리가 한 세상을 뒤엎을 만하였다. 생각으로는 독보적인 존재가 되려고 하였으나 다만 앞에 엄주(弇州)390)가 있었으니, 이는 태산(泰山)의 누름이요,391) 발해(渤海)의 삼킴이어서 계산해 보니 그와 대적할 수는 없었다. 이에 그의 무리 여러 사람과 함께 가볍고 부박(浮薄)한 탕현조(湯顯祖)392) 무리의 남은 논의를 모아서 하자를 찾고 흠터를 찾아 그를 공격하는데 온 힘을 다하였다. 그러나 전목재가 죽은 뒤 얼마 안 되어 전목재를 바로잡는 평가가 나왔다. 또, 왕세정, 전겸익의 두 문집은 모두 웅고(雄高)하고 박대(博大)함이 있으니 과연 누가 뛰어난가? 그 문인이 그것을 일컫기를 "우리 스승은 만년의 이름이 거의 엄주(弇州)와 같았다"라고 했으니 여

---

389) 전목재(錢牧齋): 전겸익(錢謙益, 1582~1664)을 말한다. 자는 수지(受之)이며 호는 목재(牧齋)이다. 그는 시문으로 당시 큰 명성을 얻어 오위업(吳偉業), 공정자(龔鼎孳)와 함께 '강좌삼대가(江左三大家)'라고 불리었다. 저서로는 『초학집(初學集)』・『유학집(有學集)』 등이 있다. 그의 시는 대부분이 응수(應酬)의 작품이 많았는데, 후기에 이르러서는 격앙된 기운이 드러나고 흥망을 감개한 작품들을 짓기도 했다.

390) 엄주(弇州): 왕세정(王世貞, 1526~1590)의 호. 명나라의 문장가. 자는 원미(元美), 호는 봉주(鳳洲). 태창(太倉) 사람. 이반룡(李攀龍)과 함께 후칠자(後七子)를 대표하는 한 사람으로 '문필진한(文必秦漢), 시필성당(詩必盛唐)'의 주장을 내세워 명나라 초기 문단의 맹주가 되었다. 저서에 『엄주산인사부고(弇洲山人四部稿)』와 『속고(續稿)』 외에 많은 저술을 남겼다.

391) 태산의 누름[泰山壓卵]: 태산압란(泰山壓卵)은 절대적인 우세로 상대방을 가볍게 보아 압도시키는 것.

392) 탕현조(湯顯祖, 1550~1617): 명나라 후기의 극작가. 자는 의잉(義仍)이고 호는 약사(若士)・옥명(玉茗)・해약(海若) 등이다. 가슴속의 뜻을 직서하여 감히 현실 정치를 비판 하였는데, 필봉이 예리하고 해학과 유머도 겸비하여 독자적인 일파를 형성하고 있다. 저서로는 『옥명당사몽(玉茗堂四夢)』 등이 있다.

론을 가릴 수 없음이 이와 같은 것이었다.

원문 錢牧齋, 文章氣義, 顚倒一世. 意欲爲獨. 而第前有弇州, 是泰山之壓, 溟渤之呑, 計無以敵之. 則乃與其徒數人, 掇拾輕俊浮薄湯顯祖輩餘論, 尋瑕索瘢, 攻之不遺力. 然身歿未幾, 正錢出焉. 且王錢兩集俱在, 雄高博大, 果孰勝也? 其門人稱之曰: "吾師晚年聲名, 幾如弇州." 公議之不可掩, 如此.

[2]

옮김 목재(牧齋)는 그 재주와 힘을 가지고 세상에서 최고가 되려고 했으나, 경술(庚戌, 1610)년의 전시(殿試)에서 장원에 한경(韓敬)[393] 이 뽑히자, 이에 한경을 질시하기를 원수와 같이 여겨 모함[構捏][394]하고 배척하여 (한경으로) 하여금 조정에서 편안히 있지 못하게 하였고, 여파(餘波)가 한경의 사우(師友)에게까지 뻗치게 하여 신해년(辛亥年)에는 경찰(京察)[395]로 탕빈윤(湯賓尹)[396] 등 여러 사람들을 축출하여 명나라 말기에 당고(黨錮)의 화(禍)를 만들었다. 아! 심하도다. 한경의 장원은 스스로의 재능으로 얻은 것이지, 애초에 탕빈윤(湯賓尹)에게 힘을 빌리지 않았으니, 당시(當時) 제현(諸賢)들의 문집에서 증명할 수 있다. 목재(牧齋)는 천

---

393) 한경(韓敬) : 절강성(浙江省) 귀안(歸安) 사람. 자는 간여(簡與)이고, 호는 지수(止修)이다. 명(明)나라 신종(神宗) 만력(万曆) 8년(1580)에 태어났으며 죽은 해는 알 수 없다. 명나라 신종(神宗) 만력(万曆) 38년(1610) 경진(庚辰)에 과거에 장원했다.
394) 구날(構捏) : 구허날무(構虛捏無)의 준말. 터무니없는 말을 만들어 내는 것.
395) 경찰(京察) : 명청(明淸) 시대 정기적으로 경관(京官)을 심사하는 제도. 명나라 때에는 6년마다 한 번씩 실시하였다.
396) 탕빈윤(湯賓尹, 1568~?) : 자는 가빈(嘉賓)이고 호는 곽림(霍林)이다. 선성(宣城) 사람이다. 벼슬이 남경국자감좨주(南京國子監祭酒)까지 이르렀다. 저서에 『수암집(睡庵集)』이 있다.

하(天下)의 사람들이 모두 눈이 없는 것으로 여긴 것인가? 또 그가 편찬한 『열조시집(列朝詩集)』[397]은 두루 뽑고 널리 거두어서, 내시(內侍)와 외국인[外夷], 용서(傭書)와 궁녀에 이르기까지 이름을 망라하지 아니 한 것이 없었는데, 유독 탕빈윤(湯賓尹)과 한경(韓敬)만을 빼놓았다. 대저 탕빈윤(湯賓尹)의 시(詩)의 높고 기이함은 명나라 300년에 있어 상대할 만한 이가 드물었는데 사사로운 감정으로 없애 버렸으니 만약에 이 사람으로 역사를 편찬케 했다면 그 여탈(與奪)[398]의 불공정함이 반드시 후세의 마음과 눈을 흐리게 했을 것이다. 그렇다면 강운루(絳雲樓)의 화재[399]는 불행한 것이 아니고 다행한 것이었다.

원문

牧齋, 負其才力, 擬魁天下, 而庚戌殿元, 乃屬韓敬, 於是, 嫉韓如仇, 搆捏擠排, 使不得安於朝, 餘波延及韓之師友, 辛亥, 京察盡逐湯賓尹諸人, 以成明季黨錮之禍. 噫! 甚矣! 韓之魁元, 自以才得, 初不借力於湯, 當時諸賢之集, 可以爲證. 牧齋以天下之人爲皆無目耶? 且其所撰『列朝詩集』, 博選廣收, 內侍外夷, 傭書靑衣, 無不竄名, 而獨遺湯韓. 夫湯詩之高奇, 有明三百年, 尟有其對, 而乃以私廢, 若使此人作史, 其與奪之不公, 必亂後世之心目. 然則絳雲一炬, 非不幸也, 幸也.

---

397) 열조시집(列朝詩集): 중국 명대의 시인 선집. 전겸익이 1652년에 펴내었다. 금나라 원호문의 『중주집』을 모방하여 편찬한 책이다. 황제로부터 외국인에 이르기까지 약 2000명에 이르는 사람들의 시를 모아 엮었다.

398) 여탈(與奪): 주는 것과 빼앗는 것. 여기서는 호평(好評)하는 것과 악평(惡評)하는 것이란 뜻으로 쓴 것이다.

399) 강운루(絳雲樓)의 화재: 그는 강운루라는 서재에 많은 서적을 소장하고 있었는데, 그중에는 송각고본(宋刻孤本)이 다수 포함되어 있었으나 화재로 소실되었다.

[3]

譯
옮김 목재(牧齋)는 『열조시집(列朝詩集)』에서 정가수(程嘉燧)[400]를 가장 인정하였고 다음으로는 이유방(李流芳),[401] 왕지견(王志堅)[402] 등 여러 사람들이었으니, 이들은 모두 전겸익에게 아첨하고 따르던 자들이다. 지금 그들의 시를 보면 산한(酸寒)하고 비루하여 탕곽림(湯霍林)에게 견주어 보면 제(齊)나라와 진(晉)나라를 주(邾)나라, 거(莒)나라[403]에 비교한 것과 같다. 그러나 탕곽림을 내치고는 정가수(程嘉燧)를 올렸으니 이 마음은 어떠한 마음인가? 『명시종(明詩綜)』[404]에서 이미 그것을 변증하여, 옛사람 또한 나의 뜻과 같은 사람이 있었으니 기쁘도다. 정가수(程嘉燧)가 일찍이 그의 아버지를 위하여 머리를 조아리며 왕세정에게 전(傳)을 구한 적이 있었는데도, 도리어 목재(牧齋)에게 붙어서 왕세정을 공격

---

400) 정가수(程嘉燧, 1565~1644) : 명나라 때의 시인이다. 자는 맹양(孟陽)이며 호는 송원(松圓), 휴녕(休寧)이다. 그의 시는 풍격이 소박하고 구어(口語)를 즐겨 사용하여, 스스로 일가(一家)를 이루었다. 저서에는 『낭도집(浪淘集)』이 있으며 사삼빈(謝三賓)이 편찬한 『가정사선생집(嘉定四先生集)』에 정가수가 들어 있다.

401) 이유방(李流芳, 1575~1629) : 명나라 때의 문인이자 화가. 자는 장형(長衡)이고 호는 포암(泡庵), 신오거사(愼娛居士). 성품이 강직하여 권세가에 아부할 줄 몰랐으므로 위충현(魏忠賢)이 생사(生祠)를 건설하였는데 참배하지 않았다. 그의 시는 대부분 경물시나 응제시(應製詩)이나 풍격이 질박하고 자연스러웠다. 저서로 『단원집(檀圓集)』이 있다.

402) 왕지견(王志堅, 1576~1633) : 강소성(江蘇省) 곤산(崑山) 사람. 자는 약생(弱生)이라고 했다가 다시 숙사(淑士)라고 고쳤으며 또한 문수(聞修)라고도 했다. 만력(萬曆)에 진사(進士)에 합격하고 남경(南京) 병부주사(兵部主事)에 제수되었다. 시문(詩文)은 당송(唐宋)을 법삼았으며 일찍이 『학산당인보(學山堂印譜)』·『승청관인보(承淸館印譜)』를 만들고 서문을 지었다.

403) 주거(邾莒) : 춘추 시대(春秋時代)에 있었던 두 작은 나라의 이름. 북위(北魏) 때 양형지(楊衡之)의 『낙양가람기(洛陽伽藍記)』 「정각사(正覺寺)」에, "羊者是陸産之最, 魚者乃水族之長. 所好不同, 並各稱珍. 以味言之, 甚是優劣 : 羊比齊魯大邦, 魚比邾莒小國"이라 했다.

404) 명시종(明詩綜) : 청나라 주이존(朱彝尊) 편선. 총 100권. 편자는 찬집 의도를 "국사(國史)의 의(義)를 취하여, 이것을 보는 자로 하여금 득실의 연유를 밝힐 수 있게 함이다"라고 했다. 전집은 명초로부터 명이 망한 후의 유민에 이르기까지 3,400여 명의 작품을 선록하고 있고, 작가의 소전 및 제가의 평론을 수록하고 있다. 또 시화가 부록되어 있다.

하는 것을 도왔으니, 그 사람됨을 알 만하다.

 牧齋『列朝詩集』中, 最與程嘉燧, 次則李流芳王志堅諸人, 此皆其阿好朋比者. 今觀其詩, 酸寒寡陋, 比之於湯霍林, 則齊晉之於邾莒. 然黜湯而登程, 此心何心?『明詩綜』已辨之, 古人亦有同我意者可喜. 且嘉燧, 嘗爲其父, 搏顙乞傳於弇州, 而反附牧齋, 助攻弇州, 其人可知.

[4]

 전겸익이 받들어서 왕세정에게 대항한 것은 귀희보(歸熙甫)이다.405) 귀희보406)의 시문(詩文)은 왕세정의 문인(門人)인 진계유(陳繼儒),407) 호응린(胡應麟)408)보다도 수준이 많이 떨어진다. 목재(牧齋)는 이 도(道)409)에서 늙은 사람인데, 어찌 능히 그 까닭을 알지 못했으리오

---

405) 이 문구의 뜻은 왕세정을 내려치기 위하여 귀유광을 치켜세웠다는 뜻이다.
406) 희보(熙甫): 귀유광(歸有光, 1506~1571)의 자. 명나라 때 문인. 호는 진천(震川). 20세 때『육경(六經)』·『삼사(三史)』및 당송팔대가(唐宋八大家)의 글을 비롯해 남송(南宋)과 북송(北宋)의 철학에 능통했다. 서정이 풍부하고 정채(精彩)가 나는 그의 문장에서 당송(唐宋) 이래의 고문(古文)이 전개되어 청대(淸代)의 동성파(桐城派)에 큰 영향을 미쳤다. 그는 왕세정(王世貞)을 "망령되고 용렬한 거두"라고 배척했다. 저서로는『진천집(震川集)』이 있다.
407) 진계유(陳繼儒, 1558~1639): 명나라 때의 문인이자 서화가. 자는 중순(仲醇). 호는 미공(眉公). 미공은 시에 능하고 문장을 잘 지었는데 짧고 깨끗한 소사(小詞)는 비교적 고상하고 아름다운 멋이 있었다. 저서로『진미공집(陳眉公集)』·『보안당비급(寶顔堂秘笈)』등이 있다.
408) 호응린(胡應麟, 1551~1602): 자는 원서(元瑞) 또는 명서(明瑞), 호는 석양산(石羊山), 소실산인(少室山人)이라 했다. 여러 차례 과거에 실패하자, 산속에 집을 마련하고 만여 권의 책을 사 모아 저작에 힘썼다. 그의 문학 주장은 칠자(七字)의 여풍을 계승했으며, 『시수(詩藪)』는 대체로 왕세정(王世貞)의『치언(巵言)』을 준칙으로 삼아 약간 변화를 가하여, 격조(格調)에서 신운(神韻)으로 중심을 옮겼다. 저서로는『시수(詩藪)』·『소실산방유고(少室山房類稿)』·『소실산방필총(少室山房筆叢)』등이 있다.

만은 세상을 속이고 사람을 업신여긴 것이다. 만약에 왕엄주가 지은 「희보상찬(熙甫像贊)」[410]으로 결론[411]을 짓는다면 적이 '노팽(老彭)에 비유한다'는 한 마디의 말[412]을 또한 노팽(老彭)을 높인 증거로 삼을 수 있겠는가?

원문

牧齋之所奉, 以抗王氏者, 是歸熙甫. 歸之詩文, 出王氏門人陳仲醇胡元瑞下遠甚. 牧齋老於此道者, 豈不能知所以然者, 欺世無人也. 若以弇州所撰熙甫像贊爲斷安, 則竊比老彭之一語, 亦可執以爲右老之證耶?

[5]

역·원

목재(牧齋)는 일찍이 왕사임(王思任)[413] 계중(季重)의 시문(詩文)을 비난했다. 그러나 계중(季重)의 산수(山水)에 관한 문장은 특별한 수안(手眼)에서 나왔으니 진실로 천고(千古)의 절조(絶調)로서 목재(牧齋)의 황산(黃山)에 대한 유기(遊記)에 비교할 수 있는 것이 아니다. 또 목재(牧齋)는 역적인 마사영(馬士英)[414]의 무리인 완대성(阮大鋮)[415]을 빠뜨

---

409) 이 도[此道] : 여기서는 시도(詩道)를 가리키는 것이니 시학(詩學)이란 뜻이다.

410) 희보상찬(熙甫像贊) : 희보(熙甫), 곧 귀유광(歸有光)의 초상화에 대한 왕세정의 찬을 말한다.

411) 단안(斷安) : 단안(斷案)과 같은 말. 안(安)은 안(案)과 통용한다. 결론(結論)이란 뜻이다.

412) 『논어(論語)』「술이(述而)」에 "공자께서 말씀하기를 조술(祖述)은 하여도 창작(創作)은 않으며 믿고 옛 것을 좋아하는 것을 적이 우리 노팽에게 견준다[子曰, 述而不作, 信而好古, 竊比於我老彭]"라 했다.

413) 왕사임(王思任, 1574~1646) : 명나라 때의 문인. 자는 계중(季重), 호는 학암(謔庵). 청나라가 침범하자 단식하다 죽었다. 시는 소박하고 자연스러웠고, 그의 성품이 해학을 즐겼으므로 문장에도 항상 곧은 말을 하면서 조금도 꺼리지 않았다. 일찍이 마사영(馬士英)에게 서신을 보내 꾸짖은 일은 당대 사람들이 통쾌하게 여겼다. 그의 작품에서 특히 유기(游記)가 훌륭하다. 저서에 『학암문반소품(謔庵文飯小品)』이 있다.

414) 마사영(馬士英, 約 1591~1646) : 명청(明淸)이 교체할 때에 귀주(貴州) 귀양(貴陽) 사

릴 수 없어서 그의 시를 『열조시집』 중에 수록하였다. 그런데 왕사임은 마사영을 토벌하자 상소하였고, 또 사영(士英)에게 편지를 주어 죄를 따졌으므로 사영(士英)이 두려워서 감히 들어오지 못하였다. 또 청나라 군대가 남경을 함락시키자 계중(季重)은 절개로 죽었으니 목재(牧齋)가 '옷깃을 제거한 옷[去領服]'을 입었다가 당시 사람들에게 웃음을 산 일과 견준다면 어떻겠는가?

牧齋, 嘗譏王思任季重之詩文. 然季重山水之文, 另出手眼, 實千古絶調, 非牧齋黃山諸記, 所能比也. 且牧齋不能捨馬賊士英之黨阮大鋮, 收其詩於『列朝詩集』中. 季重則上疏討士英, 又移書士英, 數其罪犯, 士英懼不敢入. 又淸兵破南都, 季重死節, 視牧齋服去領之衣, 爲時人所笑者, 何如哉?

[6]

목재(牧齋)가 평소에 절의(節義)로서 스스로 명분(名分)을 세워 말이 청인(淸人)에게 미치면 반드시 놈들이라 했다. 그런데 만년에 왕영길(王永吉)과 왕탁(王鐸)416)의 묘지(墓誌)를 지을 때 '황청(皇淸)'이

람이다. 자는 요초(瑤草)이고 만력(萬曆) 연간에 진사(進士)가 되었다. 명나라가 망한 후에 강북(江北)의 4병진을 연합해서 복왕(福王)을 옹립하여 감국(監國)할 제 동각대학사(東閣大學士) 겸 병부상서(兵部尙書)로 승진하였다. 독단적으로 권세를 누리다가 내부 투쟁에 바빴으므로 양주(揚州)가 함락되게끔 하였다.

415) 완대성(阮大鋮, 1587~1646) : 명나라 때의 문인. 자는 집지(集之), 호는 원해(圓海) · 석소(石巢) · 백자산초(白子山樵). 21~27년에 위충현(魏忠賢)의 당에 가담하였고 위충현이 실각하자 남경(南京)에 숨어서 시기를 기다렸으나 동림당(東林黨)과 복사(復社)에 의해 사관(仕官)을 저지당하고, 복왕(福王) 주유숭(朱由崧)이 난징[南京]에서 옹립되자 마사영(馬士英)에 이어서 병부상서(兵部尙書)가 되었으며, 난징 함락 뒤에는 청나라에 항복하였다. 저서로는 『영회당시집(詠懷堂詩集)』이 있다.

416) 왕탁(王鐸, 1592~1652) : 명말청초(明末淸初)의 문인 · 화가. 자는 각사(覺斯). 호는

라 일컬었으니 어째서 전후가 이다지도 상반되는가? 오직 그 문생 구가
헌(瞿稼軒)[417]에게 부끄러울 뿐 아니라, 그의 아내 유씨가 목숨을 끊어
환난(患難)을 벗어난[紓難][418] 것보다도 못하였다.

원문 牧齋, 平生以節義自命, 語及淸人, 必奴之. 晚歲作王永吉王鐸
墓誌, 乃稱皇淸, 何前後相反也? 不惟有愧於其門生瞿稼軒, 乃
不如其姬柳氏之殺身紓難也.

숭초(崇樵). 시호는 문안(文安). 하남성(河南省) 맹진(孟津) 출생. 1622년 진사에 합격하
여 명·청 양조에 출사, 명나라에서는 대학사(大學士), 청나라에서는 예부상서가 되었
다. 시문·서화에 모두 뛰어났으며, 특히 걸출하였다. 해서는 안진경(顔眞卿), 행·초
서는 왕회지(王羲之)·왕헌지(王獻之)의 서풍을 익혔다고 하는데, 백력웅위(魄力雄
衛)·분방자재(奔放自在)한 필치로 특히 초서에서는 정열·의기에 넘치는 격렬한 연
면체(連綿體)의 양식을 수립하였다.

417) 구가헌(瞿稼軒) : 가헌(稼軒)은 구식사(瞿式耜)의 호. 자는 기전(起田), 백략(伯略)이
라고도 한다. 명(明)나라 만력(萬曆) 44년(1616) 진사(進士)가 되었다. 그는 조정을 바로
잡고 농민을 연합하여 의군(義軍)을 일으켜 끝끝으로 청나라에 항거할 것을 주장하였
다. 영락(永歷) 4년(1650) 청병(淸兵)이 크게 일어나 계림을 포위하여 공격하자 성이 함
락되니 총독(總督) 장동창(張同敞)과 함께 붙잡혀서 40여 일을 감금되었으나 굳은 정
절로 굴하지 아니 하였다. 저서에 『구충선공집(瞿忠宣公集)』이 있다.

418) 서난(紓難) : 위기(危機)에서 풀려나는 것.

혜환잡저 7

1. 방산^{方山} 홍처사^{洪處士1)} 팔십^{八十} 수서^{壽序} 方山洪處士八十壽序

譯·옮김 방산처사(方山處士)²⁾ 홍공(洪公)은 숙종 때 대노(大老)인 남파선생(南坡先生)³⁾의 손자이다. 공(公)의 형제(兄弟)는 네 명으로 세 사람이 기로(耆老)에 올랐는데, 공(公)도 또한 여든이 되었으니, 세상에서 드

---

1) 홍일휴(洪日休)를 가리킴. 자세한 행적은 알 수 없다.
2) 그에 대한 기록으로는 이병휴(李秉休)의 『정산시고(貞山詩稿)』에 「方山翁扶疾還鄕今聞霍然痊可喜獻一詩」·「次韻呈方山丈人二首」라는 시가 남아 있다.
3) 홍우원(洪宇遠, 1605~1687): 조선 후기의 문신. 본관은 남양(南陽). 자는 군징(君徵), 호는 남파(南坡). 1680년 경신대출척(庚申大黜陟)으로 남인이 몰락하자 허적(許積)의 역모사건에 연루되어 명천으로 유배되었다가 나이가 많다고 하여 문천으로 이배, 현지에서 죽었다. 1689년 기사환국으로 복작(復爵)되었다. 학문이 고명(高明)하고 성품이 직절(直節)하다 하여 파직되었을 때마다 조정에서는 서용할 것을 국왕에게 진언하였다. 저서로는 『남파집』 13권이 있다. 시호는 문간(文簡)이다.

물게 있어서 겨우 볼 수 있는 일이다. 내가 어렸을 때 공이 우리 집의 사위가 되던 날의 광경을 아직도 기억한다. 섭성(攝盛)⁴⁾하고 예물을 드리며[執贄],⁵⁾ 초례청에서 술잔을 마시고[卺酳] 나가는데, 거동과 법도가 의젓하고 단아하였으므로 찬모(贊姆)들이 하례하였다. 금년에 이미 60여 년이 지났다. 나는 얼굴에 주름이 지고 머리털이 빠져 노인의 모습이 되었으나, 공은 오히려 밥을 잘 먹고 발걸음도 민첩하니, 어찌 품부받은 바가 달라서가 아니겠는가? 오직 이뿐만이 아니었다. 공(公)이 평생토록 겪은 일은 비록 100세를 넘더라도 다하지 못할 것이 있다. 공은 세상에 오래 있었으니, 공의 은덕(隱德)은 옛날 호구(壺邱)의 녹리선생과 같았다. 기거(起居)와 언모(言貌)는 즐겁고 온화하여 천지(天地)의 생기(生氣)와 더불어 서로 합해졌으니 수명을 늘리지 않으려고 한들 되겠는가? 대체로 사람이 생명을 받아 세상에 태어나는 것은 또한 관리가 직무를 받아서 임지로 가는 것과 같은 것이다. 관리가 만약에 그 직무를 다하면 반드시 햇수를 추가해서 거기에 머무르기를 허락하는 것이다. 그렇다면 공이 이 세상에 머무는 것도 또 몇 갑자나 될지 알 수 없는 것이다.

원문 方山處士洪公, 卽肅廟朝大老南坡先生之孫. 公兄弟四人, 三登耆老, 公又稱耋, 世之所稀有而僅見者也. 余猶記幼時見公之婿吾家也. 攝盛執贄卺酳而出, 儀度儼雅, 贊姆相賀. 今已六十餘年矣. 余則面皺髮脫, 成老人相, 而公尙善飯敏步履, 豈所稟有異耶? 非惟此也. 公平生所歷之境, 則雖過百歲, 有未能盡焉者. 公其久於世矣, 公有隱德, 類古壺邱角里. 而起居言貌, 怡然溫然, 與天地之生氣相合, 欲勿延年得乎? 夫人之受生而降世也, 亦猶官之受職而之任也. 官若善其職, 則必加年

---

4) 섭성(攝盛) : 고대 남녀가 혼례를 거행할 때에 수레와 옷을 평상시의 제도보다 한 등급 낮게 하여 귀성함을 보이게 하는 것.
5) 집지(執贄) : 예물을 가지고 방문하여 경의를 표시함. 또는 폐백을 드리고 문인(門人)이 되는 것을 이른다.

而許留焉. 然則公之留也, 又不知爲幾甲子也.

2. 이유문[6]이 도강[7]의 임지로 가는 것을 전송하는 서문 送李幼文之任道康序

관리 노릇을 함에 요결을 한 글자로 말하라면 '렴(廉)'이요, 두 자로 말하라면 '공정(公正)'이요, 세 글자라 말하라면 '근수법(謹守法)'이다. 그런데 '인(仁)'은 항상 그 가운데에 있다. 대저 3년을 지방관으로 복무하는 것은 옛날의 제도이니, 나라에 통정(通政) 이상의 벼슬아치는 옛날의 제도와 같았으나, 통정(通政) 이하의 벼슬아치는 갑절을 더하여 6년으로 하였다.[8] 대개 위계가 높고 관직이 대단한 자들은 성망(聲望)이 드러나고 정사를 폄에 익숙해서 공을 세우기가 쉽고, 그렇지 못하면 이와는 반대가 된다. 그러므로 반드시 그 수가 배가 더해진 연후에

---

6) 유문(幼文) : 이동욱(李東郁, 1738~1794)의 자. 호는 소암(蘇巖)이다. 이광직의 아들이다. 혜환이 그에게 자신의 둘째 딸을 출가시켰다. 참판과 의주부윤을 역임했다. 특히 글씨를 잘 써서 강원도 영월군(寧越郡)에 세운 자규루(子規樓)를 위하여 채제공(蔡濟恭)이 지은 상량문(上梁文)을 필서(筆書)하였다고 전해진다. 혜환은 그를 위해 『혜환잡저』에 「夢蘇軒記」,「送李幼文之任道康序」를 지어 주었다. 『혜환시집』에 「幼文調郡丞以詩寄贈」(5언절구 2수)이 있다. 채제공(蔡濟恭)은 『번암집(樊巖集)』에 「六日夜諸君見訪拈韻屬李幼文東郁 / 七首」,「李幼文申士剛應淵李季受至 拈韻同賦 李公會已以日昨重到信宿」,「哀李幼文東郁 / 二首」 등을 남기고 있고, 이헌경(李獻慶)도 『간옹집(艮翁集)』에 「詩社諸益有詩寄來步韻 寄三首(酬蘇巖李東郁)」,「蘇巖用餘窩唱酬韻見寄謹步卻寄」,「送別寧越李使君東郁之任二首」,「送李校理東郁以書狀赴燕二首」,「次寧越李使君東郁錦江亭韻 寄二首」 등을 남기고 있다. 이가환(李家煥)도 『금대시문초(錦帶詩文艸)』에 「奉寄寧越李使君名東郁」이 남아 있다. 『병세재언록(幷世才彦錄)』「우예록(寓裔錄)」에도 그에 대한 짤막한 이야기가 나온다. 『사마방목』에는 생년이 1739년으로 되어 있고, 족보에는 자가 유문(儒文)으로 되어 있다.

7) 도강(道康) : 전라남도 강진군의 옛 이름.

8) 위계가 통정(通政)이 되지 못한 수령(守令)은 경력(經歷)이 적어서 3년 임기로는 그 능력을 고과(考課)할 수 없기 때문에 그 근무 기간을 6년으로 연장시키는 것을 말한다.

야 비로소 가능한 것이다. 지금 군은 통정(通政) 이하인데 경연(經筵)을 거쳐서 나아가니 경연에 있는 신하는 가벼이 나가지 못하고, 나간다 하더라도 오래되지 않아서, 그 불러들임이 혹은 기한을 기다리지 않기도 한다. 비록 그러나 하루를 다스리면 반드시 하루의 책임이 있는 것이니 곽림종(郭林宗)[9]이 여관을 청소한 것[10]이 이것이다. 하물며 백성과 나라를 맡긴 것은 여관에 비교할 것이 아님이랴?

또한 한 고을이 한 나라에 대한 관계는 한 혈맥(血脈)이 한 몸에 대한 것과도 같다. 비록 매우 미세하지만 한 혈맥에 병이 들게 되면 한 몸이 편안하지 못하게 되니, 그대는 신중히 힘써야 할 것이다. 아! 순리(循吏)를 만나기는 황하(黃河)가 맑아지는 날을 기다리는 것보다 어렵거니와, 도리어 혹리(酷吏)는 큰 더위나 맹호(猛虎)보다도 더 심하니,[11] 이를 잘 아는 사람이라야 백성(百姓)의 어른이 될 수가 있고 정사(政事)를 맡을 수도 있는 것이다.

원문

爲官, 有一字訣曰廉, 二字訣曰公正, 三字訣曰謹守法. 而若仁則常寓於其中矣. 夫三年報政者, 古之制也, 而國家於通政而上者, 如古制, 通政而下者, 加爲六年. 盖階高官大者, 聲望著而設施熟, 易爲功焉, 否則反是. 故必加倍其數而後始可也. 今君則通政而下, 而出由經幄, 經幄之臣, 不輕出, 出亦不久, 其召或難待期. 雖然, 居一日必有一日責, 郭林宗之灑掃逆旅是也. 矧民社之寄, 非逆旅比耶?

且一縣之於一國, 猶一脈之於一身. 雖甚微也, 然一脈病, 則一身不寧,

---

9) 임종(林宗): 곽태(郭泰, 127~169)의 자(字). 높은 학문과 덕으로 일세의 숭앙을 받았다. 굴백언(屈伯彦)에게 사사하여 전적(典籍)에 통달하고 낙양(洛陽)에 가서 당시 하남윤(河南尹) 이응(李膺)과 깊이 교제하며 명성을 떨쳤다. 향리에 은거하여 제자를 가르쳤는데, 그 수가 수천 명에 달하였다. 외척과 환관이 전횡(專橫)하는 세상에서도 절조를 굽히지 않았으나 언행이 신중하여 당고(黨錮)의 화를 면할 수 있었다. 『문선(文選)』에 곽옹(郭邕)이 만든 곽태의 묘지명(墓誌銘) 「곽유도비문(郭有道碑文)」이 있다.
10) 여관을 청소한 것[灑掃逆旅]: 곽태가 하룻밤을 자더라도 여관을 깨끗이 했다는 말.
11) 두목(杜牧)의 「초추시(早秋詩)」에 "大熱去酷吏 淸風來故人"이라 했다.

君其愼勉. 噫! 循吏難於河淸日, 却酷吏甚於大暑猛虎, 能知此者, 可以長
民, 可以任政.

3. 이우경이 예주부사[12]로 나가는 것을 전송하는 서문 送李虞卿出守禮州序

사람들은 단지 억세고 어리석은 사람들이 다스리기 어렵다는
것만 알지, 문덕(文德)이 빛나며 어질고 지혜로운 사람들이 더
욱 다스리기 어렵다는 것은 알지 못한다. 억세고 어리석은 사람들이 명
령을 따르지 않으면 말하기를 "나의 정사(政事)가 선하지 않은 것은 아
니나, 저들이 억세고 어리석으므로 교화하기 어렵습니다"고 하면 그것
을 듣는 자들도 말하기를 "진실로 그렇습니다. 그대가 그 사슴이나 돼
지 같고, 나무나 돌과 같은 사람들을 어떻게 하겠습니까?"라고 할 것이
나, 만약에 문덕이 빛나며 어질고 지혜로운 사람은 매번 하나의 명령이
내려지면 으레 말하기를 "이것은 앞선 성인의 글에서 나온 것입니까?
경국(經國)의 법전에서 나온 것입니까?"라고 할 것이다. 비록 백성들을
편하게 하는 정사나 풍속을 권면하는 교화가 나오더라도 (백성들이 말
하기를) "지극해도 공수(龔遂)와 황패(黃覇), 탁무(卓武)와 노공(魯恭)[13]에
불과할 것이고, 못한다면 마침내는 옛날의 자천(子賤 : 공자의 제자)이나 자
유(子游 : 공자의 제자)[14]보다는 손색이 있을 것"이라고 하여 따르기는 하

---

12) 예주부사(禮州府使) : 예주(禮州)는 경상북도 영덕군 영해면의 옛 이름. 이우경은 56
세 때인 1776년 4월에 영해(寧海) 부사(府使)로 부임하였다.

13) 탁로(卓魯) : 탁무(卓茂)와 노공(魯恭)으로 후한(後漢)의 훌륭한 순리(循吏)였다.

14) 무성(武城) : 공자(孔子)의 제자인 자유(子游)와 관련된 고사이다. 자유가 무성(武城)
의 수령으로 있으면서 고을 백성들에게 예악(禮樂)을 가르침으로써 풍속이 순화되어
백성들이 모두 현가(絃歌)를 하였다. 현가(絃歌)는 거문고를 타고 시를 읊곤 하는 것을

여도 심복하지는 않을 것이니 이것이 가장 어려운 것이다.

　이군(李君) 우경(虞卿)15)은 전직이 승정원(承政院) 승선(承旨)으로서 예주부사(禮州府使)로 나가게 되었다. 예주(禮州)는 곧 문경새재 남쪽 유현(儒賢)의 고향이다. 나는 우경(虞卿)을 위해 걱정이 되기도 하고 우경(虞卿)을 위해 기뻐지기도 한다. 걱정이 되는 것은 그 조목(條目)을 베풂에 혹 이치에 어긋나 현자에게 죄를 지을까 걱정되는 것이고, 기뻐지는 것은 조심하고 두려워하기를 엄한 스승과 두려운 벗이 곁에 있는 것 같이 여겨서 일을 행함이 더욱 진척될 것임을 기뻐한다. 또 우경(虞卿)이 일찍 맡은 것은 풍기(豐基)였는데 또한 영남 고을이었다. 그런데 다스리기를 잘했다는 명성이 있었으니 이제 예주(禮州) 수령(守令)으로 나가면 반드시 전보다 나은 것이 있을 것이다. 내가 바야흐로 귀를 기울여 듣기를 기다린다.

> **원문** 人但知懷忮頑愚者之難治, 而不知文明賢智者之爲尤難治也. 懷忮頑愚者不率令, 則曰: "我政非不善也, 彼懷忮頑愚故難化也." 聽之者, 亦曰: "固然, 子其於鹿豕木石何?" 若文明賢智, 則每一令下, 輒曰: "是出前聖之書耶? 經國之典耶?" 雖有便民之政, 勵俗之敎, 曰: "至不過爲龔黃卓魯, 而下終有遜於古之單父武城." 從焉而不服, 此其爲最難者也.
>
> 李君虞卿, 以前銀臺承宣, 出宰禮州. 禮州卽大嶺之南儒賢之鄕. 吾爲虞卿憂, 又爲虞卿喜. 憂者, 憂其科條施爲或違於理, 得罪於賢者, 喜者, 喜其小心惕慮, 若嚴師畏友之在傍, 行業益進也. 且虞卿曾任豐基, 亦嶺邑也. 而有治聲, 今守禮州, 必有進於前者. 余方側耳俟聽矣.

　말하는데, 전하여 학문에 힘쓰는 것을 뜻한다. 『논어(論語)』「양화(陽貨)」 참조.
15) 우경(虞卿): 이명준(李命俊, 1721~?)의 자이다.

4. 『주일편』발문[16] 跋主一編

나는 매번 현간(玄簡)[17]은 아름다운 자질이 있어서 함께 도를 배울 수 있다고 말했다. 하루는 찾아왔는데, 그 보고 들음, 말함과 침묵, 앉고 일어섬, 오르고 내림이 또 전에 헤어질 때와는 다르기에 "무슨 공과(功課)를 하고 있느냐?"라고 물으니 소매 속에서 글 한편을 꺼냈는데 분명하게 하나의 현간(玄簡)이라 쓰여 있었다. 내가 보건대 세상에서 이 일에 마음을 두는 자가 많으나, 현간(玄簡)과 같이 몸소 행하여 체인(體認)한 사람은 있지 않았다. 나를 믿지 못하겠다고 생각한다면 모름지기 훈도방(薰陶坊)[18] 안에 홍씨(洪氏)의 주일실(主一室)을 찾아가서 한 번 보기만 하면 곧바로 증험하게 될 것이다.

余每謂玄簡有美質, 可與學道. 一日來訪, 其視聽語默坐立升降, 又與前別異之, 問作何功課, 則袖中出書一編, 分明寫一玄簡也. 余見世之留心此事者多矣, 未有如玄簡之躬行體認者也. 謂余不信, 須往薰陶坊裡洪氏主一室, 一看卽驗.

---

16) 『탄만집』에는 「주일편발(主一編跋)」로 되어 있다.
17) 현간(玄簡) : 어떤 사람의 자, 호인 듯하나 알 수 없다.
18) 훈도방(薰陶坊) : 조선 왕조 시대 한성부의 남부 11방 중의 하나이다.

5. 아우 정산처사貞山處士[19] 제문 祭舍弟貞山處士文

아! 자네는 경인(庚寅, 1710)년에 태어났으니 나보다 두 살이 적었다. 그런데 나는 병을 잘 앓아 허약했으니 세 살이 되어도 오히려 어머니 품을 벗어나지 못하고 자네와 함께 한 젖을 먹고 함께 강보에 누웠었다. 점차 자라서는 함께 같은 책을 배웠고 함께 하나의 시제로 글을 지었었다. 이미 장성해서는 행동과 학업을 서로 스승으로 삼았고, 도리와 의로움으로 서로 권면하였으니, 대개 몸은 비록 나뉘어 졌더라도 의기(氣意)는 서로 통하였다. 늦게 되자, 나는 황화방(皇華坊)의 옛집에 살고 자네는 충청도의 이산(伊山)[20]에 살아서, 삼백 리나 멀리 떨어져 있었기 때문에 항상 답답하게 이삭(離索)[21]한 생각을 가지고 있었다. 그러나 때때로 서찰로 소식을 전하였는데 이제는 삶과 죽음으로 영원히 막히었으니 슬프도다! 형제(兄弟)란 이름으로 불리우는 것은 또한 많다. 과거에 함께 붙어서 형제(兄弟)라 일컫는 사람이 있기도 하고, 의로 맺어서 형제(兄弟)가 된 자가 있기도 하니, 이것은 사람의 힘으로 맺어진 것이고, 사람의 힘으로 맺어진 것은 비록 잃더라도 다시 얻을 수 있다. 또 사촌형제란 것이 있기도 하고 고종, 이종사촌이란 것이 있기도 하니 이것은 하늘의 인연으로 맺어진 것이다. 그러나 상복(喪服)에

---

19) 정산(貞山): 이병휴(李秉休, 1710~1776)의 호 자는 경협(景協)이다. 혜환의 친동생이다. 정산은 성호의 문하에서 그 정통의 학문을 이어받은 사람으로, 소남(邵南) 윤동규(尹東奎), 순암(順庵) 안정복(安鼎福)과 함께 성호 문하의 삼대 제자로 일컬어지는 인물이다. 『정산시고(貞山詩稿)』 2책, 『정산잡저(貞山雜著)』 11책, 『관혼례(冠婚禮)』 1책, 『상제례(喪祭禮)』 2책, 『대학심해(大學心解)』 1책과 『잡기(雜記)』 1책, 『정산잡록(貞山雜錄)』 1책 및 『가장(家藏)』 1책, 『성호선생예식(星湖先生禮式)』 1책, 『가제축식(家祭祝式)』 1책 등이 있다.

20) 이산(伊山): 충청남도 예산군 덕산면의 옛 이름.

21) 이삭(離索): 이군삭거(離群索居)와 같다. 『예기(禮記)』 「단궁상(檀弓上)」에 "吾過矣! 吾過矣! 吾離羣而索居亦已久矣"라 했다.

는 차등이 있고 정 또한 차등이 있으니, 모두 친형제와 같지는 않다.[22) 내가 기묘(己卯, 1759)[23)년에 우리 누님을 잃었고, 신사(辛巳)[24)년에는 우리 형님을 잃었으나 오히려 나이의 순서에 따라 죽었다는 핑계로 돌릴 수 있었다. (그러나) 이번에 또 자네를 잃으니 순서가 뒤집혀서 핑계될 수도 없구나. 이른바 "태평한 세상에는 형이 아우를 곡하지 않는다"[25)고들 하더니 이 또한 모두 빈말이다.

자네의 나이 67세로 이미 하수(下壽)[26)를 넘겼으니, 또 10세조(世祖) 부증공(副丞公) 이래로 처음으로 있는 일이라 유감이 없을 것 같다. 다만 자네가 남긴 어린 아이들이 겨우 4살인데 자네가 계사(癸巳)[27)에 고아라고 불리던 나이와 마침 서로 같으니 이것이 죽은 이를 그리워하면서 슬퍼하고, 산 자(아들)를 애처롭게 여겨서 눈물 흘리기를 끝없이 하는 것이다. 아! 그대는 하늘로부터 받은 자질이 이미 높았고, 학문은 집에서 전하는 것을 이어받아 더욱이 예학(禮學)에 깊었다. (학문을) 베풀었다면 반드시 볼 만한 것이 있었을 것인데 때를 만나지 못하여 감추어 두었으니 베풀고 베풀지 못함이 어찌 자네와 관계가 있으리오마는 군자는 사사로이 남몰래 탄식함이 없을 수 없는 것이다. 아! 처음의 유래가 없는데도 다행히 자네와 한 번 만날 수 있었으니, 종전(從前)의 유래가 없더라도 혹 자네와 다시 만날 수 있겠는가? 기약할 수 없도다. 오직 저 덕풍(德豊)[28) 한 굽이의 산이 조용하고 구름이 한가로운 모습은 군의 초상

---

22) 모두 친형제와 같지는 않다[皆不如親兄弟] : 종형제나 내외 형제는 복이 다르듯이 정도 친형제 같지는 않다는 뜻이다.

23) 기묘(己卯) : 1759년 혜환의 나이 52세 때이다.

24) 신사(辛巳) : 1761년 혜환의 나이 54세 때이다.

25) 태평한 세상에는 형이 아우를 곡하지 않는다[太平之世, 兄不哭弟] : 『한시외전(韓詩外傳)』에 "太平之時, …… 折短, 父不哭子, 兄不哭弟"라 했다.

26) 하수(下壽) : 사람의 수명을 상·중·하의 셋으로 나눈 중의 최하의 수명. 『장자(莊子)』에는 예순살, 『좌전(左傳)』에는 여든 살로 나온다.

27) 계사(癸巳) : 1713년 혜환의 나이 6세 때이다. 이때 아버지 아정공(鵝亭公)을 여위었다.

28) 덕풍(德豊) : 충청남도 서산군 운산면 고풍리. 처음에는 여기에 묻혔다가 1987년 원주군(原州郡) 홍업면(興業面) 매지리(梅芝里) 매산묘원(梅山墓園)으로 이장했다.

(肖像)이니 보고서 모습을 생각할 따름이로다. 아! 슬프다!

원문 嗚呼! 君降以庚寅, 少我二歲. 而我善病羸弱, 三年猶未免懷, 與君同飲一乳, 同臥一褓. 稍長, 同受一書, 同製一題. 既壯, 行業相師, 道義相勉, 盖形體雖分, 氣意相通. 迨老而我居皇華坊舊第, 君寓湖西之伊山, 三百里而遠, 常鬱鬱有離索之思. 然時時以書翰寄聲, 今幽明永隔, 悲哉! 兄弟亦多矣. 有同榜而稱兄弟者, 有結義而爲兄弟者, 此人合也, 人合者, 雖失復得. 有從兄弟者, 有內外兄弟者, 此天合也. 然服有等差, 情或隨之, 皆不如親兄弟. 而吾己卯哭吾姊, 辛巳哭吾兄, 猶誄以序. 玆又哭君, 序逆無可誄者. 所謂太平之世, 兄不哭弟者, 亦虛語耳.

君年六十七, 已踰下壽, 且自我十世祖副丞公而來, 所始有也, 似可以無憾. 但君之遺孤纔四歲, 與君癸巳稱孤之年恰相同, 此其戚逝者而淚生者, 於無窮也. 嗚呼! 君天資旣高, 學承家傳, 而尤邃於禮. 施之必有可觀, 而不遇於時, 韞而藏之, 施不施, 何與於君, 而君子不能無私竊歎焉. 噫! 無始來, 幸與君一遇, 無終前, 或復與君再遇否? 不可期也. 惟彼德豊一曲, 山靜而雲閒者, 君之遺照也, 見而想像而已. 嗚呼哀哉!

6. 뇌뢰정기[29] 磊磊亭記

옮김 산(山)의 뼈를 석(石)이라 한다. 그와 계보를 같이 하는 것으로는 광채의 세윤(細潤)함이 그림과 같아 아녀자와 어린이의 장식이 되는 것이 있고,[30] 모습의 괴이함이 수귀(獸鬼)와 같아서 출세한 사람의

---

29) 목만중의 『여와문집』에도 「뇌뢰정기」가 있다.

완상에 바쳐지는 것도 있으며, 아첨하는 말을 받고 마르고 썩는 것과 무리지어서 시비(是非)를 문란케 하는 것도 있다.[31] 그중에 우뚝하게 진기(珍奇)한 자질을 지고 있는 것은 그것을 부끄럽게 여겨서 험준하게 우리나라 해산(海山)의 사이에 솟아 있으면서 세상에 알려지기를 구하지 않는다. 그리고 그 지역을 뼹 둘러서 이름난 경치와 훌륭한 구경거리가 많아도 함께 경쟁하지 않으며 또 싫어함을 받지도 않아 스스로 높게 된다. 나의 친구 이여중(李汝中) 군이 그 옆에 정자를 짓고 말하기를 "서로 마주하여 보기는 하나 또한 서로 빌려서 무겁게 하지는 않고 오직 각기 그의 절조(節操)를 지킨다"라고 했다. 그리고 그 아래에 물이 있는데 맑아서 일체의 잇속에 분주한 것들을 비게 해준다.

山骨曰石. 其同譜者, 有文采細潤如繪畵, 爲婦孺飾者, 有恣狀怪類獸鬼, 供豪貴玩者, 有受諛辭薰枯朽, 貿亂是非者. 其落落負瓌奇之質者恥之, 磈然峙於大東海山之間, 不求知於世. 而環其地, 多名勝偉觀, 不與競不受壓, 自爲高焉. 余友李君汝中亭於其旁曰："相對看, 然亦不相借爲重, 惟各守其介" 而其下有水澄明, 空一切營營者.

7. 아우에 대한 두 번째 제문 再祭舍弟文

서울로부터 덕산(德山)[32]까지의 거리는 11식(息, 一息은 30里)쯤 된다. 비록 내가 자네의 병을 듣고 곧바로 출발했더라도 이미

---

30) 옥을 가리킨 것이다.
31) 괴석(怪石)을 가리킨 것이다.
32) 덕산(德山)：충청남도 예산군 덕산면·고덕면 일대와 봉산면의 일부 지역에 있었다.

자네의 살아 있는 얼굴을 보지는 못하고 다만 죽은 얼굴만을 보았을 것이다. 그런데 부고가 온 후에 곧 비록 빨리 달려간다 하더라도 죽은 얼굴 또한 볼 수가 없고, 이미 염습하여 입관한 것을 보게 될 것이다. 지금 또한 장차 널을 들어서 무덤에 넣는다고 하니 사람의 일이 이미 끝났구나. 그런데 오히려 광중 안을 바라보지 못하고 슬픔을 쓰게 되니 비록 먹고 숨을 쉬면서 세상에 살고 있으나 죽은 사람과 무엇이 다르겠는가? 오호! 우리 형제(兄弟)가 어머니의 얼굴을 여읜 지가 이미 30년이 흘렀다. 자네는 이번에 가서 반드시 뵙게 될 것이니 30년 동안 어슴푸레 떠올리며 한숨 쉬었던 것을 모두 시원스레 풀 수 있을 것이고, 나의 요즘 상황도 또한 곁에서 말씀드릴 수 있을 것이다.

아! 내가 일찍이 자네와 더불어 죽고 사는 것의 즈음에 대해 논하기를 "사람이 죽음에 임박했을 적에 아주 높은 품계[33]의 직첩(職牒)과 제 키쯤 되는 문집(文集)과 슬하(膝下)에 있는 아이 중에서 무엇이 소중한가?" 하니, 자네가 이르기를 "관작은 외물(外物)에 불과하고, 자식도 역시 나를 벗어난 데에[34] 속하는 것이나, 문집(文集)만은 영원히 이름을 남기는데 보탬이 될 수 있습니다"라고 하였다. 내가 말하기를 "문장도 오히려 입으로 토해 내는 것이거니와, 자식은 혈맥이니 큰 차이가 있는 것이네"라 하였다. 허나 자네는 그렇지 아니 하다고 여기는 것 같았다. 7월 27일 신시(申時)에 억지로 두 눈을 뜨고 원아(元兒)를 돌아다보았다 하니 아마 내 말이 진실이라는 것을 알아서였을 것이나, 서로 마주 대하여 거기에 대해 말하지 못한 것이 한스럽구나.

아! 자네는 장천(長川)[35]에서 태어나고 장천(長川)에서 죽어서 장천(長川)에 장례를 지냈다. 그 중간에 노닐던 곳인 아현(阿峴)·정동(貞洞)·구호(鷗湖)·섬리(剡里)는 모두가 뜬 광경에 속했으니 이에 정신이 내려오

---

33) 극품(極品) : 관리의 가장 높은 등급을 이른다.
34) 위세(委蛻) : 매미나 뱀이 벗은 허물.
35) 장천(長川) : 충청남도 예산군(禮山郡) 덕산현(德山縣) 장천리(長川里).

고 넋을 갈무리 한 것은 모조리 장천(長川)에 있다. 이곳은 바로 바닷가에 있는 하나의 작은 마을이나, 우리 두 사람을 낳았으니 또한 지령(地靈)을 욕되게 하지 않았다 할 수 있다.

원문

自京之德山, 爲程十一息. 雖使我聞君之病, 而卽發已不及見君之生面, 而只見死面. 訃來之後, 則雖疾馳而行, 死面亦不得見, 已斂而柩矣. 今又將擧柩而納之幽窆, 人之事已畢. 而猶不得臨穴寫哀, 雖食息寄世, 與冥然者, 何別? 嗚呼! 吾兄弟, 違離慈顔, 已一世矣. 君之此行, 必得覲焉, 三十年來, 其所優然懆然者, 可以釋然, 而不肖之近狀, 亦得從傍以聞矣.

噫! 吾嘗與君, 論及死生之際曰: "人之臨沒, 極品職牒, 等身文集, 膝下兒子, 孰爲重歟?" 君謂 "官爵外物, 兒孫亦屬委蛻, 文集可資不朽." 余曰: "文猶口吐者, 子是血脉, 大有間矣." 君似未爲然矣. 七月二十七日申時, 强開雙睫, 顧視元兒, 應知吾言之爲眞, 然恨未得相對說道也.

嗚呼! 君生於長川, 沒於長川, 葬於長川. 其中間所遊, 阿峴貞洞鷗湖刹里, 摠屬過歷浮景, 乃降神藏魄, 則都在長川. 此地乃海堧一小村, 而生出吾兩人, 亦可以不辱地靈矣.

8. 『녹문선생집』서문 鹿門先生集序

옮김

책상에서 『녹문집(鹿門集)』[36]을 대한 지 삼 일 만에 문득 깨닫기를 "내가 이제 선생을 얻게 되었구나"라고 하였다. 처음에 여러 사람을 통해 선생을 찾았으나 선생을 얻지 못하다가, 이제 선생으로 선생을 구하니 곧 선생을 얻게 되었다. 선생(先生)의 인품(人品)은 마치 높은 소나무에 가지가 없고, 차가운 물이 바닥까지 보이는 것 같아, 시세(時勢)³⁷)를 따르는 것을 비루하게 여기고 간지(艮止)³⁸)를 굳게 하여서, 만일 마음이 편안치 않고 이치에 용납되지 않는 것이면 금자(金紫)³⁹)와 괴극(槐棘)⁴⁰)이라도 그것을 보기를 더럽힐 것 같이 여기었다. 소인(小人)이라 이름난 사람은 진실로 말할 것도 없고, 비록 군자라 이름난 사람이 끌더라도 또한 들어가지 않았으니, 그러므로 당시의 여러 사람들은 엄숙하여 감히 어깨를 나란히 따를 수가 없었다. 그러나 인망이 높을수록 찾아오는 사람들은 드물어졌고, 명예가 널리 퍼질수록 거리낌이 따랐다. 입조(立朝)한 지 30년이 되었는데 관직은 일개 안렴사(按廉使 : 觀察使)에 불과하였으나, 그의 시는 미호(美好)를 펼치는 것이 마치 냇물이 빛나고 구름이 밝은 것과 같았다. 대개 사람은 가을과 겨울이었으나, 시는 봄과 여름이었다. 봄, 여름인 까닭에 일찍이 영선(瀛選)⁴¹)에 올라 윤음(綸音)을 맡아 짓게 하였고,⁴²) 가을, 겨울인 까닭에 바야흐로 형통하다 어려워져 마침내 곤경에 빠졌으니,⁴³) 그 나감과 물러섬, 등용과

---

36) 녹문집(鹿門集) : 홍경신(洪慶臣, 1557~1623)의 문집 이름. 『녹문홍경신선생문집(鹿門 洪慶臣先生文集)』이 한영문화사(韓榮文化社)에서 1994년에 이우석 번역으로 간행되었다.

37) 비수(腓隨) : 『주역(周易)』「간괘(艮卦)」에 "육이(六二)는 장딴지에 멈추니 구원하지 못하고 따른다. 그리하여 마음이 불쾌하도다[六二, 艮其腓, 不拯其隨, 其心不快]"라 했다.

38) 간지(艮止) : 『주역(周易)』「간괘(艮卦)」에 "'단전(彖傳)」에 말하였다. '간(艮)은 그침이니, 때가 그쳐야 할 경우에는 그치고 때가 가야 할 경우에는 가서 동(動)과 정(靜)이 때를 잃지 않으니 그 도(道)가 광명하다[彖曰, 艮, 止也. 時止則止, 時行則行, 動靜不失其時, 其道光明]"라 했다.

39) 금자(金紫) : 금으로 만든 인과 자줏빛의 인끈. 곧, 고관의 인과 끈. 전(轉)하여, 재상귀현(宰相貴顯)이란 뜻이 된다.

40) 괴극(槐棘) : 삼괴구극(三槐九棘). 곧, 삼공구경(三公九卿)을 이른다.

41) 영선(瀛選) : 홍문관원으로 선발되는 것을 이른다.

42) 윤음(綸音) : 임금의 말씀이니, 임금이 내리는 고명(教命)을 기초(起草)하는 지제교(知制教)가 되었다는 말이다. 지제교는 젊은 재사(才士)들에게 임명하는 겸임직(兼任職)이다.

43) 곤경에 빠졌으니[坎坷] : 높낮이가 평탄하지 않은 모양. 곤경에 빠져서 뜻을 얻지 못한 것에 비유하는 말이다.

배척할 즈음에 군자(君子)가 개탄치 않을 수 없었던 것이다. 아! 소인(李爾瞻을 가리킴)이 횡행하는 때를 만나서 그 형세가 선생을 금고(禁錮)할 수 있었으나 선생(先生)은 이미 명신(名臣)의 반열에 올랐으며, 저들은 사필(史筆)이 응징하여44) 백세(百世)토록 용서받지 못하게 되었다. 또 그 사람은 평생토록 시를 짓는 데 고심하였으니 구어(句語)의 공교로움이 어찌 모두 선생보다 못할까마는 사람들이 그 한 연을 거론하는 것도 부끄럽게 여겼으나, 선생의 작품은 볼 수 있는 것을 다행으로 생각했다. 그렇다면 시가 전하는 것도 사람됨에 달린 것이다. 선생의 문집은 아직도 서문을 지은 자가 없었으니, 대개 서문을 쓸 만한 사람이 없어서이다. 그 어려움이 이와 같은데 이에 나에게 부탁하였으니 나의 말은 차라리 질박할지언정 화려함이 없고 차라리 간결할지언정 번다함이 없어 어찌 감히 한 글자인들 선생에게 아첨할 수 있겠는가.

원문 丌對鹿門集三日, 忽悟曰 : "吾已得先生矣" 始以諸人求先生, 未得先生, 今以先生求先生, 卽得先生. 先生之人品, 如高松無枝, 寒水徹底, 陋胏隨而固艮止, 苟心之所不安, 理之所不許, 則金紫槐棘, 視之若浼. 名爲小人者, 固無論, 雖名爲君子者, 引之亦不入, 故一時羣公, 肅不敢肩隨. 然望高而跡踈, 譽流而忌隨. 立朝三十年, 官不過一按廉, 而其詩則發舒韶令, 若川華雲明. 盖人秋冬而詩春夏也. 春夏故能早登瀛選, 掌制演綸, 秋冬故方亨而困, 卒以坎坷, 其進退用舍之際, 君子不能無慨然也. 嗟! 當憸人之橫也, 其勢足以錮先生, 然先生則已列爲名臣, 彼爲45)筆誅, 百世勿宥. 且其平生苦心爲詩, 句語之工, 豈盡下於先生, 而人羞擧其一聯, 先生之作則以得視爲幸. 然則詩之傳, 亦以人矣. 先生之集, 尙未有序者, 盖無有能序之也. 其難如此, 而乃屬於不佞, 不佞之言,

---

44) 필주(筆誅) : 옳고 잘못되고 바르고 그른 것을 붓으로 가려 놓고 사서에서 판단시킨다는 것이다.
45) 『녹문집』에는 이(而)가 언(焉)으로 되어 있다.

寧朴無華, 寧簡無繁, 何敢以一字媚先生.

9. 관수헌기[46) 觀水軒記

땅은 호도와 같아서 오목한 곳은 곧 물이다. 또 땅을 뚫으면 샘물이 나오고, 쇠를 녹이면 액체가 되며, 나무를 휘면 진(津)이 나온다. 유독 불은 물과는 상반된 것 같으나, 불은 기름을 얻어서 윤택하게 된다. 대개 오행(五行)이 모두 물에서 벗어남이 없는 것은, 이뿐만이 아니다. 사람의 정기와 피, 침과 땀도 물의 등속이다. 그렇다면 모든 눈으로 볼 수 있는 것은 모두 물인 것이다. 그러하니 홍처사(洪處士)가 그 편액을 관수헌(觀水軒)이라 한 것은 다만 여기에 뜻을 둔 것이리라. 하늘이 하나로써 물을 낳은 이래로[47) 물은 아는 자를 만나기 어려웠다. 사람은 물 안에 있기 때문에 능히 물을 알지 못한다. 대저 곤(坤)이 덕(德)은 물을 바탕으로 해서 응고(凝固)한 것이고, 성월(星月)의 기운은 물을 구하여 사물을 번성하게 한 것이다. 또 글자의 계열에서 혜택(惠澤)·은악(恩渥)·주흡(周洽)·공보(公溥)라고 하는 것들은 다 물[氵]을 따른 것이니 이는 회의(會意)라 할 수 있다. 처사(處士)는 젊었을 때부터 경제(經濟)에 뜻이 있었다. 지금은 곤궁하게 늙었으나 뜻은 오히려 그침이 없다. 방죽을 만들어 물을 저장함으로써 관개(灌漑)를 돕고 때때로 집에 기대

---

46) 관수헌(觀水軒) : 관수(觀水)라는 이름은 『맹자(孟子)』「진심장상(盡心章上)」에 "물을 보는 데는 방법이 있으니, 반드시 그 물결을 보아야 한다[觀水有術必觀其瀾]"는 구절에서 나온 것 같다.

47) 천일생수(天一生水) : 후한(後漢) 정현(鄭玄)의 주역 주에 "天一生水於北, 地二生火於南, 天三生木於東, 地四生金於西, 天五生土於中"이라 했다.

어 조용히 바라보곤 하면서 고인(古人)의 말인 "통하도록 만들면 냇물이 되고, 막아서 담아 두면 못이 된다"[48]라는 말을 외우며, 다시 고인(古人)의 시(詩)인 "오직 평소의 마음은 영원히 흘러가지 않을 수 있네[惟有平生心 萬古流不去]"[49]를 읊조린다.

원문

地如胡桃, 凹處卽水. 且鑿土出泉, 鎔金成液, 揉木生津. 獨火似與水相反, 而火得膏潤. 盖五行皆無外水者, 非惟此也. 人之精血涎汗, 亦水屬也. 然則凡有目所見者皆水也. 而洪處士之以觀水顔其軒者, 抑有義焉. 天一生水以來, 水難遇知者. 以人在水內, 故不能知水也. 夫坤之爲德, 資水以凝固, 星月之氣, 招水以滋物. 又字之係, 惠澤恩渥, 周洽公溥者, 皆從水焉, 此可以意會也. 處士少有志於經濟. 今窮老而志猶未已. 爲壩蓄水, 以資灌漑, 時憑軒靜觀, 誦古人之語曰 : "通之斯爲川焉, 塞之斯爲淵焉." 復咏古人之詩曰 : "惟有平生心, 萬古流不去."

10. 안백순[50]이 목천[51] 현감(縣監)으로 나가는 것[52]을 전송하는 서문 送安百順出宰木川序

옮김

문필을 격상시켜서 서문을 지어 순리(循吏)를 전송한 것이 여러 사람이었는데 이제 또 유자(儒者)로서 관리가 된 사람을 전송하게 되었다. 대개 관리가 유학을 못하면 순리(循吏)가 못 되는 것은 장수

---

48) 『문선(文選)』「운명론(運命論)」에 "通之斯爲川焉, 塞之斯爲淵焉"이라고 했다. 이소원(李蕭遠)이 지은 글이다.

49) 유자휘(劉子翬)의 「담계십영(潭溪十咏)」 중 '남계(南溪)'에 "聊爲溪上游, 一步一回顧. 悠悠出山水, 浩浩無停注. 惟有舊溪聲, 萬古流不去"라는 시가 있다. 구절이 완전히 같지는 않으나, 이 시와 유사하다.

가 문장을 못하면 무술을 못하는 것과 같다. 성주(聖主)께서 즉위하시자, 온갖 법도가 시행되었는데, 목민(牧民)이란 관직을 더욱 중요하게 여기셨다. 마침 충청도 목천(木川)의 수령이 결원이 되었는데, 관직을 주관하는 사람이 나의 친구 전직 익찬(翊贊)인 안씨(安氏)를 천거했다. 대저 목천(木川)이 자그마한 고을이기는 하나, 거인(巨人) 성안(成安)⁵⁰⁾의 옛 땅이었으므로 다른 작은 고을과 비교하려고 하지 않았던 것이다. 그 수령이된 자 또한 감히 다른 작은 고을로써 취급하면 안 될 것이니, 그 정사도마땅히 다른 작은 고을과는 달라야 할 것이다. 나의 친구는 유학을 하는 사람이다. 그 학문은 궁구하지 않은 것이 없으나, 경세제민[經濟]은곧 더욱 익숙하게 강구(講求)한 것이었다. 그가 항상 마음으로 계획을 하고 붓으로 차기(箚記)하던 것을 이제야 시험하게 된 것이다. 이것을 곡식과 옷감에 비유하건대 예전에는 밭 갈고 씨 뿌리고 수확을 했다면 지금은 불을 때서 밥을 지어서 먹는 것이고, 예전에는 고치를 켜서 베틀에올려 짰다면 지금은 마름질해서 옷을 만드는 것이니 공용(功用)을 볼 수있게 되었다. 무릇 관리는 내직(內職)과 외직(外職)의 높고 낮음이 없으니,오직 마음을 다해 임금께 보답함을 기약할 따름이다.

또 현재(縣宰)와 총재(冢宰)⁵⁴⁾·태재(太宰)가 그 명칭이 같으니 모두 재

---

50) 성안(成安) : 상진(尙震, 1493~1564)의 시호이다. 자는 기부(起夫), 호는 범허재(泛虛齋)·송현(松峴)·향일당(嚮日堂), 목천(木川)은 그 본관이며, 출생지는 임천(林川)이고관직은 영의정(領議政)이다.

51) 안백순(安百順, 1712~1791) : 백순은 안정복(安鼎福)의 자(字)이다. 본관은 광주(廣州). 호는 순암(順菴), 한산병은(漢山病隱), 우이자(虞夷子), 상헌(橡軒). 봉호는 광성군(廣成君)이고 시호는 문숙(文肅)이다. 이익(李瀷)의 문인(門人)으로 실학자이다. 과거를외면한 채 여러 학문을 섭렵했으며 특히 경학(經學)과 사학(史學)에 뛰어났다. 경학의해석에서는 이황(李滉)·이익은 물론 주자의 해석까지도 바로잡는 데 주저하지 않는고집스러움이 있었다. 저서로는 『하학지남(下學指南)』과 『잡동산이(雜同散異)』,『동사강목(東史綱目)』 등이 있다.

52) 목천(木川) : 충청남도 천안군 목천면.

53) 65세 때인 1776년 9월에 목천 현감으로 부임하였다. 1779년에는 목천의 지방지인 『대록지(大麓志)』를 찬하였다.

54) 총재(冢宰) : 이조판서의 별칭.

제(宰制)의 뜻이 있는 것으로 그 임무가 또한 가볍지 않다. 내 친구가 수레에서 내리거든 반드시 기녀와 해괴한 짓을 하는 것을 멈추고, 백성들을 착취하는 것을 그만두며, 쌀과 소금[米鹽, 賦稅]은 간략히 하고, 상서(庠序)를 돈독이 하면 백성이 마치 봄날의 화창한 기운을 느끼게 되어, 신음(呻吟)이 사라지고 몸이 즐겁게 될 것이다. 내 친구는 일찍이 우리 성호선생(星湖先生)을 스승으로 섬겼다. 선생의 도는 이 세상을 바로잡아 삼고(三古)로 돌아가게 할 수 있는 것인데, 지금 유적(遺籍, 성호문집)에 있다. 나의 친구가 받들어서 신명으로 여기는 바이니, 발휘하여 정령으로 삼아 실시하면 사람들로 하여금 참된 선비는 쓸 만하고 사문(師門)에는 사람이 있다는 것을 확실히 알게 할 것이다.

원문 格上筆爲序, 送循吏者若干人, 今又送儒而吏者. 盖吏不儒不循, 猶將不文不武也. 聖主臨御, 百度修擧, 而尤重牧民之職. 適湖西木川缺守, 主爵者以吾友前翊贊安氏進. 夫木川小縣也. 以巨人成安之故地, 不欲與他小縣比, 爲之宰者, 亦不敢視以他小縣. 其政宜與他小縣異也. 吾友儒者. 其學無所不究, 而經濟, 卽所熟講者也. 其常心籌而筆箚者, 今可試矣. 譬之穀帛, 前則畊而種而穫也, 今則炊而飯也, 前則繰而機而織也, 今則裁而衣也, 而功用見矣. 凡官無內外尊卑, 惟期於盡心報主而已. 且縣宰與冢宰太宰, 同其稱, 皆有宰制之義, 其任亦不輕矣. 吾友下車, 必息花詭而罷勾擾, 畧米塩而敦庠序, 民如中春氣, 呻吟去而體膚和悅矣. 吾友嘗師事我星湖先生. 先生之道, 可以挈斯世而還三古, 今遺籍在焉, 吾友之所奉而神明之者也. 其發而爲政令設施, 使人曉然知眞儒之可用, 師門之有人也.

11. 오학사吳學士가 연경으로 가는 것을 전송하는 서문 送吳學士赴燕序

어렸을 적 시골 글방에서 글을 배울 때에 황제(黃帝)가 군대를 제후(諸侯)에게 징집하여 탁록(涿鹿)[55]에서 치우(蚩尤)와 전투하였으며, 부산(釜山)에서 부절을 합하고 탁록(涿鹿)의 언덕에서 도읍을 정하였다는 데에 이르러서는 황제(黃帝)는 오제(五帝)[56]의 우두머리로, 방패와 창을 사용하고 의상(衣裳)을 드리운 것[57]이 모두 이 땅에서 있었던 일이었다고 마음속으로 생각했다. 또 소공(召公)이 연(燕)나라에 봉해져서 8백~9백 년에 이르렀으니 희성(姬姓) 중에서는 홀로 나중에 망하였다는 대목에 이르자 훈장님이 말씀하시길 "연(燕)은 곧 탁록(涿鹿)이다"라 하시기에 마음속으로 더욱 그것을 이상하게 여겼다. 점점 자라 황명(皇明)의 역사를 읽었는데 문황제(文皇帝)[58]가 연경(燕京)에 수도를 세우게 되자, 그 형승(形勝)과 풍기(風氣)가 온 세상에서 으뜸이 되었고 성용(聲容)과 문물(文物)이 또 한당(漢唐)을 능가하여, 삼고(三古)[59]에 견주게 되었으니 이때로부터 항상 서쪽에[60] 가고 싶다는 꿈을 가지게 되었다. 지금 내 친구인 오학사(吳學士)가 연경에 사신으로 간다는 말을 듣고, 나는 낯빛에 드러날 정도로 기뻐하였다. 좌해(左海)에 태어난 선비로 상국(上國)에 사신으로 갔던 사람들은 낱낱이 셀 수 있을 정도이다. 그런데 학사

---

55) 탁록(涿鹿): 현재의 하북성(河北省) 탁록현(涿鹿縣). 황제(黃帝)가 치우(蚩尤)를 이곳에서 죽였다 한다.

56) 오제(五帝): 소호(少昊)·전욱(顓頊)·제곡(帝嚳)·요(堯)·순(舜) 등의 성천자(聖天子). 소호(少昊) 대신 황제(黃帝)를 넣기도 함.

57) 『주역(周易)』「계사전하(繫辭傳下)」에 "黃帝堯舜垂衣裳而天下治"라 하였다.

58) 문황제(文皇帝): 명(明)나라 제3대 황제 성조(成祖, 永樂帝)를 가리킨다. 그는 연왕(燕王)에 봉해졌으나 정난(靖難)으로 황제가 되자 남경에 있던 수도를 북경으로 옮겼는데 현재까지 중국의 수도가 되고 있다.

59) 삼고(三古): 중국 옛날의 하(夏)·은(殷)·주(周) 세 나라를 가리킨다.

60) 여기서 서쪽[西]은 연경(燕京 : 北京)을 가리킨다.

(學士)의 집안에는 문학(文學)으로 세 번이나 사신에 뽑혔으니 조물주가 오씨(吳氏)에게 특별한 은혜를 베푸는 것과 같다. 또 사람이 하늘 위에서 노닐 수가 없다면, 곧 옛 성제와 명왕의 도읍에서 노는 것으로 충분하다. 학사(學士)가 지나는 산들 중에 의무려(醫無閭)[61] 산은 그 줄기가 수백 천 리나 뻗쳐 있다. 그리하여 아침에는 그림자가 서쪽에 있고 저녁에는 그림자가 동쪽에 있어서 요동과 중국에 경계를 짓고 있다. 여기를 지나서 가게 되면 장소가 더욱 새롭고 보이는 것이 점점 특별해서 여행을 하는 수고로움을 잊게 되고 길이 금방 끝나버릴까 걱정하게 된다. (그러나) 저 종일토록 빈집을 지키고 있는 자는 좁은 사람이다.

幼受書鄕塾, 至黃帝徵師諸侯, 戰蚩尤於 鹿, 合符釜山, 邑于涿鹿之阿, 心念黃帝爲五帝首, 而用干戈垂衣裳, 乃皆在此地也. 又至召公封於燕, 至八九百歲, 於姬姓獨後亡, 塾師曰 : "燕卽涿鹿也." 心尤異之. 稍長讀皇明史, 至文皇帝定鼎燕京, 其形勝風氣, 旣冠萬宇, 聲容文物, 又軼漢唐而比三古, 自是常有西夢矣. 今聞吾友吳學士之使燕, 爲之喜動色也. 士之生左海而聘上國者, 可歷數也. 而學士之家用文學, 三選行人, 造物者於吳氏, 似若有加數異禮焉. 且人旣無由天上遊, 則遊古聖帝明王之都, 足矣. 學士所歷山, 有醫無閭者, 其脊延亙數百千里. 朝影在西, 夕影在東, 以界遼夏. 過此以往, 境漸新, 見漸別, 忘行之爲勞而恐路之易盡. 彼終日守空堂者則局矣.

---

61) 의무려(醫無閭) : 의(醫), 무(巫)는 모두 '무당' 또는 '치료한다'는 의미이며, 만주어로는 '크다[大]'는 뜻이 된다. 글자 그대로는 "세상에서 상처받은 영혼을 크게 치료하는 산"이라 풀이 된다. 국가에서 하늘에 제사를 올렸던 열두 곳의 진산(鎭山) 가운데 하나였으며, 기자(箕子)의 전설이 전해지는 곳이다. 옛 고구려의 영토였기 때문에 이곳을 지나는 연행사(燕行使)의 감회가 남달랐다.

12. 허성보^{許成甫(62)}를 전송하는 서문 ^{送許成甫序}

譯기
옮김

나는 이제야 우리 성보를 성인으로 볼 수 있게 되었다. 성보(成 甫)는 여러 차례 그 거처를 옮겼다. 더러는 담과 집이 튼튼하고 완전하며 꽃과 나무도 아름다워서[63] 사랑할 만했는데도, 또한 미련을 남기지 않았다. 그렇게 된 까닭은 그 뒤에 거처할 곳이 앞서 거처한 곳보다 더 낫게 하려고 해서이다. 만일 성보(成甫)가 선으로 옮기는 것을 거처를 옮기듯이 한다면 덕이 더 나아질 수 있을 것이다. 다만 거처를 옮기는 것은 사람이 모두 볼 수 있으나, 선으로 옮기는 것은 남들이 한갓 알지 못할 뿐만 아니라, 자기 또한 알지 못하고 오직 하늘만이 그것을 알게 된다. 비록 그렇기는 하나 옮기되 가리지 않으면 더러는 잘못되어 나쁜 고장[互鄕][64]으로 들어갈 수도 있는 것이니 이것은 삼가지 않을 수 없다. 성보(成甫)는 사람됨이 툭 트여서[65] 눈썹 끝에다 고민을 나타내지 않았고, 냉염(冷炎)의 감정을 가슴에 깃들이지 않았으며, 또한 세상사에 잔꾀를 부리는 것을 알지 못하였다. 일이 간혹 여의치 않음이 있더라도 다만 후한 것을 자신에게 주고, 박한 것을 남에게 주지 않았다. (그러므로) 남들 또한 그를 편안하게 여겨 어른으로 대접하였다. 성보는 가난하고 허약한 서생이지만 나는 그를 부유하고 용감한 사람이

---

62) 허만(許晩, 1732~1805) : 자는 여기(汝器)이고, 호는 승암(勝菴)이다. 휘(彙)의 아들이며, 이용휴의 사위이다. 『양천세고(陽川世稿)』에 자지명(自誌銘)과 8편의 시를 남기고 있다. 혜환은 『혜환잡저(惠寰雜著)』에 그에 대한 글로 「승암허군생지명(勝庵許君生誌銘)」과 「제허성보동유록발(題許成甫東遊錄跋)」 등을 남기고 있다.

63) 비미(斐亹) : 문채(文彩)가 현려(絢麗)한 것을 말한다.

64) 나쁜 고향[互鄕] : 『논어(論語)』 「술이(述而)」에 나온다. 주자(朱子)는 집주(集註)에서 "호향(互鄕)은 지방의 이름이니, 그곳 사람들이 불선(不善)에 습관되어 함께 선(善)을 말하기가 어려웠다"라 설명하고 있다.

65) 탄탕(坦蕩) : 어떤 것에도 구애받지 않고 마음이 툭 트인 것을 뜻함. 군자의 넓고도 여유 있는 마음가짐을 의미한다. 『논어(論語)』 「술이(述而)」에 "군자는 마음이 넓고 여유 있는 반면에, 소인은 언제나 걱정이 가득하다[君子坦蕩蕩 小人長戚戚]"라고 했다.

라고 말한다. 대개 그 한 몸에 입고 먹는 것 외에는 모두 다른 사람과 함께하였으니 능히 재물을 쓸 줄 아는 자에 성보만한 이가 있겠는가? 세상에서 존귀하다고 불리는 사람들도 흔히 욕망에 부리는 바가 되지만, 성보는 꾹 참고 이겨냈으니 어떤 용맹이 이와 같겠는가? 성보는 또 다른 사람의 충언을 잘 받아들여 옛 군자의 풍도가 있었다. 그러나 받아들이고 나서는 다시 곰곰이 생각하는 것이 필요하니, 곰곰이 생각해 보면 사리가 분명해져서 문제가 해결될 것이다. 성보(成甫)는 그 사관(생각하는 관능)으로 하여금 이것을 지켜 어기지 말게 하라.

我今可以成我成甫矣. 成甫屢遷其居. 或垣屋堅完, 花木斐亹可愛, 亦不吝情. 所以然者, 欲其後之勝前也. 若成甫遷于善如遷居, 則德可進矣. 第遷居, 人皆可見, 遷善則非徒人不知, 己亦不知, 惟天知之耳. 雖然, 遷而不擇, 則或誤入互鄕, 此不可不愼也. 成甫爲人坦蕩, 煩惱不掛於眉端, 冷炎不棲於胸次, 亦不識世間有機智事. 事或有不如意者, 卽不以厚自予, 以薄予人. 人亦安之, 歸以長者. 成甫貧弱書生, 而余謂之富且勇. 蓋其一身衣食外, 皆與人共之, 能用財者, 孰如成甫? 世之號尊貴者, 多爲嗜欲所役, 成甫則忍而勝之, 何勇如之? 成甫又善受言, 有古君子之度焉. 然旣受復要繹, 繹則理明而事濟. 成甫其使思官, 守此勿失.

13. 정재중鄭在中(66)에게 주다 贈鄭在中

눈에는 두 가지가 있으니 외안(外眼), 즉 육체의 눈과 내안(內眼) 곧 마음속의 눈이 그것이다. 외안(外眼)은 사물을 보고 내안(內

眼)은 이치를 본다. 어떤 사물도 이치가 없는 것은 없다. 그리고 외안(外眼)이 현혹되는 바는 반드시 내안(內眼)으로 바로잡을 수 있으니, 그렇다면 운용은 전적으로 내안(內眼)에 있는 것이다. 또 눈앞이 여러 가지로 가리어지면 마음은 옮겨가서[67] 외안(外眼)이 도리어 내안(內眼)의 해가 된다. 그러므로 옛사람이 "처음에 눈먼 것을 나에게 돌려주기를 원한다"고 한 것은 이 때문이다. 재중(在中)은 지금 나이 마흔이다. 40년 세월 동안에 본 것이 적지 않을 것이다. 비록 이로부터 80살 때까지 이른다 해도, 전과 같음에 불과하다면 나중의 재중은 지금의 재중과 같다는 것을 알 수 있다. 다행스럽게도 재중(在中)은 외안에 장애가 있어 사물을 보는 데에 방해가 되기 때문에, 오로지 내안으로만 보게 되었다. (그러므로) 이치를 보는 것이 더욱 밝아질 것이니, 훗날의 재중(在中)은 반드시 지금의 재중(在中)이 아닐 것이다. 이와 같다면, 눈동자의 백태를 없애는 방도는 물론이거니와, 비록 금비(金篦)[68]로 각막을 긁어내 광명을 되찾아 준다 하더라도 원하지 않을 것이다.

원문

眼有二, 曰外眼, 曰內眼. 外眼以觀物, 內眼以觀理. 而無物無理. 且外眼之所眩者, 必正於內眼, 然則, 其用全在內矣. 且蔽交中遷, 外反爲內害. 故古人願以初瞽還我者, 以此也. 在中今年四十矣. 四十年中, 所見不爲不多. 雖從此至大耋, 不過如前, 後之在中, 猶夫今之在中, 可知也. 幸在中外障防視物, 得專內視. 見理益明, 後之在中, 必不爲

---

66) 정재중(鄭在中) : 이름은 문조(文祚)이다. 이희사(李羲師)의 『취송시고(醉松詩稿)』에 그에 관한 시가 남아 있고, 박제가는 「여정생원문조(與鄭生員文祚)」라는 편지글을 남긴 바 있다.

67) 『논어』「안연(顏淵)」에 "其視箴曰, 心兮本虛, 應物無迹. 操之有要, 視爲之則. 蔽交於前, 其中則遷, 制之於外, 以安其內. 克己復禮, 久而誠矣"라고 했다.

68) 금비(金篦) : 금비는 조그만 칼처럼 생긴 쇠붙이로 물건의 표면을 긁어내는 도구. 이것으로 눈의 막을 긁어 눈병을 치료한다. 금비괄막(金篦刮膜)이란 예전에 경험하지 못한 새로운 경지를 눈뜨게 해준다는 뜻이다. 『열반경(涅槃經)』에 "장님이 의사에게 찾아갔더니, 의사가 금비로 안막을 긁어내어 치료하였다" 한다.

今之在中. 如是, 則勿論點睛退醫之方, 雖金篦刮膜, 亦不願矣.

14. 『구사당행록』[69] 발문 ^{九思堂行錄跋}

우공(禹公)의 행실 전부를 거론 한다면 비록 성주(成周)[70]의 시대에 있었다 하더라도 마땅히 육행(六行)[71]의 빈흥(賓興)에 참여하게 되었을 것이고,[72] 일부(一部)만을 거론하더라도 또한 마땅히 옛날 일행(一行)[73]의 전으로 들어가게 될 것이다. 그리고 또 『소학(小學)』의 「명륜편(明倫篇)」과는 실로 서로 들어맞는 것이 많으니 바로 요즘 세상에 근본을 돈독히 하고 행동을 단속하는 군자(君子)인 것이다. 그런데 살아서는 천거되거나 초빙 받는 일이 없었고 죽어서는 정문을 내리거나 관직을 추증하는 일이 없었으니, 대개 깨끗한 정치를 하는 조정의 유전(遺典)[74]이라 하겠으나 공이 남모르는 사이에 스스로 수양만 하고 세상에 알려지기를 구하지 않았다는 것을 또한 알 수 있는 것이다. 공의 자부(子婦) 허씨(許氏)와 장손(長孫)인 경창(慶昌)이 한 일은 비록 천성

---

69) 구사당(九思堂): 아무개의 호. 『논어』 「계씨」에 "군자는 아홉 가지 생각이 있어야 하니 명(明)·총(聰)·온(溫)·공(恭)·충(忠)·경(敬)·문(問)·난(難)·의(義)이다"라고 한 뜻을 취한 것이다.

70) 성주(成周): 옛날 땅 이름. 곧 서주(西周)의 동도(東都) 낙읍(洛邑; 洛陽)을 가리키는 말인데, 그 옛터가 현 하남성(河南省) 낙양시(洛陽市)의 동교(東郊)에 있음.

71) 육행(六行): 효(孝)·우(友)·목(睦)·인(婣)·임(任)·휼(恤)을 가리킴.

72) 빈흥(賓興): 선비를 천거하는 법을 말함. 옛날 주(周)나라 시대에 지방의 소학교(小學校)에 현능(賢能)한 자를 천거하면 빈(賓)으로 대우, 승진시켜 국학(國學; 大學)으로 입학시켰던 제도를 말한다.

73) 일행(一行): 육행(六行)중의 일행(一行). 곧 효행(孝行)을 가리킨다.

74) 유전(遺典): 선대(先代)로부터 물려져 오는 전장(典章)과 제도(制度).

(天性)에서 나온 것이기는 하나, 또한 공의 행실을 보고서 감동한 데에서 연유한 것이니, 아! 아름답도다.

> **원문** 禹公之行全擧, 雖在成周之世, 當與六行之賓興, 偏擧亦宜入古一行之傳. 而又與『小學』「明倫篇」, 實多相合, 乃近世敦本厲操之君子也. 而生無薦聘, 沒不旌贈, 蓋爲淸朝之遺典, 而公之闇然自修, 不求聞於世, 亦可知矣. 若公子婦許氏, 長孫慶昌之事, 雖出天性, 亦由觀感, 嗚呼懿哉.

15. 통덕랑通德郎 안동권공安東權公 찬 通德郎安東權公贊

> **옮김** 바르고 엄격한 것이 높은 언덕[陡岸]75)과 같이 하여 구명(邱明)76)의 수치를 수치로 여겼으며 옳지 못한 것을 보면 마치 자기를 더럽힐 것과 같이 여겼도다.77) 비유하자면 파리를 먹은 자는 반드시 토하고야 마는 것인데, 사람을 쫓아 세상에 아첨하는 것은 욕됨이 시장에서 종아리를 맞는 것보다 심한 것이로다. 과실을 규율하고 선을 권면하는 것은 옛날의 도가 이와 같았도다. 사악하면 곧 앉아 악을 굽혀서 곧 좌죄되면 원만해도 우러르지 않는 것이니 이 두 선비78)는 공과

---

75) 초안(峭岸) : 두안(陡岸)과 같은 말로서 높이 솟은 언덕이란 말인데 여기서는 그처럼 우뚝하다는 뜻으로 쓴 것이다.
76) 구명(邱明) : 『논어』「공야장」에 나오는 좌구명(左丘明 : 丘는 孔子의 휘자이므로 후세에는 피휘하여 邱로 썼다)을 가리킨 것이다. 좌구명은 족공(足恭) 곧 과공(過恭)하는 것을 수치로 여겼다 한다.
77) 이러한 사람은 백이(伯夷)와 같이 지나치게 결백한 사람을 가리킨다. 『맹자(孟子)』「공손추(公孫丑)」참조.

더불어 아름다움을 가지런히 하는도다.

方嚴峭岸, 恥邱明恥. 見有不韙, 若將浼己. 譬食蠅者, 必吐後止, 徇人阿世, 辱甚撻市. 規過責善, 古道如是. 曲惡便坐, 圓不仰視, 惟此二士, 公與齊美.

16. 권공부인權公夫人 전주최씨全州崔氏 찬 權公夫人全州崔氏贊

품격이 높고 덕이 갖추어져 인자하고 효성스러우며, 장엄하고 공경스러웠다. 여사(女士)와 모사(母師)[79]로 예를 따르고 바른 것을 이행하였다. 오직 주식(酒食)이외에도 시서(詩書)를 또한 다스려 지난 역사와 옛날의 전적(典籍), 사적(事蹟)과 언행(言行)을 헤아리고 품평(品評)하여 절충(折衷)하기를 반드시 성(聖)스럽게 하였다. 깨달음은 현묘함에 들어갔고 학문은 성명(性命)을 연구하여 감변하고[80] 증명함으로써 구경(究竟)을 구하였다. 이제에 이르기까지 맑은 규방[淸閨][81]에 인자한 달이 거울과 같았다.

品高德備, 仁孝莊敬. 女士母師, 率禮履正. 唯酒食外, 詩書亦政, 前史往牒, 事蹟言行, 商略品評, 折衷必聖. 悟門玄玅, 學研性命,

---

78) 이 두 선비[惟此二士] : 좌구명(左邱明)과 백이(伯夷)이다.
79) 모사(母師) : 어머니의 모범.
80) 감변(勘辨) : 종문(宗門)의 한 과(科). 수행의 중요한 대목에서 스승과 제자가 학문의 깊이와 정당성을 시험·탐색하는 일.
81) 청규(淸閨) : 깨끗하고 조용한 규방(閨房)을 말함.

勘辨證明, 以求究竟. 至今淸閨, 慈月如鏡.

17. 학생 단양우공丹陽禹公 묘지명 學生丹陽禹公墓誌銘

[譯/옮김] 고인(古人)이 이르기를 "학문에는 통(統)은 있고 계(系)는 없다"[82] 했는데, 지금 구사당(九思堂) 단양우공(丹陽禹公)의 가장(家狀)을 보니 자못 그러하지 않았다. 우(禹)씨 가문에는 제주(祭酒)[83]인 휘 탁(倬)이 있었으니 동방(東方) 경학(經學)의 비조(鼻祖)이다. 제주(祭酒)와 할아버지를 같이한 형제(兄弟)의 아들에 적성군(赤城君)인 휘(諱) 길생(吉生)이란 사람이 있으니 학문으로 정포은(鄭圃隱)의 스승이 되었다. 적성(赤城)의 아들 충정공(忠靖公)은 휘(諱)가 현보(玄寶)로 제주(祭酒)의 유교(遺敎)를 준행, 건의하여 학교(學校)를 설치함에 중화의 제도를 따르게 하였다. 충정(忠靖)의 아들과 손자는 모두 선대의 사업을 잘 계승하였다. 그 후손에 우곡처사(愚谷處士) 휘(諱) 강강(綱)과, 우곡(愚谷)의 손자인 호(號) 갈계(葛溪) 휘(諱) 정(鼎)[84]이란 분은 문학과 효의(孝義)로 사람들에게 우러름을 받았다. 갈계(葛溪)에게 아들 휘(諱) 진서(震瑞)가 있었는데 배움에 뜻을 두었으나 일찍이 죽었으니, 이분이 공의 조부이다. 아버지는 휘(諱) 현규(玄圭)이니 관직은 현감(縣監)이요 학문을 하되 몸소 실천함에 힘썼다. 네 번 장가들었으니, 이씨

---

82) "사승 관계는 있으나 혈연 관계는 없다"라는 의미인 듯하다.

83) 제주(祭酒): 고려 시대, 국자감(國子監)·성균감(成均監)·성균관(成均館)의 종3품 혹은 정4품 벼슬. 또는 그 벼슬아치.

84) 우정(禹鼎, ?~1637): 본관 단양(丹陽). 호는 갈계(葛溪). 1633년 생원시(生員試)에 급제. 1636년 병자호란 때 성균관 유생으로서 혼자 남아 문묘(文廟)를 지켰다. 고향에 갔다가 아내와 함께 포로가 되자, 금강(錦江)에서 함께 투신자살하였다. 숙종 때 지평(持平)에 추증, 쌍정문(雙旌門)을 세웠다.

는 부사(府使) 박(煿)의 따님이고, 이씨는 생원(生員)인 주우(柱宇)의 따님이고, 이씨는 문귀(文龜)의 따님이고, 민씨는 원규(元圭)의 따님인데 소생이 없었다. 공(公)은 현감공(縣監公)의 아우 생원(生員)인 휘(諱) 문규(文圭)의 아들로서 현감공(縣監公)의 후사(後嗣)가 되었으니 죽은 어머니 이씨는 두제(斗濟)의 따님이었다.

공(公)이 일찍이 가학(家學)을 이어받아 효제(孝悌)·화목함이 있었으니 비록 옛 사전(史傳)에 기록된 것이라 하더라도 혹시 이보다 더할 수는 없었다. 새벽마다 일어나 사당에 참례하고 서재(書齋)에 물러가 앉아서, 손님과 친구를 접대하는 일과 집안일을 다스리는 것이 모두 예에 들어맞고 법도에 맞았다. 그리고 선대의 묘소에 합장하지 못한 것은 합장시켰고, 제사가 끊어진 자를 제사 지내게 하였으며, 방조(旁祖)로서 후손이 없는 분들의 묘역도 수리하였다. 매번 그 고장에 큰일이 있으면, 반드시 공으로 제주(祭酒)를 삼아 처리하였다. 공은 예의 법도가 단아(端雅)하고 의대(衣帶)를 반드시 갖추어서, 비록 집안사람이라도 그가 게을리하는 모습을 본 적이 없었다. 항상 쓸모 있는 학문을 시험하려고 해서 사람으로 하여금 유도(儒道)라는 것은 높이 받들어야 한다는 것을 알도록 하게 했는데, 불행히도 병으로 돌아갔으므로 군자(君子)들이 그를 애석하게 여겼다. 임종할 때에도 정신이 혼란하지 아니 하여, 부채를 찾아 너그러울 관자[寬]를 써서 그 아들에게 주었으니, 대개 그를 경계한 것이다.

공(公)의 휘(諱)는 휘적(徽績)이요, 자(字)는 미경(美卿)이니 명릉(明陵) 신미년(辛未年) 4월 15일에 태어나서 원릉(元陵) 무오년(戊午年) 9월 20일에 죽었으니 향년(享年) 48세였다. 아무개 고을 아무개 산(山) 아무개의 원(原)에 장사 지냈으니 선영을 따른 것이다. 배위는 진주 강씨(晉州姜氏)이니 훤(烜)의 딸이요, 계배는 진주 유씨(晉州柳氏)이니 지장(智章)의 딸이다. 아들이 둘이고 딸이 하나였으니 휘태(徽泰)는 강씨(姜氏)의 소생이고, 휘익(徽益)과 권상렴(權尙廉)의 아내는 유씨(柳氏)의 소생이며, 소실 소생 아들은 휘점(徽漸)이다.

명(銘)에 이른다. "청하범양(清河范陽)[85]은 성망(姓望)이 서로 대치했도다. 만약에 덕으로 선발된 사람이 아니면 군자(君子)가 말하지 않았도다. 누가 단양 우씨의 자손으로 고조, 증조의 소목(昭穆)이 학맥(學脉)으로 서로 이어진 것과 같으리오. 아! 한 사람은 인륜을 다하였고, 한 사람은 위육(位育)하여,[86] 한 집안이 인륜을 다하고 한 집안이 위육(位育)한 것은 오직 선생만이 그 지목에 합당할 만하도다."

古人云, "學有統而無系." 今觀九思堂丹陽禹公家狀, 殆不然矣. 禹有祭酒諱倬, 爲東方經學之祖. 祭酒同祖兄弟之子赤城君諱吉生, 學爲鄭圃隱師. 赤城子忠靖公諱玄寶, 遵祭酒遺敎, 建議設學校從華制. 忠靖之子若孫, 皆趾美紹徽. 而其後有愚谷處士諱綱, 愚谷之孫號葛溪諱鼎, 問學孝義, 爲人所稱慕. 葛溪有子諱震瑞, 志學無年, 是爲公王父. 考諱玄圭, 官縣監, 爲學務躬行. 四娶, 李氏府使煒女, 李氏生員柱宇女, 李氏文龜女, 閔氏元圭女, 無育. 公以縣監公弟生員諱文圭子, 後縣監公, 妣李氏斗濟女.

公早承家學, 孝悌媚睦, 雖古史傳所記, 或無以過. 每晨起謁廟, 退坐書齋, 接賓友理家務, 皆合禮中度. 而先墓之未祔者祔之, 廢祀者祀之, 旁祖之無後者, 亦修其塋域. 每鄕有大事, 必肅公爲祭酒以聽焉. 公儀度端雅, 衣帶必飭, 雖家人, 未嘗見其有惰容. 常欲試其有用之學, 使人知儒道之可尊, 不幸病卒, 君子惜之. 臨絶, 神識不亂, 索扇書寬字, 付其子, 盖戒之也. 公諱徽績, 字美卿, 生於明陵辛未四月十五日, 沒於元陵戊午九月二

---

85) 범양(范陽) : 역사상 유명한 것은 유주(幽州 : 베이징)를 중심으로 한 범양 번진이다. 713년 설치되어, 936년 연운16주(燕雲十六州)의 일부로서 요(遼)나라에게 할양될 때까지 약 2세기 동안, 인접한 성덕(成德) · 천웅(天雄)의 두 번진(藩鎭)과 더불어 하북삼진(河北三鎭)이라 불리며, 당나라에 대하여 줄곧 원심적(遠心的) 태도를 취하였다. 이 때문에 안녹산(安祿山) · 사사명(史思明)도 이곳을 거점으로 하여 난을 일으켰다.

86) 위육(位育) : 『중용』 제1장에 "천지가 제 위치에 있게 되며 만물이 잘 자라게 된다[天地位焉, 萬物育焉]"의 준말. 곧 사람이 하는 정치가 잘 되면 자연도 좋은 반응을 일으킨다는 뜻이다.

十日, 享年四十八. 葬于某縣某山某坐之原, 從先兆也. 配晉州姜氏楦女, 繼配晉州柳氏智章女. 男二女一, 徽泰姜氏出, 徽益, 權尙廉妻, 柳氏出, 側室子徽漸.

銘曰: "淸河范陽, 姓望相傲. 苟非德選, 君子不道. 孰如丹山之胄, 高曾昭穆, 學脉相續. 噫! 一人盡倫, 一人位育, 一家盡倫, 一家位育, 維先生可以當其目."

18. 수분옹^{守分翁}의 문권에 쓰다⁸⁷⁾ 題守分翁卷

譯
옮김

천하의 환난은 항상 분수에 편안하지 못하는 데에서 생긴다. 선비가 배우지 아니 하면 어리석게 되고, 농부가 밭 갈지 아니 하면 굶주리게 되는데 사람만이 이런 것이 아니다. 물고기가 언덕에 오르면 말라 죽게 되고, 범이 숲을 나오면 잡히게 된다. 그러므로 옛날의 지인(至人)들이 의본분(依本分: 본분에 의존한다)을 삼자경(三字經)⁸⁸⁾으로 삼았던 것은, 그 뜻이 깊은 것이다. 내가 세상을 보건대 분수를 넘는 자가 대개 많다. 이제 수분옹(守分翁)의 문집을 열람해 보니 무릇 천(天)이란 글자에 있어서는 모두 확실하게 다른 글자와 이어서 쓰지 않음으로써 천을 높였다. 아직 몇 편밖에 열람하지 않았으나, 그치고 말하기를 "반드시 다

---

87) 『탄만집』에는 제목이 「제수분옹권발(題守分翁卷跋)」로 되어 있다. 관련 글은 이익 (李瀷)의 『성호전집(星湖全集)』 「수분와기(守分窩記)」; 신경준(申景濬)의 『여암유고 (旅菴遺稿)』 「수분와송공익조묘지명(守分窩宋公翊朝墓誌銘)」; 정범조(丁範祖)의 『해 좌집(海左集)』 「수분당기(守分堂記)」 등이 있다.

88) 삼자경(三字經): 옛날 어린이의 교과서로 삼았던 매 구 3자씩 운을 달아 지은 책자를 가리킨다. 송(宋)나라 왕응린(王應麟)이 지었다는 설을 비롯하여 몇 가지 이설(異說)이 있다. 여기서 인용한 뜻은 의본분(依本分)이란 3자가 삼자경의 1구로 들어갔다는 말이다.

열람할 것이 없다. 나는 이미 옹을 알았다"라고 하였다. 『역경』에 이르기를 "천존지비(天尊地卑)"라 했으니, 분수가 이보다 더 분명한 것은 없다.

天下之患, 常生於不安分. 士不學則懵, 農不耕則餒, 非惟人也. 魚登岸則枯, 虎出林則擒. 故古之至人, 以依本分爲三字經者, 其旨深矣. 余觀於世, 踰分者蓋多. 今閱守分翁卷, 凡於天字, 皆截然不與他字連書以尊之. 閱未數板而止, 曰 : "不須盡閱, 我已知翁." 易曰 : "天尊地卑" 分莫尙於此

19. 여강에 있는 세려世廬를 중수重修한 사적에 대한 발문 驪江世廬重修事蹟跋

천하(天下)가 주(周)나라를 높이거늘 홀로 서산(西山)의 위에 올라 주나라 곡식을 먹지도 않고 죽지도 않아, 그리함으로써 노년을 마치시었다. 이것은 한 몸으로 천운(天運)을 꺾은 것이니 이른바 "태극(太極)이 음양(陰陽)을 따르지 않는다[太極 不隨陰陽]"라는 것이다. 그러나 그 처한 바가 절도(節度)에 맞았으므로 절(節)이라 하는 것이니, 그렇지 못하여 일시의 분격(憤激)으로 물에 빠지거나 목을 매다는 자는 모두 절(節)이라고 허락할 수는 없는 것이다. 여강처사(驪江處士) 윤공(尹公)은 여기에서 본 것이 있어서 그 절(節)을 이룬 분이다. 공의 옛집이 이제까지 아직도 있는데 13세손인 치화(致和)가 거듭 잘 손보았다. 그런데 공의 후손은 물론이고 종지(宗支)[89]로서 한마을에 사는 사람들이 옛날의 포강(浦江)에 있는 의로운 가문(義門)[90]과 같이 하였으니, 군자가 장하게 여겼다. 아!

---

89) 종지(宗支) : 종파(宗派)와 지파(支派).

사람의 큰 인륜(人倫)은 부자(父子)이니 대개 자신으로부터 위로 미루면 먼 데 이르러도 아버지 아닌 것이 없고, 자신으로부터 아래로 미루면 먼데에 이르러도 자식 아닌 것이 없다. 후손들이 선대의 사업을 계승하는 것은 아들이 아버지의 뜻을 좇는 것이다. 그렇다면 윤씨(尹氏)는 절효(節孝)를 갖추었다고 이를 수 있는 것이다. 비록 그러나 형체가 있는 것은 끝내 없어지지만, 형체 있는 것을 따라서 없어지지 않는 것은 글이다. 그러므로 마을의 하찮은 관리(閭史)가 이 글을 쓴다.

원문

天下宗周, 獨登西山之上, 不粟不死, 以終老焉, 此以一身拗過天運, 所謂太極不隨陰陽者. 然其所處中節, 故曰節, 不爾一時憤激, 赴水投繯者, 未可盡以節與之也. 驪江處士尹公, 有見于此, 以成其節者也. 公之舊廬, 至今尙在, 十三世孫致和重加繕修. 而公之後無論, 宗支同閈而居, 如古浦江義門, 君子韙之. 噫! 人之大倫, 爲父子, 盖自身而上, 推而至於遠, 莫非父也, 自身而下, 推而至於遠, 莫非子也. 後昆之繼先業, 卽子述父志也. 然則尹氏可謂節孝具焉. 雖然有形者終有燹, 而不逐有形而燹者, 文也. 故閭史書之.

---

90) 의문(義門): 의를 숭상하는 문족(門族)을 이른다. 『송사(宋史)』「효의전(孝義傳)」에 나온다.

20. 『양천허씨세고』 발문 ^{陽川許氏世稿跋}

똑같은 대나무지만 해곡(嶰谷)⁹¹⁾에서 생산되는 것과 똑같은 돌이지만 사빈(泗濱)⁹²⁾에서 바쳐지는 것이 능히 소리가 율려(律呂)에 맞아서 사악(司樂)의 문적에 오르게 된다. 오직 사물뿐만이 아니라, 사람 또한 그러하다. 열국(列國)의 시(詩)가 태사(太師)에게 거두어져서 현가(弦歌)⁹³⁾에 오르는 것이니 모두가 선발된 것들이다. 우리나라는 바다 모퉁이에 궁벽하게 있어서 이미 열다섯 나라에 견줄 것이 아니었고 또 오(吳)나라와 초(楚)나라가 맹약에 참여하고 조육(胙肉)을 하사받으면서도 오초(吳楚)의 시(詩)는 오히려 배열(排列)되지 못한 것과도 달랐다. 그리하여 우리나라의 시는 간간이 중국에 채록되었는데, 그중에서도 양천 허씨가 많았으니 성대한 일이다. 허씨는 27대 동안에 이름난 사람과 위대한 사람이 서로 이어졌는데, 그들의 시는 오묘(奧妙)하고 박무(樸茂)⁹⁴⁾하며, 고고(高古)하고 훌륭하며, 준초(峻峭)하고 섬려(贍麗)함이, 비록 사람마다 다르기는 하나 그 시들이 작자의 법에 합치되었으니 모두 함께 한 대가를 이루었다. 비유하자면 24절기와 72후(候)⁹⁵⁾는 퍼지고 오므라드는 것과 춥고 따뜻한 차이가 있어서 시종함으로써 한 해를 이루는 것과 같은 것이다. 허목(許穆)선생과 같은 분은 우리나라에서 거의 둘도 없는 분

---

91) 해곡(嶰谷) : 곤륜산(崑崙山) 북쪽에 있는 계곡 이름. 해곡(嶰谷)은 아름다운 대나무가 많았던 곳으로 유명한다. 황제(皇帝) 때 영륜(伶倫)이 이 골짜기에서 대나무를 취하여 음률(音律)을 정했다 한다.

92) 사빈(泗濱) : 사수(泗水)의 물가. 그곳에서 산출되는 옥돌은 경(磬)이란 악기를 만드는 재료로 쓰인다. 『서경(書經)』「우공(禹貢)」 '서주(徐州)' 참조.

93) 현가(弦歌) : 금슬(琴瑟) 같은 현악기를 타고 노래하는 것. 옛날 주(周)나라 때 태사(太史)가 제후들이 바치는 민요를 정리하여 연주하고 노래함으로써 예악의 교화로 삼았음을 말한다.

94) 박무(樸茂) : 질박(質朴)하고 후중(厚重)한 것.

95) 칠십이후(七十二候) : 1년에 드는 72개의 절후. 옛날 5일마다 1절후로 나누었으니 1개월은 6절후이고 1계절은 18절후이며 1년은 4계절이니 72절후이다.

인데, 제2권에 수록한 것은 대수 때문이다.

均竹也, 産於嶰谷, 均石也, 貢於泗濱者, 能聲中律呂, 陟於司樂
之籍. 非惟物, 人亦然. 列國之詩, 領於太師, 登於弦歌者, 皆其
選也. 我東僻處海隅, 旣非十五國之比, 又異於吳楚之與盟賜胙, 而吳楚
之詩, 且不陳焉. 而獨我國之詩, 間見采於中國, 而陽川許氏爲多, 盛哉.
許氏二十七世之間, 名碩相望, 其詩奧妙樸茂, 高古秀令, 峻峭瞻麗, 雖人
人殊, 其合於作者之法, 則同成一大家. 譬猶二十四氣七十二候, 有舒摰
寒暖之異, 而始終以成一歲也. 若眉老先生, 則於東國幾無兩焉, 而居第
二卷者以世也.

21. 『양천허씨세고』 뒤에 쓰다[96] 題陽川許氏世稿後

이 원고의 가려 뽑은 것은 농와공(聾窩公)[97]에게서 나온 것이
다. 그런데 공정하고 면밀하여 마치 한(漢)나라의 삼척법(三尺
法)[98]과 주(周)나라의 구장(九章)[99]과 같으니, 반드시 전하게 될 것을 알

---

96) 『탄만집』에는 제목이 「제양천허씨세고후발(題陽川許氏世稿後跋)」이라고 되어 있다.
97) 농와공(聾窩公): 허채(許采, 1696~1764)의 호. 자는 중약(仲若) 또는 경회(景晦)이고,
    호는 현은자(玄隱子)이다. 벼슬은 통훈대부행사헌부장령(通訓大夫行司憲府掌令)이었
    다. 강박(姜樸)은 말하기를 "백 년 이래로 이와 같은 글을 보지 못했다"라고 했다는 기록이
    가장(家狀)에 보인다. 저서로는 『수진현람(修眞玄覽)』과 『시림잡록(詩林雜錄)』・『농와
    집(聾窩集)』이 있다는 기록이 있으나, 확인할 수는 없다.
98) 삼척법(三尺法): 법률을 가리킨다. 옛날 죽간(竹簡)의 길이를 3척 길이로 잘라서 벌
    률을 썼던 데에서 나온 말이다.
99) 구장(九章): 옛날 제왕(帝王)의 면복(冕服) 상의 9종 도안을 가리킨 것으로 보임. 9장
    은 용(龍)・산(山)・화충(華蟲: 장끼)・화(火)・종이(宗彝; 범)・조(藻: 마름풀)・분미(粉

수 있다. 또 농와(聾窩)의 시는 다만『허씨세고(許氏世稿)』뿐만 아니라 우리나라 시선집에도 오를 만한데도, 짓는 대로 으레 버리고 거두지 않았으니 이것을 장기(長技)로 인정받고 싶지 않아서였다. 그러므로 버린 구슬과 부스러기 금만이 겨우 그 아우 호은(湖隱)[100]의 발에 나타났으니 매우 애석한 일이다. 이에 이어서 짓는 것은 마땅히 후인의 속편(續編)이 있게 될 것이다.

此稿之選, 出於聾窩公. 而旣公又精, 如漢三尺周九章, 其必傳可知也. 且聾窩之詩, 非徒『許氏世稿』, 可登於東詩之選, 而隨作輒棄不收. 不欲以是見長. 故遺珠零金, 僅見於其弟湖隱之跋, 可惜也已. 繼此而作者, 則當有後人之續編矣.

22.『난고유고』서문 蘭皐遺稿序

『난고자유고(蘭皐子遺稿)』의 서문을 쓰려, 붓을 몇 번이나 대다가 멈춘 것이 여러 번이었다. 대개 세력과 지위로써 통적(通籍)

米 : 쌀)·보(黼)·불(黻)이다.
100) 호은(湖隱) : 허휘(許彙, 1709~1762)의 호. 조선 후기의 문신. 본관은 양천(陽川). 자는 진경(晉卿)이며 호는 표은(豹隱)이다. 목사(牧使) 원(源)의 아들이며, 집(集)과 채(采)의 아우이다. 눌은(訥隱) 이광정(李光庭, 1674~1756)의 사위가 된다. 1743년(영조 19) 문과에 급제하였으며, 벼슬이 지평(持平)을 거쳐 장령(掌令)에 이르렀다. 허휘(許彙)의 형인 학주(鶴洲) 허경(許燝)을 비롯한 이 집안사람들에게 이용휴가 준 몇 편의 글이 있다. 이용휴와 친구였으며 시서화(詩書畵)로 유명한 연객(烟客) 허필(許佖, 1709~1768)도 이 집안사람이다. 족보에는 유고(遺稿)가 있다 하나, 지금은 찾아볼 수 없다.

한 것 이상은 모두가 난고자(蘭皐子)보다 낫고, 당을 끌어들여 결사(結社)한 것 이상도 모두가 난고자보다 낫다고 할 수 있다. 그러므로 말을 해서 사실대로 쓰게 되면 곧 본 자들이 반드시 과장했다고 여겨 믿지 않을 것이어서 아울러 서문을 쓴 사람까지 비난할 것이고, 만일 서문 쓰기를 피한다면 이것은 억지로 남의 선을 감춰서 보배[瑰寶]로 하여금 굽힘을 받게 할 것이니 차마 못할 일이다. 또, 시(詩)에는 색이 있으나 눈으로 볼 수 있는 것이 아니며, 소리가 있으나 귀로 들을 수 있는 것이 아니며, 맛이 있으나 혀로 맛볼 수 있는 것이 아니니, 이해하는 사람을 찾고 감상할 줄 아는 사람을 만나는 것이 어찌 어렵지 않은가?

비록 그러나 난고자는 옛날의 맑은 문사로, 그의 시는 참으로 작가라 할 만하다. 생각건대 나는 유년 시절에 일찍이 난고자에게서 글을 배웠다. 그가 날마다 의관을 정제하고 책상을 마주해 글을 읽다가, 틈틈이 『성호집(星湖集)』 몇몇 장을 베껴 썼는데, 느끼는 바가 있으면 문득 시로 표현하고, 시가 이루어지면 한두 번 읊조리다가 거두기도 하고 거두지 않기도 하는 것을 보았다. 당시에는 무슨 말인지 알지 못했었는데, 지금 그것을 보니, 간원(簡遠)하고 아결(雅潔)하게 독자적으로 운용하여, 세상에서 겉치레[襞砌]101)를 하고 미사여구[餖飣]102)를 늘어놓는 사람들이 흉내낼 수 있는 것이 아니었다.

아! 운초(雲草) 사이에 웅크리고 있는 사람을 저 대로를 활보하는 사람과 비교한다면 진실로 요원할 것이다. 그러나 하늘과 땅을 받치는 사람들이 때로는 궁벽한 애꾸눈의 사내에게 양보할 때도 있다. 서산음(徐山陰)이 죽자 원씨(袁氏)의 표장(表章)을 얻어서103) 소리를 원근에 날리었

---

101) 벽체(襞砌) : 섬돌을 쌓는 것. 겉치레나 한다는 뜻으로 쓴 것이다.
102) 두정(餖飣) : 음식을 보기 좋게 꾐새를 하는 것. 글을 지을 때 내용은 없이 미사여구만 늘어놓는 비유로 쓴다.
103) 서산음이 죽자 원씨의 표장을 얻어서[徐山陰死, 得袁氏表章] : 서산음(徐山陰)은 명(明)나라 때 산음(山陰) 사람 서위(徐渭)이고 원씨(袁氏)는 같은 시대 공안(公安) 사람 원굉도(袁宏道)이다. 서위는 뛰어난 천재로서 시(詩)와 문(文)이 절륜하고 초서를 잘 썼

으니, 그렇지 않으면 조물주가 펴 주거나 굽히는 권리가 없어서 사람의
마음이 드디어 태만해지게 될 것이다.

또 말에 이르기를 "한 세대로 하여금 알게 하는 것이 백 세대로 하여
금 알게 하는 것만 못하다"[104]라고 하였다. 난고자가 자신에게 기약했
던 것과 내가 난고자에게 기대했던 것이 대개 여기에 있는 것이다.

원문 欲序『蘭皐子遺稿』, 筆幾下而止者數. 盖以勢位通籍而上, 皆勝
蘭皐子, 以黨援結社而上, 皆勝蘭皐子矣. 故言之稱其實, 則見
者必以爲夸而不信, 幷譏序者, 若避焉, 則是强意藏善, 而使瑰寶受屈, 所
不忍也. 且詩, 有色非目之所可覩, 有聲, 非耳之所可聽, 有味, 非舌之所
可嘗, 則索解遇賞, 豈不難哉?

雖然, 蘭皐子, 是古之淸士, 而其詩實作家. 憶余幼年, 嘗受書於蘭皐
子. 見其日整衣冠, 對案讀書, 間寫『星湖集』數紙, 有所感, 輒寓於詩, 詩
成, 一再吟咏, 或收或不收. 當時不省爲何語, 今見之, 簡遠雅潔, 獨立自
運, 非世之襞砌餖飣者, 所可髣髴也.

噫! 跧伏雲草之人, 視彼翔亨衢者, 誠遼矣. 然拄天拄地者, 有時遜於窮
瞎之夫. 徐山陰死, 得袁氏表章, 飛聲遠邇, 不然, 造物者, 無屈伸之權,
而人心邃怠矣.

且語曰, "使一世知之, 不如使百世知之." 蘭皐子之所自期, 余之爲蘭
皐子期者, 盖在此矣."

으며 그림도 잘 그렸다. 그런데 왕세정(王世貞)과 이반룡(李攀龍)이 칠자(七子)의 모임
을 만들 때 사진(謝榛)이 포의(布衣)라 하여 배척을 당한 데에 분개하여 그 두 사람의
당(黨)에 들어가지 않기로 맹세하였다. 그런 지 20년이 지난 후에 원굉도가 서위의 잔
질(殘帙)을 얻어서 그 문집을 발간해준 것을 말한다. 『명사(明史)』「서위(徐渭)」 참조.
104) 이 문구는 보이는 곳이 없으니 항간의 속담일 수도 있을 것 같다.

국내의 고을이 모두 330개인데, 고을마다 각기 수령이 있다. 이 330인은 대개 현명한 임금이 재주를 인정하여 백성과 사직을 맡긴 사람들이다. 내 친구 정기백(丁器伯)106)은 알성시에서 선발되어 오산(烏山)의 수령직을 얻었다. 오산(烏山)은 서울과의 거리가 800리나 된다. 서울은 비유하면 해와 같으니, 해와 가까운 곳은 쉽게 따뜻해지고 쉽게 밝아진다. 만일 먼 곳이라면 모름지기 햇살의 따뜻함과 촛불의 밝은 힘을 빌려야 할 것이니, 자네는 힘써야 할 것이다. 또, 수령을 두는 것은 무슨 뜻인가? 백성으로 하여금 모두 하고자 하는 바를 얻게 하려는 것이다. 그렇지 않으면 수백, 수천의 가호(家戶)로 자기 배만 채울 뿐이니 어찌 옳겠는가? 『재상수령합주(宰相守令合宙)』107)는 세상을 다스리는 책인데, 자네는 일찍이 읽어 본 적이 있는가? 그것을 읽어 보면, 그 정신과 기맥이 서로 통하고 관련되어 다스려진다는 것을 알 수 있다. 그런데 수령은 더욱 중요하고 더욱 친근한 것이니 벼슬이 낮고 봉급이

---

105) 오성(烏城) : 전라남도 화순군의 옛 이름.

106) 정재원(丁載遠, 1730~1792) : 조선 후기의 문신. 자는 기백(器伯). 다산의 아버지이다. 어려서부터 문학에만 힘쓰고 재물에는 뜻을 두지 않았다. 일찍이 광주(廣州)의 세과(歲課)에 부방하였는데, 당시 광주 유수 이종성(李宗城)으로부터 글의 뛰어남과 뜻의 원대함을 인정받았다. 이 글은 1777년 정재원이 화순현감으로 부임할 때 지어 준 글이다. 다산도 이때 아버지를 모시고 따라갔다. 다산이 화순현 동헌 본채에 딸린 금소당(琴嘯堂)에 대해 지은 「琴嘯堂 同曹進士(翊鉉)作」이란 시가 남아 있다. 그에 대한 다른 문인들의 글로는 안정복(安鼎福), 『순암집(順菴集)』「답정기백재원별지무신(答丁器伯載遠別紙戊申)」; 신광수(申光洙), 『석북집(石北集)』「여정기백(與丁器伯)」; 정범조(丁範祖), 『해좌집(海左集)』「여족제기백서(與族弟器伯書)」 등이 있다.

107) 재상수령합주(宰相守令合宙) : 명나라 오백여(吳伯與)가 찬한 것이다. 백여(伯與)의 자(字)는 복생(福生)이고 선성(宣城) 사람이다. 만력(萬歷) 계축(癸丑)에 진사(進士)에 올라서 관직이 광동안찰사부사(廣東按察司副使)에 이르렀다. 이 책의 서문(序文)에 쓰기를 『재상수령합주(宰相守令合宙)』라고 했다. 그리하여 이 책은 13권인데 재상에 관한 것은 있고 수령에 관한 것은 없으니 완벽한 글은 아니라고 한다.

박하다고 해서 스스로 가볍게 여겨서는 안 될 것이다. 아! 남한테 한 광주리의 누에를 받더라도 잘 기르면서 오직 그것이 잘못될까 두려워하는 것이거늘, 하물며 어린 자식 같은 백성들임에랴? 그대는 모름지기, 한결같이 바른 도리만을 따르고 자신의 사사로운 이익을 개입시키지 말라! 백성들은 백성의 본분으로 돌아가게 하고, 아전은 아전의 본분으로 돌아가게 하며, 관리는 관리의 본분으로 돌아가게 해서, 정사가 잘 이루어졌다고 조정에 보고 하도록 하라.

원문 國內之邑共三百三十, 而邑各有宰. 此三百三十人者, 盖明主之所才, 而寄民社者也. 吾友丁君器伯, 謁選得烏山宰. 烏山去王京八百里而遠. 王京譬則日也, 近日之處, 易暖易明. 若其遠者, 則須資煦之煖, 燭之明者力焉, 君其勉之! 且置宰何意? 使民皆得其所欲也. 不然, 以數百千戶厚自奉而已, 惡可哉? 『宰相守令合宙』者, 經世之書也, 君曾已讀否? 讀之可知其精神氣脈之相注相關以爲治. 而守令爲尤重尤親, 不可以官卑祿薄而自輕也. 噫! 受人一筐蠶, 亦善養之, 惟恐其敗, 矧赤子哉? 君須一循直道, 無參己私. 以民還民, 以吏還吏, 以官還官, 以政成報朝廷.

24. 『우정고』 서문 雨庭稿序

역옮김 시(詩)의 글자는 4언(言), 5언(言), 6언(言), 7언(言)이 있다. 그러나 지금에 유행하는 것은 거의 5언(言)과 7언(言)이다. 4언(言)은 곧 『시경』의 풍아(風雅) 이후에는 명(銘)이나 송(頌)을 제외하고는 보기가 드물고, 6언(言)은 아주 드무니 비록 거장(鉅匠)의 대단한 문집이라 하더라도 간혹 몇 편에 그칠 뿐이다. 대개 5언(言)과 7언(言)은 천하가 함께 따르는 것이어서 모두 좋아하며 또 그 방식이 익히기 쉽고, 성률이 섭렵하기 쉽다. 그런데 6언(言)은 5언(言)과 7언(言)의 사이에 있어 그 형세가 좁고 그 국면이 협소하여, 재주가 격식을 넘어서 법의 속박을 받지 않는 자가 아니면, 진실로 잘 짓기 어렵고 잘 짓더라도 또한 칭찬을 받기는 더더욱 어렵다. 비유하자면 벽지선(辟支禪)[108]이 대중을 모아 놓고 연교(演敎)하는 밖에서 홀로 스스로 깨닫는 것과 같다. 정성중(鄭成仲) 군은 시(詩)에 있어 뛰어난 재주와 현묘한 취향이 있어 좋아하는 것이 5언(言), 7언(言)에 있지 않고 6언(言)에 있었다. 그러므로 그 시집(詩集)을 이름하여 우정(雨庭)이라 했으니 사물에 빗대어 뜻을 나타낸 것이다. 무릇 정원에 비가 오는 것을 바라지 않는 것은 많은 이들의 같은 뜻이고, 비가 내리기를 원하는 것은 그 한 사람의 유별난 생각이다. 그러나 한가로운 뜰에 비가 지나가고 먼지가 공중에서 씻기어 고화(孤花)가 머리를 감은 듯하고 유초(幽草)가 더욱 싱싱하게 푸르면 도리어 비가 오지 않은 때보다 더 낫다. 이것은 단지 은연중 마음에 이회(理會)할 수 있는 것이니, 반드시 세상 사람을 향하여 이해를 구할 것은 없는 것이다.

원문 詩之爲言, 自四而五而六而七. 然今世所行者, 率五若七. 四則風雅後, 銘頌外罕見, 六則絶稀, 雖鉅匠大集, 或止數篇而已. 盖五與七者, 天下所共趨而同好, 且其途易熟, 而聲易獵. 惟六間於五七, 其勢逼, 其局狹, 非才溢於格, 而不受法縛者, 固難工, 工亦遇賞甚難. 譬猶辟支之禪, 獨自覺於聚衆演敎之外也. 鄭君成仲之於詩, 有逸才玄趣, 所嗜不在五七而在六. 故名其集曰 雨庭, 盖寓意也. 夫庭之不欲雨者, 衆之所同也, 欲雨者一人之獨也. 雖然雨過閒庭, 氣埃洗空, 孤花如沐, 幽草滋綠, 反有勝於不雨時. 此但可冥會, 不必向世人索解也.

---

108) 벽지선(辟支禪): 벽지불(辟支佛)과 같다. 꽃이 피고 잎이 지는 등의 외연에 의하여 스승 없이 혼자 깨닫는 이를 말함.

25. 성호선생星湖先生의 서척書尺 발문[109] 星湖先生書尺跋

譯 옮김 옛날 사람들은 문답을 말로 했기 때문에 전해지기가 어려웠고 전해지더라도 상세하지 않았다. 후세에는 모두 편지로 전했기 때문에 전해지기가 쉬웠고 또 상세하였다. 그러나 그 전할 만한 것은 적었고 반드시 전해야 할 것은 더욱 더 적었다. 이 서권(書卷)은 몇 장밖에 안 되지만 멀게는 천도(天道)의 운행과 가깝게는 인사(人事)의 절문(節文)을 담고 있으며 이기심성(理氣心性)의 분별 등 갖추지 않은 것이 없으니 이것은 반드시 전해져야 할 것들이다. 그러나 좋은 답변은 반드시 좋은 질문을 기다려서만 나오는 것이니, 우공(禹公)[110]이 좋은 질문을 한 공 또한 큰 것이다.

원문 古人問答以言語故難傳, 傳亦不詳. 後率以書牘故易傳而又詳. 然其可傳者少, 必傳者尤少. 此卷只若干紙, 遠而天道之運行, 近而人事之節文, 理氣心性之辨, 無不具焉, 此其必傳者也. 然善答必待善問, 禹公善問之功, 亦大矣.

---

109) 『탄만집』에는 제목이 「경발성호선생서척(敬跋星湖先生書尺)」이라 되어 있다.
110) 우공(禹公) : 미상.

26. 의암 조중보 제문[111] 祭蟻庵趙友文

아아! 사람의 몸을 받아 더불어 세상을 함께 사는 사람이 어찌 한정이 있겠는가? 서로 만났지만 다만 그 모습만이 기억나는 사람도 있고, 모습은 기억이 나지만 그 이름조차 모르는 사람도 있으며, 모습을 기억하고 이름도 알지만 말 한 마디 건네지 않은 사람도 있고, 또한 모습도 기억하고 이름도 알고 말도 주고받아 자주 서로 만나는 사람도 있다. 그러나 한 번 우연히 만나서 구면과 같이 된 사람은 오직 나와 형뿐이다. 중간에 자취가 모였다가 흩어지고 상황이 슬프고 기뻤던 것은 일정치 못하여, 기혈(氣血)과 모습이 여러 차례 변하였으되 마음만은 한결같았던 사람 또한 나와 형뿐이다. 또 형은 형제가 없고, 나는 형과 아우가 있었지만 먼저 죽었으며, 종제(從弟)가 형과 의형제를 맺었지만 또한 먼저 죽었으니, 이제 다만 나와 형 두 사람만이 있게 되어, 마치 태백성(太白星)이 잔월(殘月)을 짝하고 있는 것 같았었다. (그런데) 이제 형이 또 세상을 떴으니 나는 더욱더 외롭구나. 비록 그렇기는 하나 어찌나 한 사람만이 벗을 잃은 것이겠는가? 형이 세상을 떠나자, 천하 사람들이 모두 벗을 잃은 것이니, 왜냐하면 우도(友道)가 끊어져 버렸기 때문이다. 아! 형이 병환 중이라는 소식을 듣고 급히 연성(蓮城)으로 사람을 보냈는데, 벌써 사명의 격서가 이르렀었다.[112] 며칠을 앞서서 형으로 하

---

111) 조중보(趙重普, 1708~1781): 자는 규보(奎輔), 호는 의암(蟻庵)이다. 안산 15학사 중 한 사람으로 본관은 양주(楊州)이다. 1738년(영조 14) 진사시(進士試)에 합격하였다. 그의 문집은 전하고 있지 않으나 강세황의 『표암유고』에는 「의암소진찬(蟻庵小眞讚)」과 「간의암(簡蟻庵)」 등 다수의 시편이 실려 있다. 「제의암조우문(祭蟻庵趙友文)」 가운데 "그 평소의 품행이 높았던 것과 시문을 잘 지은 것들은 앞서 지은 생지 중에 이미 갖 춰졌다[其平生品行之高, 詩文之工, 已具於前所撰生誌中]"라고 한 글이 있는 것으로 보아, 이용휴가 분명히 생지명을 지었던 것을 알 수가 있다.

112) 이는 이하(李賀)가 천상의 백옥루(白玉樓)에다 거는 기문(記文)을 지으라는 상제(上帝)의 사명(司命)을 받는 꿈을 꾸고 죽었다는 고사를 차용한 것이다.

여금 내 수묵(手墨)을 보게 하지 못한 것이 한스럽다. 아! 부고(訃告)가 날아온 날 밤에 달을 쳐다보니, 아름다운 달이 처마 끝에 걸렸다가 장차날아서 내려와 사람과 말하려는 듯하였다. 옛날 홍방(興坊)에서 밤에 이야기 하던 때를 추억하니 나도 모르게 서글퍼져 정신이 슬퍼진다.

아! 옛날 사람 중에 죽음을 구해서 처사성(處士星)[113]에 응하려고 해도 오히려 얻지 못하는 자가 있었다. 이제 형(兄)이 떠나신 것은 그 수가 73세였으니, 73은 궐리(闕里)에 좌전(坐奠)[114]한 년수(年數)에 응한다. 이것이 인생의 큰 한계이니 형은 눈을 감을 수가 있을 것이다. 이제 멀리 작별하게 되었으니 마땅히 말을 드려야 할 것이나[115] 그 평생 품행이 높은 것과 시문의 공교함은 이미 전에 찬술한 생지(生誌) 안에 갖춰져 있고 너절한 세상일과 어지러운 세상으로서 사람이 가고 머무는 사이에 걸리는 것과 같은 것들은 형이 듣고 싶어 하는 것이 아니므로 여기서 거론하지 않고 다만 그 평일에 좋게 지낸 정을 거론할 따름이다. 아! 형은 먹고 마실 수 없는 분이다. 그러나 나의 대접을 위해서 가득한 술을 마시고서 그릇을 다 비울지어다.

원문

嗚呼! 受人身而與之並生于世者, 何限? 有相遇而但記其貌者; 有記貌而不知其名者; 有記貌知名, 而不通言語者; 亦有記貌知名通言語, 而數相過從者. 然其一邂逅而如舊者, 惟我與兄也. 中間跡之聚散, 境之悲驩不常, 而氣血顏髮, 屢改屢變, 而心如一者, 亦惟我與兄也. 且兄無兄弟, 我有兄若弟, 而先亡, 有從弟與兄爲義兄弟, 而亦先亡, 但我與兄兩人在, 如太白之配殘月. 今兄又沒, 我益孤矣. 雖然豈但我一人之失友哉? 兄沒而天下之人, 皆失友矣, 何者友道絶也. 噫! 聞兄疾病,

---

113) 처사성(處士星): 처사를 상징하는 별. 곧 소미성(少微星)을 가리킴.
114) 좌전(坐奠): 전상(奠床)에 앉는다는 말로서 죽었다는 뜻. 여기서는 공자(孔子)께서 73세로 서세(逝世)하셨음을 가리킨 것.
115) 『순자(荀子)』「대략(大略)」에 "君子贈人以言, 庶人贈人以財"라고 했다. 여기서 나온 말이다.

急馳使于蓮城, 則司命之檄, 已至矣. 恨不先之數日, 使兄見我手墨也. 嗚呼! 訃來之夕, 望月娟娟, 流懸簷頭, 若將翔下與人語者. 追思疇昔興坊夜話之時, 不覺悵然神悽也.

噫! 古人有求死以應處士之星, 而猶不得者. 今兄之逝, 其壽七十有三歲, 七十三, 應闕里坐奠之年數. 此人生之大限也, 兄可以瞑矣. 今當遠別, 宜贈以言, 而其平生品行之高, 詩文之工, 已具於前所撰生誌中, 若俗累世紛, 畀人去留之際者, 兄所不欲聞, 故不擧, 只擧其常日相好之情而已. 嗚乎! 兄是不可得以飲食者. 然知我之所餉, 則必爲之, 引滿而盡器矣.

27. 옥동선생玉洞先生의 서첩書帖 발문116) 敬跋玉洞先生書帖

천하의 보배는 천하가 함께 해야 하지 한 가문만이 사유로 삼을 것은 아니다. 그러나 그 아끼고 사모하는 것은 친근한 사이가 소원한 사이보다 절실하고 가까운 이가 먼 이보다 심한 것이 또한 이치이다. 이것이 바로 근재(謹齋)공이 이 첩(帖)을 재적(載績)117)에게 준 뜻인 것이다. 아! 문헌을 징험하는 것은 반드시 그 가문에서 해야 한다. 왕방경(王方慶)이 이른바 "십대 종백조(十代 從伯祖)인 왕희지(王羲之) 이하의 글씨가 모두 열 권이다"118)라고 한 것이니 이것은 또 재적이 마땅히

---

116) 『탄만집』에는 제목이 「옥동선생서첩발(玉洞先生書帖跋)」이라 되어 있다.
117) 재적(載績) : 미상.
118) 왕희지(王羲之) 이하의 글씨가 모두 열 권이다. : 『구당서(舊唐書)』 '왕망성녈선(王方慶列傳)'에 "측천무후가 왕방경의 집에 서적이 많다는 말을 듣고서 일찍이 우군(右軍)의 유적(遺跡)을 찾으니 왕방경이 말하기를 '신의 10대 종백조(從伯祖) 희지(羲之)의 글씨는 먼저 40여 장이 있었는데 태종(太宗) 대왕이 구함으로 저희 아버지가 아울러 이미 진상하고 오직 1권만이 현재 남아 있습니다. 그리고 또 신의 11대조인 왕도

알아야 할 바이다.

天下之寶, 當公之天下, 非一家之所得私也. 然其所愛慕, 親切
於疎, 近甚於遠, 亦理也. 是謹齋公所以付此帖於載績之意也.
噫! 徵文獻者, 必於其家. 王方慶所云, "有十代從伯祖羲之以下書共十
卷"者, 此又載績之所宜知也.

28. 헌납獻納 홍문백洪文伯119) 수서壽序 洪獻納文伯壽序

내가 예전에 글을 지어서 축수한 사람들은 모두 선배들이었고
중간에는 동년배들이었으며, 지금은 혹 후배들로 나를 형으로
따르는 사람들이다. 그런데 홍문백(洪文伯) 군은 나보다 십 년이나 젊은
사람이다. 생각건대 문백이 우리 집안의 사위가 되었을 적에는 한 명의
아름다운 소년(少年)이었는데, 지금 백발을 드리우고 늙은이라 불리어지
니, 비유하자면 사람이 배 안에 있으면서 물결을 따라 흘러 떠내려가노
라면 그 멀리 온 것은 깨닫지 못하고 오직 그 본 것이 다르다는 것만을
알게 되는 것과 같다. 대저 수명이라는 것은 조물주가 가장 중하게 여기
는 것으로 목석(木石)에게도 주고 물고기나 조개에게도 준다. 그런데 오
직 사람에게만은 가벼이 주지 않는 것은 어째서인가? 목석은 스스로 수
를 누릴 따름이고 일에 참여함이 없으며 물고기나 조개는 수를 누리되

(王導)와 10대조인 왕흡(王洽)과 9대조인 왕순(王珣)과 8대손인 왕담수(王曇首)와 7대
조인 왕승작(王僧綽)과 6대조인 왕중보(王仲寶)와 5대조인 왕건(王騫)과 고조부인 왕
규(王規)와 증조부인 왕포(王褒)와 구대삼종백조(九代三從伯祖)인 진나라 중서령(中書
令) 왕헌지 이하 28인의 글씨가 모두 10권입니다'라고 하였다"라고 나온다.

능히 그 신(神)을 더하게 된다. 오직 사람만이 그러하지 않아서, 기혈(氣血)이 쇠퇴하면 인식함이 쉽게 어두워지며 혹 일을 해치고 도덕을 그르치는 자가 있기도 하다. 그러므로 수를 아끼는 것이다. 사람이 만일 다행히 그 아낀 바를 얻으면 마땅히 부지런하고 부지런하게 힘써 닦아서 진보하기를 구해야 할 것이다. 그러나 그 힘을 쓰는 것은 때로 하고 날로 해야 하는 것이니 지극한 보배를 헛되이 던져서 안일만을 탐하고 허송세월[120]해서는 안 된다. 하물며 문백은 조정에서 벼슬살이를 하여 관직이 헌납(獻納)이니, 만일 진실로 그 이름과 걸맞게 한다면 세도(世道)를 도와 나라의 맥을 연장시킬 수가 있어서 미치는 바가 원대할 것이다. 그의 하루는 다른 사람의 하루보다 몇 배나 더할 것이니, 그렇다면 문백의 수는 또한 헤아릴 수 없는 것이다.

余昔年爲文壽人者, 皆前輩, 中則等儕, 今或肩隨我兄事我者. 而洪君文伯, 卽少我十年者也. 憶文伯之婿我家也, 一美少年, 今垂白稱耆, 譬如人在舟中, 隨流而遷, 不覺其遠, 惟記所見之有異也. 夫壽者, 造物之所最重者, 而乃予木石焉, 予鱗介焉. 獨於人不輕予者何? 木石自壽而已, 不與於事, 鱗介壽而能益其神焉. 惟人不然, 氣血衰則識易昏, 或有害事而敗德者. 故慳之. 人若幸而得其所慳者, 則當勉勉孜孜, 勤修而求進矣. 然其所用力者, 在隨時隨日, 不可虛擲至寶以爲玩愒也. 矧文伯, 仕於朝, 官獻納, 若實稱其名, 則可以扶世道而延國脉, 所及者遠. 其一日加於人之日幾倍, 然則文伯之壽, 又未可量也.

---

119) 홍주만(洪周萬, 1718~?) : 본관(本貫)은 남양(南陽)이고 자(字)는 문백(文伯)이다. 아버지는 홍회(洪晦)이고, 처부(妻父)는 이원휴(李元休)이다. 영조(英祖) 42년(1766), 정시(庭試)에 합격. 신광수(申光洙), 『석북집(石北集)』 「답홍문백(答洪文伯)」; 이헌경(李獻慶), 『간옹집(艮翁集)』 「嶺南新恩凡十四人 而協律郎洪文伯携樂設會於泮村 余與知舊與會者若干人 新恩會者十一人 時癸卯十月晦日也口拈一律以視」에도 그에 대한 글이 보인다.

120) 완게(玩愒) : "완세게일(玩歲愒日)"의 준말. 안일(安逸)만을 탐하고 허송세월하는 것을 이르는 말이다.

29. 소옹선생 휴치^(休致)121) 때의 증행시첩 발문 ^{梳翁先生休致時贈行詩帖跋}

 선왕(先王)의 제도에 대부(大夫)는 일흔에 관직에서 물러났다는 데 지금은 일흔은 말할 것도 없고 여든이라도 오히려 수레를 재촉하여 반열에 나아가며 띠를 묶고서 정사에 종사한다. 예문에는 비록 나와 있으나 거의 헛되이 유명무실 했었는데, 소옹선생(梳翁先生 : 趙公瑾)122)을 얻어서 그것을 실현할 수 있게 되었으니, 이것이 그때의 여러 현자들이 부러워하는 바였다. 대저 퇴(退)란 글자는 일(日)을 따르고 석(夕)을 따른 것이니 날이 저물면 마땅히 물러나야 하는 것을 말하는 것이다. 이것과 반대가 되면 야행(夜行)이 되는 것이니 선생은 그때를 아는 분이라 하겠다. 또 선생이 떠날 적에 그 마음 씀이 혼후하여 자취를 드러내지 않았으니 스스로 개결하다 허여하지 않으려 한 것이어서 사람들 중에는 선생에 대해 다 알지 못하는 자가 있었으니 이것이 선생이 선생다운 까닭이다. 내가 일찍이 호상(湖上)에서 노닐 적에 선생이 그날에 배를 타고 출발했던 곳에 이르러서 동쪽을 바라보며 오래도록 배회했다.

先王之制, 大夫七十而致仕, 今無論七十, 雖八十, 猶促駕趈班, 束帶從政. 禮雖有文, 幾爲虛設, 乃得梳翁先生以實之, 此其時

---

121) 휴치(休致) : 휴관치사(休官致仕)의 준말. 관리가 늙어서 그 직(職)을 그만두는 것.
122) 소옹선생(梳翁先生) : 소옹(梳翁)은 조공근(趙公瑾)의 호. 본관은 한양(漢陽). 자는 회보(懷甫)이다. 1592년 임진왜란 때 사직서참봉(社稷署參奉)으로 종묘(宗廟)의 신주(神主)를 모시고 피난, 영변(寧邊)에 봉안(奉安)케 하였고, 분조(分朝)가 설치되자 광해군을 시종한 뒤 1601년 옥천군수(沃川郡守), 1605년 형조정랑을 지냈다. 임진왜란 당시 광해군을 시종한 공으로 1612년 위성공신(衛聖功臣)에 책록되었다. 인조반정이 일어나 광해군 때의 훈작(勳爵)을 모두 삭훈당하였으나, 임진왜란 때 신주를 모신 공로가 참작되어 1627년 중추부동지사에 임명되었다.

諸賢之所羨慕者也. 夫退之爲字, 從日從夕, 言日夕則當退. 反是爲夜行, 先生其知時哉. 且先生之去, 其處心厚而泯其跡, 不欲以潔自予者, 人有所未盡知者, 此先生之所以爲先生也. 余嘗遊湖上, 至先生當日發船處, 爲之東望徘徊者, 久之.

30. 허성보^{許成甫}『동유록』에 쓰다[123] 題許成甫東遊錄

내가 일찍이 여름날 마루에 앉아 있었는데, 갑자기 기이한 만첩의 봉우리가 하늘에 솟구쳐 나타났다. 마침 행각승이 이르러 "세상에 금강산만이 이와 방불할 것입니다"라고 하였다. 후일에 심현재(沈玄齋 : 沈師正)[124]의 「풍악도(楓嶽圖)」를 얻어, 그 말을 믿게 되었고 지금 허성보(許成甫 : 許晚)의 『동유록(東遊錄)』을 보니 더욱 상세하고 밝아서 매우 기뻤다. 이것을 사람에 비유하자면 처음에는 그 모습이 비슷한 것을 만나고 중간에는 그 그린 모습을 보는 것이었는데 이 책은 바로 가보(家譜)와 행록(行錄)까지 아우른 것이다. 그러나 아직도 직접 대면하여 이야기하지는 못하였으니 이 문제는 남겨 두어 다른 날을 기다리겠다.

余嘗夏日坐軒上, 忽奇峰萬疊湧現空際. 適雲遊僧至曰 : "世間惟金剛山與之髣髴." 後得沈玄齋「楓嶽圖」, 乃信其言, 今覽許

---

123) 『탄만집』에는 제목이 「제허성보동유록발(題許成甫東遊錄跋)」이라 되어 있다.
124) 심사정(沈師正, 1707~1769) : 본관은 청송(靑松). 자는 이숙(頤叔)이고 호는 현재(玄齋). 정선(鄭敾)의 문하에서 그림을 공부하였고 뒤에 중국 남화(南畵)와 북화(北畵)를 자습, 새로운 화풍을 이루고 김홍도(金弘道)와 함께 조선 중기의 대표적인 화가가 되었다. 화훼(花卉)·초충(草蟲)을 비롯, 영모(翎毛)와 산수(山水)에도 뛰어났다.

成甫『東遊錄』, 尤詳且明可喜. 譬之於人, 始則遇其貌類者, 中則見其寫
照焉, 此卷乃幷其家譜行錄者也. 然猶未覿面對晤, 是則留待他日耳.

31. 번암樊巖 채상서가 연경에 가는 것[125]을 전송하는 서문 送樊巖蔡尙書赴燕序

듣건대 봄·여름·가을·겨울이란 것은 하늘이 선정한 것이니,
그러므로 왕이 된 자는 그것으로써 관직을 설치하는 것이다. 또
듣건대 방악(方岳)[126]이란 것은 지방의 산악에 있어서 그 지방을 누르는
것을 상징한다. 그러므로 또한 방진(方鎭)[127]이라 하는 것은 모두 중요한
임무이다. 나의 친구 채공(蔡公)이 나라에 있으면서 예조판서로서 예의(禮
儀)를 맡게 될 적에 공이 천거되었고, 병조판서로서 군대를 다스릴 적에
는 공이 천거되었으며, 형조판서로서 법금(法禁)을 관장하게 되었을 적에
는 공이 천거되었고, 공조판서로서 지리(地利)를 주관하게 되었을 적에는
공이 천거되었다. 경기(京畿)는 다스리기 어렵기 때문에 공을 임명하는
것이고, 고도(古都)는 땅이 중하기 때문에 공을 임명하는 것이며, 북방의
변방은 황폐(荒弊)하기 때문에 공을 임명하는 것이고, 서번(西藩)은 관방
(關防)이기 때문에 공을 임명했으니 이것이 모두 마땅한 것이었다.

---

125) 번암(樊巖) 채제공(蔡濟恭)은 1778년 3월에 사은겸진주정사(謝恩兼陳奏正使)로 청
　　나라에 다녀왔다. 번암은 당시 132일 간의 도정에서 느낀 소회를 적은 236수의 시를,
　　우암(尤菴) 송시열(宋時烈) 이래 존명의리(尊明義理)·북벌론(北伐論)을 의미하는 문
　　구를 따라서 『함인록(含忍錄)』이라고 명명하여 엮었다. 이종찬, 『함인록』, 일지사, 1995,
　　28면 참조.
126) 방악(方岳) : 한 지방을 맡아 다스리는 방백(方伯)을 이르는 말. 사악(四嶽)에서 온 말
　　이다.
127) 방진(方鎭) : 병권(兵權)을 맡아 군사상 요충지인 한 지역을 지키는 군사장관(軍事長
　　官)을 이른다.

오직 아득하여 풀 수 없는 것은 사성(使星)[128]이란 이름이다. 그러나 하늘에는 열두 가지 중요한 것이 있어 그 사이에는 생각건대 보빙(報聘)[129]으로 왕래하는 것이 있는 것이다. 사람이 하늘을 본받기 때문에 이러한 호칭이 있는 것인데, 공이 다시 그 선발에 응하게 되었다. 내가 이때의 귀현(貴顯)한 사람들과 날씨 인사 나누는 것도 없고 교유하는 것은 오직 공일 뿐이다. 공은 국가의 중요한 정무(政務)를 관장했고 지금 또 국경으로 나가게 됐으니 더욱 청운(靑雲)의 원대함을 느끼게 된다. 비록 그러나 공이 세상을 위해 나가는 것은 비유하자면 오히려 법기(法器)가 유용한 것과 양약(良藥)이 병을 낫게 하는 것과 같아서 구하는 자가 날마다 이르니, 어찌 그로 하여금 한일(閑逸)하게 고동(古洞)의 유로(遺老)들과 더불어 문사(文史)나 의론하고, 풍월(風月)이나 품평(品評)하게 할 수 있겠는가?

원문 聞之, 春夏秋冬者, 天之選也, 故王者則以建官. 又聞之, 方岳者, 象方之有岳以鎭之. 故亦曰方鎭, 皆重任也. 余友蔡公之在國, 春官典禮儀則公擧; 司馬治戎旅則公擧; 爽鳩掌法禁則公擧; 司空主地利則公擧. 畿輔難治故命公; 古都地重故命公; 北塞荒獘故命公; 西藩關防故命公, 是咸宜也.

惟杳茫不可解者, 使星之名. 然天有十二重, 則其間想有所報聘往來者. 人法乎天, 故有是稱, 而公復應其選也. 余於時之貴顯人, 無寒暄交, 所與交惟公. 而公管機務, 今又出疆, 益覺靑雲之遠矣. 雖然, 公爲世出, 譬猶法器之有用, 良藥之已疾, 求者日至, 豈可使之閑逸與古洞遺老, 商畧文史, 平章風月哉?

---

128) 사성(使星) : 천자(天子)의 사신(使臣)을 일컬음. 한(漢)나라 화제(和帝) 때 이합(李郃)
    이 천문(天文)을 보고서 두 사람의 사신이 오는 것을 안 고사에서 나온 것.
129) 보빙(報聘) : 사신을 파견하여 다른 나라를 답방(答訪)하는 것.

32. 둔옹遯翁의 절보첩絕寶帖 발문 遯翁絕寶帖跋

기 옮김 글씨가 옹(翁 : 遯翁)[130]의 손에서 나오게 되면 비록 예사로운 척독(尺牘)이라 하더라도 오히려 보배가 될 수 있는데, 하물며 쓴 것이 모두 사장가(詞章家)의 아름다운 작품임에랴! 옹의 묵적(墨蹟)이라면 타인들도 다투어 수장하는 것을 영광으로 여기거늘 하물며 권군(權君)은 그 자손이 됨이랴! 옹은 금년에 여든 두 살인데도 필력이 조금도 줄지 않았으니 그것은 심력(心力)이 굳세기 때문이다. 아! 근래의 글씨체는 날로 변하여 당시의 사람들이 좋아하는 쪽으로 따라가거늘 옹은 본래의 스승을 바꾸지 않아 홀로 구법을 지키니, 매우 공경스럽다. 비록 그러나 옹이 고치지 아니 하고 홀로 지키는 것이 어찌 다만 글씨일 뿐이겠는가?

기 원문 書出翁手, 雖尋常尺牘, 猶可寶也, 矧所寫皆詞家瑰麗之作! 翁之墨蹟, 他人亦爭藏弄爲榮, 況權君之爲自出耶! 翁今年八十二, 筆力不少減, 以其心力之堅也. 噫! 近世字體日變, 以趨時好, 翁不改本師, 獨守舊法, 可敬也. 雖然, 翁之所不改而獨守者, 豈徒書而已哉?

---

130) 남하행(南夏行, 1697~1781) : 조선 후기의 학자. 본관은 의령(宜寧). 자는 성시(聖時), 호는 잠옹(潛翁)·둔암(遯庵). 충청도 공주에서 태어났다. 동소(桐巢) 남하정(南夏正)의 아우. 이서(李漵)·이익(李瀷)의 문하에서 수학하였다. 제자백가와 고금의 전적에 통달하였으며, 글씨에도 뛰어났다. 저서로는 『와유록(臥遊錄)』과 『술선록(述先錄)』이 있다. 또 『근역서화징』에서도 남하행(南夏行)에 대한 기록을 찾아볼 수 있으며, 이가환 문집에도 「둔암남공묘지명(遯菴南公墓地銘)」이 있다.

33. 신선용[131]이 고흥(高興)의 임지로 가는 것[132]을 전송하는 서문 送申使君善用之任高興序

신군(申君)이 이미 고흥(高興)에 임명을 받게 되자 이에 관리들로서 그 직무를 잘 이행한 사람의 일을 모아서 살펴보았다. 거처하기를 청렴 공평하게 하고 문아(文雅)를 숭상하는 것은 문옹(文翁)[133]이 촉(蜀)을 다스린 것이었고, 탱자나무와 가시나무[134]를 베고 곡물의 해충[135]을 막은 것은 잠희(岑熙)[136]가 위군(魏郡)을 다스린 것이었고, 다리와 도로를 완전히 수리하고 황무지를 개간한 것은 장희안(張希顔)이 평향(萍鄕)을 다스린 것이었고, 개가 밤에 짖지 않고 백성이 벼슬아치를

---

131) 신우상(申禹相, 1730~1799) : 초명(初名)은 맹권(孟權)이다. 자가 선용(善用)이고 호는 나운(懶雲)이다. 석북 신광수의 아들로 문장(文章)으로 유명했다 한다. 그가 고흥(高興) 군수로 나갈 적에 「送申使君善用之任高興序」라는 송서(送序)를 써주기도 하였다. 그와 관련된 글들은 많은 남인 문인들의 문집에서 찾아볼 수 있다. 채제공(蔡濟恭)은 『번암집(樊巖集)』에 「送申善用禹相通判鏡城」을, 정범조(丁範祖)는 『해좌집(海左集)』에 「送申善用禹相宰興陽二首」, 「約幼選天與善用會城南水閣蓋諸少年借焉拈韻各」 「贈善用」, 「黃驪行 感題驪江錄後 贈震澤申文初棠視善用」을 남기고 있으며, 신광수는 자신의 아들과 관련된 「白門夜酌與夢瑞季通景休禹相共賦四首」라는 시를 남기고 있다.

132) 신우상(申禹相)은 47세 때인 1778년 2월에 흥양(興陽) 현감(縣監)에 부임하였다.

133) 문옹(文翁) : 한(漢)나라 때 여강(廬江) 사람이다. 본래 학문을 좋아하고 인애(仁愛)로써 백성을 교화하기를 좋아하였다. 한(漢)나라 경제(景帝) 때 그가 촉군태수(蜀郡太守)가 되면서 교화(敎化)를 숭상하고 많은 학교를 세워 성도(成都)에 문풍(文風)이 크게 일어났고, 무제(武帝) 때에는 천하의 모든 고을에 학교를 세우게 하였다. 『한서(漢書)』 「문옹전(文翁傳)」 참조.

134) 지극(枳棘) : 탱자나무와 가시나무. 두 나무는 모두 악목(惡木)이라 전하여 방해물이란 뜻으로 쓰인다.

135) 모적(蟊賊) : 곡물의 해충. 비유적으로는 사회에 해독을 끼치는 사람을 가리킨다.

136) 잠희(岑熙) : 잠희가 위군대수(魏郡太守)로 이동이 되자, 은일(隱逸)들을 초빙하여서 그들과 함께 정사(政事)에 참여하니 하는 일이 없이도 교화가 되었다. 일을 본 지 2년 만에 여러 사람들이 노래하기를 '내가 가지고 있는 탱자나무를 잠군이 베었으며 내가 가지고 있는 해충을 잠군이 막았도다[我有枳棘, 岑君伐之; 我有蟊賊, 岑君遏之]'라고 했다. 그 후로 인하여 벌지(伐枳)를 관리가 선정하는 것을 선양하는 전고(典故)로 삼는다. 『후한서(後漢書)』 「잠팽전(岑彭傳)」 참조

볼 수 없게 한 것은 유총(劉寵)[137]이 회계(會稽)를 다스리는 것이었으며, 양주(楊州) 태수가 되었을 적에 관의 촛불을 사르지 아니 한 것은 파지(巴祇)였고,[138] 단주(端州)를 맡았을 적에 하나의 벼루도 가지지 아니 한 것은 포증(包拯)[139]이었으니 이는 모두 옛날의 선량한 군수로서 스승으로 삼을 만한 자들이었다. 비록 그러나 남의 발자취만 답습하면 옛것에 빠지는 것이다. 군의 생각은 스스로 닦고 몸소 실천하여 자신이 그 표준이 되어 백성으로 하여금 따라서 변화하게 하려고 하였다.

혜환거사는 말했다. "내가 백성들과 상대한다고 해도 오히려 간격이 있음에 속하여, 스스로 가지고 있는 것이 아니니 어찌 그들의 근본으로 돌아가지 않는가? 백성은 본래 착하니 성나게 하지 말고 스스로 선하게 하라! 백성은 본래 즐거워하니 괴롭히지 말고 스스로 즐기게 하라! 백성은 본래 신의가 있으니 속이지 말고 스스로 신의를 지키게 하라! 백성은 본래 부유하니 빼앗지 말고 스스로 잘살게 하라! 백성들은 본래 오래 사니 병들게 하지 말고 스스로 장수케 하라! (이렇게 하면) 내가 하

---

137) 유총(劉寵) : 후한(後漢) 때 유총(劉寵)을 일전 태수(一錢太守)라고도 한다. 그가 회계 태수(會稽太守)로 있다가 떠날 때 전별금 백전(百錢)을 모아 주었는데, 청렴한 유총은 그중에서 일전만을 받았다 한다. 『후한서(後漢書)』「유총전(劉寵傳)」 참조.

138) 파지(巴祇) : 『후한서(後漢書)』에 "파지는 양주자사였는데 손님과 더불어 어두운 데에서 술을 마실 적에도 관의 등불을 켜지 않았다[巴祇爲揚州刺史, 與客暗飮, 不燃官燭]"라 나오고, 『태평어람』에 "파지는 자가 경조이다. 양주자사가 되었을 적에 관가에서 처자를 맞이하지 않았으며 복록을 남겨서 쌓아 두지 않았고, 헐고 무너진 것은 다시는 고쳐 바꾸지 않았으며 물로 빨아서 먹을 묻혀서 썼다. 밤에 선비들과 더불어 마주 앉았을 적에는 어두워도 관가의 촛불을 켜지 않았다[巴祇, 字敬祖. 爲揚州刺史, 在官不迎妻子, 俸祿不使有餘積, 毁坏不復改易, 以水澡傳墨用之. 夜與士對坐, 暗中不燃官燭]"라고 나온다.

139) 포증(包拯 : 999~1062) : 북송 시대의 정치가, 관료. 자는 희인(希仁), 이름은 증(拯)이며, 포청천(包靑天)으로 더 알려졌다. 여주(廬州) 합비(合肥) 출신이다. 포증은 30여 년 동안 관직에 재임하면서 무려 30여 명 이상의 고관대작에 대하여 관직을 박탈하거나 강등시키는 등 의법 처리하였다. 이는 중국 전 역사를 통틀어도 보기 드문 경이적인 일이었다. 그는 부정한 자들을 처리하는데 대단히 엄격하여 당시에 염라포로(閻羅包老)라 불리었고, 근엄하여 웃는 일이 드물어 특히 그의 웃음을 황하(黃河)가 맑아지는 데에 비유하기도 하였다.

는 것이 없어도 백성은 이미 다스려지게 된다. 이와 같이 하면 (내가) 다만 기꺼이 누워서 고고한 꽃을 대하거나 밝은 달을 구경하기만 하고 거문고도 수고롭게 타지 않게 될 것이다."

원문
申君旣受高興之命, 乃聚諸爲吏而善其職者之事觀之. 居以廉平, 崇尙文雅者, 文翁之治蜀也, 伐其枳棘, 遏其孟賊者, 岑熙之治魏郡也, 橋道完葺, 田萊墾闢者, 張希顔之治萍鄕也, 狗不夜吠, 民不見吏者, 劉寵之治會稽也, 守楊州而不燃官燭者, 巴祗也, 知端州而不持一硯者, 包拯也, 是皆古之良, 二千石, 可師者也. 雖然, 襲跡則泥故. 君意欲自修躬行, 我爲之表而使民從化.

惠寶居士曰 : "我與民對, 猶屬有間, 非自有也, 盍反其本! 民本善, 勿激之, 使自善! 民本樂, 勿苦之, 使自樂! 民本信, 勿欺之, 使自信! 民本富, 勿奪之, 使自富! 民本壽, 勿病之, 使自壽! 我無所爲, 而民已治. 如此則但熙然而臥, 對高花玩明月, 琴亦不勞彈矣."

34. 대우암기 對右菴記

옮김
하늘이 만물을 낳을 적에 이치(理致)를 형상(形象)으로 표현하되 그중에서 가장 신성(神聖)한 것으로 대신 말하게 하여 교화를 베풀었으니, 경(經:經典)이 그것이다. 그러나 말은 반드시 글에 의해서 행해지기에 창힐(蒼頡)도 하여금 글씨를 만들게 하였다. 문자는 상형문자(象形文字)를 처음 사용하였는데 그 쓰임도 한계가 있었다. 그러므로 사황(史皇)으로 하여금 그림을 그리게 하여서, 그림[圖]과 문자[書]가 짝을 이룬 뒤에야 비로소 다 할 수 있게 되었다. 그러나 우주에서 일월이 경과하게 되자 문자가 붙어 있었으나, 오직 그림만은 혹은 나타나기도 하고 혹은 감추어지기도 하여 빈풍도(豳風圖)와 왕회도(王會圖)[140] 이후 에는 그다지 나타나지 않았다.

그 중간에 재기(才氣)가 뛰어난 사람이 있어서, 넘치는 재주로 꽃·대나무·새와 짐승을 그렸다. 그 빼어난 솜씨가 또한 조물주를 닮아서 사람의 마음과 눈을 즐겁게 해 주고 있으니, 이 화도(畵道)는 과소평가할 수 없는 것이다. 김사능(金士能, 김홍도) 군이 선생 없이 터득한 지혜로 신의(新意)를 창출하였는데 붓이 가는 곳에 따라 신묘함이 함께하였다. 그 발취(髮翠)·호금(毫金)·사단(絲丹)·누소(縷素)[141]에 정교(精巧)하고 아름다워 '고인이 나를 보지 못한 한'이 있을 정도였다. 그러므로 자못 스스로 긍지를 가지고 자중하여 경솔하게 그림 그리지[渲染][142] 않았으니, 대개 그 인품이 매우 높아 고아하고 운치 있는 사람의 풍모가 있어서 자신의 고심과 솜씨로 그린 그림을 교제하는 선물 거리로 전달되어 염주(鹽廚)의 노리개로 만들고 싶지 않았던 것이다.

대저 글씨는 비유하면 사람의 성명이고 그림은 얼굴이다. 그 성명은 알지만 얼굴을 모른다면 비록 온종일 한 자리에 앉아 있더라도 서로 알지 못할 것이니, 그래서야 되겠는가? 아! 그림과 글씨는 시작된 원인이 같고 의탁한 형체가 균일하다. 그런데 세상의 많은 사람들이 글씨는 중시하면서도 그림은 깔봐서 화공(畵工)이니 화사(畵史)니 하는 말로 욕보이기까지 하는 것은 무엇 때문인가?

---

140) 왕회도(王會圖) : 7세기 초인 당 태종 재위시에 국가 행사에 참석했던 우리나라의 삼국은 물론이고 왜·파사국(페르시아) 등 중국 주변 32국의 사신도를 당시 화가 염립본(閻立本 : ?~673)이 비단에 그린 그림.

141) 발취(髮翠)는 머리털을 푸르게 그리는 것. 호금(毫金)은 털을 금빛으로 그리는 것. 사단(絲丹)은 실을 붉게 그리는 것. 누소(縷素)는 실을 희게 그리는 것이란 뜻으로 쓴 것 같이 보인다.

142) 선염(渲染) : 미술(美術) 용어. 한 가지 색으로 색칠을 할 때 한 쪽을 진하게 하고 다른 쪽으로 갈수록 차츰 색을 엷게 하는 기법을 말한다.

김군(金君)이 그 사는 곳에 편액(扁額)을 달기를 '대우암(對右菴)'이라
한 것은 옛사람의 '좌도우서(左圖右書)'[143]란 뜻에서 취한 것이다. 도서
(圖書)가 분리되어 외롭게 행해짐이 얼마였던가! 지금 다시 합해졌으니
양가(兩家 : 圖畵家와 書藝家)는 서로 축하할 만하다.

天之生物也, 以理寓於形, 使其最神聖者代言而宣化, 經是也.
然言必倚書而行, 故使蒼頡造書. 書首象形, 而其用亦有所窮.
故使史皇作圖, 圖與書配而後, 始盡之矣. 雖然, 經日月于宇宙, 而書附
焉, 惟圖或顯或晦, 闒風王會以後, 不甚著焉.

間有才氣之過者溢, 而爲花竹翎毛. 其工亦能以肖造化, 而娛心目, 此
道不可小也. 金君士能, 以無師之智, 創出新意, 筆之所至, 神與俱焉. 其
髮翠毫金絲丹縷素, 精巧妙麗, 有古人不見我之恨. 故頗自矜重, 不輕渲
染, 盖其人品甚高, 有雅士韻人之風. 故不欲以我之心力手指, 供交際之
贄幣, 作奩廚之玩具也.

夫書譬, 則人之姓名, 圖乃其面貌也. 識其姓名, 而不識其面貌, 雖終日
竝席而坐, 不能相認, 其可[144]乎哉? 噫! 圖與書起因同, 而托體均. 世多申
書, 而詘圖, 至辱以工, 若史者, 何也?

金君扁其所居曰, 對右者, 取古人左圖右書之意也. 圖書離而孤行者,
幾年! 今復合焉, 兩家可以交相賀也.

---

143) 좌도우서(左圖右書) : 왼쪽에 그림 오른쪽에 글씨를 둔다는 것으로, 본래는 '좌도우
사(左圖右史)'에서 비롯된 말이다. 일반적으로 자신의 주위에 서적을 많이 늘어놓는
것을 일컫는 말이다.
144) 『탄만집』에는 가(可)가 빠져 있으나 『혜환잡저』에는 가(可)가 있다. 의미상 가(可)를
넣는 것이 옳다.

35. 대우암^{對右菴} 김군^{金君} 화상찬^{畫像贊} 對右菴金君像贊

남이 남의 모습을 그리면 고움과 추함이 그대로 나타나지만, 내가 나의 모습을 그리면 나의 주견(主見)에 의지하게 된다. 이 때문에 김군(金君)은 신군(申君: 신윤복)에게 자신의 모습을 그리게 하였으니, 대개 옛 문인이 스스로 서문(序文)을 쓰지 않고 명인(名人)이 자기의 전기(傳記)를 쓰지 않는 것과 같은 데에서 나온 것이다.

세상에서 예술로써 김군을 중시하기에 나도 마찬가지로 예술로써 김군을 소중히 여겼다. 지금 김군의 초상화를 대하건대 옥이 비침과 난의 향기로움이 듣던 거보다 나았으니, 이는 한 사람의 온아한 군자(君子)였다. 이에 김경오(金景五: 倫瑞, 1733~?)와 정성중(鄭成仲: 思玄, 1738~?)은 말하기를, "선생님이 후일에 그의 용모와 행동거지를 살펴보고 그의 목소리를 들어 보시면 다시 이 화상은 오히려 칠 할(七割)밖에 되지 안 된다는 것을 새삼 깨닫게 되실 겁니다"라고 하였다.

人貌人, 姸媸見, 己貌己, 挾我見. 是故金君使申君貌其面, 此意, 盖出於古人之文人不自序, 名人不自傳.

世以藝重君, 吾亦隨以藝重君. 今對君像, 玉映蘭芬, 過於所聞, 是一溫雅之君子. 乃金景五・鄭成仲則言, "夫子他日, 觀其容止, 接其聲氣, 復覺此像之猶爲七分."

36. 나로 돌아가는 잠언[신득령^{申得寧145)}]을 위해 짓다 還我箴[爲申生得寧作]

옛날 나의 초심(初心)은	昔我之初,
천리(天理)가 순수했네.	純然天理.
지각이 생겨나면서	逮其有知,
(천리를) 해치는 것 분주히 일어났네.	害者紛起.
식견이 해 되었고,	見識爲害,
재능도 해 되어서	才能爲害.
뻔한 맘과 뻔한 일들146)	習心習事,
얽어서는 풀 길 없었네.	輾轉難解.
다른 사람 받들기를	復奉別人,
아무 어른, 아무 공하며,	某氏某公.
무겁게 추켜 대면서	援引藉重,
멍청이들 혼 쏙 뺐지.	以驚群蒙.
옛날의 나 잃고 나자	故我旣失,
참된 나도 숨었다네.	眞我又隱.
일 꾸미기 좋아하는 자	有用事者,
내가 돌아가지 못한 틈을 탔네.	乘我未返.
오래 떠나가고픈 맘 생기니	久離思歸,
꿈 깨자 해 떠 있는 것 같도다.	夢覺日出.
훌쩍 몸을 돌이켜 보니,	飜然轉身,
이미 집에 돌아와 있도다.	已還于室.

---

145) 신득령(申得寧): 신의측(申矣測)으로 추정된다. 그는 자가 하사(何思)이고, 또 다른 자는 환아(還我)이다. 이용휴의 아들인 이가환은 그를 위해 「환아소전(還我小傳)」, 「신의측국화연명(申矣測菊花硯銘)」을 지어 주었다.

146) 익혀진 마음과 익혀진 일[習心習事]: 견문(見聞)을 통하여 얻어진 마음과 익히 알고 있는 사리(事理)라는 뜻.

광경일랑 다를 것 없다지만,　　　　　　　　光景依舊,
몸 기운은 맑고도 화평했도다.　　　　　　　體氣淸平.
차꼬와 형틀에서 벗어나니　　　　　　　　　發錭脫機,
오늘은 살아난 것 같구나.　　　　　　　　　今日如生.
눈은 밝아진 것도 없고,　　　　　　　　　　目不加明,
귀도 밝아진 것도 없지만　　　　　　　　　　耳不加聰,
하늘이 준 눈, 귀 밝음이　　　　　　　　　　天明天聰,
옛날과 같아졌을 뿐이라네.　　　　　　　　　只與故同.
많은 성인 그림자처럼 지났으니,　　　　　　　千聖過影,
나는 나로 돌아감만 구하리.　　　　　　　　　我求還我.
어린애나 어른이나　　　　　　　　　　　　　赤子大人,
그 마음은 다를 것 없다네.　　　　　　　　　　其心一也.
돌아와 신기한 것 없게 되면　　　　　　　　　還無新奇,
딴 생각으로 달리기 쉽다네.　　　　　　　　　別念易馳.
만약에 다시금 떠난다면　　　　　　　　　　　若復離次,
돌아올 기약 다시 없으리.　　　　　　　　　　永無還期.
향 사르고 머리 조아리며　　　　　　　　　　焚香稽首,
신과 하늘에 맹서 하노니,　　　　　　　　　　盟神誓天,
"이 한 몸 다 마치도록　　　　　　　　　　　庶幾終身,
나와 함께 주선하리라."　　　　　　　　　　　與我周旋.

37. 대우암명 ^{對右菴銘}

말의 털 가르마를 하도(河圖)¹⁴⁷⁾라 했고,	馬之毛旋謂之圖,
거북의 껍질 터진 것 낙서(洛書)¹⁴⁸⁾라 했네.	龜之甲坼謂之書.
이것 기다려 천지 비밀 새어 나와서,	此爲待而泄天地之秘,
인문(人文)이 비롯되는 처음이었네.	肇人文之初也.
그러나 또한 기우(奇耦)의 밖으로 넘어서	然亦有超乎奇耦之外,
상수 안에 떨어지지 않는 것 있으니,	而不墮象數之中者,
시험 삼아 무극옹(無極翁)¹⁴⁹⁾께 물어야 하리.	試問于無極翁.

38. 촉아재명 ^{燭雅齋銘}

평상엔 옥대(玉敦),¹⁵⁰⁾ 이기(彝器)¹⁵¹⁾ 올려놓고,	床棲敦彝,
시렁엔 도서(圖書), 사서(史書) 얹어 놓았네.	架庋圖史.
처마 옆 늙은 매화 휘어져 있고	傍簷老梅樛曲,
울에 비추는 아름다운 국화 빛나네.	暎籬佳菊斐亹.

---

147) 하도(河圖) : 복희씨(伏犧氏) 때 하수에서 나타난 용마(龍馬)의 등에 그려진 도형을 이른다.
148) 낙서(洛書) : 하우씨(夏禹氏)가 치수(治水)할 때 낙수(洛水)에서 나온 거북의 등에 하나에서 아홉까지 문양이 상하 좌우로 나열되어 있었다는 그 모양을 가리킴. 홍범(洪範) 구주(九疇)의 근원이 되었다 함.
149) 무극옹(無極翁) : 무극(無極)은 태극(太極)과 같은 말로 우주에 쓰는 그릇. 우주만물(宇宙萬物)을 이루는 본원(本原)을 인격화(人格化)한 것. 조화옹(造化翁)과 같은 뜻.
150) 옥대(玉敦) : 옛날 맹서(盟誓)를 할 때 삽혈(歃血)에 쓰는 그릇.
151) 이기(彝器) : 옛날 종묘(宗廟)에서 쓰던 청동(靑銅)으로 제작된 제기(祭器)의 총칭.

한가할 때 물고기 보거나 학을 길들이고,　　　　閒則觀魚調鶴,

객이 와서 담소할 때 사슴 꼬리(塵尾)152) 잡노니,　客至對談握塵尾,

이것은 아(雅)와 비슷한 것이도다.　　　　　　　是雅之似也.

창가에는 전연(篆烟)153)이 얽혀 있고　　　　　　窓縈篆烟,

섬돌에는 오동나무 이슬 떨어지도다.　　　　　　階泫桐露.

단문금(斷紋琴)154)을 어루만지거나,　　　　　　撫斷紋琴,

도연명과 위응물155) 시 읊기도 하며,　　　　　咏陶韋詩,

옛 경전 주소(註疏) 점찍으며 보기도 하는도다.　點閱古經註疏.

또한 고상한 구경 위해서나, 아직도 하지 못한 것이니,

　　　　　　　　　　　　　亦只爲雅之觀而猶未也,

모름지기 마음을 맑게 하고, 눈을 밝게 해서　　須澄心明目,

아(雅)와 속(俗)이 분태(分胎)하는 곳 밝혀야 하리로다.　以晢雅俗分胎處.

---

152) 주미(塵尾) : 진(晉)나라 사람들이 청담(淸談)을 나눌 때 항상 손에 잡고 흔들어 담소
　　했던 사슴 꼬리로 만든 총체를 말함.

153) 전연(篆烟) : 향(香)을 사르면 마치 전자(篆字)의 모양과 같이 몽실몽실 이는 연기를
　　가리킴.

154) 단문금(斷紋琴) : 갈라진 문양(紋樣)이 있는 오래된 금(琴). 오래된 금(琴)은 갈라진
　　문양으로 증명이 되는 것이니, 500년이 지나지 않으면 갈라지지 않는다 함.

155) 위응물(韋應物, 737~?) : 당(唐)나라 때 시인. 소주자사(蘇州刺史)를 지냈으므로 위소
　　주(韋蘇州)라고도 한다. 왕유(王維)·맹호연(孟浩然)·유종원(柳宗元)과 더불어 왕맹
　　위유(王孟韋柳)로 병칭된다. 그의 시는 고결하고 담박하였으므로 도연명(陶淵明)과 견
　　주어 도위(陶韋)라 하였으며, 악부시와 고시의 형식을 빌어 백성의 애환을 그리거나
　　귀족들의 향락을 풍자한 시도 많다. 시집 『위소주집(韋蘇州集)』이 전한다.

39. 포의^{布衣} 정군^{鄭君156)} 묘지명 ^{布衣鄭君墓誌銘}

인생에는 지극한 행실이 있으면서도 오래 살지 못하는 사람이 있으니, 그 까닭을 이해할 수가 없다. 내가 생각하건대 지극한 행실이란 것은 사람이 얻은 것으로 사람의 법식(表式)157)을 삼는 것이니 하늘이 내어 사람에게 보여 그 법식(法式)을 알게 하는 것이라. 그 거두는 것이 혹은 더디기도 하고 혹은 빠르기도 하여 애초부터 정한 기간이 없으니, 비유하자면 법(法)을 문(門)에 매다는 것158)은 백성들에게 알리는 데에 있는 것과 같을 따름이다.

무인(戊寅, 영조 34, 1758)년 1월 21일에 그 표식이 영남(嶺南) 단성현(丹城縣)의 단계(丹溪)159)에서 나왔고, 을미(乙未, 영조 51, 1775)년 3월 13일에 선산부(善山府)의 몽대(夢臺)에서 거두어져서 겨우 책력(冊曆)에 개략(改略)하게 되었으니 짧은 것이었다. 그 표식이 된 자는 정씨(鄭氏)란 성(姓)에, 이름은 기동(箕東)이고, 자(字)는 동야(東野)이니, 동래(東萊)의 세가(世家)였다. 아버지는 휘(諱)가 난(瀾)160)이고 호(號)는 창해(滄海)로 일인(逸人)이었고,

---

156) 정군(鄭君) : 정기동(鄭箕東, 1758~1775)을 가리킴. 호는 만취(晩翠)이고, 자는 동야(東野). 정란(鄭瀾)의 아들인데 이용휴가 정란 부자를 알고 관계를 맺은 것은 황화방에 있으면서 이루어진 것으로 보인다. 이용휴는 홍경휘(洪慶暉)의 만시에서 정기동을 언급하고 있다. 이용휴가 찬한 이 「포의정군묘지명(布衣鄭君墓誌銘)」 원문에는 기동(基東)으로 되어 있으나, 족보에는 '기동(箕東)'으로 되어 있다.

157) 법식(法式) : 여기서는 '본보기' 또는 '모범'이란 뜻이 있으니, 『시경(詩經)』「대아(大雅)」 '하무(下武)'에 "왕의 믿음을 이루어, 하토의 법식이었도다[成王之孚, 下土之式]" 라고 하였으니 주(周)나라 무왕(武王)의 효행(孝行)이 온 백성들에게 본보기가 되었다는 뜻이다.

158) 현법(縣法) : 고대에 법을 공포할 때에 글을 써서 궁궐의 게시판에 게시(揭示), 여러 사람들로 하여금 두루 알게 했으므로 법령을 반포하는 것을 현법(縣法)이라 한다.

159) 단계(丹溪) : 경상남도 산청군 단성면의 옛 이름.

160) 정란(鄭瀾, 1725~1791) : 본관은 동래(東萊). 자는 유관(幼觀), 호는 창해(滄海)이다. 본래 영남의 단성현(丹城縣)에 살았으나, 안산의 문인들과 교류가 많았다. 여행가이며, 시인이며 미술에도 조예가 깊었다. 이용휴가 그를 위해 지어 준 산문으로는 「송정일사

고조부와 증조부도 모두 위인(偉人)의 장덕(長德)으로, 세상에 모복(慕服)한 바가 되었다. 군(君)은 태어날 때부터 남다른 자질이 있었다. 성품이 효성스러워 부모의 뜻에 앞서서[161] 말에 메아리처럼 반응하였고,[162] 좌우로 나아가 봉양하여[163] 부모(父母)가 있는 줄만 알고, 자신이 있는 줄은 알지 못하였다. 사물에 대해서 좋아하는 것이 없었고 오직 책을 좋아하기를 여색을 좋아하듯 하였다. 일찍이 스스로 효는 직분을 다하지 못하고 책은 읽기를 다하지 못한 것을 한으로 여겨, 임종 때에 그 아내 조(趙)씨에게 부탁하기를 "시부모를 잘 섬기고, 책을 같이 묻어 주오" 하니 아내가 승낙하고 그대로 따랐다.

명(銘)을 짓는다. "눈을 한 번 감으니 온갖 생각 그치게 되고 온갖 일 끝났도다. 그대는 아내로 자식을 삼고, 책으로 수의를 삼아 그 뜻을 계속해서 이루었도다. 전(傳)에 이르기를 '지극한 정성은 쉬는 일이 없다[至誠無息]'[164]라 하였고, 선유(先儒)가 말하기를 '군자의 마음은 죽어도 그치지 않는다[君子之心死而不已]'라고 한 것은 군이 그 사람이도다. 아! 산길에는 사람이 끊어지고, 숲에 해가 어둑해지려면, 오히려 군이 문 앞에서 아버지를 기다리는 것으로 의심이 되고, 달빛이 쓸쓸하고 바람

입해유한라산(送鄭逸士入海遊漢挐山)」,「제정일사산행도(題鄭逸士山行圖)」,「송정일사유동북명산서(送鄭逸士遊東北名山序)」,「제정일사유백산록후(題鄭逸士遊白山錄後)」 등이 있다. 정란의 시문은 『대동시선(大東詩選)』 권7에 칠언절구 2수, 칠언율시 1수과 김홍도(金弘道)가 그려준 「단원도(檀園圖)」의 제화시(題畵詩)를 포함 4편이 전해진다. 『동래정씨창원공파보(東萊鄭氏昌原公派譜)』에는 『유고집(遺稿集)』・『유산기(遊山記)』・『불후첩(不朽帖)』 등이 가전(家傳)된다 하나 지금은 찾아볼 수 없다. 정란에 대한 다른 문인들의 기록으로는 강이천(姜彛天)의 「기창해옹유산사(記滄海翁遊山事)」와 성대중(成大中)의 「서창해일사화첩후(書滄海逸士畵帖後)」 등 몇 편이 남아 있다.

161) 선의(先意): 선의승지(先意承志)의 준말. 자식이 효도를 하려면 부모의 뜻을 미리 알아차려 받들어야 한다는 말. 『예기(禮記)』「제의(祭義)」에 "君子之所謂孝者 先意承志 諭父母於過"라 했다.

162) 향언(響言): 부모의 말씀에 메아리처럼 반응한다는 뜻.

163) 좌우취양(左右就養): 부모를 섬길 때 여러 가지 방법으로 봉양을 다한다는 뜻. 『예기(禮記)』「단궁(檀弓)」에 "事親有隱而無犯, 左右就養無方"이라 했다.

164) 지극한 정성은 쉬는 일이 없다[至誠無息]: 『중용』 26장 참조

이 서늘하여 나무가 울고 새가 부르짖는 것은 어쩌면 군이 밤에 글을
읽는 소리라 할 것인가?"

 人有至行而無年者, 其故莫解也. 余以爲至行者, 乃人之所得以
爲人之式也, 天出以示人, 使知其式. 其收之或遲或速, 初無定
期, 譬猶縣法於門, 在曉民而已也.

歲戊寅正月二十一日, 其式出於嶺南丹城縣之丹溪, 乙未三月十三日,
收之於善山府之夢臺, 纔改略于曆, 短矣. 其爲式者, 鄭姓, 名箕東, 字東
野, 東萊世家也. 父諱瀾, 號滄海逸人, 高曾皆以偉人長德, 爲世所慕服.
君生有異質. 性孝, 先意響言, 左右就養, 知有父母而不知有身. 於物無所
好, 惟好書若嗜慾然. 嘗自以孝未盡職, 書未盡讀爲恨, 臨絶托其妻趙, 善
事舅姑, 以書殉葬, 妻諾而踐之.

銘曰: "目一暝而百念息矣, 萬事已矣. 君欲以婦爲子, 以書爲襚, 續成
其志. 傳曰: '至誠無息', 先儒言 '君子之心死而不已'者, 君是也. 噫! 山
徑人絶, 林日欲昏, 猶疑君之候父於門也, 月苦風酸, 木鳴鳥呼, 或者君之
夜讀咿唔邪."

40. 정일사^{鄭逸士}의 「산행도」에 쓰다^{題鄭逸士山行圖}

[1]

 산길을 갈 때 제호로(提葫蘆)¹⁶⁵⁾가 우는 소리 듣게 되면 귀 기
울여 들을 것이요, 불여귀(不如歸)¹⁶⁶⁾가 우는 소리 듣게 되면 귀

---

165) 제호로(提葫蘆): 제호(提壺)라고도 한다. 사다새의 한자 이름인데 그 이름의 뜻이
'술을 휴대하라'는 뜻이 있으므로 귀를 기울여 듣게 된다는 것이다.

를 막고 지나갈 것이요, 행부득(行不得)[167]이 우는 소리를 듣게 되면 귀
를 씻어 떨쳐 버려야 할 것이다.

山行聞提葫蘆, 則須側耳而聽之, 聞不如歸, 則掩耳而過之, 聞
行不得, 則洗耳而祓之.

[2]

예전에 비록 사람의 발자취가 어지러웠더라도 오히려 빈산이
었더니, 지금 한 번 그대를 얻자 바위와 골짜기가 그 때문에
생동하는 빛이 있을 것이니 비록 개산조(開山祖)[168]라 일러도 될 것이다.

前時, 雖人跡相交, 猶爲空山, 今一得君, 而巖壑爲之動色, 雖謂
之開山之祖, 可也.

[3]

천하에 응당 이러한 산이 있어야 할 것이나, 가령 혹시라도 이
러한 조화가 없어서 우연히 누락되어 잊게 된 곳은 이 노인이

---

166) 불여귀(不如歸): 소쩍새의 울음소리가 불여귀거(不如歸去)라고 들린다 하여 붙여진
  한자명인데, 그 뜻이 '돌아가는 것만 못하다'는 풀이가 되므로 귀를 가리고 지나가게
  된다는 것이다.
167) 행부득(行不得): 자고새의 울음소리가 행부득야가가(行不得也哥哥)라고 들린다 하
  여 붙여진 이름인데 '갈 수 없다'는 뜻이 있으므로 귀를 떨쳐 버리게 된다는 것이다.
168) 개산조(開山祖): 불교 용어로서 어떤 명산에 처음으로 절을 지은 사람을 일컫는 말
  이나 여기서는 명승지를 처음 개척한 사람이란 뜻으로 쓴 것이다.

붓으로 보충하여 완성함도 해롭지 않을 것이다.

天下應有此山, 設或無是造化, 偶遺忘處, 不妨此翁將筆補成.

[4]

술로 신을 불러서 강림한 것이 아니라면 비록 이 늙은이라 하
더라도 이처럼 기이하게 그릴 수는 없을 것이다.

非酒召神降, 雖此翁, 不能作此奇.

[5]

이 세상 중에 이런 사람이 없어서 부득이한 까닭으로 그로 하여
금 명구와 고동 사이를 왕래하면서 즐겁게 놀도록 했을 것이다.

寰中無此人, 坐不得已, 使之往來遨遊於名區古洞之間.

41. 풍악도楓嶽圖 : 金剛山圖에 쓰다 題楓嶽圖

[1]

 은칠칠(殷七七)¹⁶⁹⁾은 때가 아닌 데도 꽃을 피웠고 최칠칠(崔七七
: 崔北)¹⁷⁰⁾은 흙도 없이 산을 만들었는데 모두 순식간에 이루어
졌으니 이상하도다! 우리나라에 태어나서 금강산(金剛山)을 보지 못하면
마치 사주(泗州 : 泗水인 듯함)를 지나면서 공자 묘를 배알하지 못한 것과
같다.

殷七七非時開花, 崔七七不土起山, 皆以頃刻, 異哉! 生左海, 不
見楓嶽, 如過泗州, 不謁大聖.

[2]

옛사람이 이르기를, "아무 산은 조화옹(造化翁)이 어린 시절에
만들었기 때문에 거칠다"라고 하는데, 나는 "이 산은 바로 노
성하여 솜씨가 무르익은 후에 또 특별히 새로운 생각을 내어 창조(創造)

---

169) 은칠칠(殷七七) : 당나라 때 도사. 이름은 문상(文祥)・도전(道筌). 그는 물을 따라서
술이 되게 하고 나무를 깎아서 포(脯)를 만들며, 배[船]를 가리켜 곧 가게 하고, 새를
불러서 스스로 떨어지게 하며, 물고기에 침을 뱉어 살리며, 흙을 취하고 땅을 그어 산
천형세를 만들고, 띠를 꺾고 모기를 모아서 사람과 사물이 되게 하였다고 한다.

170) 칠칠(七七) : 최북(崔北, 1712~1786?)의 자. 본관은 경주(慶州). 자는 성기(聖器)・유
용(有用)・호는 성재(星齋)・기암(箕庵)・거기재(居其齋)・삼기재(三奇齋)・호생관(毫
生館). 초명은 식(植). 메추라기를 잘 그려 최메추라기라고도 하였으며, 산수화에 뛰어
나 최산수(崔山水)로도 불렸다. 김홍도・이인문・김득신(金得臣) 등과 교유하였다. 심
한 술버릇과 기이한 행동으로 점철된 많은 일화를 남겼다.

한 것이다. 그렇지 않으면 천하에 어떻게 하나의 산도 이 산과 비슷한
산이 없을 수 있겠는가?"라고 했다.

昔人云, "某山是造化幼少時所作, 故草草." 余謂"此山乃其老成
手熟後, 又別出新意剙造者. 不然, 天下何無一山與之彷彿也?"

42. 권사군權使君가 옥산玉山171)의 임지로 가는 것을 전송하는 서문 送權使君之任玉山序

화산(花山) 권동야(權東野)172)는 항상 스스로 돌아보며 묻기를,
"정책을 진술하고 계획을 천명하여 왕체(王體)173)를 도모하고
국론을 결단할 수 있느냐?"라 하고, 말하기를 "불가능하다"고 하였다.
"술자리에서 담판하여[折衝樽俎]174) 위엄이 이웃에 전해져서 명아주 잎
과 콩잎(藜藿)도 캐지 못하고[藜藿不採],175) 진주[蠙珠]가 멀리서 오게[蠙珠

---

171) 옥산(玉山) : ① 전라북도 옥구군 오산면. ② 경상남도 경산군의 옛 이름. ③ 경상북도
　　 구미시 인동동의 옛 이름. 어느 곳인지는 알 수 없다.
172) 권동야(權東野) : 권평(權坪, 1734~?)으로 보임. 본관(本貫)은 안동(安東). 영조(英祖)
　　 41년(1765), 식년시(式年試) 급제. 아버지는 권상언(權尙彦). 『외안고』를 참조해 보면 권
　　 평이 1778년 무술년(戊戌年) 6월 옥구(沃溝)현감으로 나간 것을 확인할 수 있다. 기타
　　 다른 문인들의 문집을 살펴보면, 채제공(蔡濟恭)의 『번암집(樊巖集)』에 「權校理東野坪
　　 追到坡州店幕夜坐話別」, 「權東野崔稚晦夜來相守不歸 蓋欲寬慰余也 詩以謝之」, 「權
　　 東野連夜同宿爲課 孫侵曉還歸 寓舍獨臥 情見于詩」, 「權東野來話寓舍侵曉言歸」,
　　 「送權東野恩補延日」 등의 글이 남아 있다.
173) 왕체(王體) : 조정(朝廷)의 대정(大政)에 대한 방침.
174) 절충준조(折衝樽俎) : 무력을 사용하지 않고 주연에서 담판하는 중에 적을 제압하여
　　 승리를 얻는 것을 이른다. 『전국책(戰國策)』 「제책오(齊策五)」 참조.
175) 명아주 잎과 콩잎(藜藿)도 캐지 않고[藜藿不採] : 사람들은 맹수를 두려워해서 감
　　 히 산에 올라 채소를 따지 못한다. 나라에 충신이 있으면 간사함이 일어나지 않는 것
　　 을 비유한 말. 『한서(漢書)』에 나온다.

遠來]176) 할 수 있었던가?"라 묻자 말하기를 "불가능하다"고 하였다. "중요한 조정의 문서를 금석(金石)에다 새겨서 위로는 조정의 중진이 되고 아래로는 사신(士紳)을 빛나게 할 수 있느냐?"라 묻고 말하기를 "불가능하다"고 하였다. "입으로 외우고 귀로 들으며 눈으로 보고 손으로 대답을 써서 국가의 중요한 정무(政務)를 막힘이 없게 하고, 모든 제도도 다 거행할 수 있느냐?"라 묻고 대답하기를 "불가능하다"라 했다. "은밀한 것을 적발하여 서릿발처럼 숙청하고 매처럼 죽일 수 있겠는가?"라 묻고 대답하기를 "불가능하다"고 하며 또한 "하지도 않는다"고 하였다. "백리(百里)의 고을을 얻으면 정사는 재능을 드러내지 아니 하고 청렴은 남에게 부끄럽지 아니 하여서 평이(平易)하고 자혜(慈惠)함이 백성으로 하여금 나를 편안하게 여길 수 있게 하겠는가?"라고 묻고 대답하기를 "이것은 열심히만 하면 거의 될 것 같다"라 하였다.

얼마 안 되어 옥산현(玉山縣)의 대부(大夫)가 되었다. 떠나게 되자 이런 말로 나에게 고하였다. 내가 이르기를 "그대의 말은 비록 겸손하기는 하나 실은 스스로 헤아리기를 분명히 한 것이다. 모든 일이 실패하는 것이 자랑하지 않는 데에서 말미암지 않는 것이 없다. 또 자신을 미루어 가정을 다스리고 가정을 미루어 천하에 이르는 것이니 만약에 백성이 편안하게 된다면 비록 천하의 재상이 되어도 괜찮을 것이니 어찌 한 고을의 수령으로 국한되겠는가? 아! 어찌하면 이와 같은 사람을 얻어서 팔로(八路) 삼백읍(三百邑)에 두루 배치할 수 있을 것인가?"라 하였다.

花山權君東野, 居嘗自顧而問, "能陳謨闡猷, 謀王體而斷國論否?" 曰 : "不能"; "能折衝樽俎, 威加隣境, 藜藿不採, 蠙珠遠來否?" 曰 : "不能"; "能高文大冊, 刻畵金石, 上爲廊廟重, 下以賁衿紳否?" 曰 : "不能"; "能口誦耳聽, 目覽手答, 機務無滯, 百度畢擧否?" 曰 : "不

---

176) 진주[蠙珠]가 멀리서 오게[蠙珠遠來] : 『서경(書經)』, 「우공(禹貢)」, '서주(徐州)'에, "회수 근처의 오랑캐들은 진주와 물고기를 공물로 바쳤다[淮夷 蠙珠曁魚]"라 했다.

能"; "能鉤距摘發, 霜肅鷙擊否?" 曰 : "不能", "亦不爲"; "能得百里之縣,
政不露才, 廉不愧人, 平易慈惠, 使民安我否?" 曰 : "此則庶可勉而及之."

　未幾爲玉山大夫, 將行, 以此告余. 余爲"君之語雖謙, 實自量之審者.
凡事之債敗, 無不由於不自量也. 且身之推爲家, 家之推至於天下, 苟民
之安, 雖爲天下宰, 可也, 何有於一縣哉? 噫! 安得如此之人, 偏置於八路
三百邑乎?"

43. 강학사(姜學士[177])가 태주(泰州[178])로 나아가는 것을 전송하는 서문 送姜學士出守泰州序

노인(老人)이 한가히 거처할 적에 우연히 맏아들[179]의 서재에
들렀다가, 그가 다른 사람과 진신안(搢紳案)[180]이란 것을 함께
보고 있는 것을 보게 되었다. 시험 삼아 그것을 얻어 보다가 관서(關西)
의 태주(泰州)에 이르러 손가락으로 가리키며 말하기를 "이곳은 반드시
잘 다스려지겠구나!"라고 하였다. 옆에 있던 한 사람이 말하기를 "읍후
(邑侯)인 강씨(姜氏)는 본래 서생(書生)으로서 새로운 시험으로 관리가 되
었으며, 또 태주는 암읍(嚴邑)[181]이니, 혹시라도 어려운 것이 없을까요?"
라고 하였으며 한 사람은 말하기를 "강후(姜侯)가 비록 현명하기는 하나
아직도 도착해서 일을 주관하지 않았으니, 어떻게 반드시 잘 다스린다

---

177) 강학사(姜學士) : 강침(姜忱, ?~?)인 것 같음. 본관(本貫)은 진주(晉州). 자(字)는 성오
　　(誠吾). 영조(英祖) 49년(1773), 증광시(增廣試) 급제. 아버지는 강수우(姜守愚). 『외안고』
　　를 참조해 보면, 강침(姜忱)은 1778년 무술(戊戌)에 태천현감으로 나간 것을 알 수 있다.
178) 태주(泰州) : 평안북도 태천(泰川)의 고려 시대 이름.
179) 가독(家督) : 한 집안을 감독하는 사람이라는 뜻으로, 맏아들을 이름.
180) 진신안(搢紳案) : 모든 벼슬아치의 인적 사항을 적은 책.
181) 암읍(嚴邑) : 사방이 산으로 둘러싸인 험요(險要)한 고을.

는 것을 억측할 수 있겠습니까?"라고 하였다. 내가 웃으며 말하기를 "여러분들의 말이 사실에 가깝기는 하나 그 중요한 도가 있음을 알지는 못하고 하는 말이다. 대저 강후(姜侯)가 강악(講幄)¹⁸²⁾을 거쳐서 외읍(外邑)에 나가는 것은 어머니 봉양을 위한 것이다. 백성들이 강후가 어머니에게 기쁘게 하는 목소리와 부드럽게 하는 낯빛으로 밤낮으로 챙기며 맛난 것을 요리하여 드리고 팔깍지[韝]를 걸고서 사냥을 해서 올리는 것을 보면 모두 장차 감화될 것이니, 그렇다면 풍속은 이미 아름다워질 것이네. 내 일찍이 들으니 '효경(孝經)이 있는 곳에는 예천(醴泉)이 나오고 이초(異草)가 생긴다'¹⁸³⁾라고 하였으며, 또 '병자(病者)가 외우면 낫게 되고 싸우는 자가 외우면 화해하게 된다'라고 하였다. 글도 오히려 이와 같은데 하물며 몸소 그것을 가르치는 것이랴? 다만 태주(泰州)뿐 아니라, 들어 흥기(興起)하는 자들이 응당 멀리 미치게 될 것이다. 전(傳)에 이르기를 '만약에 한 사람이라도 효도하지 못하면 왕노릇하는 자가 그 효를 이루지 못하는 것이다'고 하였으니 강후(姜侯)가 나라의 화리(化理)에 보탬이 되는 것이 크니, 어찌 한 명의 순리(循吏)와 비교해야겠는가? 또 태부인(太夫人)께서 사랑하되 가르침을 그만두지 아니 하여서 왼손으로 시서(詩書)를 잡고 오른손으로 예법을 잡아서 후(侯)를 성취시켰으며 그를 조정에 진출시켜 옥서(玉署 : 玉堂)에서 임금과 토론하는 신하가 되게 하였다. 현자를 진출시키면 상을 받는 것은 옛날의 은전(恩典)이다. 다른 사람의 현자를 진출시키는 자도 오히려 그러했거든 하물며 그의 현명한 아들을 진출시켰음에랴. 태부인이 전성지양(專城之養)¹⁸⁴⁾을 받게 되는 것은 마땅

---

182) 강악(講幄) : 여기서는 조선왕조 때에 임금을 모시고 경서(經書)를 강론(講論)했던 기구(機具)인 경연(經筵)을 가리킨다.

183) 효경(孝經)이 있는 곳에는 예천(醴泉)이 나오고 이초(異草)가 생긴다[孝經所在醴泉出異草生] : 효행이 지극하면 하늘이 감동하여 이와 같은 상서로운 반응이 나타난다는 말. 『예기』「예운(禮運)」 및 『갈관자(鶡冠子)』 참조.

184) 전성지양(專城之養) : 고을의 수령(守令)으로 나가서 부모를 봉양하는 것. 부모를 봉양하기에는 중앙에 근무하는 것보다는 지방의 수령으로 있는 것이 훨씬 나았으므로 옛날의 관리들은 부모 봉양을 위하여 중앙 관서에서 지방의 수령으로 나가기를 자청

한 일이다"라고 하였다. 집 아이가 앞으로 나와서 이 말을 써서 강후(姜
侯)의 행차에 노자로 삼아줄 것을 요청하였다. 내가 말하기를 "네 말이
옳다. 다만 나는 친구들이 주현(州縣)의 관리로 된 자에 대하여 반드시
청렴을 권면했었는데, 이제는 강후(姜侯)에게 그렇게 하지 않는 것은 강
후(姜侯)는 곧 옛날 청백리(淸白吏)인 삼휴당선생(三休堂先生)185)의 손자이
기 때문이다. 내가 어찌 대대로 농사짓는 자에게 깊이 갈고 쉬이 김매는
것으로써 형을 봉양하고 아우를 사랑하는 법186)을 수고롭게 가르쳐서
듣는 사람의 비웃음을 받겠는가?"라고 하였다.

老人閑居, 偶過家督書齋, 見其與人共觀所謂搢紳案者. 試取閱
之, 至關西之泰州, 以指點之曰: "是必大理." 傍一人曰: "邑侯
姜氏, 本書生, 新試爲吏, 且泰巖邑, 是無或爲難也?" 一人曰: "姜侯雖賢,
然尙未下車視篆, 何以懸斷其必善治也?" 余笑曰: "諸君之言似也, 然未
知其有要道也. 夫姜侯之緜講幄出外邑者, 爲太夫人養也. 民見侯之怡聲
柔色, 昏定晨省, 瀡瀡甘旨, 祭饋以供, 皆將化之, 然則俗已美矣. 嘗聞之,
孝經所在醴泉出異草生, 又病者誦以愈, 鬪者誦以解. 書尙如此, 矧身敎
之者哉. 非止泰州, 聞而興者, 應及遠矣. 傳曰: '苟一人未孝, 王者不成其
孝.' 姜侯之有補於國家之化理者大也, 豈一循吏比哉? 且太夫人愛不廢
敎, 左執詩書, 右秉禮法以成侯, 進之于朝, 爲玉署論思之臣. 進賢受賞,
古典也. 進他人之賢者猶然, 况進其賢子哉. 太夫人之受專城之養宜矣."
家督進請書此, 以贐姜侯之行. 余曰: "若言是也, 第余於朋友之爲州縣吏

하는 일이 많았다.
185) 삼휴당(三休堂): 강세귀(姜世龜, 1632~1703)의 호. 조선 후기의 문신. 본관은 진주. 자
  는 중보(重寶), 호는 삼휴당(三休堂). 아버지는 강원도관찰사 호(鎬)이다. 1693년 대사간
  이 되어 이듬해 왕의 유행(遊幸)을 간하다가 파직되었다. 1701년 장희빈(張禧嬪)을 사사
  하려 하자 이를 극력 반대하다가 홍원에 유배되어 그곳에서 죽었다. 뒤에 복관되고, 회
  덕의 용호서원(龍湖書院)에 제향되었다. 시호는 문안(文安)이다.
186) 형을 봉양하고 아우를 사랑하는 법[養兄愛弟之法]: 미상.

者, 必勉之以廉, 今于姜侯否者, 以姜侯卽故淸白吏三休堂先生之孫也.
余豈勞敎世農, 以深耕易耨養兄愛弟之法, 以取聽者之竊笑哉?"

44. 벼루명[강정진^{姜廷進187)}의 연석^{硯石}이니, 무늬가 고사리와 대잎을 이루고 있다¹⁸⁸⁾ [硯銘姜廷進硯石 文成薇與竹葉]

묵태(墨胎)[189] 씨(氏)가 고죽(孤竹)에 나라를 세웠다면, 고사리를 캐 먹은 것은 동해(東海)의 강태공이었을 것이니, 자취는 달라도 도는 같으므로 마침내 석교(石交)[190]가 되었다.

墨胎氏國于竹, 采其薇東海之姜, 異迹同道, 遂爲石交.

---

187) 그에 대한 글은 『혜환잡저』에 또 한 편이 있다. 제목은 「강정진사군기유록서(姜廷進 四郡記遊錄序)」이다.

188) 이 글은 강태공(姜太公 : 呂尙)이 주(周)나라 무왕(武王)을 도와 은(殷)나라를 없애자 현제는 주(周)나라의 곡식을 먹지 않겠다 하고 수양산(首陽山)에 들어가 고사리를 캐 먹었던 고사(故事)를 번안(翻案)하여 지은 기발한 작품이다.

189) 묵태(墨胎) : 고죽국(孤竹國) 군주(君主)의 성(姓). 여기서는 고죽군(孤竹君)의 아들이 었던 백이(伯夷)와 그 아우 숙제(叔齊)를 가리킨다.

190) 석교(石交) : 돌처럼 단단한 우의를 말함.

45. 『명사총강』 뒤에 쓰다[191] 題明史總綱後

기형(璣衡)[192]이란 것은 하늘의 역사이니 단지 대강(大綱)을 들면 이극(二極)[193]·이도(二道)[194]·삼진(三辰)[195]·사유(四遊)[196]의 종류이고 모든 역가(曆家)는 그 세목(細目)이 된다. 우공(禹貢)이란 것은 땅의 역사이니 단지 그 대강(大綱)을 들면 구주(九州)[197]·사오(四隩)[198]·항대(恒岱)·강하(江河)의 종류이고 모든 여지지(輿地誌)는 그 세목이 된다. 명당도(明堂圖)[199]라는 것은 사람의 역사이니, 단지 그 대강을 들면 오장(五臟)·육부(六腑)·사지(四支)·구규(九竅)[200]의 종류이고 모든 의서(醫書)는 그 세목이 된다. 그러나 기형(璣衡)이란 것은 극(極)으로써 표준을 삼고, 우공(禹貢)은 기주(冀州)로써 머리를 삼고 명당(明堂)은 마음으로써 주(主)를 삼으니, 강(綱)의 속에도 또 강(綱)이 있다. 나의 친구 이유일

---

191) 『탄만집』에는 제목이 「제명사총강후발(題明史總綱後跋)」이라 되어 있다. 또, 목만중도 『여와집』에 「명사총강서(明史總綱序)」를 남기고 있다.

192) 기형(璣衡) : 선기옥형(璇璣玉衡)의 약칭. 혼천의(渾天儀)라고도 하는데, 순(舜)이 선기옥형을 발명했다. 『서경』에, "순(舜)이 선기옥형(璇璣玉衡)이란 천문(天文) 관측기를 만들어서 일월(日月)과 오성(五星)의 칠정(七政)을 다스렸다"라 하였다.

193) 이극(二極) : 남극(南極)과 북극(北極).

194) 이도(二道) : 황도(黃道)와 적도(赤道).

195) 삼진(三辰) : 해, 달, 별을 가리킨다.

196) 사유(四游) : 옛사람들이 인식하기를 대지와 성신(星辰)이 춘하추동 사계절에 따라 동, 서, 남, 북 4극(極)으로 옮겨 다닌다는 설을 말한다.

197) 구주(九州) : 중국을 말함. 주(州)가 9개라는 말로서 시대에 따라 다르나 『서경(書經)』 「우공(禹貢)」에 따르면 기(冀), 연(兗), 청(靑), 서(徐), 양(揚), 형(荊), 예(豫), 양(梁), 옹(雍) 등 9개주이다.

198) 사오(四隩) : 동, 서, 남, 북 4방의 먼 변두리 지역.

199) 명당(明堂) : 여기서는 인체(人體)의 경락(經絡 : 한의학상의 經脉과 絡脉)과 침구(針灸)의 혈위(穴位)를 가리키는 말. 전설에 뇌공(雷公)이 사람의 경락(經脉)과 혈맥(血脉)에 관하여 물으니 황제(黃帝)가 명당(明堂 : 옛날 帝王의 政敎를 宣明하는 殿堂)에 앉아서 가르쳐 주었으므로 붙여진 이름이라 한다.

200) 구규(九竅) : 사람, 또는 동물의 귀[耳]·눈[目]·입[口] 및 코[鼻]와 요도(尿道)·항문(肛門)을 가리킴.

(李幼一)[201] 군이 편찬한 『명사총강(明史總綱)』은 대개 이것을 법으로 삼은 것이다. 아! 해내(海內)의 마음을 총괄하여 군주(君主)의 한 마음에 맬 수가 있다. 군주의 한 마음은 위로는 하늘을 받들고 아래로는 땅을 안정시키며 가운데로는 사람을 다스리는 까닭이다. 만일 여기에 어긋남이 있으면 곧 하늘은 운식(暈蝕)[202]과 혜패(彗孛)[203]의 재앙이 있게 되고 땅은 꺼지고 진압(震壓)하는 이변이 있고 사람에게는 반복(反覆)하고 산란(散亂)하는 화(禍)가 있게 되는 것이니 두렵지 않겠는가? 내가 이 책을 보다가 의종(毅宗) 7년인 갑술(甲戌)에 "조근관(朝觀官)으로 하여금 내감(內監)에 책을 투입시켰다[令朝觀官投冊內監]"고 한 데에 이르자, 곧 멈추고 보지 않으면서 말하기를 "대강이 먼저 무너졌으니, 세목이 따라 무너질 것이고, 방둑을 이미 넘어갔으니 세상이 장차 바뀔 것이다. (앞으로) 천하의 변고가 말할 수 없는 것이 있게 될 것이다"라고 하였다.

원문

璣衡者, 天之史也, 只擧其綱二極二道三辰四遊之類, 而諸曆家, 皆其目也. 禹貢者, 地之史也, 只擧其綱九州四隩恒岱江河之類, 而諸輿地誌, 皆其目也. 明堂圖者, 人之史也, 只擧其綱五臟六腑四支九竅之類, 而諸醫書, 皆其目也. 然璣衡以極爲準, 禹貢以冀爲首, 明堂以心爲主, 綱之中又有綱焉. 吾友李君幼一所撰明史總綱, 盖法此者也. 噫! 總海內之心, 繫于君之一心. 君之一心, 所以上奉天下奠地中理人者也. 若於此

---

201) 이유일(李幼一) : 유일(幼一)은 이극성(李克誠, 1721~1779)의 자. 초명은 존성(存誠). 호는 고재(皐齋)이다. 지봉(芝峰) 이수광(李晬光)의 6대손이자 성호(星湖) 이익(李瀷)의 사위이다. 이익의 제자들과 교유한 흔적을 찾을 수 있으며, 이익의 문집을 비롯한 안정복 등에서 그의 유사를 찾을 수 있다. 저서로는 『명사총강(明史總綱)』・『경원록(景遠錄)』 등이 있으나 현전 여부는 확인할 수 없다. 『경원록(景遠錄)』은 자신의 시조 이하 11대의 선조 유사를 모아 만든 것으로 목만중・이헌경 등이 서문을 남기고 있다. 『명사총강(明史總綱)』은 목만중이 서문을 남기고 있다.

202) 훈식(暈蝕) : 해와 달의 무리와 일식・월식.

203) 혜패(彗孛) : 혜성(彗星)과 패성(孛星). 이러한 별이 나타나면 병난(兵亂)이 일어날 징조라 했다.

有差, 則天有暈蝕彗孛之災, 地有陷缺震壓之異, 人有反覆散亂之禍, 可不
懼哉? 余閱此書, 至毅宗七年甲戌令朝覲官投冊內監, 即止不觀曰: "綱先
頹矣, 目隨壞矣, 防已踰矣, 世將易矣, 天下之變, 有不可言者矣."

46. 갑인년^{甲寅年} 『조객록』²⁰⁴⁾ 발문 ^{跋甲寅弔客錄}

 옛날에 사람을 볼 적에는 조객(弔客)으로써 많이 했다. 그러므
로 여러 고을에서 다 이르렀다는 말이 있었다.205) 지금 이 『조
객록(弔客錄)』에는 당대의 명덕(名德)이 많았으니 주인(主人)을 알 수 있다.
아! 160여 년 사이에 비록 무덤에 풍비(豐碑)206)를 하사했더라도 혹은 보
전하지 못하는 자가 있는 것이거늘 오직 이 종이가 해지고 먹이 바랜
것은 오히려 상자 속에 있으니 잘 지켰다고 이를 수가 있다. 만약 이로
인해서 제가의 후손들이 대대로 경조사에 서로 왕래한다면 또 돈후(敦
厚)한 풍속을 이룰 수 있을 것이다.

古者觀人, 多以弔客. 故有數郡畢至之語. 今此錄, 多一時名德,
則主人可知也. 噫! 百六十餘年之間, 雖賜塋豐碑, 或有不能保

---

204) 조객록(弔客錄): 원래는 사람이 죽었을 때 조문으로 온 손님의 이름을 기록한 책을
     말한다. 갑인년의 조객록은 실제로 지금 남아 있다. 개인 소장본으로 필사본이다. 강세
     황(1778), 이용휴, 유경종(1782)의 친필 발문이 있다.
205) 『소학(小學)』 「가언(嘉言)」에 나온다. 당(唐)나라 한유(韓愈)가 교지(交趾)에 있을 때
     그 형의 아들 마엄(馬嚴)과 마돈(馬敦) 형제에게 주는 편지에서 "두계량(杜季亮)은 호협
     (好俠)하며 의리(義理)를 좋아하였으므로 그 아비의 상사에 온 조객(弔客)으로 몇몇 고
     을이 다 왔지만[父喪弔客 數郡畢至] 나는 그런 것 본받기를 원하지 않는다"라고 했다.
206) 풍비(豐碑): 공적을 기록한 거대한 석비(石碑)를 말한다.

者, 惟是紙敝墨渝者, 尚在箱篋中, 可謂能守矣. 若因此而諸家之後, 世世慶弔, 相通, 則亦可成敦厚之俗矣.

47. 주태사[207] 시권 발문　跋朱太史詩卷

변방에서는 중국의 사신(使臣)을 천사(天使)라 이른다. 이미 천사라 했다면 곧 천인인 것이다. 몸이 세간에 처하여 천상(天上)의 사람을 접할 수가 있으니 이미 분수 밖의 다행함이다. 하물며 천인(天人)이 굽혀서 그를 존칭하여 말하기를 "노장(老丈)"이라 하였고, 또 "신교(神交)"라 했고 또 거처한 승경을 일컬어 "운병(雲屛)이 사람을 격한 경지"라고 하기까지 하였으니 그렇다면 사람은 이미 매미가 허물을 벗고 날개가 나서 거지(居地) 또한 현포(玄圃)와 낭원(閬苑)[208]인 것이다. 내가 어찌 감히 저속한 붓으로 그 사이를 더럽힐 수가 있겠는가?

藩邦謂詔使爲天使. 旣謂之天使, 卽是天人也. 身處世間, 得接天上人, 已分外之幸. 矧天人降屈, 其尊稱之曰, "老丈", 曰, "神交", 又稱其所居之勝, 至曰"雲屛隔人境", 然則人已蟬蛻羽化, 居亦玄圃閬苑矣. 余何敢以塵筆浼其間哉?

---

207) 주태사(朱太史) : 주지번(朱之蕃)을 가리킴. 명(明)나라 때의 학자. 자는 원개(元介), 호는 난우(蘭嵎). 서화에 능하였다. 만력(萬曆) 23년(1595)에 벼슬길에 올라 예부우시랑(禮部右侍郎)을 지냈다. 그가 선조 39년(1606) 이부 시랑(吏部侍郎)으로서 조선에 사신으로 나왔을 때 우리나라 학자들과 교류가 많았다. 저서에 『봉사고(奉使稿)』가 있다.
208) 현포낭원(玄圃閬苑) : 현포와 낭원. 신선이 산다는 곳이다. 현포는 곤륜산(崑崙山) 꼭대기에 있는 신선이 사는 곳으로 그 안에는 기화(奇花)와 이석(異石)들이 있다고 하고, 낭원은 낭풍(閬風)의 동산이다.

48. 남창[209] 서법 발문 跋南窓書法

[옮김] 내가 서예에 있어서는 이해하는 것이 없어서 매번 여러 사람들의 서법을 보게 되면 문득 감식(鑑識)할 줄 아는 사람의 평을 따랐다. 지금 이 서첩(書帖)에는 늙은 친구인 표암[210]이, "가뿐하고 아름답게[211] 흘러가는 움직임이 또한 중국(中國)에서도 드문 바이다"라고 평을 달았으니, 내가 또한, "가뿐하고 아름답게 흘러가는 움직임이 또한 중국(中國)에서도 드문 바이다"라고 평을 달았다.

[원문] 余於臨池之學, 無所解, 每觀諸家書法, 輒隨知者之評. 今此帖有豹菴老友之評曰 : "便姸流動, 亦中國之所罕有." 余亦曰 : "便姸流動, 亦中國之所罕有."

---

209) 남창(南窓) : 김현성(金玄成, 1542~1621)의 호. 본관 김해. 자는 여경(餘慶). 1564년 문과에 급제. 1617년 돈령부동지사 때 왕명으로 평양 기자비(箕子碑)의 비문을 베껴 가지고 돌아와, 마침 벌어진 폐모론에 참석하지 않아 면직되었다. 시·서·화에 모두 능하였고 서체는 송설체(松雪體)를 따랐다. 금석문 「숭인전비문(崇仁殿碑文)」, 「이충무공수군대첩비문」, 문집 『남창잡고』 등이 있다.

210) 표암(豹菴) : 강세황(姜世晃, 1712~1791)의 호. 조선 후기의 문신·화가. 본관은 진주. 자는 광지(光之). 호조와 병조의 참판을 지냈다. 서화에 뛰어나 1784년 천추부사(千秋副使)로 중국에 갔을 때 그의 서화를 구하려는 사람이 줄을 이었다 한다. 글씨는 왕희지(王義之)·왕헌지(王獻之)·미불(米芾) 등의 서체를 본받았고, 전서·예서 등 각체에 모두 신묘하였고, 산수·사군자에도 뛰어났다. 시는 육유(陸游)의 풍을 본받아 독자적인 풍격을 갖추었다.

211) 편연(便姸) : 가뿐하고 아름다운 모습.

📖譯 그 열매를 먹는 것을 "곡(穀)"이라 하고, 그 뿌리와 잎을 먹는
옮김 것을 "채(菜)"라 한다. 초(醋)와 장(醬)은 곡식으로 채소를 돕는
것이고, 콩잎은 채소인데 곡식을 겸한 것이다. 대개 사람이 필요한 것이
여기에 있다. 그러므로 말하기를 "땅에서 나는 털을 먹는 것이다"212)라
고 하였다. 또 옛날의 제도에 "70세가 되면 고기를 먹는다"213) 하였으
니, 70세가 되지 않은 사람은 채소를 먹는 것이다. 지금에는 나이가 젊
어도 부호(富豪)한 사람은 고기를 먹고, 늙었어도 가난하고 곤궁한 사람
은 도리어 채소를 먹으니 여기에서 세상이 변한 것을 볼 수가 있는 것
이나, 이것이 형세일 뿐이지, 본성은 아니다. 대저 채소를 먹는 방법은
두 마디 말로서 다할 수 있는 것이니, 생강은 신명(神明)을 통하게 하고
파는 단전(丹田)을 기르는 것이나, 백성들은 날마다 쓰면서도 알지 못하
는 것이다.

나의 친구 연성노인(蓮城老人)은 특별히 자호(自號)하기를 만채(晩菜)라
하였다. 채소를 몇 이랑에 심으니 푸른빛이 깔려 있게 되었다. 이것을
따서는 삶아서 소식(疏食)을 돕게 하며 더러는 날로 씹어 술을 깨게 하
면 세상에 고기[芻豢]214)가 있다는 것을 알지 못하게 되었다. 책을 읽다
틈이 있어서 지팡이를 끌고 밭두둑을 돌아다니면, 남새꽃이 수놓은 것

---

212) 땅에서 나는 털을 먹는 것이다[食土之毛] : 땅의 터럭이란 뜻으로, 채소와 곡식을 비
　　유하여 일컫는 말. 『춘추좌씨전(春秋左氏傳)』에 "食土之毛 誰非君臣"이라고 했다.
213) 일흔 살이 된 자는 고기를 먹는다[七十者食肉] : 『맹자(孟子)』 「양혜왕(梁惠王)」에
　　"닭, 돼지, 개와 새끼 돼지 같은 기르는 것을 그 시기를 잃지 않게 하면 일흔 살이 된
　　자는 고기를 먹을 수 있게 된다[雞豚狗彘之畜, 無失其時, 七十者可以食肉矣]"라고
　　했다.
214) 추환(芻豢) : 소, 양, 개, 돼지 같은 종류의 가축을 이른다. 넓게는 육류를 가리키기도
　　한다. 『예기』 「월령(月令)」에 "마소 기르는 것을 추(芻), 큰 돼지를 환(豢)이라 한다"라
　　하였다.

과 같아서 꽃다운 향기가 옷에 가득하였으므로 곧 속세 밖의 구포상(緱圃想)[215)]을 갖게 되었다.

스스로 이르기를 "채소에 깊은 이해 있는 자가 나만한 사람이 없다"라고 했으니 채소와의 만남이 이제 비로소 있게 되었다. 사람들 중에는 만채(晚菜)의 곤궁한 것을 비웃는 자가 있어서 "비록 고기를 먹고 싶어도 불가능하니 어떻게 채소를 먹지 않을 수 있겠는가?"라고 한다. (그러나) 이것은 그렇지 않다. 만채(晚菜)가 만약에 고기를 먹으려 한다면 닭, 돼지, 개, 새끼 돼지 같은 것은 사람이 모두 기를 수 있는 것이다. 그러므로 만채(晚菜)의 채식은 본성이며 또한 늘그막이 되어 처음으로 좋아하게 된 것이 아니고, 대개 늦게 되자 더욱 좋아하게 된 것이다.

아! 동물의 목숨을 도살하면 피와 살점이 낭자(狼藉)하게 되니 어찌 입으로 먹고 싶은 것을 조금 참아서 인의 단서[人之端]를 넓히지 않을 수 있는가? 오장육부(五臟六腑) 사이에 비린내 썩은 내, 향기가 발하는 것은 같지 않으니, 비유하자면 원객(園客)인 누에(원객잠: 누에의 종류)가 오색실을 토해 내는 것은 먹는 것이 범상한 누에와는 다르기 때문이다. 만채(晚菜)의 시문(詩文)은 찬란하게 문장을 이루는 것이 마땅하니, 비록 천부(天賦)가 남다르게 뛰어나기도 하나 또한 이러한 이유 때문이다. 내가 몇 해 째 아침저녁으로 먹는 것이 오직 채소 한 소반이다. 지금 만채(晚菜)를 위해서 기문을 지으니, 거의 거리가 멀게 추측하는 자의 참되지 않은 것과는 다를 것이다.

---

215) 구포상(緱圃想) : 구씨 노인의 남새밭에 관한 생각. 신비한 생각이란 뜻. 명숭엄은 귀신 부르는 방술을 배운 사람인데 당고종(唐高宗)이 4월에 "참외를 먹고 싶다" 하니 숭엄은 100전(錢)을 요구하더니 삽시간에 참외를 바치면서 "이것을 구씨 노인의 남새밭에서 얻었습니다"라고 하였다. 황제가 그 노인을 불러 물어보니 "참외를 땅속에 하나 묻었었는데 없어지고 땅속에서 돈 100전을 얻었습니다"라고 하였다. 『신당서(新唐書)』 「명숭엄(明崇儼)」 참조

食其實而曰穀, 食其根葉而曰菜. 若醋與醬, 穀而濟于菜者, 藿則菜而兼乎穀者. 盖人之所須在此 故曰: "食土之毛." 且古制, "七十者肉." 則未七十者菜爾. 今年少富豪者肉, 而老貧窮者反菜, 此可觀世變也, 然勢也, 非性也. 夫食菜之法, 得二語而盡, 薑通神明, 葱養丹田, 民則日用而不知者也.

余友蓮城老人, 別自號曰晩菜. 種菜數畝, 靑翠紛敷. 采之湘之, 以佐疏食, 或生嚼以析酲, 不知世有芻豢也. 讀書暇, 則曳杖遶畦而行, 菜花如繡, 芬香滿衣, 輒有實外緱圃想.

自謂"深於菜者, 莫余若." 而菜之遇, 今始有也. 人有笑晩菜窶, 雖欲肉不能, 惡得不菜. 是則不然. 晩菜苟欲肉, 鷄豚狗彘, 人皆可畜. 故曰, 晩菜之菜, 性也, 亦非晩而始好, 盖晩而愈好者也.

噫! 屠殺物命, 血肉狼藉, 豈不可少忍饞口, 以廣仁端耶? 臟腑間, 腥腐香芳, 所發者不同, 譬猶園客之蠶, 吐絲五色者, 以所食者, 異於常蠶也. 宜晩菜之詩文, 爛然成章, 雖天賦殊絶, 亦以是也. 余年來朝夕, 惟菜一盤. 今爲晩菜作記, 庶乎異於懸揣者之不眞矣.

50. 삼가 신부인[216]이 쓴 열녀전에 쓰다[217] 敬題申夫人所書烈女傳

옛날 서릉(西陵)의 시랑(侍郞) 동숙옥(董叔玉)의 누이 동원(董媛)은 현명하고 시에 능하였다. 상보승(尙寶丞) 주원부(周元孚)에게 시집을 갔는데, 오래 지나서야 원부(元孚)는 비로소 그녀가 시에 능하다는 것을 알았다. 스물아홉으로 죽자, 원부(元孚)가 왕엄주(王弇州)를 뵙고서 서문을 지어서 간행했다. 근죽당(近竹堂) 신시랑(申侍郞)의 누이로 증정경부인(贈貞敬夫人)인 신씨(申氏)는 현명하고 글씨에 능하였다. 나이 열다섯에 태재(太宰) 진산(晉山) 유공(柳公)에게 시집을 갔으나, 공은 그녀가 글씨에 능한 것을 알지 못하였다. 스물다섯에 죽고서야 마침내 남긴 상자에서 그것을 얻었다. 서법(書法)이 매우 높았고 덕스러운 법도가 있었으므로, 공이 스스로 묘지(墓誌)를 지어 무덤에 묻었다. 저 동원(董媛)은 이미 생전에 드러났으나 부인(夫人)은 죽은 후에 비로소 드러났으니, 그 신중하고 빈틈없음[218]이 옛사람에 비하여 뛰어날 뿐만이 아니었다. 다만 서문은 양에 속하고 묘지는 음에 속하므로,[219] 남들의 알아줌이 동원(董媛)의 광달함에는 못 미쳤다. 그러나 부인은 애초부터 알아줌을 구하지 않았으니 또한 무슨 유감이 있을 것인가? 아! 규방의 여인 가운데 또한

---

216) 정경부인(貞敬夫人) 신씨(申氏)는 소북팔가(小北八家) 중 한 사람인 죽당(竹堂) 신유(申濡)의 자씨(姊氏)이고, 안산(安山) 15학사(學士) 중 한 사람인 신택권(申宅權, 1722~1801)의 종조고모이다.

217) 『탄만집』에는 제목이 「경제신부인소서열녀전발(敬題申夫人所書烈女傳跋)」이라 되어 있다. 이 글은 『가중보장(家中寶藏)』이란 개인 소장본에 실려 있다. 『가중보장』에는 유경종(柳慶種, 1782), 유중화(柳重和, 1782)의 친필 서문, 강세황(姜世晃, 1778), 목만중(睦萬中)・이용휴(李用休)・조정옥(趙鼎玉, 1779)・신택권(申宅權, 1782)・강준흠(姜浚欽)・황준(黃晙, 1778)의 발문이 있다. 황준을 제외한 글은 모두 친필이다.

218) 신밀(愼密) : 신중하고 빈틈이 없음을 이른다.

219) 서문은 양에 속하고 묘지는 음에 속한다[序陽而誌陰] : 서문(序文)은 세상에 널리 읽히기 때문에 양이라 하고 묘지(墓誌)는 무덤 앞을 파고 땅속에 묻는 것이기 때문에 음이라 한 것이다.

필한(筆翰)을 공부한 자가 있어서 혹은 소사(小詞)를 쓰기도 하며 불경(佛經)을 베끼기도 한다. 아름다운 문장은 물론이고 방외의 가르침 또한 부인이 마땅히 익힐 것이 아니니 무엇이 열녀전(烈女傳)이 바른 것만 같겠는가? 그런데 전에 쓴 것은 또 계례(筓禮)를 하기 전에 있었으니 대개 부인은 이 도에 있어서 신해(神解)와 숙오(宿悟)가 있었던 것이다.

昔西陵董侍郎叔玉之妹, 董媛, 賢而能詩. 嫁尙寶丞周元孚, 久而元孚, 始知其能詩. 二十九而沒, 元孚謁王弇州, 爲序而行之. 近竹堂申侍郎之妹, 贈貞敬夫人申氏, 賢而能書. 十五歸太宰晉山柳公, 公不知其能書. 二十五而卒, 乃於遺篋得之. 書法甚高, 有德矩, 公自撰誌而藏之. 彼董媛已露之於生前, 夫人, 則身後始發, 其愼密, 比昔人, 不啻過之. 第序陽而誌陰, 故人之知之不如董之廣. 然夫人, 初不求知, 亦何憾也? 嗟! 閨閤之秀, 亦有工筆翰者, 或寫小詞, 或寫佛經. 藻華則勿論, 方外之敎, 亦非婦人所宜習, 孰如烈女傳之爲正也? 而傳之書, 又在筓前, 盖夫人之於此道, 有神解宿悟云.

51. 신문초(申文初220)가 금강산을 유람하는 것을 전송하는 서문 送申文初遊金剛山序

[譯 옮김] 산이 명성이 높으면 유람하러 오는 거마(車馬)가 몰려와, 티끌과 먼지가 나날이 쌓여 간다. 정유(1777)년 가을 8월에 하늘이 큰 비를 내려 전부 씻어 내자, 본 모습이 그제야 드러났다. 선비 중에 글재주 있고 기이함을 좋아하는 사람인 신문초(申文初)가 그 말을 듣고서 그리로 갔다. 사람에게 비유하자면 비에 씻기기 전에 본 모습은 병들고 때에 찌든 얼굴이었고, 지금은 세수하고 목욕하여 몸단장을 하고서 손님을 맞는 얼굴이다. 그런데 문초(文初)가 마침 이런 때 유람하니 다행이다. 문초(文初)의 동유(東遊)는 바로 국내 식년과(式年科)의 초시(初試)에 합격한 거인(擧人)들이 회시(會試)에 응시하러 가는 날이니, 이것이 또 선인(仙人)과 범인(凡人)의 길이 가르는 곳이 된다.

[원문] 山以名高, 車馬沓至, 塵穢日積. 丁酉秋八月, 天大下雨一洗之, 本相乃見. 士有文而好奇者申文初, 聞而往焉. 譬之於人, 前之所見者, 卽其病貌垢面也, 今則盥沐改容, 以肅客之時. 而文初適當焉幸矣. 文初之東遊, 乃値國內中式擧人赴試之日, 此又仙凡分路處也.

---

220) 문초(文初): 신광하(申光河, 1732~1796)의 자. 호는 진택(震澤)이다. 영조 32년(1758)에 사마시(司馬試)에 합격하였다. 정약용은 "그가 시 즐기기를 창포 김치 즐기기보다 더했다"고 평하였다. 벼슬을 쉬면서 명산대천을 두루 돌아다녔으며 문학에 뜻이 깊어 어려움을 모르고 시(詩)에 전념하였다. 뒤에 인제(麟蹄)에 재임할 때 설악산(雪嶽山)과 한계령(寒溪嶺)의 우아함에 심취하여 많은 글을 남겼다. 금강산 유람의 전말을 「동유기행(東遊紀行)」에 기록하였고, 그때의 시를 『동유록(東遊錄)』으로 엮었다. 정조 11년(1787)에 다시 금강산 일대를 유람하여 그때의 시를 『풍악록(楓嶽錄)』으로 엮었다.

52. 『동소고』 뒤에 쓰다[221] 題桐巢稿後

기 옮김 세상에서 선생[222]의 글을 아는 자는 열에 여덟, 아홉이요, 선생의 행실을 아는 자는 열에 대여섯이겠지만, 선생의 뜻에 이르러서는 아는 자가 거의 없다. 그러나 유독 나만은 그것을 알고 있다. 내부적으로 힘쓰는[223] 영예로운 이름을 사양하고 버리는 것이 어렵지만, 돌아가서 하나의 언덕을 지키며 종신토록 즐거워하면서 후회하지 않는 것은 더욱 어려운 일이다. 그러므로 감히 시호를 바치기를 정(貞)이라 한다.

기 원문 世知先生之文者, 十八九, 知先生之行者, 十五六, 至於先生之志, 則知者幾無. 而獨不佞知之. 券內之榮名, 謝遺旣難, 歸守一丘, 終身樂而无悔, 爲尤難. 故敢獻諡曰貞.

---

221) 『탄만집』에는 제목이 「제동소고후발(題桐巢稿後跋)」이라 되어 있다.
222) 남하정(南夏正, 1678~1751) : 조선 후기의 학자. 본관은 의령. 자는 시백(時伯), 호는 동소(桐巢). 아버지를 일찍 여의었으나 학문에 전심하여 경사(經史)와 제자백가(諸子百家)에 통달하였으며, 특히 글을 잘 지어 문명을 크게 떨쳤다. 그가 지은 「출사책(出師策)」은 명문장으로 일컬어져 사람들은 그를 흔히 이식(李植)에 비교하였다. 1714년(숙종 40) 진사가 되었으나, 세도(世道)의 어지러움을 보고 벼슬을 단념, 진위(振威)의 동천(桐泉)에서 은거 생활을 하며 후진 양성으로 일생을 보냈다. 저서로는 『사대춘추(四代春秋)』와 『동소만록(桐巢漫錄)』 등이 있다.
223) 권내(券內) : 내부적(內部的)으로 힘쓰는 것. 『장자(莊子)』 「잡편(雜篇)」 '경상초(庚桑楚)'에 "券內者, 行乎無名. 券外者, 志乎期費"라 했다.

53. 치헌기 ^{恥軒記}

 내가 세상의 군자(君子)들을 보니 스스로를 높이고 남을 업신여기며, 멋대로 행동하고 큰소리치는 사람이 많았다. 유독 권언후(權彦厚) 군은 뜻에 차지 않아 부족하게 여기는 듯하고, 겸손하여 무능한 듯이 여겨 그 낯빛이 마음에 부끄러운 것이 있어서 얼굴에 나타난 듯하였다. 괴이하게 여겨 물으니 머뭇거리다가 한참 후에 말하였다. "저는 천지(天地)를 대하기가 부끄럽습니다. 천지(天地)는 일찍이 수많은 성현(聖賢)들을 부재(覆載)하여 주었는데,²²⁴⁾ 지금은 저를 부재하여 주고 있기 때문입니다. 해와 달을 보는 것이 부끄럽습니다. 해와 달은 일찍이 수많은 성현들을 비추어 주었는데 지금 저를 비추어 주기 때문입니다. 또 저는 음식과 거처를 고인과 같이 하고, 눈으로 보고 귀로 듣고 손으로 잡고 발로 가는 것을 고인과 같이 하는데, 그중에 같지 않은 것이 있어 하나의 재주와 하나의 재능에 있어서도 고인은 물론이고 지금 사람들만도 못하기 때문에 그러합니다"라고 하였다. 내가 그를 위해 얼굴빛을 고치며 말하였다. "자네는 부끄러움을 아는 자이니 부끄러움을 멀리할 수 있을 것이네. 자네가 일찍이 그 집의 편액을 구하였는데 이것으로 편액을 삼음이 좋을 것 같네"라고 하였다. 기를 청하니, "나 또한 자네의 부끄러움을 부끄러워하는 사람이다. 그대를 위해 기를 짓는 것이 곧 내 스스로를 말하는 것이다"라고 하였다.

余見世之君子, 多自尊而傲物, 肆意而大言. 獨權君彦厚, 欿然若不足, 退然若無能, 而其色則若心有所恥, 而達于面者. 怪而問之,

---

224) 부재(覆載) : 하늘은 만물을 덮고 땅은 만물을 싣는다는 뜻으로, 천지를 일컬음. 전하여 널리 은택을 베풀어 기름을 가리킨다.

逡巡良久曰, "我恥對天地. 天地曾覆載幾多聖賢, 而今覆載我也. 恥見日月. 日月曾照臨幾多聖賢, 而今照臨我也. 且我之飮食居處, 與古人同, 目視耳聽手持足行, 與古人同, 其中有未同者, 以及一藝一能, 勿論古人, 亦多不如今人者. 故然也." 余爲之改容曰, "君知恥者, 可遠恥矣. 君嘗求顔其軒, 此可顔也." 請記曰, "我亦恥君之恥者. 記爲君作, 卽自道也."

54. 이경와[225] 기 二耕窩記

사람이 지상에 태어나면 곧 입으로 먹게 되니, 이것은 태어난 후 최초의 몸을 꾸려 나가는 계획이다. 그런데 음식은 밭가는 것을 따라 얻는 것이니, 이것은 가장 급한 작용이다. 다만 그저 먹기만 하고 배우지 않으면 곧 쪼는 새나, 새김질하는 짐승과 다를 것이 없다. 그러므로 또 반드시 독서하여 이치를 궁구하는 것이니, 이것이 가장 큰 공과(功課)이다. 비록 그렇기는 하나 현달하여서 위에 있는 자들은 조정(朝廷)에서 계책을 세우느라 밭 갈 겨를이 없고, 궁하여 아래에 있는 자들은 밭과 들에서 일하느라 또한 배울 겨를이 없다. 오직 힘을 본업에 써서 이 일에 뜻을 독실하여야 하는데, 사민(四民) 가운데 이 두 가지에 겸하여 능한 사람은 우리 친구 남처사(南處士)가 곧 그 사람이다. 처사(處士)는 선대에게 물려받은 밭이 있어서 몸소 씨를 뿌리고 수확을 하여 아침저녁을 댔으며 사문(師門)이 가르쳐 준 것이 있으므로 입으로 스스로 읽고 외워 자손(子孫)에게 가르치며 말하기를 "이는 옛사람이 궁경(躬耕)

---

225) 이경와(二耕窩) : 이익(李瀷)의 『성호전집(星湖全集)』에는 「기제이경와이수(寄題二耕窩二首)」와 「이경와기(二耕窩記)」가 있다.

하고 설경(舌耕)226)하는 뜻이다"라고 하였다. 드디어 취하여 그가 사는 집의 이름으로 삼았다. 아! 처사(處士)의 세대에 전답은 밭두둑에 이어졌고 서가에는 만축(萬軸)의 책이 꽂혀 있었는데 수십 년이 안 되어 이미 남은 것이 없게 되었다. 그 까닭을 물으니 "도박(賭博)이 아니면 주육(酒肉)이다"라고 하였다. 그러한데도 처사(處士)의 하는 일이 옛날과 같았으니 힘쓸 것을 아는 분이라고 말할 수 있다. 그를 위해 명(銘)을 짓는다. "역내(域內)를 두루 보니, 넓고 좋은 전지로다. 가라지 풀이 날로 자라고 있는데, 따비와 호미를 시험하지 않는도다. 누가 이것을 다스리는가? 남씨(南氏) 어른이로다. 가을이 되자 결실이 이루었으니, 구슬 같은 곡식이 곳집에 가득하도다. 내가 그 일을 부지런히 하니, 하늘이 풍년으로 보답함이로다."

원문

人墮地, 卽以口就食, 此有生後最初身計也. 然食從耕得, 此最急作用也. 第徒食而不學, 則與啄者齕者無別. 故又必讀書窮理, 此最大功課也. 雖然, 達而在上者, 謨猷廊廟, 不暇耕, 窮而在下者, 霑塗田野, 亦不暇學也. 惟用力本業, 篤志此事, 四民之中, 兼有其二者能之, 吾友南處士, 卽其人也. 處士有227)先世所遺田, 身親播穀, 以給朝夕, 有師門所授書, 口自講誦, 以敎子孫曰 : "此昔人躬耕舌耕之義也." 遂取而名其所居之窩焉. 噫! 當處士之世, 有田連阡陌, 架挿萬軸者, 不數十年, 已無存焉. 問其故曰 : "非賭博則酒肉也." 而處士之業猶舊, 可謂知所務矣. 爲之銘曰 : "周視域內, 曠好田地. 稂莠日長, 櫌鋤不試. 侯誰理之, 南氏丈人. 秋而實成, 珠璣滿囷. 我勤其功, 天報以豊."

---

226) 설경(舌耕) : 강연(講演)·병호·보도(報道)·연설(演說) 등 말하는 것을 업으로 삼음.
227) 『혜환잡저』는 유(有)가 현(見)으로 되어 있다. 여기서는 『탄만집』을 따른다.

55. 유지당기 遺志堂記

자식이 그 어버이에 대해 좌우에서 봉양하며, 대답하고 받들다가 불행히도 하루아침에 부모의 상을 당하면 궤연(筵几)을 비록 설치하기는 하나, 말소리와 얼굴빛은 점차로 멀어지는 것이니 그 효를 다하는 것은 오직 고인의 생전 뜻일 따름이다. 만일 이것에 어김이 있으면 이것은 그 어버이를 죽게 하는 것이다. 비록 점악(苫堊)과 궤전(饋奠)이 모두 예식(禮式)에 들어맞더라도 오히려 간략한 예절이 되니 두려워하지 않을 수 있겠는가? 근래 여흥(驪興) 민공(閔公)이 좋은 땅을 구하여 그 두 어버이의 무덤으로 삼고 다시 그 옆에 재려(齋廬)를 만들어 사모하는 마음을 부치려고 하였다가 뜻이 채 이루어지지 못했는데 죽었다. 장차 눈을 감으려 할 때 이것을 그 자식인 아무개에게 부탁을 하니 아무개가 울면서 명을 받았다. 돌아가신 날로부터 마음에 맹세하고 힘을 다해서 신주가 사당의 감실로 들어가기 전에 낙성을 고하였다. 아! 현명하구나! 이것은 죽은 사람 섬기기를 산 사람 섬기는 것 같이 한 것이라고 말할 수 있다. 비록 그러나 사람이 그 자식에 대하여 기대하고 바라는 것은 마음에 끝이 없는 것이다. 그대는 집을 짓는[228] 효를 이루었으니 그 몸을 신칙하고 행실을 다스려서 그 어버이를 나타내도록 더욱이 힘써야 할 것이 마땅하다. 옛날의 민씨(閔氏)[229]의 효가 증씨(曾氏)[230]의 효와 일컬어진 것이 있었으니 이것은 또 그대가 뜻에 두어야 할 바이다.

---

228) 긍당(肯堂) : 긍당긍구(肯堂肯構)의 준말. 자식이 부모의 일을 계승하는 것을 말함. 『서경(書經)』 「대고(大誥)」에 "그 아비가 집을 지으려고 이미 설계를 하였는데, 그 아들이 즐겨 터를 닦지 않는다면, 하물며 집을 짓겠는가[若考, 作室, 旣底法, 厥子, 乃弗肯堂, 矧肯構]"라 하였다.
229) 민씨(閔氏) : 공자의 제자 민손(閔損 : 자는 子騫이다)을 말함.
230) 증씨(曾氏) : 공자의 제자 증삼(曾參)을 말함.

子之於親, 左右就養, 應唯承奉, 不幸一日大故, 筵几雖設, 聲光
寖遠, 其所以致孝者, 惟遺志而已. 苟於此有違, 是死其親也. 雖
苴絰饋奠, 皆合禮式, 猶爲疏節, 可不懼哉? 近驪興閔公, 求得吉壤, 爲其
二親體魄之藏, 復欲置齋廬於其旁, 以寓慕焉, 志未就而沒. 將暝, 以此托
其子某, 某泣而受命. 自奉諱之日, 誓心竭力, 告成於主入廟龕之前. 嗟!
賢哉! 是可謂事亡如事存者. 雖然, 人於其子, 所期望者, 心無窮焉. 君旣
成肯堂之孝, 其所飭躬繕行, 以顯其親者, 尤宜用力也. 古有閔氏孝與曾
氏並稱者, 此又君之所有志者也.

56. 『사과록』에 쓰다[231] 題四科錄

옛날에는 사람에게 표목(標目)[232]이 없었다. 다만 사도(司徒)가
되었다 하면 곧 능히 교화를 편다는 것을 알 수 있고,[233] 납언
(納言)이 되었다 하면 곧 능히 믿게 하는 것을 알 수 있음을[234] 보게 된
다. 전악(典樂)과 공공(共工) 또한 모두 그 이름으로 그 능한 바를 알 수
있을 따름이었다. 공문(孔門)에 이르러 비로소 사과(四科)[235]가 있었다. 과

---

231) 『탄만집』에는 제목이 「제사과록발(題四科錄跋)」이라고 되어 있다.
232) 표목(標目): 표출(標出)하여 세우는 명목(名目). 곧 『논어(論語)』 「선진(先進)」에서 말
하는 덕행(德行)·언어(言語)·정사(政事)·문학(文學) 등으로 분류하는 것을 가리킴.
233) 사도가 되었다 하면 곧 능히 교화를 편다는 것을 알 수 있었다[其作司徒 則知能敷
教]: 『서경(書經)』 「순전(舜典)」에 순(舜)이 설(契)에게 말하기를 "네가 사도가 되었으
니 삼가 오교를 펴되 너그럽게 하라[汝作司徒, 敬敷五教在寬]"라고 했다.
234) 납언(納言): 그 직책만 보면, 그 임무를 알 수 있었다는 말. 순(舜)이 용(龍)에게 이르
기를 "너를 임명하여 납언을 삼았으니 아침저녁으로 짐의 명령을 출납하되 믿게 하라
[命汝作納言, 夙夜出納朕命. 惟允]"라고 했다. 『서경』 「순전(舜典)」 참조.
235) 사과(四科): 공문(孔門)의 네 가지 과목(科目)이니 덕행(德行)·언어(言語)·정사(政

(科)라는 것은 '같다'는 것이니 같은 것끼리 모아 구별함을 말한 것이다. 그 후에 『명신록(名臣錄)』 같은 것은 모든 명신의 언행에 대해 기록은 했는데, 조목을 나누지는 않았으나 사과(四科)는 그 속에 있었다. 『소학(小學)』이란 책은 가언(嘉言)과 선행(善行) 외에 또 입교(立敎)와 명륜(明倫)이란 두 부문이 있었으니, 두 가지는 대개 언행의 근본이 되는 것이다. 지금 이 책은 수사(洙泗)의 제십철(第十哲)[236]을 기록해서 이름을 삼았으니 그 뜻은 『명신록』과 『소학』에서 아울러 취한 것이다. 아! 모든 선함이 성품에 갖추어져 있고, 백 가지 행동이 몸에 구비되어 있는데 네 가지로 요약하는 것은 천하 사물의 시작되는 것이 모두 원(元)이고 성장하는 것은 모두 형(亨)이고 이루는 것은 모두 리(利)이고, 이루어지는 것은 모두 정(貞)으로서 사덕(四德)이 되는 것과 같다. 비록 그러나 다시 하나의 이치로써 모든 것을 꿰뚫은 성인이 사과(四科)의 위에 자리하여서 사과(四科)를 이루는 것은, 건(乾)괘가 여러 괘의 머리가 되어서 사덕(四德 : 元, 亨, 利, 貞)을 포함하고 있는 것과 같으니 보는 자들은 이 뜻을 아는가?

원문 古者, 人無標目. 但見其作司徒則知能敷敎, 作納言則知能唯允. 典樂共工, 亦皆以其名, 知其所能而已. 至孔門, 始有四科. 科者等也, 言等而別之也. 其後若名臣錄, 則總記諸名臣之言行而不分目, 然四科在其中矣. 小學書則嘉言善行外, 又有立敎明倫二門, 二者, 盖言行之所本也. 今此錄, 以洙泗之第十哲者爲名, 而其義則兼取於名臣錄小學書者也. 噫! 萬善具性, 百行備身, 以約之以四者, 猶天下之物, 始者皆元, 長者皆亨, 遂者皆利, 成者皆貞, 以爲四德也. 雖然, 復有一貫之聖, 位於四科之上, 以成四科, 如乾爲諸卦之首, 而包有四德也, 看者識此意否?

事)·문학(文學)을 가리킨다.
236) 십철(十哲) : 공자(孔子)의 10명의 제자(弟子)를 가리킨다. 덕행(德行)은 안연(顔淵)·민자건(閔子騫)·염백우(冉伯牛)·중궁(仲弓), 언어(言語)에 재아(宰我)·자공(子貢), 정사(政事)에 염유(冉有)·계로(季路), 문학(文學)에 자유(子游)·자하(子夏) 등이 있다.

57. 포경재기 抱經齋記

살아서 혈기를 가지고 있는 것이 많은데, 유독 인간이란 하나의 종류만이 가장 귀하다고 생각하는 것은 무엇 때문인가? 인의(仁義)와 윤상(倫常)이 있기 때문이다. 인의와 윤상이란 것은 누구의 말인가? 하늘의 말이다. 하늘이 스스로 말했는가? 하늘이 스스로 하지는 않으나, 천약왈(天若曰)이란 것이 있는 것은 이것을 말한 것이다. 천약왈이라 말한 자는 누구인가? 성인이다. 성인은 어디에 있는가? 성인은 이미 돌아갔으니 그 말이 경서에 있는 것이다. 그 말이 경서에 있다는 것을 어떻게 아는가? 그 말은 경서에 있지만 그 이치는 마음에 있으니, 마음으로써 경서를 증험해보면 알 수가 있다. 대개 마음에 있는 이치를 다하여, 경서와 합치되는 자는 성인이 되고, 합치됨이 많고 합치되지 않음이 적은 자는 현인이 되며, 합치되지 않음이 많고 합치됨이 적은 자는 우인(愚人)이 되고, 전부 합치되지 않으면 우리 인간의 무리에서 쫓겨나 금수의 길로 들어간다. 그러니 경서라고 하는 것은 인간의 문서이다.

문서를 잃는 것은 곧 사람이 마땅히 안고서 지켜야 할 것을 잃는 것이다. 그 안고서 지키기를 열두 시간 중에 낮에는 잠시라도 놓는 일이 없고 밤에는 또 몽매간에도 미쳐야 하니, 그런 뒤에야 지켰다고 할 수 있는 것이다. 저 신선과 부처와 같은 방외인(方外人)들이 그 책을 이름하여 경(經)이라 하는 것은 이를 빌어서 스스로 높이는 것이고, 의복(醫卜)·박혁(博奕)·다주(茶酒)의 등속에 이르러서도 모두 경이라 말하여 스스로 붙여서 전할 수 있게 하는 것이거든 하물며 우리 육적(六籍)임에랴! 또 경천(經天)과 경지(經地)라고 하는 것이 고금(古今)에 걸쳐 항상 있어서 변하지 않는다. 만약 변하면 천지가 쉬게 되는 것이니, 경의 뜻이 큰 것이다. 아! 포(抱)라고 하는 것은 손으로 잡고 가슴에 새기는 것을 이르니,

마치 용이 구슬을 안고 닭이 알을 안는 것과 같이하는 것이 이것이다. 조이수(趙頤叟) 씨가 재거(齋居)하면서 독서(讀書)하다가 황홀한 깨달음이 있게 되자, 붓을 당겨서 그 벽에 쓰기를 "포경재(抱經齋)"라 하고 이씨(이용휴)에게 기를 지어 주기를 청하였다.

含生有血氣者衆, 獨我人一類, 爲最貴者何? 以有仁義倫常也. 仁義倫常者, 誰之語也? 天之語也. 天自語之耶? 天不自語, 有天若曰者語之. 天若曰者誰? 聖. 聖安在? 聖已往, 其語在經. 何以知其語在經? 其語在經, 其理在心, 以心驗經而知之. 蓋盡在心之理, 與經合者, 爲聖, 合多不合少者, 爲賢, 不合多合少者, 爲愚, 全不合, 則黜於我人類, 入禽畜道. 然則經者是人之券也.

失[237]券, 則失人所當抱而守之者也. 其抱而守之也, 十二時中, 晝則無瞬息之舍, 夜又夢寐及之, 然後可謂之守矣. 彼仙佛方外, 名其書曰經者, 乃假而自尊也, 至於醫卜博奕茶酒之屬, 亦皆曰經, 以自附而得傳焉, 矧我六籍哉! 且有經天者經地者, 古今常在而不變. 若變則天地息, 經之義大矣. 噫! 抱者, 以手挾持服膺之謂也, 如龍抱珠鷄抱卵者是已. 趙頤叟氏齋居讀書, 怳然有悟, 提筆題其壁曰, 抱經, 請李氏爲記.

---

237) 『탄만집』에는 부(夫)로 되어 있다.

58. 『평와집』서문 ^{萍窩集序}

천하에 커다란 원통함이 있는데, 원고와 피고의 뒤바뀐 것과 같은 것은 여기에 끼지 못한다. 재주가 있었으나 요절하여 성취하지 못한 경우와 이미 성취했으나 글이 사라져 알려지지 않은 것이 바로 이것이다. 요절하여 성취하지 못한 것은 하늘에 달린 것이요, 글이 사라져 알려지지 않는 것은 세상에 달린 것이다. 하늘에 달린 문제는 운명이니 논할 것도 없거니와, 세상에 달린 문제는 그 처지에 따라서 추켜세워지기도 하고 억눌려지기도 한다. 권세가 있는 사람은 겨우 뜻도 모르고 읊조릴 줄 만 알아도 모두 문집으로 간행된 것이 있지만, 한미한 사람은 비록 기예가 『시경』과 『이소』를 통달하고 문명한 시대를 만났더라도, 홀로 물러나서 드러내지 못하게 되니, 심하도다, 세상의 다스림이 불공평함이여!

비록 그렇기는 하나, 만일 그런 사람을 드러내고자 한다면 세력과 지위가 필요한 것이 아니라, 다만 문장가의 한 자루 붓만 있으면 된다. 우리 시대에는 드러내야 할 사람이 또한 많으나, 평와(萍窩) 김사징(金士澄)[238) 군이 그중에 으뜸이다. 군은 위항(委巷)에서 분발하여 옛날의 고매한 선비와 운치 있는 시인으로 스스로 평가(評價)하였다. 비록 가난하여 살아갈 방도가 없었으나, 권세 있고 지위 높은 사람의 문호에 한 번도 그의 발을 들여놓지 않고서, 평생토록 오직 글을 읽고 시를 지었을 뿐이었다.

---

238) 사징(士澄) : 김숙(金潚)의 자. 호는 평와(萍窩). 『풍요속선(風謠續選)』「김숙조(金潚條)」에 "평와(萍窩) 김숙(金潚)은 자가 사징(士澄)이고 본관은 개성(開城)인데, 사람됨이 오만하여 늙도록 궁했으나 후회하는 빛이 없었다고 한다(字士澄 號萍翁 開城人 負氣傲兀 窮老不悔)"라 기록되어 있다. 그에 대한 자료로는 『풍요속선』에 실린 11수의 시와 『송목관집(松穆館集)』 발문(跋文)이 전부이다.

그의 시는 도량과 행보(行步)가 범상치 않아 세속의 때를 씻어 내는데 힘썼으므로 세상과는 합치되는 것이 드물었고, 현묘한 생각과 기이한 말은 이따금 남들의 말을 거치지 않는 것이 있었다. 더러는 홀로 술을 마시며 길게 시를 읊어서 가슴속에 서려 있는 울분과 답답함을 풀면, 마치 구슬픈 옥[239]이 우는 것 같았고, 찬 샘물이 쏟아지는 것 같아서, 사람들로 하여금 넋이 움직이고 정신이 슬퍼지게 하였다.

사징(士澄)이 불우한 까닭이 여기에 있고, (후세에) 전할 만한 까닭도 여기에 있다. 지금 내가 사징의 문집에 서문을 쓰는 것은, 오직 사징 한 사람을 드러내려는 것이 아니라, 장차 여러 사징과 같은 처지의 사람들을 함께 드러내려는 것이다. 이 또한 사징의 뜻이었으니, 풍성(豊城)에 갇힌 검의 기운[240]을 다시 볼 수 있지 않겠는가? 사징(士澄)의 산문 역시 간결하면서 법도가 있어 그 시와 짝할 만하니, 60년 평생의 안광(眼光)과 심혈(心血)이 헛되지 않았다고 이를 만하다.

天下有大寃, 而兩造之枉, 不與焉. 有才而夭不成者, 旣成而湮無聞者是已. 夭不成者天, 湮無聞者地. 天者命也無論, 地則隨其所處而扶抑之. 崇顯者, 裁解呻佔, 率有集行, 寒微者, 雖藝窮風騷, 時遇文明, 獨屈而不伸, 甚矣, 地之爲政, 不公也!

雖然, 苟欲伸之, 不須勢位, 直文章家一筆力耳. 當吾之世, 可伸者亦多, 而萍窩金君士澄其最也. 君奮於委巷之中, 以古高士韻人自題. 雖貧

---

239) 애옥(哀玉): 구슬 소리가 맑은 것을 가리키며, 시문이 맑고 오묘함을 비유하는 말이다.
240) 풍성지기(豊城之氣): 중국 진(晋)나라 때 장화(張華)가 하늘의 북두성(北斗星)과 견우성(牽牛星) 사이에 늘 붉은 기운이 뻗쳐 있는 것을 보고 뇌환(雷煥)을 불러 그 까닭을 물으니 예장(豫章)의 뇌환(雷煥)이 말하기를, "보검(寶劍)의 기운은 위로 하늘에까지 뻗치지요"라고 하였다. 장화가 "그 보검이 어디 있을까" 하고 물으니 뇌환은 "예장(豫章)의 풍성(豊城)에 묻혀 있는 보검(寶劍)의 기(氣)입니다"라 하였다. 이에 장화가 뇌환을 풍성현령으로 삼아 그 검을 찾도록 하였다. 뇌환이 풍성현의 감옥 밑을 파 보니 과연 칼이 두 자루가 나왔는데 하나는 용천(龍泉)이었고 또 다른 하나는 태아(太阿)였다. 이날 저녁부터 두성과 우성 사이에서는 다시는 빛이 나지 않았다 한다.

無以爲生, 權貴之門, 不能一得其足跡, 平生惟讀書治詩.

其詩襟步不凡, 務瀹俗瀋, 故與世寡合, 而玄思奇語, 往往有不經人道者. 或孤斟長吟, 以舒其胸中之鬱轖, 如哀玉之鳴, 寒泉之瀉, 令人魄動神悽.

士澄之不遇在此, 而其可傳亦在此矣. 今余之序士澄者, 非惟伸士澄一人, 將以倂伸諸如士澄者. 此亦士澄之志也, 豊城之氣, 可不復見矣. 士澄文亦簡而有法, 可配其詩, 六十年眼光心血, 可謂不虛用矣.

59. 포경설 抱經說

옥을 품는 것도[241] 허물이 되는데 이보다 더한 것은 자손이 있는 것이다. 자식을 안는 것은 정(情)이고 손자를 안는 것은 예(禮)이다. 그러나 자손(子孫)들도 현명한 아이와 불초한 아이가 있으니 그렇다면 무엇을 안을 수 있겠는가? 경(經)을 안아야 한다! 그것을 안으면 백체(百體)가 그 직분을 얻고 만사가 그 이치를 따르게 된다. 그러므로 말하기를 "경(經)이란 것은 사람의 주각(註脚)이다"라고 한 것이다. 주각(註脚)이라 이르는 것은 글에 주해가 있는 것과 같다. 글은 주해가 아니면 밝지 않고, 사람은 경이 아니면 또한 사람됨에 밝을 수 없으니 잠시라도 떨어질 수 있겠는가? 이수씨(頤叟氏 : 조이수를 가리킴)는 이미 안을 것을 안고, 또 마음으로 하여금 그것을 지키게 했다.

---

241) 옥을 안다[抱玉]: 여기서는 물질인 보옥(寶玉)을 가지고 있다는 뜻으로 쓴 것이다.

원문

抱玉爲累, 進於是者有子孫. 抱子情也, 抱孫禮也. 然子孫亦有賢不肖焉, 然則誰可抱? 抱經哉! 抱之則百體得其職, 萬爲順其理. 故曰, "經者人之註脚". 註脚云者, 猶書之有解也. 書非解不明, 人非經亦不明爲人矣, 其可須臾離邪? 頤叟氏旣得抱所抱, 又使心官守之.

60. 「사가첩」발문 ^{四家帖跋}

[1]

해일선생(海日先生)²⁴²⁾은 당시에 이미 신명(神明)으로 공경받는 바가 되었으니 그의 유묵(遺墨)²⁴³⁾은 마땅히 후인의 보배가 될 만하고 장(張)·이(李)·유(劉)의 세 사람은 선생(先生)과 종유하던 사람이었으니 그 명승됨을 상상할 수 있다. 첩(帖) 안에 시는 겨울날에 고기 잡는 것을 읊은 것이다. 지금 손님과 이 첩을 볼 때 마침 겨울 하늘에서 눈이 내린다. 화로에 술을 덥히고 안주로는 말린 물고기를 하니, 우리들이 이 시 속에 있다는 것을 느끼게 된다.

---

242) 해일선생(海日先生) : 이첨(李坫, 1446~1522)을 가리키는 듯하다. 조선 초기의 문신. 본관은 광주(廣州). 자는 숭보(崇甫). 1500년 초무부사(招撫副使)로 해랑도(海浪島)의 유민을 수색한 공으로 봉상시정(奉常寺正)이 되었다. 1508년 형조판서로 사은부사(謝恩副使)가 되어 명나라에 다녀와서 한성부판윤을 거쳐 이듬해 겸동지성균관사(兼同知成均館事)를 지냈다. 몸가짐이 염간(廉簡)하여 가는 곳마다 청백(淸白)으로 일컬어졌으며, 성명(性命)의 오묘한 이치를 통달하고 천지·일월·성신의 도수에 환하였다. 시호는 문호(文胡)이다.
243) 『탄만집』에는 유묵(遺墨)이 묵(墨)으로 되어 있다.

원문 海日先生, 在當時, 已爲神明所敬, 其遺墨, 宜爲後人所寶, 而張李劉三人, 是與先生遊者, 則可想其爲名勝矣. 帖中詩咏冬日打魚者. 今與客觀帖時, 適冬天雪下. 地爐煖酒, 佐以枯魚, 覺吾輩已在詩中矣.

[2]

옮김 해일옹(海日翁)은 정통(正統) 병인(丙寅, 1446)년에 태어나 가정(嘉靖) 임오(壬午, 1522)년에 죽었다. 시북(市北) 남상국(南相國)244)께서 이 첩을 연경에서 얻은 것이 천계(天啓) 병인(丙寅, 1626?)년이었으니 옹이 죽은 해와의 거리가 105년이 되고, 지금 병인(丙寅, 1675?)년과의 거리는 또 153년이 된다. 그동안에 세상이 이미 변했으나, 첩(帖)은 오히려 남씨(南氏)에게 귀속되었으니 상국(相國)의 집안에는 사람이 있다.

원문 海日翁, 生於正統丙寅, 卒於嘉靖壬午. 而市北南相國, 得此帖於燕中, 在天啓丙寅, 去翁卒之歲, 爲百五年, 今去丙寅, 又爲百五十三年. 中間世界已遷, 而帖尙屬南氏, 相國之家有人矣.

---

244) 남상국(南相國): 남이웅(南以雄, 1575~1648)을 가리킴. 조선 중기의 문신. 본관은 의령. 자는 적만(敵萬), 호는 시북(市北). 당시의 권신 이이첨(李爾瞻)이 보자고 청할 때 응하지 않았다고 하여 미움을 사기도 하였다. 소현세자가 볼모로 심양(瀋陽)에 잡혀갈 때 우빈객으로 세자를 극진히 호위하였으며, 그 뒤 돌아와 춘성부원군에 봉해졌다. 1638년 대사헌이 되어 법을 엄하게 집행하였다. 1648년 좌의정이 되었다. 본래 세업(世業)이 풍족하여 부자라고 일컬었지마는, 그 법제를 준수하며 자손들을 엄하게 단속하여 사치를 억제하였다고 한다. 시호는 문정(文貞)이다. 충남 공주군 반포면 성강리에 영정과 유품이 전한다.

61. 남헌명 군이 동협^{東峽}에 들어가는 것을 전송하는 서문

譯 옮김 남씨(南氏)의 관향은 의령(宜寧)이니 남쪽으로부터 왔다. 또 식물도 오히려 혹시 옮겨 심을 수 있는 것이니, 사람이 어찌 흙덩이처럼 한 곳만을 지킬 수 있겠는가? 지금 그대가 동협(東峽)으로 들어가는 것은 좋은 곳을 택해 학문을 닦으려는 것으로, 골몰해서 이룸이 없는 사람과 함께하여 일곱 척(尺)의 몸을 저버리는 것을 부끄럽게 여겨서이니 그 뜻을 허락할 만하다. 장차 떠나려 할 때 나에게 들러서 말하기를 "저는 선생께 깊은 흠모를 가지고 있습니다. 새해가 와서 봄기운이 퍼지면245) 다시 찾아 뵙겠습니다"라고 하였다. 내가 곧 행권(行卷)을 평하고 있다가 몽당붓과 남은 먹으로 이 글을 써서 준다.

원문 南氏之貫, 宜寧, 以自南來也. 且植物猶或移栽, 人豈可塊守一丘耶? 今君之入峽, 欲擇處而修業, 恥同於汨沒無成, 以負七尺者, 其志可與也. 將行, 過余曰 : "吾於夫子, 有深慕焉. 獻歲發春, 當復來訪." 余方評行卷. 以禿筆餘墨, 書此以贈.

---

245) 새해가 와서 봄기운이 퍼지면[獻歲發春]: 새해가 오고 봄기운이 펼쳐지는 것을 이른다. 『초사(楚辭)』 「송옥(宋玉)」의 '초혼(招魂)'에 "獻歲發春兮, 汨吾南征"이라 했다.

62. 표제(表弟[246])인 조사고(趙士固[247])가 고창(高敞)의 임지로 가는 것[248]을 전송하는 서문 送表弟趙士固之任高敞序

譯기옮김　전생(前生)은 기억할 수 없고 내생(來生)은 알 수 없으니 다만 금생(今生)이 있을 뿐이다. 만일 금생을 한가롭게만 지낸다면 곧 헛된 삶이 되는 것이다. 어떡해야만 금생을 한가롭게 보내지 않을 수 있겠는가? 좋은 일[好事]를 행하여야 한다. 어떡해야 좋은 일을 행할 수 있겠는가? 그 지위를 얻어야 한다. 무엇을 지위라 하는가? 공경(公卿), 대부(大夫)가 모두 지위이나 나라와 백성[249]의 무거움을 가지고 있는 것은 오직 읍재(邑宰)만이 그러하다. 그런데 지금 사고(士固)가 고을을 얻었으니, 그 일을 함에 권과(勸課)를 부지런히 하고, 청단(聽斷)[250]을 공평하게 하며 교활하게 법을 지키지 않는 사람을 물리치고 허약한 이를 돌보며 관청·제방[堤堰]·양장(糧長)[251]·마호(馬戶)[252]에 이르기까지 조목을 세우고 법을 베풀지 않는 것이 없게 함으로써 다칠 것 같이 여기는 인자한 마음[253]을 넓히어 세상에 영구한 이익을 세우는 것이 모두 사고(士固)의 마음속과 손아귀에 있으니 사고는 그것을 힘쓸지어다. 또 다 같은 사람이거늘 어찌하여 부모(父母)라 일컬으며 어찌하여 갓난아이라 일컫는가?

---

246) 표제(表弟): 고종·이종·외종 사촌 동생을 이른다.
247) 조사고(趙士固): 사고(士固)는 조정상(趙貞相, 1726~1789)의 자이다. 1763년 문과에 급제하였고, 장령(掌令)을 역임하였다.
248) 53세 때인 1778년에 고창(高敞) 현감(縣監)에 부임하였다. 『외안고』참조.
249) 민사(民社): 백성과 사직(社稷). 국민과 나라를 이른다.
250) 청단(聽斷): 송사를 듣고 판결을 내림.
251) 양장(糧長): 명대(明代) 연공미(年貢米)에 관한 일을 맡아보는 지방 관리.
252) 마호(馬戶): 마호수(馬戶首)와 같다. 역에 딸리어 역마를 맡아 기르는 사람.
253) 다칠 것 같이 여기는 인자한 마음[如傷之仁]: 부모가 어린 자식을 볼 때 자칫 잘못하면 다칠까 하여 언제나 마음을 쓰듯이 백성을 아끼는 치자(治者)가 가져야 할 인자한 마음을 말함. 『맹자』「이루하(離婁下)」에, "문왕은 백성 보기를 다칠 것 같이 여겼다[文王視民如傷]"라고 했다.

그리고 어찌하여 한 마디의 선한 것이 따뜻한 봄이 되고 고택(膏澤)이 되며, 하나의 일을 잘한 것이 청천(靑天)이라 불려지고 신명(神明)이라 불려지는가? 그 까닭을 생각해야 할 것이다. 일찍이 듣건대 옛날에 진월인(秦越人)[254]은 남의 뱃속 내장을 밝게 살펴보았으므로 병을 잘 치료할 수 있었다. 그러나 내장은 오히려 막힌 것이 있다지만, 우리 『대학(大學)』의 혈구지도(絜矩之道)[255]와 같은 것은 오직 원래 그러한 것을 미루어 갈 따름이니, 어찌 더욱 곧고 빠르지 않겠는가? 모름지기 이러한 처방으로 저 병으로 인한 고통을 낫게 해야 할 것이다. 혹 어떤 사람은 사고의 현명함과 재능으로 늦게야 비로소 한 고을을 얻은 것이 한스럽다고들 하나, 나는 그렇게 여기지 여긴다. 사고는 비록 현명하고 재주가 있으나 소년 시절에 고을을 얻었다면 그 숙달되고 노련함이 응당 오늘날 같지는 않았을 것이다. 그가 10년이나 늦어지게 된 것은 사고의 가족에게는 불행이나, 모양(牟陽)[256]의 백성들에게는 다행인 것이다. 사고가 어려서 나에게 증선지(曾先之)의 『십팔사략(十八史略)』을 배웠는데 지금은 수염과 살쩍이 이미 희끗희끗하게 세었다. 그러나 나는 어린 동생처럼 사랑스러우므로 그가 관직에 부임할 적에 훈계를 주는 것이다. 오직 한 마디도 탐오(貪汚)에 언급하지 않는 것은 사고의 사람됨이 비록 천금으로 상을 주고, 한 해에 그 관직을 다섯 번이나 옮겨준다 하더라도 반드시 하지 않을 것이기 때문이다.

前生不記, 來生未知, 只有今生. 若閒過今生, 卽爲虛生. 如何是不閒過今生? 行好事. 如何可行好事? 得其位. 何謂位? 公卿大

---

254) 진월인(秦越人) : 전국 시대(戰國時代)의 명의(名醫)인 편작(扁鵲)을 말한다. 진(秦)은 그의 성이고 월인(越人)은 이름이다.
255) 혈구(絜矩) : 혈(絜)은 헤아린다. 구(矩)는 법도 사람의 마음은 같은 것이니, 남이 자기에게 하기를 바라지 않는 일을 자기 역시 남에게 하지 말아야 하는 도리를 혈구지도(絜矩之道)라 한다. 『대학(大學)』 제10장 참조.
256) 모양(牟陽) : 전라북도 고창(高敞)의 옛 이름이다.

夫皆位也, 有民社之重者, 惟邑宰爲然. 而今士固得之, 其事爲, 勤勸課, 公聽斷, 抑豪猾, 恤單弱, 至於館廨堤壩糧長馬戶, 無不立條設法, 以廣如傷之仁, 建永世之利者, 皆在士固心中手中, 士固勉之. 且均人也, 何以稱父母, 何以稱赤子? 而何以一言之善, 爲陽春爲膏澤, 一事之得, 號靑天號神明? 其故可思也. 嘗聞古有秦越人者, 能洞視人之臟腑, 故善治病. 然臟腑猶有所隔, 若吾大學絜矩之道, 則惟推所固者而已, 豈不尤爲直捷哉? 須以此方, 蘇彼疾苦也. 或以士固賢且才, 而晚始得一縣爲恨, 余謂不然. 士固雖賢且才, 得縣在少年時, 其鍊達老成, 應不如今日. 其遲之十年者, 於士固家姃爲不幸, 於牟陽之民爲幸矣. 士固幼受曾氏史於我, 今其鬚鬢已皤. 然余猶稱弟蓄之, 故其赴官也, 加訓戒焉. 惟無一言及墨者, 以士固之爲人, 雖賞之以千金, 一歲五遷, 其官必不爲此也.

63. 조씨형제 명자설 趙氏兄弟名字說

譯옮김가 한양 조씨(漢陽趙氏)가 형(兄)은 이름을 재성(材成)이라 하고 자를 대구(待求)[257]라고 하며, 아우는 이름을 재량(材良)이라 하고 자(字)를 시동(時棟)이라고 한 것은 어째서인가? 재목을 이루는 것[成材]은 자기에게 있어서 이미 이루어졌으니 스스로 팔리는 것을 부끄럽게 여기므로 그 때문에 구하기를 기다리는 것이고, 좋은 재목[良材]이 생기는 것은 생기면 반드시 헛되지 않고 시대의 동량(棟樑)이 되는 것이기 때문이다. 자서(字書)를 살펴보면 목(木)이 용(用)으로 들어간 것이 재(材)이고, 『홍범(洪範)』에 "나무는 구부러진 것도 있고 곧은 것도 있다[木曲直]"라고 말하

---

257) 이가환의 「독서처기(讀書處記)」에 조대구에 대한 이야기가 나온다.

였다. 재목이 곧은 것은 진실로 아름다우나 농기구가 굽은 것은 또한 백
성의 쓰임을 이롭게 하는 것이니 두루 하지 않은 것이 없는 뒤에야 곧
두루 통하는 재목이 되는 것이다. 또 재(材)란 글자는 목(木)을 따르고 재
(才)를 따른 것이다. 그러므로 재(才)와 뜻이 같다. 재(才)란 것은 사람이 사
랑하는 것이나 꺼리는 것 또한 따르니 삼갈 지어다.

漢陽趙氏, 兄名材成, 字待求, 弟名材良, 字時棟者何? 成材在己
而旣成, 恥於自售, 故以待求也, 良材之生, 生必不虛, 爲時棟也.
按字書, 木入用者爲材, 洪範, 木曰曲直, 材之直者, 誠美矣, 耒耟之曲,
亦以利民用, 無所不周, 而後方爲通材耳. 且材之爲字, 從木從才. 故與才
義同. 才者, 人之所愛而忌亦隨之, 其愼之.

64. 칠옹(漆翁)가 남쪽으로 모양(牟陽258)을 유람하는 것을 전송하는 서문 送漆翁南遊牟陽序

사람들은 단지 유용(有用)한 것의 쓰임만을 알고 무용(無用)한
것의 쓰임은 모른다. 유용의 쓰임은 귀와 눈에 드러나지만 무
용의 쓰임은 빈 데에 감추어져서 그 자취는 묻힌다. 옛날 도(道)가 있는
선비는 이따금 그렇게 하였다는데, 나의 표제(表弟)인 칠옹(漆翁) 조사통
(趙士通259)이 그에 가깝다. 옹은 문학과 행실로 이루었고, 그 아우 사고

---

258) 모양(牟陽) : ① 전라북도 고창군의 옛이름. ② 전라남도 함평군의 옛이름.
259) 조사통(趙士通) : 사통(士通)은 조형상(趙亨相)의 자. 호는 칠옹(漆翁)이다. 조래한(趙
來漢)의 세 아들 중 둘째로, 백부(伯父)인 조래하(趙來河)의 뒤를 이었다. 어머니 한양
조씨 부인(漢陽趙氏夫人)은 소옹(梳翁) 조공근(趙公瑾)의 후손으로, 조석제(趙錫悌)의
3남 6녀 중 둘째였다. 이용휴는 외가의 사촌형제들인 조형상(趙亨相), 조정상(趙貞相)
형제와 교분을 나누었다. 특히 칠옹(漆翁) 조형상(趙亨相)과는 각별한 형제의 정을 나

(士固)와 그의 내제(內弟)[260] 이우경(李虞卿)은 차례로 벼슬아치의 명단에 올라서 여러 부처에서 벼슬을 했는데 일들이 모두 다스려졌다. 외지(外地)로 나가서 군읍(郡邑)의 수령 노릇을 하게 되자, 이미 시용 된 자는 공적(功績)이 있었고, 시용하게 된 자는 바야흐로 백성을 편하게 할 방책을 강구하고 있으니, 옹의 도가 행해진 것이다. 그러나 남들은 알지 못하고, 남들이 알지 못할 뿐만 아니라, 옹도 스스로 알지 못하고 있다. 또 옹은 가난하지만 친척의 기쁨을 얻었고, 곤궁하지만 향당의 존경을 받고 있다. 고심하여 시문(詩文)을 힘쓰지 아니 하여도 기이하고 건실하여 기개가 있었으니 옹을 어찌 쉽게 알 수 있겠는가? 옹은 아우를 사랑하는 까닭으로 70~80의 나이인데도 겨울에 천 리 길의 여행을 떠나니, 이 것은 또 평범한 정으로 헤아릴 수 있는 바가 아니다.

원문

人但知有用之爲用, 而不知無用之爲用. 有用之用, 著於耳目, 無用之用, 藏之於虛, 出泯其迹. 古有道之士, 往往以之, 而余表弟漆翁趙士通, 庶幾焉. 翁以文行成, 其弟士固及其內弟李虞卿, 次第登仕版, 官諸曹, 事皆理. 出守郡邑, 其已試者, 有政績, 當試者, 方講便民之策, 翁之道行矣. 然人不知, 非惟人不知, 翁亦不自知焉. 且翁貧而得親戚之歡, 窮而受鄕黨之敬. 不苦心功詩文, 奇健有氣, 翁豈易知哉? 翁以愛弟之故, 耆耋之年, 冬行千里, 此又非凡情之所可度也.

누웠다. 조형상은 평생을 은일로 보냈고, 아우인 조정상은 관로에 나아갔다. 이용휴는 시로는 「用前韻 示柒翁 無求 鷗洲 諸君求和」·「贈柒翁」·「贈漆翁」·「復疊前韻示柒翁求和」 등과 산문으로는 「送漆翁南遊牟陽序」를 남기고 있다.
260) 내제(內弟) : 외사촌 아우 또는 손아래 처남을 말한다.

65. 호문설 ^{好問說}

譯옮김 태어나면서부터 아는 것보다도 더 아는 것은 없다. 그러나 아는 것은 이치에 국한된다. 명물(名物)이나 도수(度數)와 같은 것은 반드시 묻기를 기다린 뒤에야 알게 된다. 그러므로 순(舜)임금은 묻기를 좋아했으며 공자는 예(禮)를 묻고 관(官)을 물었으니,261) 하물며 이보다 못한 사람에 있어서이랴! 나는 일찍이 『본초강목(本草綱目)』을 읽었는데 그 후에 들판을 다니다가 풀줄기와 잎이 부드럽고 살진 것을 보고 그것을 캐려고 시골 아낙네에게 물으니 아낙네가 이르기를 "이것은 초오(草烏)라고 하는데 큰 독이 있답니다"라고 하기로 나는 깜짝 놀라서 버리고 갔다. 대저 『본초강목』을 읽었으나 거의 풀에 중독할 뻔하다가 (아낙네에게) 물어 겨우 면한 것이니, 천하의 일을 자세히 살펴 묻지 않고 망령되이 단정할 수 있는가? 살펴보건대 『설문해자(說文解字)』에 "문(問)이란 의심나는 것을 질정하는 것이다"라 했다. 세상 사람들 중에는 스스로 지혜롭다고 여겨 묻기를 부끄러워 하니, 의심나는 영역262)에서 살다가 죽는 사람이 많다. 오직 신원일(申原一) 군만은 성품이 묻기를 좋아한다. 학술(學術)의 같고 다름과 의리의 취사는 말할 것도 없고, 비록 예사로운 자구(字句)로서 일찍이 이미 대략 알고 있는 것도 반드시 방법을 궁리하고 사리를 연구해서 환하게 명백해진 후에 그쳤으니 그 진척을 헤아릴 수가 없다. 내가 그를 위해서 「호문설(好問說)」을 지어 주노니, 그대는 이것을 가지고 여러 사람에게 묻고 남은 뜻이 있거들랑 다시 와

---

261) 문례문관(問禮問官) : 예에 관하여 묻고 관직에 관하여 묻다. 문례는 『논어』「팔일(八佾)」에 공자께서 태묘(太廟)에 들어가셔서 매사를 물으셨던 일을 가리키며 문관은 미상.

262) 의성(疑城) : 아미타불의 본원을 의심하면서 정토의 행을 닦은 이가 극락정토에 왕생하여 있는 곳. 곧 서방정토의 변지(邊地). 이곳에 난 이는 의심한 죄로 5백 세 동안 3보를 보지도 듣지도 못한다 함.

서 나에게 물어라.

莫知於生知. 然其所知者, 理也. 若名物度數, 則必待問而後知. 故舜好問, 宣尼問禮問官, 矧下此者乎! 余嘗讀本草, 後野行, 見有草莖葉嫩肥, 欲採之, 問于田婦, 婦曰, "是名草烏, 有大毒" 余驚棄去. 夫讀本草, 而幾爲草毒, 以問僅免, 天下之事, 其可不審問而妄斷耶? 按說文, 問者, 質疑也. 世之人, 自智而恥問, 生死疑城之中者多. 惟申君原一性263)好問. 無論學術同異, 義利取舍, 雖尋常字句, 曾已略曉者, 必講究尋繹, 洞然明白而後已, 其進未可量也. 余爲作「好問說」贈之, 君其持此以問於衆, 如有遺義, 復來問我.

66. 허사문許士文 애만哀輓 발문264) 許士文哀輓跋

무진년(戊辰年) 12월 12일 양고기와 술265)이 문에 들어오는 경사가 있었고, 그러므로 또 정유년(丁酉年) 10월 17일에는 사복(司服)의 옷을 받는 슬픔이 있었다. 비유하자면 해가 동쪽에서 떠서 서쪽으로 지는 것과 같다. 인(寅)에 나와서 술(戌)로 들어가고, 진(辰)에서 나와 신(申)으로 들어갔다.266) 길고 짧은 차이는 있으나, 그대는 겨울날의

---

263) 『탄만집』에는 성(姓)이라 되어 있다.
264) 『혜환잡저』에만 이름이 환(渙)이라 부기되어 있다.
265) 양주(羊酒) : 양고기와 술. 널리 하사품이나 선물을 가리킨다. 『사기(史記)』 「한신노관열전(韓信盧綰列傳)」에 "고조와 노관은 같은 날에 태어났으므로 마을에서 양고기와 술을 가지고 두 집을 축하했다[高祖盧綰同日生, 里中持羊酒賀兩家]"라고 하였다.
266) 인출술입, 진출신입(寅出戌入, 辰出申入) : 전자는 인시(寅時, 오전 3시~5시)에 해가 떠서 술시(戌時, 오후 7시~9시)에 해가 지는 것이니, 하지로 해가 긴 것을 이르는 것이

짧은 낮인가? 아! 그대는 쉽게 얻을 수 없는 사람이었는데, 이미 그를 태어나게 하고 또 그를 요절하게 했으니, 이에 조물주는 진습유(陳拾遺)[267]가 많은 돈을 써서 보기(寶器)를 샀다가, 이내 손님을 대해서 깨뜨림으로써 사람을 놀라게 했던 것을 배운 것이 아니겠는가? 군은 민첩하고 슬기로우며, 열심히 공부하여 유사(有司)에게 나가 응시하였으나, 여러 차례 그 무리들에게 뜻을 굽히게 되었다. 손안에 있는 붓이 종이와 상의해서 장차 크게 하는 일이 있을 것이라 했었는데 갑자기 병으로 죽었으니 애석하도다! 물거품이 한 번 터지자 인연의 그림자가 모두 없어져서 구구(區區)한 나이는 나이가 없게 되었으니, 자네가 자식이 없게 된 것은 또 논할 것이 있겠는가? 오직 이 슬픈 만장 몇 편만이 봄을 상심하는 자의 낙화시(落花詩)가 되고 있을 뿐이다.

有戊辰十二月十二日, 羊酒入門之慶, 故又有丁酉十月十七日, 司服受衣之悲. 譬猶日出于東, 入于西. 而有寅出戌入, 辰出申入. 長短之異, 君其冬之短晷乎? 嗟! 君是不易得者, 旣生之又夭之, 無乃造物者, 學陳拾遺費厚貲買寶器, 旋卽對客破之以警動人耶? 君敏慧勤學, 出試于有司, 屢屈其曹耦. 手中不聿, 與楮先生謀, 將大有所爲, 遽病死, 惜哉! 漚泡一破, 緣影皆滅, 區區之年無年, 子無子又何足論? 惟是哀輓數篇, 只作傷春者之落花詩耳.

고, 후자는 진시(辰時, 오전 7시~9시)에 해가 떠서 신시(申時, 오후 3시~5시)에 해가 지는 것이니, 동지로 해가 짧은 것을 이르는 것이다.

267) 진자앙(陳子昻, 661~702): 초당(初唐)의 시인. 사홍(射洪) 사람. 자(字)는 백옥(伯玉). 당시(唐詩)의 형식에 치우친 귀족 문학에 의식적 비판을 가하고 한위(漢魏)에의 복고를 주창하여 정아(精雅)한 시로써 성당(盛唐) 시인의 선구(先驅)가 됨. 저서에 『진백옥문집(陳伯玉文集)』이 있다.

67. 족손族孫 광국光國의 시권詩卷에 쓰다[268] 題族孫光國詩卷

[譯 옮김] 광국(光國)은 성품이 공평하고 너그럽지만 유독 시(詩)에 있어서 만은 의견이 매우 엄격했으니 대개 문장이란 상제(上帝)가 가장 보배로 여겨서 아끼는 것이기 때문이다. 세상에서 인사행정을 맡은 사람이 간혹 잘못하여 한 때의 관품(官品)을 서용했다 하여도 오히려 허물이 되는데, 하물며 상제가 저울질을 거꾸로 할 수 있는가? 때문에 매번 다른 사람의 시를 볼 때마다 여러 사람의 의견을 따라 칭찬하고 헐뜯는 적이 없었으며, 그가 스스로 시를 짓는 것도 곧 자구(字句)를 깎고 다듬어서 반드시 옛사람의 법도에 합치된 뒤에야 내놓았다. 그런 까닭에 체재(體裁)가 바르고 음운(音韻)이 조화되어 세상의 울음과 웃음소리가 금(琴)이나 축(筑)과 뒤섞여 나와서 잡스럽게 연주되는 것과는 같지 않았으니, 결단코 작가가 됨에 의심할 나위가 없다. 다만 옛날에는 옛것에 합치되는 것을 취해 묘(妙)하다고 하였으나, 이제는 옛것을 벗어나는 것을 취하여 신묘하게 여기는 것이다. 이것이 최상의 비결로 적임자를 기다리는 것이니, 내가 이것을 광국(光國)에게 말해준다.

[원문] 光國性平恕, 獨於詩, 持論甚嚴, 蓋以文章者, 上帝之所最寶惜者. 世之秉銓者, 或誤叙一時之官品, 尙有咎焉, 矧顚倒上帝之權衡哉? 故每見人詩, 未嘗隨衆譽毁, 其所自爲詩, 則字鍊句琢, 必合於古人之法, 然後乃出. 故體裁正, 音韻諧, 非如世之啼笑, 並發琴筑雜奏者, 斷其爲作家無疑也. 第昔取合古爲妙, 今取離古爲神者, 此太上之訣以待其人者, 吾以語光國.

---

268) 『탄만집』에는 제목이 「제족손광국시권발(題族孫光國詩卷跋)」이라 되어 있다.

68. 우연히 기록하다 偶記

무술년(戊戌年) 봄, 두미호(斗尾湖)에 용이 있어 때때로 출현한다고 전하는 사람이 있으므로 서울 사람 중에는 역시 소문을 듣고 가본 사람도 있었다. 뒤에 두미호에 거주하는 사람에게 물어보니 거짓말이었다. 그해 겨울에는 얼음이 얼지 않았으니, 어떤 사람은 지난 무술년 겨울에도 그러하였다고 하고, 다른 사람은 그렇지 않았다고도 한다. (거리상으로) 가깝기로는 50리요, (시간상으로) 멀기로는 겨우 60년밖에 안 되는 데도 (이처럼) 믿기 어려운데 하물며 외국과 전 세대에 있었던 일이랴? 그러므로 "서경을 다 믿는다면 서경이 없는 것만도 못하다"[269]라고 말씀하신 것이다.

戊戌春, 有傳斗尾湖有龍, 時時出見, 京中人, 亦有聞而往者. 後問于湖人, 則訛言也. 其冬无氷, 或言, 往戊戌冬, 亦然, 或言, 不然. 近爲五十里, 而遠纔六十年者, 亦難憑信, 矧事在外國前代者乎? 故曰: "盡信書, 不如無書."

---

269) 서경을 다 믿는다면 서경이 없는 것만도 못하다[盡信書, 不如無書]: 맹자의 말씀이다. 『맹자(孟子)』 「진심(盡心)」 참조.

혜환잡저 8

1. 심沈씨 어머니 이태부인 육십六十 수서壽序 沈母李太夫人六十壽序

인생(人生)이란 10년마다 반드시 일이 있는 것이다. 여자는 갓난아이로부터 10세에 이르면 여자의 일을 배우고, 20세가 되면 시집을 가고 시집을 간 이후에는 지아비를 따르게 되다가, 60살 생일이 되면 다시 시작하게 되어 나이가 들수록 덕은 높아지는 것이니, 그 예를 더함이 있어야 마땅한 것이다.

또 사람의 수명은 백 년을 어림으로 잡는다. 백 년이 어림이 되므로 쉰을 중년[中身][1])이라 하여 중년 전에는 노동에 종사하면서 봉양을 하게 되고, 중년 이후에는 노동을 쉬면서 봉양을 받는 것이다. 이것이 심리공(沈履恭) 군이 그의 어머니 이태 부인의 61세 회갑 때에 정성을 다하

---

1) 중신(中身) : 중년. 마흔 살이 지난 나이.

고 힘껏 다스려서 갖추어 헌수 하는 까닭이다. 비록 그러나 태부인(太夫人)이 심군(沈君)에 있어서와 심군(沈君)이 태부인에 있어서는 다른 사람의 모자(母子)간과 같은 것이 아니다. 심군(沈君)이 어려서 아버지를 여위자, 태부인이 입으로 음식을 씹어 먹이고 몸으로 추운 것을 데워 주었으며, 점차 자라자 교훈[2]으로 가르쳐 성취시키기에 이르렀으니 심씨(沈氏)에 있어서는 실로 고아(孤兒)를 키운 공이 있는 것이다. 그 보답을 받는 것이 어찌 끝이 있겠는가? 무릇 청송(靑松) 심(沈)씨는 이미 대성(大姓)인데다 부조(不祧)[3]를 모시고 있는 종가이며, 태부인은 종부가 된다. 만일 덕기(德器)가 깊고 두터우며, 곧고 굳지 않았다면 어찌 그것을 계승할수가 있었겠는가? 내가 이렇기 때문에 태부인이 반드시 장수(長壽)를 누리게 될 것을 알고 있다. 심군(沈君)은 음식을 정성껏 챙겨 드리는 것과 아침저녁으로 살펴 드리는 것은 통상적인 예이니 어찌 우리 모친을 섬긴다고 할 수 있는가라고 생각하였다. 나는 이르기를 "모자간은 본래하나이지만 모친이라 하고 자식이라 하는 것은 그 형체가 나뉘었기 때문이다. 모름지기 어머니의 태속에 있을 적에는 어머니가 숨을 내쉬면 또한 내쉬고 어머니가 숨을 들이 쉬면 또한 들이 쉰다. 이때에 자연히 진기(眞氣)가 엉겨 모여서 생의(生意)가 더욱 무성해지고 정신(精神)이 집중되어서 다함께 태시(太始: 태초를 의미)에 충화(冲和)한 즐거움을 가지게 된다는 것을 생각해야 할 것이다. 이것을 '사람으로서 하늘로 돌아가마음으로써 어버이를 섬긴다'"라고 하니, 심군이 일어나 절하며 말하기를 "가르침을 잘 들었습니다"라고 하였다.

人生每十年, 必有事焉. 女子則自衣褓至十年, 學女事, 至二十而嫁, 嫁以後, 皆從夫焉, 至六十甲周而復始, 齒老而德尊, 其宜

有加禮也.

且人壽以百爲朞. 以百爲朞, 故五十曰中身, 中前, 服勞以爲養, 中後, 息勞以受養. 此沈君履恭, 所以於其母李太夫人六十一, 設帨之辰, 竭誠力治, 具爲壽者也. 雖然太夫人之於沈君, 沈君之於太夫人, 非如人之有母子也. 沈君幼而失怙, 太夫人, 口哺食而身煦寒, 稍長, 教以義方, 以至于成, 於沈氏, 實有存孤之功. 其所受報者, 豈有極乎? 夫青松之沈, 旣大姓, 而不祧之宗, 宗婦爲太夫人. 苟非德器深厚貞固, 何以承之? 吾以是知太夫人之必享大年也. 沈君念㴱瀡定省, 是常禮, 何足以事吾母也. 余謂"母子本一, 而曰母曰子者, 以形之分也. 須思在母胎中, 母呼亦呼, 母吸亦吸. 時自然眞氣凝聚, 生意滋茂, 精神灌注, 俱有太始沖和之樂矣. 此之謂, '以人還天, 以心事親者也.'" 沈君起拜曰 : "聞命矣."

2. 최씨崔氏 『수반시첩』[4] 발문 崔氏晬盤詩帖跋

그릇이 처음에 만들어지면 축하를 한다. 그릇도 오히려 그러한데 하물며 사람에 있어서랴! 사람 중에 또 자손에 있어서랴! 그 천각(天殼)을 벗고 어머니의 태에서 떨어져 이 세상에 태어나게 되면 즉시 명을 세우는 시작이고 복에 응하는 기반이다. 그리고 풍속에 첫돌에 돌상을 차려주는 것이 있으니 이것을 축하하지 않으면 무엇을 축하하겠는가? 이것이 최군의 돌[5]에 그 할아버지 죽수공(竹叟公)과 외할아버지

---

4) 수반시첩(晬盤詩帖) : 수반(晬盤)은 태어난 아이의 첫돌에 마련하여 주는 돌상을 말하며, 그 돌상에는 '책'·'노리개', 가능한 '생활 용품' 등을 올려놓고 돌을 맞이한 아이가 먼저 집는 물건을 보아 그의 장래를 점치는 풍습이 있었는데, 여기에서 시첩(詩帖)은 그 돌상에 올려놓았던 시첩으로 보인다.

당애공(棠崖公)이 서로 함께 축하하는 까닭이다. 두 분의 정신과 기운이 마음의 소리와 마음의 계획6) 사이에 머물러 있는 것이니 반드시 이르는 바가 그 소원과 같은 것이 있게 될 것이다.

원문 器之初成有祝. 器猶然, 矧人哉! 人又在子孫者哉! 其脫天殼, 離母胎, 以降生于世也, 卽立命之始, 膺福之基. 而俗有初度晬盤之設, 不於此祝, 何祝? 是崔君穉度, 大父竹叟公, 外大父棠崖公, 所以交賀而共祝者也. 兩公之精神氣韻, 留在於心聲心畫之間, 必有所格而如其願者矣.

3. 『우모통편』7) 발문 寓慕通編跋

옮김 사람이 마음을 가지고 있으면 곧 생각이 있게 되는데, 생각은 그 몸을 생각하는 것보다 더 절실한 것이 없다. 그 몸을 생각하는 것은 또 그 몸이 유래한 것을 생각하는 것보다 더 간절한 것이 없다. 몸이 유래한 것은 부모이고, 부모는 또 부모가 있으니 바로 조부모이며 조부모를 말미암아서 위로 올라가면 먼 조부모에 이르게 되니, 실로 호흡이 서로 통하고 기맥이 서로 이어지는 것이다. 진실로 한 번의 호흡에는 모두 생각하는 것이 있으니 이것이 (바로) 이군(李君)이 편집한

---

5) 돌[晬度]: 여기서는 '첫돌'이란 뜻으로 쓴 것이다.
6) 마음의 소리와 마음의 계획[心聲心畫]: 양웅(揚雄)의 『법언(法言)』「문신(問神)」에 "故言, 心聲也; 書, 心畫也. 聲畫形, 君子小人見矣"라고 했다.
7) 우모통편(寓慕通編): 『국회도서종합목록』에는 『우모편(寓慕編)』이 연세대학교 도서관과 이우성(개인소장)이 소장하고 있다고 적시해 놓고 있다.

것에 이름을 붙인 뜻이다.

아! 사람들 중에 널리 알기를 힘쓰는 이는 산의 간지(幹支)와 물의 원류(源流)도 훤하게 알지 못하는 것이 없는 것인데 자기의 계파에 대해서는 도리어 소략하기만 하니 어찌 그처럼 생각하지 못함이 심한가? 편집한 것에 부록이 있는 것은 무엇인가? 그 몸이 있음을 알고 그 몸이 함께 나온 바를 알지 못하는 것을 일러 수족이 마비된 백성이라 하는 것이고, 수족이 마비된 백성이 오래되면 이것은 치료하여야 하기 때문이다. 그 모(慕)와 사(思)는 같은 뜻이나 모(慕)는 크게 사모하는 뜻을 겸하고 있다. 전대 철인들의 아름다움도 오히려 사모하는 것인데 하물며 나의 세덕(世德)[8]에 있어서랴!

기
원문 人有心, 卽有思, 思莫切於思其身. 思其身矣, 又莫切於思其身之所繇出. 身之所繇出爲父母, 而父母, 又有父母, 是爲祖父母, 繇祖父母而上, 至遠祖父母, 實呼吸相通, 氣脉相續. 苟一息在皆思也, 此李君名編之旨也.

噫! 人之務博者, 於山之幹支, 水之源流, 無不曉然, 己之系派, 則反略之, 何其不思之甚也? 編之有附錄者, 何? 知其有身, 而不知有其身之所同出者, 謂之痿痺之民, 民之痿痺者久, 此可以醫之矣. 夫慕與思同, 而慕則兼景慕意. 前哲之懿美, 尙猶慕之, 矧我之世德哉!

---

8) 세덕(世德) : 조상 때부터 대대로 전하여 오는 덕화(德化)

4. 『관풍록』에 쓰다[일명 무이록無貳錄이다] 題觀楓錄[一名無貳錄]

옮김　명산을 관찰하는 것은 비유컨대 성인을 관찰하려면, 반드시 여러 제자들의 기록을 종합한 후에야 비로소 그 전모를 파악할 수 있는 것과 같다. 내가 여러 사람들의 기록에서 금강산의 전모를 파악하게 되었으니, 이 기록은 증자(曾子)의 문인들이 기록한 것이라 할 수 있다.[9] 금강산을 본 뒤에 조물주의 공교함을 알게 되었고, 금강산을 본 뒤에 또 조물주의 공교함을 알게 되었으니[10] 또한 한정한 바가 있기는 하나 진실로 둘은 없는 것이다. 어찌하여 기록이 있게 되었는가? 이미 불이문중(不貳門中)[11]에 놀았으니 문수(文殊)보살의 일주를 말함이 없겠는가?

원문　觀名山, 譬如觀聖人, 必合諸子所記, 然後始得其全. 余於諸君之錄, 得楓嶽之全, 而此錄又是曾氏門人之所記也. 觀楓嶽而後, 乃知化工之巧, 觀楓嶽而後, 又知化工之巧, 亦有所限, 信無貳也, 何爲有錄? 已遊不二門中, 無言文殊一籌.

---

9) 『논어(論語)』는 공자(孔子)의 제자(弟子)의 제자들이 기록한 것이 적지 않은 중에서 증자(曾子)의 제자의 기록(『논어』 「학이(學而)」의 '증자왈(曾子曰)장'의 사씨주(謝氏註) 참조)이 가장 잘 되었듯이 여러 풍악록(楓岳錄) 중에서 이 관풍록이 가장 잘 기록되었다는 것을 말한 것이다.

10) 이 기록은 "여러 풍악록을 본 뒤에 화공(化工)의 공교함을 알게 되었고 이 풍악록을 본 뒤에 또 화공의 공교함을 알게 되었다"는 뜻으로 쓴 것일 것이다.

11) 불이문중(不二門中) : 불교 술어로 불이(不二)의 법문(法門)을 의미한다. 불교에는 팔만 사천 개의 법문이 있는데 그중에서 불이의 법문이 모든 법문의 상위에 있어 성인의 도를 그대로 볼 수 있게 해준다. 불이(둘이 아니다)라는 것은 하나의 참된 것을 뜻하고 저것과 이것의 차별이 없이 대립을 초월한 경지를 가리킨다.

5. 외손자 허질(許瓆)[12]이 『고시선』을 베낀 것 뒤에 쓰다 ^{題外孫許瓆所寫古詩選後}

 외손자 허질(許瓆)은 근래 시를 잘 짓는다는 명성이 있게 되었다. 우연히 그의 글 상자에서 고시(古詩) 2책을 얻었는데 바로 그가 직접 베낀 것이었으니 비로소 학업은 부지런한 데에서 정밀하게 된다는[13] 것을 알게 되었다. 비록 그러나 내가 허질에게 기대하는 것이 어찌 다만 여기에 그치겠는가?

 外孫許瓆, 近有能詩聲. 偶於其書篋, 得古詩二冊, 乃其手自鈔寫者, 始知業精于勤也. 雖然余所期瓆者, 豈止是哉?

6. 용회당기 ^{用晦堂記}

아침에 이 당에 앉아 아전과 백성의 소를 올리게 하여 유체(幽滯)[14]한 것을 소통시키고 난의(難疑)[15]한 것을 판결하니, 그러

---

12) 허질(許瓆, 1755~1791) : 자는 순옥(純玉)이며 호는 가이소(可以所)였다. 이가환은 『시문초』에 「許純玉墓誌銘」, 「元日寄純玉」, 「喜純玉到」, 「別純玉」, 「可以所記」라는 글을 남기고 있고, 이삼환도 『소미산방장(少眉山房藏)』에 「嘉山贈別許姪純玉瓆」을 남기고 있다. 또, 그에 대한 기록이 『이사재기문록(二四齋記聞錄)』에 간단히 남아 있다. 이 글에서는 허찬(許瓆)을 이가환의 생질(甥侄)이라 소개하고 있는데, 여러 가지 정황상 허질(許瓆)로 추정된다.
13) 학업은 부지런한 데에서 정밀하게 된다[業精于勤] : 한유의 「진학해(進學解)」에 한유(韓愈)가 제자들에게 "학업(學業)은 부지런한 데서 정밀하게 되고 놀기만 좋아하는 데에서 거칠어진다[業精于勤, 荒于嬉]"라고 했다.
14) 유체(幽滯) : 여기서는 고을의 소송에 관한 일이 적체된 것을 가리킴.

므로 명부(明府)라고 하는 것이다. 이제 이에 쓰기를 용회(用晦)[16]라 한 것은 어째서인가? 무릇 불이란 것은 밖으로는 밝으나 안으로는 어두워서 예(禮)에 속하고, 물이란 것은 안으로는 밝으나, 밖으로는 어두워서 지(智)에 속한다. 예(禮)란 것은 상하를 분별하여 백성의 뜻을 안정시키게 하는 것이다. 그러나 번거로우면 어지럽게 되고, 까다로우면 수고롭게 되는 것이니, 묵묵히 운용하는 지혜가 있어야 하지 않겠는가? 큰 집으로 싸고 깊은 장막으로 감추어 망도(亡桃)와 망선(亡薨)[17]을 묻지 아니하고 오직 눈썹으로만 살펴서[18] 안으로 안무(安撫)를 받아서 각자 스스로 편안하게 하는 것은 어두움의 신묘한 것을 얻은 자가 아니면 불가능한 것이다. 또 귀는 웅덩이[坎] 속에 처하게 하여 귀의 테로써 싸게 하고, 눈은 밝은 데[離]에 위치하게 하여 눈썹으로써 가렸으니 조물주가 사람의 총명을 모두 발휘하게 하지 않으려 함을 알 수 있다. 이런 까닭으로 옛날의 도가 있는 선비는 그 그릇은 폐기하고도 그 쓰임은 존속시켜, 아주 치밀하게 비추고 조용히 들으면 그 마음이 날로 사물과 함께 서로 볼 수 있게 되었으니 어찌 기꺼이 조그마한 지혜를 믿고서 군동(羣動)과 정폐(精廢)에 응하다가 도리어 어둡게 할 것이 있었겠는가? 오직 그 칼집에 넣어서 드러내지 아니 하고 거두어서 드날리지 아니 하여 밖으로는 혁혁한 명성이 없어도 과조(科條)가 상세하게 변화하여 다스림이

---

15) 난의(難疑): 여기서 일의 판단이 어렵고 의심나는 것이 많은 일을 가리킴.

16) 용회(用晦): 재능을 숨겨서 드러내지 않는다는 말로서 모든 일에 있어서 남의 잘못을 너무 드러내지 말고 어수룩하다 할 만큼 감싸 주어야 한다는 뜻이 있다. 『주역(周易)』 「명이괘(明夷卦)」 '대상(大象)'에 "군자가 이로써 대중을 다스릴 적에 어수룩한 방법을 쓰는 것이 밝은 것이다[君子以莅衆, 用晦而明]"라 하였다.

17) 망도(亡桃)와 망선(亡薨): 작은 일에만 힘쓰는 사람은 큰일을 잊는다는 말. 『설원(說苑)』에 "지백의 요리사는 요리할 대껍질이 없어진 것은 알았어도 한씨(韓氏)와 위씨(魏氏)가 배반하는 것은 알지 못했으며, 한단자(邯鄲子)와 양원인(陽園人)은 복숭아가 없어진 것은 알았어도 그가 없어지는 것은 알지 못했다" 한다.

18) 눈썹으로만 살피다[眉察]: 찰미(察眉)와 같은 뜻으로 쓴 것. 한(漢)나라 동방삭(東方朔)이 말하기를 "백성의 근심과 즐거움은 눈썹을 보면 일을 알 수 있다[蒼生憂樂 見眉 事可知]"라 했다.

이루어지는 것은 바로 밝은 것이 어두운 가운데에 있게 하는 것이 이 고을의 대부인 순암(順菴) 안공(安公)의 뜻이다. 공은 통달한 선비로서 사물의 이치에 훤히 통달하였다. 그가 뜻을 취하여 이름을 붙이기를 이와 같이 하였으니 원컨대 뒤에 오는 군자들은 이 촛불을 보호하는 대그릇을 준수하여 그 암연(闇然)한 가운데의 밝음을 기를 지어다.

平明坐此堂, 進吏民, 疏幽滯, 決難疑, 故曰明府. 而今乃署, 以用晦者何? 夫火外明內晦而屬禮, 水內明外晦而屬智. 禮所以辨上下, 定民志者. 然煩則擾, 苛則勞, 不有默運之智乎? 大宇以包之, 深帷以藏之, 亡桃亡簠之勿問, 而惟眉察焉, 受內懷撫, 使各自安, 非得晦之神者, 不能也. 且處耳於坎, 以郭環之, 位目於離, 以睫掩之, 造物不欲盡人之聰明, 可知也. 是以古有道之士, 廢其器而存其用, 密照寂聽, 其心, 日與物相見, 豈肯恃其小譿, 以應蝱動精敝而反昏哉? 惟其韜而不露, 斂而不揚, 外無赫赫聲, 而科條詳化, 理成者, 乃明在晦中, 此縣大夫順菴安公之志也. 公通儒於事物之理, 曉然達也. 其取義, 命名如是, 願後來君子, 遵守此護燭之籠, 以養其闇然之明.

7. 연명 [정덕승^{鄭德承}을 위해 짓다   硯銘[爲鄭德承作]

[1]

매화에는 달이 마땅하고, 달에는 물이 마땅하다. 어찌하여 찬 하늘의 참새가 다시 점철(點綴)을 이루는가?

梅宜月, 月宜水. 是何寒雀, 復成點綴?

[2]

 옛날에 설직(薛稷)[19]이 너를 석향(石鄉)[20]에 봉하였더니 이제는 저승에 옮겨 봉하였다. 붉은 붓을 주고 질 좋은 종이가 거기에 따랐으니 너는 그 마음을 다하여 자세히 연구함으로써 사문(斯文)을 빛낼지어다.

 昔薛稷封爾石鄉, 今移封玄泉. 貽以彤管, 上楮副焉, 爾其竭心, 研精以賁斯文.

8. 시북市北 남상국유고南相國遺稿 발문 市北南相國遺稿跋

 옛날의 대신(大臣) 중에는 이따금 사업(事業)으로 문장(文章)을 삼은 자가 있었다. 대개 사업이 다스리는 도에 합당하여 아주 빛나게 볼 만한 것은 쓰기만 하면 곧 문장을 이루니 근세의 시북(市北)

---

19) 설직(薛稷) : 당(唐)나라 분음(汾陰) 사람. 자는 사통(嗣通), 진사(進士)이다. 관직은 예부시랑(禮部侍郎)을 거치고 황문시랑(黃門侍郎)이 되어 기무(機務)에 참지(參知)하였으며 서화(書畵)에 능하였다.

20) 석향(石鄉) : 석향후(石鄉侯)의 준말.『서언고사(書言故事)』「문물류(文物類)」에 "설직(薛稷)이 벼루를 만들고 석향후에 봉했다"라고 했다.

남상국(南相國) 같은 분이 이런 분이다. 공은 몸을 왕국(王國)에 허락하여 마음을 경세제민(經世濟民)에 두었으니, 어찌 기꺼이 사인(詞人)이나 예류(藝流)와 더불어 성률(聲律)이나 자구(字句) 사이에서 우월함을 다툴 수가 있겠는가? 그러므로 평생에 지은 것이 그다지 많지 않았고 지은 것도 또한 거두지 않았다. 여러 사람의 기록에 흩어져 보이는 것을 공의 현손 헌명(獻明)이 심력(心力)을 다하여 구하기를 병자가 약을 구하는 것이나 주린 자가 먹는 것을 구하는 것 같이 하였다. 그리하여 몇 년이 지난 후에 비로소 부문별로 편집하여 이 책을 이루었으므로 뼈대 있는 가문의 문헌이 잃어버리지 않게 되었다. 그 부록(附錄)이 있는 것은 무엇인가? 비유하자면 용을 그리는 자가 옆에다 구름을 퍼뜨리면 용이 더욱 그 신령스러움을 이루는 것과 같은 것이다.

원문 古之大臣, 往往, 以事業爲文章者. 盖事業之合於理道, 燦然可觀者, 書之卽成文章, 若近世市北南相國是已. 公許身王國, 留心經濟, 豈肯與詞人藝流, 爭長於聲律字句之間哉? 故平生所作, 不甚多, 作亦不收. 其散見於諸家之所錄者, 公之玄孫獻明, 盡心力以求之, 若病之於藥, 飢之於食者. 幾年而後, 始彙輯, 成此卷, 故家文獻, 得不墜矣. 其有附錄者何? 譬猶畫龍者, 旁布雲氣, 龍盆成其靈.

9. 가선대부 동지돈령부사 이공追封 묘갈명 嘉善大夫同知敦寧府事李公墓碣銘

譯
옮김가 공(公)은 휘(諱)가 광직(光瀷)[21]이고 자(字)는 원중(源仲)이다. 평창(平昌)의 세가(世家)는 명덕(名德)이 서로 끊어지지 않았다. 휘(諱) 영서(永瑞)[22]란 분이 있었으니 집현전교리(集賢殿校理)로 호당(湖堂)에 선발되었고, 증영의정(贈領議政)이었다. 휘(諱) 계남(季男)[23]을 낳았으니 도가 있었으므로 천거되어 관직이 이조판서(吏曹判書)에 이르렀으며 시호는 익평(翼平)이다. 다섯 대를 전하여 휘(諱) 숙(琡)[24]에 이르러서는 행실이 높아서 한 세대를 굴복시켰으며 천거로 교관(敎官)에 임명되었는데 호(號)는 만취(晚翠)였으니 공의 고조(高祖)가 된다. 증조(曾祖)는 휘(諱) 창환(昌煥)이니 경학(經學)으로써 세마(洗馬)[25]에 제수되었고 호(號)는 해은(海隱)이며 증참판(贈參判)이다. 조(祖)는 휘(諱) 경(坰)이니 생원(生員)에 증승지(贈承旨)였다. 아버지는 휘(諱) 태석(泰錫)[26]이니 문과(文科)에 급제하여 현감(縣監) 벼슬을 지냈고 증참판(贈參判)이었다. 어머니는 파평 윤씨(坡平尹氏)인 생원(生員) 해수(海壽)의 따님이었고, 계비(繼妣)는 한양 조씨(漢陽趙氏) 수(琇)의 따님으로 모두 증정부인(贈貞夫人)이다.

---

21) 이광직(李光瀷, 1692~1769) : 대대로 제물포(濟物浦)에서 거주하던 기호남인(畿湖南人)이다. 그는 아들 이동욱(李東郁, 1738~1794)을 이용휴의 둘째 딸과 혼인시켜 이승훈(李承薰, 1756~1801)·이치훈(李致薰, 1765~1822) 두 손자와 정학연(丁學淵)에게 시집보낸 손녀를 얻었다. 이승훈은 정약용의 누이와 혼인했으며, 천주교 서적을 최초로 전래한 인물로 알려져 있다. 또한 이광직(李光瀷)과는 가까운 친척이기도 했던 이동우(李東遇)의 손자가 바로 이학규(李學逵, 1770~1835)이다. 서울 황화방 외가에서 태어난 이학규는 부친 이응훈(李應薰)이 일찍 죽었으므로 10여 년 동안 외가에서 살면서 외조부에게 당시를 배웠다.

22) 이영서(李永瑞, ?~1450) : 조선 전기의 문신. 자는 석류(錫類), 호는 노산(魯山)·회현당(希賢堂). 1434년 알성문과에 급제한 후 집현전에 들어갔다. 그 뒤 수찬에 올라 강희안(姜希顔)과 더불어 금은(金銀)으로 불경을 썼다. 글씨에 뛰어났다.

23) 이계남(李季男, ?~1512) : 조선 중기의 문신. 자는 자걸(子傑). 중종반정(中宗反正)에 참여하여 정국공신(靖國功臣) 2등에 녹훈되고 평원군(平原君)에 봉하여졌다. 그는 물욕이 많고 인색해 빈축을 사기도 했지만 국가의 재정에 관해서는 대단한 능력을 발휘

명릉(明陵 : 肅宗) 임신(壬申, 1692)년 11월 18일에 공이 태어났다. 어려서부터 장난질을 좋아하지 않았다. 무인(戊寅, 1698)년에는 윤부인(尹夫人)의 상사를 당했고, 갑신(甲申, 1704)년에는 참판공(參判公)의 상사를 당했는데 예를 집행함이 어른과 같았다. 점점 자라 과거 공부를 하여 여러 번 현서(賢書)27)에 올랐다. 계축(癸丑, 1733)년에 비로소 처음 관리가 되어28) 승문원정자(承文院正字)에 선보(選補)되었다. 정사(丁巳, 1737)년에 전적(典籍)에 올랐다가, 예조좌랑(禮曹佐郎)으로 전임하였다. 갑자(甲子, 1744)년에는 지평(持平)을 제수받았고, 을축(乙丑, 1745)년에는 정언(正言)을 제수받았다. 무진(戊辰, 1748)년 겨울 지평(持平)으로 천재(天災)를 만나자, 소(疏)를 올려 시정(時政)의 득실(得失)을 논하는 잠계(箴戒)를 개진하니 상감이 가상히 여겨 받아들였다. 기사년(己巳年)에 장령(掌令, 1749)에 올랐다.

경오(庚午, 1750)년에 나가 울산부사(蔚山府使)가 되었다. 이때 공의 형제(兄弟)가 함께 남쪽 고을의 수령이 되어 어머니가 세 아들의 봉양을 번갈아 받게 되니, 사람들이 영광으로 여겼다. 마침 그해 큰 흉년이 들었다. 공이 수고로움을 꺼리지 않으면서 위로하여 어루만지고 구제하여 진휼했으며, 또 녹봉을 덜어서 선비들의 제염(虀鹽)29)을 도와주니 이듬

<hr>

했다. 시호는 익평(翼平)이다.

24) 이숙(李琡) : 탄옹(炭翁) 권시(權諰)와 교유했던 사실만 알려져 있다. 탄옹은 그의 만취당(晚翠堂)을 찾아 이숙과 시를 주고받기도 하였다. 『탄옹집』 권1 「차만취당인자운(次晚翠堂寅字韻)」의 주에 따르면, 이숙은 음관으로 벼슬을 하다가 광해군 말년에 벼슬을 그만두고 인천으로 들어와 살았다 한다.

25) 세마(洗馬) : 조선 시대 세자익위사(世子翊衛司)의 정9품 잡직. 동궁을 모시고 경호하는 일을 맡아보았음.

26) 이태석(李泰錫, 1664~?) : 자(字)는 대징(大徵). 숙종(肅宗) 19년(1693), 식년시(式年試)에 급제.

27) 현서(賢書) : 과거(科擧) 등 고시에서 합격자를 알리는 방(榜)이란 말. 『주예(周禮)』 「지관(地官)」 '향대부(鄕大夫)'에 "향로 및 향대부와 뭇 관리들이 현능(賢能)하다는 글을 왕에게 올린다[鄕老及鄕大夫羣吏獻賢能之書于王]"라 했다.

28) 석갈(釋褐) : 처음으로 관리가 됨을 이름. 신분이 낮은 사람이 입는 옷을 벗고 관복(官服)으로 갈아입는다는 뜻.

29) 제염(虀鹽) : 나물과 소금으로 변변치 않은 부식을 이름.

해가 되자 백성들이 정사를 편안히 여겼다. 성균세사(成均稅使)가 그것을
보자 옛날의 공수(龔遂)30)와 황패(黃霸)31)에 비유하는 데까지 이르렀으며
해세(海稅)를 한결같이 공의 말에 따르니 청성(淸省)의 포호(浦戶)들이 덕
으로 여겨서 이제까지 지난 일을 생각했다. 임신(壬申, 1752)년에 어머니
상을 당하자, 나이가 이미 연로했는데도 그리워하기를 오히려 젖먹이
어린애와 같이 하였다. 비록 한여름에도 상복을 벗지 않았다. 갑술(甲戌,
1754)년에 복을 마치자 장령(掌令)에 임명되었다. 가을에 형(兄) 필선공(弼
善公)이 병으로 눕자 공이 옷을 벗지 않은 것이 몇 달이나 되었으며 상
사를 당하자 애통함이 주변 사람을 감동시켰다.

  신사(辛巳, 1761)년에는 헌납(獻納)에 임명되고 계미(癸未, 1763)년에는 통
정(通政)에 올라 병조참의(兵曹參議)에 임명되었으며 병술(丙戌, 1766)년에
는 호조참의(戶曹參議)에 제수되었다. 기축(己丑, 1769)년 봄에 아들 동욱(東
郁)이 내한(內翰 : 예문관 검열)이 된 은혜로 가선(嘉善)에 승진되어 동지돈령
부사(同知敦寧府事)에 임명되었다. 9월 천추절(千秋節 : 임금의 탄신일)에는
임금이 경재(卿宰) 중에 나이가 많은 자들을 초청하자, 공이 그 종제(從弟)
인 치정공(致政公)과 임금을 뵙고 찬물(饌物)을 하사받고, 인하여 다시 어
제시(御製詩)를 지어 올리라 하여 이름을 『군신동회록(君臣同會錄)』32)이라
하였으니 당시 사람들이 성사라고 일컬었다. 이해 11월 16일 공이 병으
로 정침(正寢)33)에서 돌아갔으니 향년(享年) 78세였다.

---

30) 공수(龔遂) : 중국 한(漢)나라 때 산양(山陽) 사람으로 순리(循吏). 자는 소경(少卿). 선
    제(宣帝) 때 발해태수(渤海太守)가 되어 기민(饑民)을 구제했으며 농상(農桑)에 힘쓰고
    닭과 돼지를 기르게 하여 백성이 점차 잘 살게 했으므로 도적이 없어졌다 한다.
31) 황패(黃霸) : 중국 한(漢)나라 때 양하(陽夏) 사람. 자는 차공(次公), 시호는 정(定). 벼
    슬은 승상(丞相)에 이르렀는데 한나라 때 치민(治民)의 관리 중 첫째로 꼽는다.
32) 군신동회록(君臣同會錄) : 영조(英祖) 명편(命編). 활자본(甲寅字) 1책(79장). 간기(刊
    記)에 "己丑季秋旬三特藝閣活印"이라 적혀 있음. 연대, 간송, 김두종(金斗鍾) 소장.
33) 정침(正寢) : 한 가정의 건물 중 가장 몸체가 되는 방. 사람이 죽을 때의 정침은 우리
    나라에서는 안채의 '안방'을 일컫는다. 옛날 남자는 주로 사랑방에서 거처하였으나 죽
    을 때는 안방, 곧 정침에서 죽었다.

부음을 듣자 부의를 주고 제사를 지내 주기를 규정대로 하였다. 이듬해 정월에 인천(仁川) 초곡(草谷) 자좌원(子坐原)에 장사를 지냈다. 배(配)는 증정부인(贈貞夫人) 원주 변씨(原州邊氏)이니 판서(判書) 협(協)[34]의 후손이고 탁원(擢原)의 따님이다. 내칙(內則)[35]이 있었는데 공보다 51년 먼저 별세하였으니 묘소는 초곡(草谷)의 자좌원(子坐原)이다. 계배(繼配)는 봉정부인(封貞夫人) 성주 이씨(星州李氏)이니 집의(執義) 함(諴)의 현손(玄孫)이고 수강(壽崗)의 따님이다. 한 명의 남자 아이를 낳았으니 동욱(東郁)으로 문과(文科)에 급제하여 교리(校理) 벼슬을 지냈다. 생원(生員) 여주(驪州) 이용휴(李用休)의 딸에게 장가들어, 두 명의 남자 아이를 낳았는데 첫째는 승훈(承薰)[36]으로 좌랑(佐郞) 정재원(丁載遠)[37]의 딸에게 장가들었고, 다음은 치훈(致薰)으로 정언(正言) 권이강(權以綱)[38]의 딸에게 장가들었다. 공(公)의 용모는 맑게 야위었고 수염은 아름다웠다. 인륜(人倫)에 독실하여 조부인

---

34) 변협(邊協, 1528~1590) : 조선 중기의 무신. 자는 화중(和中), 호는 남호(南湖). 어려서부터 재주와 용맹이 뛰어났다. 일찍이 파주목사(坡州牧使)로 재직할 때 이이(李珥)로부터 『주역계몽(周易啓蒙)』을 강론받았으며, 천문·지리·산수에도 정통하였다.

35) 내칙(內則) : 여자들이 가정 안에서 지켜야 할 법도나 규칙.

36) 이승훈(李承薰, 1756~1801) : 자가 자술(子述)이고 호는 만천(蔓川)이다. 아버지는 동욱(東郁)이며, 어머니는 이가환(李家煥)의 누이이다. 정재원(丁載遠)의 딸을 아내로 맞아 정약전(丁若銓)·약현(若鉉)·약종(若鍾)·약용(若鏞)과 처남 매부 사이가 되었다. 1783년 서장관(書狀官)이었던 아버지 동욱을 따라 북경에 가서 40여 일 간 체류하는 동안 남천주당(南天主堂)에서 필담으로 교리를 배운 후 그 이듬해 정월에 그라망 신부로부터 영세를 받게 된다. 순조가 즉위한 1801년 신유옥사(辛酉獄事)로 이가환·정약종·홍낙민(洪樂民) 등과 함께 체포되어 4월 8일 서대문 밖 형장에서 대역죄로 참수되었다. 혜환은 외손자인 그에 대해 전혀 글을 남기고 있지 않다. 아마도 서학(西學) 관련 문제로 그의 문집에서 산삭(刪削)된 듯 보인다. 문집으로 『만천유고(蔓川遺稿)』가 있다. 이헌경(李獻慶)은 『간옹집(艮翁集)』에 「만천권후제(蔓川卷後題)」를 남기고 있다.

37) 정재원(丁載遠, ?~?) : 조선 후기의 문신. 본관은 나주(羅州). 자는 기백(器伯). 어려서부터 문학에 힘쓰고 재물에는 뜻을 두지 않았다. 일찍이 광주(廣州)의 세과(歲課)에 부방하였는데, 당시 광주 유수 이종성(李宗城)으로부터 글의 뛰어남과 뜻의 원내함을 인정받았다. 『번암집(樊巖集)』에 그에 대한 묘갈명인 「通訓大夫晋州牧使丁公載遠墓碣銘」이 남아 있다.

38) 권이강(權以綱, 1730~?) : 본관(本貫)은 안동(安東). 자(字)는 숙기(叔起). 영조(英祖) 38년 알성시(謁聖試) 급제.

(趙夫人)을 섬기기를 기색(氣色)을 살피고 소리를 들어서 봉양도 하고 편안히 해드렸으니, 조부인(趙夫人) 또한 공을 애지중지하기를 거의 자기가 낳은 자식보다 더 지나치게 하였다. 형제간에는 감고(甘苦)와 우락(憂樂)을 그들과 함께하였으며, 일이 있으면 반드시 서로 자문을 하니 형제들 또한 공을 보기를 한 몸과 같이 하였다. 공이 매번 말하기를 "우리 어머니가 여러 자식들을 성취시킨 것은 어머니의 도이면서 아버지의 도였으며, 우리 형제가 서로 자랄 적에는 형제간이면서 사우간이었다"라고 하였다.

과부가 된 누님이 가난하자 그를 봉양(奉養)하였으며 종자(宗子)가 고아가 되자 그를 교육하였으며 여러 시마(緦麻)[39]와 단문친(袒免親)[40]에 이르기까지도 모두 은의(恩義)가 있었다. 성품이 편안하고 간결하며 또 자애(慈愛)롭고도 평이하여 평생(平生)에 남보다 앞서려는 뜻이나 자기에게 후하게 하는 행동이 없었다. 화려하고 아름다운 의복을 몸에 가까이 하지 않았으며 꾸짖는 소리를 일찍이 입 밖에 내는 적이 없었다. 항상 자질(子姪)을 경계해서 복을 아끼고 사귐을 선택하라고 경계 하였다. 단정히 거하여 지키는 것을 요약했으므로 그의 가정에 들어가면 고요하여 사람이 없는 듯하였고, 그 당에 올라가면 분위기가 봄기운처럼 화목하여서 차마 떠날 수가 없었다. 내가 일찍이 공을 성서(城西)의 여막에 조문하였는데 공(公)의 형제(兄弟)를 보니 흰 머리에 얼굴은 시커먼 채로 점천(苫薦)에 엎드려 곡을 심히 슬프게 하였다. 후에 공과 이야기를 하는데 말이 필선공(弼善公)에 미치면 으레 서글픈 낯으로 탄식하였으니 이에 근세에 예를 보고자 하는 자들은 마땅히 공의 가문에서 하면 공의 행실이 남보다 훨씬 뛰어나다는 것을 알게 될 것이다.

명(銘)을 짓는다. "아! 이공(李公)은 어디에다 놓을 수 있을까? 『한사(漢

---

39) 시마(緦麻) : 오복(五服) 중에서 가장 짧은 석 달 동안 입는 상복.
40) 단문친(袒免親) : 단문을 하는 무복친(無服親) 가운데 가장 가까운 친족으로 고조(高祖)의 형제, 증조(曾祖)의 4촌 형제, 아버지의 8촌 형제, 자기의 10촌 형제를 말함.

史)』「순리전(循吏傳)」에 들어갈 수 있을 것이고『소학(小學)』「선행편(善行編)」에 오를 수 있을 것이며,『시경(詩經)』「백화(白華)」'상체(常棣)'장(章)에도 오를 수 있을 것이다. 그러나 공은 일찍이 덕에 자물쇠를 채우고 아름다움을 숨겼으므로 사람들이 다 알지 못하였더니 내가 이제 드러내어 병이(秉彛)한 마음을 함께하는 자에게 환히 펼쳐 보이는 바이다."

公, 諱光瀷, 字源仲. 平昌世家, 名德相望. 有諱永瑞, 集賢殿校理, 選湖堂, 贈領議政. 生諱季男, 擧有道, 官吏曹判書, 謚翼平. 五傳而至諱俶, 行高, 伏一世, 薦拜敎官, 號晩翠, 於公爲高祖. 曾祖, 諱昌煥, 用經學, 授洗馬, 號海隱, 贈參判. 祖諱坰, 生員, 贈承旨. 考諱泰錫, 文科縣監, 贈參判. 妣坡平尹氏, 生員海壽女, 繼妣漢陽趙氏琇女, 皆贈貞夫人.

以明陵壬申十一月十八日公生. 幼不好弄. 戊寅丁尹夫人憂, 甲申丁參判公憂, 執禮如成人. 稍長, 治擧業, 屢登賢書. 癸丑, 始釋褐選補, 承文院正字. 丁巳, 陞典籍, 轉禮曹佐郎. 甲子拜持平, 乙丑, 除正言. 戊辰冬, 以持平遇災, 陳疏, 論時政得失, 陳箴戒焉, 上嘉納之. 己巳, 陞掌令.

庚午, 出爲蔚山府使. 時公兄弟並守南邑, 太夫人迭受三子養, 人以爲榮. 會歲大侵. 公不憚勞勩, 慰撫而賙振之, 又損俸以助靑襟之蘆鹽, 朞年而民安政. 成均稅使, 見之至比古龔黃, 海稅一從公言, 淸省浦戶, 德之, 至今追思. 壬申丁內艱. 年已老矣, 慕猶嬰孺. 雖盛暑, 衰絰不去身. 甲戌服闋, 拜掌令. 秋兄弼善公寢疾, 公爲不解衣者, 數月及喪, 哀感左右.

辛巳, 拜獻納, 癸未, 陞通政, 拜兵曹參議, 丙戌, 除戶曹參議. 己丑春, 以子東郁內翰恩, 陞嘉善, 拜同知敦寧府事. 九月千秋節, 上召卿宰年高者, 公與其從弟致政公, 登筵賜饌, 仍令賡進御製詩, 命曰,『君臣同會錄』, 一時稱爲盛事. 是歲十一月十六日, 公以疾卒于正寢, 享年七十八.

訃聞致賻, 予祭如儀. 明年正月, 葬于仁川草谷子坐之原. 配贈貞夫人原州邊氏, 判書協之後, 擢原女. 有內則, 先公五十一年卒, 墓草谷子坐

原. 繼配封貞夫人, 星州李氏, 執義誠之玄孫, 壽崗女. 生一男東郁, 文科,
前校理. 娶生員驪州李用休女, 生二男, 長承薰, 娶佐郎丁載遠女, 次致
薰, 娶正言權๋綱女. 公貌淸癯, 美鬚髥. 篤於人倫, 事趙夫人, 視氣聽聲,
能養能安, 趙夫人亦愛重公, 殆逾己出. 於兄弟, 甘苦憂樂, 與之同焉, 有
事, 必相咨問, 兄弟亦視公, 如一身. 公每曰 : "吾母之成諸子也, 母道而
父道, 吾兄弟之相長也, 兄弟而師友."

　寡姊貧, 奉養之, 宗子孤, 敎育之, 以及諸緦免, 皆有恩義. 性恬簡子易,
平生無先人之志, 封己之行. 華美之服, 不使近體, 叱罵之聲, 未嘗出口.
常戒子侄, 以惜福擇交. 端居守約, 入其庭, 閴若無人, 登其堂, 陽和煕煕,
不忍去也. 余嘗吊公於城西廬, 見公兄弟, 白首面墨, 伏苫薦哭甚哀. 後與
公語, 語及弼善公, 輒悽然欷歔, 乃知近世, 欲觀禮者, 當於公家, 而公之
行, 過人遠矣.

　銘曰 : "猗! 李公, 何所可置? 『漢史』「循吏傳」可入, 『小學』「善行篇」
可登, 『詩經』「白華」'常棣章'可. 然公嘗鍵德韜美, 故人未盡知也, 今爲
發之, 以昭布於同秉彝者.

10. 금명 ^{琴銘}

譯옮김 소리가 빈 데서 나와서 악기에 표현되어 음악이 되는 것인데,
금(琴)이 으뜸이다. 그러나 금의 덕(德)[41]은 또한 일정하지 않아
서 왕문(王門)에서는 영륜(伶倫)[42]이 되었고, 기생집에서는 정음(鄭音)이

41) 덕(德) : 이때의 덕(德)은 심의(心意), 곧 '마음'이란 뜻이다.
42) 영륜(伶倫) : 황제(黃帝) 때의 악관(樂官). 악률(樂律)의 창시자라 전함.

되었다. 오직 청천(淸泉)과 백석(白石)의 사이에서 떨치기를 솔바람으로
하고 화답하기를 산울림으로 하여야 바로 천기(天機)가 움직여 신경(神
境)에 통하는 것이다.

원문 聲出於空, 寓于器爲樂, 而琴爲宗. 然琴之德, 亦不一, 於王門則
伶, 妓館則鄭. 惟淸泉白石之間, 拂之以松風, 答之以山響, 乃天
機動而神境通.

11. 『학주시집』 발문　鶴洲詩集跋

옮김 학주[43]의 시는 재주가 넉넉하였으나 아깝게도 사신(使臣)의 업무
에 빼앗겨서 그 재주가 다 발휘될 수가 없었다. 그러나 그의 대표
작은 이따금 청경(淸警)하고 신특(新特)하였으니, 비유하자면 외로운 봉우
리와 따로 있는 시냇물에 구름과 노을이 점철하고 비단 물결이 일렁이는
것과 같아서 스스로 운치를 이루기에 충분하였다. 만약에 오악과 삼강을
끼고 거만을 떨면서 말하기를 "이것 밖에는 산수의 구경거리가 없다"고
한다면 어찌 순리이겠는가? 또 이 도는 높게 하려고 하면 딱딱한 것을 미
워하고, 담박하려고 하면 농후한 것을 싫어하며 간원(簡遠)하려고 하면 천
박하고 저속한 것을 싫어하는 것인데 학주(鶴洲)는 여기에서 거취할 바를

---

43) 학주(鶴洲) : 허경(許熲, 1707~1781)의 호. 자가 정숙(正叔)이다. 그의 여서(女壻)는 복
암(茯菴) 이기양(李基讓, 1744~1802)이다. 허경(許熲)에 대한 글은 『혜환시집(惠寰詩
集)』에 「허학주경만(許鶴洲熲挽)」(5언절구 4수)이 있고, 이가환(李家煥)의 『시문초(詩
文艸)』에 「학주허공(鶴洲許公)」이란 글이 남아 있다. 『학주고(鶴洲稿)』라는 문집이 있
다 전하나, 확인할 수는 없다. 그는 평생 과거에 응시하지 않았으나 위의 기록처럼 당
대 저명한 여러 문인들과 교유하였다.

알았으니 그것이 전해질 것은 필연적인 일이다. 책이 수중에도 차지 않으나 지혜로운 생명(生命)을 천추에 이어나갈 수가 있을 것이니 어찌 반드시 피붙이의 계승이 있은 뒤에야 전한다고 할 것인가?

원문

鶴洲詩, 饒於才, 惜爲原隰之役所奪, 弗能竟其才. 然其得意處, 往往, 淸警新特, 譬如孤峰別峴, 雲霞點綴, 縠紋淪漪, 自足成致. 若必挾五岳三江, 而傲之曰: "外此無山水之觀." 豈理也哉? 且此道, 欲峭而惡板, 欲澹而惡釅, 欲簡遠而惡淺俚, 鶴洲於此, 知所去取, 其傳必矣. 卷不盈握, 而可以續彗命於千秋, 豈必有骨肉繼嗣而後謂之傳哉?

12. 승암勝庵 허군許君 생지명生誌銘 勝庵許君生誌銘

옮김

허승암(許勝菴)은 이름이 만(晩)[44]이고 자(字)가 성보(成甫)이니, 승암은 그의 호이다. 사람이 작달만한 데다 등은 마치 끊어진 산과 같았고, 눈은 맑은 물과 같았다. 얼굴에는 마마 자국이 있어, 겉모습은 투박하고 어눌한 듯하였으나 속마음은 해맑기만 하였다. 다만 남의 허물 말하기를 부끄럽게 여겨서 비록 이따금 마음에 들지 않는 것이 있

---

44) 허만(許晩, 1732~1805) : 자는 여기(汝器)이고, 호는 승암(勝菴)이다. 휘(彙)의 아들이며, 이용휴의 맏사위이다. 『양천세고(陽川世稿)』에 자지명(自誌銘)과 8편의 시를 남기고 있다. 혜환은 『혜환잡저(惠寰雜著)』에 「승암허군생지명(勝庵許君生誌銘)」, 「제허성보동유록발(題許成甫東遊錄跋)」, 「송허성보서(送許成甫序)」 등을 남기고 있다. 특히, 「승암허군생지명(勝庵許君生誌銘)」은 살아 있는 사위에게 지어 준 생지명으로, 이러한 형식은 조선 시대 비지문 가운데 유례를 찾아보기 힘들다. 이가환도 자형(姉兄)에 대해 많은 글을 남기고 있다. 또, 이삼환도 『소미산방장(少眉山房藏)』에 「허승암초혼사(許勝菴招魂辭)」를 남기고 있다.

어도 그 마음에 들지 않는 것을 드러내지 않고는 마치 알지 못하는 것처럼 하였다.

집안이 본래 도탑고도 화목하여 아이들은 일정한 아버지가 없었고,[45] 옷도 정해 놓은 주인이 없었다. 그는 또 효성과 우애의 성품을 타고나서 어버이 섬기기에 힘을 다하였으나 스스로는 부족하게 여겼다. 그 아우가 기이한 병을 10여 년이나 앓아서 그가 손수 환약을 만들었고, 늘 신음하며 아파하기를 마치 병이 있는 사람과 같이 하였다. 성품은 검소하여 해진 옷을 입고 절룩발이 노새를 타고서도 화려한 옷 입고 좋은 말을 탄 것보다 편안히 여겼다.

물건에 있어서는 좋아하는 것이 적었지만 이름난 산수만은 유독 좋아하였다. 일찍이 금강산에 들어가 옛 성인과 진인의 유적을 찾아보고는 마치 그들을 만나 보기라도 한 것 같이 여겼다. 비로봉 정상에 올라가니 북풍이 겨드랑이를 추켜들고 해와 달이 눈썹 가로 지나가는 것을 느꼈다. 노정은 삼부연(三釜淵)과 백로주(白鷺洲), 금수정(金水亭)을 거쳤는데, 모두 우리나라에서 아름답다고 기림을 받는 곳이었다. 돌아와 몇 달 동안은 보고 듣는 것이 잠자리에 들거나 일어나거나 간에 구름 기운과 물소리 아닌 것이 없었다.

거처하는 곳에는 못을 파서 고기를 길렀다. 기이한 나무와 좋은 화초를 열 지어 심어 놓고 날마다 그 사이에서 소요하였다. 집안사람이 혹 아침거리가 떨어졌다고 말하면 씩 웃을 뿐이었다. 매양 우러러 해와 달을 보고, 굽혀서 일곱 척의 몸을 돌아보고는 탄식하며 말하였다. "사람이 비록 제철 음식을 배부르고 맛있게 먹으며, 세상의 물건을 얻는다 해도 세월을 따라 변해버려 백 년 안에 죽을 존재에 지나지 않는다. 언제나 살아 있어 사라지지 않는, 그런 방도는 없다" 마침내 그 좋은 무덤 자리를 잡아 놓고 나에게 묘지명을 청하였다. 내가 그가 아직 살아

---

45) 조카나 아들이나 차별 없이 키웠다는 말.

있기 때문에 그 생애의 시말은 비워 두고서, 그를 위해 명을 짓는다.

명에 말한다. "사람은 나면서 오행과 팔괘를 갖추었으니, 이치가 하늘과 통하도다. 하늘이 무궁할진대 사람 또한 무궁하리로다. 그런데도 많이는 그 이치를 막아서 그 몸을 일찍 죽게 하니 또 어찌 이다지도 어리석은가? 다만 그대의 인자함은 생기와 꼭 맞는도다. 말에 이르기를, '남을 오래 살게 하는 자는 스스로도 오래 산다'고 하였으니, 내 이로써 그의 나이가 한정할 수 없을 줄을 알겠도다. 내 말을 믿지 못하겠다면 청컨대 그대의 싹을 꺾지 아니 하고 알을 먹지 않는 것을 보라. 하나의 생각이 미치는 바가 너무나 원대한 것이도다."

원문 勝庵名晩, 字成甫, 勝庵其號也. 爲人短小, 而背如斷山, 目如湛水. 面有痘痕, 外似樸訥, 而中洞朗. 第耻言人過, 故雖時有負心者, 不暴其負心, 若不知者.

家本敦睦, 兒無常父, 衣無常主. 而君又孝友天植, 事親竭力, 而自知不足. 其弟奇疾十餘年, 君躬自丸藥, 常呻痛, 若有病者. 性儉, 敝袍跛驢, 以爲安於華衣怒馬也.

於物少所好, 顧獨好名山水. 嘗入楓嶽, 訪古聖眞遺跡, 若有遇焉. 登毗盧絶頂, 覺罡風擧腋, 日月從眉際過也. 路歷三釜淵白鷺洲金水亭, 皆國內之譽也. 歸而數月, 視聽寢興, 無非雲氣水聲也.

於所居, 鑿池養魚. 列植異木善草, 日逍遙其間. 家人或告以晨炊闕, 則笑之而已. 每仰觀兩曜, 俯顧七尺而歎曰 : "人雖飽飡時物, 弋獲世貲, 逐流光變遷, 不過爲百年內物. 常存而不敝者, 無其道矣." 雖豫謀樂丘, 而謁銘於余. 余以君是見在, 故盧其始未歲月, 而爲之銘.

銘曰 : "人生而具五行八卦, 理與天通. 天無窮則人亦無窮. 乃多閼其理, 而夭其躬, 又何其懵? 惟君之仁, 生機之胳. 語曰 : '壽物者自壽', 吾以是知君之年之未可限也. 謂余不信, 請看君之不折萌而不食卵. 一念之所及者, 已遠矣."

13. 김명로金溟老 군이 소장한 화당畫幢에 쓰다 題金君溟老所藏畫幢

[1]

 고양이를 그리는 자는 쥐구멍을 지키고 있다가 쥐를 잡는 것을 많이 그리는데, 이 그림은 유독 고양이가 꽃과 나비를 희롱하는 것을 그렸다. 이것이 곧 문장가의 번안법이다.

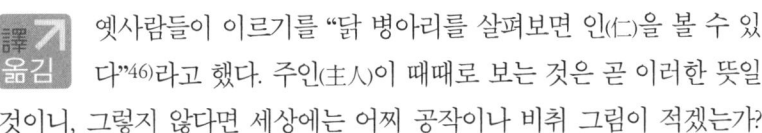 畫猫者, 多畫守穴搏鼠, 而此獨畫弄花戲蝶. 乃用文章家翻案法也, 右貓.

[2]

 옛사람들이 이르기를 "닭 병아리를 살펴보면 인(仁)을 볼 수 있다"46)라고 했다. 주인(主人)이 때때로 보는 것은 곧 이러한 뜻일 것이니, 그렇지 않다면 세상에는 어찌 공작이나 비취 그림이 적겠는가?

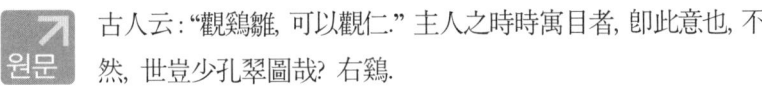 古人云: "觀鷄雛, 可以觀仁." 主人之時時寓目者, 卽此意也, 不然, 世豈少孔翠圖哉? 右鷄.

---

46) 닭 병아리를 살펴보면 인을 살펴볼 수 있다[觀鷄雛, 可以觀仁] : 정자(程子)의 말이다. 사물이 처음 생기는 데에서 인(仁)을 볼 수 있다는 뜻이다. 구체적으로 말하면 병아리의 가죽이 얇기 때문에 볼 수 있는 것이고 큰 닭에서 인(仁)을 볼 수 없는 것은 아니나 그 가죽이 거칠기 때문에 보기 어렵다는 뜻이다.

부처는 진공(眞空)이나 불상이 아니면 숭배심을 이룰 수 없으니, 하늘이 태허(太虛)나 상을 드리운 상(象)이[47] 아니면 순종[48]할 수 없는 것과 같다. 그리고 절에 암자가 있는 것은 또한 큰 나라에 속국(屬國)이 있는 것과 같다. 취령산(鷲嶺山) 문수사(文殊寺) 남성암(南聖菴)은 옛날 덕화공(德和公)[49]에게서 이루어졌고, 중수(重修)한 사람은 축란상인(竺蘭上人)이다. 난사(蘭師)가 권모(勸慕)[50] 선신(善信)하여[51] 시주[檀施][52]를 다달이 사현암(四弦菴)[53]의 일로 사상찬(四象讚)을 수장하고 탄(歎)으로 조목을 삼게 되었다. 이제 법권이 편안할 수 있고 분수(焚修)[54]할 장소가 있게 되었으나, 요즘에는 거의 산마다 절을 짓지 아니한 데가 없고 절마다 암자를 짓지 않은 데가 없거든 하물며 영산(靈山)과 이름이 같고 법란(法蘭)[55]의 승원(乘願)이 다시 온 자이랴? 다만 사람이 세상에 태어나면 모두 일이 있는 것인데, 홀로 부도씨(浮屠氏)만은 정려(精廬)에서 한가롭게 거처하며 남의 공양(供養)을 받아먹고 하나도 영위하거나 노고하는 일이 없으니 만약에 방편이익(方便利益)을 크게 짓지 않는다면 그 짓는

---

47) 수상(垂象) : 나타내 보이는 징조. 옛날 사람들은 자연현상을 인간의 일과 결부시켜 자연현상은 인간의 길흉화복을 예시하는 현상이라고 믿었던 것을 이른다.

48) 흠약(欽若) : 경순(敬順), 곧 공경하여 순종한다는 뜻.

49) 덕화공(德和公) : 문수사(文殊寺) 남성암(南聖菴) 건축에 시주(施主)를 많이 한 사람일 것이나 자세히 알 수 없다.

50) 권모(勸慕) : 권장(勸獎)을 받고 흠모(欽慕)함. 대개는 마음을 기울여 선(善)을 지향하는 것을 이른다.

51) 선신(善信) : 여기서는 불법을 정성으로 신앙한다는 뜻.

52) 단시(檀施) : 불교 용어로 포시(布施) 또는 시주(施主)라는 말.

53) 사현암(四弦菴) : 암자 이름.

54) 분수(焚修) : 향을 사르고 수양하는 것. 넓은 의미로 청정(淸淨)한 마음으로 수양하는 것을 말한다.

55) 법란(法蘭) : 축법란(竺法蘭)을 말함. 후한 때의 중. 중인도(中印度) 사람인데 명제(明帝)의 요청으로 중국에 와서 불경을 번역하였다.

업[造業]은 마땅히 다른 사람보다 배나 될 것이니 매우 두렵지 아니 한 가? 불서(佛書)의 사은(四恩)56)에 보답하는 것을 허여(許與)한 것은 우리 유가(儒家)의 세 분의 은혜로 살고 있으니, 한결같이 섬겨야 한다[生三事 一]57)는 뜻과 대략 서로 같다. 단지 유가(儒家)에서는 이른바 시주(施主)란 것이 없다. 그러나 부모는 낳는 것으로써 베풀어 주셨고, 임금은 먹이는 것으로써 베풀어 주셨으며, 스승은 가르치는 것으로써 베풀어 주셨으니 유석(儒釋)이 자취는 비록 다르나 도는 여기서 벗어남이 없는 것이다. 또 부처가 발원(發願)하는 것은 중생(衆生)을 다 제도 하려고 하는 것이니 중 생(衆生) 또한 제도하는데 어찌 그 친족(親族)을 버릴 수 있겠는가? 그가 권유(勸誘)58)하는 데에 부지런하고 나루와 다리[津梁]를 설치함에 수고하 는 것을 살펴보건대 정이 많아서 세상을 잊지 못하는 것은 부처가 최고 이다. 그의 환망(幻妄)하고 괴탄(怪誕)한 설은 대개 후인들이 오류를 더 보 탠 데에서 나온 것이고 부처의 본지(本旨)는 아니니, 이 암자에 사는 자 는 마땅히 이 뜻을 알아서 파순(波旬)59)에게 그르치는 바가 되지 말아야 할 것이다. 아! 선대의 사업을 회복시키는 것은 효이다. 승려는 부처의 후사이니, 본사(本寺)를 회복하여 현사(賢嗣)를 기다리는 것은 불운(佛運) 에 관계되는 것이니 여기는 그의 선조(先兆)이다. 암자의 주인이 혜환거

---

56) 사은(四恩) : 부모은(父母恩)·중생은(衆生恩)·국왕은(國王恩)·삼보은(三寶恩) 등 네 가지 은혜.

57) 세 분의 은혜로 살고 있으니, 한결같이 섬겨야 한다[生三事一] : 중국 춘추 시대 진(晋) 나라의 난공자(欒共子)가 한 말로서, 부모는 낳아 주셨고 스승은 가르쳐 주셨으며 임금 은 먹여 주셨으니, 똑같이 극진히 섬겨야 한다는 말이다. 『국어(國語)』「진어(晋語)」 및 『소학(小學)』「명륜(明倫)」 참조.

58) 권유(勸誘) : 권면(勸勉)하여 유도(誘導)함.

59) 파순(波旬) : 살자(殺者)·악자(惡者)의 뜻. 부처와 그의 제자들의 수행을 방해하는 마왕의 이름. 악마는 보통 석가모니가 수도할 때 많이 나타났으나 이 악마는 부처가 된 후에 나타났다. 거대한 코끼리 의왕[象王]으로 변하기도 하고 큰 뱀의 왕으로도 변 하기도 했다. 때로는 어린 소녀나 젊은 처녀로 변하기도 하고, 유부녀나 노파로 변신 하여 수행자를 유혹하기도 했다. 제자들 중에는 특히 비구니에게 접근하여 유혹하거 나 협박하기도 했다. 부처는 이에 대해 '내 마음은 고요하도다'라고 하여 유혹을 뿌리 쳤다.

사(惠寶居士)에게 기를 구하므로 거사(居士)가 샘물을 움켜다가 벼루를 씻어서 문자로 보시를 짓는 것이니 불력이 가호하는 바에 영겁토록 무너지지 않을 것이다.

佛是眞空, 非像設, 無以致崇, 猶天乃太虛, 非垂象, 無以欽若也. 而寺之有菴, 亦猶大國之有附庸也. 鷲嶺山文殊寺南聖菴者, 成於古德和公, 重修者, 竺蘭上人也. 蘭師, 勸慕善信, 檀施月裁, 四弦菴事, 藏四象讚, 歎以爲目. 今法眷, 可安焚修有所, 而近時, 幾無山不寺, 無寺不菴, 矧靈山同名, 法蘭乘願再來者耶? 第人生於世, 皆有事焉, 獨浮屠氏, 閑居精廬, 受人供養, 無一營爲勞苦, 若不大作方便利益, 其造業, 當倍於他人, 可不懼哉? 佛書許報四恩, 與吾儒家生三事一之義, 略相同. 但儒家無所謂施主者. 然父以生施, 君以食施, 師以教施, 儒釋跡雖異, 道則未有外此者. 且佛發願, 欲度盡衆生, 衆生亦度, 豈遺其親屬哉? 觀其勤於勸誘, 勞於津梁, 多情而不忘世者, 佛爲最. 其幻妄怪誕之說, 則盖出於後人之所附益訛謬者, 非佛本旨也, 居是菴者, 當知此意, 勿爲波旬所誤也. 噫! 復先業, 孝也. 僧爲佛胤, 本寺之復, 以待賢嗣而係佛運焉, 此其先兆也. 菴主求記於惠寶居士, 居士掬泉洗硯, 以文字作報施, 佛力所護, 永劫無壞.

15. 시습당권^{時習堂卷} 뒤에 쓰다 ^{題時習堂卷後}

세 가지 부득이한 것은 주인이 이미 스스로 말했으니 비록 내가 말을 하더라도 어찌 스스로 알기를 밝게 하는 것만 같겠는가? 스스로 말했기 때문에 겸사한 것이 많았으나, 또한 실제를 말한 것이 이와 같은 것이다. 옛사람이 이르기를 "독서(讀書)가 제일가는 즐거움이고 호학(好學)이 제일가는 일이고 치생(治生)이 제일가는 중요한 일이다"라고 하였다. 이제 세 가지를 이미 겸하였으니 그 밖의 일체를 기뻐할 만하고 사모할 만한 것은 또 어찌 말할 것이 있겠는가?

원문 三不得已者, 主人已自言之, 縱余有言, 何能如自知之明哉? 自言故多謙辭, 然亦道實如是耳. 古人云: "讀書爲第一樂, 好學爲第一事, 治生爲第一要." 今三者, 旣兼, 則其他一切, 可喜可慕者, 又何足道哉?

16. 열녀 이씨 행장 뒤에 쓰다 題烈女李氏行狀後

譯옮김 행장에 이르기를 "무술년(戊戌年) 10월 28일 갑신(甲申)에 이씨가 죽었다" 하였다. 내가 삼가 그 뒤에 제하여 말하기를 "이씨는 죽지 않은 것이다. 이씨가 죽었다면 강상도 죽어야 할 것인데 강상이란 것은 만고(萬古)에 걸쳐 길이 존속될 것이다. 그렇다면 이씨(李氏) 또한 영원히 오래도록 존속될 것이다. 말하기를 "최낭군(崔郞君)이 먹지 않은 것이 이제 며칠이 되었다"라고 했으니 귀신도 울릴 만 한 것이고 "하늘 땅 사이에 주인이 없다"라고 한 것은 어찌 평범한 여자의 말이겠는가? 그녀가 평소에 『소학(小學)』 등 여러 책을 읽기 좋아한 것을 여기에서 볼 수 있다. 최영대(崔永大)가 일찍 죽었는데도 사람들이 그 이름을 아는 것은 또한 이씨 때문이니, 절개와 열행은 진실로 권위가 있는 것이다.

狀云 : "戊戌十月二十八日甲申, 李氏死." 余敬題其後曰 : 李氏
不死. 李氏而死, 綱常可死, 綱常者, 亘萬古而長存. 然則李氏,
亦亘古而長存矣. 其曰 : "崔君不食, 今幾日者." 可泣鬼神. 而"天地間, 無
主人者" 是豈尋常女子語也. 其平日好讀小學諸書者, 於此可見矣. 崔君
永大, 早歿而人知其名者, 亦以李氏也, 節烈, 信有權哉.

17. 한산 조군 묘지명 韓山趙君墓誌銘

내가 문전(門前)에서 사람을 접해 보면 사람마다 장점이 있었다.
그중에 공손하여 예가 있는 사람은 한산(韓山) 조군(趙君)이었다.
군의 이름은 휘서(徽緒)이고 자신(子愼)은 그의 자이다. 가문에 훌륭한 전
통이 전해져 대대로 벼슬이 있었다. 아버지는 휘가 기벽(奇璧)이고 배(配)
는 광산 김씨(光山金氏)이니 증참의(贈參議)인 지승(祉承)의 따님이며, 양아
버지는 성벽(聖璧)이었다. 명릉(明陵) 갑오(甲午, 1714)년에 군이 태어났다.
어려서 매우 총명하여 책을 눈으로 대충 보기만 하면, 곧바로 모두 외웠
다. 을묘(乙卯, 1735)년에 통문관(通文館)의 시험에 합격하였고 승진으로 본
원(本院)의 정(正)에 이르렀다. 일찍이 연경(燕京)에서 돌아올 적에 포장한
물건에 불이 나니 동료들은 얼굴빛이 하얗게 질렸으나 군만은 태연하게
말하기를 "포장한 짐이 이미 불에 탔으니 탄식한들 무슨 이익이 있겠소?
한갓 묵인(墨人)의 영대(靈臺)[60]일 따름이오"라고 하니 듣는 사람들이 그
의 아량에 감복하지 않는 사람이 없었다. 신묘(辛卯, 1771)년 여름에 우리

---

60) 묵인(墨人)의 영대(靈臺) : 묵인(墨人)은 우매(愚昧)한 사람이란 뜻으로 쓴 것 같으며,
영대(靈臺)는 마음[心]을 가리킨다.

나라가 무고를 받은 일로 원중(院中)에 있는 사람들로 전후에 걸쳐 연경에 가는 자들이 모두 신문받게 되었는데, 군(君)의 대답이 매우 상세하고 명백했으므로 상감이 아름답게 여겨 백금을 하사했다. 계사(癸巳, 1773)년 4월 13일에 병으로 죽었으니 나이가 60세였다. 고양(高陽) 덕근리(德根里) 건좌원(乾坐原)에 장사 지냈으니 선영을 따른 것이다. 군은 먼저 온양 정씨(溫陽鄭氏)인 첨절제사(僉節制使) 덕연(德淵)의 딸에게 장가들었으며 장례는 군의 우측에 합장하였다. 계배(繼配)는 고령 신씨(高靈申氏) 性[缺]의 딸이다. 정씨(鄭氏)는 2남 1녀를 길렀으니 맏이는 익동(翼東)이요 다음은 달동(達東)이며 딸은 김덕래(金德來)에게 출가하였다. 손자와 외손자가 몇 명 있는데 모두 어리다.

군은 어버이를 섬김에 옛날의 『효경(孝經)』이나 『예기』「내측(內則)」에 들어맞는 것이 많았으며, 부모의 상을 치룰 적에는 어려서도 성인의 예(禮)를 지켰으며 늙어서도 어린 자식이 사모하는 것같이 하였다. 사람됨이 온화하고 겸손하여 남과 다투는 일이 없었다. 그러나 재물과 이익을 즐기고 이치를 따르지 아니 하는 사람이 있다는 말을 들으면 물을 두 귀에 부어 씻으려 하였으나 또한 말과 얼굴빛에는 드러내지 않았다. 언제나 말하기를 "모든 곤란에 처할 때에는 마땅히 나만 못한 사람을 생각하여야 한다"라고 하였다. 기예가 많아서 바둑을 잘 두었으나, 그 배움을 마치지는 못했으므로, 여가가 있으면 손에 책 한 권을 들고 음풍하였으니 대개 근세에 한 명의 온화하고 순정하여 어지럽지 않은 군자였다.

명을 짓는다. "군은 선에 대해서는 양수(陽燧)[61]로 불을 취하는 것과 방저(方諸)[62]로 물을 취하는 것과 같이 하였고, 선하지 않은 것에 대해서는 눈으로 보는 것을 용납하지 않고 코로는 맡는 것을 용납하지 않을 듯이 하였도다. 타고난 성품이 그러하였지, 몸을 닦아 실천하는 데에 말미암지는 않았도다. 또, 생산은 쇠락하였어도 의리(義理)는 성장하였으며

---

61) 양수(陽燧): 옛날 구리로 만든 일종의 화경(火鏡). 문질러 불을 일으키게 하는 물건.
62) 방저(方諸): 고대(古代)에 달빛 아래 이슬에서 물을 얻기 위한 기구(器具).

몸은 곤궁하여도 마음은 태평하려고 한 것이 군이 바란 것이었는데 이
제 모두 이미 얻었으니 군은 혼백이 편안하고 꿈도 안정이 되어 유택(幽
宅)에서 편안히 잠들 수 있으리로다."

원문 余門接人, 人各有長. 其恭而有禮者, 韓山趙君乎. 君名徽緖, 子
愼其字也. 家傳懿美, 世有職官. 考諱奇璧, 配光山金氏, 贈參議,
祉承女, 所後考諱聖璧. 以明陵甲午君生. 幼穎秀, 書過目, 輒成誦. 乙卯
中通文館試, 陞至本院正. 嘗自燕還包火, 同列無人色, 君獨夷然曰: "包
已火, 呭呭何益? 徒墨人靈臺耳" 聞者無勿伏其雅量. 辛卯夏, 以我國被
誣事, 院中諸人, 後先燕行者, 皆在置對, 君對甚詳明, 上嘉之賜以白金.
癸巳四月十三日, 病沒, 得年六十. 葬于高陽德根里乾坐原, 從先兆也. 君
先娶溫陽鄭氏僉節制使德淵女, 葬祔君右. 繼高靈申氏性[缺]女. 鄭氏育
二男一女, 男長翼東, 次達東, 女適金德來. 內外孫, 若干並幼.

君事親, 多合於古孝經內則, 居喪幼執成人之禮, 老猶孺子之慕. 爲人,
和易謙愼, 與物無競. 然聞有耆財利, 不循理者, 欲以水灌兩耳洗之, 亦不
形諸辭色. 常曰: "凡處困厄, 當思不如我者." 多藝善奕, 然不竟其學, 暇
則手一卷吟諷, 盖近世一溫粹不雜之君子也.

銘曰: "君之於善, 如陽燧之取火, 方諸之取水, 於不善, 如目不容刺, 鼻
不容臭. 質性然, 匪繇修爲. 且産落而義長, 身困而心泰者, 君之所欲也,
今皆已得, 君可魄寧夢帖安寢於幽宅."

18. 김명로 제문 ^{祭金君溟老文}

오호라! 그대는 사람의 인륜(人倫)에도 충실하였고 신의에도 도타웠다. 가슴에는 성채(城寨)⁶³⁾가 없었고, 입으로는 쓸데없는 소리를⁶⁴⁾ 하지 않았다. 선행을 하여도 이름이 알려지기를 구하지 않았고, 베풀면서도 보답을 바라지 않았다. 그대의 남몰래 하는⁶⁵⁾ 수행을 조물주는 기억하고 있었기 때문에 성적의 우열을 매긴 장부⁶⁶⁾에는 우등으로 매겨서 쓰기를 '군자(君子)'라고 했을 것이다. 어떻게 아는가? 내가 손태(孫泰)⁶⁷⁾와 왕공겸(王公謙)⁶⁸⁾의 일을 통하여 알았다.

아! 인생이란 백 년을 한정으로 삼아 상수(上壽)라 말한다. 군은 안락함으로 거처를 삼고, 즐겁게 지내는 것으로 가족을 삼았다. 부인은 음식을 잘 만들었으니 어찌 궁궐의 요리가 부러우며, 아이들이 독서를 잘하였으니 음악을 대신할 수 있었다. 이러한데도 만약 또 백 년의 수명을 다 채운다면 다른 사람이 상수(上壽)한 것에 비하여 두 배쯤 더하여 2백 년은 산 셈이 되는 것이다. 세상에 어찌 이런 일이 있겠는가? 이제 (백 년 수명에서) 절반을 던 것은 조물주가 긴 것은 자르고 짧은 것은 보충하여 평등하게 만드는 뜻이 담겨 있다. 달관한 사람이라면 그 뜻을 순순하게 받아들일 수 있을 것이다.

나는 바로 곤궁하게 늙은 포의(布衣)에 불과하지만 그대가 늘 존경하

---

63) 성채(城柴) : 성채(城寨)와 같은 말. 남을 거부하는 마음을 가리킴.

64) 쓸데없는 소리[玷莠] : 점(玷)은 옥의 티, 유(莠)는 '가라지'라는 곡식에 해로운 풀.

65) 남몰래 하는[闇然] : 암연(闇然)과 같은 말로 군자의 덕은 스스로 자랑하지 않아도 스스로 빛나는 상태의 형용임.

66) 전최(殿最) : 옛날 정부에서 관리의 치적을 고과할 제 꼴찌를 전(殿)이라 하고 가상 우수한 것을 최(最)라 했다.

67) 손태(孫泰) : 선정(善政)을 하여 우수한 고과를 받을 사람일 것이나, 누구인지 잘 모르겠다.

68) 왕공겸(王公謙) : 누구인지 알 수 없다.

여 모셨고, 그대는 까마득한 후배였지만 나는 늘 그대를 예우하였으니 서로 사랑하고 좋아하는 마음은 똑같았다. 나는 이제 그대를 잃었으니 슬픔이 가슴으로부터 우러나와 세상에서 남을 조문하는 상투적인 말로 그대의 귀를 번거롭게 할 겨를이 없구나!

원문 嗚乎! 君厚於倫物, 篤於信義. 胸無城柴, 口無玷菁. 善不覬名, 施不望報. 而黯然之修, 造物記之, 其殿最之籍, 置諸上考而題之曰君子. 何以知之? 吾以孫泰王公謙事知之.

噫! 人生以百年爲限, 而稱上壽. 君以安樂爲室廬, 歡喜爲眷屬. 婦善治饔, 何羨太官, 兒能讀書, 可代比竹. 如此而若又滿百年之數, 則比他人之上壽者, 便加倍而享二百年. 世豈有是哉! 今減其半者, 亦造物絶補平等之意. 達觀者可以順受矣.

余乃窮老布衣, 而君常尊尙之, 君是眇然後輩, 而余每禮貌之, 而其愛好之心則同. 余今失君, 悲從心生, 不暇以世俗祭人之套語煩君聽也.

19. 남돈암[69]이 회소의 「자서첩」을 임서한 글씨의 발문

이 첩(帖)은 보는 사람이 임서(臨書)로 여기지 않을 뿐만 아니라, 비록 회소(懷素 : 장욱의 제자)[70]선생을 살아나게 하여 보이더라도 반드시 그 당시에 술에 취하여 또 한 본(本)을 쓴 것이라 의심할 것이다. 해서(楷書)에 초서(草書)가 있는 것은 마치 선(禪)에 산성(散聖)[71]이 있는 것과 같다. 회소(懷素)가 장욱(張旭)[72]에 있어서는 또한 선재동자[73]가 쉰

---

69) 남돈암(南遯菴, 1698~1784) : 돈암(遯菴)은 남하행(南夏行)의 호. 『근역서화징(槿域書畵徵)』 「남하행(南夏行)」조에 다음과 같은 기록이 있다. "옥동 이서에게 글씨를 배워 팔분을 잘 썼다. 일찍이 말하기를 '마음이 바르면 붓을 단단하게 잡게 되어 획이 스스로 바르게 된다. 붓을 잡아 획을 얻게 될 뿐만 아니라 공중에 모의하고 땅에 그을 때라도 그 마음을 오로지 하면 획을 스스로 얻게 된다.' 그러므로 글씨를 잘 쓴다는 명성이 한 세상에 천양되는 것이다. 돈암(遯菴)은 높은 선비라 이를 만하다. 안순암(安順庵)이 찬을 짓기를 '서주(西周) 때의 숨은 선비였고 동한(東漢) 때의 독실한 행실이었다'라고 한 것은 거의 표현했다 할 수 있다. 그 필법에 이르러서는 내가 일찍이 속천자문(續千字文)에서 대략 그 일면을 엿보게 되었다[學書于玉洞李漵, 善八分, 嘗曰心正則把筆堅牢而畫自正. 不特把筆而得畫, 雖摸空畫地, 苟專其心則畫自得, 故筆名闡一世. 遯庵可謂高士也. 安順庵贊之曰: 西周逸士, 東漢篤行云者, 迨其盡之矣. 至其筆法, 余嘗於續千字文, 畧窺其一斑矣]"라고 했다.

70) 회소(懷素, 725~785) : 중국 당(唐)나라의 서예가. 원래는 승려로, 자는 장진(藏眞), 속성(俗姓)은 전씨(錢氏)이다. 장사(長沙) 출신. 일찍이 불문에 들어갔으며 어려서부터 서도를 좋아하여 연찬(硏鑽) 끝에 일가를 이루었다. 초서로는 그 당시 장욱(張旭) 다음으로 이름이 알려졌다. 술을 좋아해서 만취가 되면 흥에 못 이겨 붓을 종횡으로 놀려 연면체(連綿體)의 초서, 즉 광초(狂草)를 잘 썼다고 한다. 필적으로 『자서첩(自敍帖)』·『초서천자문』·『성모첩(聖母帖)』 등이 남아 있다.

71) 산성(散聖) : 산선(散禪)과 같다. 천계(天界)의 신선(神仙)은 관직(官職)을 가진 것과 관직을 가지지 않은 것의 두 종류로 나뉘는데, 아직 관직을 수여받지 못한 신선을 산선(散仙)이라 한다.

72) 장욱(張旭, 675~750) : 당대(唐代) 서예가(書藝家). 자는 백고(伯高). 초서(草書)에 능하여 초성(草聖)이라 일컬어진다. 술만 마시면 미친 듯이 글씨를 쓰고, 술이 깨고 난 뒤에는 자신의 글씨를 신필(神筆)이라 자찬했던 기인(奇人)이었다. 장전(張顚)이라고도 부르며, '이백(李白)의 가시(歌詩), 배민(裵旻)의 칼춤, 장욱의 초서'를 삼절(三絶)이라 일컫기도 하였다.

73) 선재(善財) : 『화엄경(華嚴經)』의 선재동자(善財童子)를 가리킨다. 그는 도(道)를 구

세 번이나 덕운비구(德雲比丘)[74]에 참여한 것 같다. 회소의 자서(自敍)는 고인이 스스로 그 진의(眞意)를 쓴 것이고, 돈암(遯菴)이 회소의 체법으로 써 회소의 서(敍)를 쓴 것은 또한 고인이 남의 문집에 서문을 쓸 적에 그 사람의 문법을 사용한 것이니 기이하도다! 사람들이 회소의 초서가 광(狂)·괴(怪)·노(怒)·장(張)한 것만을 알고 자서의 끝에 "한갓 부끄러움만 더할 뿐이다"라고 한 겸사가 있는 것은 알지 못하고 있으니, 이른바 "교묘함은 질박함에 숨고 움직임은 고요함에 숨는다"는 것이 이것이다. 옛날에 "노자의 주(註)는 누구의 것이 최고인가?"라고 물은 일이 있었다. 대답하는 사람이 말하기를 "노자가 있어야 바야흐로 노자에 주낸 것을 허락할 수 있을 것이다"라 했으니 나는 "돈암만이 돈암의 글씨를 평할 수 있을 것이다"라고 하였다. 말하기를 "가는 구름은 정해진 형세가 없고 초서는 정해진 서체(書體)가 없다"라고 한다. 그러나 여름 구름은 여름 구름과 같고 겨울 구름은 겨울 구름과 같으며, 한나라 초서는 한나라 초서와 같고 진나라 초서는 진나라 초서와 같다. 이것은 국(局)이 없고 체(體)가 없는 가운데 국(局)이 있고 체(體)가 있는 것이다. 지금 돈암(遯菴)이 회소선생과 같은 것은 오랫동안 연습이 쌓여서 영이 통하고 깨달음이 생겨서 묵묵히 갔다 적막히 와서 묘함이 현부(玄符)에 들어맞은 것이다. 도화(桃花)·백수(栢樹)의 신해(神解)는 그루터기나 지키고[守株], 뱃전에 새긴 위치에서 칼을 찾는[索劍] 사람이 참여할 수 있는 것이 아니다.

원문

此帖, 非徒觀者不以爲臨, 雖起素師示之, 必自疑其當時乘醉又寫一本也. 楷之有草書, 猶禪之有散聖. 而素之於旭, 亦猶善財五十三參之德雲比丘也. 懷素之自敍, 卽古人自寫其眞之意, 遯菴之以

하여 남방으로 다니며 53명의 선지식(善知識)을 방문하였다.

74) 덕운비구(德雲比丘) : 선재동자(善財童子)가 지혜와 행을 묻기 위해 방문한 53 선지식 가운데 2번째 선지식. 그는 선재동자에게 '모든 부처님의 경계, 지혜 광명을 널리 보았음을 기억하는 법문'을 설하였다.

懷素體書懷素敍者, 亦古人敍人文集, 仍用其人文法者, 奇哉! 人但見素
草之狂怪怒張, 而不知敍末有徒增愧畏之謙辭, 所謂巧藏於朴, 動出於
靜者, 是已. 昔有問老子註, 誰爲最? 答者曰 : "有老子, 方許註老子." 余
以爲有遜菴翁方許評遜菴書. 語曰 : "行雲無定局. 草書無定體." 然夏雲
與夏雲同, 冬雲與冬雲同, 漢草與漢草同, 晋草與晋草同. 此則無局無體
之中, 有局有體也. 今遜菴之同素師者, 積習之久, 靈通悟生, 默生寂來,
玅契玄符也. 桃花栢樹之神解, 非守株索劍者所能與也.

20. 범애당기 ^{汎愛堂記}

함께 태어나 사람이 되면 그 생명을 맡은 것은 두 가지가 있으
니 관리와 의원이다. 그러나 관리는 사랑을 주로 하되 위엄을
겸하지만 또 지역에 국한되어 두루 하지 못하게 된다. 그 사랑을 한결같
이 하여 넓게 베푸는 사람은 오직 의원만이 그러하다. 무릇 "백 년은 기
(期)이다"라고 하니 사람의 수명은 백 년으로 기한을 삼는 것이다. 그러나
칠정(七情)에 홀리게 되고 백독(百毒)에 잠식되어 그 수를 다 누리는 자가
만 명에 혹 한 명 있을 정도이다. 이에 천지생물(天地生物)의 속성을 터득
한 자가 탕액(湯液)과 침설(鍼焫)을 만들어 제도(濟度)하는 것이다. 그 도(道)
가 아주 공평하고 두루 미쳐서 병으로 찾아오는 사람이 있으면 친하고
소원함과, 귀하고 천함을 따질 것 없이 그에게 처방을 해준다. 처방이 효
험이 있어서 병에서 나은 사람이 너기저기 두루 있어도 다른 날에 만나
면 서로 기억하지 못하게 되니, 어찌 저 작은 사내가 인척과 형세가 중요
함이 아니라면 급한 일에도 마음을 움직이지 아니 하는 것과 같겠는가?

또 사람은 어버이를 사랑하지 않는 사람이 없기 때문에 어버이를 장수하게 하려 하고, 그 자식을 사랑하지 않는 사람이 없기 때문에 그 병을 걱정하게 되는데, 수명을 늘리고 병을 없애려면 또한 반드시 약이(藥餌)를 필요로 한다. 그러므로 나의 마음을 미루어서 남에게 더하는 것이니 이것이 인자한 혜택을 넓히게 되는 이유이다. 김래장(金來章) 군은 글을 읽어 궁리와 격물에 힘쓰고 겸하여 헌기(軒岐)[75]에 미쳤다. 말이 마음에 터득되는 것이 있으면 스스로 숨기지 아니 하고 묻는 이가 있으면 반드시 응답하면서 말하기를 "나는 동포 보기를 자신을 보는 것같이 한다"라고 하였으니 어진 사람의 말이다. 아! 사람의 궁달은 지위에 달려 있지는 않아서 호사스러워도[鍾鳴鼎食][76] 혜택이 백성에게 미치지 못하는 자는 궁한 자이고, 봉액(逢掖)[77]을 입어도 은혜를 대중에게 베푸는 자는 영달한 자이다. 김군은 이제 일찍이 여러 번 현서(賢書)에 올랐으나, 으레 낙제하였다.[78] 물러나서 남에게 덕을 베풀기에 더욱 힘썼으니 곧 뜻은 펼쳐지고 도는 행해진 것이다. 드디어 그가 사는 당에 현판을 달기를 "범애(汎愛)"라 하였으므로 내가 이 기를 지어서 그 뜻을 해석하는 바이다.

並生爲人, 而爲其司命者, 有二, 官與醫也. 然官主愛而兼威, 且局於地, 不能徧焉. 其壹於愛而施之博者, 惟醫爲然矣. 夫百年日期, 人之壽, 蓋以百爲期也. 然七情所魅, 百毒所蝕, 盡其數者, 萬或一焉. 於是, 有得天地生物之性者, 制爲湯液鍼焫以濟之. 其爲道也, 公溥,

---

75) 헌기(軒岐) : 한방 의약(韓方醫藥)의 시조로 일컬어지는 중국 고대 군주인 황제 헌원씨(黃帝軒轅氏)와 그의 신하인 기백(岐伯)의 병칭. 의술이란 뜻이다.

76) 종명정식(鍾鳴鼎食) : 밥을 먹을 때 종을 울려서 모이고 여러 음식을 진열해 놓고 먹는 것. 부귀한 자의 호사스런 생활의 표현임.

77) 봉액(逢掖) : 봉액(逢腋) 또는 봉액(縫掖)이라 써야 하며, 옛날 옷소매가 넓게 만든 유자(儒者)가 입는 옷을 가리키며 유자(儒者)란 뜻으로 쓴다.

78) 보파(報罷) : 과거 시험에 낙제한 것을 이른다. 『한서』 「동방삭전(東方朔傳)」에, "武帝初卽位, 徵天下擧方正賢良文學材力之士, 待以不次之位, 四方士多上書言得失, 自衒鬻者以千數, 其足采者, 輒報聞罷"라고 했다.

有以病來者, 無親疎貴賤, 授之以方. 方效病起者, 布在近遠, 異日相逢, 不相記焉, 豈若彼小夫之非姻戚若勢要則緩急不動心哉? 且人莫不愛親, 故欲其壽, 莫不愛子, 故憂其疾, 而延壽去疾, 亦必須藥餌. 故推吾之心以加於人, 所以廣仁惠也. 金君來章, 讀書務窮格, 因旁及軒岐家. 言有得於心, 不自秘焉, 有問必應. 曰: "吾視同胞, 猶視己." 仁人之言也. 噫! 人之窮達, 不係於位, 鍾鼎而澤不被於民者, 是窮也, 逢掖而恩能施於衆者, 卽達也. 金君嘗屢登賢書, 而輒報罷. 退而爲德於人, 益力, 然則志伸矣, 道行矣. 遂顔其所居之堂曰, 汎愛, 而余爲之記, 以釋其義.

21. 계부 성호선생상星湖先生像 찬[소서小序를 아울러 적는다] 季父星湖先生像贊[并小序]

참모습을 그린 영정이 경자(庚子, 1780)년 봄에 이루어졌으니, 선생이 돌아가신 지 18년만이었다. 당시 얼굴을 뵌 사람들이 상상해서 그것을 그린 것이다. 멀리는 주자와 같았으니 그 도가 같은 것이요, 가깝게는 퇴계와 같았으니 그 도(道)가 같고 그리고 그 생년마저도 같았던 것이다.[79] 아! 선생의 마음은 선생이 지으신 글에 나타나 있다. 이것은 유상(遺像)이지만 「태극도(太極圖)」를 보는 것 같아서 이치가 괘상(卦象)에 드러남을 알게 된다.

---

79) 그리고 생년마저도 같았다[與其生年而俱同也] : 퇴계(退溪)와 성호(星湖)의 출생 간지(干支)가 같다는 뜻일 것인데 기록(記錄 : 한국정신문화원 간행 『한국인물대사전』)에 의하면 퇴계는 연산군 7년(1501) 신유생(辛酉生)이고 성호는 숙종 7년(1681)의 임술생(壬戌生)이었으니 1년의 차이가 있음을 밝혀 둔다.

眞幀, 成於庚子春, 後先生已十八年矣. 當時承顔之人, 想像而寫之者也. 遠同於新安, 其道同也, 近同於陶山, 其道同, 與其生年而俱同也. 噫! 先生之心, 見於先生所著之書. 此則遺像也, 猶之觀太極圖, 知理顯於象也.

22. 청해(靑海80))로 가는 이사군(李使君)에게 주는 서문 贈靑海李使君序

譯옮김 사군(使君)은 전에 북쪽에서 치성(雉城)81)의 수령(守令)이 되었을 때는 치성의 백성이 그것을 편안하지 않게 여기는 사람이 없었고, 그만두고 또 남쪽으로 기천(基川)82)의 수령이 되었을 때는 기천의 백성들이 또한 그것을 편안하지 않게 여기는 사람이 없었으며, 그만두고 또 남쪽으로 예주(禮州)83)의 수령이 되자 예주의 백성들이 그것을 편안하게 여기기를 치성이나 기천의 백성과 같이 하였다. 지금 또 북으로 청해(靑海)의 수령이 되니 청해의 백성들이 편안히 여기기를 마치 세 읍과 같이 할 것이다. 어떻게 그것을 아는가? 땅은 남북의 차이가 있더라도 사람의 마음은 같기 때문이다. 옛날에는 한 사람이 한 고을을 다스리는 데도 정사를 하는데 앞과 뒤가 다른 자가 있었고, 또 한 사람이 여러 고을을 다스리는 데도 정사를 함이 앞과 뒤가 같은 사람이 있었으니, 이것은 상황에 따라 적합한 방법을 찾기 때문이다. 어찌 판에 박은 듯

---

80) 청해(靑海) : 함경남도 북청군 속후면의 옛 이름. 현재 북청군 동도리. 해방전 속후면 서포리에 청해백 유허비가 서 있었다.
81) 치성(雉城) : 함경북도 경성부(鏡城府)의 옛 이름.
82) 기천(基川) : 경상북도 영풍군 풍기읍의 옛 이름.
83) 예주(禮州) : 경상북도 영덕군 영해면의 옛 이름.

이 법을 일정하게 할 수 있겠는가? 아! 사계절의 기운은 균등한 정기(正氣)로서 골고루 사물을 이롭게 하는 것이다. 그러나 나는 사군(使君)의 위정(爲政)이 따뜻한 봄기운이 되기를 원한다.

使君, 前北守雉城, 雉城之民, 無不安之, 已又南守基川, 基川之民, 亦無不安之, 已又南守禮州, 禮州之民, 安之如雉城基川也. 今又北守靑海, 靑海之民, 安之必如三邑也. 何以知之? 地有南北之異而人心則同也. 古有一人一州而爲政前後異者, 一人數州而爲政前後同者, 此則隨時制宜也. 安有印板定法耶? 噫! 四時之氣, 均是正氣, 均是利物者. 然吾願使君之爲, 溫然春氣.

23. 이대부(李大夫)가 척주(陟州)의 임지로 가는 것을 전송하는 서문 送李大夫之任陟州序

이대부(李大夫)[84]가 장차 떠나려 할 적에 혜환노인(惠寰老人)이 그에게 고한다. "대부(大夫)가 위로는 분우(分憂)라는 무거운 임무에 보답하고 아래로는 시험되지 못한 축적된 것을 펼치는 것은 오직 이번 행차에 있고, 가문(家門)의 선대(先代)를 계승하여 행실을 다스리고 자손을 위하여 복을 짓는 것도 오직 이번 행차에 있다. 사람들로 하여금 생각해서 잊지 않기를 마치 머리를 들면 태양이 있고, 물을 마시려

---

84) 이대부(李大夫) : 삼척부사(三陟府使)로 임명되어 부임하는 이동우(李東遇, 1730~1789)를 가리킨다. 이동우(李東遇)의 자는 덕순(德順)이고 호는 진심재(眞心齋)이나. 우사가 없어서 형의 아들인 응훈(應薰)을 양자로 삼고, 이용휴의 넷째 딸을 며느리로 맞았다. 이들은 목만중의 백사(白社)에도 깊이 관여하였다. 혜환은 그에 대한 시로 「증척주이사군[명동우](贈陟州李使君[名東遇])」, 「송이척주지임(送李陟州之任)」 등을 남기고 있다.

면 하수가 있는 것과 같이 하여야 할 것이다. 충실한 관리와 이름난 사환(仕宦)의 행적을 사전(史傳)에 올리고 현지(縣志)에 빛내는 것 또한 오직 이번 행차에 있는 것이다. 만일 많은 복록을 소비하면서 평범한 성과 얻는 데 그칠 뿐이라면 이것은 이른바 보옥(寶玉)이 많은 산에 들어갔다가 빈손으로 돌아오는 것이리라.”

李大夫將行, 惠寶老人, 告之曰 : “大夫, 上答分憂之重, 下展未試之蘊, 惟在此行, 繼家先治行, 爲子孫造福, 惟在此行. 使人思而不忘, 如擧頭日在, 飲水河在. 循吏名宦之蹟, 登史傳而賁縣志, 亦惟在此行. 若止消肥俸, 結常課而已, 是所謂入寶山空迴者也.”

24. 『충신록』 발문 忠信錄跋

이 책을 열람하다가 갑자년(甲子年) 3월 7일 양사(兩司)의 계사(啓辭)[85]에 이르러 놀라면서 말하기를 “공은 반드시 죽음을 면하지 못할 것이다”라고 했다. 그러나 상감이 하사하신 대답을 읽고 기뻐서 말하기를 “총명스럽고 총명스러우니 공은 걱정이 없겠다. 그러나 무엇으로 우러러 보답하겠는가?”라고 하였다. 다시 가장(家狀)과 갈문(碣文)을 보건데 정묘년(丁卯)의 국난에 묵최(墨衰)를 입은 채[86] 강화도로 어가를 호종하였으며, 기축년(己丑, 1649) 국상(國喪)에는 삼 일 동안 음식을 먹지 않고 오랜 뒤에도 오히려 맛있는 음식을 먹지 않았다고 하였으

---

85) 계사(啓辭) : 논죄에 관하여 임금에게 올리는 글.
86) 묵최(墨衰) : 아버지가 살아 있을 때에 돌아간 어머니의 담제 뒤와 생가 부모(父母)의 소상 뒤에 심제인이 베 직령에 묵립과 묵대를 갖추어 입는 옷.

니 탄식하기를 "공은 과연 우러러 보답한 것이 있었다"라고 하였다. 아!
백 번 죽고 한 번 살 기회가 없었는데도 마침내 살아난 것은 이 어찌
구구한 지력(智力) 때문이겠나. 바로 충성과 신의가 위 아래로 부합되어
신명(神明)을 감동시킨 것이다. 그 조짐이 이미 무오년(戊午年) 여론을 수
렴하여 이의(異議)를 세웠던 때에 있었던 것이다.

閱此卷, 至甲子三月七日兩司啓辭, 驚曰 : "公必不免." 及讀上
所賜答, 喜曰 : "聖明聖明, 公無憂矣, 然何以仰報?" 復觀家狀碣
文, 丁卯之難, 墨衰扈駕江都, 己丑國恤, 三日不進食, 久猶不食旨, 歎曰
: "公果有以仰報也." 噫! 百死無一生而竟生者, 是豈區區智力哉. 乃忠
信孚上下而感神明也. 其兆則已在於戊午收議, 立異時矣.

25. 묵옹 이공과 윤유인^{尹孺人}를 합장한 지명^{誌銘} 默翁李公曁配尹孺人合葬誌銘

옛날 나의 숙부(叔父)인 옥동선생(玉洞先生)이 몸소 사도(師道)를
맡게 되자 문하에 이르는 사람들이 많았는데, 마음속으로 전주
이공(全州李公)을 소중히 여겼다. 계부(季父)인 성호선생(星湖先生)은 당대
의 유종(儒宗)이 되어 또한 공과 왕복강론(往復講論)[87]하였으며, 또 한때
의 명망과 덕망이 높거나 문학(文學)으로 이름 높은 사람들이 혹은 경의

---

87) 왕복강론(往復講論) : 서로 왕래하면서 학문을 강론하는 것. 이익(李瀷)의 『성호전집
(星湖全集)』에는 그와 관련된 글이 많이 남았으니 「汝謙久病始痊 撫琴哦詩 日爲樂
又遍求和章 爲之喜甚 聞卽走筆 分韻得嚴字」; 「次汝謙寄來韻」; 「次汝謙寄來韻二
首」; 「次李汝謙寄來韻三首」; 「挽汝謙」; 「答李汝謙己未 / 二」; 「答李汝謙庚申 / 二」;
「答李汝謙辛酉」 등이 그것이다.

를 표하며 사귀기도 하고 풍문을 듣고 왔으니, 그렇다면 공을 알 수 있는 것이다. 공은 휘(諱)가 익희(益熙)이고 자(字)는 여겸(汝謙)이며 스스로 묵옹(默翁)이라 호를 지었다. 정릉(靖陵)의 별자(別子)인 금원군(錦原君)88) 휘(諱) 영(岭)의 후손이고, 증조(曾祖)는 호안군(湖安君) 휘(諱) 오(澳)89)이니 세상에서는 종영(宗英)이라 일컬었다. 할아버지는 휘(諱) 두한(斗漢)이고 아버지는 휘(諱) 홍집(弘集)이며 어머니는 동래 정씨(東萊鄭氏)이니 현감(縣監) 행일(行一)의 따님이다. 명릉(明陵) 갑자년(甲子年)에 공이 태어났다. 어려서 아버지를 잃어 족숙(族叔)에게 배웠다. 하루는 족숙이 마침 일이 있어 오랫동안 나오지 않으니 공은 빈 당에 앉아 책을 껴 앉고 울고 있었으며, 그가 나와서 그것을 보고 또한 공을 안고 울었다. 드디어 공에게 글을 가르쳐 주어 그가 아는 것을 다 가르쳐주고야 말았다. 『소학(小學)』을 읽는 데에 이르러서는 마음으로 말하기를 "이와 같이 하지 않으면 사람이라 할 수 없다"라고 하여 일마다 힘써 실천하였다. 정해년(丁亥年)에 할머니의 상사를 당하자 얼굴은 시꺼멓게 되고, 나뭇개비 같이 말랐는데 3년 동안을 발이 여막을 넘지 않았다. 공은 평소에 야위었으나 배움에 힘쓰고 고심으로 생각하여 얻지 않으면 그만두지 않아서 병이 생기기에 이르렀다. 사람들이 권하기를 과거 시험장에 나가서 답답한 기분을 없애 버리라 하였고, 부모님의 명령이 있기도 하여 비로소 뜻을 굽혀 과거에 응시하여 두 차례 향시(鄕試)에 합격하였다.

무신년(戊申年)에 어머니 상을 당했을 때는 건강이 나빠져 거의 죽을

---

88) 금원군(錦原君, 1513~1562) : 조선 중기의 왕족. 이름은 영(岭), 자는 앙지(仰止). 중종의 아들이다. 어머니는 남양군(南陽君) 홍경주(洪景舟)의 딸인 희빈(熙嬪)이다. 1520년 금원군에 예봉(例封)되었고, 1535년 문소전도제조(文昭殿都提調)를 겸하였다. 1557년에는 종친부까지도 아울러 관장하였다. 1559년 대간으로부터 "문정대비(文定大妃)의 언문교지를 위조한 성청(性請)의 일에 관련된 것으로 추측되니 파직시켜야 한다"고 탄핵되었으나, 명종의 옹호로 계속 관직에 머물다가 죽었다.

89) 호안군(湖安君) : 호안군은 5남 3녀를 두었다. 호안군의 다섯 아들은 두한(斗漢)·규한(奎漢)·정한(井漢)·진한(軫漢)·방한(房漢)이고, 그의 묘지명인 「호안군오묘갈명(湖安君澳墓碣銘)」을 허목(許穆)이 지었다.

지경이 되었고, 또 여러 차례 묏자리를 살펴서 면례를 거행하니 정신이 매우 소진되어 병이 다시 났다. 칠 년 만에 비로소 평소와 같게 되니, 사우(士友)들이 시로써 축하하는 사람이 매우 많았다. 계유년(癸酉年) 정월 초하루에 공이 돌아갔으니 나이 일흔이었다. 양주(楊州) 금촌(金村) 고좌산(高坐山) 술좌원(戌坐原)에 장사 지냈다. 공은 평소에 자기를 다스림에 매우 엄격 하였으며, 더욱이 혼자만 알고 있는 것을 삼가 하였다. 남을 대우할 적에는 너그럽게 하여 미리 넘겨짚지 않았으며,90) 지난날의 잘못을 남겨두지 않았다. 선을 좋아하고 의를 즐거워하기를 기욕(嗜欲)과 같이 하였고, 권세와 이익을 피하여 멀리 하기를 포유(鮑鮪)의 냄새나 망비(硭碑)의 독과 같이 여겼다. 가문이 본래 공족(公族)으로서 때로는 성기(聲妓 : 노래하는 기생)가 있었으나 일찍이 한 번도 돌아보지 않았으며, 비록 노비와 같이 천한 사람이라도 반드시 남녀(男女)의 구별을 분명하게 하였고, 새나 가축 같은 미물이라도 마시고 쪼는 성질을 이루게 하려 하였다. 그의 배운 오해(悟解)는 태극도(太極圖)의 변석(辨析)에 있었으며 사단칠정설(四端七情說)을 보고서 항상 가지런히 하기를 생각하여 나보다 먼저 한 사람은 더하게 하고, 나와 함께하는 사람은 주었으며, 나보다 뒤에 하는 자는 가르쳤다. 자제(子弟)들로 하여금 땅은 가려서 밟고, 말을 가려서 입 밖에 꺼내도록 하였다. 한가히 지낼 때는 몸과 마음이 고요하여 정에 얽히는 사물(事物)이 없게 하였으며, 혹은 달밤에 향을 사르고 아금(雅琴)을 가져다가 옛 곡조를 타니 듣는 사람들이 그 때문에 정신이 맑게 되었다. 시문(詩文) 또한 이치가 뛰어나고 기(氣)가 완전하였으니, 『계척집(鷄跖集)』약간 권이 있다.

배(配)는 파평 윤씨(坡平尹氏)이니 천창(天昌)의 따님이다. 한가하고 고요하며, 유순하고 착해서91) 어려서부터 남다른 자질을 가지고 있었다.

---

90) 불역사(不逆詐) :『논어(論語)』「헌문(憲問)」에 "남이 나를 속일까 미리 짐작하지 않고, 남이 나를 불신할까 억측하지 않는다. 그러나 역시 먼저 깨닫는 자가 어진 것이다[不逆詐 不億不信 抑亦先覺者是賢乎]"라 했다.

공에게 시집을 오자 집안사람들이 서로 뜰에서 축하를 하고 물러 나와서 그 곤의(梱儀)를 살피고서는 참으로 여군자(女君子)라고 하였다. 향기로운 반찬으로 음식을 올렸으며, 빗질하며 머리 다듬고 침소에 문안하기를 공과 함께 실천해서 더욱 효도를 하였다. 몸을 깨끗이 하고 마음을 가지런히 해서 제사를 받들었으며 선한 기운으로 친척들을 맞이하였으며 집안일의 크고 작은 것을 모두 염유(簾帷)[92] 안에서 하여도 부서(部署)가 질서정연하여 정도에 맞지 않는 것이 없었으니 공이 학문에 전심할 수 있었던 것은 유인(孺人)이 있었기 때문이다.

유인(孺人)은 병자년(丙子年) 7월 25일에 돌아갔으니 나이가 74세였다. 공의 묘소 옆에 합장하여 장사 지냈다. 1남 2녀를 길렀으니 남자는 철규(哲圭)이고 여자 중 맏이는 유한성(柳漢星)에게 시집가고, 다음은 조우(趙愚)에게 출가하였다. 철규(哲圭)는 2남 1녀를 두었으니 남자는 종인(鍾人), 종진(鍾眞)이고 여자는 김내술(金乃述)에게 출가하였다. 유한성은 남자 아이 둘을 두었으니 명승(明升)과 명부(明孚)이고 조우(趙愚)는 2남 1녀를 두었으니 영명(永命)과 윤설(閏說)이요 딸은 이동필(李東弼)에게 출가하였다. 종인(鍾人)은 1남 1녀를 두었는데 모두 어린 아이이다.

명(銘)에 이른다. "묵옹(默翁)의 마음 지킴은 관문의 아전이 자물쇠를 지키듯이 하였고, 그가 덕(德)으로 나아가는 것은 길가는 사람이 갈 길을 재촉하듯이 했도다. 그리고 유인(孺人)은 시어머니에게 효녀 노릇을 하였고, 남편에게는 좋은 벗이 되었도다. 하늘이 아름다움을 모아서 두 성씨에게 독실하게 하였도다. (그러므로) 특별히 써서 천양하여 성품이 선하다는 증거로 삼노라. 사관(史官)이 기록을 못하고 야사에서 구했으니 책임이 나에게 있도다. 손을 씻고서 명을 지었으니, 경자년(庚子年)의 초여름이었도다. 모든 이 명을 읽는 자들은 각각 그 행실을 닦을 지어다."

---

91) 『시경(詩經)』「대아(大雅)」'억(抑)'에 "敬爾威儀, 無不柔嘉"라고 했다.
92) 염유(簾帷) : 발과 장막을 친 안방을 가리킴.

昔我叔父玉洞先生, 身任師道, 及門者多, 而意重全州李公. 季父星湖先生爲世儒宗, 而亦與公, 往復講論, 又一時名德文學, 或折行而交, 聞風而來, 然則公可知. 公諱益熙, 字汝謙, 自號默翁. 靖陵別子錦原君諱岭之後, 曾祖, 湖安君諱澳, 世稱宗英. 王考, 諱斗漢, 考諱弘集, 妣東萊鄭氏縣監行一女. 以明陵甲子公生. 幼孤, 學于族叔. 一日其人適有事, 久不出, 公坐空堂, 抱書而泣, 旣出見之, 亦抱公而泣. 遂日授公書, 盡其所知而後已. 及讀『小學』書, 心自語曰: "不如是, 無以爲人." 隨事力踐. 丁亥, 居王母憂, 墨面柴骨, 三年足不踰倚廬. 公素清羸力學, 苦思弗得弗措, 至成疾. 人勸出遊場屋, 以消散之, 且有親命, 始屈意赴擧, 再登賢書.

戊申, 丁內艱, 毁幾滅性, 又屢相地擧緬, 精剝神鑠, 疾復作. 七年始平, 士友之以詩賀者, 甚衆. 癸酉, 正月一日, 公卒, 壽七十. 葬于楊州金村高坐山戌坐原. 公平生, 律己甚嚴, 而尤愼獨知. 待人則寬, 不逆詐, 不保往. 好善樂義, 如嗜欲, 然避遠勢利, 如鮑蒩之臭, 砒碭之毒. 家本公族, 時有聲妓, 而未嘗一顧, 雖藏獲之賤, 必明男女之別, 禽畜之微, 欲遂飮啄之性. 其學悟解在太極圖辨析, 見四七說, 而常思齊, 先我者盆, 並我者惠, 後我者敎. 子弟使擇地而蹈, 選言而出. 燕居蕭閑, 無物嬰情, 或月夜焚香, 援雅琴, 彈古調, 聽者, 爲之神淸. 詩文亦理勝氣完, 有『鷄跖集』若干卷.

配坡平尹氏天昌女. 閑靜柔嘉, 幼有異質. 及歸公, 家人相賀於阼階, 退而省其梱儀, 眞女君子也. 馨膳上食, 櫛縰問寢, 與公踐更爲孝. 而潔齊以奉享祀, 善氣以迎親屬, 家務大小, 悉從簾帷中, 部署, 無不犁然中程, 公之所以專心問學, 以有孺人也.

孺人終於丙子七月二十五日, 得年七十四. 葬祔公墓. 育一男二女, 男哲圭, 女長適柳漢星, 次適趙愚, 哲圭有二男一女, 男鍾人鍾眞, 女適金乃述. 柳漢星有二子, 明升明孚, 趙愚有二子一女, 永命閨說, 女適李東弼. 鍾人有一男一女, 皆幼.

銘曰: "默翁之操心, 猶關吏之守鑰, 其進德, 猶行人之趨程. 而孺人,於君姑爲孝女, 於夫子爲良朋. 天之鍾美, 篤于二姓. 特書闡揭, 爲性善證. 史失求野, 責在不佞. 盥澡撰銘, 庚子夏孟. 凡讀此者, 各修其行."

26. 『규장각시첩』 서문 奎章閣詩帖序

경자년 이월 열아흐레 날 상감께서 입시한 여러 근신들에게 규장각 사경시(四景詩)를 지어 올리라 명령하시고 인하여 법온(法醞)[93]을 베푸셨다. 여러 신하들은 모두가 당대의 문장으로 뽑힌 사람들이었는데, 전(前) 도사(都事) 이가환도 참여했으니 영광스럽도다. 사람들이 전대(前代)의 성사(盛事)를 들어도 오히려 그것을 몹시 부러워하는 것인데 하물며 자신이 친히 그것을 당했음이랴? 대개 시(詩)는 그림과 같아서, 한 명의 화가가 저자의 골목을 그리면 천하게 되고, 전각(殿閣)을 그리면 높게 되는 것이다. 지금 시로 짓는 것은 규장각(奎章閣)이다. 각(閣)은 곧 천상(天上)에 있는 도서(圖書)의 관청이니 어찌 몹시도 존귀하고 현달하지 않을 수 있겠는가? 대저 규(奎)라는 별은 굽어서 서로 갈고리 진 것이 문장(文章)의 획과 같은 까닭에 문장(文章)을 맡은 것이다. 남은 빛이 미치는 바에는 필묵(筆墨)이 곧 기색(氣色)이 있게 되는 것이니 이 첩은 마땅히 대대로 전해질 보배가 될 만하다. 월령(月令)을 살펴보니 중춘(仲春)의 달이고 태양이 규성(奎星)에 있게 되는 날이다. 이제 상감의 편지를 받고 응제(應製)하는 날이 중춘(仲春)에 있으니 이에 성인(聖人)은 하늘과 도를 함께하신다는 것을 알게 된다.

---

93) 법온(法醞) : 임금이 신하에게 하사(下賜)해 주는 술.

원문 庚子二月十九日, 上命入侍諸近臣, 製奎章閣四景詩以進, 因宣法醞. 諸臣皆一時文學之選, 而前都事臣李家煥亦與焉, 榮矣. 人聞前代盛事, 猶慕艶之, 矧身親値之者乎. 盖詩猶畫, 一畫手也, 寫閭閻則賤, 寫殿閣則尊. 今所詩者, 奎章閣. 閣卽天上圖書之府, 豈不嚴重崇顯哉? 夫奎之爲星, 屈曲相鉤, 似文章之畫, 故司文章焉. 餘輝所及, 筆墨卽有氣色, 此帖, 宜爲傳世寶矣. 按月令, 仲春之月, 日在奎. 今授簡應製之日, 在仲春, 乃知聖人之與天同道也.

27. 합안재기 盍安齋記

그것을 편안히 여기면 불안이 없게 되고, 그것을 불안하게 여기면 불안하지 않은 것이 없게 된다. 불안함이 없는 까닭에, 초효연(焦孝然)은 오두막집94)에서 원하보(袁夏甫)는 토실(土室)95)에서 종신(終身)토록 거처했어도 매우 편안해 했다. 불안하지 않음이 없는 까닭에 왕홍(王鉷)96)과 고변(高騈)97)은 누대와 정자를 금옥(金玉)으로 장식하여 화려함을 지극히 하지 않고는 그만두지 않았다. 그런데도 후인들은 초효연과 원하보를 뜻 높은 어진 이로 받들고, 왕홍과 고변은 역사에서

---

94) 초효연(焦孝然) : 효연(孝然)은 중국 삼국 시대 위(魏)나라 초선(焦先)의 자. 그는 오두막 집[와우려(蝸牛廬)]에서 살다가 그 집이 불에 타자 눈이 내리는 날 한 데에서 자기까지 하였으나 백 살이 넘도록(88세라 한 곳도 있다) 살았다 한다.

95) 원하보(袁夏甫) : 하보(夏甫)는 중국 후한(後漢) 때 원굉(袁閎)의 사. ☞사토 유명됨.

96) 왕홍(王鉷) : 당(唐)나라 사람. 가렴주구(苛斂誅求)로 현종(玄宗)의 뜻에 영합하여 어사대부(御史大夫)에 올랐으나 백성들에게 많은 독을 끼친 사람.

97) 고변(高騈) : 당(唐)나라 사람. 대대 무인의 가문에서 태어나 진사에 올랐으며 무공을 세우기도 했으나 반역자가 되어 비참하게 죽었다.

내치니 그 헤아림이 어떠한가? 그렇다면 이 집이 비록 누추하기는 해도
어찌 편안하지 않겠는가?

원문 安之, 無不安, 不安之, 無不不安. 無不安, 故焦孝然蝸廬, 袁夏
甫土室, 終身處之, 甚適. 無不不安, 故王鈇高騈, 金玉飾臺榭,
不窮極侈麗, 不已. 第後人以高賢獻焦袁, 錮鈇騈於靑史, 其究何如? 然
則是齋, 雖陋, 盍安之?

28. 시안헌기[98] 是岸軒記

옮김 땅은 호도와 같아 오목한 곳은 물이고 볼록한 곳은 흙이다. 『예
기』에 이르기를 "중앙(中央)은 흙이니, 그 충(蟲)은 나충(倮蟲)이
고 나충의 장(長)을 사람이라 한다"[99]라 했으니, 사람은 천지(天地)의 중
앙을 받아서 태어난다. 그러므로 흙에서 거처한다. 대개 물은 흙 바깥을
두르고 있는데 흙의 형세(形勢)는 높으니, 높으므로 안(岸)이라 한다. 안
(岸)이 있은 이래로 안(岸)은 사람을 필요로 하고 사람은 안(岸)을 필요로
하는 것인데, 구위(九圍)가 모두 가라앉아도[100] 온 나라들은 똑같이 꿈

---

98) 시안헌(是岸軒) : 시안정에 대해서는 채제공과 정범조가 각각 시를 남기고 있다. 시
안헌과 시안정은 동일한 장소로 보인다.

99) 중앙은 토이니, 그 충은 나충이고 나충의 영장을 사람이라 한다[中央土, 其蟲倮, 倮
之長曰人] : 『예기(禮記)』 「월령(月令)」의 문구를 인용한 말이다. 「월령(月令)」 '계하(季
夏)'조의 원문 및 주 참조.

100) 구위가 모두 가라앉았다[九圍並溺] : 온 세상이 다 함께 가라앉았다. 곧 세상이 어지
러움을 표현한 말이다. 구위(九圍)는 구주(九州)라 했으니, 구주는 중국 땅을 아홉 개
의 고을[州]로 구획한 것을 가리키는 말이나, 여기서는 온 누리라고 해석해야 할 것이
니, 중국인들이 중국을 천하(天下)라고 표현하는 경우와 같다.

을 꾸어 그것을 깨닫지 못하고 있다. 그러나 깨닫는 것 또한 어렵지 않으니 한 번 머리를 돌이켜 보면 곧 시안(是岸)인 것이다.

地如胡桃, 凹處卽水, 凸處卽土. 記曰 : "中央土, 其蟲倮, 倮之長曰人." 人受天地之中以生. 故處於土. 蓋水環土外, 土勢高, 高故曰岸. 自有岸來, 岸須人, 人須岸, 而九圍並溺, 萬國均夢, 莫之覺焉. 然覺亦不難, 但一回頭, 卽是岸.

29. 동명설 東明說

예나 이제나 다만 이 태양뿐이다. 태양은 떠오르기를 반드시 동쪽에서 하니, 그리하여 말하기를 "목마(木馬)가 밤에 울어야만 서쪽에서 해가 뜬다"101)고 하는 것이다. 어찌 목마가 울지 못하는가? 태양이 서쪽에서 뜨지 못하는 것을 증명하는 것이다. 오경의 밤이 끝나면 인묘(寅卯)가 되는데 인(寅)은 동방(東方)에 위치하고 묘(卯)는 문이 열린 것을 상징하는데 열리면 밝은 것이 생긴다. 하늘의 태양이 이미 위로 올라오면 사람의 화장(火藏)102) 또한 따라서 열리는 것이니 이치가 상응하는 것이다. 관수정(關壽亭)103)이 이른바 "하늘에는 태양이 있고 사

---

101) 목마가 밤에 울어야만 서쪽에서 해가 뜬다[木馬夜鳴, 西方日出] : 나무로 만든 말[木馬]이 울지 못하는 것과 같이 태양은 서쪽에서 뜰 수 없다는 것을 거꾸로 말한 것이다. 오지경(吳之鯨), 『무림범지(武林梵志)』 권10 참조.

102) 화장(火藏) : 심장(心臟), 곧 마음을 가리킨다.

103) 관수정(關壽亭) : 중국 삼국 시대 촉한(蜀漢) 유비(劉備)의 장수였던 관우(關羽)를 가리킨다. 관우가 조조(曹操)에게 잡혔을 때 조조는 그를 편장군(偏將軍)에 임명하고 후하게 대우하여 주므로 그 은혜를 갚기 위하여 원소(袁紹)의 군대와 싸워 그의 장수 안

람에게는 마음이 있다"104)라고 했던 것이 이것이다. 어두울 때에 잠을 자고 비로소 깨게 되면 환히 밝기가 하늘의 껍질을 벗고 세상에 나온 것 같다. 눈을 들면 매우 밝아지고 생각을 발하면 광명(光明)해지니 어떻게 한 터럭만큼의 유암(幽暗)을 허용해서 가릴 수가 있겠는가? 다만 태양은 언제나 새벽이 아니어서 서쪽으로 가면 황혼이 된다. 그러나 반조(返照)가 동쪽에 있는 것은 또 근본을 잊지 않는 것이니 사람은 마땅히 늘그막에는 더욱 진려(振勵)하고 회광(回光)105)하여 이 영대(靈臺) 중의 한 조각의 환한 것을 어둡게 하지 말지어다.

古今, 只此日. 日出必東, 而曰: "木馬夜鳴, 西方日出者." 何以木馬之不能鳴? 證日不西出也. 五夜窮而寅卯, 寅位東方, 卯象戶闢, 闢而明生. 天之太陽, 旣翔於上, 則人之火藏, 亦隨而開, 理相應也. 關壽亭所云, "天有日, 人有心者." 是已. 昏寐始寤, 皦然, 如脫天殼而出世. 擧眼昭朗, 發念光明, 寧容一毫幽暗以翳之耶? 第日不常晨, 西而黃昏. 然返照在東, 又不忘本, 人當暮年, 須益振勵回光, 勿昧此靈臺中一片炳然者.

랑(顔良)의 목을 베니, 조조는 관우를 한수정후(漢壽亭侯)로 봉했던 데에서 생긴 이름이다. 그러나 관우는 이를 사양하고 다시 유비에게로 돌아갔다.

104) 하늘에는 태양이 있고 사람에게는 마음이 있다[天有日, 人有心] : "태양은 하늘 위에 있고 마음은 사람의 안에 있다[日在天之上, 心在人之內]"라고 한 관우(關羽)의 말을 이용휴가 그 뜻만 살려서 이렇게 말한 것으로 보인다. 양신(楊愼), 『승암집(升菴集)』 참조

105) 회광(回光) : 해가 떨어질 적에는 그 반사하는 빛이 하늘을 밝게 비추듯이 사람이 죽을 때에는 잠시 정신 맑아지는 것에 비유하는 말이다.

30. 복암기 ^{茯庵記}

마음에 새로 터득한 것이 있는데 입으로 떠벌리지 못하면 가려워서 견딜 수 없게 되고, 아침에 작은 선한 일을 하고 저녁에 칭찬 받지 못하면 슬픈 것이 마치 잃은 것이 있는 듯이 여기니 어찌 그토록 조급한가? 그 스스로 이것과 다르다고 말하는 자들은, 30년으로 1세대를 삼아, 어려서부터 늙을 때까지 3세대를 지내면서 1세대로 1세대의 계책을 삼는다. 그러나 그 사이에 경영한 바가 얼마며, 이룬 바는 또한 얼마인가? 3만 6천이란 물건에 지나지 않으며, 이후에는 막연하여 있는 것이 없다. 어째서 하늘의 도를 보고서 그것을 본받지 않는가? 자시(子時)가 열린 뒤로 수많은 세월 만에 복희(伏羲)씨로 하여금 획을 긋게 하였고 또 몇 천만 년 만에 중니(仲尼)로 하여금 도를 말하게 한 것이 지금까지 쉬지 않고 있다. 그러므로 말하기를 "성인은 아직도 존재한다"고 하는 것이니 몸이 있는 것이 아니고 마음이 있는 것이다. 사물로는 소나무가 그것을 얻었으니 사시(四時)를 지나고 천 년을 거쳐야 동량(棟梁)과 주거(舟車)의 용도가 되며 또 그 진액이 땅으로 들어가서 천 년이 지나야만 복령(茯笭)으로 변하게 되는데, 그것의 공능(功能)은 마음을 편하게 하고, 넋을 안정되게 하여 천하의 병에 걸린 자들을 일으키게 한다. 어찌 저 뿌리 없는 사라(絲蘿)와 저녁에 지는 무궁화가 잠시 영화롭다가 갑자기 사라지는 것과 같겠는가? 이사흥(李士興)[106] 군은 젊어서

---

106) 이사흥(李士興) : 사흥(士興)은 이기양(李基讓, 1744~1802)의 자. 본관은 광주(廣州). 호는 복암(茯菴). 이용휴(李用休)의 맏사돈 허휘(許彙)의 형인 허경(許繁)의 딸과 결혼했다. 정산 이병휴(李秉休)에게 수학하였다. 1795년 정시 문과에 급제, 1798년 의무부윤이 되었다. 1801년 예조참판을 지냈고, 신유옥사로 단천에 유배되었다가 죽었다. 그에 대한 기록으로는 다산이 지은 「茯菴李基讓墓誌銘」, 「送李參判基讓使燕京序」가 남아 있고, 이하진(李夏鎭)의 『육우당유고(六寓堂遺稿)』에 「送嶺伯李士興」이 남아 있으며, 이병휴의 『정산잡저(貞山雜著)』에 「答李士興書基讓」, 「答李士興書 乙酉」, 「答

이산(伊山)[107]의 추곡(楸谷)에 칩복하고 있었다. 독서를 하고 뜻을 구하자 벼슬을 주관하는 자들이 천거해서 사적(仕籍)에 오르게 되었으니, 비유하자면 소나무가 바야흐로 생장하여 무성한 데로 향하는 것이라 하겠으나, 그 재목이 되고 약이 되는 것은 장래에 있을 것이다. 군(君)이 편히 쉬는 장소에 이름을 붙이기를 복암(茯菴)이라 하고 기문을 구하기를 당시의 화현(華顯)한 자에게서 하지 않고 초야(草野)에 엎드려 있는 사람에게 하였으니 그 뜻이 또한 매우 원대한 것이다.

원문 心有新得, 口未及宣, 癢不能忍, 朝作小善, 暮不見譽, 悵若有失, 何其躁也? 其自謂異是者, 以三十年爲一世, 從幼至老, 歷過三世, 而一世爲一世計. 然其間所營幾何, 所成亦幾何? 不過爲三萬六千日物, 而此後漠然無所有也. 何不觀於天之道而倣之? 自子開後, 幾萬億年, 使伏羲畫之, 又幾千萬年, 使仲尼語之道, 至今未息. 故曰: "聖人尙在." 非身在心在也. 物則松得之, 貫四時, 閱千歲, 以爲棟梁舟車之用, 又其液入地, 千歲乃化茯笭, 其功能, 安心定魄, 以起天下之病者. 豈若彼絲蘿之無根, 槿花之夕隕, 俄榮而俄滅者也? 李君士興, 少伏伊山之楸谷. 讀書求志, 主爵者, 擧而登籍, 譬則松之方長而向茂也. 其材之藥之, 在將來矣. 君名其遊息之所曰, 茯菴, 求記不於時之華顯者, 而於草野跧伏之人, 其志又甚遠矣.

李士興書」가 남아 있다.
107) 이산(伊山) : 충청남도 예산군 덕산면의 옛 이름.

31. 오과정기 悟過亭記

어제 음침하다가 오늘은 맑게 되는 것은 하늘이 이미 과실을 고친 것이고, 지난해 흉년이 들었다가 올해 풍년이 드는 것은 땅이 이미 그 과실을 고친 것이다. 말하기를 "과실을 고치는 데 인색하지 말아야 한다"[108]라 했고, "재여(宰予)에게서 이것을 고치게 되었다"[109]라고 했으니, 이것은 성인도 과실이 있어서 고친 것이다. 목석(木石)이 아니고 지각(知覺)이 있는 자라면 누구인들 과실이 없겠는가? 목석(木石)이 단단함이 지나침도 과실이다. 사람이 지각(知覺)이 있으므로 과실이 있게 되며 또한 과실을 고칠 수 있는 것이니, 그 동기는 깨달음[悟]에 있는 것이다. 오(悟)와 각(覺)은 같으나 조금 다르다. 각(覺)은 견(見)변을 따르고 오(悟)는 심(忄)변을 따라서 내외(內外)와 천심(淺深)의 구별이 있다. 무릇 과실이 있다는 것을 깨닫고서도 다시 과실을 범하는 것은 깨닫지 못했기 때문이다. 만약에 그 마음으로 깨달았다면 이미 고쳤을 것이니 어찌 다시 과실을 저지르겠는가? 시험 삼아 한 가지 일을 들어 그것을 증명하겠다. 어려서 다른 지방으로 떠나서 그 집안의 족보를 잃어버린 사람이 그 선대의 이름으로써 (자신의) 이름을 지었던 자는 후에 남들의 지적으로 알게 되면 곧장 고치기를 밥 한 끼를 먹는 사이를 기다리지 않게 될 것이다. 왜냐하면 그 깨달았기[悟] 때문이다. 이른바 "천 년의 암실(暗室)에 하나의 등불이 비친다"[110]고 하는 것이 이것이다. 사람은 태어나면서부터

---

108) 과실을 고치는데 인색하지 말아야 한다[改過不吝]: 『서경(書經)』「상서(商書)」'중훼지고(仲虺之誥)' 참조.

109) 재여에게서 이것을 고치게 되었다[於予與改是]: 『논어』「공야장(公冶長)」에 "子曰: '始吾於人也, 聽其言而信其行, 今吾於人也, 聽其言而觀其行. 於予與改是'"라 했다.

110) 천 년의 암실(暗室)에 하나의 등불이 비친다[千年暗室一燈照]: 미암(迷闇)을 타파한 하나의 지혜를 이르는 말이다. 『화엄경(華嚴經)』에 "譬如一燈入於暗室, 百千年暗悉能破盡"라고 했다.

어리석은 생각과 망령된 상상이 서로 짜여지고 이어져 얽히고 혼미하여
지혜로운 칼로 쪼개고 맑은 경쇠로 깨우치지 않으면 종신토록 하늘빛을
보지 못하고, 그 본체(本體)의 영명(靈明)함을 잊게 되어서 스스로 어리석
은 데에 빠지게 될 것이니 어찌 슬프지 아니 한가? 또 비난 하려하되 거
론할 것이 없고, 풍자하려고 해도 풍자할 곳이 없어서 과실이 없는 것
같으나 군자(君子)의 미움을 받는 자가 있다. 그러므로 말하기를 "온몸에
과실이 없는 것이 나의 걱정이다"라고 했으니 이것은 더욱 맹성하여야
할 일이다. 만 명 중에 깨달음이 없는 자를 보게 되거든 그대는 모름지기
깨닫기 전의 기후(氣候)와 깨달은 후의 광경(光景)으로써 동인(同人)에게
고하여 그들로 하여금 한꺼번에 다 깨닫게 하라.

昨日陰曀, 今日淸明, 天已改其過矣, 去歲歉荒, 是歲豊熟, 地已
改其過矣. 曰："改過無吝." 曰："於予與改是." 聖亦過而改之
矣. 非木石, 有知覺者, 誰無過? 木石之過于堅剛亦過也. 人有知覺, 故有
過, 亦能改過, 而其機則在悟. 悟與覺, 同而小異. 覺從見, 悟從心, 有內外
淺深之別. 凡覺有過而復過者, 爲未悟也. 若其悟則已改, 豈復過哉? 試
擧一事以明之. 有幼落他方, 失其家譜, 以其先之名名者, 後因人知, 立改
之, 不俟終食之頃. 何者, 以其悟也. 所謂千年暗室一燈照之者, 是已. 人
自有生以來, 癡思妄想, 相織相續, 糾纏昏迷, 不有彗劍以劈之, 淸磬以醒
之, 終身不見天光, 忘其本體之靈明, 而自陷愚蠢, 寧不悲哉? 又有非之
無擧, 刺之無刺, 似無過也, 而爲君子所惡者. 故曰："渾身無過, 是吾憂."
此尤可猛者也. 無萬人中悟者見, 君須以未悟前氣候, 旣悟後光景, 告于
同人, 使之一時盡悟.

32. 『심계첩』서문 心契帖序

心契帖序

마음이 하늘과 더불어 들어맞으니 어찌하여 다시 들어맞게 되는 것인가? 대개 하늘이 그 마음을 사람에게 주었으니, 그러므로 사람의 마음은 하늘에 합치가 되는 것이다. 그리고 또 나누어 천하 사람들에게 주었으니, 그러므로 천하 사람들의 마음이 부절과 같이 합치되는 것이다. 그렇다면 천하(天下)는 같은 마음이 되는데, 이제 그 이름이 첩에 오른 자의 숫자가 일곱 명에 그친 것은 어째서인가? 심장(心臟)에는 일곱 개의 구멍이 있는 것을 상징한 것이다. 마음에 비록 일곱 개의 구멍이 있으나 백 가지 행동이 거기에서 나오고, 다섯 가지 성품이 거기에 갖춰져 있다. 그런데 효가 백행의 근원이 되며 신(信)은 이 성품의 요인이니 이 뜻을 아는 자는 그 이름이 첩에 있지 않더라도 계(契) 가운데의 사람이고, 그렇지 않다면 그 이름이 이미 첩에 있다고 하더라도 계(契)의 밖에 있는 사람이다. 모름지기 마음을 함께해서 서로 힘써야 할 것이다.

心與天契, 於何復有契也? 盖天以其心與人, 故人心合于天. 而又分與天下之人, 故天下之心, 合如符也. 然則天下同契, 今登名于帖者, 數止七, 何? 象心有七竅也. 心雖七竅百行出焉, 五性具焉. 而孝爲行之源, 信是性之因, 知此義者, 雖其名未在于帖, 契中人也, 不然, 其名, 已在于帖, 契外人也. 須同心交勉焉.

33. 정일사(鄭逸士)가 동북의 명산으로 유람함을 전송하는 서문 _{送鄭逸士遊東北名山序}

送鄭逸士遊東北名山序

고을이 아홉 개 있는데 그 여덟 곳을 건넜으니, 하늘이 전부를 사람에게 주지 않으려 하는 것이다. 비유하자면 대연수(大衍數)[111] 50에서 그 49[112]를 쓰니, 그 하나는 비록 성신(聖神)이라도 알 수 없는 것이다. 산을 말하는 자들은 수미산(須彌山)을 지극한 것으로 여기나 이것은 유무중(有無中)에 있고,[113] 곤륜산(昆侖山)과 같은 산은 황하의 근원이 나오는 곳이라고는 하나 고금(古今)에 걸쳐 본 자가 없으니 유람하는 것을 어찌 쉽게 말할 수 있겠는가? 정일사(鄭逸士)는 작년에 서쪽으로 유람하여 구월산(九月山)을 유람하고는 기이하게 여겨서 가슴속에 구월산이 있었더니 묘향산(妙香山)을 유람하게 되자 구월산은 없어지고 묘향산만이 있게 되었다. 이제 또 동쪽으로 유람하여 금강산(金剛山)을 유람하면 반드시 묘향산은 없어지고 금강산만이 있게 될 것이며 만약에 방향을 바꾸어 북으로 유람하여 백두산(白頭山)을 유람하면 금강산이 없어지고 백두산만이 있게 될 것이니, 왜냐하면 그 경지(境地)가 더욱 뛰어나서 보는 것이 높아지기 때문이다. 장차 후일을 기다려서 백두산이 없게 된 뒤에야 다시 일사(逸士)와 더불어 유람을 말하리라.

州有九, 涉其八, 天不欲以全與人也. 譬之大衍之數五十, 其用四十九, 其一則雖聖神, 莫能知也. 談山者, 以須彌爲極, 然此在有無中, 若昆侖則是河源所出而古今無有睹者, 遊豈易言哉? 鄭逸士, 往

---

111) 대연수(大衍數) : 역(易)에 있어 하늘의 생긴 수를 셋, 땅의 생긴 수를 둘로 잡아, 천지의 생수(生數)인 다섯을 각각 열까지 늘리어 이룬 수를 일컫는 말.

112) 사십구(四十九) : 점을 칠 때 쓰는 숫자를 이른다.

113) 이것은 유무중[此在有無中] : 이 수미산은 있고 없는 사이에 있다는 말로서 수미산이란 실제로 있는 산이 아니라 관념상의 산이기 때문에 한 말이다.

年西遊, 遊九月, 以爲奇, 胸中有九月, 及遊妙香, 無九月, 有妙香. 今又東遊, 遊楓嶽, 必無妙香, 有楓嶽, 若轉北遊, 遊白頭, 無楓嶽, 有白頭, 何者, 以境愈勝而見愈高也. 將俟異日, 無白頭而後復與逸士語遊矣.

34. 만어정기[114] 晚漁亭記

경자년(庚子年) 여름은 오래 가물어서 햇볕이 불과 같더니 갑자기 비가 지나가자, 북창(北窓) 아래에서 서늘함을 맛보았다. 가지고 있던 고금의 이런 저런 그림을 열람하다 심현재(沈玄齋)의 「어장도(漁莊圖)」를 보고, 놀라 말하기를 "어찌 그리 나의 친구인 만어옹(晚漁翁)[115]의 거처와 이다지도 같은가?" 하였다. 옹(翁)이 그 정자의 기문을 구한 지가 며칠이 지났는데 우연히 잊어버리고 있다가는 이제 비슷한 것 때문에 생각이 떠오르게 되었다. 급히 서둘러서 벼루에다 처마 물을 받아서 먹을 갈고 붓을 적시어 글씨를 써서 기를 짓는다.

옹은 고기를 잡는 사람이 아니니 일찍이 조정에서 벼슬하여 사우(士友)들의 맹주(盟主)가 되었었다. 얼마 후에 마음이 권태롭게 되자, 이 정자에서 쉬면서 스스로 강상장인(江上丈人)[116]과 연파조도(烟波釣徒)[117]의 반열

---

114) 만어정(晚漁亭) : 이헌경(李獻慶)의 「次晚漁亭韻」, 「晚漁亭記」; 채제공의 「晚漁亭次主人板上韻」, 「晚漁亭歌贈權仲範」, 「歸自三浦馬上懷晚漁權仲範」, 「晚漁亭記」; 정약용의 「晚漁亭記」가 남아 있다. 『창해시안』에도 만어정과 관련된 기록이 나온다.

115) 권사언(權師彦, 1710~?) : 본관은 안동(安東). 자는 중범(仲範). 1756년 문과를 한 후 부정자(副正字)·정랑(正郎) 등을 지냄. 화죽헌(花竹軒)·산향재(山響齋) 등의 당호를 썼다. 처부(妻父)는 홍명원(洪命源, 洪晟의 부친)이다.

116) 강상장인(江上丈人) : 육구몽(陸龜蒙, ?~881)을 가리킨다. 자는 노망(魯望). 호는 천수자(天隨子)·보리선생(甫里先生). 소주(蘇州) 출생. 어렸을 때 이미 육경(六經)에 능통하였으며, 특히 『춘추(春秋)』에 조예가 깊었다. 전원생활을 노래한 시에 송(宋)나라

에 들었다. 낚시터와 도랑이 있는 것에 위치하여 갈매기나 백로를 부서(部署)로 삼았는데 정자는 호수를 임하였다. 호수의 물결이 난간에 그림자 지고, 모래톱의 풀과 물가의 꽃들이 향기를 다투고 색깔을 희롱하여 즐겁게 구경하는 것에 이바지하고 있으며 조수와 석수가 들었다 나갔다 하면서 거품이 일어났다 사라졌다 해서 천지(天地)간의 온갖 변화[118]하는 이치를 볼 수 있다. 아름다운 손님이 때때로 이르면 물고기를 그물질하여 술안주로 삼고 아손(兒孫)들로 하여금 옛날의 어부사(漁父辭)를 노래하게 하면 매우 즐거워서 늙는 것을 잊을 수 있을 것이다. 대저 도(道)라는 것은 두 가지이니 바쁜 것과 한가로운 것이다. 바쁜 자는 남의 이목에 따라, 손발을 자기의 소유로 삼지 않고 일생을 마치게 되며, 한가로운 자는 유유자적(悠悠自適)하게 조물주가 자신에게 준 것을 다 누리게 되니, 그렇다면 옹의 하루는 다른 사람의 100일에 해당하는 것이다. 또 소상강(瀟湘江)과 동정호(洞庭湖), 초계(苕溪)와 입택(笠澤)[119]은 세상에서 칭찬 받는 곳들이다. 그러나 가져올 수가 없는 것이니 눈앞에 한 굽이 호수의 좋은 경치는 만 리의 상상을 달리게 한다. 말에 있기를 "남의 자애로운 조부가 되기는 쉬워도 운치가 있는 조부가 되기는 어렵다"[120]라고 했으

의 전원시와 일맥상통하는 섬세한 관찰력이 엿보인다. 친구인 피일휴(皮日休)와 서로 주고받은 화답시(和答詩)가 유명하며, 『당보리선생문집(唐甫里先生文集)』(20권), 『입택총서(笠澤叢書)』(4권) 등이 남아 있다.

117) 연파조도(烟波釣徒) : 장지화(張志和, 약730~약810)의 자호. 자는 자동(子同). 또 자호를 현진자(玄眞子)라고 했다. 전해지는 작품은 그리 많지 않으며, 대부분 은거 생활을 소재로 한 것이다. 특히 그의 「어부가(漁父歌)」 5수는 후인들의 찬사를 받은 시로서 후대에 많은 영향을 미쳤다.

118) 소식영허(消息盈虛) : 천지의 기상(氣象)과 시운(時運)의 변화를 뜻한다. 『주역(周易)』 「풍괘(豐卦)」에, "천지의 영허도 때에 따라 소식한다"라고 하였다.

119) 초계(苕溪)와 입택(笠澤) : 장지화는 친상(親喪)을 당한 후에 벼슬을 그만두고 강호에 살았는데, 장지화가 호주 자사(湖州刺史)인 안진경(顔眞卿)을 방문하였다. 안진경이 그의 배가 망가진 것을 보고 새 것으로 바꿀 청하자 장지화가 "나의 소원은 배를 집 삼아 물 위에 살면서 초계(苕溪)와 삽계(霅溪) 사이를 왔다 갔다 하는 것이다[願爲浮家泛宅 往來苕霅間]"라고 말한 고사가 있다. 『신당서(新唐書)』 「장지화전(張志和傳)」 참조

120) 남의 자애로운 조부가 되기는 쉬워도 운치가 있는 조부가 되기는 어렵다[爲人慈祖父

니 대개 그 인자한 것은 항상 있는 것이고, 운치가 있는 것은 특별하기 때문이다. 이제 옹이 고상한 데에 맡겨서 풍치(風致)가 홍장(弘長)하니 그는 장차 권씨 가문(權氏家門)의 운치 있는 조부가 될 것이다.

庚子夏, 久旱, 日如火, 忽雨過, 納凉於北窓下. 閱所蓄古今雜畵, 見沈玄齋漁莊圖, 訝曰 : "何其似吾友晩漁翁居也?" 翁求記其亭有日, 偶忘之, 今因似者而起思矣. 急以硯承簷溜, 磨墨濡毫, 書爲記曰.

翁非漁者, 嘗仕於朝, 爲士友約主. 已而意倦, 歸休于此亭, 自班於江上丈人烟波釣徒. 位置磯梁, 部署鷗鷺, 而亭臨湖. 湖波, 影於欄檻, 汀草渚花, 爭芳弄色, 以供娛玩, 潮汐進退, 漚泡起滅, 以觀天地間消息盈虛之理. 嘉賓時至, 網魚以佐酒, 令兒孫歌古漁父辭, 可樂而忘老矣. 夫道二, 忙與閑. 忙者逐人耳目, 手脚不爲己有以畢生焉, 閑者優游自在, 盡享造物所以餉我者, 然則翁之一日, 直人之百日矣. 且瀟湘洞庭, 茗溪笠澤, 天下之譽也. 然不可携而來, 則眼前一曲之湖勝, 馳萬里之想矣. 語有之, "爲人慈祖父易, 韻祖父難." 盖慈恒而韻特故也. 今翁托寄高曠, 風致弘長, 其將爲權氏之韻祖父矣.

35. 가소재기 稼蘇齋記

마침 인시(寅時)에 이르러 오행(五行)의 빼어난 것을 얻음이 있는 자가 오행에 역사(役事)를 하여서 후생(厚生)을 하는데 그중에서 가(稼)와 소(蘇)는 목행(木行)에 있는 것이다. 그런데 생명을 흙에 맡

易, 韻祖父難] : 운치(韻致), 곧 풍치(風致)가 있는 조부가 되기는 그만큼 더 어렵다는 뜻.

겨서 물로 자양을 하며, 금(金)으로써 베고[121] 불로써 밥을 짓는 것이니 오행(五行)이 갖추어서 그 빼어난 자를 받드는 것은 그 능히 화육(化育)을 도와서 뭇 사물을 완수케 하는 것이다. 그렇지 않다면 좀벌레와 무엇이 다르겠는가? 나의 친구 이군성(李君城)의 뜻은 젊어서부터 자신을 받드는 것을 알맞게 하려고 했던 자였다. 그러나 형세에 막히는 바가 있어서 도를 행할 수가 없게 되자, 또 애써서 농사를 지어 노력(努力)을 먹으려 하였으나 힘이 부쳤으므로 그 이름을 취하여 그 뜻을 붙인 것이다. 글을 읽다 여가가 있으면 숲과 들을 산보하는데 농사 노래와, 나무꾼의 창이 석양의 이내가 낀 속에서 들려오면 군은 「빈풍(豳風)」편을 노래해서 화답을 하고 그 아들을 돌아보며 말하기를 "이것은 사람의 식생활이 화식(火食)으로 변화한 이래로 사람의 생명이 서로 이어질 수 있게 된 것이니, 만약에 너희들이 다른 날에 비록 백성에게 부과하여 먹게 되더라도 약간 삼가 이것을 잊지 말아야 할 것이다. 내가 혜환 노인(惠寰老人)에게 요청해서 이 기문을 짓는 것은 그런 마음[122]을 버리도록 하는 것이다"라고 하였다.

> 會至寅, 有得五行之秀者, 出役五行, 以厚生, 其中稼與蘇, 在木行. 而托生于土, 滋養于水, 金以刈之, 火以爨之, 五行, 具以奉其秀者, 爲其能贊化育而遂羣物也. 不然, 與蠹何別? 余友李君城之意, 欲少稱其奉我者. 勢有所阻, 道未得行, 又欲勤苦食力, 力不能勝, 取其名而寓其志. 讀書暇則散步林野, 農謳樵唱, 時聞於夕陽暮靄之中, 君歌豳風以和之, 顧謂其子曰 : "此火化以來, 人命之所得相續者, 若曹異日, 雖賦民食, 稍愼勿忘焉. 吾之請惠寰老人爲記者, 所以去也."

---

121) 금(金)으로써 베고[金以刈之] : 낫으로 벤다는 말.
122) 백성에게 부과한 것임을 잊는 마음.

36. 강산승람도^{江山勝覽圖123)}에 쓰다 ^{題江山勝覽圖}

옮김

태초로부터 몇 천만 년을 지내고서야 비로소 이 강산이 이루어졌는데, 황대치(黃大癡)124)는 나진자(懶眞子)를 위하여 십 년 만에 이것을 완성했으니 이는 사람의 힘이 조물주보다 나은 것이고 김복헌(金復軒)125)은 정성중(鄭成仲)을 위해 며칠 만에 이것을 완성했으니 이는 뒤에 나왔으나 더욱 공교한 자였다.

원문

從太初歷歲千萬載, 始成此江山, 而黃大癡爲懶眞子, 十年而成之, 是人力勝造化者也, 金復軒爲鄭成仲, 若干日而成之, 是後出愈巧者也.

---

123) 강산승람도(江山勝覽圖) : 우정(雨庭) 정사현(鄭思玄)이 원(元)나라 화가 황공망(黃公望)이 그린 강산승람도를 화가 김응환(金應煥)으로 하여금 임사(臨寫)하게 하여 얻은 그림을 가리킨다. 그 그림에 이용휴가 이 글을 쓴 것이다.

124) 황대치(黃大癡) : 대치(大癡)는 원(元)나라 화가인 황공망(黃公望, 1269~1354)의 호자는 자구(子久). 어릴 때부터 재질이 뛰어나고 박식하여 백가(百家)의 학문·예능부문에 통달하였다. 50세 무렵부터 도교의 일파인 전진교(全眞教)를 신봉하여 사상가로서 유명해졌다. 처음에는 그림을 조맹부에게 사사하였으나 동원(董源)·거연(巨然)에게서도 배우고, 미불(米芾)·고극공(高克恭)의 화법도 받아들여 필묵을 휘어잡고 웅대한 자연의 골격을 적확하게 표현하였다. 특히 산수(山水)를 잘 그린 것으로 알려져 있다.

125) 김복헌(金復軒) : 복헌은 조선 후기의 화가인 김응환(金應煥, 1742~1789)의 호 본관 개성(開城). 자는 영수(永受), 또 다른 호는 담졸당(擔拙堂)이다. 도화서화원(圖畫署畫員)으로 상의원별제(尙衣院別提)를 지냈으며, 1788년 왕명으로 내외 금강산을 유력하면서 그림을 그렸다. 1789년 왕명으로 일본의 지도를 그리기 위해 몰래 일본에 들어가려고 떠났으나 부산에서 병으로 죽었다. 이때 그를 수행한 김홍도(金弘道)는 그의 장례를 치른 뒤 혼자 쓰시마섬[對馬島]에 가서 일본 지도를 모사(模寫)해 왕에게 바쳤다. 남종화법의 산수와 진경산수화에 능했다.

37. 열선도^{列仙圖}에 쓰다 ^{題列仙圖}

 옛날부터 신선이 아무개의 집에 내려왔다는 것은 모두 전설이다. 지금 청양 김씨의 집에 내려온 것을 보니 이상하도다.

 古來仙降某人家者, 皆傳說也. 今見降靑陽金氏家, 異哉!

38. 연명 ^{硯銘}

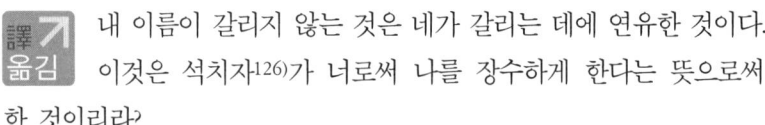 내 이름이 갈리지 않는 것은 네가 갈리는 데에 연유한 것이다. 이것은 석치자126)가 너로써 나를 장수하게 한다는 뜻으로써 한 것이리라?

 我名之不磨, 繇爾之磨也. 此石癡子以爾壽我之意也.

---

126) 석치(石痴): 정철조(鄭喆祚, 1730~1796)의 호.

39. 『남강고』에 쓰다 ^{題南强稿}

서로 더불어 주선(周旋)함이 오래되어 그 사람에 익숙해진 뒤에
야 그 시를 논할 수 있는 것이다. 그렇지 않으면 별안간에 그림
자를 그리는 것과 같으니 어찌 그 신묘함을 얻을 수 있겠는가? 내가 공과
마음으로 사귄 지 50년이었다. 그러므로 공을 아는 것이 매우 깊다. 공은
명윤(明允)하고 기제(豈弟)[127]하였으며 평이(平易)하고 관화(寬和)하였다. 그
러므로 그의 시는 밤에 무지개가 뜨고 여름에 눈이 내린다는 것[128]과 같
은 기이함이나 태양을 돌아가게 하고 정성(井星)을 지나가게 한다[129]는 것
과 같이 험(險)함을 짓지 않았다. 그러나 외우면 온화하고 원만하여서 마
치 봄기운 속에 있는 사람과 같았으니 참으로 군자의 말이다. 마치 만채
옹(晩茱翁)이 운운한 바와 같은 것은 어진 사람은 (이 세상을) 아주 잊지는
않는 것이니, 독 속에 감추어 두지 않는 것이다. 공이 어찌 참으로 늙음을
탄식하고 지위가 낮은 것을 한탄하는 자이겠는가? 또 사람이 살아가는 온
갖 교제는 윤리와 기강만 한 것이 없는데, 공이 지은 것은 비록 예사롭게
읊은 것이라도 그 귀결점은 반드시 여기에 있었으니, 거의 관현(筦弦)에
입혀서 향당(鄕黨)에 쓸 수 있는 것이다. 어찌 다만 예류(藝流)의 단점(壇
坫)[130]에서일 뿐이겠는가? 어찌 다만 예류의 단점에서일 뿐이겠는가?

相與周旋之久, 熟其人而後, 可論其詩. 不然如寫影於瞥然之
頃, 烏能得其神哉? 余與公心交者, 五十年. 故知公最深. 公明允

---

127) 기제(豈弟) : 마음씨가 화락(和樂)하고 평이(平易)한 것.
128) 밤에 무지개가 뜨고 여름에 눈이 내린다[夜虹夏雪] : 미상
129) 태양을 돌아가게 하고 정성(井星)을 지나가게 한다[回日歷井] : 이백(李白)의 「촉도
　　난(蜀道難)」에 나오는 말로서 촉산(蜀山)이 높기 때문에 태양도 돌아가게 하고 정성
　　(井星)이라는 별도 촉산 곁으로 지나게 한다는 과장된 표현이다.
130) 단점(壇坫) : 문인(文人)들이 모이는 장소

豈弟, 平易寬和. 故其詩不爲夜虹夏雪之奇, 回日歷井之險. 而誦之溫然, 若春氣之中人, 眞君子之言也. 若晚柒翁所云云者, 是仁人不果忘, 韞匵未見沽也. 公豈眞歎老嗟卑者耶? 且人生百際, 莫如倫紀, 而公之所作, 雖尋常吟咏, 其歸必在於是, 庶可被筦弦而用鄕黨. 豈直藝流之壇坫而已哉? 豈直藝流之壇坫而已哉?

40. 수려기 ^{隨廬記}

바람이 동쪽으로 불면 함께 동쪽으로 가고 바람이 서쪽으로 불면 함께 서쪽으로 가서 세상이 쏠리듯이 한다. 싫어하여 피하려고 할진대 거닐면 그림자가 따르고 부르짖으면 메아리가 따르니 이것은 또 나에게 있는 것으로 어떻게 피할 수가 있겠는가? 그럼 장차 묵묵히 앉아서 자신의 한 평생을 마칠 것인가? 이런 이치는 없다. 또 어찌 까마득한 옛날의 의관을 갖추어 입고 중국의 언어를 아니 하는가? 당시의 제도를 따르고 나라의 풍속을 따라서이다. 이는 뭇 별이 하늘을 따르고 모든 하천이 땅을 따르는 뜻이다. 비록 그러나 또한 조화를 따르지 아니하고 스스로 성명을 세우는 자가 있다. 천하 사람들이 주나라를 높이는데도 백이, 숙제는 부끄럽게 여겼고, 온갖 풀이 가을이면 시들어 떨어지는데도 송백은 푸른 것이 이것이다. 아! 우는 하상(下裳)을 풀었고,[131] 공자는 엽각(獵較)[132]을 따르셨으니 대동(大同)한 것은 어길 수가 없었던 것

---

131) 우(禹)가 나체국(裸體國)에 들어갔을 때 자신도 아랫도리를 벗었다는 말. 환경에 알맞게 행동한다는 뜻이다.

132) 엽각(獵較): 사냥한 것의 많고 적음을 비교하여 승부를 가리는 일. 『맹자(孟子)』 「만장하(萬章下)」에 "공자가 노나라에서 벼슬할 적에 노나라 사람들이 엽각을 하자 공자 역시 엽각하는 일을 행하였다[孔子之仕於魯也, 魯人獵較, 孔子亦獵較]"라고 했다.

이다. 그렇다면 오직 대중을 따라야 할 것인가? 아니다. 이치를 따라야
한다. 이치는 어디에 있는가? 마음에 있다. 모든 일은 반드시 마음에 물
어야 한다. 마음이 편안하면 이치가 허락하는 것이니 그것을 행하고, 불
안하면 허락하지 않는 것이니 그것을 그만두어야 한다. 이와 같이 하면
따르는 것이 바르게 되어, 스스로 하늘의 법칙에 합치 될 것이니 한결같
이 마음을 따르면 기수(氣數)와 귀신(鬼神)이 모두 따르게 될 것이다.

원문
風東與東, 風西與西, 世靡然矣. 惡而欲避之, 行而影隨, 呼而響
隨, 是又在我, 何以得避? 其將默坐以終已耶? 無是理焉. 且何不
上古衣冠中華言語? 隨時制也, 隨國俗也. 此衆星隨天, 萬川隨地之義. 雖
然, 亦有不隨造化, 自立性命者. 天下宗周而夷齊恥, 百卉零秋而松栢靑
是也. 噫! 禹解下裳, 孔從獵較, 大同處, 不可違也. 然則惟從衆歟否. 當從
理. 理何在? 在心. 凡事必問之心. 心安則理所許也爲之, 不安則所不許也
已之. 如是則所隨者正, 而自合天則, 壹隨心而氣數鬼神, 皆隨之矣.

41. 돈목재(敦睦齋) 김공(金公)[133] 양세(兩世)의 행록 서문 敦睦齋金公兩世行錄序

옮김
사람들은 단지 재능이 있고 훈업이 있고 저술을 가진 성현만을
알고, 재능이 없고 훈업이 없고 저술이 없는 성현은 알지 못하

---

133) 김기서(金麒瑞) : 조선 전기의 문신. 자(字)는 시견(時見), 호는 돈목재(敦睦齋). 상중
(喪中)에는 죽을 먹고 시묘를 하였으며 복을 마친 뒤에노 ㄱ 니막에서 사니 그 마을을
시묘동(侍墓洞)이라 하고 그 집을 돈목재(敦睦齋)라 하였다. 정암(靜庵) 조광조(趙光
祖)에게 학문을 배웠고 학포 양팽손과 더불어 경의를 강론했다. 1519년 기묘사화에 연
루되었고 그 후 고향인 고창에서 은거하며 후학을 육성하였으며 그때 건립된 돈목재
강학당이 현존하여 지방문화재 제100호로 지정되었다.

니 이것은 옛 철인이 세상을 탄식한 말이다. 대저 사람의 한 몸은 위로는 부모에 맺어져 있고, 옆으로는 형제와 이어져 있으니 곧 이른바 천속(天屬)이라는 것이다. 이것은 명(命)이 근거하는 바이고, 도(道)가 기초하는 바이니, 참다운 재능과 참다운 훈업과 참다운 저술 또한 그 가운데 있는 것이다. 이것을 벗어난다면 남보다 뛰어난 기예와 세상을 덮는 공과 자신의 키 높이의 저서(著書)가 있다 하더라도 그저 광경을 희롱하고, 재주나 뽐내고 의론을 부연하는 것에 불과할 따름이다. 내가 말하는 대본(大本)에 무슨 관여가 되겠는가! 돈목재 김공과 그 아들 노계주인[134]과 같은 사람은 이른바 대본을 세운 분들이라 이를 수 있다. 그 효제는 신명과 통할 수 있고, 행동거지는 동네의 사표가 될 수가 있다. 그리고 사우로써 성명을 삼고, 가정으로 정사를 삼는다. 비록 말세에 태어나 향리에 처했어도 옛날 예속(禮俗)이 있었으니 몸으로 행하여 스스로 닦는 군자라고 이를 만하다. 그 자손들이 전광(前光)을 이어받고 유훈(遺訓)을 지켜 가며 곤궁한 것을 굳게 견디고 도를 즐기며 차라리 고집스러울망정 향원을 부끄럽게 여겼으니 너무나 어려운 일을 한 것이다. 그리하여 나이가 많고 덕이 높아서 종당에게 감복되는 자가 되었으며 또 창의하여 별묘(別廟)[135]를 창립하고 세일제(歲一祭)의 예의를 행하였는데 제도에 엄격한 제기(祭器)에 향기를 흘림이 있었으니 모양(牟陽)의 한 굽이에 잡초가 무성한 땅이 개간된 것이다. 다만 지역이 서울에서 멀고 몸이 한미한 선비로 늙어 석자밖에 안 되는 울타리와 수십 그루의 나무가 현명하고 위대한 성광을 가려서 나타나지 못했으니 매우 서글프다. 그러나 비단을 밤

---

134) 김경희(金景熹, 1515~1575) : 조선 중기의 유현. 자는 용회(用晦), 호는 노계(蘆溪). 학포(學圃) 양팽손의 문인으로 학문이 높았으며 시에 능하였고 중종조에 동국필원에 참여한 명필이었다. 1534년 생원시에 합격하였고 벼슬길에 나갈 것을 단념하고 향리에 은거하여 도의로 사귄 여러 사람들과 더불어 학문을 논하고 교유하였다. 그때 같이 놀던 정자가 고창읍 호동에 있는 취석정(醉石亭)이다. 저서로는 『성리설(性理說)』·『언행록(言行錄)』·『노계집(蘆溪集)』이 있다.

135) 별묘(別廟) : ① 왕실(王室)에서 종묘(宗廟)에 들어갈 수 없는 사친의 신주(神主)를 모시는 사당. ② 가묘에서 받들 수 없이 된 신주(神主)를 모시는 사당.

에 펼치면 사람들은 알지 못하나 아름다움은 스스로 있는 것이니 또한 무엇이 해로우랴. 두 분은 또한 일찍이 관직에 제수되고 시험에 합격하기도 했으나 이제 그것을 거론하지 아니 하고 다만 그 호로만 호칭하는 것은 두 분은 이것을 무겁게 여기는 분들이 아니기 때문이다.

원문
人但認有才能有勳業有著述之聖賢, 不認无才能无勳業无著述之聖賢, 此先哲歎世之言也. 夫人之一身, 上係父母, 旁聯兄弟, 卽所謂天屬也. 是命之所根, 道之所基, 而眞才能眞勳業眞著述, 亦在其中矣. 外此, 雖有絶人之藝, 盖世之功, 等身之書, 不過弄光景, 逞伎倆, 演議論而已. 於吾大本何與焉! 若敦睦齋金公曁其子蘆溪主人, 可謂立大本者矣. 其孝弟, 可通神明, 動止, 可作坊表. 而以師友爲性命, 家庭爲政事. 雖生季世處鄕里, 而有古禮俗, 可謂躬行自修之君子矣. 其子孫襲前光守遺訓, 固窮樂道, 寧狷耻愿, 已爲難矣. 而其齒尊德邵, 爲宗黨所服者, 又倡議, 刱立別廟, 行歲祭之礼儀, 制有嚴俎豆流馨, 车陽一曲, 闢草萊矣. 第地遠京華, 身老韋布, 三尺之籬, 數十章之木, 蔽賢碩之聲光而不顯, 可慨也已. 然展錦於夜, 人雖不知, 美自在焉, 亦何害也. 兩公亦嘗除官中試矣, 而今不擧焉, 只稱其號者, 以兩公, 非以是爲重者也.

42. 족손^{族孫} 진민^{振民}가 금강산으로 들어가는 것을 전송하는 서문 送族孫振民入楓嶽序

옮김
학문을 함이 지극한 곳에 니르면 평범하여 기이함이 없다. 산을 유람하는 것도 또한 이와 같다. 이제 진민(振民)이 금강산으로 들어가니 다른 날에 그가 돌아오기를 기다려서 그 말을 들어 보면 그가 노닌 것을 징험하게 될 것이다.

爲學, 到極處, 平常無奇, 遊山亦如之. 今振民入楓嶽, 他日待其
還, 聞其言, 以驗其所遊.

43. 자헌대부 공조판서 정공^{鄭公} 묘갈명[并序] 資憲大夫工曹判書鄭公墓碣銘[并序]

임금을 섬기기를 도로써 하고 몸을 세우기를 바른 것으로 하
며 마음 갖기를 공평으로써 해서 모든 계획함을 모두 큰 곳을
따라 견해를 일으키고 마음속에 이해(利害)와 득실(得失)은 두지 않는 자
를 일러 대신(大臣)이라 하는 것이다. 근래에 공조판서(工曹判書) 정공(鄭
公) 같은 분이 거의 그런 분이었다. 공은 휘(諱)가 운유(運維)[136]이고 자
(字)는 지국(持國)이다. 정씨(鄭氏)의 본관은 해주(海州)이니 그 더욱 현달
한 분으로는 영양위(寧陽尉) 휘(諱) 종(悰)은 찬성(贊成)이고 해평부원군(海
平府院君) 휘(諱) 미수(眉壽)였다. 증조부(曾祖父)는 휘(諱) 적(積)인데 장령(掌
令)에 증도승지(贈都承旨)였고, 할아버지는 휘(諱) 중귀(重龜)이니 증대사헌
(贈大司憲)이었고 아버지는 휘(諱) 필령(必寧)으로 참판(參判)이었으니 장덕
(長德)으로 일컬어졌으며, 비(妣)는 정부인(貞夫人) 파평 윤씨(坡平尹氏)이니
천휴(天休)의 따님이었다. 명릉(明陵) 갑신년(甲申年) 10월 19일에 공이 태

---

136) 정운유(鄭運維, 1704~1772) : 조선 후기의 문신. 본관은 해주(海州). 자는 시국(時國),
    지국(持國). 참판 필령(必寧)의 아들이다. 영조 11년(1735) 생원시를 거쳐 1756년 문과
    에 급제한 후 장령, 승지를 지냈다. 그 뒤 여주목사로 있을 때는 이속(吏屬)과 결탁하
    여 전세를 포탈하는 자를 징계하고, 흉년이 들자 징세를 감면, 자신의 재산을 처분하
    여 기민(饑民)에게 나누어 주는 등 목민관으로서의 치적이 높았다. 이어 대사간, 한성
    부우윤, 도승지, 대사헌을 지내고 공조판서에 이르렀다. 시호는 익정(翼靖)이다.

어났다. 젊었을 때에 관상을 잘 보는 것을 자부하는 사람이 있었는데 정승이 될 거라 허락하였다. 을묘(乙卯, 1735)년 생원시(生員試)에 합격하고 계해(癸亥, 1743)년 처음으로 관직에 나가 참봉(參奉)이 되고, 옮겨서 주부(主簿)에 이르렀다. 무진(戊辰, 1748)년에 회덕(懷德)현감이 되어서는 침모(侵牟)하고 어탈(漁奪)하는 것을 조사하여 지출(支出)과 차용(借用)을 깨끗이 다스렸으며, 정사를 처리함에 법을 지켜서 굳세게 피하는 바가 없었고 고단하고 약해도 업을 편안하게 여겼다.

병자(丙子, 1756)년 문과(文科)에 등과했다. 예조(禮曹)의 낭관을 거쳐 대관(臺官)으로 들어가 지평(持平)이 되었다. 정축(丁丑, 1757)년 봄에 동궁에 상소하여 진기책(振饑策)[137]과 강학(講學)의 요체를 개진했다. 임금이 그것을 듣고 곧 올린 상소문을 들이라고 명령하여 감탄하며 말씀하기를 "이것은 옥서(玉署)와 춘방(春坊)에서도 할 수 없는 일이다"라 하시고 특별히 구마(廐馬)를 하사하였다. 무인(戊寅, 1758)년에 서천군(舒川郡)의 군수로 나갔다. 군(郡)에서는 항상 물이 없는 것을 걱정하였는데 공이 도랑을 뚫어 전야(田野)에 관개하게 하였으니, 이에 이르기까지도 도움을 받고 있다. 임오(壬午, 1762)년 윤오월(閏五月)에 장령(掌令)을 제수받고 이 달 13일에 공이 삼사(三司)의 여러 신하들과 함께 궐문에서 고두한 것이 세 차례였으나, 세 차례 모두 저지를 당했다. 또 창의(倡議)해서 전은소(全恩疏)를 올리려고 했는데 상감의 하교로 중지시킨 바가 되었으며, 이내 조재호(趙載浩)[138]를 즉시로 논핵하지 않았다는 이유로 체직(遞職)되었다. 후에 장령(掌令)과 통예(通禮)에 제수되었으나 모두 병으로 그만두게 되

---

137) 진기책(振饑策) : 흉년이 들었을 때의 구제책을 이르다.
138) 조재호(趙載浩, 1702~1762) : 본관은 풍양(豊壤), 자는 경대(景大), 호는 손재(損齋). 아버지는 좌의정 풍릉부원군(豊陵府院君) 조문명(趙文命)이며 효순왕후(孝純王后)의 오빠이다. 1759년 영돈녕부사(領敦寧府事)로 있으면서 계비(繼妃)의 책립을 반대하여 임천(林川)으로 귀양 갔다가 이듬해 풀려나와 춘천에 은거하였다. 1762년 장헌세자(莊獻世子)가 화를 입게 되자 그를 구하려고 상경했으나 오히려 역모로 몰려 종성(鍾城)으로 유배되어 사사(賜死)되었다가 영조 51년(1775) 신원(伸冤)되었다. 저서로 『손재집(損齋集)』 15권이 있다.

었다. 매번 혼자 처하여 돌아보며 스스로 슬퍼하기를 "안금장(安金藏)[139]의 부심(剖心)을 다하지 못했고, 또 전천추(田千秋)[140]의 임금을 깨닫게 한 것과 같이 할 수 없었다. 신하가 이와 같으니 없는 것만 못하다"라고 했다.

9월에 장령(掌令)에 제수되었다. 겨울의 우레로 인하여 상소해서 "사람을 쓰고 백성을 편안히 하는 도"를 개진하였고 또 "수성(修省)하고 훈유(訓諭)하는 방법을 다할 것"을 청하니 상감이 포상하고 아름답게 여겼다. 이듬해 3월에 상감이 대보단(大報壇)에 나아갔는데 공이 통례(通禮)로서 모셨다. 상감이 공을 보자 공을 앞으로 나오라고 명령하시므로 공이 앞으로 나갔다. 상감이 말씀하기를 "이 사람은 매우 순박하고 진실하다" 하고 발탁하여 승지(承旨)에 임명하였다. 여름에 공을 미워하는 자가 여기저기서 일어나서 공을 공격 하였으나, 상감은 마침내 공을 곧게 여겨서 공을 미워하는 자를 처벌하였다. 갑신(甲申, 1764)년 정월에 다시 승지(承旨)를 제수받았다. 이때에 법가(法駕)가 장차 움직이려 해서 고취(鼓吹)가 갖추어지고 있었다. 세손(世孫)더러 공경히 맞이하라고 명령을 하자 공이 아뢰기를 "동궁(東宮)이 바야흐로 심제(心制) 중에 있다" 하니 상감이 그 때문에 얼굴빛이 변하시면서 재빨리 그 명령을 철회하였다. 그후에 대보단에서 친제(親祭)하게 되어 의식을 익힐 때 장차 음악을 거행하려 하는데 상감이 공을 보고, 동궁(東宮)에게 명령하여 들어오도록 하였으니 대개 공이 앞서서 아뢰온 말을 생각해서였다. 겨울에 대사간(大司諫)을 제수받아서는 백성이 곤궁하고 재앙이 거듭되는 것으로써 보안(保安)에 관한 계(啓)를 올린 것이 두 차례였고, 구황(救荒)에 관한 소(疏)를 올린 것이 한 차례였는데 상감이 모두 받아들였다.

---

139) 안금장(安金藏) : 당나라 사람으로서 충렬(忠烈)한 인사(人士)임. 현종(玄宗) 때 벼슬이 우교위장군(右驍尉將軍)에 이르고, 대국공(代國公)에 봉해졌다. 『당서(唐書)』 「안금장열전(安金藏列傳)」 참조
140) 전천추(田千秋) : 한 무제(漢武帝) 때 사람. 『한서(漢書)』 「전천추전(田千秋傳)」 참조할 것.

을유(乙酉, 1765)년 여름에 여주(驪州) 목사로 나가서는 치정(治政)을 공평하게 조정(調定) 하여 약자를 업신여기지도 강자를 용서하지도 않았으니 백성들은 자애롭게 여기고, 호족들은 엄하게 여겨서 송사는 사그라지고 정사는 이루어졌으므로 외계(外計)141)에서 줄곧 최우등이었다. 정해(丁亥, 1767)년 다시 승정원(承政院)에 들어왔다. 상감이 옛날 궁궐에 거동하여 중시(重試)를 베풀었는데 공이 우승지(右承旨)로서 가선(嘉善)에 올라 도승지(都承旨)에 임명되었다. 무자(戊子, 1768)년 봄에 우윤(右尹)142)에 제수되고 여름에 부총관(副摠管)을 겸직하고 가을에 호조참판(戶曹參判)에 제수되었다. 당시의 재상 중에 공이 예전에 여주(驪州) 목사로 임명되었을 때 누락된 전지143)를 모아서 백성들의 포흠을 보충시켜 준 일을 나쁘다고 여겨 주장을 매우 강력하게 하니 상감께서 말씀하기를 "개인의 주머니에 들어가지 않고 백성을 위하여 혜택을 베풀었으니 또한 현명하지 아니 한가? 묻지 말라" 하였다. 기축(己丑, 1769)년 11월에 대사간(大司諫)에 임명되어서 14일에 입대(入對)하였는데 공이 16일에 동궁께서 효장(孝章)144)의 사당에 가서 참배하고 인하여 수은묘(垂恩廟)145)를 거칠 것을 주장했으니 대개 16일은 곧 효장(孝章)의 기제날이기 때문이었다. 상감이 말씀하기를 "이것은 대신(臺臣)이 청할 바가 아니다"고 하니, 공이 즉시로 인죄(引罪 : 자기 죄로 여김)하여 체직하였다. 인하여 또 특명으로 대사간에 제수되었는데 조강(朝講)하던 날에 상감이 공을 돌아보면서

---

141) 외계(外計) : 외부, 곧 지방관(地方官)에 대한 고과(考課)라는 뜻으로 쓴 것 같다.

142) 우윤(右尹) : 조선 시대 한성부 소속의 종2품 직제.

143) 누전(漏田) : 조선 시대의 토지대장인 양안(量案)에서 누락된 토지 또는 토지를 누락시키는 행위.

144) 효장(孝章) : 진종(眞宗, 1719~1728)의 시호. 조선 후기의 추존왕(追尊王). 자는 성경(聖敬). 이름은 행(緈). 영조의 맏아들. 비(妃)는 좌의정 조문명(趙文命)의 딸 효순왕후(孝純王后). 1724년 영조가 즉위하자 경의군(敬義君)에 봉해지고, 1725년 왕세자에 책봉되었다. 그러나 10세에 죽어 이복동생 사도세자(思悼世子)가 왕세자가 되었다. 사도세자마저 즉위하지 못하고 죽자, 사도세자의 아들 정조가 그의 양자(養子)가 되어 즉위함에 따라 진종으로 추존되었다. 능은 파주(坡州)의 영릉(永陵)이다.

145) 수은묘(垂恩廟) : 사도세자(思悼世子)의 신주(神主)를 봉안(奉安)한 사당을 말한다.

상신(相臣)에게 말하기를 "'의심하거든 임명하지 말고, 임명을 했거든 의심하지 말라' 했으니 내가 특명으로 제수한 것은 생각이 있어서였다"라고 하였다.

경인(庚寅, 1770)년 여름 대사헌(大司憲)에 제수되었다가, 예조참판(禮曹參判)으로 전임되었다. 겨울에 익남(益男)[146]의 옥사가 있었는데 대사헌(大司憲) 조영(趙榮)이 상소하여 "작년에 정아무개가 아뢰온 것이 익남(益男)의 효시(嚆矢)가 되었으니 그 죄가 마땅히 유배되어야 한다"고 했다. 상감이 말하기를 "효시(嚆矢)라고 하는 것은 지나치나 대간의 말을 따르는 것이 마땅하다"라고 하였으므로 이에 공은 호남(湖南)의 흥양현(興陽縣)으로 유배되었다. 신묘(辛卯, 1771)년 3월 상감이 특별히 용서하고 불러들여 말하기를 "그 마음은 다른 뜻이 없었다는 것을 이미 알고 있었다"라고 하니 공이 울며 말하기를 "친구간에도 마음을 알아주면 사람은 오히려 죽음을 받아들이는 것인데, 하물며 군부(君父)이겠습니까?"라고 했다. 8월에 상감이 정업원(淨業院)[147]에 거동하여서는 공을 불러 지난 옛일을 묻고 한 자급을 승진시켜 주었다. 임진(壬辰, 1772)년 5월 대사헌(大司憲)에 임명되어서는 실력자들을 탄핵하니 상감이 그 강렬(剛烈)함을 칭찬하고 이내 위계를 자헌(資憲)으로 승진시켜 지의금(知義禁)과 공조판서(工曹判書)에 임명하였다. 사은숙배를 위하여 대궐에 나갔다가 병이 나서

---

146) 최익남(崔益男, 1724~1770) : 조선 후기의 문신. 본관은 전주(全州). 자는 사겸(士謙). 1770년 이조낭관으로서 당시 영의정 김치인(金致仁)이 사도세자(思悼世子)의 죽음에 죄가 큼을 논하고, 세손으로 하여금 사도세자의 묘사(墓祠)에 참배하게 할 것을 청하였다가 대신들의 맹렬한 탄핵을 받게 되었다. 더욱이 영조의 노여움까지 사서 영구히 서인(庶人)으로 제주(濟州) 대정현(大靜縣)에 유배되었고, 계속되는 고문으로 장하(杖下)에서 죽었다.

147) 정업원(淨業院) : 조선 초에 단종왕비 정순왕후 송씨는 단종이 어린 나이로 숙부인 세조에게 쫓겨 강원도 영월로 귀양 갈 때 동대문 밖에서 눈물로 생이별을 하고 영월 쪽을 바라볼 수 있는 청룡사 정문 옆에 작은 초가를 지어 정업원(淨業院)이라 하고 회안, 지심, 계지의 세 시녀를 데리고 거처하였다. 그 후 영조 47년 왕이 이곳에 거동하여 '정업원구기(淨業院舊基)'라는 비를 세우고 이 봉우리의 바위에 '동망봉(東望峰)' 석 자를 친필로 새겼다. 김기빈, 『한국의 지명유래』, 지식산업사, 1986, 152~153면 참조.

초(初) 10일에 정침(正寢)에서 돌아갔으니 나이가 69세였다. 부음을 듣자 상감이 매우 슬퍼하여 조회를 마치고 친히 제문을 지어 제사 지내 주었다. 8월에 여주(驪州)의 추읍산(趨揖山) 묘좌원(卯坐原)에 장사 지냈다.

배(配)는 증정부인(贈貞夫人)인 원주 원씨(原州元氏)이니 절도사(節度使) 휘(徽)의 따님으로 2남 2녀를 키웠다. 아들에 맏이는 철조(喆祚)인데 문과(文科)에 급제하였으며 둘째는 후조(厚祚)인데 생원(生員)으로 출계(出繼)하였다. 딸에 맏이는 박호원(朴祜源)에게 시집갔고 둘째는 이가환(李家煥)에게 출가했으니 문과(文科)에 급제한 사람이었다. 계배(繼配)는 정부인(貞夫人) 전주이씨(全州李氏)이니 동준(東俊)의 따님이다. 1남을 길렀으니 순조(順祚)이다. 철조(喆祚)의 딸은 노광겸(盧光謙)에게 시집갔고, 박호원의 딸은 정래붕(鄭來朋)에게 시집갔다. 공은 부모님을 섬김에 사랑으로 하고 형제에게 공경을 다하여 얼굴은 다르지만 한 몸같이 여겼다. 독서(讀書)를 좋아하여 경사(經史)를 꿰뚫었다. 더욱 중용(中庸)에 힘을 썼으며 조정에서 항상 쓰는 정전(政典) 또한 모두 익숙하게 통달하였다. 그리고 또 마음을 재계하고 생각을 깨끗이 한 다음 공도를 받들어서 관직을 지키었으니 만약에 그 백성이나 나라에 관계된 것은 반드시 큰 경상(經常)에 의거해서 좋은 계책을 계획하였고, 구차스럽게 작은 말이나 시답지 않은 일은 하지 않았다. 청명(淸明)한 시대를 한가롭게 즐겼는데, 사람됨이 화락(和樂)하여, 성기(聲氣)가 매우 편안하였으나 일의 시비(是非)와 가부(可否)를 논함에 있어서는 의연(毅然)히 고집으로 지키니, 위무(威武)를 박탈할 수 없었다. 재상으로서의 권식(卷識)[148]이 있었으나, 열경(列卿 : 長官)의 반열에 그쳤으니 군자가 그것을 애석히 여겼다.

명을 짓기를 "공은 하나의 보배를 품었으니 색(色)의 밝기가 연단(煉丹)과 같았도다. 거우 일방이 한 치쯤이었으나 오관(五官)[149]에서 장하였도다. 우리 임금에게 바치었으니 임금께서 말씀하기를 '너는 충신(忠臣)

---

148) 권식(卷識) : 어떤 식견이라는 뜻으로 쓴 것 같으나 심장(心臟)을 가리킨 것이다.
149) 오관(五官) : 여기서는 이(耳), 목(目), 구(口), 비(鼻), 심(心)이다.

이로다. 신명(神明)하고 정직(正直)함이 나의 마음에 맞는도다. 몸에 있어
서는 층맥(層脉)[150]이었으니 나라의 맥이 연장될 수 있었으며 맛에 있어
서는 층고(層苦)[151]이었으니, 입에 써서 병이 나았도다' 하였다. 어찌 한
때에 그치리오? 근심하는 마음이 길이 맺었도다. 그것이 자신(紫宸, 궁전)
에게 매달렸으니 깨끗하기가 솟아오르는 태양과 같도다"라 하였다.

원문 事君以道, 立身以正, 處心以平, 凡獻爲, 皆從大處起見, 而中不
置利害得失者, 斯謂之大臣. 若近時工曹判書鄭公, 殆其人哉.
公諱運維, 字持國. 鄭氏望海州, 其尤顯, 曰寧陽尉, 諱悰, 贊成, 海平府院
君, 諱眉壽. 曾祖諱槙, 掌令, 贈都承旨, 祖諱重龜, 贈大司憲, 考諱必寧參
判, 以長德稱, 妣貞夫人坡平尹氏, 天休女. 以明陵甲申十月十九日公生.
少時有負人倫鑒者, 許以丞疑. 乙卯中生員試, 癸亥筮仕爲參奉, 遷至主
簿. 戊辰, 監懷德縣, 勾稽车漁, 淸理支借, 斷事守法, 無所鯁避, 單弱安業.
　丙子, 登文科. 由禮曹郎入臺, 爲持平. 丁丑春, 上書東宮, 陳振饑之策,
講學之要. 上聞之, 卽命入所上書, 歎曰: "此玉署春坊之所未能者." 特
賜廐馬焉. 戊寅, 出守舒川郡. 郡常患無水, 公教穿渠灌田, 舒人至今賴
焉. 壬午閏五月, 除掌令, 是月十三日, 公同三司諸臣, 叩閤者三, 三見阻.
又倡議欲上全恩疏, 見上所下教止之, 旋以不卽論趙載浩遞職. 後除掌
令通禮, 皆以病免. 每獨處, 撫躬自悼曰: "旣不能效安金藏之剖心, 又不
能如田千秋之悟主. 有臣如此 不如無也."
　九月除掌令. 因冬雷, 疏陳用人安民之道, 請盡修省訓諭之方, 上褒嘉
之. 明年三月, 上詣大報壇, 公以通禮侍. 上見公, 命公前, 公前. 上曰:
"此人甚樸質." 擢拜承旨. 夏有忌者交起攻公, 上竟直公而罪忌者. 甲申
正月, 復授承旨. 時法駕將動, 鼓吹具焉. 命世孫祗迎, 公奏東宮方在心
制, 上爲之動色, 亟寢其命. 其後大報壇親祭, 肄儀, 將擧樂, 上視公, 命東

---

150) 층맥(層脉): 혈맥(血脈)이 겹겹으로 이어져 있다는 뜻으로 쓴 것 같다.
151) 층고(層苦): 쓴맛, 곧 고통스런 일이 많았다는 뜻으로 쓴 것 같다.

宮入, 盖念公前所奏語也. 冬授大司諫, 以民窮災荐, 上保安之啓者再, 救荒之疏者一, 上皆納焉.

乙酉夏, 出牧驪州, 爲治平亭, 不茹不吐, 民以爲慈, 豪以爲嚴, 訟衰政成, 外計最一路. 丁亥, 復入政院. 上幸舊闕, 設重試, 公以右承旨, 陞嘉善, 拜都承旨. 戊子春, 除右尹, 夏兼副摠管, 秋授戶曹參判. 時相有以公前任驪州時, 括漏田, 充民逋, 爲非, 持甚力, 上曰: "不歸私槖, 以爲民惠, 不亦賢乎, 其勿問." 己丑, 十一月, 拜大司諫, 十四日入對, 公奏請, 十六日, 東宮往拜孝章廟, 仍歷垂恩廟, 盖十六, 卽孝章忌辰也. 上曰: "此非臺臣所當請." 公卽引罪遞. 旋又特除大司諫, 朝講日, 上顧公, 語相臣曰: "'疑之勿任, 任之勿疑.' 予之特除, 有意也."

庚寅夏, 授大司憲, 轉禮曹參判. 冬有益男之獄, 大憲趙榮, 進疏言, 昨年, 鄭某所奏, 爲益男之嚆矢, 罪當竄. 上曰: "嚆矢過矣, 臺言宜從" 於是, 公謫湖南之興陽縣. 辛卯三月, 上特賜環召曰: "其心无他, 已知." 公泣曰: "朋友知心, 人猶許死, 況君父乎?" 八月, 上幸淨業院, 召公詢訪故事, 陞一資. 壬辰五月, 拜大司憲, 彈劾貴勢, 上稱其剛烈, 旋進階資憲, 拜知義禁工曹判書. 爲肅恩, 詣闕疾作, 初十日, 卒于正寢, 壽六十九. 訃聞, 上震悼罷朝, 親製文祭之. 八月葬于驪州趨揖山卯坐原.

配贈貞夫人原州元氏, 節度使徽女, 育二男二女. 男長喆祚文科, 次厚祚生員出繼. 女長適朴祐源, 次適李家煥文科. 繼配貞夫人全州李氏東俊女. 育一男順祚. 喆祚一女, 適盧光謙, 朴祐源一女, 適鄭來朋. 公事親愛而能敬于兄弟, 異面一身. 耆讀書, 貫綜經史. 尤用力於中庸, 朝常政典, 亦皆練達. 而又齋心祗慮, 奉公守職, 若其關於民國者, 則必據大經, 畫長策, 不苟爲小言末務. 暇豫淸時, 爲人陶陶侃侃. 聲氣可樂, 至論事是非可否, 毅然執守, 威武莫奪. 有宰相眷識, 而止列卿, 君子惜之.

銘曰: "公懷一寶, 色炳如丹. 僅方寸許, 長于五官. 獻之吾君, 君曰: '汝忠, 神明正直, 實協予衷. 在體層脉, 國脉可延, 在味層苦, 口苦病瘳.' 豈止一時? 耿耿長結. 縣之紫宸, 皎如出日."

44. 허씨(許氏) 『훈지고』 서문[152] 許氏壎篪稿序

사걸(四傑)[153]은 한 시대이나 한 지역은 아니었고, 사령(四靈)[154]
은 한 지역이었으나 한 성씨는 아니었다. 오직 명(明)나라 장주
(長洲) 황보씨(皇甫氏)의 형제 네 사람[155]은 다 함께 뛰어난 재주가 있어서
명성을 예술계에 드날리어 사보(四甫)라 일컬어졌는데, 옛날에 있어서도
둘도 없었다. 그런데 지금 우리나라에 양천(陽川) 허씨(許氏)의 형제 네 명
이 또한 연방이 아울러 뛰어남이 뒤이어 짝 지을 만하였다. 장주(長洲)에
서 황보씨 네 사람 중에 세 사람은 진사이고, 자준(子浚)만은 거인(擧人)으
로 만년에도 오히려 성시(省試)에서 낙제(落第)하였다. 허씨(許氏) 네 사람
또한 세 사람은 진사(進士)이고 오직 정숙(正叔)만이 태학(太學)의 늠선생
(廩膳生: 숙식을 하는 제생)으로서 늙어서도 오히려 급제하지 못했으니, 어
찌 그처럼 공교롭게도 서로 비슷한가? 대개 허씨(許氏)의 여러 작품들은
그 만난 바에 따라서 경지를 인연해서 일을 서술한다. 느낌에 촉발되어
회포를 쓰고 뜻에 명하여 사를 짓는 것이 비록 반드시 같지는 않으나 그
티끌을 씻어 내고 저속함을 벗어나서 청신(淸新)하고 요묘(要渺)한 소리가
천뢰(天籟)에서 발하고 현악(玄籥)을 열어서, 사람으로 하여금 그것을 들

---

152) 원 글자는 호(箎)라 되어 있는데 지(篪)가 맞다.

153) 사걸(四傑): 네 사람의 걸출한 인물. 옛날에 이름난 문사(文士)를 일컬을 때에 많이
　　쓰였으니, 예를 들면 당(唐)나라의 왕발(王勃)・양형(楊炯)・노조린(盧照鄰)・낙빈왕(駱
　　賓王), 송(宋)나라의 한기(韓琦)・범중엄(范仲淹)・부필(富弼)・구양수(歐陽修), 원(元)
　　나라의 목화려(木華黎)・박이술(博爾術)・박이홀(博爾忽)・적노온(赤老溫), 명(明)나라
　　의 고계(高啓)・양기(楊基)・장우(張羽)・서분(徐賁)・하경명(何景明)・이몽양(李夢
　　陽)・변공(邊貢)・서정경(徐禎卿) 등을 사걸(四傑)이라 일컫는 것과 같은 것이다.

154) 사령(四靈): 중국 남송(南宋) 때 영가(永嘉)의 시인 서조(徐照, 號 靈暉), 서기(徐璣,
　　號 靈淵), 옹권(翁卷, 號 靈舒), 조사수(趙師秀, 號 靈秀)를 가리킨다. 네 사람의 자나
　　호에 모두 영(靈)자가 있는 데에서 생긴 말이다.

155) 황보사걸(皇甫四傑)을 말함. 황보충(皇甫沖), 황보효(皇甫涍), 황보방(皇甫汸), 황보
　　렴(皇甫濂) 네 사람인데, 이들 형제는 모두 배움을 좋아하였고 시에 능하였다.

으면 자신도 모르게 정신이 융화되고 마음을 취하게 하는 것은 같았으니 보배로운 것이다. 또 네 사람은 다른 성씨에서 비록 그 하나가 있었으나, 또한 세상에 떠들썩할 만하기에 충분한데 하물며 영명(英明)함을 모으고 신령(神靈)함을 기른 것이 동포에 모여 있음에랴? 성대하도다. 아! 내가 허씨를 보건대 뒤에 태어나는 여러 소년 중에도 현자가 많은데 훈지고(壎 簾稿)를 배우면 또 반드시 이것을 이어서 행해지는 자가 있게 될 것이다.

四傑一時, 非一地, 四靈一地, 非一姓. 惟明長洲皇甫氏, 兄弟四 人, 俱有儁才, 揚聲藝林, 稱四甫, 在昔爲無兩. 而今我東, 陽川 許氏, 兄弟四人, 亦聯芳並秀, 足可追配. 長洲而皇甫氏四人, 三人進士, 獨子浚以擧人, 晩猶省試報罷. 許氏四人, 亦三人進士, 惟正叔以太學廩 膳生, 老尙不第, 何其巧相似也? 盖許氏諸作, 隨其所遇, 緣境叙事. 觸感 寫懷, 命意鑄詞, 雖不必同, 而其汰塵蛻俗, 淸新要渺之音, 發於天籟, 啓 於玄籥, 令人聽之, 不自覺其神融, 而心醉則同, 可宝也已. 且四人於他 姓, 雖有其一焉, 亦足喧世, 矧其鍾英育靈, 萃於同胞耶? 盛哉! 噫! 余觀 許氏, 後來諸少年多賢, 而藝壎箎之稿, 又必有繼此而行者.

45. 완의설 [외손 허숙(許璹156)을 위해 짓는다. 숙이 자호를 완의료(浣意寮) 라고 했다 浣意說爲外孫許璹作 璹自號浣意寮]

뜻이란 형체가 없는 것이니 어떻게 빨 수가 있겠는가? 뜻이라 는 것은 마음이 향하는 것이다. 그러므로 『주역(周易)』에 "마음

---

156) 허숙(許璹, 1758~1834) : 또 다른 이름 허직(許璱)이다. 『혜환시집』에는 「제외손허숙 화금강산선(題外孫許璹畫金剛山扇)」을 남기고 있다. 족보에는 자가 수옥(壽玉) 호는 삼폐당(三閉堂)이라 나와 있다. 나중에 개명을 한 듯 보인다.

을 씻는다[洗心]"157)라고 했으니 뜻도 씻을 수 있는 것이다. 비록 그러나 그것을 씻으려면 마땅히 어떻게 해야 하는가? 마음의 향하는 곳이 선하면 순백(純白)하고 결정(潔淨)할 것이고, 그렇지 않다면 이에 반대가 될 것이니 이에 반대가 되면 마땅히 덕으로 씻어야 한다. 그러므로 목욕을 하는 그릇[浴盤]의 명(銘)에 이르기를 "나날이 새로워지거든 또 날로 새로워져라"라고 했으니, 이것은 씻는다는 뜻을 이른 것이다. 아! 천일 지이(天一 地二)가 서로 용(用)이 된다. 그러므로 빤다고 했고, 또 햇볕에 쪼인다고 했으니, 햇볕에 쪼이는 것은 그 강렬한 광휘(光輝)를 취한 것이다. 마음의 화(火)가 감추어져서 화로써 화를 빨면 밝은 것이 더욱 나타난다. 그렇지 않다면 저 화산(火山)의 분포는 또한 무엇 때문에 이런 이름이 있게 된 것인가? 또 마음을 오로지 하여 뜻을 간다[礪志]고 하는 것은 어찌 진실로 숫돌에 가는 것이겠는가?

원문 意無質, 何以浣? 意者, 心之所嚮. 而易曰 : "洗心." 則意亦可浣. 雖然洗之, 當如何. 心所嚮者善, 則純白潔淨, 否則反是, 反是, 宜以德浣之. 故浴盤之銘曰 : "日日新又日新." 此浣意之謂也. 噫! 天一地二, 互相爲用. 故旣曰濯之, 又曰暴之, 暴之者, 取其燥烈光輝也. 心火藏而以火浣火, 明益著矣. 不然, 彼火山之布, 又何爲而有是名也? 且硏精礪志云者, 豈眞砥磨之耶?

---

157) 마음을 씻는다[洗心] : 『주역(周易)』 「계사상(繫辭上)」에 있다.

46. 잡지 雜志

譯 옮김 예로부터 "대유령(大庾嶺) 위의 매화는 남쪽 가지가 지면 북쪽 가지가 곧 핀다"라고 했다. 나는 오령(五嶺)이 모두 남방에 있는데 유독 유령(庾嶺)만이 그러한가라고 의심하였다. 후에 『지지(地志)』를 보니 "매현(梅鋗)[158]이가 정수(湞水)가에서 살았는데 오예(吳芮)[159]를 종군해서 공이 있었으니 매령(梅嶺)은 곧 그의 봉지였다. 후에 현(鋗)의 장수 유승(庾勝) 형제를 거느리고 가 군수로 있어서 또 대유령이라 이름을 한 것이지, 고개 위에 매화가 있는 것을 이르는 것은 아니었다"[160]라고 하였다. 비로소 세간(世間)의 전설(傳說)이 잘못된 것이 이와 같은 것이 많았으니 오직 소고(小姑)와 팽랑(彭郞)뿐만이 아니라는 것을 깨닫게 되었다. 옹정(雍正) 연간에 유신(儒臣)에게 명령하여 종사할 여러 현인들을 상세히 의논하라고 하자 제갈무후(諸葛武侯)가 이에 양무(兩廡)에 배열(配列)되었다고 한다. 공론(公論)이 백세(百世)만에 비로소 정해졌다. 우주(宇宙)를 지탱하고 인류를 바로 세운 사람은 성무(聖廡)에 당당하게 올라야 할 것이다. 이 한 분이라도 적으면 안 되는 것이다.

원문 自古, 言大庾嶺上梅, 南枝已落, 北枝方開. 余疑五嶺, 皆在南方而獨庾嶺爲然也. 後見地志云: "梅鋗, 家湞水上, 從吳芮有功, 梅嶺, 卽其封地, 後鋗將庾勝兄弟, 居守, 又名大庾嶺, 非謂嶺上有梅也."

---

158) 매현(梅鋗): 한(漢)나라 때 사람. 오예(吳芮)의 별장이 되어서는 유방(劉邦)을 따라 석(析)과 역(酈)을 쳐서 모두 항복을 받았으며 항우(項羽)에 의해 제왕(諸王)을 분봉(分封)할 때 십만호후(十萬戶侯)에 봉해졌다는 데 항우가 숙자 유방을 따라 무관(武關)으로 들어갔다.

159) 오예(吳芮): 중국 전국 시대 진(秦)·한(漢)나라 때의 사람.

160) 글자가 조금 출입이 있다. 이 글은 도종의(陶宗儀)(元)가 편찬한 『설부(說郛)』라는 총서에 수록된 추경보(鄒閎甫)가 지은 『광주선현전(廣州先賢傳)』「매현(梅鋗)」에 나온다.

始覺世間傳說之訛謬多類此, 不惟小姑彭郎而已矣. 雍正, 特命儒臣, 詳議, 從祀諸賢, 諸葛武侯, 乃列兩廡云. 公論百世始定. 而撐支宇宙, 扶植綱常之人, 堂堂聖廡, 少此一位不得也.

용어 색인

가소재(稼蘇齋) 341
강산승람도(江山勝覽圖) 343
경졸당(景拙堂) 150
고창(高敞) 273
고흥(高興) 225
곤륜산(崑崙山) 338
과필헌(果必軒) 93
구성(龜城) 56
구월산(九月山) 338
구장(九章) 207
구호(鷗湖) 184
금강산(金剛山) 240, 338
금구(金溝) 116, 123
기천(基川) 320

남성암(南聖菴) 306
남양(南陽) 69
녹야당(綠野堂) 104

단계(丹溪) 235
단주(端州) 226
대보단(大報壇) 352
대우암(對右菴) 230, 233

대유령(大庾嶺) 361
덕산(德山) 183
덕풍(德豊) 181
도강(道康) 175
동성파(桐城派) 168

만어정(晩漁亭) 339
모양(牟陽) 274, 348
목천(木天) 189
몽대(夢臺) 235
묘향산(妙香山) 338
문례(問禮) 278
문수사(文殊寺) 306

백두산(白頭山) 338
백인당(百忍堂) 89
범애당(汎愛堂) 317
범양(范陽) 202
복암(茯菴) 334
봉황성(鳳凰城) 56
부암(傅菴) 124
빈풍도(豳風圖) 228

사빈(泗濱) 206
사주(泗州) 240

사현암(四弦菴) 306
산행도(山行圖) 237
삼자경(三字經) 203
삼척법(三尺法) 207
서문장집(徐文長集) 42
서천(西川) 113
섬리(剡里) 184
성주(成周) 197
소성(邵城) 45
수미산(須彌山) 338
수은묘(垂恩廟) 353
시안헌(是岸軒) 330

아현(阿峴) 184
양산(楊山) 86
양주(楊州) 226
어장도(漁莊圖) 339
여주(驪州) 353, 355
연경(燕京) 222
연성(蓮城) 215
열선도(列仙圖) 344
예주(禮州) 177, 320
오과정(悟過亭) 335
옥구(沃溝) 241
옥산(玉山) 241
왕회도(王會圖) 228
용안(龍安) 158
용회당(用晦堂) 289
유연당(悠然堂) 103
융경(隆慶) 147
의무려(醫無閭) 193
의송암(依松菴) 86
이경와(二耕窩) 260
이산(伊山) 180
이조도(異鳥圖) 158
인주(仁州) 45
입택(笠澤) 340

자규루(子規樓) 175
장천(長川) 184
정동(貞洞) 184
정업원(淨業院) 354

척주(陟州) 321
천계(天啓) 147
청해(靑海) 320
초계(苕溪) 340
초삽(苕霅) 52
촉아재(燭雅齋) 233
추읍산(趨揖山) 355
취령산(鷲嶺山) 306
치성(雉城) 320

탁록(鹿) 192
태주(泰州) 243
통진(通津) 124

팽택(彭澤) 134
평천장(平泉莊) 104
풍기(豊基) 178
풍악도(楓嶽圖) 221, 240

합안재(盍安齋) 329
해곡(嶰谷) 206
형강(荊江) 52
형산(荊山) 74
황산(黃山) 117, 123
황화방(皇華坊) 235
회계(會稽) 226
회덕(懷德) 351
후송정(後松亭) 91
훈도방(薰陶坊) 179
흥양현(興陽縣) 354

도서명 색인

『가례언해(家禮諺解)』 151
『가장(家藏)』 180
『가정사선생집(嘉定四先生集)』 167
『가제축식(家祭祝式)』 180
『가중보장(家中寶藏)』 255
『간언귀감(諫言龜鑑)』 147
『간옹집(艮翁集)』 78, 146, 150, 175, 219, 297
『갈관자(鶡冠子)』 244
『감람권』 112
『경원록(景遠錄)』 146, 248
『계척집(鷄跖集)』 325
『고산집(孤山集)』 132
『곤면록(困勉錄)』 42
『관풍록(觀楓錄)』 288
『관혼례(冠婚禮)』 180
『광주선현전(廣州先賢傳)』 361
『괴곡유고(槐谷遺稿)』 109
『구당서(舊唐書)』 217
『구사당행록(九思堂行錄)』 197
『구암유고(龜巖遺稿)』 156
『구충선공집(瞿忠宣公集)』 171
『국어(國語)』 105, 307
『군신동회록(君臣同會錄)』 296
『근역서화징(槿域書畵徵)』 315
『금대시문초(錦帶詩文艸)』 175

『낙양가람기(洛陽伽藍記)』 167
『난고유고(蘭皐遺稿)』 208
『남강고(南强稿)』 345
『남창잡고(南窓雜稿)』 251
『남파집(南坡集)』 72, 173
『낭도집(浪淘集)』 167
『노계집(蘆溪集)』 348
『녹문홍경신선생문집(鹿門洪慶臣先生文集)』 186
『논어(論語)』 53, 79, 86, 89, 169, 178, 194,
196, 197, 198, 263, 288, 325, 335
『농와집(聾窩集)』 207

『단양우씨삼세문헌록(丹陽禹氏三世文獻錄)』 137
『단원집(檀圓集)』 167
『당서(唐書)』 352
『대록지(大麓志)』 190
『대학(大學)』 160, 274
『대학심해(大學心解)』 180
『도연명집(陶淵明集)』 79
『독사수필(讀史隨筆)』 147
『독역차의(讀易箚疑)』 154
『독주수필(讀朱隨筆)』 42
『동사강목(東史綱目)』 148, 190
『동사회강보(東史會綱補)』 148, 154
『동소만록(桐巢漫錄)』 258
『동유록(東遊錄)』 221, 257
『동주집(東洲集)』 147

『만천유고(蔓川遺稿)』 297
『매촌가장고(梅村家藏稿)』 42
『맹자(孟子)』 66, 135, 160, 188, 198, 252, 273,
282, 346
『명사(明史)』 210
『명사총강(明史總綱)』 247, 248
『명시종(明詩綜)』 167
『명신록(名臣錄)』 264
『명유학안(明儒學案)』 101
『무림범지(武林梵志)』 331
『무하집(無何集)』 120
『문선(文選)』 176, 189
『문중자(文中子)』 110

『박물지(博物志)』 69
『반풍록(題半楓)』 144
『방주집(方洲集)』 41
『백사자(白沙子)』 111

『번암집(樊巖集)』 175, 225, 241
『법언(法言)』 286
『병세재언록(幷世才彦錄)』 175
『병세집(幷世集)』 113
『보안당비급(寶顏堂秘笈)』 168
『본초강목(本草綱目)』 278
『봉래시집(蓬萊詩集)』 132
『분사집(分沙集)』 147
『비아(埤雅)』 44

『사과록(四科錄)』 263
『사기(史記)』 82, 90, 279
『사대춘추(四代春秋)』 258
『삼강행실도(三綱行實圖)』 115
『삼강행실록(三綱行實錄)』 123
『삼국연의(三國演義)』 44
『삼어당집(三魚堂集)』 42
『상제례(喪祭禮)』 180
『서경(書經)』 67, 84, 206, 247, 262, 263, 335
『서문장집(徐文長集)』 41
『서언고사(書言故事)』 292
『서유기(西遊記)』 44
『석북집(石北集)』 211, 219
『설문해자(說文解字)』 278
『설부(說郛)』 57, 361
『설원(說苑)』 290
『섬와잡저(蟾窩雜著)』 97, 101
『성호문집』→『성호전집(星湖全集)』
『성호사설(星湖僿說)』→『성호전집(星湖全
    集)』
『성호선생문집(星湖先生文集)』→『성호전
    집(星湖全集)』
『성호선생예식(星湖先生禮式)』 180
『성호전집(星湖全集)』 49, 80, 101, 133, 203,
    209, 323
『성호집(星湖集)』→『성호전집(星湖全集)』
『소릉집(少陵集)』 54

『소미산방장(少眉山房藏)』 302
『소실산방유고(少室山房類稿)』 168
『소실산방필총(少室山房筆叢)』 168
『소학(小學)』 71, 74, 103, 197, 249, 264, 299,
    307, 309, 324
『속고승전(續高僧傳)』 44
『속본초(續本草)』 42
『속수기문(涑水記聞)』 44
『손자병법(孫子兵法)』 69
『손재집(損齋集)』 351
『손지재집(遜志齋集)』 61
『송목관집(松穆館集)』 267
『송사(宋史)』 88, 117, 205
『송시초(宋詩抄)』 43
『송원시초(宋元詩鈔)』 112
『수구기략(綏寇紀略)』 42
『수심집(水心集)』 43
『수암집(睡庵集)』 165
『수진현람(修眞玄覽)』 207
『순암집(順菴集)』 211
『순자(荀子)』 69, 105, 216
『술선록(述先錄)』 224
『승암집(升菴集)』 332
『승청관인보(承淸館印譜)』 167
『시경(詩經)』 40, 84, 102, 146, 150, 212, 235,
    299, 326
『시림잡록(詩林雜錄)』 207
『시문초(詩文艸)』 39
『시수(詩藪)』 168
『신당서(新唐書)』 253, 340
『신선전(神仙傳)』 64
『심계첩(心契帖)』 337
『십팔사략(十八史略)』 274
『쌍계유고(雙溪遺稿)』 77

『안씨가훈(顏氏家訓)』 61, 71
『양천세고(陽川世稿)』 194

『양천허씨세고(陽川許氏世稿)』 206. 207

『양호당선생실기(養浩堂先生實紀)』 137

『양호당유록(養浩堂遺錄)』 137

『엄주사부고(弇州四部稿)』 95

『엄주사부고속고(弇州四部稿續稿)』 113

『엄주산인사부고(弇洲山人四部藁)』 164

『여강세승(驪江世乘)』 80

『여씨춘추(呂氏春秋)』 52

『여암유고(旅菴遺稿)』 203

『여와문고(餘窩文稿)』 146

『여와문집(餘窩文集)』 95, 182

『여효경(女孝經)』 74

『역경(易經)』 79, 204

『연산재잡기(硯山齋雜記)』 41

『연행별곡(燕行別曲)』 118

『열녀전(烈女傳)』 88

『열반경(涅槃經)』 196

『열조시집(列朝詩集)』 166

『영회당시집(詠懷堂詩集)』 170

『예기(禮記)』 39. 51. 57. 63. 73. 79. 84. 85. 92.
  95, 107, 141. 180, 236, 244. 252. 311,
  330

『옥검(玉鈐)』 91

『옥명당사몽(玉茗堂四夢)』 164

『와유록(臥遊錄)』 224

『우모통편(寓慕通編)』 286

『우정고(雨庭稿)』 212

『원성어록(元城語錄)』 117

『위소주집(韋蘇州集)』 234

『유학집(有學集)』 164

『유항시집(柳巷詩集)』 72

『육도(六韜)』 69. 91

『육우명유고(六寓堂遺稿)』 333

『육회당유고(六悔堂遺稿)』 80

『음양기상(陰陽奇賞)』 156

『의례(儀禮)』 111

『의례고증(疑禮攷證)』 151

『이락연원록(伊洛淵源錄)』 101

『이사재기문록(二四齋記聞錄)』 289

『이폭당집(怡曝堂集)』 42

『임천집(臨川集)』 133

『임춘각(臨春閣)』 42

『자경편(自警編)』 44

『자회(字匯)』 106

『잡기(雜記)』 180

『잡동산이(雜同散異)』 190

『장자(莊子)』 39, 51, 105, 135, 181, 258

『재상수령합주(宰相守令合宙)』 211

『저광희시집(儲光羲詩集)』 96

『전국책(戰國策)』 241

『정산시고(貞山詩稿)』 80. 173. 161, 162, 180

『정산잡록(貞山雜錄)』 180

『정산잡저(貞山雜著)』 39. 103. 161, 162. 180.
  333

『정신록(精神錄)』 103

『제민요술(齊民要術)』 136

『제병원후론(諸病源候論)』 99

『조객록(弔客錄)』 249

『좌전(左傳)』→『춘추좌전(春秋左傳)』

『주관신의(周官新議)』 133

『주례(周禮)』 156. 287

『주역(周易)』 79, 107, 113. 147, 150, 157. 186,
  192. 290. 340, 360

『주역본의계몽익전(周易本義啓蒙翼傳)』 135

『주일편(主一編)』 179

『죽파시집(竹坡詩集)』 80

『중용(中庸)』 79, 154, 202, 236

『지봉유설(芝峯類說)』 147

『지봉집(芝峯集)』 147

『진미공집(陳眉公集)』 168

『진천집(震川集)』 168

『창해시안(滄海詩眼)』 339

『천경집(天鏡集)』 78
『청계유고(淸谿遺稿)』 39
『초학집(初學集)』 164
『춘추(春秋)』 129. 339
『춘추좌씨전(春秋左氏傳)』→『춘추좌전(春
　　秋左傳)』
『춘추좌전(春秋左傳)』 63, 69, 83, 181, 252
『충신록(忠信錄)』 322
『취송시고(醉松詩稿)』 196
『침중기(枕中記)』 51

『탐라지(耽羅志)』 55
『태평어람(太平廣記)』 226
『통천대(通天臺)』 42
『퇴당집(退堂集)』 118

『평와집(萍窩集)』 267
『표암유고(豹菴遺稿)』 215
『풍악록(楓嶽錄)』 257
『풍요속선(風謠續選)』 267

『하학지남(下學指南)』 190
『학산당인보(學山堂印譜)』 167
『학암문반소품(謔庵文飯小品)』 169
『학주고(鶴洲稿)』 301
『한비자(韓非子)』 109
『한서(漢書)』 93. 225, 318, 352
『한시외전(韓詩外傳)』 181
『함인록(含忍錄)』 222
『해좌집(海左集)』 129. 203, 211, 225
『혜중산집(嵇中散集)』 133
『혜환시집(惠寰詩集)』 175
『혜환잡저(惠寰雜著)』 175
『홍도선생유고(弘道先生遺稿)』 39
『화엄경(華嚴經)』 315, 335
『화정집(和靖集)』 49
『황보소원집(皇甫少元集)』 96

『효경(孝經)』 244. 311
『후한서(後漢書)』 48, 72, 120, 225. 226

인명 색인

각웅(覺雄) 77
갈홍(葛洪) 64
강박(姜樸) 207
강세귀(姜世龜) 245
강세남(姜世南) 158
강세동(姜世東) 158
강세황(姜世晃) 215. 249. 251, 255
강수우(姜守愚) 243
강엄(江淹) 132
강준흠(姜浚欽) 255
강침(姜忱) 243
강태공(姜太公) 246
강필명(姜必命) 158
강필문(姜必文) 158
강훤(姜楦) 201
고거정(高居正) 126
고대겸(高大謙) 127
고변(高駢) 329
고봉령(高鳳齡) 127
고봉원(高鳳原) 127
고봉진(高鳳臻) 127
고봉찬(高鳳燦) 127
고창한(高昌漢) 127
고시(高柴) 67
고신겸(高愼謙) 127
고양씨(高陽氏) 83
고용우(高龍雨) 127
고유실(高有實) 127
고익겸(高益謙) 127
고장복(高長福) 126
고준홍(高儁弘) 127

고창겸(高昌謙) 127
고창한(高昌漢) 127
고헌성(顧憲成) 154
공수(龔遂) 177, 296
공자(孔子) 50, 216, 333
곽량(郭亮) 61
곽옹(郭邕) 176
곽태(郭泰) 176
관우(關羽) 331, 332
구계(臼季) 103
구식사(瞿式耜) 171
군석(君奭) 84
굴백언(屈伯彦) 176
권대영(權大榮) 118, 124
권덕웅(權德應) 118, 124
권덕임(權德任) 118, 124
권덕창(權德昌) 118, 124
권덕함(權德咸) 118, 124
권리중(權履中) 115
권사언(權師彦) 339
권상(權常) 115
권상렴(權尙廉) 201
권언후(權彦厚) 259
권이강(權以綱) 297
권이중(權履中) 123
권제언(權濟彦) 162
권평(權坪) 241
궤홍(軌泓) 77
귀유광(歸有光) 168, 169
극결(郤缺) 102
금원군(錦原君) 324
기백(岐伯) 318
기자(箕子) 193
김경오(金景五) 230
김경희(金景熹) 348
김구(金絿) 132
김국건(金國建) 127

김기서(金麒瑞) 347
김내술(金乃述) 326
김덕래(金德來) 311
김득신(金得臣) 240
김래장(金來章) 318
김만형(金萬亨) 118, 124, 125
김명로(金溟老) 305, 313
김봉휴(金鳳休) 127
김상복(金相福) 78
김숙(金潚) 267
김유채(金有采) 127
김응환(金應煥) 343
김일명(金一鳴) 118, 125
김일진(金一振) 118, 125
김중찬(金重燦) 127
김지승(金祉承) 310
김현성(金玄成) 251
김홍도(金弘道) 228, 240, 343

나진자(懶眞子) 343
남유용(南有容) 78
남이웅(南以雄) 271, 293
남하정(南夏正) 224, 258
남하행(南夏行) 224, 315
남헌명(南獻明) 272, 293
노공(魯恭) 177
노광겸(盧光謙) 355
뇌환(雷煥) 268

담초(譚峭) 152
대임(大臨) 83
덕운비구(德雲比丘) 316
도연명(陶淵明) 104, 234
도종의(陶宗儀) 361
동방삭(東方朔) 290
동숙옥(董叔玉) 255
동원(董媛) 255

동천(桐泉) 131, 133
두목(杜牧) 176
이두한(李斗漢) 324

마돈(馬敦) 249
마사영(馬士英) 169
마엄(馬嚴) 249
만채옹(晩菜翁) 345
매옹조(梅膺祚) 106
매현(梅鋗) 361
맹자(孟子) 50
목만중(睦萬中) 95, 146, 182. 255
목설(睦㒤) 146
무왕(武王) 235
문옹(文翁) 225
민문규(閔文圭) 201
민손(閔損) 262
민원규(閔元圭) 201

박광윤(朴光潤) 127
박당(朴瑭) 162
박사중(朴師仲) 59
박필윤(朴弼潤) 59
박호(朴浩) 57
박호원(朴祜源) 355
반대림(潘大臨) 130
반초(班超) 54
방효유(方孝孺) 61
배도(裴度) 104
백광훈(白光勳) 132
백이(伯夷) 84, 198. 246, 346
백익(伯益) 83
변탁원(邊擢原) 297
변협(邊協) 297
복식(卜式) 71
이복휴(李復休) 54
복희(伏羲) 333

복희씨(伏犧氏) 233

사도세자(思悼世子) 353
사마광(司馬光) 44, 117
사사명(史思明) 202
상보(尙父) 84
상진(尙震) 190
서거정(徐居正) 148
서기(徐璣) 358
서위(徐渭) 42, 209
서조(徐照) 358
선재동자(善財童子) 315
설직(薛稷) 292
섭수심(葉水心) 42
성사능(成士能) 157
성운(成運) 151
소고(小姑) 361
소공(召公) 192
손각(孫覺) 74
손등(孫登) 90
손태(孫泰) 313
송렴(宋濂) 61
송시열(宋時烈) 222
수분옹(守分翁) 203
숙제(叔齊) 246. 346
신경준(申景濬) 203
신광수(申光洙) 211. 219. 225
신광하(申光河) 257
신식(申湜) 151
신우상(申禹相) 225
신원일(申原一) 278
신유(申濡) 255
신윤(申潤) 118, 125
신윤복(申潤福) 230
신의측(申矣測) 231
신택권(申宅權) 255
신혜길(申惠吉) 150

신희연(申憙淵) 94
심기제(沈旣濟) 51
심리공(沈履恭) 283
심사정(沈師正) 130, 221. 339
심현재(沈玄齋) → 심사정(沈師正)

안금장(安金藏) 352
안녹산(安祿山) 202
안윤복(安允福) 57
안정복(安鼎福) 148. 180. 190, 211, 315
안진경(顔眞卿) 340
안평대군(安平大君) 132
양공추(梁公樞) 157
양사언(楊士彦) 132
양신(楊愼) 332
양웅(揚雄) 286
양팽손(梁彭孫) 347
양형지(楊衡之) 167
어초자(漁樵子) 130
여구(女鳩) 84
여동빈(呂洞賓) 64
여방(女房) 84
염립본(閻立本) 228
이영(李岭) 324
영륜(伶倫) 206, 300
영파(影波) 78
이오(李澳) 324
오백여(吳伯與) 211
오예(吳芮) 361
오위업(吳偉業) 42
오지경(吳之鯨) 331
오지진(吳之振) 43
옹권(翁卷) 338
완대성(阮大鋮) 170
완월(翫月) 78
완적(阮籍) 132
왕공겸(王公謙) 313

왕단(王旦) 93
왕방경(王方慶) 217
왕사임(王思任) 169
왕세정(王世貞) 95, 113, 164. 168. 169, 255
왕안석(王安石) 133
왕양명(王陽明) 42
왕영길(王永吉) 170
왕우(王祐) 93
왕지견(王志堅) 167
왕탁(王鐸) 170
왕통(王通) 110
왕홍(王鉷) 329
우강(禹綱) 200
우공(于公) 93
우길생(禹吉生) 200
우정(禹鼎) 200
우정국(于定國) 93
우진서(禹震瑞) 200
우탁(禹倬) 138, 200
우하철(禹夏轍) 137
우현규(禹玄圭) 200
우현보(禹玄寶) 137. 138, 200
우홍삼(禹弘三) 127
우휘익(禹徽益) 201
우휘적(禹徽績) 201
우휘점(禹徽漸) 201
우휘태(禹徽泰) 201
원굉(袁閎) 329
원굉도(袁宏道) 209
원휘(元徽) 355
위응물(韋應物) 234
위충현(魏忠賢) 167, 170
유경종(柳慶種) 249. 255
유계(兪棨) 148
유곤(庾袞) 71
유근(柳根) 132
유명부(柳明孚) 326

유명승(柳明升) 326
유명천(柳命天) 118, 124
유성룡(柳成龍) 101
유안세(劉安世) 117
유자휘(劉子翬) 189
유중화(柳重和) 255
유지장(柳智章) 201
유총(劉寵) 226
유한성(柳漢星) 326
유향(劉向) 88
육구몽(陸龜蒙) 339
육롱기(陸隴其) 42
육웅(鬻熊) 84
육유(陸游) 52
육전(陸佃) 44
윤돈(尹焞) 49
윤동규(尹東奎) 180
윤두서(尹斗緖) 148
윤신달(尹莘達) 140
윤우징(尹遇徵) 118, 124
윤중주(尹重周) 118, 124
윤천창(尹天昌) 325
윤천휴(尹天休) 350
윤치화(尹致和) 204
윤해수(尹海壽) 294
윤형(尹珩) 140
윤홍리(尹弘离) 140
윤효술(尹孝述) 140
윤휴(尹鑴) 147
율옹(栗翁) 105
은칠칠(殷七七) 240
이가환(李家煥) 39, 142, 175, 231, 275, 289, 297, 301, 302, 328, 355
이경(李坰) 294
이경현(李景賢) 118, 124
이계남(李季男) 294
이고(李固) 61

이관휴(李觀休) 96, 97, 217
이광국(李光國) 281
이광부(李光溥) 45
이광정(李光庭) 208
이광직(李光溭) 175, 294
이광휴(李廣休) 80
이군성(李君城) 342
이규환(李圭煥) 39
이극성(李克誠) 248
이기양(李基讓) 301, 333
이달(李達) 132
이덕유(李德裕) 104
이덕형(李德馨) 49
이동규(李同揆) 147
이동우(李東遇) 95, 321
이동욱(李東郁) 110, 175, 296
이동운(李德馨) 95
이동준(李東俊) 355
이동필(李東弼) 326
이두제(李斗濟) 201
이래(李來) 138
이명익(李明翼) 141
이명준(李命俊) 106, 162, 178
이명환(李明煥) 141
이문귀(李文龜) 201
이민구(李敏求) 147
이박(李博) 201
이백(李白) 345
이병휴(李秉休) 39, 80, 103, 162, 173, 180, 333
이복원(李福源) 77
이삼환(李森煥) 289, 302
이상의(李尙毅) 54
이서(李溆) 39, 217, 315, 323
이성계(李成桂) 138
이성구(李聖求) 146, 147
이성보(李聖保) 129

이성전(李性全) 161
이세충(李世忠) 161
이세환(李世煥) 57
이소원(李蕭遠) 189
이수광(李晬光) 147, 248
이숙(李琡) 295
이승훈(李承薰) 110, 297
이시건(李是鍵) 57
이시빈(李是鑌) 57
이시전(李是銓) 103
이시집(李是鏶) 57
이시현(李是鉉) 57
이식(李植) 258
이언환(李彦煥) 57
이여(李璵) 161
이여중(李汝中) 183
이영규(李永逵) 160
이영서(李永瑞) 294
이옥(李沃) 148
이우경(李虞卿) 277
이원익(李元翼) 55
이원진(李元鎭) 55
이원휴(李元休) 219
이유방(李流芳) 167
이유형(李惟馨) 141
이유흠(李有欽) 161
이윤(伊尹) 83
이응(李膺) 176
이응정(李應鼎) 108
이응훈(李應薰) 95
이이첨(李爾瞻) 187
이익(李瀷) 97, 101, 133, 190, 191, 203, 214,
　　248, 260, 323
이인문(李寅文) 240
이잠(李潛) 49
이재관(李在寬) 162
이재대(李載大) 57

이재심(李在深) 106
이재원(李載遠) 57
이재적(李載績) 217
이재항(李載恒) 103
이재화(李載華) 57
이적(李勣) 73
이점(李坫) 270
이정귀(李廷龜) 132
이정환(李晶煥) 39
이제옥(李齊玉) 57
이조환(李朝煥) 57
이종성(李宗城) 211, 297
이종인(李鍾人) 326
이종진(李鍾眞) 326
이주우(李柱宇) 201
이지완(李志完) 54
이진민(李振民) 349
이창환(李昌煥) 294
이천린(李天麟) 123
이철규(李哲圭) 326
이치훈(李致薰) 110, 297
이태석(李泰錫) 295
이하(李賀) 132, 215
이하진(李夏鎭) 333
이학규(李學逵) 95, 294
이함휴(李咸休) 39
이해(李瀣) 103
이헌경(李獻慶) 78, 146, 150. 175. 219. 297,
　　339
이현환(李玄煥) 97. 101
이형준(李亨俊) 161
이호민(李好閔) 54
이황(李滉) 49. 151. 190, 319
이희사(李義師) 196
익희(益熙) 324
임상덕(林象德) 148
임진호(林震壕) 127

자유(子游) 177
자천(子賤) 177
잠희(岑熙) 225
장동창(張同敞) 171
장령(張寧) 41
장만(張晚) 147
장욱(張旭) 315
장이(張耳) 90
장지화(張志和) 340
장화(張華) 70, 268
장희빈(張禧嬪) 118
장희안(張希顔) 225
장희재(張希載) 118
재여(宰予) 335
재화(載華) 57
전갱(錢鏗) 83
전겸익(錢謙益) 42, 164, 167, 168
전천추(田千秋) 352
정가수(程嘉燧) 167
정견(庭堅) 83
정경세(鄭經世) 101
정구(鄭逑) 101
정기동(鄭箕東) 235
정덕승(鄭德承) 291
정도전(鄭道傳) 136, 137
정란(鄭瀾) 235, 237, 338
정래붕(鄭來朋) 355
정명도(程明道) 101
정문조(鄭文祚) 196
정미수(鄭眉壽) 350
정범조(丁範祖) 129, 203, 211, 225, 330
정사현(鄭思玄) 343
정성중(鄭成仲) 213, 230
정순조(鄭順祚) 355
정약용(張希載) 339
정약종(丁若鍾) 297
정언유(鄭彦儒) 162

정우익(鄭友益) 57
정운유(鄭運維) 142, 350
정운철(鄭運喆) 57
정이(程頤) 49, 101
정자(程子) 305
정재원(丁載遠) 211, 297
정적(鄭積) 350
정종(鄭悰) 350
정중귀(鄭重龜) 350
정철조(鄭喆祚) 142, 344, 355
정택하(鄭宅河) 141
정포은(鄭圃隱) 200
정필령(鄭必寧) 350
정현(鄭玄) 188
정후조(鄭厚祚) 355
정휘량(鄭翬良) 59
제갈무후(諸葛武侯) 361
조공근(趙公瑾) 102, 220
조광조(趙光祖) 347
조기벽(趙奇璧) 310
조기수(趙沂叟) 118, 124
조달동(趙達東) 311
조덕신(趙德新) 141
조덕연(趙德淵) 311
조래하(趙來河) 63, 102
조래한(趙來漢) 63, 102
조명택(趙明澤) 140
조목(趙穆) 101
조문명(趙文命) 351
조변(趙抃) 88
조사수(趙師秀) 358
조석제(趙錫悌) 102, 161
조선료(趙善璙) 44
조성능(趙聖能) 152
조성벽(趙聖璧) 310
조송년(趙松年) 118, 124
조수(趙壽) 294

조식(曺植) 49
조영(趙榮) 354
조영명(趙永命) 326
조우(趙愚) 326
조운거(趙雲擧) 43
조원상(趙元相) 51
조위수(趙渭叟) 118, 124
조육(趙銷) 99
조윤설(趙閏說) 326
조이수(趙頤叟) 266, 269
조익동(趙翼東) 311
조재량(趙材良) 275
조재성(趙材成) 275
조재호(趙載浩) 351
조재희(趙在禧) 141
조정상(趙貞相) 51, 102, 273
조정옥(趙鼎玉) 255
조중보(趙重普) 215
조학량(趙學良) 141, 153
조학온(趙學溫) 141
조한수(趙漢叟) 118, 124
조형상(趙亨相) 51, 63, 102, 276
조휘서(趙徽緒) 310
종리권(鍾離權) 64
종회(鍾會) 90, 133
좌구명(左丘明) 198
주돈이(周敦頤) 101
주원부(周元孚) 255
주유숭(朱由崧) 170
주이존(朱彛尊) 167
주자(朱子) 42, 101, 106, 319
주지번(朱之蕃) 54, 250
중니(仲尼) → 공자(孔子)
중훼(仲虺) 83
증선지(曾先之) 274
증자(曾子) 160, 262, 288
지광(智光) 44

진계유(陳繼儒) 168
진사도(陳師道) 130
진여(陳餘) 90
진원흥(秦元興) 127
진인징(秦仁徵) 127
진자앙(陳子昂) 280
진종(眞宗) 353
진헌장(陳獻章) 111

차옥로(車玉輅) 127
창힐(蒼頡) 131, 227
채제공(蔡濟恭) 113, 175, 222, 225, 241, 330,
    339
초선(焦先) 329
최경창 132
최공륜(崔拱崙) 127
최북(崔北) 240
최영대(崔永大) 309
최완(崔烷) 57
최익남(崔益男) 354
최창두(崔昌斗) 127
최창륜(崔昌崙) 127
최태징(崔台澄) 127
추굉보(鄒閎甫) 361
축란상인(竺蘭上人) 306
축법란(竺法蘭) 306
충고(种暠) 54
치우(蚩尤) 192

탁무(卓武) 177
탕곽림(湯霍林) 167
탕빈윤(湯賓尹) 165
탕현조(湯顯祖) 164

파순(波旬) 307
파지(巴祇) 226
팽랑(彭郎) 361

편작(扁鵲) 274
포증(包拯) 226

하우씨(夏禹氏) 233
한경(韓敬) 165
한계수(韓繼壽) 127
한상질(韓尙質) 72
한수(韓脩) 72
한용규(韓用逵) 66
한우규(韓羽逵) 66
한유(韓愈) 249, 289
한응구(韓應九) 67, 68
한응일(韓應一) 67
한진(韓振) 118, 124
한택(韓) 57
한호(韓濩) 132
함월종사(涵月宗師) 78
항우(項羽) 361
해원(海源) 77
행일(行一) 324
허경(許褧) 208, 301
허균(許筠) 54
허만(許晩) 194, 221, 302
허목(許穆) 206, 324
허사문(許士文) 279
허성보(許成甫) → 허만(許晩)
허숙(許璹) 359
허적(許積) 72, 173
허직(許) 359
허질(許瓆) 289
허채(許采) 207
허필(許佖) 208
허휘(許彙) 208
혜강(嵇康) 90, 132
호안군(湖安君) 324
호응린(胡應麟) 168

호일계(胡一桂) 135
홍경모(洪敬謨) 78
홍경신(洪慶臣) 120, 186
홍경주(洪景舟) 324
홍경휘(洪慶輩) 235
홍기한(洪起翰) 67
홍낙민(洪樂民) 297
홍명원(洪命源) 339
홍무적(洪茂績) 147
홍섬(洪暹) 140
홍성희(洪聖希) 140
홍수랑(洪受浪) 118, 124
홍우경(洪宇慶) 118, 124
홍우원(洪宇遠) 72, 173
홍일휴(洪日休) 173
홍주만(洪周萬) 219
이홍집(李弘集) 324
홍회(洪晦) 219
황경원(黃景源) 77, 78
황공망(黃公望) 343
황기로(黃耆老) 132
황보렴(皇甫濂) 358
황보방(皇甫汸) 358
황보충(皇甫沖) 358
황보효(皇甫涍) 358
황사영(黃嗣永) 145
황석범(黃錫範) 145
황수덕(黃壽德) 57
황완구(黃完耉) 127
황정견(黃庭堅) 90, 130
황제(黃帝) 192, 318
황종희(黃宗義) 101
황준(黃晙) 255
황패(黃覇) 177, 296
황헌(黃憲) 133
회소(懷素) 315

용어 색인

가도(椵島) 268
강진(康津) 360
경주(慶州) 241
계령(桂嶺) 193
관이재(觀頤齋) 283
광주(廣州) 155, 176
교주(交州) 125, 176
교지(交趾) 172
구암정(龜巖亭) 56
구호(鷗湖) 204
금강산(金剛山) 346
금시당(今是堂) 338
나산(蘿山) 367
낙성(落星) 351
낙양(洛陽) 165
낙와(樂窩) 165
남양(南陽) 288
냥하(涼夏) 171
누곡동(樓谷洞) 403
단양(丹陽) 78, 305
담주(潭州) 249
당악(唐岳) 296
당일헌(當日軒) 52

대산(岱山) 193
대식국(大食國) 237
대여(岱興) 347
덕수궁(德壽宮) 117
덕흥(道興) 351
도원도(桃源圖) 65
도화원(桃花源) 65
돈의문(敦義門) 288
두곡(杜曲) 204
두모산(兜牟山) 189
마애(磨崖) 351
마한(馬韓) 237
막주(莫州) 176
만경(萬頃) 309
먹라수(汨羅水) 193
면천(沔川) 355
명주(溟州) 296
몽소헌(夢蘇軒) 43
무이(武夷) 193
미복(尾濮) 237
미산(嵋山) 44
발제하(跋提河) 172
방축동(防築洞) 355
백두산(白頭山) 58
보졸헌(保拙軒) 65

보타(補陀) 347
북한산(北漢山) 304
분정(汾亭) 165
삭역(朔易) 172
삼성산(三聖山) 270
상강(湘江) 193
상산(商山) 244, 300
서릉(西陵) 378
서산(西山) 306
서천(西川) 230
서현(棲賢) 351
선비산(鮮卑山) 189
선성(宣城) 40
섬리(剡里) 204
성주사(聖住寺) 270
성환(成歡) 360
소래산(蘇來山) 43, 44
소성(邵城) 43
속리산(俗離山) 359
순흥(順興) 246, 247
숭산(嵩山) 193
심진(尋眞) 351
안산(安山) 356
안탕(雁宕) 347
양주(楊州) 41, 360
연경(燕京) 132, 240
영남(嶺南) 248
영춘(永春) 78
영평(鈴平) 315
영흥(永興) 278
예안(禮安) 38
오환(烏桓) 237
왕적(王績) 160
왕회도(王會圖) 132
용문(龍門) 378
용연동(龍淵洞) 51
용연정(龍淵亭) 50

용전(龍田) 51
용호(龍湖) 56
원교(員嶠) 347
월지국(月支國) 188
월천(月泉) 51
유천(楡川) 234
율리(栗里) 65
율봉(栗峰) 359
융중(隆中) 65
의예도(儀禮圖) 197
이산(伊山) 146
이허(伊墟) 186
익주(益州) 230, 232
인정문(仁政門) 119
임류부시도(臨流賦詩圖) 64
자인(慈仁) 47, 48
장천(長川) 204
적성(赤城) 78
정덕령(鄭德寧) 356
제천(堤川) 78
조선(朝鮮) 171
진도(珍島) 241
창의문(彰義門) 117
천태(天台) 347
첨성촌(瞻星村) 356
청풍(淸風) 78
초당춘수도(草堂春睡圖) 63
침담(枕譚) 258
탐라(耽羅) 61, 217
태산(泰山) 198
파주(巴州) 125
평산(平山) 241
포산(苞山) 351
포주(抱州) 253
포천(抱川) 325
풍악(楓嶽) 68, 306
한라산(漢挐山) 60

한성부(漢城府) 247
한중(漢中) 230
항산(恒山) 198
해남(海南) 241
형산(衡山) 198
형주(荊州) 230, 232
혼하(渾河) 223
화산(華山) 72. 198
화암(和菴) 131
활천(活川) 338
황하(黃河) 266
황화방(皇華坊) 155. 161
흥양(興陽) 360
희우정(喜雨亭) 127

도서명 색인

『간이당집(簡易堂集)』 277
『강천각소하록(江天閣銷夏錄)』 341
『거이록(居易錄)』 209
『건주여진고(建州女眞考)』 221
『격언연벽(格言聯璧)』 59
『경외잡초(經外雜鈔)』 172
『고공기(考工記)』 196
『고기기록(古奇器錄)』 220
『곤학기문(困學記聞)』 126
『공동집(空同集)』 139
『공자가어(孔子家語)』 70
『관동일록(關東日錄)』 347
『관자(管子)』 59
『괘효명의(卦爻名義)』 208
『궁궐기(宮闕志)』 127
『근예준선(近藝雋選)』 353
『금강록(金剛錄)』 305
『금석췌편(金石萃編)』 341
『급총서(汲塚書)』 141

『기락편방(沂洛編芳)』 351
『길보문고(吉甫文稿)』 178

『남사(南史)』 65. 380
『노걸대(老乞大)』 173
『노자지귀(老子指歸)』 167
『녹문은서육십편(鹿門隱書六十篇)』 59
『논어(論語)』 54, 96, 203, 205, 248, 262, 336,
    409
『논형(論衡)』 383
『농설(農說)』 202

『다화재집(茶花齋集)』 77
『단연속록(丹鉛續錄)』 230
『단연집(丹淵集)』 218
『단연총록(丹鉛總錄)』 179
『당자서집(唐子西集)』 216
『대대례(大戴禮)』 126, 196, 197
『대동서법(大東書法)』 308
『대동시선(大東詩選)』 342
『대학(大學)』 104
『도정절집(陶靖節集)』 64
『독서기수략(讀書紀數略)』 209
『동유기실(東遊記實)』 286
『동유자문집(東維子文集)』 239
『동협수창록(東峽酬唱錄)』 305

『만증(驪蹭)』 176
『맹자(孟子)』 53, 106. 198. 238, 383
『명문기상(明文奇賞)』 80
『명사(明史)』 179, 191
『목재유학집(牧齋有學集)』 282
『몽구(蒙求)』 157
『문기집(問奇集)』 179
『문선(文選)』 345. 381
『문육이전(文陸二傳)』 281
『문헌통고(文獻通考)』 280

『물보(物譜)』 152

『박통사해(朴通事解)』 173
『방언(方言)』 409
『방주집(方洲集)』 191
『방화고(訪花稿)』 348
『백사북천일록(白沙北遷日錄)』 266
『백호통의(白虎通義)』 79
『번암집(樊巖集)』 50
『법서요록(法書要錄)』 228
『법언(法言)』 409
『법화경(法華經)』 162
『병세재언록(幷世才彦錄)』 403
『병세집(幷世集)』 333
『보안당비급(寶顔堂秘笈)』 179, 221, 223,
    230. 237, 258
『본초(本草)』 143, 328
『북사(北史)』 201
『북한시권(北漢詩卷)』 304
『분유록(賁幽錄)』 316

『사군기유록(四郡記遊錄)』 78
『사기(史記)』 97, 109, 110. 112, 188, 196, 203,
    310. 377
『사천통지(四川通志)』 229
『산해경(山海經)』 303
『삼국사기(三國史記)』 61
『삼소권(三疎卷)』 340
『상우록(尙友錄)』 260
『서경(書經)』 71, 84, 110. 112, 121, 132, 206
『서문장전집(徐文長全集)』 73
『석명(釋名)』 259
『석명소증(釋名疏證)』 259
『선사창수록(仙槎唱酬錄)』 333
『설문해자(說文解字)』 172
『섬사록(剡社錄)』 152
『성재유고(省齋遺稿)』 308

『성호전집(星湖全集)』 50, 146, 228, 243, 268,
    358, 394
『소호당문집(韶濩堂文集)』 400
『속수기문(涑水紀聞)』 281
『송고승전(宋高僧傳)』 213
『송목관집(松穆館集)』 349
『송유민록(宋遺民錄)』 281
『수호전(水滸傳)』 280, 282
『순암집(順菴集)』 43, 146
『승암집(升菴集)』 179
『시가점등(詩家點燈)』 342
『시경(詩經)』 82, 84, 98, 106, 107, 115. 127,
    146. 162, 174, 243. 298. 343, 348
『시수(詩藪)』 281
『시품(詩品)』 80
『식색신언(食色紳言)』 136, 205
『신감(申鑒)』 59
『신당서(新唐書)』 160
『신언(愼言)』 207
『신이기(神以記)』 166. 168

『악기경(握奇經)』 180
『양자(揚子)』 84
『여씨춘추(呂氏春秋)』 209, 383
『여와집(餘窩集)』 78. 380, 397
『여유당전서(與猶堂全書)』 401
『여지승람(輿地勝覽)』 278, 285
『역경(易經)』→『주역(周易)』
『연객유고(烟客遺稿)』 333
『연산역(連山易)』 141
『연시잡시(燕市雜詩)』 223
『연암집(燕巖集)』 202
『열녀전(烈女傳)』 376
『열선전(列仙傳)』 165
『예기(禮記)』 47, 70, 71, 96, 126. 128, 141.
    196. 252, 283, 288. 343, 376
『예문유취(藝文類聚)』 85

『예원치언(藝苑巵言)』281
『오대사(五代史)』167
『오등회원(五燈會元)』137. 213
『오잡조(五雜俎)』209
『오주연문장전산고
　　(五洲衍文長箋散稿)』209
『우담집(愚潭集)』398
『원학집(愿學集)』222
『위략(魏略)』139
『유양잡조(酉陽雜俎)』259
『유이록(幽異錄)』194
『육세승방록(六世承榜錄)』129
『음부경(陰符經)』180
『이모록(貽謀錄)』343
『이사재기문록(二四齋記聞錄)』403
『이속고(夷俗考)』237
『이아(爾雅)』259
『이향견문록(里鄕見聞錄)』49
『입옹십종곡(笠翁十種曲)』73

『자치통감(資治通鑑)』281
『자휘(字彙)』169
『장강집(長江集)』287
『장와집(壯窩集)』49
『장자(莊子)』87, 165. 345. 379, 407
『적선세가(積善世家)』402
『전공량측어(錢公良測語)』59
『전등록(傳燈錄)』137, 213
『전우산집(錢虞山集)』281
『정산시고(貞山詩稿)』342
『정산잡저(貞山雜著)』336. 394
『정유각시집(貞蕤閣詩集)』393
『종지상집(宗了相集)』220
『좌전(左傳)』→『춘추좌전(春秋左傳)』
『주례(周禮)』70, 86, 141
『주역(周易)』42, 56. 66, 83, 101~103, 126,
　　165, 167, 209, 253, 298, 320, 334, 336,

344, 351
『주자가례(朱子家禮)』104
『죽파시집(竹坡詩集)』224
『중용(中庸)』218
『지봉선생집(芝峯先生集)』278
『진백사집(陳白沙集)』75
『진택문집(震澤文集)』374
『진택장어(震澤長語)』171
『진택집(震澤集)』171

『창해시안(滄海詩眼)』404
『청장관전서(靑莊館全書)』406
『청천집(靑泉集)』303
『춘융당집(春融堂集)』341
『춘추좌전(春秋左傳)』232. 244
『치재집(恥齋集)』347

『태현경(太玄經)』409
『통전(通典)』237, 280
『통현진경(通玄眞經)』59

『팔청편(八聽編)』214
『패문운부(佩文韻府)』165
『포박자(抱朴子)』98, 350
『표은유고(豹隱遺集)』362
『풍서집(豊墅集)』146
『풍악록(楓嶽錄)』68
『풍요속선(風謠續選)』49

『하락이수(河洛理數)』209
『하사고(霞思稿)』61
『한비자(韓非子)』209
『한서(漢書)』79, 99, 157, 258, 259, 260, 408
『한양조씨팔세유한(漢陽趙氏八世遺翰)』55
『해동유주(海東遺珠)』303
『해동잡록(海東雜錄)』278
『해암고(海巖稿)』378

『해좌집(海左集)』 50. 372
『허씨가경권(許氏家慶卷)』 306
『형설기문(螢雪記聞)』 354
『혜암별고(海巖別稿)』 386
『혜환집초(惠寰集抄)』 343
『호은잡고(湖隱雜稿)』 360
『화암수록(花庵隨錄)』 80
『황돈문집(篁墩文集)』 281
『황려세고(黃驪世稿)』 285
『황제소문(黃帝素問)』 136
『회남자(淮南子)』 77
『효경(孝經)』 47, 196
『후한서(後漢書)』 98, 139, 167. 263
『흠영(欽英)』 405
『희암집(希庵集)』 255

인명 색인

가규(賈逵) 172
가도(賈島) 287
간보(干寶) 401
간적(簡狄) 110
갈영(葛榮) 227
갈홍(葛洪) 98
강세황(姜世晃) 54, 335
강숙(康叔) 188
강정진(姜廷進) 78
강태공(姜太公) 63
강학흠(姜學欽) 403
강현옹(絳縣翁) 244
걸왕(桀王) 85. 188
경당(敬瑭) 189
경보(慶父) 232
경헌공(敬憲公)→이계손(李繼孫)
계공(繼公) 401
계승(季勝) 185, 186

계우(季友) 186, 231. 232
계찰(季札) 132
고야왕(顧野王) 173
고요(皐陶) 185, 186
고통(箍桶) 165
곤(悃) 189
공개(龔開) 281
공광(孔光) 408
공민왕(恭愍王) 278
공손교(公孫僑) 132
공손홍(公孫弘) 97
공자(孔子) 40, 70, 78, 109, 110. 171
곽자의(郭子儀) 298
곽재우(郭再祐) 351
곽태(郭泰) 263
관숙(管叔) 231
관우(關羽) 89. 91
광윤(匡胤) 186
광해군(光海君) 266
광형(匡衡) 157
굉요(閎夭) 78
구환(九煥)→이구환(李九煥)
굴원(屈原) 193
궁몽인(宮夢仁) 209
권동야(權東野) 67
권별(權鼈) 278
규(珪) 189
균(均) 189
급암(汲黯) 97
기리계(綺里季) 288
김권(金權) 320
김덕신(金德新) 41
김득수(金得壽) 304
김명국(金命國) 213
김세렴(金世濂) 351
김세보(金世輔) 54
김시현(金時賢) 41

김신국(金藎國) 267

김영(金纓) 59

김유수(金裕壽) 351

김일제(金日磾) 344

김택영(金澤榮) 400

나관중(羅貫中) 281

남군옥(南君玉) 145, 146

남궁괄(南宮括) 78

남해대사(南海大士) 76

노자(老子) 113, 193

녹리(甪里) 244, 288, 339

늑(勒) 189

능목(陵穆) 139

단성식(段成式) 259

단헌옹(檀軒翁) 243, 245, 266, 269, 313

달기(妲己) 86

당각(唐珏) 282

당경(唐庚) 216

당고조(唐高祖) 186

대안(大安) 137

대업(大業) 185

도성(道成) 188

도연명(陶淵明) 65, 163, 311, 339

도정공(都正公) 262

도척(盜跖) 168

동곡(董穀) 234

동기창(董其昌) 228

동부(董扶) 230

동중서(董仲舒) 125

동탁(董卓) 231

두기(杜夔) 232

두묵(杜默) 177

두백(杜伯) 185

두보(杜甫) 379

두우(杜佑) 280

득수(得壽) → 김득수(金得壽)

마단림(馬端臨) 280

마일룡(馬一龍) 202

마자강(馬自强) 248

마초(馬超) 230

매산(梅山) 308

매응조(梅膺祚) 169

맹자(孟子) 193, 231, 238, 345

맹증(孟增) 186

맹창(孟昶) 229

명고처사(鳴皐處士) 252

명곡옹(明谷翁) 283

모문룡(毛文龍) 268

모용(茅容) 263

목만중(睦萬中) 78, 80, 380, 397

무립(武立) 186

무왕(武王) 63, 112, 197

무제(武帝) 186

묵특(冒頓) 188

문동(文同) 218

문옹(文翁) 279

문왕(文王) 63, 78

문제(文帝) 186

문징명(文徵明) 239

미자(微子) 110, 188

민효흥(閔孝興) 41

밀엄(密嚴) 270

박만보(朴萬輔) 41

박상절(朴尙節) 351

박성순(朴性淳) 41

박수화(朴守和) 356

박제가(朴齊家) 393, 400, 402

박종익(朴宗燧) 41

박팽년(朴彭年) 255

반고(班固) 79, 193

반악(潘岳) 381
반표(班彪) 79
방봉(方鳳) 237
배관(裴寬) 226
배익(裴益) 227
백아(伯牙) 379
백예(伯翳) 185
백장회해(百丈懷海) 137, 213
백홍신(白弘信) 41
범방(范滂) 288
범순인(范純仁) 227
범중엄(范仲淹) 227
법정(法正) 230
변소(邊韶) 383
병휴(秉休) 367. 401
복희씨(伏羲氏) 266
비렴(飛廉) 185. 186
비자(非子) 185

사고(謝翶) 282
사마광(司馬光) 218, 281
사마상여(司馬相如) 259, 409
사마천(司馬遷) 109, 193, 216. 281. 287
사심(士心) 311
사어(史魚) 96
사영운(謝靈運) 380
사위(士蔿) 185, 186
사응선(史應選) 209
사조제(謝肇淛) 209
사회(士會) 156, 185, 189
산의생(散宜生) 78
삼환(森煥) 364~366. 368, 369
상보(尙父) 186
서달(徐達) 200
서위(徐渭) 73
서유정(徐有貞) 248
서현(徐鉉) 209

석가모니(釋迦牟尼) 172
석만경(石曼卿) 227
석작(石碏) 189
성여(聖予) 282
세익(世翊) 320
소동파(蘇東坡) 218
소래(小郲) 186
소악(蘇鶚) 259
소열(昭烈) 230
소옹(邵雍) 165, 167
소통(蕭統) 87
소현세자(昭顯世子) 267
소호씨(少昊氏) 185
손경장(孫景章) 191
손권(孫權) 230
손사고(孫仙姑) 136
송양필(宋良弼) 142
송정하(宋廷河) 359
숙대(叔帶) 186
숙아(叔牙) 231. 232
숙옹(塾翁) 254
순유(淳維) 188
순자(荀子) 105
숭의(崇義) 401
습득(拾得) 218
습숙(隰叔) 185
신경한(申敬漢) 41
신광하(申光河) 374
신유한(申維翰) 303
심낙수(沈樂洙) 402
심노숭(沈魯崇) 402
심대사(沈大士) 68
심약(沈約) 172
심주(沈周) 239

아지발도(阿只拔都) 94
악래(惡來) 185

안견(安堅) 236

안연(顏淵) 78

안정복(安鼎福) 43, 146

안평대군(安平大君) 236

안향(安珦) 247

약산유엄(藥山惟儼) 213

양리(陽履) 409

양신(楊愼) 179, 230, 232, 281

양웅(揚雄) 105, 167, 408

양유년(梁有年) 268

양유정(楊維楨) 239

엄군평(嚴君平) 167

엄우경(嚴羽卿) 215

엄참(嚴參) 260

여몽(呂蒙) 91

연(淵) 188

연담(蓮潭) 216

염월(厭越) 189

염입본(閻立本) 132

염흥방(廉興邦) 93

영왕(靈王) 188

영우(靈佑) 151

예관(兒寬) 157

오연영(吳淵穎) 281

오영(敖英) 207

오회(吳回) 186

옥동(玉洞) 135

왕낭(王郎) 167

왕망(王莽) 408, 409

왕문(王文) 248

왕선겸(王先謙) 259

왕세정(王世貞) 220, 281, 307

왕손만(王孫滿) 113

왕양명(王陽明) 75

왕오(王鏊) 171

왕창(王昶) 341

왕통(王通) 165

왕헌지(王獻之) 384

왕희지(王羲之) 290

요(堯) 185

요(陶) 185

용준(龍遵) 136

우(禹) 189

우겸(于謙) 248

우연방(于燕芳) 223

우왕(禑王) 93

운암(雲巖) 213

원굉도(袁宏道) 73, 401

원숭환(袁崇煥) 268

위(威) 189

위개(衛玠) 263

위료옹(魏了翁) 172

위제서(魏際瑞) 59

위징(魏徵) 97

유(裕) 188

유경기(柳敬基) 297

유경종(柳慶種) 378, 379, 386

유대덕(劉大德) 40

유덕령(劉德齡) 40

유덕장(柳德章) 153, 212, 217

유득겸(柳得謙) 41

유득공(柳得恭) 80, 400

유루(劉累) 188

유만주(兪晩柱) 405

유몽득(劉夢得) 382

유문요(劉文饒) 243

유박(柳樸) 80

유방(劉邦) 112

유비(劉備) 90, 127, 230

유산자(柳山鎭) 297

유상열(劉尙說) 40

유성겸(柳性謙) 41

유수겸(柳守謙) 41

유심(劉鄩) 219

유언(劉焉) 230, 231

유연공(悠然公) 312

유연만(劉延萬) 40

유운우(柳雲羽) 47, 367

유익기(柳益起) 41

유익순(柳益純) 41

유장(劉璋) 230~232

유재건(劉在建) 49

유표(劉表) 232

유향(劉向) 376

유화(圉和) 262

유희(劉熙) 259

육기(陸機) 381

육상산(陸象山) 75

육심(陸深) 220

육치(陸治) 302

윤덕희(尹德熙) 267

윤해평(尹海平) 267

율옹(栗翁) 367

이가환(李家煥) 376, 394, 400, 403

이경유(李敬儒) 404

이경윤(李慶胤) 215

이계손(李繼孫) 265, 278, 356

이관혁(李觀爀) 41

이광기(李光箕) 360

이광진(李光軫) 338

이광휴(李廣休) 152, 155, 224, 356, 358

이구환(李九煥) 401

이규상(李奎象) 403

이규서(李奎瑞) 41

이규영(李奎暎) 41

이극성(李克誠) 354

이기(李錡) 409

이낭중(李郎中) 287

이단전(李亶佃) 61, 62

이덕무(李德懋) 61, 400, 402, 406

이덕중(李德中) 283

이덕형(李德馨) 266

이동욱(李東郁) 43, 367

이동준(李東俊) 318

이맹휴(李孟休) 214, 309, 318, 401

이민보(李敏輔) 146

이밀(李密) 297

이반룡(李攀龍) 139

이병휴(李秉休) 336, 342, 394

이봉환(李鳳煥) 402

이삼환(李森煥) 152, 356, 364, 401

이상신(李尙信) 267

이상의(李尙毅) 243, 265, 267, 308, 356

이상정(李象靖) 351

이서(李溆) 46, 160, 251, 308

이서구(李書九) 400

이성(李晟) 200

이성중(李聖中) 49

이수광(李睟光) 278, 354

이어(李漁) 73

이언진(李彦瑱) 349, 405

이여적(李如迪) 351

이예(李豫) 100

이우경(李虞卿) 156

이우인(李友仁) 268

이원진(李元鎭) 265, 268, 308

이원휴(李元休) 346

이윤(伊尹) 63

이응(李膺) 288

이이환(李彛煥) 365

이익(李瀷) 50, 145, 146, 228, 243, 245, 262, 264, 268, 310, 317, 345, 351, 354, 394, 401

이자앙(李子昂) 290

이재정(李載鼎) 321

이재중(李載重) 45, 46, 72, 368

이재희(李載熙) 142, 244

이정(李霆) 212

이정준(李廷俊) 149
이정환(李晶煥) 356
이조환(李祖煥) 367
이존욱(李存勗) 167
이종간(李宗榦) 153
이종준(李宗俊) 135, 151
이주영(爾朱榮) 227
이지안(李志安) 356
이지완(李志完) 266~268, 308
이지운(李之運) 338
이지정(李志定) 308
이지환(李趾煥) 260
이진휴(李震休) 308
이징(理徵) 186
이징(李澄) 215, 216
이처권(李處權) 312
이처현(李處鉉) 312
이천(伊川) → 정이(程頤)
이철환(李嚞煥) 152, 317, 401
이침(李沈) 356
이태백(李太白) 379
이하진(李夏鎭) 356
이항복(李恒福) 266
이해(李瀣) 356
이헌경(李獻慶) 80
이환(李煥) → 이이환(李彛煥)
이환(李渙) 360
이황(李滉) 39
인조(仁祖) 267
일(佾) → 허일(許佾)
임견미(林堅味) 93, 201

자고(紫姑) 166
자공(子貢) 78
자로(子路) 78
자막(子莫) 105
자장(子張) 78, 205

장(萇) 189
장공(莊公) 232
장교(莊蹻) 168
장령(張寧) 191
장로(張魯) 230
장불자(張佛子) 186
장생이(章生二) 239
장생일(章生一) 239
장서주(張徐州) 227
장송(張松) 230
장숙(張肅) 231
장안세(張安世) 239, 344
장언광(張彦遠) 228
장우진(張友軫) 41
장위(張位) 179
장중우(張仲瑀) 200, 201
장필(張弼) 228
장헌민(張獻敏) 193
장현광(張顯光) 351
장형(張衡) 376
장화(張華) 401
재희(載熙) → 이재희(李載熙)
전겸익(錢謙益) 282, 384, 401
전기(錢琦) 59
전욱(顓頊) 186
전의(全義) 409
점(霑) 334
정경세(鄭經世) 276, 279
정구(鄭逑) 351
정극근(程克勤) 281
정덕승(鄭德承) 76
정란(丁蘭) 58, 60, 139, 404
정민정(程敏政) 281, 282
정백(靖伯) 189
정백휴보(程伯休甫) 185
정범조(丁範祖) 50, 80, 372
정수(靖叟) 342

정수당(鄭洙堂) 356
정시한(丁時翰) 397
정약용(丁若鏞) 401
정언눌(鄭彦訥) 308
정이(程頤) 406
정정(程鄭) 344
정중부(鄭仲夫) 201
정철환(鄭煥) 356
정치(鄭致) 303
정현(鄭玄) 70, 172, 218
제갈량諸葛亮) 63. 65. 127, 230, 231. 288
제환공(齊桓公) 87
조공근(趙公瑾) 56
조맹(趙孟) 244
조빈(曹彬) 200
조언림(趙彦林) 403
조조(曹操) 188. 230~232
조협(曹挾) 186
조후교(趙厚敎) 55
조희룡(趙熙龍) 61
존욱(存勖) 189
종(琮) 232
종신(宗臣) 220
종영(鍾嶸) 79
종자기(鍾子期) 379
좌구명(左丘明) 112, 287
주공(周公) 197, 231
주왕(紂王) 86, 112
주원장(朱元璋) 200
주자(朱子) 113, 345. 351
주자청(朱自淸) 235
주지번(朱之蕃) 218, 268
중려(重黎) 185
중순씨(仲醇氏) 231
증자(曾子) 316, 345
증점(曾點) 351
지원(知遠) 189

진계유(陳繼儒) 80, 179, 230. 237, 258, 260
진시황(秦始皇) 185
진탁(振鐸) 188
진헌장(陳獻章) 75

참군공(參軍公) 311
참정공(參政公) 312
창의(昌意) 189
창힐(蒼頡) 170
채숙(蔡叔) 231
채응전(蔡膺全) 255
채제공(蔡濟恭) 50, 80
채팽윤(蔡彭胤) 255
천도산신(天都山臣) 221
초선(焦先) 139
최각(崔珏) 287
최립(崔岦) 277
최영(崔瑩) 93
추원표(鄒元標) 222
축용(祝庸) 189
춘기(春基) 316
측천무후(則天武后) 100, 166

탁무(卓茂) 249
탁씨(卓氏) 344
탄은(灘隱) 217
태(泰) 189
태공망(太公望) 189
태전(太顛) 78
퇴계선생→이황

패선(覇先) 188
평윤(平允) 186
풍간(豊干) 218
피일휴(皮日休) 59

한경선(韓景善) 38

한고제(漢高帝) *112, 185*
한덕채(韓德采) *255*
한비(韓非) *193*
한산(寒山) *218*
한유(韓愈) *279, 286*
한음상국(漢陰相國) *360*
한일지(韓一之) *370*
허립(許岦) *359*
허만(許晚) *360*
허목(許穆) *308*
허서(許曙) *360*
허손(許遜) *305*
허숙(許璹) *71*
허신(許愼) *172*
허영숙(許永叔) *236*
허완(許完) *359*
허원(許源) *359*
허일(許佾) *334*
허자정(許子正) *305*
허제(許堤) *359*
허질(許瓆) *58, 70, 131*
허필(許佖) *304, 333*
허호(許鎬) *359*
허휘(許彙) *359*
혁(革) *185*
현종(顯宗) *246*
현효(玄囂) *187*

형가(荊軻) *65*
혜가(慧可) *304*
호공만(胡公滿) *188*
호군공(護軍公) *316*
호루(扈累) *139*
호안국(胡安國) *406*
호원서(胡元瑞) *281*
호은(湖隱) *151*
홍(洪) *189*
홍도(弘道) → 이서(李漵)
홍백창(洪百昌) *286*
홍상빈(洪尙賓) *346*
홍유한(洪儒漢) *145, 148*
홍인우(洪仁祐) *347*
홍주만(洪周萬) *346*
홍첨한(洪瞻漢) *357*
홍회(洪晦) *346*
환(歡) *189*
황(晃) *189*
황(䒦) *189*
황재정(黃在正) *140*
황정견(黃庭堅) *206, 229*
황제(黃帝) *113, 180, 187, 196, 203*
황패(黃覇) *249*
효종(孝宗) *246*
희화(羲和) *185*